VICTUS

Albert Sánchez Piñol

VICTUS

A queda de Barcelona

Tradução
Ari Roitman e Paulina Wacht

ALFAGUARA

ALFAGUARA

Grafia atualizada segundo o Acordo Ortográfico da Língua Portuguesa de 1990, que entrou em vigor no Brasil em 2009.

Editora Objetiva Ltda.
Rua Cosme Velho, 103
Rio de Janeiro — RJ — Cep: 22241-090
Tel.: (21) 2199-7824 — Fax: (21) 2199-7825
www.objetiva.com.br

Título original
Victus – Barcelona 1714

Capa
Aline Temoteo, a partir do projeto original de Zink Comunicación (Edicions La Campana).

Imagem de capa
Barcino Magna Parens. Assédio de Barcelona 1713-1714. (AHCB)

Ilustrador / fotos de miolo
Xavier Piñas (originais e adaptações), Joan Solé (tratamento de imagens), Mapas Europa e Cataluña (Gradualmap)

Revisão
Ana Kronemberger
Tamara Sender
Cristiane Pacanowski

Editoração eletrônica
Abreu's System Ltda.

CIP-BRASIL. CATALOGAÇÃO-NA-FONTE
SINDICATO NACIONAL DOS EDITORES DE LIVROS, RJ

P725v

Piñol, Albert Sánchez
Victus: a queda de Barcelona / Albert Sánchez Piñol ; tradução Ari Roitman, Paulina Wacht. – 1. ed. – Rio de Janeiro: Objetiva, 2015.
605p.

Tradução de: *Victus: Barcelona 1714*
ISBN 978-85-7962-380-6

1. Ficção espanhola. 2. Sucessão espanhola, Guerra da, 1701-1714. I. Roitman, Ari. II. Wacht, Paulina. III. Título.

15-20133 CDD: 863
CDU: 821.134.2-3

PUGNA MAGNA VICTI SUMUS.

Tito Lívio

(Perdemos uma grande batalha.)

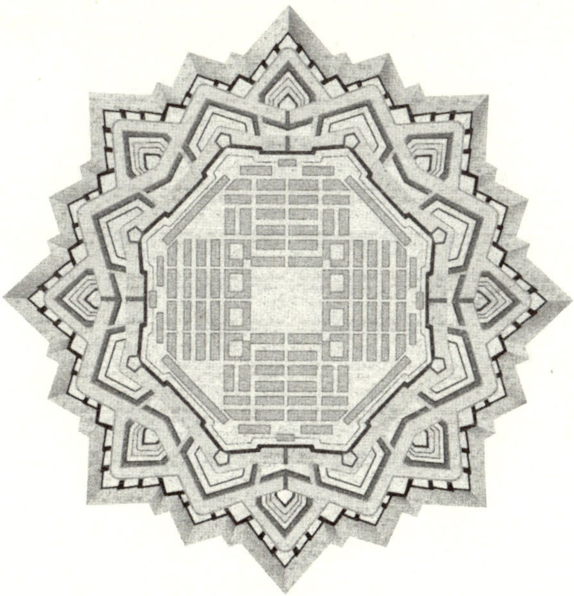

NOTA PRÉVIA

Alguns leitores do rascunho deste livro me perguntaram sobre a historicidade dos fatos. Só posso responder que me baseei nas convenções habituais do romance histórico, que recomendam limitar-se às informações verificadas ao mesmo tempo que toleram a ficção no espaço privado. Todas as datas e os acontecimentos ligados a personagens históricos, ou a fatos políticos e militares, se atêm aos acontecimentos. Felizmente as crônicas sobre a Guerra de Sucessão espanhola e o assédio a Barcelona de 1713-1714 são tão generosas que permitem chegar aos detalhes. Os debates parlamentares na Barcelona de 1713 foram literalmente extraídos de documentos da época. Mesmo em personagens secundários optei por seguir as fontes históricas: a loucura sobre a pedra filosofal que se apodera do marido de Jeanne Vauban, a escaramuça de Beceite em que Zuviría conhece Ballester, assim como a morte do doutor Bassons e o ataque dos estudantes de Leis na batalha de agosto de 1714, ou os fatos relacionados com a expedição do deputado militar, para citar apenas alguns exemplos, são plenamente comprovados. Os diálogos de Berwick, exasperado pela resistência dos barcelonenses, com seu estado-maior podem ser acompanhados nas crônicas e em sua própria autobiografia. Também boa parte dos insultos do general Villarroel contra o protagonista, Martí Zuviría, foram extraídos de diversos documentos, mas neste caso eles só dizem que eram dirigidos "a certo oficial". Quanto ao próprio Zuviría, as crônicas históricas só fazem referências escassas e elusivas a ele, nas quais lhe são atribuídos cargos tão diversos como "ajudante-geral" do general Villarroel, tradutor, vogal em várias comissões e até coordenador de atividades no exterior da cidade durante o sítio. Em todo caso, foi um dos poucos oficiais superiores pró-austríacos que depois de participar do assédio de 1713-1714 conseguiram chegar a Viena e evitar assim a repressão do regime bourbonista.

SUMÁRIO

SITUAÇÃO POLÍTICA NA EUROPA 1705

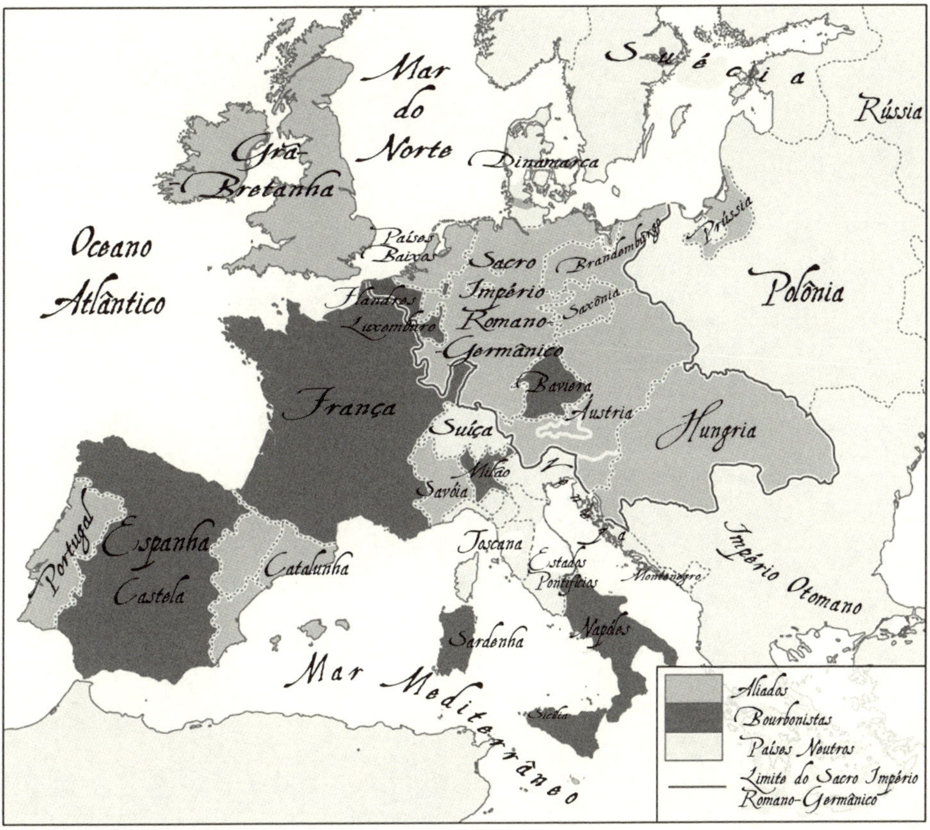

Veni

1

Se o homem é o único ser que tem uma mente geométrica e racional, por que os indefesos combatem o poderoso e bem-armado? Por que os poucos se opõem aos muitos e os pequenos resistem aos grandes? Eu sei. Por causa de uma palavra.

Nós, os engenheiros do meu século, não tivemos um ofício, tivemos dois. O primeiro, sagrado, construir fortalezas; o segundo, sacrílego, destruir fortalezas. E agora que estou parecendo um Tibério, deixem-me revelar a palavra, essa Palavra. Porque, meus amigos, meus inimigos, todos insetos na diminuta circunferência deste nosso universo, fui eu o traidor. Por obra minha expugnaram a Casa do Pai. Eu rendi a cidade que deveria defender, uma cidade que desafiou o poder de dois impérios coligados. A minha cidade. E o traidor que a entregou sou eu.

* * *

O que vocês acabam de ler era a primeira versão desta página. Eu devia estar melancólico quando a escrevi, ou então bêbado. Depois quis suprimir o parágrafo, delambido e afrescalhado. Mais próprio de um chupador como Voltaire.

Mas, como podem ver, a elefanta austríaca a quem estou ditando estas memórias se nega a suprimir o parágrafo. Parece que lhe agradou, são palavras épicas, escritas num tom excelso e blá-blá-blá. *Merda*. Ou, como dizem eles: *Scheisse*. Como discutir com uma mulher teutônica que, ainda por cima, está com a pena ancorada na mão? Ela tem bochechas mais vermelhas e infladas que a maçã de Adão, uma bunda gorda feito um tambor de regimento, e evidentemente não posso lhe ditar em catalão.

Esta palerma que transcreve as minhas palavras é uma austríaca que se chama Waltraud Sei-lá-o-quê; em Viena os nomes das mulheres soam como pedregulhos mastigados. Pelo menos ela sabe francês e espanhol. Certo, eu já disse que ia ser sincero, e serei. A coitada da Waltraud, além de redigir estas linhas, costura periodicamente as dezenove feridas que sulcam a geografia do meu pobre e exaurido corpo, provocadas por tiros, metralha e baionetas de quinze nacionalidades diferentes; estocadas turcas, garrotes maoris, flechadas e lanças de índios da Nova Espanha, Nova Masallá e Nova Masallí. A minha querida e horrenda Waltraud enxuga as mil cicatrizes do meu meio rosto, que supuram há setenta anos e que se abrem como flores nas mudanças de estação. E o pior, remenda os três buracos do meu cu. Ai, ai, ai, que dor! Em certos dias nem sei por qual deles cago. E ela faz tudo isso por oito míseros *Kreuzer* mensais. A pensão do imperador não dá para mais. Para isso e para o aluguel de um sótão gelado. Mas eu não me importo. Sempre alegre e contente! Este é o meu lema.

O mais difícil, sempre, é começar. Como começou tudo? Sei lá. Já passou quase um século. Vocês percebem o despropósito do que acabei de dizer? Dei tantas voltas debaixo do sol que às vezes nem me lembro do nome da minha mãe. Outro despropósito. Vocês dirão que sou um velho caduco. E chato.

Vou pular minha infância e as lágrimas escorrendo. Se tenho que determinar *o* momento que marcou o início de tudo, direi o dia exato: 5 de março de 1705.

No começo foi o exílio. Imaginem um garoto de quatorze anos. Numa madrugada fria ele avança pelo caminho que leva ao castelo de Bazoches, na Borgonha francesa. Sua bagagem era uma trouxa pendurada no ombro. Pernas compridas, torso esbelto. Nariz afilado. E um cabelo mais liso, preto e brilhante que as asas dos corvos borgonheses.

Muito bem, esse garoto era eu. Martí Zuviría. Ou "o bom do Zuvi". Ou também Zuvi *Pernalonga*. Já se divisavam as três torres negras e agudas do castelo, com suas telhas de ardósia preta. À minha volta, campos de cevada, e um ar tão úmido que quase se podiam ver rãs voando. Não fazia nem quatro dias que os carmelitas de Lyon tinham me expulsado da sua escola. Por mau comportamento, claro. Minha última esperança era que me aceitassem em Bazoches como aluno de um certo marquês de Vauban.

Fazia um ano que meu pai me havia mandado para a França porque não confiava na estabilidade política das Espanhas. (E se acompanharem este relato vocês hão de convir que o homem não estava tão errado.) Não se tratava de uma escola de elite, longe disso, mas de um negócio dos carmelitas destinado aos filhos de famílias nem pobres nem muito ricas, plebeus com aspirações mas que não podiam se misturar de jeito nenhum com a alta aristocracia. Meu pai era o que em Barcelona se intitulava oficialmente "Cidadão Honesto". Estranhos títulos os nossos. Para ser considerado Cidadão Honesto era preciso possuir uma certa quantia. Meu pai tinha o mínimo necessário. Sempre se lamentou por isso. Quando estava bêbado puxava os cabelos e exclamava: "De todos os Cidadãos Honestos, eu sou o que menos é!" (O homem era tão sério que nunca chegou a perceber sua própria piada.)

A escola dos carmelitas, pelo menos, tinha certo renome. Não vou chateá-los com a lista dos meus desmandos. Só contarei o último porque foi o definitivo.

Aos quatorze anos eu já parecia um homenzarrão. Certa noite, eu e outros garotos mais velhos da escola tomamos um porre escandaloso nos bares de Lyon. Nem nos lembramos de voltar para o internato. Era a primeira carraspana da minha vida, e o vinho me transformou num bárbaro eufórico. Quando já estava amanhecendo, alguém propôs voltar para o *logis*, porque uma coisa era chegar tarde e outra não voltar mais. Vi uma carruagem e pulei na boleia:

— Cocheiro! Para a residência dos carmelitas.

Não sei o que o homem disse, não entendi, e com a mente embotada pelo álcool e minha energia juvenil empurrei-o para fora.

— Não quer nos levar? Pois bem, então iremos sozinhos! — gritei, empunhando as rédeas. — Vamos, rapazes!

Uns dez ou doze bêbados subiram no veículo como piratas numa abordagem, e eu estalei o chicote. Os cavalos empinaram e saíram a galope. Eu estava achando tudo aquilo divertidíssimo, e por isso não ouvia os gritos às minhas costas, de repente assustados:

— Martí, pare!

Virei a cabeça: os meus cupinchas, sem tempo de sentar no veículo, iam caindo para um lado e para o outro. Numa velocidade de aerólito, a carruagem os derrubava como pinos de boliche, e eu pensei: "Estão tão bêbados que não conseguem se segurar num carro?" Mas havia mais: uma turba enfurecida nos perseguia. "E que mal fiz a estes?", perguntei-me.

As duas perguntas convergiam numa só resposta. Meus amigos não conseguiram entrar na carruagem porque esta não era tal, e sim uma caixa fechada nas laterais. Como todos os carros fúnebres. Eu o tinha confundido com um transporte comum. Quanto aos nossos perseguidores, era o cortejo de familiares do defunto. E, pelo jeito que berravam, parecia que estavam muito aborrecidos. Não me ocorreu melhor ideia que fugir. De qualquer forma, não podia fazer outra coisa, porque os cavalos enlouqueceram e eu não tinha a menor ideia de como controlá-los. Puxava as rédeas ao léu, e com isso só conseguia deixá-los ainda mais desembestados. O porre passou de repente quando vi as faíscas que as rodas faziam ao dobrar nas esquinas. Entramos numa praça a uma velocidade espantosa. Uma das cristalerias mais famosas de Lyon e de toda a França ficava nessa praça. Com a luz da manhã, os cavalos devem ter achado que a vitrine, totalmente cristalina, era um corredor aberto.

Foi uma pancada e tanto. Os cavalos, o carro, o caixão, o morto e eu nos incrustamos e nos esparramamos no interior do local. O cristal, quando quebra, faz um som muito peculiar. Vinte mil copos, abajures, garrafas, espelhos, taças e jarras estourando ao mesmo tempo, também. O que até hoje não entendi é como saí vivo e mais ou menos inteiro.

Fiquei ali, de quatro, contemplando aquela hecatombe de cristais. Na esquina já aparecia a turba exaltada. As portas traseiras do carro estavam abertas. O ataúde, no chão, aberto. E vazio. Perguntei-me pelo morto: onde teria se metido? Bem, tampouco era o momento de descobrir. Eu ainda estava atordoado por causa da batida, de modo que só consegui pensar em me esconder no caixão e fechá-lo.

Minha cabeça doía uma barbaridade. Tínhamos bebido a noite toda, de taberna em taberna. Numa delas acabamos trocando socos com os alunos do internato dos dominicanos, que ainda eram mais beatos que os carmelitas. Depois essa corrida maluca e a pancada na cabeça. Pensei que se dane tudo. Se eu ficasse quietinho as coisas se ajeitariam sozinhas. Encostei o rosto no veludo do caixão e caí na inconsciência.

Não sei quanto tempo permaneci ali, mas um pouco mais e fico para sempre. Acordei com um movimento. Minha cama fechada dava solavancos. Demorei alguns segundos para me lembrar de onde estava.

— Ei, ei, abram isto! — comecei a gritar, batendo na tampa. — Abram a porta, filhos da puta!

Meu caixão balançava porque estava descendo para a cova. Quando me ouviram, voltaram a puxar (acho que muito lentamente). Várias mãos o abriram, e eu saí como um gato escaldado pula da panela. Que angústia.

— Iam me enterrar vivo! — gritei, com justa indignação.

Era fácil reconstituir os fatos. Quando os parentes do defunto viram o caixão se limitaram a colocá-lo de novo no carro fúnebre e retomar o caminho ao cemitério, sem se incomodar de verificar se quem estava lá dentro era o seu parente ou o bom do Zuvi. Eu me salvei por um triz.

Mas no dia seguinte tive que enfrentar as consequências. Oito dos meus condiscípulos estavam no hospital com ossos quebrados, várias damas que participaram do enterro ainda não tinham se recuperado da síncope. O proprietário da cristaleria ameaçou processar a ordem. Além do mais, ao fazer um balanço dos destroços do seu comércio, havia encontrado o cadáver de um probo cidadão: lá no teto, pendurado em um lustre, onde foi parar depois da batida. Dessa vez eu tinha ido longe demais. O prior me ofereceu duas alternativas: voltar para casa com um bilhete infamante ou me dirigir ao castelo de Bazoches. Para a minha casa!? Se eu voltasse a Barcelona, expulso, meu pai me mataria. Optei por Bazoches. Pelo que entendi, um tal de marquês de Vauban se oferecia para tutelar alunos.

2

Mas chega de criancices. Como eu ia dizendo, naquele 5 de março de 1705 estava me aproximando do castelo de Bazoches, a pé e com uma trouxa no ombro.

Era uma construção mais senhorial que militar, mais bela que grandiloquente. Nas muralhas se erguiam três torres redondas, coroadas por capuzes agudos de telhas pretas. Sim, Bazoches era um castelo bonito em sua sobriedade antiquada. Naquela paisagem plana, atraía os olhos como um ímã, a tal ponto que nem ouvi a carruagem que passou e quase me atropela.

A estrada era tão estreita que tive o tempo exato para pular de lado enquanto as rodas faziam uma onda de lama que me cobriu da cabeça aos pés. Isso pareceu divertir dois baderneiros que vinham com a cabeça para fora das janelas do veículo, uma dupla de pirralhos da minha idade. Enquanto se afastavam na direção do castelo, riam da minha desgraça.

Porque era uma grande desgraça, já que eu havia decidido me apresentar com as minhas melhores roupas. Não dispunha de tricórnios e casacas decentes além daqueles que estava usando. Como ia aparecer diante de um marquês todo lambuzado de lama?

Vocês podem imaginar com que ânimo cheguei a Bazoches. As portas ainda estavam abertas, porque não fazia nem dois minutos que a carruagem dos dois baderneiros tinha entrado. Apareceu um lacaio e me enxotou:

— Quantas vezes tenho que repetir que o dia de esmola é segunda-feira? Fora!

Na verdade eu não podia condenar sua atitude. O que iria pensar de mim, a não ser que era um pedinte fora de hora?

— Venho como aspirante a engenheiro e trouxe credenciais lacradas! — defendi-me enquanto tentava abrir a trouxa.

O homem não quis nem me ouvir. Devia estar acostumado com aquilo, porque de algum lugar tirou um porrete.

— Fora daqui, mandrião!

Você acredita em anjos, búfala alemã? Eu não, mas em Bazoches havia três. E o primeiro apareceu exatamente quando esse porrete ia partir as minhas costelas. Por seu aspecto devia ser uma criada, mas pela autoridade que exalava imaginei que devia ter algum cargo. E, por mais que digam que os anjos não têm sexo, posso garantir que aquele era mulher. Se era.

Não é nada fácil descrever o encanto daquela criatura. Como eu não sou poeta, e para abreviar, direi que como mulher ela era justamente o contrário do que você é, minha querida e horrenda Waltraud. Não se zangue. Quero dizer que você é mais bunduda que uma abelha, e ela tinha uma cintura de um palmo e meio. Você anda com os ombros pesados feito uma mula; ela se deslocava com a segurança de certas mulheres eleitas que, nobres ou não, se sabem capazes de esmagar impérios com o sapato. O seu cabelo sempre parece que acabou de sair de um barril de gordura, enquanto o dela era fino e comprido até os ombros, de uma cor vermelho-melancia. Eu nunca vi os seus peitos, nem me interessa, mas na certa eles caem como duas berinjelas. Os dela se encaixavam perfeitamente numa taça de bebida. Não digo que fosse perfeita. Sua mandíbula inferior, enérgica e angulosa, lhe dava personalidade demais para uma mulher. Mas, se é para pecar, que seja por excesso: no seu caso roubaram o queixo, e com isso você se tornou um modelo perfeito de cretinismo facial.

O que mais? Ah, sim!, orelhas diminutas, sobrancelhas cor de cobre e finas como uma pincelada de dois pelos. Como a maioria das ruivas, era sardenta. Tinha exatamente seiscentas e quarenta e três sardas. (Quando eu falar mais à frente do regime acadêmico de Bazoches vocês entenderão por que as contei.) Se o seu corpo fosse manchado com mil sardas, você pareceria uma bruxa leprosa. Ela, em contrapartida, parecia um ser fantástico. E, pensando bem, um dos poucos heróis que não conheci deste século é o trouxa do seu marido, que toda noite tem que aguentar uma bruaca como você. Por que está chorando? Eu falei alguma coisa que não seja verdade? Vamos, pegue a pena de novo.

A jovem me ouviu com atenção. Deve ter se convencido, porque me pediu as credenciais. Sabia ler, o que confirmava que tinha um cargo alto na hierarquia do serviço. Eu lhe contei a sacanagem que me fizeram: ela podia me ajudar ou me mandar embora. E me ajudou. Foi para outro lugar. Eu a esperei por um tempo que me parecia interminável. Voltou trazendo roupa.

— Pegue esta casaca — disse — e corra. Já estão reunidos.

Saí correndo na direção que ela indicava e não parei até chegar a um aposento perfeitamente quadrado e de teto não muito alto. O mobiliário se reduzia a duas cadeiras. Na parede oposta vi uma segunda porta. E ao lado dela os dois inescrupulosos que tinham me coberto de lama. Em pé, esperando que a porta se abrisse.

Um deles, atarracado, tinha o nariz tão amassado que os buracos se projetavam para a frente mais que para baixo, como um porco. O outro era alto, magrelo e tinha umas pernas de flamingo. Seu traje de menino rico não conseguia esconder o porte desajeitado. Parecia que, em vez de crescer gradualmente, ele tinha sido esticado de repente com dois alicates. Batizei-os de Porquinho e Esticão.

O fato de me cumprimentarem de forma corriqueira e indiferente, como se me vissem pela primeira vez, é menos estranho do que parece. Se quer ouvir um bom conselho, minha orangotanga, preste atenção: as pessoas olham mal e veem pior. Porquinho e Esticão não me reconheceram. A primeira visão da minha pessoa tinha sido fugaz. Agora, com aquela casaca fenomenal, eu parecia outro. Esticão se dirigiu a mim sem esconder seu ânimo competitivo.

— Outro aspirante? Eu lhe desejo o melhor, mas saiba que passei anos estudando os princípios da engenharia. Só vão receber um aluno, e o lugar será meu.

Enfatizou a palavra "meu".

— Meu querido amigo — interveio Porquinho —, parece que está esquecendo que estou atrás desta oportunidade há tanto tempo quanto você.

Esticão suspirou.

— Não posso acreditar que Vauban em pessoa esteja a ponto de entrar por esta porta — disse. — O homem que construiu ou remodelou as fortificações de trezentas praças. Trezentas!

— Certo — concordou Porquinho. — Sem falar das suas mais de cento e cinquenta ações de guerra, maiores e menores.

— E o mais belo e importante — enfatizou Esticão: — conquistador de cinquenta e três cidades. Todas elas mais bem-defendidas que Troia!

Porquinho murmurou, totalmente de acordo:

— *Suprême, suprême, suprême...*

"Assim vamos bem", pensei. O prior não tinha me falado de qualquer seleção prévia. E só havia uma vaga. Como imaginar que iam me escolher em lugar daqueles dois cus de ferro?

Pela descrição que me tinham feito do marquês de Vauban, eu esperava ver um sujeito curtido em mil batalhas, hercúleo e cheio de cicatrizes.

Quem entrou, porém, foi um homem maduro, baixinho e com pinta de ser muito rabugento. Estava usando uma peruca das mais caras, cacheada e dividida no meio. Apesar da idade avançada, como delatavam as suas bochechas flácidas e angulosas, todo o seu ser exalava uma energia impaciente. Na face esquerda tinha uma mancha roxa que, como vim a saber mais tarde, era produto de uma bala que o atingira no assédio de Ath.

Sébastien le Prestre Marquês de Vauban

Sébastien le Prestre Marquês de Vauban

Nós três ficamos em posição de sentido, lado a lado. O marquês nos olhou sem abrir a boca. Parou diante de cada um e observou por alguns segundos. E com que olhos! Ah, sim, eu poderia reconhecer esse olhar de Bazoches em qualquer lugar. Quando Vauban olhava era como se dissesse: "Você não pode me esconder nada, conheço seus defeitos melhor que você mesmo." E em certo sentido era verdade. Mas só estou mencionando a parte mais dura do homem.

Em Vauban também havia um princípio paternal. Embora o rigor fosse a faceta mais visível do seu caráter, qualquer um podia ver que essa severidade se orientava para finalidades benignas e construtivas. Ele era um desses sujeitos de cuja retidão ninguém podia duvidar.

Afinal se dignou a falar. Começou pela parte agradável do assunto: os engenheiros reais constituíam a elite da elite, uma seleta minoria. E eram tão escassos que todos os reis da Europa e da Ásia estavam dispostos a pagar o que fosse preciso para contratá-los. Isso já me agradava um pouco mais. Dobrões franceses, libras inglesas, cruzados portugueses. Eu ganharia dinheiro e conheceria o mundo!

Depois a exposição mudou de rumo. Vauban ficou ainda mais sério e comentou:

— Saibam, senhores, que um engenheiro arrisca a vida mais vezes num assédio que um oficial de infantaria durante uma campanha inteira. Continuam interessados?

Os dois panacas assentiram ao mesmo tempo com um enfático "*Oui, monseigneur!*". Eu não sabia sequer para onde olhar. Tropa? Tiros? Canhões?

Mas de que merda ele estava falando? Eu pensava que um engenheiro era um homem que construía pontes e canais. Embora Porquinho e Esticão tivessem mencionado assédios e batalhas, supõe-se que os mandachuvas sempre vão estar bem instalados, principalmente quando se limitam a desenhar planos, na retaguarda e com uma madame em cada braço.

Sabem, eu só queria voltar com um título, nem que fosse de projetista de canais de irrigação. Qualquer coisa, algo para me justificar diante do meu pai. E aquele velho doido não parava de falar besteiras, cada qual maior que a outra.

Porque a coisa piorou. E muito. Antes que eu percebesse lá estava ele falando do "Mistério".

Eu estou há quase um século tentando entender as luzes cintilantes de "*le Mystère*" (escreva assim mesmo), e ainda me considero um aprendiz. Então me digam o que aquele garoto de quatorze anos podia pensar quando ouviu falar disso pela primeira vez, naquela salinha do castelo de Bazoches.

Volta e meia Vauban mencionava o Mystère, e o fazia de forma tão majestosa que afinal entendi que se tratava de uma palavra meio críptica para falar de Deus. Mas por que estou dizendo Deus? A julgar pelo seu tom, Deus devia ser uma espécie de enteado bobalhão desse tal Mystère.

A essa altura eu já havia perdido toda e qualquer esperança de ser aceito em Bazoches. Como já disse, não tinha a mais remota ideia do que significava tudo aquilo, enquanto Porquinho e Esticão pareciam entusiasmados. Estes sabiam para que vieram, estavam bem preparados como permitiam sua posição e seus estudos, e sua vida não tinha outra finalidade além de dedicar-se à estranha causa invocada pelo marquês.

De repente Vauban se calou e saiu da sala. Foi um silêncio tão imprevisto que ficamos todos sem ar. Porquinho e Esticão se entreolhavam sem entender o que havia acontecido. Um minuto depois apareceu alguém no lugar de Vauban. Ela. A beleza ruiva do pátio de armas. E se apresentou como filha do marquês.

Eu nem tinha pensado em tal possibilidade. Tolice minha, porque nenhuma criada se movimentaria com o seu aprumo. Agora estava muito mais elegante que antes, com uma saia tão comprida que lhe ocultava os pés. Não me deu o menor sinal de reconhecimento. Estava mais séria que um morto, quase dava medo. Parou à nossa frente e disse:

— Meu pai me pediu que os submeta a uma prova muito breve, para julgar suas aptidões. Quer que eu o faça no lugar dele porque sabe que sua presença intimida os aspirantes jovens. — Abriu uma pasta e tirou uma lâmina. — A prova consiste em uma única pergunta. Vou mostrar determinado desenho a cada um, e vocês devem descrevê-lo. Por favor, sejam concisos na resposta.

Eu fui o primeiro a quem se dirigiu. Pôs um desenho diante dos meus olhos.

Ainda tenho uma réplica do original. (Você, insira-o aqui, nesta página, não em outra. Entendeu, cafre louro? Aqui!)

Se ela tivesse me mostrado um poema em aramaico eu teria entendido melhor. Encolhi os ombros e disse a primeira coisa que me passou pela cabeça:

— Uma estrela. Uma estrela parecida com uma flor, com espinhos em vez de pétalas.

Porquinho e Esticão, que já tinham visto o desenho de esguelha, deram muitas gargalhadas. Ela não. Ficou impassível, avançou dois passos e mostrou a lâmina ao Porquinho, que respondeu:

— Uma fortaleza com oito baluartes e oito revelins.

Quando chegou sua vez, Esticão se limitou a dizer:

— Neuf-Brisach.

— É mesmo! — exclamou Porquinho. — Como não reconheci? A obra culminante de Vauban!

Esticão, certo da sua vitória, não conseguia evitar uma expressão de quem foi escolhido pelos deuses. Até se dispôs a consolar Porquinho com a amabilidade barata dos vencedores. A imagem da lâmina correspondia à fortaleza de Neuf-Brisach, que sabe-se lá onde ficava.

A filha de Vauban nos pediu que esperássemos ali enquanto ia comunicar as respostas ao pai. Quando ficamos sozinhos, eu disse:

— Da próxima vez que nos virmos espero que vocês saibam se comportar.

Os dois me olharam, estranhando meu tom ofendido.

— Caramba! Mas você é o mendigo — reconheceu finalmente Esticão, que era o mais esperto dos dois. — Posso saber o que está fazendo aqui?

Só queria provocá-los um pouco antes de ir embora, por causa da lama e porque sempre detestei filhinhos de papai presunçosos. Mas os meus insultos foram tão bem escolhidos que fizeram seus rostos mudar de cor. E partiram para cima de mim!

Eles eram dois, mas não eram grande coisa, de maneira que comecei a distribuir pontapés na canela e socos nos olhos. Porquinho veio por trás, agarrou-me pelo pescoço e rolamos no chão. Mordi seu antebraço enquanto me defendia com coices de Esticão, que erguia uma cadeira disposto a quebrar minha cabeça. Não sei o que teria acontecido se Vauban e a filha não tivessem nos interrompido.

— Senhores! — exclamou ela, escandalizada. — Isto aqui é o castelo de Bazoches, não uma taberna!

Nós nos levantamos e ficamos em posição de sentido, os trajes amassados, Esticão com um olho machucado, Porquinho apertando o braço onde eu tinha mordido. A severidade com que o marquês nos olhava era, simplesmente, indescritível. Houve um silêncio tão grande que se podia ouvir o caruncho roendo as cadeiras, e não se trata de uma figura de retórica.

— Vocês trouxeram a violência para a minha casa. Fora — sentenciou o marquês.

E não havia mais nada a dizer. A filha se dirigiu àqueles dois:

— Você e você, venham comigo. — Enquanto os acompanhava até a saída, virou ligeiramente a cabeça para me dizer: — Você espere aqui.

Fiquei a sós com o marquês, que não tirava de mim aqueles seus olhos escrutinadores. Ouvimos os protestos de Porquinho e Esticão, do outro lado da porta. Depois se fez silêncio, e ela voltou a se reunir conosco.

Eu pensava que a filha de Vauban também ia me mandar embora, escalonando a saída dos três, porque se tínhamos nos socado, mordido e esmurrado, era lógico que saíssemos separados para evitar que o espetáculo se repetisse. Mas o que o marquês me disse, embora num tom inflexível, não se ajustava a uma despedida:

— A nossa primeira conversa acontece depois de um ato de violência na minha própria casa. Isto lhe parece um bom augúrio?

Achei melhor nem responder. Ele deu uns passos pelo aposento. Voltou aonde eu estava, parou e me tocou com dois dedos o peitilho.

— Agora vou lhe fazer uma pergunta e quero que seja sincero — disse. — Se mentir, eu saberei. O que ocorreu com os carmelitas?

— Bem, é difícil de explicar — comecei. — Os carmelitas são muito rígidos em sua disciplina.

Percebi que Vauban era um homem que não apreciava hesitações e prolegômenos. Eu não tinha como saber o que dizia a carta do prior, de modo que me limitei a adornar os fatos sem tergiversar muito:

— Um dia subi num carro para voltar ao internato. Estava com tanta pressa que não percebi que era um carro, de fato, mas fúnebre. Os carmelitas levaram a coisa muito a mal.

— Fúnebre?

— A família não gostou muito de que eu mudasse o trajeto — disse eu, escapando como podia dos aspectos mais desagradáveis do caso.

Atrás de mim ouvi um risinho saltitante, que foi ficando cada vez mais franco; era a filha, que estava sentada às minhas costas. O que eu menos podia esperar era que o marquês acompanhasse a sua hilaridade. De repente, a sua cara pétrea se desfigurou e ele soltou uma gargalhada. Pai e filha se olhavam rindo.

— Agora entendo por que o prior o mandou para os meus domínios — disse o marquês, e explicou: — Eu estudei lá, e quando era jovem cometi um erro igual. Eles ainda devem se lembrar! — Virou-se para a filha sem parar de rir. — Já lhe contei alguma vez, minha querida Jeanne? Eu me sentei ao lado do cocheiro e disse: "Para a residência dos carmelitas!"

O volume das gargalhadas da moça foi aumentando, enquanto o marquês prosseguia:

— E o cocheiro respondeu: "Jovem, não tenha tanta pressa para chegar ao lugar aonde vai este veículo." Foi quando entendi que ia para o cemitério. Que cara eu fiz!

Os dois morriam de rir. O marquês teve que enxugar os olhos com um lenço branco tão grande que parecia meio lençol. Quando voltou a falar, o riso ainda entrecortava suas palavras.

— Por Deus... e por uma coisa tão compreensível se zangaram com você? — risadas, ho, ho, ho. — Quando a gente se vê numa situação assim desce da carruagem envergonhado e pronto — risadas, he, he, he. — Mas a verdade é que... é que... — ha, ha, ha de Vauban, hi, hi, hi de Jeanne — que entre as virtudes dos carmelitas... — hi, hi, hi! — nunca figurou o senso de humor — ha, ha, ha!

O homem íntimo parecia muito diferente do público. O que eu ainda não sabia era que para Vauban o conceito de "privado" se reduzia a Jeanne, a mais nova das suas duas filhas, em quem depositava uma confiança sem limites. O marquês me olhou; sua cara voltava a ser de pedra.

— Ainda está em tempo de dar meia-volta — disse ele. — Se você decidir ficar em Bazoches, sua vida vai sofrer uma mudança radical.

Caramba! Quando Jeanne lhe comunicou as nossas respostas ao teste, deve ter contado ao papaizinho que quem tinha acertado foi o bom do Zuvi, e não Esticão. Ela deve ter visto alguma coisa em Martí Zuviría.

— Na carta os carmelitas também citam alguns defeitinhos da sua pessoa. Arrogância, desacato, blasfêmia. Quer saber o que eu acho? Acho que o prior se livrou de um aluno problemático.

Já passou quase um século e ainda vejo Jeanne Vauban sentada à minha frente, a cabeça inclinada, levando com a mão mechas de cabelo vermelho à boca enquanto me fita com uns olhos que podiam sugerir tudo ou nada. Se estivéssemos a sós, creio que eu teria pulado em cima dela.

Vauban voltou a dar umas batidinhas no meu peito.

— Você acha que veio aqui para se tornar um simples "engenheiro"? Está enganado. Bazoches é a fonte de segredos que estão ao alcance de muito poucos. Fique sabendo: quando acabarmos, você não será mais um simples ser humano. Certo: tocará as portas da glória com dedos de ferro. Mas sem recompensas. E para fazer de você um engenheiro Bazoches vai extrair todo o seu ser e voltar a metê-lo para dentro. Você sentirá como se engolisse mil vezes o próprio vômito. Só então será digno do Mystère. — Fez uma pausa para encher de ar os seus velhos pulmões e me perguntou: — Sente-se preparado para a empreitada?

Uma parte de mim me dizia para ir embora dali. Fugir correndo e só parar depois de cruzar os Pireneus. Deixar para trás o Mystère, o Engenheiro Gordo e o Marquês Biruta para que fritassem todos no seu próprio molho e não me metessem nos seus devaneios.

Por outro lado, também pensava: por que não? Embora não fosse o que eu havia imaginado, tampouco tinha muitas alternativas. Enquanto hesitava, desviei o olhar alguns graus, na direção da filha do grande Vauban. Que ruiva de tirar o fôlego.

Fiquei em posição de sentido e respondi:

— Estou preparado e ansioso, *Monseigneur*!

O homem assentiu de leve. Mas sua anuência continha alguma coisa de inquietante, porque virou a cabeça em direção à filha e disse:

— Ele não sabe o que o espera.

No fundo, nós não tomamos as decisões mais importantes das nossas vidas, elas nos vêm dadas. Por causa do cheiro invisível do Mystère? É possível. Ou por escolha da piroca. Também é possível.

3

Por que o grande Vauban me adotou academicamente? Ainda hoje não posso responder com certeza.

Seu único filho homem tinha morrido dois meses depois de nascer, e por isso teve que se conformar com duas filhas. Será que precisava sentir alguma forma de paternidade nunca exercida? Não me julguem tão importante. E, como descobri mais tarde, para um homem com suas crenças o sexo da descendência importava pouco. Teve um bom número de bastardos com duas ou três camponesas dos arredores. Era uma coisa sabida por todos, ele não se preocupava em ocultar, e até lhes deixou um bom estipêndio no testamento. Mas em vida nunca dedicou a menor atenção a eles.

Em março de 1705 faltavam dois anos exatos para sua morte. Ele sabia que o fim estava próximo. Eu tinha sido precedido por uns poucos privilegiados, e seria seu último aluno. Só posso dizer que algumas vezes, poucas, ele me fez sentir como o papel onde um náufrago escreve sua última mensagem antes de introduzi-la na garrafa.

Naturalmente, eu não o via todos os dias, longe disso. Sempre estava aqui ou acolá, em Paris ou em algum outro lugar. Digamos que se ocupava dos meus progressos como fazia com a maioria de suas obras fortificadoras: na qualidade de supervisor-geral.

Deram-me um quarto no alto de uma torre aonde se chegava por uma escada em caracol. Era pequeno mas luminoso, limpo, e tinha cheiro de lavanda. No dia seguinte tomei o desjejum num canto da cozinha, que era maior que a minha casa de Barcelona inteira. E o preparei sozinho, porque os empregados se dedicavam a outros afazeres. Depois esperava ver Jeanne, ou pelo menos queria. Em vez dela apareceu um velhinho venerável, sorridente e com ossos de cristal.

— Então você é o novo aluno?

Apresentou-se como Armand Ducroix.

— Já se familiarizou com Bazoches? — perguntou, e ele mesmo respondeu: — Não, claro que não, que bobagem, você chegou ontem. Tudo vai dar certo, claro que vai.

Ainda não sabia que esse modo de falar era típico de Armand. Ele pensava em voz alta, como se considerasse a coisa mais normal do mundo o seu pensamento fluir livremente, sem se ocultar em mutismos ou convenções.

— Bom rapaz — prosseguiu —, atitude e figura de galgo. Sim, é possível que vá longe, quem sabe? Mas não vamos nos iludir. Tudo está nas mãos do Mystère. Sabem que este nariz afiado indica um espírito vivo, e os ombros podem aguentar cargas pesadas. A partir de hoje vamos fortalecer seus músculos e seu espírito.

Fomos para a biblioteca. Quando vi as prateleiras escalonadas e cheias de lombadas apertadas fiquei paralisado.

— Uau! — exclamei. — Mas vocês têm pelo menos cinquenta livros! Existe alguém que tenha lido tantos?

Armand deu uma risada enquanto se sentava em uma cadeira.

— Querido aspirante — disse —, você vai ler muitos mais antes de se tornar um *maganón.*

— Um *maganón*?

— Era assim que os gregos antigos chamavam os engenheiros militares: *maganón.*

Quando Armand inclinou a cabeça para escrever, vi seu crânio, nu e magnífico, em toda a sua plenitude.

Tinha uma cabeça curiosamente esférica. A maioria dos calvos tem o crânio pintado de sardas, cortado por veias azuis ou avermelhadas, ou adornado com rugas em forma de noz. Não era o caso de Armand. Sua pele, de uma saudável cor rosada, era esticada como um tambor. O cabelo remanescente formava um halo branco que rodeava a base do seu crânio como uma coroa de louros e se juntava com uma barbicha pontuda de bode. Tudo nele era miúdo, concentrado e denso. A aparente fragilidade dos seus ossos era um disfarce de uma vivacidade de esquilo. Seu corpo magro não refletia o desgaste da senilidade, mas uma estranha tensão vital. Nunca o vi de mau humor, ele não perdia um pretexto para rir. No entanto, essa bonomia não conseguia esconder os olhos cinzentos, de lobo, que estavam sempre me observando. Até quando estava de costas.

Sentou-se para escrever algo. Quando terminou, me chamou.

— Este será o seu programa de estudos — anunciou. — Leia em voz alta, por favor.

Não guardei o papel nem me faz a menor falta. Lembro perfeitamente:

6h30-7h: Higiene. Oração na capela. Café da manhã
7-8h: Desenho
8-9h: Matemática. Geometria. Suco de limão
9-10h: Sala esférica
10-12h: Castrometria. Topografia
12-12h30: Almoço. Suco de limão
12h30-14h: Campo
14-15h: Obedecer e mandar. Tática e estratégia
15-16h: História. Física
16-17h: Agrimensura. Balística. Suco de limão
17-19h: Mineralogia. Campo
19h: Jantar
19h30-21h: Arquitetura
21-23h: Campo. Oração na capela

Este era o plano de estudos, mas na realidade nunca me exigiram a oração, nem pisei na capela.

— Aos domingos terá folga. Concorda com o plano geral? — perguntou com seu sorriso perpétuo.

O que eu podia dizer? Que não?

— Perfeito, então — comemorou. — Vamos começar. Por favor, vá à sala ao lado e me traga *La nouvelle fortification* de Nicolaus Goldmann. E também *De Secretis Secretorum* de Walter de Milemete.

A biblioteca se estendia em uma sala contígua. Eu não conseguia acreditar que existisse alguém excêntrico o suficiente para armazenar aquela quantidade de papel impresso. Entrei pelo vão sem porta da sala anexa. E lá voltei a encontrar Armand! No alto de uma escada, arrumando livros, com sua careca esplêndida e a barbicha branca de bode. A mesma calça preta, a mesma camisa branca. Ele me olhou. Os mesmos olhos cinzentos de lobo, o mesmo sorriso de astúcia gentil.

— Posso ajudá-lo em alguma coisa, jovem?

— Mas o senhor sabe — respondi, atônito. — Vim buscar *De Secretis Secretorum* de Walter de Milemete e *La nouvelle fortification* de Nicolaus Goldmann.

Desceu da escada e pôs os livros na minha mão.

— Como fez isso? — perguntei.

— Procurando no índice. Esta biblioteca se rege por um princípio chamado "ordem".

Eu não entendi nada. Dei quatro passos para trás com os livros na mão e entrei na sala maior. E Armand voltava a estar sentado diante da sua escrivaninha!

O mistério só se esclareceu quando o bibliotecário veio ao nosso encontro. Eram irmãos gêmeos, idênticos como dois caranguejos. Até as rugas em suas bochechas haviam seguido caminhos paralelos. Os dois começaram a rir. Mais tarde descobri que confundir os empregados de Bazoches era a sua diversão particular. Deixavam-nos loucos com a variedade de brincadeiras que essa espécie de fusão corporal possibilitava.

— Mas vocês são iguais! — exclamei, um pouco transtornado.

— Garanto que em pouco tempo você será capaz de nos diferenciar.

Nesse momento achei que a única diferença entre os dois era que um deles se chamava Armand e o outro Zenon. Ou vice-versa, porque me parecia impossível distingui-los. O primeiro me fez sentar diante de uma mesa. Pôs Goldmann e Milemete sob os meus olhos e ordenou, agora muito sério:

— Leia. E, se entender alguma coisa, diga-me.

Uma curiosa diretriz. Deixaram-me lendo por um bom tempo, sem me interromper. Eu me dediquei à tarefa com toda a minha boa vontade. Comecei pelo tal Milemete, porque o título prometia. Com tanto segredinho eu esperava dragões, fontes da vida eterna, plantas carnívoras engolindo bois, coisas assim. Que nada, era uma chatice. A única coisa que me chamou a atenção foi a imagem de uma espécie de ânfora romana dotada de quatro patas que vomitava fogo. Quanto a Goldmann, o mais interessante ali também eram os desenhos. Pareciam garranchos de alguém tão entediado que não tinha coisa melhor a fazer que encher páginas e páginas com geometrias de maníaco perdido. Após algum tempo me perguntaram:

— *Et alors?*

Levantei a vista. Era melhor ser sincero.

— Não entendi nada de nada.

— Perfeito. Era esta a sua lição de hoje — disse Armand. — Agora você já sabe que não sabe nada.

* * *

No dia seguinte os Ducroix continuaram indulgentes comigo. Limitaram-se a avaliar meus conhecimentos para saber por onde deviam começar. Eu pensava em Jeanne com o olhar um pouco perdido.

— Está preocupado com alguma coisa? — perguntou Zenon.

— Não, em absoluto — respondi, acordando do meu devaneio. — Simplesmente acabei de chegar e ainda não sei muito bem qual é minha posição em Bazoches.

— Mas como? — disse Armand. — Ainda não foi apresentado aos moradores do castelo?

Ele mesmo me levou para conhecer todo o pessoal. Tenho que dizer que tanto Zenon como Armand eram a cortesia personificada. Não havia neles nada da relação distante que se espera entre nobres e plebeus. Estes últimos sabiam perfeitamente qual era o seu lugar, claro, mas os gêmeos se comportavam com uma cordialidade que camuflava qualquer diferença.

Eram a mão direita e a mão esquerda de Vauban. Os dois estavam com ele havia décadas, conheciam todos os segredos da sua engenharia e compartilhavam a mesma filosofia. Colaboravam com ele no planejamento da fase prévia de seus projetos de fortificações e eram a dobradiça entre o marechal Vauban e os assuntos mundanos. Na verdade, tive muita sorte de chegar a Bazoches durante o ocaso do grande Vauban. Em outra época, os Ducroix estariam ocupados demais para me dedicar atenções tão pródigas.

— Agora, a filha do marquês.

Quando ouvi estas palavras tive que puxar a calça para cima de modo que não se notasse meu pau duro. Para minha decepção, porém, me levaram diante de uma criatura totalmente diferente: Charlotte, a irmã de Jeanne e filha mais velha de Vauban. Cara de ameixa, pômulos vermelhos, uma boquinha mais curta que rabo de tartaruga e um nariz mal-colocado, como um esquadro começando acima das sobrancelhas. Ria com um *clo, clo, clo* de papagaia, balançando uma papada que parecia bolsa de uma gaita de foles. E passava metade da vida rindo.

E, se vocês pensam que só a descrevo nestes termos porque o bom do Zuvi é o pilantra mais escandaloso do século, estão completamente enganados. Na verdade, fiquei pesaroso ao conhecê-la. Por que a natureza tem que ser tão injusta? Elas eram irmãs, mas todas as virtudes tinham recaído em Jeanne. Jeanne era inteligente, belíssima, perspicaz, enquanto Charlotte sempre foi um ser cândido, sem malícia alguma. E aquela risada supremamente tola...

— Acho que você já conheceu a Jeanne — disse Armand. — Neste momento ela está na aldeia de Bazoches, cuidando de algum assunto de caridade.

Caramba.

— O marido dela quase nunca aparece em Bazoches — comentou Zenon. — Quando o conhecer, faça o favor de se comportar com amabilidade e delicadeza. Ele tem uma personalidade muito peculiar.

— O que Zenon quer dizer — esclareceu Armand — é que não regula bem.

O dia acabou e eu me retirei para o meu lindo quarto com cheiro de lavanda. Pensam que fui para a cama? Claro que não.

Enquanto os irmãos Ducroix me conduziam pelas dependências do castelo, eu tinha descoberto qual era o quarto de Jeanne. Só estava esperando que todo mundo fosse se deitar para ir abordá-la. De qualquer forma não conseguiria dormir. Deixei passar um tempo e saí do quarto, descalço e com uma candeia na mão. Bati suavemente na porta de Jeanne.

Nada aconteceu. Estava hesitando entre insistir ou me retirar, quando por fim ela abriu.

Talvez tenha sido porque eu ainda era muito pirralho, mas o fato é que nunca tinha sofrido uma impressão como aquela. E digo "sofrido" porque o amor pode provocar dor física. Meus pulmões encolheram; meu pensamento, habitualmente ágil, se turvou de repente. As velas tremiam menos que eu.

Na primeira vez eu a vira vestida como uma simples camponesa; na segunda, como uma rainha, e agora estava de camisola e com os cabelos vermelhos soltos. E estávamos a sós na escuridão. A luz suave das duas velas, a minha e a dela, deixava a camisola transparente. Eu tinha ensaiado duas ou três frases, mas fiquei parado de boca aberta.

— E então? — disse ela.

— Eu queria lhe agradecer — reagi finalmente. — Se não fosse por você eu não estaria aqui.

— Você acha certo bater no quarto de uma dama a estas horas da noite?

— Por que me escolheu? Eu era o menos preparado dos três, obviamente.

— Eu gosto de usar roupas confortáveis quando não temos visitas. Aqueles dois passaram ao meu lado e não viram sequer uma empregada; não viram nada. — Algo mudou em seu rosto. — Você pediu ajuda. — Logo a seguir se arrependeu de ter falado com tanta franqueza e quis mudar de assunto. Olhou para um lado e para o outro do corredor, conferindo se aparecia alguém. — Que idade você tem?

Faltavam um par de meses para fazer quinze.

— Dezoito.

— Tão jovem? — surpreendeu-se.

Quando eu era criança sempre parecia ter dez anos a mais, e quando me tornei homem maduro, vinte a menos. Minha teoria é que o Mystère tinha pressa de fazer-me crescer porque estava planejado que eu ia morrer jovem, em 1714. Depois houve alguns imprevistos cósmicos; durante várias décadas o Mystère se esqueceu de somar meus anos e aqui estou.

— A engenharia me interessa muito pouco. Desde que vi você não penso em outra coisa — disse eu.

Ela riu, dando a entender que estava surpresa.

— Se você soubesse o que o espera, inverteria a ordem das suas preocupações.

Eu não entendi a que se referia.

— O último aspirante durou três semanas — explicou ela. — Não se saiu tão mal; o anterior voltou para casa no quinto dia.

— Quando cheguei a Bazoches não tinha certeza do que vim buscar — disse. — Agora tenho.

Ela não engoliu. Meus sentimentos eram sinceros, mas minha representação foi de teatro barato.

— Vá para a sua caminha — disse ela. — Acredite, amanhã você vai precisar estar descansado.

E fechou a porta no meu nariz.

4

Logo entendi que Jeanne tinha toda a razão do mundo.

Começávamos com desenho porque segundo os Ducroix a tinta e o traço despertam os sentidos. Depois, física e geometria. Descobri o privilégio de ter um tutor inteiramente dedicado a mim. E tinha dois! Eu não sou pedagogo, não posso avaliar o método que usavam, portanto só posso dizer que eles combinavam de uma forma única a indulgência, a disciplina e a acuidade de espírito.

Depois vinha a pausa para o suco de limão.

— Beba.

Era uma ordem. Até eu me acostumar tiveram que me vigiar para que não derramasse o copo em algum vaso de barro. Porque "suco de limão" era uma forma de dizer. Vauban, um erudito multifacetado, tinha inventado uma beberagem composta de extratos de raízes, cera de abelha, sucos vários e não sei o que mais, asquerosamente pastoso e adocicado. Segundo ele, aquilo despertava o cérebro e fortificava os músculos. Bem, matar não me matou.

Talvez a disciplina mais curiosa de Bazoches fosse o que chamavam de "sala esférica". Este nome se adequava mais à realidade que o "suco de limão", porque realmente se tratava de um aposento sem ângulos e em forma de ovo, uma bola gigantesca com as paredes caiadas de um branco fosco, puríssimo. Até o chão era côncavo, de modo que, quando a porta se fechava às suas costas, você ficava recluído no interior de uma esfera impoluta. A sala esférica ficava no alto do castelo. No meio do teto havia uma claraboia, que deixava a luz solar inundar a sala.

— Você tem exatamente cinco minutos — disseram os Ducroix na primeira vez que me empurraram para dentro.

Essa primeira vez foi assustadora. E não porque houvesse algo maléfico à minha espera, mas porque eu não sabia o que me esperava. Desde que entrei em Bazoches tinha a sensação de que havia um mundo de maravilhas à minha volta: livros estranhos, gêmeos sábios, mulheres lindas. E agora essa sala redonda, luminosa, e eu dentro dela, sozinho, aturdido com aquele silêncio majestático.

Vi algo à minha frente. Do teto caíam dezenas e dezenas de fios brancos, invisíveis ao se fundir com as paredes do fundo. E dos fios, pendurados em diferentes alturas, objetos dos mais diversos. Uma ferradura, uma máscara de teatro, um simples prego. Uma peruca! Uma pena de ganso que se camuflava contra o fundo branco. Um relógio dourado, girando em volta da correntinha que o sustentava.

Cinco minutos depois, abriram.

— Diga — disse Armand. — O que viu?

— Coisas penduradas — foi a minha atabalhoada resposta.

Zenon estava atrás de mim. Deu-me um tapa no pescoço. Eu, rebelde, me virei e exclamei:

— Você me bateu!

— A finalidade não é bater, mas acordar você — justificou-se Zenon.

— Aspirante Zuviría! — clamou Armand. — Você está cego. Um engenheiro que não sabe ver não é um engenheiro. Se eu estivesse atento daria uma resposta mais digna que esse vago, miserável, "coisas penduradas". Que coisas? Quantas? Em que ordem, altura e profundidade?

Fizeram-me entrar de novo, mas seria mais exato dizer que me jogaram lá dentro. Fixei tudo o que pude nas retinas e na memória. Quando saí tive que descrever os objetos com todos os detalhes e segundo suas posições. Comecei pelo que estava mais perto dos meus olhos e detalhei os outros usando o primeiro como referência. Eles me escutaram atentamente e sem me interromper.

— Patético — foi o veredito de Armand. — Havia vinte e dois objetos. Você se limitou a descrever quinze, e mal. Havia uma ferradura, sim. Com quantos buracos? De que lado estava pendurada? A que altura?

Abri a boca sem falar.

— Será que não entende? — interveio Zenon. — Quando você for atacar um baluarte ou assaltarem aquele que está defendendo, e só dispuser de alguns segundos para ter uma ideia da situação, como vai poder se responsabilizar pelas vidas de que está encarregado?

— Você tem que ficar atento — disse Armand. — Sempre, em qualquer hora e em todo lugar. Caso contrário, não verá; e, sem ver, não serve para este ofício. A partir de agora tem que ficar sempre atento, esteja acordado ou dormindo. Entendeu?

— Acho que sim.

— Tem certeza?

— Sim.

— Tem certeza de que entendeu?

— Sim! — gritei, mais por frustração que por convicção.

Antes que o "sim" acabasse de sair da minha boca, Zenon me fez uma pergunta fulminante:

— Descreva as fivelas dos meus sapatos.

Por instinto, abaixei a cabeça para olhar. O próprio Zenon me levantou o queixo com um dedo.

— Responda.

Não consegui.

— Desde a sua chegada estou usando o mesmo calçado. E em todo este tempo você nem reparou que não tem fivelas.

Em Bazoches me dei conta de como as pessoas são incrivelmente cegas. No ser humano comum, o olhar não passa de uma olhadela rápida e focal, que se deixa levar pelos instintos primários: disso eu gosto, disso não, como as crianças. Os irmãos Ducroix dividiam o gênero humano em duas categorias: toupeiras e *maganones*. De cada cem seres humanos, noventa e nove eram toupeiras. Um bom *maganón* via mais coisas num dia que um rebanho de toupeiras num ano. (Você mesma, toupeira gorda: quantos dedos eu tenho? Viu só? Tanto tempo juntos, e nem tinha notado que me falta a falange de um mindinho. Foi levada pela metralha, em Gibraltar. E a considero bem empregada: o cerco fracassou e eu me senti feliz sacaneando um Bourbon.)

Nesse dia puseram vinte e dois objetos. Em outros, trinta, quarenta, cinquenta. Às vezes só um: de pura gozação, porque me pediam todos os detalhes. Minha melhor marca foi descrever cento e noventa e oito objetos pendurados em barbantinhos brancos. E precisava me lembrar de tudo de cada objeto: quantos buracos tinha a flauta, quantas pérolas o colar ou quantos dentes o serrote. Já tentaram fazer isso, alguma vez? Façam, façam e descobrirão, nas coisas corriqueiras, a imensa complexidade do mundo que nos rodeia.

Tudo isso não passaria de um conjunto de exercícios mais ou menos pitorescos e estimulantes, dentro de sua excentricidade, se não fosse a disciplina chamada "Campo". Pensei que devia ser alguma forma de exercício tonificante ao ar livre. E como era!

Eles me levaram a uns quinhentos metros do castelo. Quando estávamos no meio de um campo retangular, que não era cultivado fazia anos, os Ducroix começaram a discursar sobre a bela vista daquele lugar. Muito típico deles. As atividades acadêmicas eram um prazer inserido em suas vidas que não os desviava da finalidade principal: desfrutar da visão do voo de um pássaro ou de um bonito pôr do sol.

— Muito bem, aspirante Zuviría — disse Armand virando-se finalmente para mim. — Suponhamos, e isso é mera suposição, que você se tornou oficial de engenheiros. E suponhamos que precisa de uma trincheira. O que faria?

— Bem, acho que mandaria os sapadores começarem a cavar — respondi, meio avoado.

— Muito bem! — aplaudiu ironicamente Zenon.

Nesse momento chegaram quatro criados vindos do castelo. Traziam estacas, cordas e saquinhos de cal que deixaram aos nossos pés. Também uns volumosos cestos cilíndricos de vime que, como fiquei sabendo depois, se chamavam "faxinas". Além disso, um capacete de ferro que parecia ter dois séculos de antiguidade, uma espécie de peitilho de couro e até um fuzil. Também deixaram um monte de pás, maças e mil utensílios para cavar. Nesse dia descobri que há mais variedades de picaretas que de borboletas.

— O que está esperando? — disse Armand.

— E para que esse fuzil? — perguntei, um pouco preocupado.

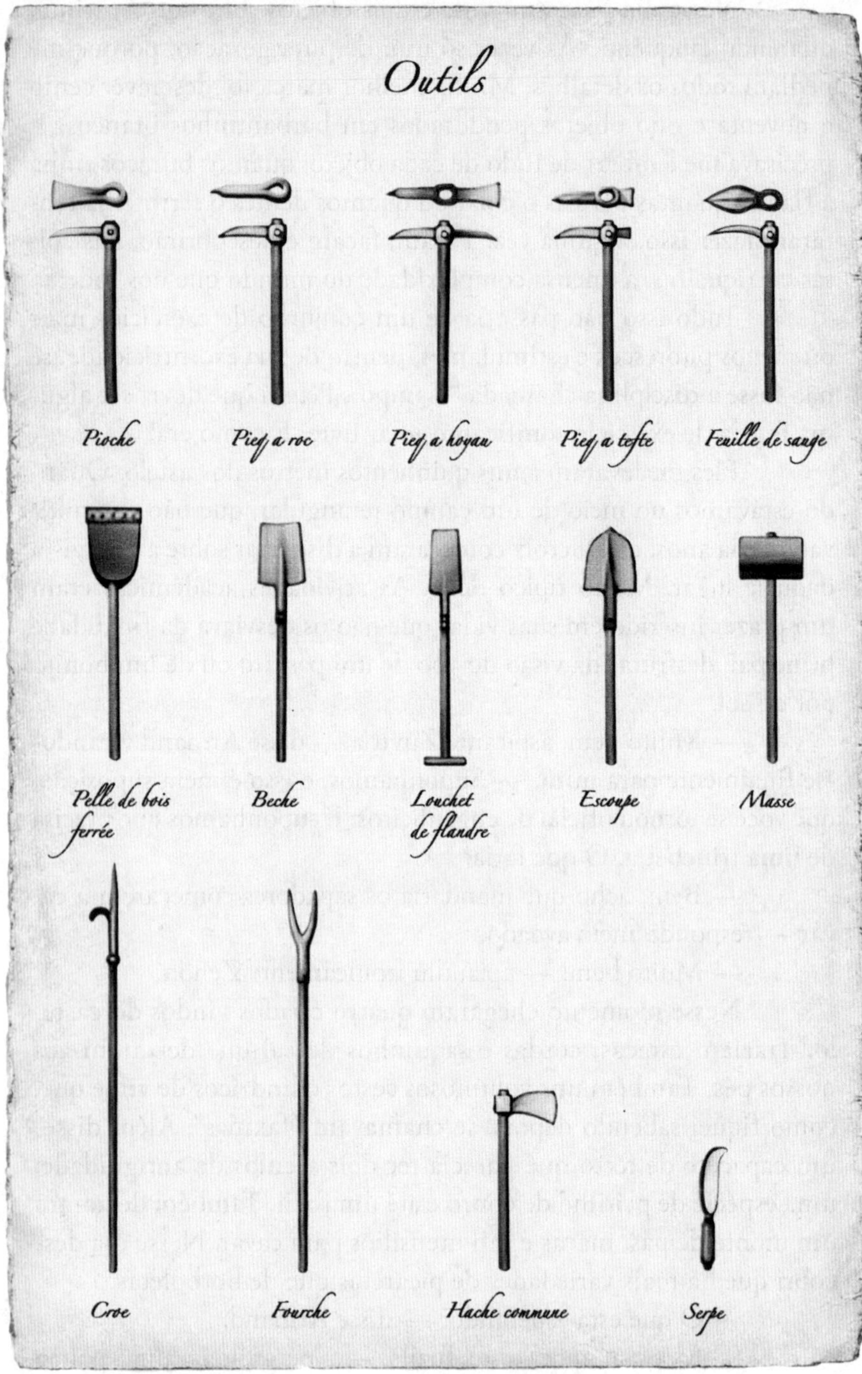
Outils
Pioche
Pieq a roc
Pieq a hoyau
Pieq a teſte
Feuille de sauge
Pelle de bois ferrée
Beche
Louchet de flandre
Escoupe
Masse
Croc
Fourche
Hache commune
Serpe

— Ah, não se preocupe com o fuzil — disse Zenon, que imediatamente o empunhou, andou para trás e carregou.

Minhas primeiras aulas foram de castrometria. Peguei uma estaca e a enterrei profundamente no chão. Depois amarrei a ponta de uma corda na base da estaca, desenrolei uma vintena de metros e amarrei em outra estaca. Depois joguei cal em cima da corda. O que caísse dos lados serviria para marcar uma linha reta de escavação. Então ouvi o estampido: uma bala tinha passado roçando o meu capacete com um zumbido de besouro.

Soltei um gritinho agudo:

— Eeei!

Não dava para acreditar. Zenon havia atirado em mim! Ele estava a uns trinta metros, voltando a carregar a arma.

— É o contrário — disse Armand. — Primeiro se pulveriza a corda com cal. Depois se desenrola. Se a corda estiver bem caiada, quando for esticada deixará cair um rastro visível. Assim você evita atravessar o campo pela segunda vez e se expor ao inimigo.

— A cadência de tiro de Zenon — continuou — é de dois minutos. E você está com sorte, porque um atirador jovem e hábil pode reduzir esse tempo a menos da metade. Se eu fosse você me apressaria a cavar.

Peguei o cabo de uma picareta que pesava mais que um defunto e ataquei a linha de cal cavando feito um desatinado.

— Espere aí! — disse Armand. — Aperte a correia do capacete e o peitilho de sapador. Proteja-se!

— Mas por que seu irmão está atirando em mim!? — gritei.

— Porque é a vez dele. Agora vou ser eu. — E foi apanhar a carabina carregada que Zenon viera lhe entregar.

O capacete que me deram era mais próprio do século XV, com viseira e duas orelheiras compridas de ferro, pesadíssimas. Eu ainda estava atrapalhado com o peitilho quando ouvi outra explosão. Dei um pulo.

— Digam-me que vocês estão atirando com pólvora seca!

Os dois começaram a rir.

— Vamos fazer um trato! — propus com as mãos para cima. — Eu paro de cavar, vocês de atirar, e me instruem sobre esse tal de Mystère.

— E o que você acha que é o Mystère? — perguntou Armand.

Atiraram de novo. Eu cavei ainda mais depressa. Se eu pudesse fazer um buraco fundo o suficiente, pelo menos estaria um pouco mais protegido das balas.

Quando o chão já estava bastante fofo, peguei a pá.

— É o contrário, aspirante! — gritou Armand. — As pazadas se jogam na direção do inimigo. O monte de terra que se formar vai ajudar a camuflá-lo mais depressa.

Fiquei parado por um instante, deglutindo as instruções. Outro tiro. Cavei ainda mais freneticamente.

Você só percebe como é difícil fazer um buraco onde caiba o seu corpo todo quando tenta. Surgiram umas raízes mais gordas do que braços.

— Raízes! — gritei desesperado. — Como vou cortar?

Eles achavam muito hilariantes todos os meus comentários.

— Mas claro que há raízes! É assim o curioso solo francês; as raízes crescem por baixo, e não por cima da terra — disse Armand dando risadas sem parar de carregar o fuzil com a baqueta.

— Não trouxe umas tesourinhas? — gritou Zenon, incorporando-se à festa. — Não? Que pena! Então já sabe o que tem que fazer antes de ir dormir: afiar sua pá para este sagrado uso.

Eu continuava cavando, de joelhos, para ser um alvo menos visível. Mais tiros. Um deles ricocheteou tão perto que a terra salpicou no capacete. Afinal consegui fazer um buraco em forma de funil onde eu cabia mal e porcamente. Estava ofegando, não aguentava mais. Armand se aproximou de mim e disse:

— Aspirante: troque de roupa, limpe o rosto e os sovacos, e vá para a sala de estudo.

Eu estava exausto. E nesse primeiro dia, depois do Campo, ainda tive que prosseguir com as aulas magistrais.

"Obedecer e Mandar" girava em torno de uma sentença clássica de Ênio, Apiano ou algum desses romanos ou gregos: "Antes de mandar, aprende a obedecer." Essa matéria devia ser uma extensão do Campo de Treinamento. A ideia era que, quando eu estivesse com as mãos feridas de tanto cavar, saberia o que se pode e o que não se pode exigir de um homem.

Aulas de História. Para os Ducroix, a História "Universal" era a história da França; da França, e o que mais? Ah, sim, da França. Fora isso havia um cantinho pequenino para além das fronteiras do rei, uma periferia insignificante conhecida como "mundo". Esse capítulo merecia um décimo do conteúdo da disciplina e só tinha algum interesse quando os partas assediavam Palmira, ou quando Catão dizia ao senado romano que, para terem uma boa colheita de figos-da-índia, seria preciso semear Cartago com sal. A princípio eu manifestei meu ceticismo, mas um dia, quando Zenon me garantiu que Arquímedex (eles pronunciavam e escreviam assim, com x final) tinha origem gaulesa, deixei passar. De modo geral os franceses são mais abertos de espírito do que se pensa. Mas nem tente convencê-los de que talvez, só talvez, e segundo a opinião de alguns cartógrafos especialistas na matéria, Paris não seja o centro geográfico do planeta Terra. Eles nem vão discutir, simplesmente pensarão que você é um pobre coitado.

Como bons franceses, eles começaram com o assédio a Alésia. César cercou Alésia com uma paliçada de trinta quilômetros de comprimento e outra externa, para impedir a chegada de reforços, com o dobro de extensão. E que merda me interessavam Alésia, César e Vercingetórix? Por mais que eu tentasse evitar, a essa altura daquela jornada infinita os meus olhos estavam fechando, meus braços eram dois pesos mortos. Que felicidade quando chegou a hora do jantar! Antes de ir comer, perguntei:

— Vocês estavam apontando em mim de verdade?

— Bem — disse Zenon —, nós tentamos imaginar que há muita fumaça e confusão, como em qualquer teatro bélico. Não apontamos necessariamente para o corpo.

— Mas podiam ter me matado! A trinta metros de distância um fuzil não é nada preciso.

Deram de ombros e continuaram conversando. Os Ducroix! Que dupla.

Normalmente eu jantava sozinho, na cozinha. Quando me sentava, os empregados já tinham ido para a cama havia muito tempo. No meu canto havia frutas e uma panela pequena. Eu mesmo me servia. Meus dedos ainda estavam tremendo de tanto segurar aquelas pesadíssimas picaretas e pás. As bordas do capacete haviam raspado a minha cabeça como uma coroa de espinhos. À meia-noite, quando estava mordendo uma maçã, Armand apareceu.

— Aspirante, vamos para o campo.

— Isso é brincadeira — pulei. — Estou mais morto do que vivo!

— Creio que ouvi você dar sua aprovação ao plano de estudos — disse Armand. — Acha que o inimigo se preocupa muito com seu estado físico ou mental? — Examinou minha cabeça. — Sugiro que antes de pôr o capacete amarre uma gaze na cabeça. Foi para isso que inventaram a gaze. *Allez*.

E voltamos para o campo.

Dentro do buraco, tive que cavar pela linha de cal. Não avançava nem um metro por hora. A picareta, a pá, o capacete. Os cestos cilíndricos de vime, que eu tinha que chamar de "faxinas" senão me deixavam sem jantar como castigo. Faxina, faxina, mais faxinas. E o fuzil dos Ducroix. Cada vez que aparecia uma faxina, cheia de terra e compondo um parapeito diante da trincheira, Armand atirava. E nessas condições eu tinha que as colocar! Aprendi rapidamente a esconder as mãos, segurando a faxina pela base e por trás, para que o atirador não tivesse alvo.

No dia seguinte, a mesma coisa. Desenho, estudos, campo, estudos, campo, retirada. E volta a começar. Para vocês verem como eu estava moído, nas primeiras semanas o bom do Zuvi não teve ânimo sequer para importunar Jeanne. Caía na cama feito chumbo e só acordava com os sinos do castelo, muito sonoros, pois meu quarto ficava premeditadamente sob os seus domínios. E isso foi o começo.

Como tutores, os irmãos Ducroix eram o melhorzinho que havia; seus métodos, extremamente exigentes. Atento! Sala esférica. Esteja sempre atento, dentro ou fora dela! Geometria. Balística. Mineralogia. Campo. *Allez*!

Duas semanas depois de começar, cheguei quase a me sublevar. Tinha chovido o dia todo, o que, evidentemente, não era nenhum empecilho para que as práticas de Campo se mantivessem inalteráveis. A picareta afundava sem tirar terra da parede da trincheira, compactada pela chuva. Uma lama espessa cobria o meu corpo. Cada movimento que eu fazia tinha um lastro de quilos e mais quilos de terra pegajosa. A chuva aumentou, caíam cascatas torrenciais pela borda do meu capacete. O chão estava coberto por um palmo de água que entrava em meus sapatos. Para piorar, o exercício durou meia hora mais do que o habitual. Lembro que olhei para cima, para aquelas nojentas nuvens choronas. O céu francês, ah, sim, um cinza tão doce e tão cruel. Um tiro que se incrustou no cilindro de uma faxina me fez voltar à realidade.

No final eu estava tão moído que não conseguia me levantar do meu buraco, cada dia mais fundo, mais largo e, principalmente, mais comprido. Armand não se dignou a ajudar-me a sair. Eu só conseguia pôr os braços e a cabeça para fora, com aquele pesado capacete onde ricocheteavam grossas gotas de chuva:

— E vocês ainda querem que eu esteja sempre atento? — protestei. — Mas, homem de Deus! Não vê que se eu morrer não vou poder ficar atento?

Armand se acocorou na borda da trincheira, com o nariz bem perto da minha viseira de ferro. Nele não havia nada daquele homenzinho frágil que me pareceu no primeiro dia. Até a chuva o respeitava. Resvalava pela esfera calva da sua cabeça e, uma vez na bochecha, escorria pela barbicha de bode.

Disse:

— Enquanto você estiver vivo tem que ficar atento. E enquanto estiver atento vai continuar vivo. Saia da trincheira.

— Não consigo. — Estendi-lhe a mão aberta. — Ajude-me, eu não consigo.

— Errado. Consegue sim. Faça-o.

— Não consigo! — protestei infantilmente.

Encolheu os ombros e se levantou com o fuzil pendurado no ombro.

— Como você insiste com sua indolência, suspendo os meus poderes acadêmicos. Eu posso dar ordens a um cérebro pensante, nunca a um estômago ou a umas costas. E já que sua barriga prefere o jejum ao jantar, e suas costas a lama a um leito decente, então lhe dou boa-noite, meu querido aspirante.

Os trovões e relâmpagos retumbavam. Foi embora e eu fiquei lá, debaixo da chuva e cochilando na lama do meu buraco. Estava tão arrebentado que não tive forças nem para tirar o capacete.

Na manhã seguinte a ponta de um pé me acordou e começamos outra jornada, exatamente igual, como se eu tivesse desfrutado de um sono reparador.

Desenho. O que é essa manchinha de tinta!? Tapa. Atento, sempre atento, *ma petite taupe*! Física, Matemática, isto, aquilo, o outro. Idiomas, disciplina odiosa aos olhos dos Ducroix, mas imprescindível, já que alguns desgraçados de Inglaterra, Espanha, Áustria, e em geral os palermas da metade do mundo, por estranho que parecesse, ainda não sabiam francês. Como tudo em Bazoches, o nome das disciplinas camuflava matizes ocultos, porque além de inglês e alemão me ensinaram a língua dos engenheiros.

Existia um código gestual pelo qual os *maganones* podiam se comunicar secretamente mesmo estando em público. Falavam-se por sinais, e era uma linguagem tão elaborada que não havia aspecto técnico ou mundano que não se pudesse expressar. Eu me iniciei nela com certa preguiça, para não dizer contrariedade, mas logo reconheci o seu sentido prático.

No meio do fragor da batalha, ensurdecedor, é muito útil poder comunicar-se com as mãos. "Retroceda", "Munição!", "Agache-se, franco-atirador à sua esquerda". Os Ducroix me contaram que aquilo, que começara com uns sinais mínimos, foi se sofisticando cada vez mais até atingir o hermetismo próprio dos *maganones*.

Agora, pensem num engenheiro incorporado a um serviço. Seu superior lhe apresenta o comandante militar da fortaleza. Em público, o engenheiro em chefe proclama para o recém-chegado: "Este é o general tal, a quem nem Corbulo faria sombra assediando as praças fortes da Armênia!" Mas, enquanto isso, sobe e desce mãos e dedos, dizendo: "Este aqui à minha direita é metido a sabichão, nem pense em lhe dar ouvidos. Quando ordenar alguma besteira, concorde mas não obedeça; eu lhe direi o que fazer."

Tinha que aprender os sinais daquele idioma mudo num ritmo de vinte por dia. Isso no começo. Depois eram trinta, quarenta e até cinquenta. Mas como? Ainda não era capaz de transmitir por sinais uma mensagem de-ta-lha-dí-ssi-ma ao paiol de pólvora? Como vamos alimentar a artilharia, justamente quando a munição está escasseando? Tapa! Acorde! Ao campo! Sala esférica.

Não creio que haja nada mais destrutivo que essa combinação sistemática, e ininterrupta, de esforços físicos e mentais. E por mais que meus olhos fechassem eu tinha que ficar atento o tempo todo. Tome tapa! "Volte para a sala esférica, você é uma toupeira!" "Aspirante Zuviría, quando vai aprender a fazer uma coisa simples como olhar!" "Ao campo! *Allez! Allez!*" E assim um dia atrás do outro, e do outro, e do outro.

5

Os primeiros meses em Bazoches foram como um pesadelo no qual eu imergia cada vez que acordava, não tenho outra forma de definir. Vocês talvez perguntem: e como conseguiu aguentar? Minha resposta é que a fórmula ideal para se suportar o insuportável é uma combinação em partes iguais de amor e terror.

O terror, não preciso nem dizer, estava presente por parte do meu pai. Ele exerceu essa função, mas eu nunca tive o sentimento de que me tratasse como um filho. Quando eu era criança, só sentia aversão pela sua presença. Quando o homem tinha que viajar para uma missão comercial, Mediterrâneo adentro, eu ficava imensamente alegre. Também é verdade que mais tarde pude entender os motivos de um caráter tão azedo, e a lembrança dele se adoçou.

Peret (depois falarei dele) me contou que nunca tinha visto um homem tão apaixonado por uma mulher como meu pai pela minha mãe. Era difícil acreditar nisso, porque só o conheci em dois estados de ânimo: zangado e muito zangado. Sempre aquele rosto carrancudo, mudo e barbudo, pensando em coisas alheias ao seu entorno, principalmente quando nós dois jantávamos sozinhos sob a triste luz de uma vela. Era tão sovina que economizava até na cera.

Sua vida naufragou com minha chegada ao mundo. Não por mim, mas porque minha mãe morreu no parto. Ele jamais a esqueceu. Sua amargura era um lastro interno, um tumor visível, sempre presente. Para seguir em frente teve que se refugiar nos negócios.

Barcelona era um porto muito ativo que comerciava com todo o Mediterrâneo ocidental. Meu pai, pequeno acionista de uma companhia marítima que tinha vinte ou trinta sócios, viúvo e com menos responsabilidades familiares que o resto dos associados, embarcava com frequência para fechar contratos e fortalecer vínculos com as contrapartes das ilhas Baleares, as ilhas italianas e a própria Itália. Num negócio como o dele, em que clientes e fornecedores se veem tão pouco, era vital que as relações de amizade e comércio se conservassem e se renovassem constantemente. (Já se sabe como são os italianos, sempre tagarelando e com seus beijinhos, sorrisos, abraços e frágeis promessas de amizade eterna.)

Digamos que ele assumiu a minha pessoa em termos legais, mas não se envolveu com o ser humano que havia chegado ao mundo. Pelo menos foi assim que eu vivi a coisa. Batia em mim frequentemente, mas nunca o recriminei por isso: eu merecia aqueles açoites, e muitos mais. É curioso, mas uma criança se queixa menos das surras que levou que dos abraços que não recebeu. Ele só me abraçava no meu aniversário. Mas eu sabia muito bem que não estava me abraçando, e sim à minha mãe. Nesse dia ele se embebedava bestialmente, chorava e me apertava como um urso murmurando o nome dela, nunca o meu.

A seu favor direi que, num mundo de analfabetos, ele não economizou uma libra na minha educação. E isso embora as escolas de Barcelona, mesmo as melhores, fossem uma calamidade. Os professores eram uns padres bolorentos que nos tratavam, em suas próprias palavras, como "sacos de carne pecadora destinada à putrefação".

Meu pai passava a metade da vida no porto ou viajando, e por isso contratou os serviços de Peret para cuidar de mim. O mais lógico teria sido arranjar uma criada peituda e, já que era o amo, dar-lhe uma bronca de vez em quando. Ficou com Peret porque foi o criado mais barato que conseguiu.

Até os italianos têm ditados comentando como os catalães são sovinas. Mas, se meu pai fosse a medida da mesquinharia pátria, garanto que esses ditados não chegam nem perto. Um dia ele me deu uma surra porque joguei fora uma vela mais curta que meio polegar. Ah, e uma vez ele soube que, por problemas de estivagem, um navio tinha zarpado com um sexto da adega vazia, e ficou mais azul que um ovo de pato.

Peret era um infeliz quase morto de fome. Antes do meu nascimento ele trabalhava como estivador no porto, a serviço do meu pai e seus sócios. Gastava tudo em bebida. Quando ficou velho para carregar fardos, foi despedido a pontapés da companhia marítima por ser inútil e bêbado. Tinha um pescoço comprido e enrugado, e uma cabeça calva de abutre. Depois da demissão rondou pelas Ramblas barcelonesas vendendo quinquilharias, com as costas tão encurvadas que parecia estar sempre procurando cogumelos. Em troca do alojamento num quarto vazio e de um salário de miséria, meu pai o trouxe para cuidar de mim e da casa.

Pobre Peret. Não creio que já tenha existido algum ser humano mais torturado por uma criança. Quando ele ia dormir, eu enchia seus sapatos de esterco. Só descobria na manhã seguinte, ao calçá-los. O que ele não percebia até chegar à rua era que eu também tinha pintado de vermelho o seu narigão ganchudo. Se ameaçasse me bater, eu ameaçava contar ao meu pai que ele surrupiava parte do orçamento doméstico.

E apesar de tudo Peret foi o único sucedâneo de mãe que conheci. Era impossível não sentir afeto por alguém que me penteava, vestia e acariciava muito mais que meu pai. Peret chorava com muita frequência. Sua única defesa contra os meus abusos e chantagens era o pranto.

Quando fiz doze anos, meu pai se perguntou o que fazer comigo. O mais normal seria me internar num colégio dos carmelitas em Barcelona, mas eles mesmos o convenceram a mandar-me à sua sede na França, muito mais preparada. Ele concordou porque realmente era uma boa escola para um filho de comerciante, e também para não me ter por perto. Não o censurei. A distância mútua foi um alívio para os dois. Aos doze anos eu parecia ter dezessete, e qualquer dia nós iríamos acabar aos socos.

Já contei o que me aconteceu com os carmelitas franceses. Como já fazia dois anos que a nossa relação era estritamente epistolar, quando fui para Bazoches escrevi ao meu pai contando as novidades e informando meu novo endereço. (Poupei-o da história da expulsão, totalmente desnecessária, dizendo que era uma decisão própria para meu benefício no futuro e blá-blá-blá.)

Sua resposta não demorou a chegar:

De que porra de castelo e de marquesinho você está falando? E para que quer ser engenheiro? As pontes do mar são os navios, e já temos vários na companhia. Era para você aprender números. Se me enganar, arranco sua pele em tiras.

Depois escreveu o comentário mais amoroso da carta:

Precoce como sempre, a esta altura, você já deve ficar de pau duro. Cuidado. Se lhe impingirem um bastardo não vou soltar uma libra. Entendeu, cap de lluç?

Cap de lluç é intraduzível. Literalmente quer dizer "cabeça de merluza", mas em catalão significa algo assim como "pateta incurável".

A parte boa da história era que pelo tom da carta se notava uma benevolência surpreendente. Sendo como ele era, se estivesse zangado de verdade teria me mandado voltar imediatamente para Barcelona, onde me esperaria de cinto na mão para me dar uma bela surra. Em vez disso, enviava o pagamento dos meus estudos por vários meses. Eu tinha escrito que em Bazoches custava o dobro que com os carmelitas, a princípio para sondá-lo, e para minha surpresa concordou sem pestanejar.

Bem, ele suspeitava que eu o estava enganando, e para dizer a verdade acertava em cheio. No primeiro dia perguntei aos irmãos Ducroix que pagamento se esperava pelos meus estudos. Foi a única vez que os vi ofendidos.

— Aspirante! Você acha que o marquês necessita dos seus rendimentos? É ele quem vai lhe retribuir enquanto durar sua estada. Desse modo, seu comportamento será muito vil aos olhos do mundo se uma vez fora desta casa vier a criticá-la.

Manifestei minha total concordância com tão nobre postura. Se a honra dos aristocratas pode ser lucrativa, para que vou me queixar? Enquanto permaneci em Bazoches recebi de Vauban e do meu pai o dobro do que pagava aos lambões dos carmelitas. Pude até fazer o meu cantinho, como se diz em catalão. (Para que adiantou, tal como foram as coisas!)

Estou me compadecendo de mim mesmo, mas garanto que não quero parecer um choramingas. Porque Bazoches era a Arca de Noé, com luzes racionais em vez de animais. E eu fui suficientemente esperto para entender isso.

Sob o sol da Borgonha me transformei num rapaz bonito e musculoso. Minhas forças se temperavam ao som da picareta e da pá (e do suco de limão, ergh!). Ao fim de alguns meses enfiado no meu fosso eu já usava os instrumentos de sapa como se fossem colheres. E o mais importante: no meu cérebro se acumulava um saber único.

Talvez existissem cem, duzentas pessoas em todo o mundo capazes de me superar nas matérias específicas de Bazoches. Os Ducroix tinham o mérito de envolver o aluno na própria educação, e em pouco tempo era eu quem os aporrinhava para que me contassem tudo, tudo. Meu cansaço se transformou em fome. Quanto mais esgotado estava, mais gana tinha eu de chegar à lição seguinte. Depois que os rudimentos da engenharia se ancoraram no meu interior, eu mesmo procurava alternativas para melhorá-los. E direi mais: um dos méritos pouco reconhecidos do amor é que esporeia a nossa vontade de aprender.

Porque Jeanne era o segundo motivo que me mantinha vivo e desperto. Em relação ao valor instrutivo do desejo, aí vai um exemplo.

Um dia eu estava passeando com Armand por uma floresta próxima. Em Bazoches o cultivo da "atenção" não se limitava à vista. Às vezes eu tinha que enumerar todos os sons que ouvia enquanto andava pelo campo. Enquanto você não se concentra não se dá conta da quantidade de informação que podem as orelhas nos oferecer. O ar, o murmúrio de fontes escondidas, o ruído de insetos invisíveis, o repicar de instrumentos de trabalho distantes...

Armand me deu um tapinha no cangote.

— O pássaro! Você não o mencionou. Está surdo?

— Mas já enumerei seis cantos de pássaro diferentes!

— Esqueceu o sétimo!

— Onde?

— Atrás e à sua esquerda, a uns quarenta e quatro metros.

Às vezes suas exigências me transtornavam.

— Como posso ouvir um barulhinho que chega de trás e a essa distância?

— Focando. Foi para isso que lhe deram orelhas.

Então Armand orientou as próprias orelhas na direção desse passarinho invisível que estava a "uns quarenta e quatro metros", e as moveu com a mesma facilidade com que um cão o faria!

— Aprenda a usar seus músculos — disse, vendo a minha cara de surpresa. — O fato de estarem atrofiados não significa que você não pode recuperar seu uso. Vamos.

E me obrigou a fazer. Durante um bom tempo ficamos em silêncio nessa floresta. Eu tentando mexer as orelhas, Armand me observando. Não era nada fácil. Tentem, se não acreditam! O que mexia eram só as bochechas, ou então enrugava a testa. Nada. Só caretas ridículas. Afinal me rendi.

Sentei-me ao pé de uma árvore com as mãos na cabeça. A dois palmos do meu pé direito vi um cogumelo. Foi a única vez que estive a ponto de desistir. O que os mais duros exercícios disciplinadores não tinham conseguido, esse exercício infantil quase consegue.

O que eu estava fazendo lá, num canto da França, sob as ordens de dois velhos lunáticos? Ficava dando duro numa trincheira inútil, com o cérebro cheio de ângulos e geometrias de tinta, e tudo isso para quê? Para bancar um pacóvio, no meio de um bosque, me esforçando na sublime arte de mexer as orelhas como um jerico.

— Nunca vou ser engenheiro, nunca — pensei em voz alta, como os Ducroix.

Armand disse:

— Martí, rapaz. Você avançou muitíssimo.

Ficou de cócoras ao meu lado. Era estranho que me tratasse pelo meu nome em lugar do descarnado e habitual "aspirante", ou "touperinha". Os Ducroix sabiam quando se chegava ao limite e nesses momentos, só nesses, podiam ser muito afetuosos.

— Não é verdade — protestei feito uma criança. — Eu não vejo nem ouço. Como vou construir ou defender fortalezas?

— Estou dizendo que você progrediu. — E num súbito tom quarteleiro me ordenou: — Aspirante, em pé!

Eu respeitava os Ducroix o suficiente para dar um pulo na hora, por mais desolado que me sentisse.

— O que há às suas costas, logo atrás da árvore onde estava sentado?

Descrevi a vegetação, com todos os seus galhos. Os quebrados e os eretos, com o número de folhas que cada um tinha e a cor delas. Não me pareceu um grande mérito.

— Muito bem — disse Armand. — A duzentos e cinquenta metros em linha reta às suas costas, o que mais há?

Minha resposta foi imediata:

— Uma mulher. Está passeando, colhendo flores. Tem na mão um ramo de brotos vermelhos e amarelos. Quarenta e três flores, acho. Pelo ritmo em que se agachava, agora devem ser quarenta e cinco — suspirei, murmurando. — É ruiva.

Chegava-se à clareira onde nós estávamos por um corredor natural do bosque. Duzentos e cinquenta metros atrás, ele desembocava num prado verde onde, meio minuto antes, eu tinha acabado de ver Jeanne passeando.

— Viu só? — disse Armand. — Quando a gente quer, fica atenta. O seu problema é que, se em vez de uma mulher lindíssima fosse uma corcunda, manca, velha e desdentada, você nunca teria reparado nela. Mas tem que reconhecer que seria tão visível como esta. E para levar mensagens entre as linhas o inimigo sempre prefere as corcundas. Ninguém repara nelas.

Os irmãos Ducroix notaram os meus sentimentos por Jeanne desde o primeiro dia, naturalmente. Armand suspirou e me deu duas palmadas na bochecha, não entendi se de consolo ou de recriminação.

— Se você quer ser engenheiro — disse —, tem que estar sempre atento, e para estar sempre atento tem que se apaixonar pela realidade.

Nessa noite desci para o quarto de Jeanne. Dei duas batidas de leve com os nós dos dedos. Não abriu. Voltei na noite seguinte. Dei três batidinhas. Não abriu. Mais uma noite: três batidinhas e depois, mais espaçada, uma quarta. Não abriu. Na noite seguinte não fui. Mas na seguinte dei cinco batidinhas.

E agora chegou a hora de contar que Jeanne e eu caímos nos braços um do outro. Como a seduzi, ou ela me seduziu, ou como julguei seduzi-la quando na realidade era ela quem me seduzia, ou vice-versa, ou ao mesmo tempo. Vocês sabem, o amor e essas coisas. O problema é que poesia lírica nunca foi o meu forte e não tenho a menor ideia de como ditar bonito.

Sabem, entre o campo de treinamento e o castelo havia um palheiro. Imaginem Zuvi e Jeanne na parte de cima, num leito de palha seca, nus e um em cima do outro, e vice-versa.

Já está contado.

* * *

Os membros da família Vauban se reuniam todos em Bazoches em pouquíssimas ocasiões. Curiosamente, era nesses dias que eu mais desfrutava da companhia do marquês. Porque ele, com a desculpa de me adestrar, podia se livrar por algum tempo de todos aqueles chatos, dos quais só suportava o seu primo, Dupuy-Vauban. Às vezes os dois me deixavam acompanhá-los em longos passeios pela campina.

Dupuy-Vauban foi um dos cinco melhores engenheiros do século. Seu esquecimento, injusto, se deve principalmente ao seu vínculo de sangue com o marquês, que necessariamente o eclipsava. Ele era um homem excepcional, fiel, modesto e recatado, virtudes que não são nada úteis para proporcionar a glória terrestre. Encerrou sua carreira militar com dezesseis feridas no corpo.

Eu sempre gostava de vê-lo. Para mim Dupuy-Vauban era exemplo, inspiração e elo intermediário entre o grande marquês e o aluno Martí. Embora bem mais jovem que o primo, este o tratava em pé de igualdade. Quando estava com eles, eu me sentia como uma criança, uma criança que cresce entre gênios. Assim como um recém-nascido não entende nada dos diálogos entre os seus progenitores, no começo aquela linguagem de engenheiros me parecia um verdadeiro galimatias. Mas, quando meus estudos avançaram, acabei me integrando aos debates. Dupuy-Vauban me deu uma das maiores satisfações que tive em Bazoches, durante um desses passeios pelo campo. Ele parou e disse ao marquês:

— Meu Deus, Sébastien! Espero que no contrato de estudos deste pirralho figure a cláusula.

— A cláusula? — perguntei. — Que cláusula?

— Uma que proíba você de participar de qualquer assédio no qual Dupuy esteja do outro lado.

Riram. Eu também. Como eu poderia atirar alguma vez contra homens como aqueles?

Uma vez, Dupuy não pôde ir a uma dessas reuniões familiares. Estava num assédio, na Alemanha. Vauban já devia me julgar formado o suficiente para poder acompanhá-lo, porque fizemos o passeio nós dois sozinhos.

— E então? — disse ele. — Seus estudos estão progredindo adequadamente, aspirante Zuviría?

— Fabulosamente, *monseigneur* — respondi, e estava sendo sincero. — Os irmãos Ducroix são professores excepcionais. Em poucos meses aprendi mais coisas que em toda a minha vida.

— Agora vem o "porém" — observou Vauban.

— Não é uma queixa — respondi, e estava sendo sincero outra vez. — Acontece que eu não consigo ver a aplicação das minhas aulas de latim, alemão ou inglês. E mesmo a física e a agrimensura me parecem alheias à engenharia. *Monseigneur*!, durante horas, de olhos vendados, tenho que adivinhar o tipo de areia e a espécie de pedras que me põem nas mãos só pela textura. Já estou quase com olhos nos dedos, mas ainda não consigo ver alguma utilidade no conjunto das minhas aprendizagens...

— O conjunto é você — interrompeu. — Vamos passear.

Segundo Sébastien Le Prestre de Vauban, a história da arte militar podia se resumir em uma disputa eterna entre atacante e defensor. O invento do porrete foi sucedido pelo do peitilho. O da espada, pelo do escudo, e o da lança, pelo da couraça. Quanto mais poderosos os projéteis, mais grossas se tornavam as armaduras.

Se há algo que os homens sempre quiseram proteger com mais ânsia que seu corpo é sua casa. Se examinarmos com atenção, as grandes batalhas não passaram de uma tentativa de afastar o combate dos lares. Caim quebrou a cabeça de Abel com uma pedra, sim. O que a Bíblia não conta é que no dia seguinte Caim assaltou a casa do irmão, roubou os porcos, violou sua mulher e escravizou seus filhos.

Fogo contra fossos. Escadas contra paliçadas de madeira. Torres de assédio contra muros de pedra. Contudo, um dia esse equilíbrio instável se quebrou.

Houve um momento em que a defesa se impôs ao ataque. As técnicas de amuralhamento tinham avançado com mais rapidez que as de expugnação. Por maiores que fossem as pedras lançadas por catapultas, onagros e trabuquetes, uma cidade cujos engenheiros tivessem recursos para erigir muros suficientemente poderosos seria invulnerável. Essa cidade existiu: chamava-se Constantinopla e foi o último, esplendoroso reduto do Império Romano do Oriente. Durante séculos, cada imperador legava ao seguinte uma ampliação das muralhas.

Do ponto de vista de um engenheiro militar como Vauban, a Constantinopla clássica era o auge da civilização antiga. Seus muros de pedra megalítica chegavam a cem metros de altura e tinham trajetos na parte interna para torres e depósitos.

Por mais invasões que o decadente império bizantino sofresse, ninguém era capaz de perfurar essas paredes ciclópicas. Todos os povos do Oriente e do Ocidente tentaram, sem sucesso. Ao longo dos séculos a cidade conseguiu resistir a vinte e cinco assédios! Germanos, hunos, abaritanos, russos. Até os catalães medievais, para não ficarmos atrás. Mas em 1453 aconteceu um fato que mudou o curso da engenharia, das guerras, da história e, por que não, da humanidade inteira.

Na Turquia ou ali por perto havia um xeque mourisco que meteu na cabeça que devia conquistar Constantinopla. Vauban tinha um retrato desse sujeito pendurado numa parede de Bazoches. Dizia que era para não esquecer que se deve respeitar sempre o inimigo, mesmo que este não mereça, e admirá-lo sempre que mereça. No retrato esse Suleiman em questão aparecia de turbante cheirando uma flor. E com um olhar tão sádico que fazia a gente cair para trás.

Aparentemente, quando era rapazinho tinha se apaixonado por uma prisioneira grega. Durante três dias e três noites não saiu da sua barraca de campanha. Os soldados começaram a cochichar que era um bunda-mole, um frouxo, esse tipo de coisas. Quando já estava com a piroca bem ordenhada, o mouro viu o que estava acontecendo. Tirou a pobre bizantina da barraca e, zás!, cortou-lhe o pescoço com uma cimitarra. Então gritou para todo o seu exército formado: "Quem dentre vocês vai seguir a minha espada, tão poderosa que corta até os laços do amor?"

No começo as investidas do mouro acabaram como sempre: com milhares de janízaros flechados, escaldados no alcatrão fervendo e mais ou menos estraçalhados aos pés das muralhas.

Mas então um grupinho de engenheiros húngaros e, principalmente, italianos (esses italianos sempre arrumando confusão!) ofereceu seus serviços ao rei mourisco. E o tal xeque encomendou a eles o maior canhão jamais imaginado.

Nessa época o uso da pólvora na artilharia já era conhecido, mas nas batalhas tudo não passava de fogos de artifício. Assustava os soldados menos aguerridos e dava moral aos próprios. Nada mais. Porém esse turco levou os canhões muito, muito a sério. O resultado foi a Grande Bombarda, um canhão de dez metros de comprimento. Uma vez fundido, para levá-lo até Constantinopla necessitaram de um tiro composto por trezentos bois. Era tão pesado que em cada dia de marcha não avançava sequer dois quilômetros. Mas chegou.

A Grande Bombarda disparava bolas de pedra de quinhentos quilogramas. Por mais que os bizantinos tentassem tapar os buracos, o que se podia fazer contra aquilo? Depois de uma descarga vinha outra, e outra, e outra. E, por menos precisas que fossem, contra aquelas muralhas tão altas e verticais era impossível errar o alvo.

O resto da história é conhecido por todos. Os turcos entraram em massa pelos buracos, o imperador bizantino morreu lutando na primeira linha. Os engenheiros de toda a Europa estremeceram. Porque, a partir desse momento, de que serviam as muralhas? Fortificar uma grande cidade era uma coisa caríssima, e os reis não estavam dispostos a gastar fortunas em obras inúteis. A grande pergunta era: e agora, como vamos proteger as nossas cidades? (E particularmente: e agora, como vamos conservar os nossos salários de engenheiros reais?)

Sucederam-se fórmulas, propostas, na maioria erráticas, confusas, vacilantes. A única cabeça que resolveu o problema em toda a sua dimensão foi a do homem que passeava ao meu lado: Sébastien Le Prestre de Vauban.

Já que a pirobalística se tornara o principal inimigo das muralhas, para proteger as cidades contra o seu poder era preciso reinventar tudo. Vauban me deu um olhar inquisitivo.

— E então? O que você faria, aspirante Zuviría?

Que pergunta, eu não tinha a menor ideia.

— Não sei, *monseigneur* — refleti em voz alta. — Como se pode evitar um ataque de artilharia? Só me ocorrem duas fórmulas: atacando os canhões ou escondendo-se do seu poder. O ataque parece um suicídio. Se os canhões são capazes de destroçar as muralhas mais sólidas, o que não fariam com a carne de homens sem proteção?

Quanto à fuga, ela salvaria a guarnição mas condenaria a cidade. E as muralhas não podem ser escondidas.

Vauban estalou os dedos.

— Sua última opção. Não era tão desatinada.

Tive que reprimir uma risadinha.

— Mas, *monseigneur*, como pode uma cidade esconder todo o seu perímetro amuralhado?

— Enterrando-o.

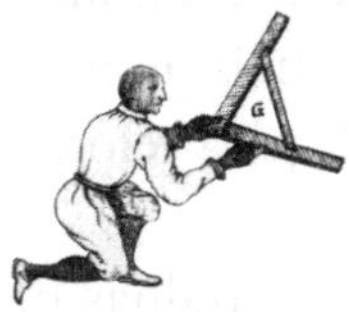

6

As muralhas da Idade Média eram altas e verticais. Quanto mais grossos fossem os muros e mais altas as ameias, mais fortes eram consideradas suas defesas. E para reforçá-las ainda mais se erguiam torreões no seu perímetro.

Todo o poderio das muralhas medievais era visível e ainda hoje evocam tanta força que se pedirmos a uma criança que desenhe uma muralha ela vai escolher uma de feitio antigo, mesmo que nunca a tenha visto, em vez de uma dessas modernas embaixo das quais brinca todo dia.

Vauban inverteu os princípios tradicionais do muramento, fazendo-o cada vez mais inclinado, um talude que às vezes chegava aos sessenta graus. Graças ao ângulo das paredes, os projéteis dos canhões ricocheteavam em vez de penetrar. E, como os tiros de canhão tendem a ser oblíquos, era dificílimo atingi-las com um mínimo de precisão. E mais: a altura medieval das muralhas tinha se tornado uma desvantagem, e por isso o sistema vaubaniano as construiu atrás de um fosso muito fundo, ocultando-as. Em alguns projetos de Vauban as fortificações tinham um perfil mais baixo até que as construções da praça. Isso produzia um efeito curioso: um exército que se aproximasse da cidade vislumbraria precariamente as defesas, mas em contrapartida veria claramente os edifícios civis que estavam atrás delas.

Incluo aqui uma imagem para que entendam melhor. (Esta lâmina, alemã pacóvia. Aqui! Nem antes nem depois. Aqui!)

Os torreões medievais que balizavam os espaços murados foram substituídos por baluartes. Um baluarte era uma espécie de fortim incrustado nas muralhas, normalmente com uma forma pentagonal. Na lâmina seguinte, veem essa construção em forma de ponta de lança que sobressai na muralha? Isso é um baluarte.

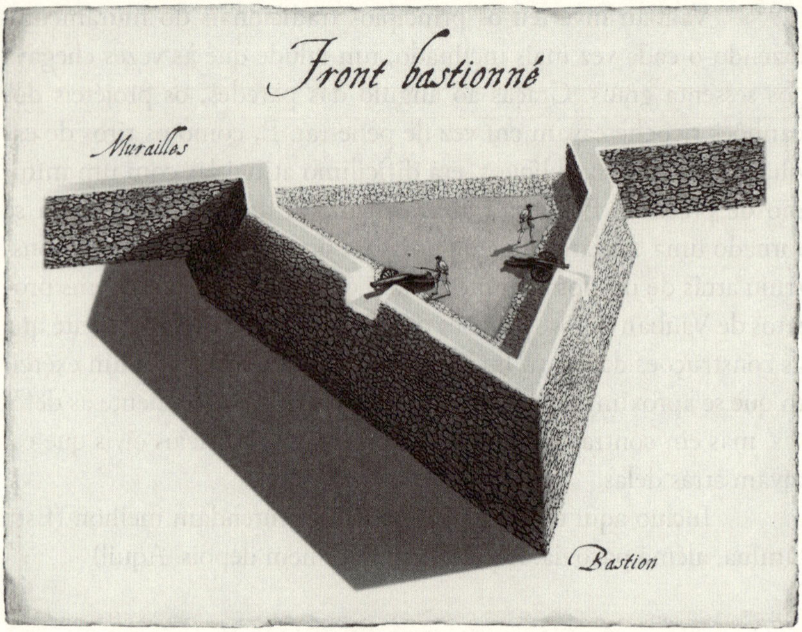

O que acabam de ver é um baluarte elementar, de fato modestíssimo em suas dimensões. As grandes fortalezas tinham baluartes gigantescos, moles imensas que abrigavam no seu interior uma guarnição de até mil homens, dezenas de canhões e depósitos subterrâneos de munição. Nas fortificações desenhadas pelos *maganones* modernos, portanto, as muralhas são protegidas por baluartes e estes, por sua vez, dão apoio uns aos outros.

Suponhamos que uma tropa invasora decide lançar um ataque. A forma pentagonal não foi escolhida por acaso. Os atacantes terão que decidir necessariamente escalar um dos lados do baluarte que se projetam para o exterior. Seja este qual for, os baluartes adjacentes cobrirão seus companheiros com um fogo sustentado. Enquanto os ataques avançam, recebem tiros e bombas das muralhas e baluartes, e milhares de litros de líquidos inflamáveis.

Se em vez de um baluarte se ataca um lado da muralha, é ainda pior. Os pobres idiotas que descem para o fosso nunca mais voltam a subir. São alvejados por três lados: da muralha e dos baluartes que a cobrem, à esquerda e à direita. Fogo cruzado. Duas palavras unidas que, nos papéis dos engenheiros, são simples modelos de traço e desenho. Mas, quando a tinta se transforma em pedra, estas duas palavras iluminam o inferno.

Fogo cruzado! Centenas, milhares de sujeitos fardados descendo e subindo um fosso interminável, alvejados, bombardeados, assassinados por uma tropa invisível. Possivelmente o fundo do fosso foi inundado ou, no melhor dos casos, forrado com estacas pontiagudas que sobressaem um metro e meio do chão. Os que ficam espetados impedem o avanço dos que vêm atrás. Afinal se torna impossível avançar. Se o ataque foi encetado por uma tropa reduzida, não sobra ninguém vivo. Se forem milhares, o fosso ficará cheio de corpos se contorcendo.

Essa maravilha cruel conhecida como desenho vaubaniano pode ser multiplicada até o infinito. Para proteger as muralhas ainda mais, num dos lados pode-se criar uma "lua" ou "meia-lua". Antes de atacar a linha principal da muralha, o invasor terá que gastar milhares de projéteis para demolir a meia-lua. E, no caso improvável de ser conquistada, os defensores se retirarão para a muralha seguinte, explodindo as passarelas atrás de si. E o jogo recomeça. A defesa continua intacta. Os atacantes só conquistaram uma ilhota à custa de centenas de baixas. Com que energias podem recomeçar o ataque? Luas, meias-luas, revelins, tenazes... Um sem-fim de arquiteturas que não vale a pena detalhar para não iniciados. Em todo caso, vejam os detalhes técnicos de uma estrutura completa.

Não se pode negar que a arquitetura fortificadora do nosso século tem o seu encanto. Nossa arte faz com que o útil se revele bonito. Traços geométricos, nítidos, limpos. Formas ascéticas, que não escondem nada. São o que são: defesas. E todos os seres deste nosso diminuto universo buscam segurança diante das hostilidades do mundo. Em tempos de paz, os habitantes podem passear a pé, felizes e a salvo, com a sensação de segurança oferecida por esses baluartes de queda angular, esses colossos emboscados como sentinelas imutáveis. Não é que a fortificação vaubaniana tenda à beleza; é antes a beleza que se aproxima das suas formas, submetendo-se. Porque, ao contemplá-la, surge ante os nossos olhos um princípio duvidoso, uma fé sem base real: de que existe ordem no mundo, uma ordem boa.

Front bastionné

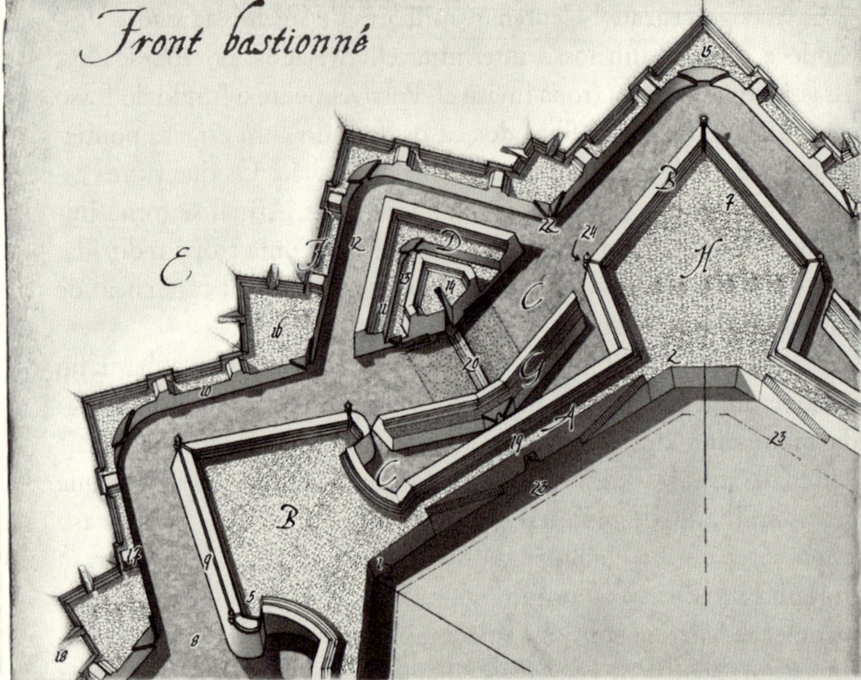

Le corps de place

A La courtine

B Le bastion
1. capitale du bastion
2. gorge
3. flanc droit
4. flanc retiré courbe
5. ourillon
6. épaule
7. face
24. échauguette ou guérite

Les dehors

D la demi-lune
11. face
12. fossé de la demi-lune
13. fossé du réduit
14. réduit de la demi-lune

G la tenaille

H Cavalier sur le bastion

C Fossé du corps de place
8. cunette 9. escarpe 10. contrescarpe

Les avancées

E le glacis

F le chemin couvert
15. place d'armes saillant
16. place d'armes rentrante
17. traverses
18. sorties

Les communications

19. poterne
20. double-capponnière
21. rampe
22. escalier "pas de souris"
23. rue de rempart

E na lâmina seguinte, se esta arara negligente souber colocá-la no lugar certo, permitam-me um detalhe poético.

Estão vendo essa pequena guarita, no ângulo superior do baluarte, que parece uma figura de proa? Em francês se chama *échauguette*. Serve para que uma sentinela se poste em seu interior, protegido dos elementos. Para além da pura funcionalidade, os engenheiros militares não desconhecem o valor estético de suas obras. E a *échauguette* é como a cereja do bolo. O único detalhe em que o desenhista pode se permitir alguma expansão banal. Às vezes tetos delicadamente cônicos de ardósia preta ou vermelha; outras vezes, paredes decoradas com finos entalhes na pedra. Eu amei muitas delas, de um valor artístico nada desprezível. Conheci um engenheiro húngaro, excelente desenhista, que gostava de colecionar esboços de *échauguettes* que ele mesmo fazia. E fazia muito bem.

Qual é a primeira medida de defesa quando o inimigo se aproxima? Explodir a *échauguette* com uma carga de pólvora, para que esse ponto vertical não sirva de referência para a artilharia.

Este ato sempre me causou uma dor única, inexprimível e ambivalente. Uma cidade se prepara para defender seus lares, e qual é o prolegômeno? O sacrifício da beleza mais exposta.

Uma cidade a ponto de ser sitiada parece um formigueiro sendo pisoteado. *Annibal ad portas!* Os campanários das igrejas tocam o alerta. Os granjeiros dos arredores vão se resguardar atrás das muralhas, com suas famílias e trazendo o gado. Em passos enérgicos, a guarnição ocupa suas posições. Então se distribui a munição, as bocas dos canhões são liberadas e os depósitos de pólvora, protegidos.

Mas mesmo no meio desse tumulto frenético, quando o oficial de plantão grita para os que estão por ali que se afastem, que a *échauguette* está prestes a voar pelos ares, sempre, e repito sempre, acontece a mesma coisa: as pessoas param de chofre. Olham para a *échauguette* com a vista embaçada. O silêncio é tanto que se pode ouvir a mecha se consumindo. E então, *bum!* Uma passagem instantânea do estado de paz ao estado de guerra. Esse "bum" é para um assédio o que o Gênese é para a Bíblia. Nós, Pontuados (e graças à chata da Waltraud vocês vão saber logo a que me refiro com o termo "Pontuado"), não podíamos ser pessoas normais. Eu odiava a explosão das *échauguettes* e ao mesmo tempo vivia a alegria, o gozo da dor vindoura.

O grande erro de Bazoches foi pensar que podia dignificar a tarefa dos *maganones* guerreiros; elevá-la, inclusive, à santidade de uma arte civil. Vauban achava que tecnicizando a guerra iria poupar vidas. Agora, tanto tempo depois, tantos massacres depois, essa ideia pueril nos parece sórdida. Mas o marquês tinha fé nisso. Tinha. Eu o eximo de tudo.

No final desse passeio em que relatou a história de Bizâncio, ele me fez uma pergunta. Estávamos percorrendo prados verdes, solitários e molhados de chuva nos arredores de Bazoches. Os corvos grasnavam sobre as nossas cabeças. Vauban parou.

— E você — perguntou —, nessa guerra sem fim, de que lado está? Do canhão ou do bastião?

— Não sei, *monseigneur* — respondi, surpreso. E, depois de hesitar um instante, acrescentei: — Imagino que daquele que tiver a justiça ao seu lado.

Ele pegou a minha mão direita, virou-a como se fosse ler a palma e puxou a manga.

— Diga aos Ducroix que tatuem o seu primeiro Ponto.

* * *

Resumi boa parte do ensinamento de Vauban, mas não pensem que foi só um passeio. Na realidade, foi uma soma de encontros, visitas à sala de estudos e chamados ao seu gabinete quando ele tinha algum tempo livre ou sentia vontade de discorrer sobre isso, aquilo ou aquilo outro. De qualquer modo, o peso da minha instrução continuou recaindo nos irmãos Ducroix. Eles compunham o texto; Vauban polia o rascunho.

Voltemos atrás. A questão dos pontos merece uma explicação. (Pelo menos minha mastodonte alemã insiste: ela me interrompe feito uma cacatua falastrona e pede que eu volte para a cena em que mencionei o primeiro Ponto.)

Os gêmeos me anunciavam a concessão de um Ponto quando eu tinha feito um progresso substancial. Eu estendia o braço direito sobre uma mesa, com a palma para cima, e me tatuavam com uns ferros que pareciam um bisturi misturado com instrumento de tortura. Gravaram o primeiro Ponto no meu pulso, bem na união entre a mão e o antebraço. "Ponto" é uma definição muito superficial. O primeiro foi isso, um simples círculo de tinta indelével roxo-escuro que doeu uma barbaridade quando me tatuaram. O seguinte, mais sofisticado, seguia o primeiro, para cima do antebraço e separado por dois centímetros. Era como o sinal de somar, +, só que com as pontas unidas por linhas, como um catavento. O terceiro, um pentágono. Cada Ponto era mais elaborado que o anterior. A partir do quinto se definiam as formas de uma fortaleza abaluartada. O engenheiro perfeito deve ter dez Pontos, que percorrem seu antebraço até a dobra do cotovelo.

Vou me antecipar à curiosidade do leitor: ninguém neste mundo tem dez Pontos tatuados. Quer dizer, ninguém é um Dez Pontos. Pelo menos que eu conheça. E não estou dizendo que não exista por aí alguém que o mereça. Simplesmente o círculo dos *maganones* era tão reduzido, por ser especializado e seleto, que aqueles que podiam conceder os atributos estão debaixo da terra há décadas. Bem, sobrei eu, um Nove Pontos. E daí? Já sou velho demais para ter alunos. E ainda por cima esses revolucionários de Paris, que a minha insuportável e horrenda Waltraud tanto admira, estão mudando até a forma tradicional de fazer a guerra. Aqui, algumas palavras.

No começo do meu século, os exércitos eram formados por soldados de carreira (ou mercenários, tanto faz a palavra que usemos). Como nenhum rei era infinitamente rico, os exércitos contavam com um número relativamente reduzido de homens. É por isso que as fortalezas abaluartadas eram tão importantes, já que bloqueavam as rotas de invasão. Se em vez de tomá-las o exército atacante as rodeava, deixando-as para trás, podia acabar com as comunicações cortadas e entre dois fogos: o exército inimigo e a guarnição da fortaleza, que atacaria pelas costas.

Hoje em dia os fantoches robespierrianos de Paris inventaram a *levée en masse*, que deveríamos chamar com mais exatidão de assassinato em massa. Na atualidade, os exércitos são dez, cem vezes superiores em número aos da minha época. Podem deixar alguns regimentos bloqueando uma fortaleza e mandar o resto avançar, sem se incomodar em tomá-la. Por isso na minha época havia vinte assédios para cada batalha campal, e aliás a maioria delas tinha a finalidade de liquidar um assédio ou impedi-lo. Agora as batalhas se reduzem a empurrar filas e filas de homens contra os fuzis e canhões inimigos, como madeira para ser consumida pelo fogo. Ganha quem tem mais lenha. A isso se reduz a ciência moderna da guerra. Viva o progresso!

Quanto à mística dos Pontos, no mundo de Bazoches estes eram uma espécie de protocolo de reconhecimento.

Em um tempo em que a saudação cortês ainda consistia numa inclinação da cabeça, os engenheiros foram os primeiros que voltaram ao aperto de mãos romano. Quando davam as mãos, giravam imperceptivelmente o pulso. Cada qual observava os Pontos do outro, e assim se estabeleciam as hierarquias naturais e se evitava um monte de circunlóquios, disputas e mal-entendidos. E, acreditem no que digo, num assédio, ou na defesa de uma cidade assediada, isso era muito importante. Por mais que o exército já houvesse atribuído postos militares, um Três Pontos sempre se subordinaria a um Quatro Pontos. E assim sucessivamente. Os oficiais de carreira notavam algo estranho, mas geralmente os Pontuados eram tão práticos e herméticos, e os militares tão idiotas, que afinal estes não tomavam conhecimento de nada. Ou não se importavam.

Na hierarquia dos Pontuados havia um núcleo de fraternidade universal. Era uma experiência bonita, muito galvanizadora do espírito, encontrar um perfeito desconhecido em Berlim ou Paris, nos vastos vales húngaros ou num pico dos Andes açoitado por tempestades de neve e, de repente, por mais distantes que fossem as nossas origens, sentir que com o simples gesto de girar o pulso essas distâncias se liquefaziam por artes de mágica: éramos dois homens unidos pelo reconhecimento mútuo. Nada neste mundo pode substituir esse olhar único de cumplicidade.

Você entende do que estou falando, minha querida e horrenda Waltraud? Não, claro que não. No entanto a coisa é muito fácil. Olhe às suas costas o meu gato, enlevado ao lado do fogo. Viu como ele me olha? Pois é isso.

* * *

E ainda assim eu não tinha consciência do valor das minhas tatuagens. Os irmãos Ducroix me deram o meu segundo Ponto por contar grãos-de-bico. Não riam. Eu estava farto da sala esférica. Absolutamente farto! Tanto que nem eu mesmo havia me dado conta dos meus progressos.

Você só vai chegar a ser uma pessoa atenta quando ficar atento mesmo quando está distraído. Vocês entendem? Claro que não. Eu, na época, tampouco. Temos que interiorizar. Atingindo certo ponto, você acha que sua mente está vagando, mas os mecanismos de alerta se mantêm ativos e continuam rastreando a realidade.

Em um almoço puseram um prato de grãos-de-bico à minha frente. Nesse dia os Ducroix estavam comendo comigo e perceberam imediatamente que eu estava com a cabeça em outro lugar. (Acertaram: estava pensando que os pentelhos da xota de Jeanne eram exatamente da cor dos grãos-de-bico.)

Armand me bateu na testa com a concha.

— Aspirante Zuviría! Quantos grãos-de-bico há no seu prato? Responda imediatamente!

Engoli de imediato uma colherada cheia e respondi:

— Havia noventa e um. Agora restam oitenta e um.

Eles ficaram encantados. E não era mentira. Nem eu mesmo tinha ideia de que sabia a resposta até que me fizeram a pergunta. Engoli a colherada só para chateá-los, e para demonstrar que controlava a observação não como um instante, mas como um processo.

Quando eu saía da sala esférica a pergunta de praxe era sempre a mesma:

— Aspirante Zuviría, o que havia na sala?

Por mais que eu descrevesse com todos os detalhes os objetos pendurados e a que distância eles estavam do chão e uns de outros, normalmente seu veredito era:

— Suficiente, mas imperfeito.

Um dia, por fim, após a minha relação fiz uma pausa e acrescentei:

— E, além disso, eu.

Eles tinham repetido mil vezes que o observador faz parte do observado. E, para minha vergonha, demorei meses até assumir que eu também estava dentro da sala. Tudo isso talvez lhes pareça uma simples lição de humildade, ou até um jogo de palavras pouco engenhoso. Mas não.

Quando o inimigo se preparava para atacar meu baluarte, eu precisava ver tudo, enumerar tudo. Nossos fuzis, os deles. O estado das defesas, o número de canhões, a distância e a largura das suas paralelas. O meu medo também. Não existe nada no mundo que distorça tanto a realidade como o pavor. Se eu não estivesse consciente do meu medo, o medo veria por mim. Ou, como diriam os Ducroix: "O medo subirá até os seus olhos e verá por você." O mundo se assassina, os homens morrem atacando ou defendendo muralhas. Mas, de fato, o conjunto não passa de uma minúscula esfera branca, perdida num canto do universo, indiferente às nossas ânsias e dores. Isso é o Mystère.

Passei a ser um Três Pontos ao concluir a minha longa trincheira.

— Parabéns, aspirante Zuviría. Você ganhou o seu terceiro Ponto — informou Armand. — Permita-me, porém, relativizar o valor do seu exercício. Quando você chegou ao limite do nosso campo sem lavrar, seguiu em frente com a picareta, a pá e as faxinas. Fez bem, embora tenha destroçado a sebe fronteiriça. Não lhe demos instruções de interromper, e se espera obediência e perseverança de um engenheiro. Mesmo assim, você não percebeu que o campo adjacente estava semeado com trigo?

— Percebi.

— Correto, não o censuramos por abrir uma vala numa propriedade privada e externa ao senhorio. Em tempos de guerra, toda e qualquer terra está em disputa. Mas quando a cavidade da sua trincheira topou com um burro empurrando um arado e o bom homem que havia atrás dele, que aliás protestou energicamente contra a invasão, você não pensou que o exercício superava os objetivos pedagógicos?

— Não.

— Correto. Sua tarefa não é avaliar as ordens. No entanto, quando o nobre lavrador o xingou, você acha que foi adequado dar-lhe uma pazada e arrastá-lo para dentro da trincheira?

— Sim. A pancada só o deixou inconsciente. Pensei que discutir seria uma perda de tempo. Fiz isso para protegê-lo dos disparos. Creio que o único sentido do trabalho de um engenheiro consiste em proteger os súditos do rei. — Suspirei. — Com o burro não tive coragem. Poderia tê-lo derrubado com uma boa pazada na testa, naturalmente. Mas nesse caso teria que me expor ao fogo. Além do mais, eu não tinha certeza de conseguir metê-lo na trincheira, porque era muito pesado e a trincheira, estreita. Minha avaliação foi que a vida de um engenheiro é mais valiosa que a de um burro, de modo que o entreguei à própria sorte.

Armand e Zenon se entreolharam, parecendo estar em dúvida. Acrescentei:

— O burro parecia indiferente à questão.

O quarto Ponto veio logo depois de uma sessão no palheiro, um dos melhores momentos da minha longa vida de semental oportunista.

Num domingo à tarde eu estava no palheiro com Jeanne depois de fazer amor, os dois nus, enquanto lá fora caía uma chuva lânguida e insistente. Jeanne, de olhos fechados, cochilava. Era a própria beleza. Sua carne cor-de-rosa, os cabelos vermelhos, deitada num colchão de palha amarela... E toda essa visão sob a luz tênue, doce e cinzenta da Borgonha. Tirei uma pasta que estava junto com a minha roupa amontoada.

— Escrevi uns poemas para você — disse, e pus à sua frente um conjunto de lâminas.

Ela abriu os olhos e seu rosto se iluminou. Não interessa se as mulheres são nobres de alta linhagem ou camponesas fedorentas como a minha querida e horrenda Waltraud. Quando alguém diz que escreveu um poema para elas, ficam logo empolgadas.

Pegou as lâminas.

— O que é isto? — perguntou, surpresa, mas achando graça.

— Um poemário. Mas só vale um, que terminei ontem e que me deu o meu quarto Ponto.

— Poemas? Mas são desenhos.

— Certo, e qual é o problema? — me ofendi. — Os Ducroix me dão aulas de desenho, não de versificação. Mas são poemas. — Cheguei mais perto dela. — São desenhos de fortalezas. Você gosta?

Ela não se atrevia a manifestar sua incompreensão, que de todo modo era evidente. Abri as lâminas sobre a palha e continuei:

— O último plano que desenhei é o melhor. Você consegue adivinhar qual é? Se reparar bem, verá que é diferente dos outros.

Seus olhos dançavam de uma lâmina para outra.

— Olhe com atenção! — disse. — Você é filha de Vauban. Se não puder entender isso, quem vai conseguir?

Pegou uma lâmina por uns instantes. Deixou-a de lado. Depois outra, e outra. Continuava chovendo. Enquanto ela escolhia, minha mente observava a chuva. Pensei que em países úmidos se poderia usar a chuva como arma contra os sitiadores.

— Esta — concluiu finalmente. — Sim, esta é a boa. — Havia acertado. Seu rosto tinha a expressão de uma criança que acabou de aprender a ler. — Esta aqui é diferente das outras. Parecem desenhos iguais, mas não são. Há alguma coisa a mais. — Olhou para mim. — Por que é tão diferente?

— Porque nesta — respondi tocando com um dedo no papel — criei uma fortaleza pensando que você dormia no centro da cidade. E eu a defendia.

* * *

Da extensa família Vauban, quem menos visitava o castelo era o marido de Jeanne. Creio que os dois se casaram por compromisso, e na verdade sua presença não gerava em mim qualquer desconforto.

Ele ficava longe de Bazoches não por alguma insatisfação. Simplesmente dava as costas para a mulher, a quem ignorava, mas sem malquerença nem maltrato. Quando comiam na grande mesa, por questões de protocolo tinham que se sentar lado a lado. Ele prestava mais atenção no saleiro que em sua mulher (vivia com medo de ficar sem sal, era uma de suas muitas obsessões). Quando passava ao meu lado eu quase podia ver suas ideias se esparramando no chão como serragem.

Não se lavava se não fosse com supervisão familiar. Quando passava muito tempo em Paris sem que o controlassem, deixava as unhas mais compridas que as de um lobo. E sua roupa, caríssima, estava sempre em farrapos. Quando ele chegava a Bazoches tinham que escondê-lo, lavá-lo e vesti-lo, porque se o marquês o visse naquele estado era capaz de mandá-lo embora. Mas, isso sim, era felicíssimo, talvez o ser humano mais feliz que eu conheci. Seu delírio particular era a pedra filosofal. Estava sempre a um passo de descobrir o último dos segredos. E existe alguém mais feliz que um gênio na véspera de revolucionar a ciência? Fracassava, é claro, e durante dois dias entrava em fossas melancólicas. Mas no terceiro já estava todo alegre, saltitante e feliz porque tinha encontrado em algum livro encardido uma outra fórmula secreta.

Como costuma ocorrer, o cornudo ficou muito amigo do amante (contra a minha vontade, mas o que se podia fazer). Acho que ele nunca soube da minha relação com Jeanne, e se soube pouco se importava. Por mais que eu tentasse me esquivar, era inevitável que em algum momento ele me surpreendesse em algum canto de Bazoches.

— Meu querido Zuviría! — exclamou um dia, abraçando-me.

Dessa vez passou uma semana inteira no castelo, um prazo extraordinariamente dilatado se considerarmos suas tão repentinas chegadas e partidas. O motivo era uma velha, que tinha fama de se comunicar com os espíritos desencarnados e morava no povoado de Bazoches, e que ele visitava todo dia.

— Acho que finalmente encontrei a pista definitiva que vai nos levar à pedra filosofal — prosseguiu. — A pista não estava neste mundo, estava no outro! Graças a essa velha feiticeira posso falar com almas superiores, que irão me orientar. Ontem conversei com Michel de Nostradamus e com o próprio Carlos Magno.

Não é totalmente ilógico que ele sentisse essa inclinação pela minha companhia. Sua família já sabia o que esperar de tal figura e falava pestes dele, enquanto os serviçais não estavam no seu nível. Mas a mim ele podia permitir-se aporrinhar devido à minha qualidade de aluno único, no meio do caminho entre essas duas camadas sociais tão extremas. Por meu lado, seria altamente indecoroso mandar um membro da família Vauban plantar batatas, e por isso tinha que suportar seus entusiasmos e suas flatulências mentais sobre a pedra filosofal. Sendo indulgente, digamos que tampouco era uma carga tão pesada. Minhas obrigações se limitavam a arregalar os olhos e soltar de vez em quando um "É mesmo?", um "Muito interessante!" ou até um "O mundo vai estremecer de gozo!", quando o que estava pensando era: "Acabe logo com isso, maluco, que eu quero ir para o palheiro trepar com a sua mulher."

A autêntica pedra filosofal era Bazoches. Ah, sim, Bazoches, a Bazoches prazerosa. Foram os melhores dias da minha vida; os mais ternos e esperançosos. Felizes. E entendam que quem fala isto é uma vida de noventa e oito anos, noventa e oito voltas ao Sol. Mas foi também nesses dias que aconteceu algo ligeiramente ominoso.

Mas nem sempre Jeanne e eu nos entregávamos ao amor secreto. Às vezes nos visitava um capitão de infantaria, o cavalheiro Antoine Bardonenche. Não lembro que estima o marquês lhe devia, mas sua entrada em Bazoches era livre. Homem jovem e corpulento, espadachim superior, com uma mandíbula de bigorna, incrivelmente cândido. Seu ideal era como o dos cavalheiros andantes, mas Bardonenche substituía a parte trágica por uma gargalhada alegre. Era um dos sujeitos mais bonitos que eu já tinha visto, com um porte viril perfeito. Charlotte, a irmã mais velha de Jeanne, estava loucamente apaixonada por ele. Em alguns domingos íamos nós quatro juntos, Jeanne e eu, Bardonenche e Charlotte, fazer um piquenique num dos prados que rodeavam Bazoches. Eles se envolviam numa esgrima fictícia, armados com paus, rolando no chão inocentemente e entre risadas sem fim. Eu examinava Bardonenche com os olhos de Bazoches para saber o que estava oculto debaixo daquela pele guerreira e ao mesmo tempo de uma voluptuosidade pueril. Nada, não havia nada. Sua vida se limitava à paixão pelas armas e por servir Luís XIV da França, a quem seus lacaios chamavam de "Rei Sol" e seus inimigos de "Monstro da Europa" ou, simplesmente, "Monstro".

Certo dia em que o marquês não estava e, oh novidade!, os irmãos Ducroix tampouco, os dois casais transformaram o castelo numa festa. Ainda éramos crianças, apesar dos meus estudos, apesar de Jeanne ser casada, apesar do uniforme de capitão de infantaria de Bardonenche. Brincamos de cabra-cega. Quando me vendaram os olhos eu os persegui sem dificuldade. Graças à sala esférica, era tão fácil encontrá-los que eu quase nem precisava de olhos. Cheirava as suas risadas, ouvia os seus cheiros. Usava de dissimulação, permitindo que escapassem de mim por um tempo. De repente, minhas mãos empurraram uma porta oculta atrás de uma cortina. Eu ignorava os motivos dessa camuflagem, mas de olhos vendados parecia menos anômalo entrar.

Atrás da porta havia um corredor estreito. Minhas mãos detectaram uns suportes que percorriam as paredes. E em cima deles umas figuras curiosas. Tirei a venda: eram reproduções em pequena escala das fortificações de todas as cidades e cidadelas da Europa.

Meu Deus, de repente entendi onde estava. Em Versalhes, o Monstro entesourava desenhos em miniatura das fortalezas do continente, *toutes en relief.* Se algum dia os seus generais precisassem assaltá-las, ali havia uma réplica para que os engenheiros planejassem o melhor ataque. Vauban, sem que o Monstro soubesse, tinha construído uma sala similar. Naturalmente, o marquês não ia mostrar tal segredo a um simples aspirante a engenheiro como eu, mas, embora minha lealdade a ele me impelisse a sair dali, alguma coisa me reteve.

Reparei na maquete que estava mais perto, uma figura estrelada com doze baluartes. Os artesãos tinham feito um trabalho excepcional. Com gesso, madeirinhas e porcelana, reproduziram as fortalezas construídas em todos os confins da Europa. As escalas eram exatas, assim como o ângulo de inclinação dos baluartes, a profundidade dos fossos... Rios, costas e restingas eram indicados em azul mais claro ou mais escuro, segundo a profundidade e a distância das muralhas. Reproduziam-se as elevações e os barrancos, em cor marrom, mais ou menos escuro segundo a altura. Tabelas numéricas nas margens complementavam a informação para os técnicos.

Fechei os olhos como se continuasse brincando de cabra-cega. As reproduções eram tão boas que eu podia identificá-las com a gema dos dedos. Ath. Namur. Dunquerque. Lille. Perpignan. Na maioria, fortalezas construídas por Vauban ou reedificadas por ele. Besançon. Tournay. Também Bourtange, Copertino, praças inimigas estudadas pelos espiões do Monstro. Todas as fortalezas tinham forma de estrela, cujos contornos meus dedos percorriam, uma vez e outra, como uma Via Láctea contida naquele aposento mágico. Ouvi vozes. Lá fora, Jeanne e Bardonenche me chamavam. A última maquete, pensei, só uma antes de voltar para eles.

Com os olhos fechados novamente, percorri muralhas medievais, baluartes antigos. Tudo indicava que se tratava de uma cidade velha, com mil anos nas costas. Interessante. Outro detalhe: era um porto, pois as muralhas não cobriam o mar. Parei em seco. Um calafrio. Engoli saliva: eu conhecia esses perfis.

Pela primeira vez desde que chegara a Bazoches tive um pressentimento funesto. Porque em Bazoches tudo se regia pela utilidade, e se esses projetos estavam ali era porque algum dia, talvez, poderiam ser empregados para conceber um assalto. Abri os olhos, vi aquela última maquete. Era Barcelona.

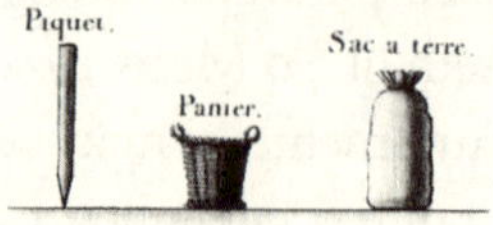

7

Vocês já odiaram alguém assim que o viram? Ao longo da vida conheci tantos canalhas, trapaceiros e filhos da mãe que se o diabo os juntasse em uma reunião maléfica encheriam o Mediterrâneo. Mas só um deles mereceu a perseverança do meu ódio: Joris Prosperus van Verboom. Vejam, vejam aqui uma cópia do seu retrato oficial. Um rapaz encantador, não é mesmo?

Quando o conheci, Verboom devia ter um pouco menos de quarenta anos. Seu semblante tosco e suas bochechas caninas evocavam um açougueiro despedaçador. Não estou exagerando. Sua cara era um esgar intolerante, as feições comprimidas como se não purgasse o ventre fazia anos. O olhar severo do marquês de Vauban era regido pela ordem e a justiça. Estrita, mas justiça. A de Verboom, por sua malquerença pelos inferiores.

Considerando tudo o que aconteceu, o mundo seria um lugar melhor se esse homem tivesse se conformado com viver como aquilo que ele era no fundo: um salsicheiro de Amberes que nunca deveria ter saído de casa. Mas saiu, porque o que definia Verboom era acima de tudo sua ambição servil, um instinto que se ajustava à sua conduta como uma chave à fechadura. Por isso os poderosos o apreciavam tanto, e assim obteve suas prebendas, porque os reis sabiam que os abutres voam alto, mas sempre abaixo das águias.

Alguém tinha esquecido de ensiná-lo a rir. Um aspecto que lhe era muito útil para lidar com os subordinados, porque os intimidava, mas que com as mulheres se tornava catastrófico. Vê-lo tentando agir como um galã era um espetáculo penoso, para não dizer grotesco. Sua falta de sintonia com o feminino, com toda a esfera do mundo que não se rege pelo simplismo do obedecer ou do mandar, causava-lhe uma insegurança tremenda. Em consequência, uns disparates deploráveis, grotescos e engraçadíssimos para o espectador comum. Mas vamos matizar as coisas. O sujeito se comportava como um palhaço engraçado desde que ele e o espectador não cortejassem a mesma mulher. Porque lá estava Verboom, no centro exato do pátio de armas de Bazoches, tentando seduzir a minha Jeanne com suas feias fuças de açougueiro.

Eu estava voltando do campo todo arrebentado, trazendo as pás e picaretas, quando cruzei com os dois. As técnicas de observação de Bazoches podem ser dirigidas a muitíssimos outros aspectos além dos puramente engenheirais. Eu já era um Quatro Pontos e me bastou uma olhada, meia olhada, para adivinhar o que aquele indivíduo queria. Ou melhor: quem.

Anos antes, Verboom, o salsicheiro de Amberes, tinha servido sob as ordens de Vauban em alguns assédios. Isso justificava a sua visita, aparentemente, de pura cortesia. Boa desculpa para se pavonear com o seu uniforme de engenheiro real. Rá! Na realidade vinha fazer caça maior. Jeanne era bonita, rica, filha de Vauban, e estava casada com um tipo que a qualquer momento iriam trancar no sótão de alguma instituição de caridade. Quando me aproximei, o charcuteiro estava perguntando a Jeanne pelo seu pai. Quando esta lhe informou que não se achava em Bazoches, disse:

— É pena, pois me desviei do meu trajeto para vir lhe apresentar os meus respeitos.

Que trapaceiro mentiroso! A França toda sabia que nesse momento Vauban se encontrava em Paris, reunido com os ministros do monstruoso Rei Sol. Verboom decidiu ir a Bazoches, precisamente, porque o marquês não estava lá e assim poderia cortejar Jeanne com mais liberdade.

Parei a meio passo do casal, encarando Verboom com um atrevimento próprio de loucos. Ele estranhou que um criado todo sujo fosse tão impertinente, mas sendo visita, e diante de uma dama, preferiu ignorar o tabaréu. Jeanne viu logo o que podia acontecer.

— Martí, vá se lavar — disse-me. E em seguida perguntou a Verboom se gostaria de uma merenda. Eu continuava encarando-o sem piscar os olhos. E então eu disse:

— Não lhe dê nada. Ele quer tudo.

Em minha defesa direi que falava assim por influência dos Ducroix. Com exceção de Jeanne e umas breves conversas com os empregados, eu passava o dia todo submetido à influência direta deles. A essa altura já tinham me contagiado a sua maneira de pensar em voz alta. Como eles não cansavam de repetir: "As crianças não falam porque sabem pensar; sabem pensar porque falam." Quando alguém é treinado na conquista da realidade, não teme falar francamente. Mas o que eu estava esquecendo é que a vida da alta sociedade se rege por falsidades e censuras.

O rosto de Verboom se inflamou. E estou me referindo a um fenômeno físico tão certo como notável. Algumas pessoas são afetadas pela ira de tal modo que seus músculos faciais se dilatam até extremos inauditos. As grossas camadas de carne do rosto de Verboom se incharam como bolhas vermelhas. Eu deveria ter sentido medo. Em vez disso, precisei fazer esforços para me conter. Jeanne entendeu que o desastre pairava no ambiente.

— Martí!

Eu estava com a picareta e a pá apoiadas no ombro direito, e meu antebraço se expunha nu, com as mangas encardidas caindo até o cotovelo. Verboom contou os quatro Pontos, e a incredulidade fez sua fúria duplicar. Pegou meu pulso com uma das suas manzorras, aproximou-o dos olhos e disse:

— Isto deve ser um engano.

A picareta e a pá caíram no chão. A madeira e o ferro ressoaram ao bater nas pedras. Por minha vez, fiz um movimento de rabo de lagarto e com a mão esquerda puxei sua manga direita. Verboom só tinha três Pontos. Fiz um estalo zombeteiro com a língua:

— No seu caso certamente não é.

— Como se atreve a tocar em mim, jardineiro de esterco! — gritou. — Solte-me!

— Com todo o prazer. Quando você me soltar.

Seu orgulho o impedia de desistir. Em vez de me soltar, quis me dobrar. Tinha uma força rochosa, própria desses homens que nasceram com um corpo naturalmente pesado e robusto. Meus músculos eram trabalhados e felinos, sem gordura. De uma maneira absurda, nós nos vimos em um embate corporal que lembrava a luta turca. Ou nem tão absurda assim, porque na verdade os homens se enfrentam muito mais frequentemente por causa de mulheres que por dinheiro, glória ou qualquer outra coisa.

Esse deve ter sido o momento em que estive mais perto fisicamente do charcuteiro de Amberes. Nossos narizes quase se tocavam. Visto de tão perto, suas feições grosseiras eram um mapa de cobiça glutona. Os poros dilatados e profundos, o suor espesso como babas de caramujo.

Lutar contra alguém como Verboom é como subir uma montanha. Você pensa que nunca vai chegar lá em cima, que a subida não tem fim. Está a ponto de se render, mas persiste. Até que, de repente, chegou lá: está pisando no topo.

Verboom soltou um gritinho abafado antes de desmoronar. Pôs um joelho no chão e leu meu rosto com horror. Eu já estava preparado para chutar sua cabeçorra com minhas rijas botas de sapador quando uma tropa de criados me separou dele. Verboom arfava, humilhado. Jeanne tentou ajeitar a situação como pôde. Apresentava suas desculpas, jurava que eu era apenas um guardião zeloso demais. E um pouco doido, teve que acrescentar, porque mesmo agarrado por quatro homens eu não parava de gritar e lutar.

— Martí! Peça desculpas ao senhor Joris van Verboom. Agora!

A solicitação de Jeanne fez com que os criados que me seguravam afrouxassem um pouco a pressão, e aproveitei para me jogar de novo contra ele. Dessa vez Verboom já não se mostrou tão valente. Deu meia-volta tão desafortunadamente que caiu de bruços no chão. Eu o peguei por um tornozelo e me arrastei, porque os criados tentavam me segurar pelas pernas. Antes que me tirassem de lá consegui cravar todos os dentes na sua nádega esquerda. Vocês precisavam ouvir o alarido que fez.

* * *

É parte do ímpeto juvenil não prever as consequências dos próprios atos. Mas se você é um aluno mantido pela graça do senhor de Bazoches, sob a sua tutela e remunerado, e de repente rasga a calça das visitas a dentadas, bem, rapaz, então é lógico que o chefe da casa fique irritado.

Ainda por cima, eu tinha escolhido o pior momento para a minha briga com Verboom. Depois das reuniões com os ministros de Luís XIV, o Monstro da Europa, Vauban viu com toda a clareza que estava condenado ao ostracismo. Fora chamado por puro formalismo, mas tinham rejeitado todas as suas sugestões de como dirigir a guerra ou fazer a paz. Voltou para Bazoches com um mau humor dos diabos, e a primeira notícia que lhe deram foi que seu renome como anfitrião estava em frangalhos.

Os Ducroix me avisaram num tom fúnebre:

— Martí, o marquês quer falar com você.

Antes de mim, foi a vez de Jeanne. Na ausência do marquês era ela quem dirigia o castelo, e seu pai a responsabilizava pelos acontecimentos. Quando entrei no gabinete ainda estavam no meio da bronca. Peguei no ar uma frase de Jeanne:

— ... E você mesmo já me disse mil vezes qual é sua opinião sobre Verboom.

— Não estamos falando dele! — gritou o marquês. — O homem cruzou as minhas portas, eu lhe devia o pão e o sal! E em vez disso o atacamos a dentadas! — Quando me viu, exclamou: — Ah, aqui está a fera!

Veio diretamente na minha direção. Pensei por um instante que ia me esbofetear.

— A sua imaginação enfermiça pode inventar alguma desculpa? — censurou-me. — Responda! Por que agrediu um convidado na minha própria casa?

— Porque ele é um homem mau — respondi.

A verdade tem tanta força que faz o mais poderoso dos homens vacilar. O marquês amenizou o tom, mas não muito.

— E nunca lhe ensinaram que entre a bondade e a maldade existem umas almofadas chamadas boas maneiras? Você rasgou a calça de um engenheiro do rei, a dentadas!

Eu quis dizer alguma coisa, mas ele não deixou; estava muito excitado de novo.

— Silêncio! Não quero mais ver você! *Nunca mais!!!* — bramou. — Vá para o seu quarto e não saia até amanhã, quando chegar a diligência que o levará para casa, ou aonde queira ir. Em todo caso, bem longe de Bazoches. Saia da minha frente!

No meu quarto, fiquei dando cabeçadas na parede. Para casa! Sem título, sem credenciais. Meu pai ia me matar. E o pior: a essa altura eu já sabia que era um privilegiado. A vida me dera uma coisa que nenhuma fortuna podia pagar: ser aluno, o único aluno, do maior gênio em poliorcética que já havia existido. E, ao mesmo tempo, eu sabia que ainda não tinha concluído meus estudos, na verdade nem a metade do que Bazoches podia me oferecer. Mesmo assim, o mais insuportável era que me separassem de Jeanne.

Eu tinha me comportado feito um idiota, um idiota completo. No fundo, cometi um erro próprio de um mau aluno. Porque se estivesse atento, se a paixão não tivesse me cegado, como tentaram me ensinar os Ducroix, eu perceberia que Verboom jamais seria amado por Jeanne. Mas não, a má índole dos Zuviría estava lá para estragar tudo.

A questão é que a partir desse dia odiei Verboom pelo resto de sua existência. Mais tarde, por culpa do salsicheiro de Amberes,

tive que sofrer grilhões, tortura, exílio e coisas ainda piores. Mas ele nunca me fez tanto mal como nessa primeira vez! E eu fiquei com um ódio sem limites nem máculas, puro como cristal. Um ódio que, nem é preciso dizer, foi mútuo e só terminou quando o desgraçado teve o final que merecia. Pena que esse episódio já não pertença a esta história, porque eu morro de vontade de contar como consegui que ele batesse as botas. E depois de um sofrimento tão horrível que quando chegou ao inferno deve ter achado que parecia um balneário turco.

Bem, se você se comportar bem eu lhe conto depois, minha querida e horrenda Waltraud, em algum intervalo entre um capítulo e outro. Mas, se for vomitar de horror, vire a cabeçorra para lá! Sei que em Viena vocês têm um velho ditado que diz mais ou menos o seguinte: "Depois de um bom amigo, a melhor coisa que se pode ter nesta vida é um bom inimigo." Uma ova! Se o forem de verdade, não existem inimigos bons; só há inimigos vivos e inimigos mortos, e enquanto estiverem vivos não vão parar de nos sacanear.

Biscoitos, traga-me biscoitos.

* * *

O bom com os anjos é que eles nunca dormem. Enquanto eu estava no meu quarto, os gêmeos apresentaram a Vauban os planos de um projeto para fortificar Arras. Iam passando e comentando as lâminas enquanto o marquês as examinava atentamente, debruçado sobre o papel porque sua vista já falhava. Usava uma espécie de lupa sem cabo, um enorme cristal côncavo encaixado numa circunferência de ferro apoiada em três rodinhas que ia deslizando sobre o papel em busca dos mínimos erros. Nesses momentos parecia um simples joalheiro.

Arras era um projeto muito estimado pelo *maréchal*. Por um motivo ou por outro sempre tivera que adiá-lo, mas mesmo assim havia ordenado aos Ducroix que desenhassem as bases da fortaleza mais completa, poderosa e bem-provida que pudessem imaginar. Quando Vauban examinava os planos, nunca dizia nada. À sua volta podiam se aglomerar dez, quinze, até vinte peritos comentando ao mesmo tempo os seus maravilhosos projetos. Mas, como eu disse,

Vauban era muito parco nos comentários. Só se ouvia a sua respiração porque, como acontece com muitos homens que quando pensam respiram forte, seu nariz enfermo se levantava e se sobrepunha ao falatório geral.

De todo modo, quem o conhecia podia adivinhar sua opinião pelos sons que emitia. O silêncio era mau sinal, muito mau. Em contrapartida, quando se entusiasmava com uma ideia, ele soltava uns guturais "hung!", "hang!", e até uns "heeeengggggg!" bem estranhos, que para os de fora do seu círculo pareciam indicar contrariedade, mas se tratava justamente do contrário.

Enquanto os Ducroix lhe passavam as lâminas, os "hang, hung!" iam em aumento. Em determinado momento, sua lupa parou em cima de um baluarte.

— *Et ça?* — perguntou sem levantar a cabeça da lupa. — O que significam estas três pequenas corcundas em cada ângulo?

— Cúpulas, *monseigneur* — responderam. — Cúpulas fortificadas.

— Não entendi.

— Porque o morteiro é o pior inimigo do baluarte — disse Zenon. — A ideia consiste em combater a artilharia inimiga com as mesmas armas. Trata-se de destruir os morteiros de fora da praça com nossos próprios morteiros. Com a vantagem de que os morteiros do baluarte estarão protegidos por uma sólida carcaça de pedra. O inimigo terá que instalar os seus a descoberto, e nesse momento ficarão vulneráveis ao bombardeio. E enquanto isso os da praça não sofrem nenhum dano graças à sua couraça de ferro.

— Heeeennnnngg...

— Como pode ver, as cúpulas só têm uma pequena abertura superior, em forma de meia-lua. Mas a base dispõe de uma engrenagem giratória, uma plataforma que permite um ângulo de tiro de cento e oitenta graus, de modo que os três morteiros podem se concentrar em qualquer objetivo externo.

— Heennnnnnnnnnnnng!

Não era dado a elogios, mas dessa vez, a contragosto, teve que reconhecer que os Ducroix haviam feito um bom trabalho. Então Armand aproximou o nariz da última lâmina, de repente ficou rígido e gritou para o irmão:

— *Mais tu es idiot!* O que trouxe para a mesa do marquês?

Vauban não entendeu até que Zenon se desculpou humildemente:

— Mil desculpas, marquês. Eu me confundi: estas lâminas são apenas um dos exercícios do execrável aspirante a engenheiro Martí Zuviría.

E prosseguiram com outro assunto como se nada houvesse acontecido, deixando Vauban atônito e ao mesmo tempo aborrecido, porque era suficientemente esperto para perceber que tudo aquilo tinha sido uma tramoia para fazê-lo mudar de opinião.

Nessa mesma noite Jeanne o abordou na hora da sobremesa. Já havia dispensado os serviçais e até Charlotte, sua irmã, e os dois ficaram a sós diante da mesa comprida, cada qual numa ponta.

— Sei muito bem o que você pretende! — clamou Vauban apontando-lhe um garfo comprido. — E a resposta é não! Sou marechal da França, padeci a triste obrigação de decidir sobre a vida e a morte de milhares de homens. E agora todos à minha volta conspiram contra mim porque mandei para casa um jovem violento. Nem nas minhas campanhas encontrei tanta oposição entre os generais!

— Jamais me oporia à decisão do meu pai num assunto tão pequeno — disse Jeanne. — Só queria lhe falar de outra questão.

— Não acredito. Vocês usam ardis. Todos vocês! Pois saiba que eu tenho o direito de mandá-lo para as galés, se assim me aprouver. Sem disciplina não há exército, honra nem civilização. Como posso perder tempo com um indivíduo que se dedica a morder a bunda dos meus convidados? — Afinal abaixou o garfo. — Não devia tê-lo aceitado aqui!

— E eu estou lhe dizendo — continuou Jeanne, imperturbável — que quero lhe falar de outro assunto. — Levantou-se e, encantadora como podia ser quando queria, foi se sentar nos joelhos do marquês. — Papai — continuou, passando os braços em volta do seu pescoço —, é uma boa ideia.

— De que você está falando?

— De me casar com Prosperus van Verboom.

— Mas que demônios...

Jeanne não o deixou continuar. Pôs um dedo em seus lábios e disse com seu melhor sorriso:

— Ele me corteja, você sabe disso. Não é a primeira vez que aparece em Bazoches. Quer ver as suas cartas? — Suspirou. — O meu casamento é uma farsa. A princípio não éramos infelizes, mas ele ficou louco. Pelo menos essa desgraça me permite pedir a anulação do casamento. Com as suas influências, o Vaticano se renderá em menos de um ano. Ah, papai! Pense nessa oportunidade. Verboom é um dos engenheiros mais capazes. Se ele se casasse comigo, entraria na corte. E eu seria a mulher mais afortunada do mundo!

Vauban pegou a filha pela cintura e tirou-a do colo. Depois se levantou da cadeira como se o diabo estivesse espetando seu traseiro com um tridente. Ficou andando para cima e para baixo no salão, com uma das mãos nas costas e a outra gesticulando.

— Verboom tem a alma mais negra que a de um cão! Está me ouvindo? Ele é corroído pela lepra do poder, pelo dinheiro e pela bazófia. Pois é claro que quer se casar com uma filha de Vauban! No dia seguinte à minha morte ele me arrebatará o nome, a casa, a fortuna, o mérito e a glória. E minha própria filha! Ele, um inescrupuloso, um mercenário sem princípios que dedica sua vil existência a servir a todos os demônios!

Jeanne se mostrou indignada, com o queixo muito levantado e uns olhos coléricos entreabertos.

— Um servidor do demônio, você disse?

— Sim! Foi o que eu disse.

— Um mercenário sem escrúpulos, traidor de toda e qualquer causa digna...

— Exato! Você entendeu muito bem.

— Um homem que usa as mulheres como sacos de esterco, que quando as esvazia joga fora na primeira curva do caminho.

Vauban aplaudiu com azedume.

— Muito bem! Acho que você entendeu a que estou me referindo.

— Uma criatura com a alma mais negra que a de um cão, se os cães tivessem alma.

— Bravo! — exclamou o marquês, e ainda bateu palmas sarcásticas e cansadas.

Jeanne inspirou e lhe disse, num tom repentinamente neutro:

— Ele o admira com fervor.

— Não me interessa a admiração desse feto! Eu apenas o tratei com a cortesia habitual entre cavalheiros. Nunca lhe dei a menor intimidade, porque não merece e nunca a terá.

Jeanne cortou as palavras do marquês como se estivesse com uma foice:

— Estou me referindo a Martí.

O marquês, o marechal, o homem, se calaram. De repente viu a armadilha em que ele mesmo se metera.

— Ele o adora, e posso garantir que essa reverência não se deve aos títulos que você ostenta, mas a tudo o que construiu. — Foi para perto do pai, com o queixo ainda mais levantado, e concluiu com muita calma: — E você vai destruí-lo porque mordeu a bunda de um inescrupuloso que tem a alma mais negra que a de um cachorro.

Deu meia-volta e saiu do salão.

* * *

Tudo isso estava acontecendo enquanto eu soluçava, xingava e esmurrava as paredes do meu quarto, de maneira que não podia ter ideia do que transcorria três andares abaixo. Não consegui dormir a noite toda. É fácil concluir que desci as escadas de manhã com o ânimo acabrunhado. Minha trouxa estava preparada, coisa muito simples porque eu não possuía praticamente coisa nenhuma. E, de fato, havia uma carruagem aguardando no pátio de armas. Não lembro se foi Armand ou Zenon, mas um dos dois me disse:

— Antes da sua partida, o marquês quer lhe dizer umas palavras.

Quando entrei no gabinete, Vauban me ignorou. Tinha um livro nas mãos e murmurava como se nunca tivesse aprendido a ler de boca fechada. Atrás dele, a luz do dia entrava por umas janelas que ocupavam quase toda a parede. Uma tática elementar, mas eficaz: à contraluz, o visitante ficava ofuscado e imediatamente se sentia inferior a essa augusta, luminosa presença.

Levantou a vista e disse rispidamente:

— Sente-se!

Eu obedeci, naturalmente.

— E então? Quais são seus planos para o futuro?

— Ainda não planejei nada, excelência — foi tudo o que me ocorreu.

— Ah, mas — disse com um azedume que me pareceu desnecessário — será que alguma vez os teve?

Seu tom, e a minha situação agônica, me impulsionaram a cuspir:

— Claro que tive, excelência! Nos últimos tempos todas as minhas esperanças se concentravam em tornar-me um engenheiro. Mas imagino que *monseigneur* nem tomou conhecimento.

— Impertinente! — bramou. — Ou vai negar que o que acabou de dizer é a definição perfeita da palavra "impertinência"? Responda!

Comecei a chorar. Eu tinha quinze anos, sabem? À minha frente estava Sébastien Le Prestre de Vauban, marquês de Vauban, marechal da França e não sei quantas coisas mais. Um mito vivo, o expugnador de sessenta e oito fortalezas, o grande fortificador. Tudo isso. E eu era apenas um pirralho em vias de deixar de sê-lo.

— Você está chorando!

Levantei-me. Inclinei a cabeça.

— Já que sua excelência, apesar da minha insubordinação, teve a amabilidade de receber-me, peço que me atenda um último desejo.

Ele não disse nada e interpretei seu silêncio como uma licença para prosseguir.

— Permita que eu vá me despedir de Jeanne.

Demorou uma eternidade para responder. Eu não sabia o que fazer, fincado no chão como um espantalho.

— Vamos adotar uma resolução — disse afinal. — Como você iria voltar para casa coberto de ignomínia, faço-lhe uma proposta alternativa: continuará seus estudos de engenharia na Real Escola de Dijon. Recomendado por mim, naturalmente. Em troca, só lhe peço que nunca mais se aproxime da localidade de Bazoches nem da minha casa, e muito menos da minha filha, num raio de cinquenta quilômetros. Até o fim dos seus estudos todos os gastos acadêmicos e de manutenção ficarão por minha conta, evidentemente. Aceite.

— Posso ver Jeanne? Só por alguns minutos.

Levantou-se da mesa como uma fera:

— Você nem se incomodou em esconder que é catalão, e do sul! Conheço muito bem o seu povo porque trabalhei mais de uma década nessa fronteira, fortificando as praças contra o ardor dos nativos pela insurgência. Minha posição me dá o direito de lhe fazer uma pergunta, aliás elementar: a que rei seu coração deve obediência? Ao da Espanha ou ao da França?

— *Monseigneur* — respondi —, até dois dias atrás eu só servia ao reino da engenharia.

— Se pretende me adular, fique sabendo que sou tão imune aos excessos de servilismo como aos de vinho, e pessoas moderadas como eu nunca se empanturram.

Eu não sabia mais o que dizer, se é que o marquês esperava que eu dissesse alguma coisa. Tudo aquilo era meio supérfluo. Mas não custava nada insistir, e assim fiz.

— Tão insólita e perigosa pretensão lhe parece despedir-me dela?

— Despeça-se de mim — insistiu, com uma estranha expressão de intriga. — Assim, além do ingresso e do seu sustento em Dijon, receberá a quantia de mil libras para gastar à vontade.

Meus olhos se encheram novamente de lágrimas, mas antes de perder a compostura ainda consegui dizer:

— *Je l'aime.*

Algo cedeu dentro do marquês. Agora entendo que ele tinha me chamado para ver se eu era tão diferente de Verboom. O salsicheiro de Amberes sempre havia sido um réptil ambicioso que via o casamento como um passaporte para o topo. E este que falava agora estava renunciando a tudo por um adeus.

Se estava tudo perdido, eu queria ver Jeanne pela última vez. Mesmo que o próprio marquês de Vauban se opusesse. Mas nesse momento ele relaxou e, com uma voz tão pacífica quanto resignada, disse:

— Sente-se, seu palerma.

Durante alguns segundos ficou brincando com uma figurinha de bronze. Movendo-a entre os dedos. Era uma estrela de vinte e quatro pontas que imitava, em escala diminuta, as fortificações de Neuf-Brisach que ele havia criado. Observava pela janela o pátio de Bazoches, os campos que se estendiam mais à frente. Sem se virar, comentou:

— No entanto, continua sendo verdade que mordeu Verboom.

— Sim, senhor.

— Na bunda.

— Na nádega esquerda.

— Recebi notícias dele: os seus caninos o feriram tão profundamente que ainda não pode cavalgar.

— Sinto muito.

— Mentiroso.

— Eu me refiro aos problemas que criei para o senhor e para Bazoches, *monseigneur*.

Ele fez uma longa pausa antes de retomar a palavra.

— Diga-me: você me considera insensato?

— Não! — exclamei, projetando-me para a frente. — Senhor, não!

— Muitas vezes — continuou como se não tivesse me ouvido —, eu o vi chegar para o jantar com as costas cheias de fiapos de palha. Fiapos de palha que, por acaso, também estavam grudados nas costas do vestido de Jeanne.

Eu esperava uma acusação em regra, mas o que veio foi um suspiro.

— O casamento… sim… uma cidadela sitiada onde os que estão fora querem entrar e os que estão dentro querem sair… — Olhou-me nos olhos. — Mas saiba, aspirante Zuviría, que de todas as fortalezas criadas pelo homem, o santo casamento é a mais inexpugnável. Você me entendeu?

— Posso vê-la?

— O que vai fazer é dirigir-se para a sala de aula e se aplicar numa sessão dupla de estratégia. Como demonstram os fatos mais recentes, você está muito fraco em tática: se vai atacar pelas costas, que seja no gogó, não na bunda.

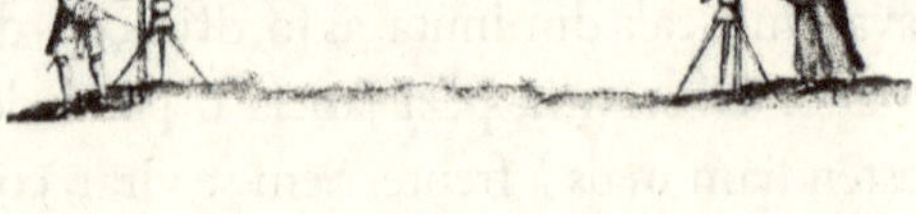

8

Dos irmãos Ducroix pode-se dizer que eram dois professores extraordinários. De Vauban, que era único. Na madrugada seguinte ao meu indulto este último me pegou pelo cotovelo e fomos passear nos arredores do castelo.

Ele andava se apoiando em sua bengala, mas sempre altivo. De vez em quando parava diante de uma macieira, arrancava uma fruta com a mão livre e a mordia duas ou três vezes antes de jogá-la para um lado. (Podia se permitir isso; afinal de contas, as árvores eram suas.) Com mais frequência tinha que parar para tossir, cuspir e enxugar os lábios com um dos enormes lenços brancos com debruns dourados que sempre se acumulavam nos bolsos dos seus casacos.

— Até agora você aprendeu a fortificar cidades — disse ele. — Com certo proveito, segundo os irmãos Ducroix. A partir de hoje vai se dedicar a tornar-se um perito na arte de expugná-las.

— Mas, *monseigneur* — sorri —, justamente o que aprendi é que, graças ao seu método de fortificação, é completamente impossível romper defesas bem-planejadas.

Ele parou e me deu uma risadinha condescendente.

Tive a imerecida sorte de conhecer boa parte dos gênios do meu século, como Mozart no campo da arte (pobre rapaz, arruinei-o duas vezes ganhando no bilhar), Washington em retidão (porém mais seco que um bacalhau) e, sobretudo, Rousseau. Voltaire não!!! Esse era um vagabundo infame e arrivista. Até Franklin e Danton merecem entrar na galeria dos gênios universais. Mas, se observarmos bem, todos esses indivíduos se distinguem porque contribuíram ao gênero humano com uma ideia, uma grande ideia, mas só uma.

Vauban teve o imenso mérito de ter duas. Primeiro, criou um sistema de defesa perfeito para as cidades. E depois, superando-se a si mesmo, ou negando-se, se preferirem, um método para expugná-las.

Eu estava com a minha pasta debaixo do braço e Vauban moveu quatro dedos com impaciência.

— Algum desenho seu. Vamos, mostre algum!

Pus uma lâmina diante dos seus olhos, ele a observou por uns instantes e disse:

— Heeeennnggg, sim, quatorze... quinze dias. Quinze, no máximo.

— Como?

Ele me encarou.

— Resistiria a uma quinzena de dias de cerco. Nem um dia além disso.

— Mas, excelência — protestei, sorrindo —, isso é impossível.

Levantou o dedo indicador diante do meu nariz e disse:

— Nunca diga esta palavra na minha presença.

Então me perguntou, a mim, o desenhista do projeto, como eu superaria aquela quantidade fabulosa de baluartes, luas, meias--luas e contrafortes superpostos. Balancei a cabeça.

— Não sei, *monseigneur* — respondi. — Só me ocorre concentrar uma quantidade prodigiosa de artilharia, quinhentas peças de grosso calibre dirigidas contra um único ponto, já castigado durante meses de bombardeio. Mas que reino poderia se dar ao luxo de manter um parque de artilharia semelhante? E isso sem contar com o pesadelo logístico do transporte e da manutenção, assim como as despesas, astronômicas, em pólvora, munição e outras coisas.

Já que estávamos a sós, ele se permitiu um gesto de intimidade que só realizava quando estava sozinho ou diante de Jeanne: tirou a peruca. Jeanne já me dissera que ele tinha perdido o cabelo muito cedo, na juventude, mas eu estava tão acostumado com aqueles cachos artificiais que quase não consegui conter a surpresa quando vi um homem mais calvo que uma rã.

— Logística? Gastos astronômicos? — Suspirou e acrescentou: — Tudo de que vai precisar são picaretas e pás. E bons homens.

* * *

E, de fato, *la méthode* de assédio de Vauban se baseava em coisas vulgares e comuns como a picareta e a pá.

Uma vez estabelecido o cerco da praça, os engenheiros decidiam o ponto de ataque. As obras se iniciavam a uma distância prudente, fora do alcance das armas dos defensores. Esse ato era chamado, muito apropriadamente, de "abrir trincheira"; e marcava o início da construção da Trincheira de Ataque.

Como peças de um quebra-cabeça que começavam a se encaixar, agora adquiriam sentido os padecimentos que os Ducroix me fizeram passar. Porque o método Vauban nada mais era que um trabalho de sapa perfeitamente coordenado. Vejam aqui, em todo o seu esplendor, seu *méthode* de expugnação.

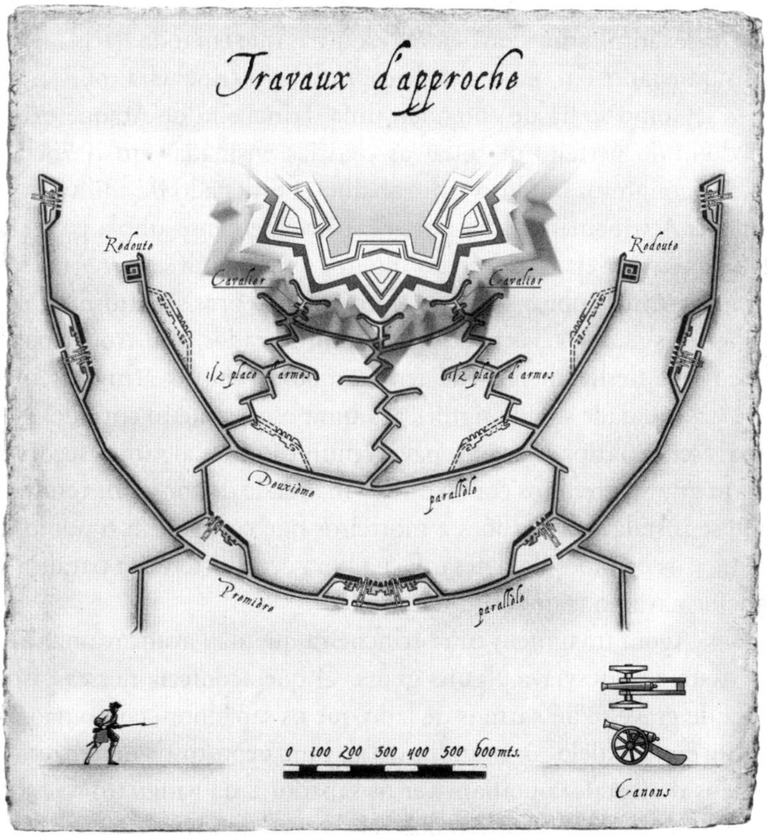

O objetivo consistia em escavar uma imensa trilha, a chamada "Trincheira de Ataque", que se aproximasse dos baluartes. Para impedir que os sapadores fossem atingidos pelo fogo inimigo, a trincheira tinha que ser profunda o bastante para ocultá-los. E, para evitar o fogo de frente, deviam se estender paralelamente às muralhas. Por este motivo as trincheiras principais recebiam o nome de "paralelas". Três grandes paralelas, unidas por dutos de ligação em zigue-zague, bastavam para chegar às muralhas. As escavações adquiriam uma forma característica. Para uma fortaleza de desenho perfeito, uma trincheira perfeita.

Jamais foram tão efêmeras obras tão imortais. Uma grande trincheira pode atingir dimensões próprias para titãs. E, uma vez terminada, simplesmente desaparece, engolida pelo desuso. Em poucos meses, a chuva, a lama e o abandono a sepultam no barro do esquecimento. Em um assédio de Vauban, o grande Racine foi enviado como cronista. "Em nossa grande Trincheira de Ataque", escreveu ele, admirado, "havia mais esquinas que em toda Paris". E, no mesmo instante em que a cidade capitulava, a trincheira morria.

Como se há de entender, uma Trincheira de Ataque exigia um domínio perfeito de todas as ciências ensinadas em Bazoches. No seu conjunto, implicava o trabalho coordenado de milhares de homens. A trincheira tinha que ser suficientemente ampla para poder circular por ela um exército inteiro, o que significava retirar milhões de metros cúbicos de terra, com ordem e precisão milimétricas. O solo e as paredes das escavações eram forrados com troncos para impedir os deslizamentos de terra e que as chuvas afundassem o piso. Cada cidade sitiada significava um bosque inteiro cortado! Nos ramais secundários se armazenava a munição. Em algumas seções se faziam grandes redutos com a única finalidade de construir refúgios, onde se instalavam canhões e morteiros que castigavam o ponto de ataque e os canhões da defesa. E, na hora certa, a terceira paralela se transformava no trampolim do assalto.

Agora imaginem uma trincheira que não avançava na direção exata e se desviava alguns graus. O que acontecia nesses casos? Nada de grave se deixarmos de lado que os sapadores, como não cavavam em paralelo às muralhas, ficavam expostos; quer dizer, os homens da fortaleza podiam ver os sapadores da vanguarda e estes, naturalmente, eram esturricados pelo fogo defensivo.

Podia chegar a ser bastante desagradável, sabem? Eu tive que estar de um lado ou do outro dezenas de vezes, e se no baluarte os defensores têm algum oficial competente, não perdoarão o menor erro no progresso das obras. O mais comum é que um franco-atirador espatife o cérebro do pobre incauto que está se expondo com a picareta na mão. Mas é como digo, um oficial atento e observador, eficiente e esperto (como era eu), pode esperar um dia inteiro sem agir, contendo o fogo, enquanto a trincheira mal cavada se aproxima, imprudente, e se expõem cada vez mais homens no sulco aberto.

É possível que os sapadores de vanguarda já tenham percebido que a paralela avança numa direção incorreta. Em vez de paralela, ficou perpendicular, permitindo que se pudesse ver do baluarte um bom trecho da trincheira e todas aquelas formiguinhas sujas carregando terra em cestos de vime. Mas, por mais avisos que receba, o engenheiro de plantão, sossegado em sua cabana na retaguarda, se negará a admitir. Os planos são os planos, e afinal de contas, embora os franceses tenham acabado de cortar o pescoço do rei, vivemos numa sociedade de classes. Não é mesmo?

Com exceção dos que foram educados por um bom *maganón*, os engenheiros geralmente eram uns janotas arrogantes e de boa estirpe, pouquíssimo dispostos a ouvir sugestões da plebe. Bem, vocês hão de entender que fui educado pelo melhor dos melhores e, portanto, é natural que julgue a imensa maioria dos engenheiros militares como o que são: um bando de parvos tão inúteis que não eram capazes de encontrar o próprio cu com as duas mãos.

Quando a luneta nos permite ver do nosso baluarte os peões batendo e trabalhando com a pá nessa trincheira desviada, chegou o momento de agir. Fuzilaria? Claro que não. Enquanto o inimigo comete o erro de ampliar cada vez mais o seu erro, você transfere três canhões de grosso calibre para a posição adequada, na muralha do baluarte.

Um deles é carregado com uma bola de cinco quilos; os outros dois, com potes de metralha. E se regula o tiro. Primeiro cai uma bomba cinco metros à esquerda do sulco, depois outra cinco metros à direita. Já está tudo no ponto. Mas os sapadores não sabem de nada. Primeiro porque procuram manter a cabeça bem agachada atrás do parapeito de faxinas, e depois porque, no meio das hostilidades generalizadas, a

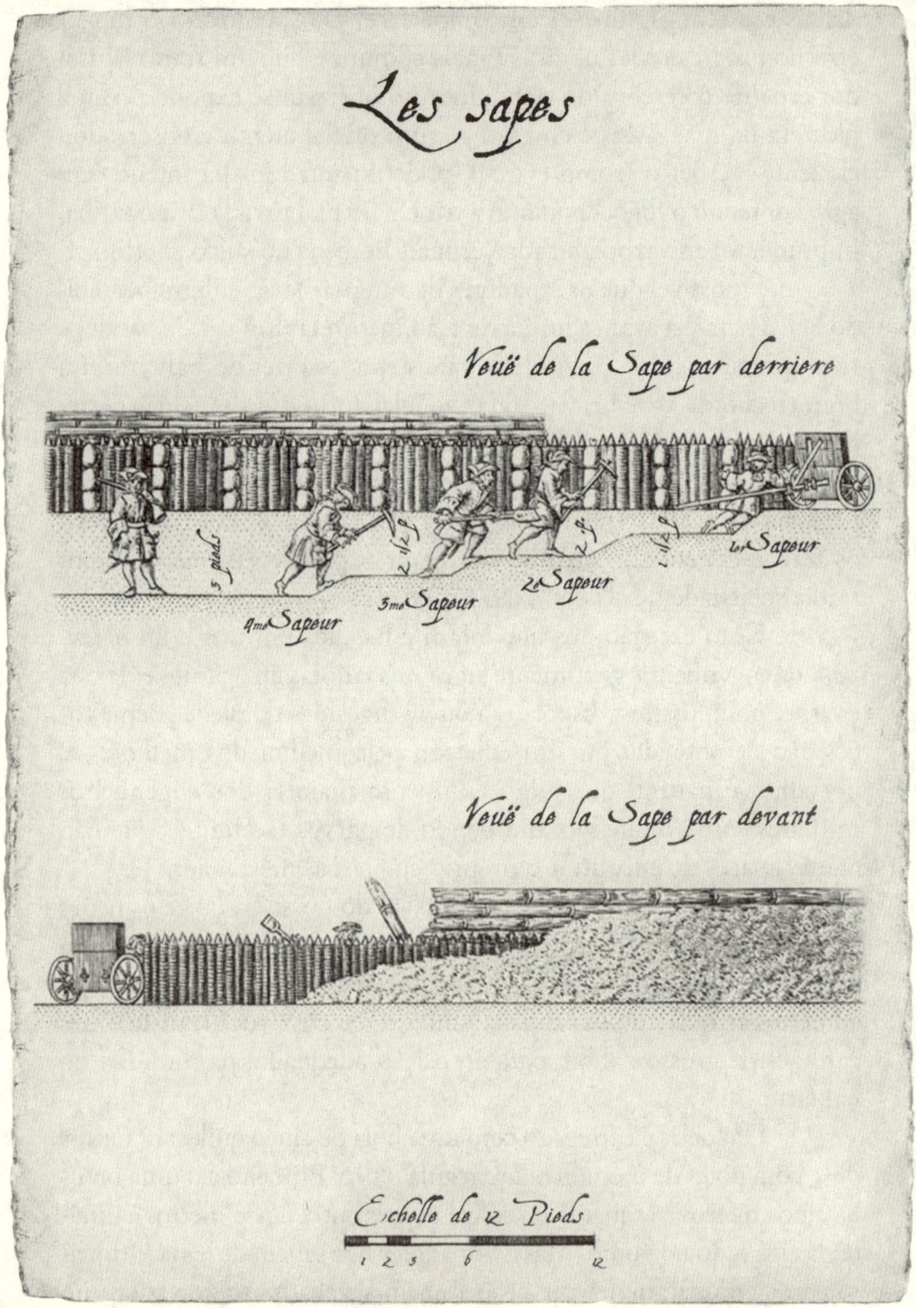
Les sapes
Veuë de la Sape par derriere
5 pieds
4me Sapeur
3me Sapeur
2e Sapeur
1er Sapeur
Veuë de la Sape par devant
Echelle de 12 Pieds
1 2 3 6 12

Profil d'une Sape achevée
Profil représentant l'excavation des quatre Sapeurs
Plan d'une tête de Sape
4me Sapeur
3 pieds
3me Sapeur
2e Sapeur
1r Sapeur
Echelle de 12 Pieds
1 2 3 6 12

fuzilaria dos dois lados, a troca contínua de foguetes e granadas, os berros dos que agonizam e a cortina de fumaça que se instala na terra de ninguém, os pobres idiotas nem pensam que essas duas explosões tenham algo a ver com eles. Pois bem, quando você vê muita gente aglomerada por ali, nessa perpendicular que não deveria ter sido assim, ordena que os três canhões disparem ao mesmo tempo.

O que acontece é que os dez sapadores se desintegram em dez mil pedaços. A trincheira tem forma de canal, e o impulso é tão poderoso que os restos humanos não se incrustam na parede do fundo, eles giram e continuam percorrendo a trincheira. Com um pouco de sorte, os pedaços de ossos, carne e vísceras se espalharão por um trecho de mais de cem metros de comprimento.

Isto é muito proveitoso, porque imaginem só o moral dos sobreviventes quando aquele engenheiro incompetente da cabaninha lhes disser: "Nossa mãe, que azar", ordenando que continuem em frente, porque já estão atrasados três dias em relação ao plano previsto. Talvez haja deserções, até mesmo motins; de todo modo, o assédio se estenderá. E como defensor você só tem um objetivo: ganhar tempo.

Enquanto isso, os pobres infelizes da sapa precisam voltar ao trabalho, avançando de gatinhas. E o bonito espetáculo que têm pela frente são as paredes forradas com partes dos seus amiguinhos mortos, fragmentos de crânios, costelas e fêmures partidos como se fossem de bambu. Os intestinos humanos, aliás, tendem a colar nos troncos laterais das trincheiras como macarrão cozido gruda numa parede.

E você, pare de choramingar e escreva! Não dizia que gostava de tom épico e blá-blá-blá? Pois já tem o seu tom épico.

Mas este exemplo que acabei de expor não é digno do gênio de Vauban. Quando o seu método era seguido com rigor, os defensores nunca tinham tais oportunidades. Ele jamais cometeu um erro. Sob o seu comando as paralelas avançavam implacáveis, num ritmo descomunal, como se houvesse ali um exército de térmites. Numa semana, duas no máximo, ele podia chegar a vinte metros de qualquer muralha. E a essa distância mínima, com a trincheira atacante tão perto, todas as opções eram favoráveis ao assediador.

Uma dessas opções consistia em fazer um túnel por baixo do baluarte. Uma vez terminado, era recheado com uma carga enorme de explosivos. *Bum!* O baluarte desmoronava com os defensores lá dentro, as próprias ruínas obturavam o fosso e criavam uma forma piramidal, apta para ser escalada pelos assaltantes. Os defensores, claro, sempre podiam responder com contraminas, mas, estando o inimigo a apenas vinte metros, quem garantia que não havia aberto duas, três ou até quatro galerias subterrâneas diferentes? Afinal, o mais habitual era que um assédio fosse resolvido com um ataque de granadeiros.

Granadeiros! Meu Deus, só de pensar nessa palavra eu suo frio. Os melhores eram os granadeiros franceses, uns autômatos assassinos.

Para os granadeiros franceses, vinte metros não significavam nada. Eram homens selecionados, escolhidos por serem os mais fortes e, principalmente, mais altos do reino. Em alguns exércitos, em vez de um tricórnio normal usavam o típico chapéu de ponta. Seu uniforme era de um branco impoluto. A guerra de trincheiras transforma os soldados num exército de andrajosos, mas eles jamais admitiam qualquer mancha nesse uniforme branco-bourbônico.

E agora pensem no efeito que causavam. Os dois lados se transformaram num bando de espantalhos sem o menor vestígio de cortesia militar, com as caras enegrecidas de fumaça e fuligem. E você, que está no alto do baluarte, com as mãos feridas de tanto carregar e disparar, e cansado de mijar no cano do fuzil para esfriá-lo, morrendo de fome porque tudo o que lhe oferecem é uma nauseabunda sopa de couve, os olhos vermelhos pelo cansaço e a pólvora, quase surdo por causa das detonações, você, como estava dizendo, de repente vê uma centena de gigantes vestidos de um branco resplandecente emergindo da trincheira inimiga com um sangue-frio pasmoso e em formação ombro a ombro. É possível que, por mais que seu oficial se esgoele, em vez de apertar o gatilho você abra a boca. Pelo menos durante o meio minuto vital, esse meio minuto que os granadeiros levam para formar fora da trincheira.

Naturalmente, caíam um ou dois, cinco ou seis, ou até vinte ou trinta frente ao fogo concentrado e desesperado dos soldados do baluarte. Mas esses avejões se mantinham imóveis como estátuas, e só reagiam à voz do seu *capitaine*. Este dava as ordens:

Um: *Attention!* E ficavam ainda mais rígidos, por mais que as balas assobiassem em suas orelhas. *Zip, zip, zip!*

Dois: *Grenade!* Empunhavam uma das granadas que levavam no embornal, uma espécie de bola de ferro e bronze incrivelmente pesada em relação ao tamanho e provida de uma mecha curta.

Três: *Au feu!* Acendiam a mecha e moviam o braço que segurava a granada para trás da cabeça, preparados para lançá-la.

Essa visão era particularmente horrenda, sobretudo se você a contemplava de cima de um baluarte meio desmoronado. Todas aquelas faisquinhas titilantes, suspensas no ar e aparentemente tão inofensivas... A gente tem a tentação de ficar olhando, como o coelho olha a cobra, para ver o que vai acontecer. Mas, chegando a esse extremo, ouça o que eu digo: esqueça a Honra, a Pátria, o Rei e todas essas besteiradas e corra como um frango degolado!

Quarta e última ordem: *Lancez!* E se via uma centena ou mais de bolinhas pretas traçando uma parábola no ar e caindo em cima da cabeça dos defensores.

Bem, o que vinha a seguir era um belo festival de gritos e membros humanos voadores. E uma carga de baioneta que varria os feridos e os que imploravam clemência. Ou vocês acham que uma tropa que ficou servindo para fazer tiro ao alvo vai perdoar os fulanos que ficaram disparando contra eles até aquele momento, só porque agora levantam as mãozinhas? Não. Atravessam seus fígados com a baioneta, partem os ossos do rosto com uma coronhada e vão em frente. Como são os primeiros a entrar numa cidade agora indefesa, uma cidade que teve a oportunidade de se render e teimosamente recusou, eles têm todo o direito do mundo de saquear casas, igrejas e armazéns, degolar os civis e divertir-se com o que há embaixo de todas as saias.

Eis o grande problema que qualquer perímetro defensivo tem que enfrentar: uma cadeia de fortificações sempre será tão forte quanto o seu elo mais fraco. Uma força atacante não precisa conquistar todo o perímetro da muralha. Basta pôr os pés num baluarte, só um. Se dominar um baluarte, terá a cidade aos seus pés. A cidade está perdida. Por isso, quando se chegava à terceira paralela o mais normal era que os defensores claudicassem. Aparecia um corneteiro pedindo condições e se negociava a rendição. Com uma muralha desmoronada e a trincheira inimiga a dois passos, qualquer guarnição sensata optava por negociar uma saída honrosa. Eu vi rendições verdadeiramente majestosas em sua encenação.

Um corneteiro dos sitiados pede trégua. As armas silenciam. O tumulto da guerra se transforma num silêncio expectante. Alguns minutos depois aparece o comandante da guarnição, com seus melhores ornamentos e a espada no cinto, no centro exato do buraco que os canhões transformaram num teatro. Não corre nenhum risco: atirar nele seria a mais infame das descortesias. Os dois exércitos o observam: o atacante na trincheira e o outro no que restou das fortificações. Se for um homem com talento para a declamação, ele se erguerá orgulhosamente antes de proclamar com um digno movimento da mão:

— *Monseigneur l'ennemi! Parlons.*

E eram pactuados os capítulos de rendição.

Isto não é um manual militar, de maneira que não mencionarei aqui todos os aspectos técnicos (que em Bazoches me impingiram até cansar), medidas, contramedidas, recursos, estratagemas ou imponderáveis que podem acontecer num cerco. Mas, em resumo, eram essas as regras do jogo.

Vauban não foi o único a propugnar um método geral de assédio. Seu grande rival na juventude foi Menno van Coehoorn, um holandês com uma cara mais comprida que um pepino.

Vauban e Coehoorn dirimiram suas disputas muitos anos antes de que Zuvi *Pernalonga* tivesse nascido. Na verdade, quando entrei em Bazoches já eram história, ambas as vidas consumadas. Mas seus nomes se tornaram duas escolas, duas maneiras totalmente opostas de conceber um assédio militar.

Pode-se dizer que Coehoorn concebia o seu sistema como uma inversão do sistema de Vauban. Para Vauban, a expugnação era uma obra racional e nela intervinham quase todas as disciplinas com que o gênero humano molda o mundo. Para Coehoorn, era um ato fulgurante de violência extrema.

Dizem que Coehoorn comparava o assalto com o procedimento de arrancar um dente: doloroso porém breve; e quanto antes, melhor. Segundo o holandês, o assediador devia se concentrar no ponto mais fraco ou menos defendido das fortificações. Uma vez localizado, lançar-se ao ataque com todas as forças e rompê-lo num ataque selvagem. De preferência à noite, de surpresa ou aproveitando alguma fraqueza do assediado. O resto eram ninharias.

Os teóricos de toda a Europa se dividiram em dois grupos que protagonizaram debates apaixonados: os partidários do ataque "à Vauban" e os que preferiam o estilo "à Coehoorn". Nem é preciso dizer que eu estava com Vauban. Pelo fato, inescapável, de que nós acabamos nos tornando filhos intelectuais dos nossos mestres. E sempre achei que, no fundo, não havia muito o que aprender da escola de Coehoorn. Dar uma boa porrada na cabeça do inimigo é um princípio que está ao alcance de qualquer brutamontes. Em sua defesa, os irredutíveis de Coehoorn alegavam que a guerra é um fenômeno radicalmente simples. Na contrarréplica, eu diria que essa afirmação significava negar dois mil anos de desenvolvimento da ciência da guerra. Nos ombros de Vauban havia um edifício humanista; Coehoorn só era movido por urgências.

Os coehoornianos tinham um outro argumento, mais científico e, portanto, de maior peso. Alegavam, com razões mas sem razão, que o método de Vauban necessariamente prolongava o assédio. "Certo — diziam —, uma cidade assediada à maneira de Vauban cairá inexoravelmente em dez, vinte ou trinta dias. Mas nesse período podem acontecer muitas coisas: que apareçam epidemias no espaço sitiado ou no acampamento assediador; que apareça um exército inimigo de reforço; que o adversário cerque uma das nossas cidades, de maneira que a jogada se transforma numa troca de rainhas, ou que algum imponderável diplomático nos obrigue a suspender o sítio."

Os detratores de Coehoorn, por sua vez, salientavam que esse impulso prematuro era uma aposta de cara ou coroa. Se fossem bem-sucedidos, o assédio se resolvia antes mesmo de se formalizar, de fato. Mas e se falhasse? O resultado seria um tapete de cadáveres, com a cidade intacta e o moral dos defensores nas nuvens.

Como se vê, o debate girava em torno de dois princípios irreconciliáveis, que alimentavam a polêmica em espiral e até o infinito. Vaubanianos e coehoornianos, duas escolas opostas até o fim dos tempos. Se um *maganón* era coehoorniano, iria sê-lo para sempre, e vice-versa. O debate nunca chegou a alguma conclusão. Porque as teorias racionais se cruzavam com os interesses pessoais.

Os generais jovens e ambiciosos, por exemplo, tendiam a ser coehoornianos. Que importava para eles sacrificar a vida de quinhentos, mil, dois mil soldados num ataque temerário? Buscavam a glória, e afinal de contas não eram eles que iriam atravessar aqueles labirintos de pedra, seus cruéis fossos e muros escarpados. Em contraste, e por menos doutos que fossem na matéria, os soldados de infantaria eram vaubanianos radicais. Por interesse próprio! É que Vauban, na realidade, não era um militar. Nunca foi. O engenheiro sempre comandou o soldado. No primeiro assédio que comandou ele se afastou dos generais para dirigir-se à tropa com estas palavras: "Deem-me o seu suor e eu pouparei seu sangue." Suor em troca de sangue. Era isso.

Coehoorn acusava Vauban de timorato. Vauban tachava Coehoorn de bruto. Na intimidade, pelas referências do holandês ao dente arrancado, referia-se a ele como "o dentista". E, quando digo que eram rivais, estou falando de algo mais que uma simples disputa entre intelectos poderosos. Vauban chegou a comandar um assédio a uma fortaleza pessoalmente defendida por Coehoorn! Foi em 1692, em Namur.

O que tornou o duelo especialmente famoso foi que transcorreu sob os olhos do Monstro: Luís XIV estava lá e, como rei, era o comandante em chefe do exército. Presenciou o espetáculo com suas reais nádegas assentadas comodamente num sofá portátil, tomando refrescos debaixo de um toldo, já que havia delegado o comando a Vauban. Desse modo, se as coisas terminassem mal a culpa seria do subordinado. (Todos os reis são uns porcos egoístas e desalmados. Agora e sempre!)

Bem, embora Coehoorn tivesse uma guarnição numerosa e aguerrida, a cidade caiu em exatos vinte e dois dias. Nem um a mais. Para arrematar seu triunfo, Vauban sofreu vinte vezes menos baixas entre seus homens que Coehoorn. Em certa ocasião, Vauban conseguiu tomar uma cidade com apenas vinte e sete baixas somando mortos e feridos! A tropa o adorava. Na rendição de Namur, o Monstro não conseguiu disfarçar umas caretas de coruja quando a carne de canhão, que graças a Vauban continuava viva, aclamou muito mais o engenheiro que o próprio rei. (Os soldados são simples, não tolos.)

Namurcum captum. Pode existir uma vitória mais total, uma derrota mais humilhante? Pois a resposta é sim, pode sim. Vauban puniu Coehoorn da única maneira que os retos de espírito conhecem: com uma indulgência sem limites que louvava o generoso e apequenava quem a obteve. As chaves da cidade lhe foram entregues pelas mãos do próprio Coehoorn, cuja cara de pepino parecia mais comprida e encerada que nunca. Vauban se absteve de humilhações desnecessárias, a guarnição saiu de Namur com todas as honras. O francês chegou ao limite cortês de rebatizar a cidadela onde seu inimigo tentara a última resistência como "Forte Coehoorn". Um monumento ao cavalheirismo. (Claro que, se quisermos ser insidiosos, também seria de convir que desse modo recordava a derrota infligida ao seu grande rival, não acham?)

Deixando de lado essas minúcias, vocês perceberam um detalhe extremamente curioso? Observem que Vauban não renomeou esse baluarte interno "Forte Luís XIV". Muito embora seu rei estivesse no alto de uma colina, presidindo o assédio.

Eram muito amigos. Refiro-me a Vauban e Coehoorn. Compartilhavam os mesmos princípios espirituais, mas de ângulos diferentes. A disputa entre eles tinha algo de competição intelectual. Disputa insana, se pensarmos no sangue vertido. Mas como os dois, com ideias técnicas divergentes, acreditavam sinceramente que seus princípios serviam para poupar sangue, seria difícil emitir um juízo moral.

Acima de bandeiras, reis e pátrias, a devoção ao *Mystère* os unia numa irmandade secreta que superava todos os conflitos e hierarquias. Isto ficou claro na saída da guarnição. Os protocolos habituais de uma cidade rendida chegaram a limites disparatados. Duas filas de soldados franceses apresentaram armas na saída de Namur.

O holandês com cara pepinoide desfilou primeiro. Atrás, todos os seus homens, com bandeiras ao vento. Ao se cruzarem, Vauban e Coehoorn se saudaram com os sabres à altura do nariz, dividindo seus rostos em metades simétricas. Dois dias antes teriam usado os sabres para abrir o estômago um do outro.

— *À la prochaine!* — aventurou Coehoorn. (Até a próxima.)

— *On verra* — disse calmamente Vauban. (Veremos.)

Esplêndido. E a peleja não acabou aí. Porque, para ser imparcial, não posso esconder que o aviso do cara de pepino foi profético. Como todos os combates eternos, a balança se inclinou mais uma vez.

Anos depois, um exército comandado por Coehoorn atacou a mesma Namur! E a assaltou segundo o seu próprio *méthode*. Quer dizer, na marra; e venceu. Para seu azar, nessa ocasião não era Vauban quem estava à frente da defesa, de modo que o resultado final do duelo entre esses dois titãs continuará pendente até o fim dos tempos.

O fato irrefutável, porém, é que, infelizmente, quem dirigia os assédios nem sempre eram vaubanianos racionais. Com muita frequência eram generais coehoornianos, duros e sem escrúpulos. Um deles, um jovem ambicioso, teve a ousadia de enviar ao marquês uma carta das mais ofensivas.

Ele se chamava James Fitz-James Stuart, duque de Berwick. (Por favor, anotem este nome. Infelizmente ele vai reaparecer em nosso relato. E muito! Sem ele a tragédia de Barcelona, e a minha, nunca teriam se consumado.)

Em 1705 eu nunca tinha ouvido falar de Berwick, que nesse mesmo ano capitaneava, como comandante em chefe das tropas francesas, o ataque à fortaleza de Nice. Pelo que cheguei a saber, tinha certas discrepâncias com Vauban em relação ao ataque a Nice, que o marquês considerava um desperdício de tempo, dinheiro e, sobretudo, de bons homens. Enquanto Berwick, o mais ambicioso dos coehoornianos, mantinha o assédio à cidade, Vauban não se cansou de lhe escrever recomendando que desistisse do empenho.

Berwick deve ter levado isso muito a mal, porque um dia chegou a Bazoches uma carta que ele enviara da frente de batalha, insidiosa e presunçosa.

> *Como vedes, senhor, Nice foi tomada. Pelo ângulo que consideráveis inatacável e em poucos dias. Espero que concluais disso que aqueles que dirigem as operações no terreno devem ter mais crédito que os que se permitem opinar a duzentas léguas de distância.*

Uma verdadeira recriminação impregnada de desdém vitorioso. Lembro que o marquês quase subia pelas paredes de Bazoches.

— Mas quem ele pensa que é? Escrever nesse tom, logo a mim! Um jovenzinho bastardo e respondão, cujo mérito máximo é lavar as mãos em bacias de sangue.

Permaneceu inabordável durante dois dias; estava de tão mau humor que nem aparecia na sala de jantar.

Em Vauban existia um paradoxo impossível. Porque se me referi antes, com nojo, aos que negam a arte da guerra, isto deve ser entendido em termos vaubanianos. O que é a guerra? Tripas fora do ventre, saque e destruição. O paradoxo é que, na concepção de Bazoches, a arte da guerra levada ao seu último extremo aniquilava a guerra. Uma disciplina que tinha como finalidade desintegrar a si mesma!

Ao contrário do Monstro a quem servia, Vauban odiava todo e qualquer afã expansionista. Por mesquinharia, por um conceito ridiculamente elevado do torrão natal, se quiserem. Para Vauban, a França não era um país bom. Era perfeito. Então, para que ambicionar algo? Todas as suas energias eram dirigidas a conservar o legado geográfico dos antepassados. A fortificar as fronteiras num grau tão superlativo que qualquer ataque fosse abortado antes mesmo de deixar de ser um projeto. Foi sua a ideia do *pré carré*, o "prado quadrado", que é como aqueles comedores de rã chamam a sua fodida terra: a França como um monólito perfeitamente definido, eterno, compacto e em paz. Por baixo do construtor, do gênio, imperava a mentalidade de um burguês conformista e, se me permitem dizê-lo, um pouco limitado de espírito. Vauban aperfeiçoava Vegecio: *Si vis pacem para castrum* (Se queres a paz erige fortalezas). Se a dissuasão fosse exercida num nível adequado, quem iria atacar quem? Fim dos conflitos.

Vauban acabou mal. Em muitos aspectos era um conservador a toda prova num país regido pelo delírio moderno do poder universal. Em outros, um reformista demasiado audaz. Em seus escritos defendia a liberdade de credo e de pensamento, e isso numa tirania que queria reduzir o indivíduo a uma dimensão plana: entrega total ao autocrata. Quis substituir a aristocracia hereditária por uma de novo feitio, baseada nos méritos do indivíduo. E pretendia essas coisas sob a monarquia mais absoluta que se conheceu desde os tempos de Dario, o persa! Os ministros do Monstro o consideravam inofensivo. Não criticava o rei, mas a corte. Não seguia a revolução, mas a razão: pelos seus cálculos, de cada vinte e quatro franceses só um cultivava a terra; em consequência, os outros vinte e três comiam devido ao seu esforço.

Foi deixado de lado como um velho meio biruta, e se não o perseguiram foi porque já era bastante idoso, um arcaísmo em extinção. Sua rançosa concepção da fidelidade o impediria de levantar a mão contra o seu rei. Ao contrário. Morreria mil vezes por ele embora detestasse seus métodos, erros e pretensões. Era um homem tão ingênuo que acreditava que a política é o que parece ser. Sua lógica era geométrica, e por isso mesmo simplista demais. Não chegou a entender completamente que na realidade humana há um sem-fim de vetores justapostos, imprevisíveis, ocultos e, quase sempre, malignos.

O fim das guerras! Que sarcasmo. Como já dizia Platão: só quem vê o fim da guerra são os caídos em combate.

9

Se a nossa vida se divide em etapas, a minha estava a ponto de chegar ao final da sua etapa mais proveitosa e bela. E de uma forma abrupta e desesperadora. Mas não seria exato dizer que tudo desabou numa única jornada. A derrota começou no mesmo dia em que o marido de Jeanne se curou milagrosamente da doença mental.

Quando uma pessoa sucumbe à loucura, os que estão à sua volta reagem com uma mistura de incredulidade e indignação, como se o mal que o outro sofre fosse uma ofensa pessoal. De certa maneira, associamos o demente à figura do desertor. Como acontece com os batalhões, enfrentamos as durezas da vida aglomerados, e não suportamos as baixas voluntárias em nossas filas. E, curiosamente, quando alguém recupera a razão a incredulidade é ainda maior. Porque um louco curado é tão estranho como um desertor reincorporado.

Eu tinha ouvido notícias dessa cura. Mas Paris ficava bem longe de Bazoches, e eu estava totalmente imerso em meus progressos acadêmicos. Quando ele nos visitou, eu não podia acreditar. Estava asseado, seu andar era firme, e seu olhar, que antes passava horas perdido atrás do voo de besouros invisíveis, agora era normal. Continuava afetuoso comigo como sempre.

— Meu bom amigo Zuviría! — exclamou quando nos encontramos, segurando-me pelos ombros. — Quanto tempo sem nos ver, como você está mudado. Cresceu um palmo, e olhe que antes parecia que já havia chegado ao limite de todas as idades. E que caráter revelam as suas feições! — acrescentou, dando um suave e afetuoso soco em minha mandíbula. — Cresceu mais por dentro que por fora.

— Permita-me ser eu quem fica alegre — disse por minha vez —, porque não sou o único que reflete mudanças notáveis.

Seus olhos se nublaram, como se estivesse arrependido ao pensar no seu passado recente.

— Tem toda a razão, *mon ami*.

Não pude deixar de perguntar pela medicação, ou pelo tratamento, que havia obtido tão extraordinária recuperação.

— Tratamento? Nenhum em absoluto. Simplesmente, um dia eu estava no meu canto, queimando as unhas enquanto fazia as vezes de Paracelso, quando me fiz uma pergunta elementar que nunca tinha me ocorrido. — Aproximou-se um pouco mais, como se tivesse receio de que alguém pudesse nos ouvir, e acrescentou com os olhos bem abertos: — Se eu sou milionário e estou casado com uma milionária, para que diabo preciso perder tempo tentando transformar sal em ouro?

Notei que Jeanne se distanciava de mim. Não dei muita importância ao fato até que no domingo seguinte nos encontramos no palheiro, como sempre. Íamos para lá separados e normalmente ela me esperava nua, deitada no primeiro andar. Dessa vez estava vestida e em pé.

Até mesmo a minha Waltraud, que é mais burra que um saco de batatas, adivinhou o que Jeanne tinha a me dizer, de maneira que me abstenho de relatar porque ainda dói.

— Que o seu marido não esteja mais doido não significa que os nossos sentimentos tenham mudado — disse eu.

— Meus sentimentos por você, não; minhas obrigações com ele, sim.

Estou convencido de que os grandes amantes, os amantes de verdade, nunca fazem as ceninhas que aparecem no teatro. E sabem por quê? Porque, digam o que disserem os dramaturgos, a coisa mais racional que existe no mundo é o amor.

Eu poderia ter dito muitas coisas, mas já sabia a resposta. Ela era uma mulher rica, agora feliz no casamento (ou menos infeliz) e filha de um marquês. Não largaria tudo por um garoto sem credenciais, um simples aspirante da província. Mudou de assunto:

— Os Ducroix dizem que só falta limar suas arestas para você se tornar um grande engenheiro. Na verdade, estão entusiasmados com você.

Não falei nada; olhei-a. Ela notou meu desânimo, minha acusação muda, minha dor sem palavras.

— Diga-me uma coisa, Martí — perguntou: — se você tivesse que escolher entre ser engenheiro real ou ficar ao meu lado para sempre, o que faria?

Abri a boca duas ou três vezes, mas não disse nada. Eu havia entrado em Bazoches porque desejava uma mulher, e ia sair apaixonado pela engenharia.

Foi o início do fim. A debacle, a minha grande debacle de março de 1707. "O casamento, uma fortaleza em que os sitiadores querem entrar e os sitiados, sair", disse Vauban. Até os rígidos Ducroix me deram uns tapinhas nas costas. Não precisei contar nada a eles, claro. Um dia me disseram:

— Contra essa dor não há engenharia que adiante. Respire fundo, é o único jeito.

Acho que tatuaram meu quinto Ponto só para me animar. E também porque estava acontecendo uma coisa que eu ainda ignorava e que era muito mais relevante para mim, para Bazoches e para meio mundo: Sébastien Le Prestre de Vauban estava morrendo.

Seus pulmões não resistiam mais. A parte final da doença o surpreendera em Paris. Os Ducroix esconderam até o último momento. Quando decidiram falar, Armand o fez com seu estilo inimitavelmente estoico:

— Aspirante, o marquês de Vauban está morrendo.

Ele não voltaria mais a Bazoches. Isso parecia mais definitivo que a própria morte. Fiquei gelado. Para mim Vauban se tornara uma figura que estava além das contingências humanas. Era como se me anunciassem que não seria mais possível acender fogo, ou que a Lua ia cair de um momento para o outro.

Zenon já estava com o marquês, assistindo-o no último ato. Armand e eu subimos numa caleça e partimos para Paris. Foi uma viagem estranha. Eu nunca estivera em Paris, cabeça dessa religião que adora a guerra e tem o nome de França. Tentava permanecer atento e ao mesmo tempo não podia tirar Jeanne da cabeça. Sim, era como se uma conjunção astral houvesse previsto essas duas rupturas num prazo tão curto. Também me rondava uma dúvida que, por humanidade, eu não me atrevia a manifestar. Armand respondeu à minha pergunta sem que eu precisasse formulá-la:

— O marquês não vai morrer enquanto não se despedir de todos e de cada um dos seus próximos.

Um dos inconvenientes de ser um patrício de primeira categoria é que ao lado do seu leito de morte aparece todo tipo de indivíduo. O costume exige que em plena agonia venham aporrinhar fulano e beltrano, primeiro e segundo secretários do comendador do Helesponto, ou o primo do sogro do seu genro alcoólatra. Sempre achei que era uma crueldade desnecessária obrigar o agonizante a suportar uma multidão tagarela. Mas como podia criticar? Eu mesmo ia fazer parte dessa tropa de indesejáveis. No meu caso, por um motivo vital.

Porque Vauban iria validar, ou não, o meu quinto Ponto. Segundo Armand, o marquês havia manifestado interesse em tomar meu exame pessoalmente. Uma grande honra, e ainda mais considerando as circunstâncias irregulares. Se a perfeição era quantificada entre os *maganones* numa base de dez, pode-se entender a autoridade moral que detinha um Cinco Pontos.

A casa de Vauban em Paris era um palacete austero. Na antecâmera do seu quarto devia haver uns cinquenta ou sessenta indivíduos esperando uma audiência com o moribundo. O protocolo exigia que se entrasse segundo uma rigorosa hierarquia, e como o visitante mais modesto ali aparentava ser proprietário de cinco fábricas de canhões, quando chegasse a minha vez já seria noite.

— Se eu fosse o marquês — disse eu com um suspiro de tristeza —, morreria logo para não ter que aguentar todos esses beija-mãos. *Merde!*

— Cale a boca e siga-me — disse Armand.

E avançou entre as pessoas. Quando chegamos à porta, como era previsível, um criado todo emperiquitado nos parou.

— Ei, um momento! Espere a sua vez.

— Senhor! — indignou-se Armand. — Eu sou o secretário pessoal do marquês e meu lugar é na cabeceira dessa cama. Ou será que não está me reconhecendo?

— Ah, sim, mil perdões — desculpou-se o homem, que, naturalmente, não sabia que Zenon tinha um irmão gêmeo. — Mas o senhor não estava lá dentro? Desculpe, não o vi sair.

Chegamos à soleira. Armand resmungava:

— Toupeiras… mundo de toupeiras… todos toupeiras…

O grande Vauban estava repousando numa cama com colunas nos quatro cantos que se projetavam até o teto. Seu torso estava semierguido graças a uma volumosa almofada. Ia morrer, de fato. Mas mesmo nesses últimos momentos sua presença se impunha. Sua respiração, entrecortada, era o ronronar de um leão. Jeanne também estava lá.

Segundo o protocolo, eu deveria me aproximar dos pés da cama e cumprimentar o grande homem com uma inclinação de cabeça. Não consegui. Eu lhe devia os dois anos mais frutíferos da minha vida, a formação do meu caráter e do meu destino. Pulei até sua mão e a pus na minha bochecha, chorando como um bebê. A favor da família Vauban, direi que ninguém me impediu nem me recriminou. E mais, quando levantei a cabeça o marquês me estava observando. Se um pai diz com o olhar a seu filho "eu fiz você", aquele foi o olhar mais paternal que eu já havia recebido na vida.

O marquês me disse:

— Você entrou neste quarto como aspirante. Desejo que saia como engenheiro real.

Pediu às filhas e aos secretários que nos deixassem a sós. Mandou Armand e Zenon ficarem diante da porta. Eu gostaria de ter visto a cara do sujeito que impediu a nossa passagem: o secretário voltava a aparecer à sua frente, agora duplicado.

— Por motivos óbvios — ciciou o marquês —, isto tem que ser um exame breve. Vou lhe fazer uma única pergunta. — Durante alguns instantes, contemplou o teto com a boca aberta, pensativo. Por fim, sem tirar os olhos do céu, disse: — Resuma o seguinte tema: bases da ótima defesa de uma praça assediada.

Eu não podia imaginar uma pergunta mais simples. Ou seja, aquilo era apenas uma formalidade. Antes de morrer Vauban queria projetar o seu último engenheiro no mundo, era isso. Por mais que ele escondesse, eu sabia que estava muito orgulhoso deste aluno rebelde e respondão, e ao mesmo tempo tão bem dotado para o ofício. Comecei esboçando as colunas vertebrais em que se apoiava uma boa fortaleza com bastiões. A esplanada, o caminho coberto, as distâncias corretas entre os bastiões para que as áreas adjacentes não tivessem pontos cegos. Até me permiti uma análise da gola, quer dizer, a entrada para os bastiões, que a meu ver geralmente era desenhada muito estreita. Mas então ocorreu uma coisa imprevista.

Vauban me interrompeu. Ainda teve forças para levantar a voz.

— Em síntese, por favor!

E o que me assustou foi que também disse:

— Não, não é isso.

Então, eu tinha perdido o rumo? Fiquei nervoso. Falei da espessura dos muros, dos graus de inclinação. Do aproveitamento do terreno para erigir defesas. Do fosso e das diversas formas de obturar brechas abertas. Seu olhar de desagrado me dizia que não, que não era isso o que ele queria ouvir. Passou até a mão na testa, um inconfundível sinal de contrariedade no marquês. Falei das guarnições, do número de homens adequado segundo o tamanho da fortificação, as armas, munições e provisões necessárias. Citei Herão de Constantinopla e seus sábios conselhos ao general que tivesse que defender uma praça. Nesse momento uma pontada de dor assaltou o marquês. Ele entreabriu os olhos, a boca crispada. Olhou para o teto, como pedindo um adiamento, e disse:

— Não, não e não! Vá ao essencial, o tempo está se esgotando. — E suspirou. — Bastaria mencionar uma palavra, uma só que resume a defesa perfeita.

Quem agoniza não tem tempo para abstrações, e Vauban me tratava como se eu fosse um inepto. Meu espírito cambaleou. Duvidei de tudo o que tinha aprendido. Meu resumo era exato, sem gordura! O que me escapava? Insisti mais um pouco. Talvez Vauban quisesse saber a parte compassiva da arte da defesa, então enumerei todas e cada uma das medidas para proteger os civis durante o assédio. Não. Estava errado. Parei. Não tinha a menor ideia da resposta que ele desejava. Calei-me.

Ele levantou o dedo indicador e disse algo que irá comigo para o túmulo:

— Uma palavra. Basta pronunciar uma palavra.

Dei um passo em direção à cama e até me inclinei, apoiando os punhos no colchão.

— Mas, *monseigneur* — disse no tom de voz mais doce e respeitoso que usei em toda a minha vida —, acabei de citar tudo o que Bazoches me ensinou.

Foi como se Vauban desistisse. Levou uma das mãos aos olhos.

— Não, não o fez. Não entendeu. Chega. — Ofegou sem me olhar. — Em sã consciência, não posso lhe dar minha aprovação. Acredite que lamento muito, mas vai ter que procurar outro professor mais eficiente que eu. Falhei. — E determinou: — Você não é apto.

Pensei que quem ia morrer era eu, não ele. Fez um gesto cansado com a mão, que voltou a cair sobre a cama.

— Agora tenho uma audiência que não posso evitar. Pode ir.

Saí do quarto mais branco do que gesso. Os Ducroix entenderam imediatamente o que tinha acontecido e me levaram para um canto, escondendo-me da multidão feroz. Eu quase não conseguia falar. Mostrei o antebraço, desesperado:

— O quinto Ponto! Está gravado na minha pele, mas não é meu. Quem o validará agora? Quem?

Enquanto eles me arrastavam, eu choramingava feito um cachorrinho que acabou de receber uma surra imerecida.

— Mas que palavra o marquês me pedia? — disse entre soluços. — Que palavra?

Eu havia ido a Paris fazer um exame, a prova mais importante da minha vida. Voltaria tendo aprendido uma lição tão amarga como inútil: quando sabemos que tudo está perdido? Quando até os que te amam se calam. Porque os Ducroix suspiravam aflitos, e o único consolo que puderam oferecer-me foi me esconder da vista dos outros, levando-me para o aposento mais isolado daquela casa visitada pela morte.

Sébastien Le Prestre de Vauban morreu no dia 5 de março de 1707. Das exéquias e do enterro só me resta uma sensação de vertigem imprecisa. “Não é apto.”

Eu era a última criação de Bazoches e, se me toleram a ousadia, a mais elaborada. Uma máquina aperfeiçoada durante dois anos de rigores e disciplina. Nos últimos dias do meu treinamento, eu me sentia capaz de tudo. Constantinopla sofreu vinte e cinco assédios. Eu estava certo de poder defendê-la dos vinte e cinco exércitos ao mesmo tempo. Ou de assaltá-la, se servisse a um amo oposto. Só pediria quinze dias de cerco para criar três paralelas. E agora, não era nada. Aquela recusa me condenava a um limbo em vida. “Uma palavra, uma só." Mas qual? Essa sentença me transformava num monstro, no feto de um unicórnio abortado.

Uma das inúmeras personalidades que compareceram ao último adeus foi o cavalheiro Antoine Bardonenche, aquele capitão de infantaria com quem às vezes Jeanne, sua irmã e eu nos divertíamos, brincando de cabra-cega à beira de algum riacho ou nos corredores de Bazoches. Eu estava sentado no banco de um corredor, com os cotovelos apoiados nos joelhos e os dedos cruzados, abatido, arrasado, vazio de pensamentos e cheio de dor, quando Bardonenche se aproximou de mim, esbelto em seu uniforme branco.

— Parece melancólico, meu bom amigo — disse, jovial como sempre apesar de estar no meio de um funeral. — Ouvi falar que você está à procura de um futuro de proveito.

Eu não tinha forças nem para responder. Bardonenche continuou:

— Já que estudou engenharia, deveria pôr em prática os conhecimentos que adquiriu. Não gostaria de se incorporar a uma brigada de engenheiros, como ajudante? Assim ganha experiência prática. Com o tempo será confirmado como membro do corpo real, tenho certeza.

Com a morte do marquês, era evidente que Bazoches se transformaria em algo muito diferente, e que Jeanne assumiria as rédeas. Eu não podia ficar lá. Concordei esvaidamente com a cabeça. Bardonenche, sorrindo, bateu na palma da mão direita com o punho esquerdo:

— *Rejoingnez l'armée du roi!*

Jeanne tinha sido a bigorna e Vauban o martelo. E eu, um pedaço de latão esmagado entre os dois. Dava tudo no mesmo para mim. Se tivessem me oferecido um lugar em Anatólia, como construtor de cercas para piaras turcas, também diria que sim. Quanto a Jeanne, minha última conversa com ela só serviu para destroçar ainda mais a minha alma.

— Você conseguiu que ele me aceitasse em Bazoches — rememorei. — Mentiu para o seu pai. Disse que era eu quem mais conhecia a sua obra, e não era verdade. Talvez tenha sido um erro, talvez fosse melhor nunca tê-los conhecido. E hoje estaríamos todos mais felizes.

— Mas, Martí — replicou —, eu não disse mentira nenhuma. Fiz um relato exato das respostas dos três aspirantes, inclusive a sua. "Uma flor de pedra", assim você descreveu sua melhor fortaleza. E meu pai disse: "Esse será meu aluno, esse pode ter um coração de engenheiro."

Vauban morreu em Paris, mas foi enterrado em Bazoches. O coração separado do corpo, numa urna. Era um homem que respeitava a ordem, não quis se contrapor às convenções do seu tempo. Mas, para quem soubesse olhar, ali estava tudo: o corpo para os padres, o coração para o Mystère. Se vocês são crentes, saibam que, de todos os seres humanos que já existiram desde que o mundo é mundo, Vauban é o único a respeito de quem eu me atreveria a jurar que está lá em cima. Aposto qualquer coisa que ao vê-lo chegar lhe abriram as portas do céu, de par em par e sem objeções. Caso contrário São Pedro se arriscava a vê-lo voltar com um regimento de sapadores. Acho que tomaria o céu em sete dias. Bem, sejamos piedosos; nem que seja só para não ofender aquele que, segundo os ilusos, criou toda esta merda, vamos deixar em oito.

10

Da viagem da França até as profundezas espanholas só me lembro dos meus pés; cabisbaixo a tal ponto fiz todo o trajeto. Nada me importava. Meu corpo era um couro frouxo, nem sequer sofria com os solavancos infames das carroças. O Mystère tinha me abandonado. Na véspera da morte de Vauban eu me sentia cheio dele. No dia seguinte, evaporou. Por mais páginas que ditasse, eu nunca conseguiria explicar o horror e, ao mesmo tempo, a atonia que esse vazio implicava.

Sou um deserto humano, sei disso. Cada dia da minha vida, um grão da areia que criou suas dunas. Passou tanto tempo, tanto, tanto, que olho para o garoto chamado Martí Zuviría como se fosse uma pessoa estranha. E não sou indulgente com ele, garanto. Mas posso sentir certa compaixão. Seu futuro, seu amor, suas esperanças, seus mestres tutores... Tudo havia desaparecido, de repente e ao mesmo tempo. Quem sairia ileso de algo assim? E tudo por causa de uma palavra, a Palavra.

Hoje tenho noventa e oito anos, portanto em 1707 devia ter… ajude-me, minha porquinha... isso, dezesseis. O regimento de Bardonenche atravessou a fronteira navarrense numa longa coluna a pé, e já na Espanha continuamos, dia após dia, numa rigorosa marcha rumo ao sul. Fui autorizado a ir num dos numerosos carros que fechavam o comboio, e não a pé como a sofrida infantaria. Quando nos unínssemos ao grosso do exército eu entraria no quadro de engenheiros.

Se vocês tivessem que fazer essas marchas sem fim todo santo dia, entenderiam a sorte que eu tinha. Os soldados avançavam em fila dupla, de sol a sol, com os carros atrás. O exército francês tem um dos ritmos de marcha mais velozes de toda a Europa, um passo por segundo: um, dois, um, dois, um, dois... *En route, mauvaise troupe!* Uma semana depois de cruzar a fronteira os homens começaram a cair na beira do caminho, exaustos. As carroças-vassouras os recolhiam. Em contrapartida, no final da jornada estes tinham que se submeter às tarefas do acampamento. Como estas eram igualmente duras, e muito mais humilhantes, só quem estava totalmente desancado se deixava cair.

Bardonenche ia num cavalo esplêndido, percorrendo marcialmente a coluna de infantes, para cima e para baixo. Já disse que era um sujeito muito simpático. Amiúde recuava até a altura do meu carro e, como eu me sentava muitas vezes ao lado do cocheiro, me dizia alguma frase de alento. Navarra era uma latitude úmida, e mesmo no norte de Castilha preponderava o verde. Mas à medida que nos internamos no sul se impuseram as estepes secas e seu calor abafado, mesmo na primavera.

Ainda não me estendi sobre o cavalheiro Bardonenche. Ele foi o espadachim mais formidável do meu século. Na verdade, era um poço de nimiedades onde era impossível encontrar alguma outra coisa além do seu delírio pela esgrima. Sobre a filosofia da espada, dizia:

— E que demônios vai ser? Estocar antes que te estoquem.

Ele sentia um desprezo profundo por qualquer arma que se projetasse à força de pólvora, faíscas e pederneiras:

— As balas vão para qualquer lugar, a ponta da minha espada para um só: o coração inimigo.

Em algumas leituras de Bazoches julguei detectar certas semelhanças entre esgrima e engenharia. Alguns *maganones* aspiravam ao ideal da fortaleza perfeita. Perguntei a Bardonenche se alguma vez tinha pensado que pode existir a espada perfeita, a estocada perfeita ou o espadachim perfeito. Ele me olhou como um papagaio a quem perguntam sobre o mistério da santíssima trindade.

— Todos os meus combates foram perfeitos — foi sua resposta indignada —, como demonstra o fato de que posso relatar os dezenove duelos de que participei, coisa que nenhum dos meus competidores pode fazer.

Enfim, meu único consolo era que estávamos no mesmo lado e que eu nunca teria que enfrentar a cólera da sua lâmina.

Percebemos que estávamos perto do exército hispano-francês pelos restos que iam surgindo no caminho. É incrível a quantidade de resíduos que uma tropa numerosa deixa ao passar. Tralhas imprestáveis, madeiras, eixos de carro quebrados, surrões furados, mulas mortas, peças de vestir despedaçadas, cordas puídas, ferraduras ao sol. De tudo.

Atravessamos a Mancha caindo para o oeste. Paramos dois dias em Albacete, um lugar tão feio quanto frio, e seguimos em frente. Certa noite acampamos numa aldeia perdida, com cem mil pulgas para cada alma que a habitava. Lá me embebedei com um vinho tão infecto que a base da garrafa virou um cemitério de insetos mortos. Também os engoli. Na manhã seguinte estava de ressaca, na carroça, quando Bardonenche me acordou.

Antes de recomeçar a marcha queria que eu servisse de tradutor com um aldeão. Onde estava exatamente o exército franco-espanhol das Duas Coroas?, perguntei-lhe ainda, esfregando os olhos e sem o menor interesse.

— Estão a ponto de dar de cara com ele — respondeu o homem. — O marechal Berwick persegue os Aliados, ou os Aliados perseguem Berwick.

Estendeu o braço na direção oeste. Ao longe se via uma colina encimada por um velho castelo, e aos seus pés um povoado.

— Como se chama esse lugar? — perguntei ainda tirando as remelas.

— Almansa.

* * *

E foi assim que o *pocapena* do Martí Zuviría se viu metido no maior rolo do século, a chamada Guerra de Sucessão espanhola. A maior guerra que o mundo já conheceu. Envolveu dezenas de nações, que durante um quarto de século lutaram em vários continentes. Não tenho autoridade de historiador para pontificar sobre suas causas, mas tratando-se de um fenômeno tão vasto, e que me afetou tão decisivamente, sou obrigado a esboçar aqui os fatos principais. Não sofram, serei breve.

No ano 1700 morreu o imperador Carlos II da Espanha, um aborto da natureza, um fardo babão que se não fosse rei teria passado a vida trancado em algum monastério. Seus súditos castelhanos o chamavam de "o Enfeitiçado". Eu não seria tão piedoso, de modo que vamos deixar como "o Idiota". Não teve descendência. Como iria gerá-la? Estava tão mal das ideias que deve ter morrido sem saber que aquele nabo pendurado entre as suas pernas servia para alguma outra coisa além de fazer xixi.

Todos os reis, por definição, são idiotas ou acabam sendo. O único debate é saber se para os seus súditos é melhor ser governado por um bobalhão ou por um filho da puta. Quando jovem eu era partidário dos bobos, porque pelo menos se conformam com comer faisão e deixam o pessoal em paz. O Idiota, por exemplo, foi muito lamentado em Castela mas muito popular na Catalunha. Por quê? Porque não fez nada em absoluto. Sua atrofia cerebral era um reflexo de Castela e do seu império coagulado. Os catalães já estavam bem. Quanto menos um rei governar e mais longe estiver, melhor.

Muito antes da sua morte já era óbvio que o despojo humano que era o Idiota ia bater as botas sem ter filhos. Como é lógico, todos os carniceiros da Europa estavam de olho. Anos depois conheci um nobre francês que, na virada de século, estava servindo na embaixada de Madri. A corte estava tão infestada de espiões... que conseguiram até a cueca do rei! O exame não deixava dúvidas: Carlos não ejaculava. E, segundo as leis naturais, sem sêmen não há descendência.

Para os franceses era uma oportunidade de ouro. Se após a morte do Idiota conseguissem ocupar a coroa da Espanha com um pretendente seu, numa só tacada conquistariam dois objetivos históricos: aliar-se com seu inimigo eterno do sul dos Pireneus e, indiretamente, o prêmio gordo, unir sob sua égide o putrefato Império espanhol, espalhado pela Itália, as Américas e mil outros cantos do mundo. O monstro Luís XIV esfregava as mãos.

Mas, como diz o ditado, não há dois sem três. O Idiota pertencia à dinastia dos Áustrias, e os austríacos da Áustria também estavam por lá, rondando o moribundo com as mesmas intenções que os abutres franceses.

Quando Carlos, o Idiota, espichou as canelas com um gorgolejo infeliz, a sorte já estava lançada. O Monstro indicou para o trono seu neto Felipe de Anjou, e o imperador Leopoldo da Áustria propôs seu filho, o arquiduque Karl, como futuro Carlos III da Espanha.

Para os ingleses e holandeses, Anjou inspirava péssimos presságios. Se a Espanha e a França se unissem (porque era óbvio que Felipito seria uma marionete submissa ao Monstro), o equilíbrio das potências viria abaixo. O Império espanhol era como um velho agonizante e cheio de pústulas, e a França era o valentão do bairro. O Monstro tinha transformado a França numa tirania autocrática e armamentista, inédita no mundo moderno, e nem se incomodava em esconder que pretendia o domínio universal. Daí que a Inglaterra, a Holanda e, claro, o Império germânico declararam guerra à França. O Monstro inspirava tanto medo que até Portugal e Saboia se uniram à aliança, e se os regimentos chineses não se envolveram foi porque estavam longe e alugar um navio custava caro.

É como eu digo, a maior refrega do século, e tudo por uma cueca limpa. Como é que ninguém pensou em meter um rapaz com uma boa pica no quarto da rainha para dar uma trepada com ela e depois jurar que o filho era do Idiota? O que teríamos evitado, caramba!

Bem, eu estava dizendo que todos os exércitos da Europa saíram na porrada. Nas fronteiras alemãs, francesas e holandesas o pau comia de verdade. E na Espanha, que afinal de contas era o motivo da disputa?

Antes de continuar, preciso fazer uma digressão para que se compreenda alguma coisa da confusão espanhola, que tem um matiz difícil de entender para os estrangeiros como você, minha querida e horrenda Waltraud. E esse matiz é que, simplesmente, a Espanha não existe.

Se César dizia que a Gália podia ser dividida em três partes, da Hispânia que surgiu após a queda do Sacro Império Romano-Germânico poderia afirmar que se dividia em três faixas, de norte a sul.

Uma dessas faixas verticais é Portugal. Se vocês olharem no mapa verão que ocupa o terço atlântico da península. A faixa mais larga é Castela, no centro. E depois existe outra faixa de terreno, invisível nos mapas de hoje, que percorre a costa mediterrânea. Essa área é, mais ou menos, a coroa catalã (ou foi; agora não somos mais nada).

Embora esses reinos fossem cristãos, eles tinham suas próprias dinastias, seu idioma, sua cultura e uma história própria. Confiavam tão pouco uns nos outros que viviam sempre às turras. E não é de se estranhar. Catalunha e Castela eram duas mentalidades opostas. Além do santoral, não tinham nada em comum. Castela era um país de secas; a Catalunha, mediterrânea. Castela, aristocrática e rural; a Catalunha, burguesa e naval. As paisagens castelhanas tinham engendrado senhorios tirânicos. Existe uma anedota medieval que lembro mais ou menos, e pode ser apócrifa, mas muito explicativa.

Uma princesinha castelhana se casa com um principezinho catalão. Vai morar em Barcelona e, no segundo dia, vê um criado ali de plantão. A mimadinha pede um copo d'água, ou o urinol, sei lá, e o criado lhe responde que vá buscar sozinha. Como é natural, a princesa castelhana recorre ao marido, pedindo a ele que mande açoitar o desbocado. O príncipe dá de ombros: "Sinto muito, senhora", diz, "não posso atendê-la". Ela então pergunta, já à beira de um ataque, como era isso. "É porque aqui, ao contrário de Castela", responde o maridinho aflito, "as pessoas são livres".

Mais ou menos por volta de 1450 os dois reinos se uniram por casamento real. Qualquer um podia ver que aquele casamento ia acabar mal, muito mal. Comparo essa união de coroas com um casamento desavindo, porque as discrepâncias que surgiriam se assemelham muito a isso, a um casal que se une com intuitos divergentes. Para os catalães era uma união entre iguais. Castela, com o passar do tempo, foi esquecendo esse princípio fundador.

Nos primeiros séculos tudo correu bem porque os dois reinos continuaram vivendo como sempre, de costas um para o outro e cada qual na sua. A Catalunha, governada pela Generalitat (era assim que se chamava o governo catalão), prestava um tributo mais simbólico que outra coisa à coroa comum. Depois, a monarquia hispânica, que na Idade Média era itinerante, se fixou em Madri. O caso é que a sede do poder se deslocou para Castela.

Segundo uma das nossas constituições mais antigas, os catalães só eram obrigados a lutar pelo rei "em caso de ataque e em defesa da Catalunha". Em outras palavras: Madri não tinha o direito de recrutar carne de canhão para suas guerras em Flandres, nas planícies dos patagões ou algum recanto pestilento da Flórida. E quanto aos valores arrecadados, a cifra que os catalães destinavam à Coroa tinha que ser aprovada por suas próprias Cortes. Habituados ao regime despótico de Castela, os reis assentados em Madri consideravam intolerável, constrangedor, que a parte mais rica da península não cedesse quando eles estavam em guerra com meio mundo.

Que asneira! No século XV tinham unificado as coroas, não os reinos; um rei para todos, mas nunca um mesmo governo, e jamais sob o jugo de Castela. Era esse o acordo. Em Castela essa independência sempre foi vista como um aborrecimento, e depois como pura traição. (Lembram o que eu disse sobre o casamento desavindo?) Uma das partes tinha esquecido seus compromissos, e a outra se sentia cada dia mais oprimida.

Em 1640 os catalães se cansaram, e o país inteiro se rebelou. Turbas de camponeses exaltados entraram em Barcelona. Capturaram o vice-rei espanhol quando tentava fugir. Não é que ele tenha sido muito bem tratado, para dizer a verdade. O maior pedacinho que sobrou do coitado caberia num vaso de flor.

O que se seguiu à sublevação de 1640 foi uma guerra entre Castela e Catalunha, com a França no meio. Uma guerra longa, cruel e sem quartel. Acabou com um pacto indeciso que deixou tudo mais ou menos na mesma, a Catalunha se regendo por suas Constituições e Liberdades, e Castela caindo a prumo no abismo da decadência.

O que veio depois da guerra de 1640, mais que uma paz, foi um longo intervalo. Os olhares trocados entre a Catalunha e Castela já eram francamente hostis. A desconfiança castelhana se transformara em rancor aberto. Leiam, senão, o que pensava de nós o grande Quevedo:

> *São os catalães um aborto monstruoso da política. São as varíolas dos seus reis, e todos as padecem. Essa nação se arma com delitos indignos de perdão.*

Aqui se limitava a expressar a opinião que tinha de nós. Em outro lugar não perdia tempo com tantas frioleiras e deixava bem claro o tratamento adequado a essa raça traidora:

Enquanto restar na Catalunha um só catalão, e pedras nos campos, teremos inimigo e guerra.

Que simpático! "Aborto monstruoso... varíolas dos seus reis." Seria melhor que perguntasse por que ninguém gostava deles.

Castela teve o seu momento de ouro com a conquista das Américas. Depois caiu num torpor lânguido e mortiço. Estava escrito em suas raízes. O personagem castelhano por excelência é o fidalgo, invento medieval que sobrevive até hoje. Orgulhoso às raias da loucura, escravizado pela honra, capaz de bater-se até a morte por um pisão no pé, mas incapaz do menor impulso construtivo. O que para ele são gestos heroicos, para o olhar catalão não passa de insistência no mais risível dos erros. Não vê nada além do imediato, como as libélulas, com aspirações tão luminosas nas asas como erráticas na direção, voos baixos e sem rota firme. Suas mãos só podem empunhar armas, o contrário disso seria sujá-las. Não entende, e muito menos tolera, outras formas de viver a experiência humana: repele o industrioso. Se quer prosperar, a sua concepção elevada da dignidade o impulsiona, paradoxalmente, ao saque de continentes indefesos ou ao miserável ofício de cortesão.

A fidalguia espanhola… a fidalguia espanhola… Um peido para essa fidalguia! O que tínhamos nós a ver com essa gentalha? Para um castelhano de bem, trabalhar era uma desonra; para um catalão, a desonra era não trabalhar. Ainda ouço o meu pai, mostrando-me suas mãozorras com os dez dedos abertos: "Não confie em ninguém que não tenha calos nas mãos." (Bem, eu nunca me esforcei muito na vida, mas essa não é a questão.)

O império sórdido que criaram afundava nos limos mais baixos e sujos da história. Milhões de escravos índios se derreavam nas minas americanas debaixo de chicote, mas Castela era incapaz de construir uma economia livre ou pelo menos saneada. Qualquer iniciativa que saísse do seu ventre era abortada por uma monarquia de matizes asiáticos, carente e abúlica.

Nesse ano de 1700, por fim, após a morte do Idiota, ficou clara a magnitude da contradição entre Catalunha e Castela. Para os catalães, um rei francês era uma aberração política, o fim de todas as suas liberdades, da sua própria essência como nação. O regime autocrático da França, que mais cedo ou mais tarde ele aplicaria às Espanhas, ia anular qualquer poder autóctone. Quando Castela optou por Felipito, o conflito não tinha mais retorno. Como reação, a Catalunha apoiou o arquiduque Karlangas da Áustria como aspirante ao trono espanhol. (Ou o marajá de Cachemira, se tivesse apresentado suas credenciais, qualquer coisa antes que um Bourbon francês.)

E chega. Mas agora talvez se entenda melhor o panorama da península em 1700. Para os catalães, Espanha era apenas o nome que se dava a uma confederação livre de nações; os castelhanos, porém, viam na palavra Espanha uma prolongação imperial do braço de Castela. Ou, em outras palavras: para os castelhanos, Espanha era um galinheiro e Castela o seu galo; para os catalães, Espanha só designava o pau do galinheiro. Eis a tragédia. Na verdade, quando um catalão ou um castelhano empregavam a palavra "Espanha" estavam se referindo a duas ideias opostas, por isso os estrangeiros não entendiam coisíssima nenhuma. Veem o que eu estava dizendo? A Espanha na realidade não existe; não é um lugar, é um desencontro.

Mas, antes de terminar, permitam-me umas palavrinhas sobre minha nação, a Catalunha. Porque, com os retratos anteriores, posso parecer um Vauban apaixonado por um lado dos Pireneus e não pelo outro, mas não o sou.

Ainda menino eu me dava conta de que a Catalunha era um náufrago político que flutuava nas águas da história quando deveria ter afundado séculos atrás. Mas o problema era que ninguém queria reconhecer essa fraqueza congênita, e muito menos solucioná-la. Os desfiles públicos dos nossos *concelleres*, os ministros do governo catalão da Generalitat, eram muito penosos. Uns bufões grotescos, que se achavam importantíssimos porque não tinham que tirar o chapéu diante do rei e usavam gorros e trajes de veludo vermelho. Para o povo, eram os "felpudos vermelhos". Nós adorávamos a pantomima.

Eis o nosso pior defeito. Não saber o que queríamos, além de comprazer-nos com o âmbito pequeno. Nem isso, nem aquilo. Nem França nem Espanha, mas incapazes de construir um edifício político próprio. Nem resignados ao nosso destino nem dispostos a mudá-lo. Capturados entre as mandíbulas lentas da França e da Espanha, nós nos conformávamos com sobreviver ao temporal. Por isso flutuávamos como um tronco à deriva. As nossas classes dirigentes, particularmente, eram o cúmulo da indecisão crônica, sempre no meio do caminho entre o servilismo e a resistência. Como disse Sêneca: se um marinheiro não sabe a que porto se dirige, nenhum vento lhe será favorável. E, quando penso na nossa história, o que me vem à cabeça é a mais angustiante das perguntas: o que dá mais melancolia, o "poderíamos ter sido" ou o "não deveríamos ter tentado"? Nós padecemos as duas amarguras. O problema dos catalães é que nunca souberam o que desejavam, e ao mesmo tempo o desejavam intensamente.

Em 1705 um grupinho de próceres catalães se confabulou para pedir ajuda aos Aliados visando uma sublevação contra os Bourbon. Foi o chamado Pacto de Gênova, entre a Catalunha e a Inglaterra. A ideia era que um exército Aliado desembarcasse em Barcelona. A Inglaterra se comprometia a financiar as operações. Por seu lado, os catalães organizariam um exército local de voluntários para apoiar as tropas regulares. Abririam caminho até Madri e lá chegando dariam o trono a esse macaco austríaco, o tal do Karlangas, com o título de Carlos III da Espanha.

Como bons letrados, eles exigiram todas as garantias. O contrato detalhava até que forragem os Aliados deveriam fornecer para os muares. Sim, muito catalão. Ah, e se por um capricho do acaso, como explicitava literalmente o texto, "ocorrerem sucessos adversos e imprevisíveis nas Armas (que Deus não permita)", a Coroa inglesa afirmava que o Principado da Catalunha ficaria "com toda a segurança, garantia e proteção da Coroa da Inglaterra, sem que possam padecer a mais mínima alteração nem detrimento em suas Pessoas, Bens, Leis, nem Privilégios".

E agora tenho que explodir.

Quem esses janotas pensavam que eram para falar em nome de todo um país, sem pedir a opinião sequer da Generalitat? Certo, nessa época Barcelona estava nas mãos de militares bourbônicos. Mas, mesmo assim, que autoridade tinham eles para nos envolver numa guerra mundial como quem vai dar uma voltinha no campo? Ninguém pensou que não estávamos vendendo um saco de feijão ou um quilo de sal, mas o sangue e o futuro do país inteiro, e isso em troca de um pedaço de papel? Porque não é que as coisas tenham acabado mal, é que acabaram da pior forma imaginável, para nós.

Perdemos a guerra. Em 1713 nossas últimas forças se agruparam atrás dos muros de Barcelona. Todas as tropas estrangeiras tinham zarpado e nos deixaram com a bunda de fora. Adivinhem o que a Inglaterra fez então. Não teve a delicadeza sequer de mentir-nos piedosamente. Quando alguém mostrou a eles o famoso papelzinho, seus lordes espalharam aos quatro ventos: *"It is not for the interest of England to preserve the Catalan liberties."*

Fabuloso! E, por incrível que pareça, quando o embaixador catalão se prostrou aos pés de Sua Graciosa Majestade implorando socorro para uma Barcelona que mesmo reduzida a escombros resistia ao delírio Bourbon, o que respondeu ela? Simplesmente que teríamos que estar agradecidos a eles por sua preocupação constante por nós!

Em Utrecht, em 1713, justamente quando começava o assédio de Barcelona, todas as potências envolvidas negociaram uma paz geral. Para que os diplomatas ingleses não se chateassem com o problema catalão, os espanhóis e franceses lhes deram de presente a Terranova. Era o que valia, aos olhos da Inglaterra, a liberdade que o nosso povo preservou durante mil anos; eis o valor do papelzinho de merda: vinte toneladas anuais de bacalhau.

No último ano da guerra, naquele infausto 1714, os defensores de Barcelona combatiam por suas vidas, por suas casas, por sua cidade. Pelas liberdades catalãs, que eram algo perfeitamente tangível, um regime oposto ao horror que se abatia sobre eles. Lutavam sob as ordens de Villarroel, dom Antonio de Villarroel. Esperem dois ou três capítulos para ver como esse homem apareceu na minha vida, como me arrancou da mediocridade tal como que se tira uma bota da lama, e se me obrigarem a responder à mais cruel das perguntas, a qual professor devo mais, Vauban ou Villarroel, direi que prefiro morrer antes que responder.

Dos quinhentos e poucos homens que iniciamos a última carga daquele 11 de setembro de 1714, não creio que tenham sobrevivido mais de vinte ou trinta. Derrubaram Villarroel a tiros. Seu cavalo caiu em cima dele escoiceando de dor, e com a metralha voando para todos os lados foi muito difícil tirá-lo de baixo. Uma das pernas estava esmagada e pela perneira despontava um osso acima do joelho. Mesmo assim, despachou os que o ajudavam a levantar-se e começou a gritar feito um possesso: "Continuem a carga! Vamos, vamos! Diante de mim ninguém se retira!"

Continuamos, e um canhão carregado com potes de metralha espalhou metade do meu rosto pelos ares. Caí no chão, entre montes de cadáveres e feridos. Levei cinco dedos trêmulos à bochecha esquerda e não consegui encontrá-la. Em seu lugar havia um buraco que ia até o outro lado da boca, um poço úmido de sangue, ossos estilhaçados e a mandíbula esquerda quebrada. Tinha perdido metade da cara. Meu próprio sangue me cegava, de modo que não sou a melhor testemunha das últimas horas de liberdade catalã.

Nos últimos setenta anos usei umas vinte máscaras. A primeira foi meio improvisada, cor de carne e olhos achinesados como um elmo. Cobria a cara inteira. Na América um artesão me fez outra muito melhor. Custou uma fortuna, mas foi um dinheiro bem investido. Só me cobria a bochecha e o olho esquerdo, e metade da boca. A parte direita do rosto ficava exposta ao sol, aos olhares, e não havia nenhum motivo para ocultá-la, já que estava intacta. A máscara se ajustava no pescoço com um engenhoso dispositivo de borrachas e encaixes invisíveis. Meu nariz afiado podia sobressair livremente. Foi sorte que não tenha explodido também. As mulheres voltaram a me olhar com interesse e quase me senti de novo um ser humano.

Depois houve mais máscaras, muitas, algumas de desenho primoroso. Eu as vendi, perdi nos trópicos, perdi em apostas, foram confiscadas, roubadas, quebradas em esbarrões, quedas do cavalo ou coronhadas. A sexta foi despedaçada pelo último suspiro de uma bala perdida. Devo a vida à dura porcelana dessa máscara.

Por que estou contando a história das minhas máscaras? Que importância isso tem? Você só me manda calar a boca quando quer, não quando convém ao livro.

11

Acabei de resumir como os catalães viram a sua última guerra, aquela que acabaria por destruí-los como nação. Mas nesse abril de 1707 Zuvi *Pernalonga* não passava de um guri que estava pouco ligando para a política e a história, e que se dirigia para o centro daquela guerra a bordo do exército francês. E tudo para encontrar uma palavra.

Quando nos unimos ao grosso do exército franco-espanhol, na própria localidade de Almansa pudemos constatar como as coisas estavam mal. Durante os últimos quinze dias os Aliados e as Duas Coroas ficaram se perseguindo e ao mesmo tempo se escondendo numa sucessão de marchas e contramarchas, escaramuças indecisas e assédios a fortalezas menores.

O exército dos Aliados era comandado pelo conde de Galway, que apesar do seu título nobiliárquico tinha origem francesa: chamava-se Henri Massue de Ruvigny, um veterano que no ano anterior perdera um braço na campanha de Portugal. Por isso os historiadores adoram repetir que Almansa foi uma batalha em que um exército inglês dirigido por um francês enfrentou um exército francês comandado por um inglês, o general Berwick. A realidade era muito mais complexa.

Berwick devia ser o bastardo mais sublime da Europa. Filho ilegítimo do derrocado James II, o último rei católico da Inglaterra, Berwick cresceu no exílio francês e sempre esteve a serviço do Monstro. (Lembram-se da cartinha insultante que dirigiu a Vauban, em 1705, sobre a tomada de Nice?) Como o seu pomposo nome indica, o exército das Duas Coroas era composto por franceses e espanhóis, sim, mas também por irlandeses (a guarda pessoal de Berwick), mercenários valões, napolitanos (sempre estão em toda parte!) e até um batalhão suíço. Quanto aos Aliados, além de ingleses, portugueses e holandeses também havia um reduzido corpo de fanáticos catalães e outro de huguenotes franceses, que até hoje não sei como foram parar naquelas tristes terras, um rincão a oeste de Albacete.

Não se pode dizer que no acampamento das Duas Coroas o moral estivesse alto. Nas últimas jornadas só se viam retiradas. Aliás, tivemos notícias de que Galway já se referia a Berwick, com ironia, como "meu hospedeiro", porque todos os dias ocupava os aposentos em que este dormira na noite anterior. E se Berwick parou em Almansa foi, simplesmente, porque tinha ficado sem provisões.

Com esse adiamento da refrega, Berwick conseguiu pelo menos agrupar os reforços que chegavam de todos os lados. Alguns, como o setor do Regimento Couronne de Bardonenche em que eu viajava, eram de primeiríssima categoria. Mas a imensa maioria era de levas forçadas de espanhóis, recrutas que não serviam para nada.

Dava até pena vê-los. No dia da nossa chegada estavam sendo treinados às pressas. Mas um regimento é como um carvalho, precisa de vinte anos para se formar. Nas manobras, as filas francesas avançavam retas, enquanto as espanholas se torciam como sarmentos. Eu não queria nem imaginá-los sob fogo inimigo. Estavam com o uniforme cinza e branco da França bourbonista. Outro prêmio para o Monstro: o exército espanhol era abastecido, por decreto, por contratistas franceses. Ou seja, você dá o trono de graça para um príncipe francês e ainda por cima o país inteiro tem que lhe pagar um aluguel. Que negócio. (Os catalães, pelo menos, conseguiram arrancar dos ingleses até a última libra.) A maioria dos recrutas era muito jovem. Pobres rapazes. Iam direto para o matadouro porque os empresários têxteis de Lyon precisavam vestir cadáveres antes de receber pela roupa. O acampamento era um mar infinito de barracas. Na certa aquelas lonas também vinham da França, compradas pelo preço que o Monstro fixou.

Os oficiais recém-chegados foram se apresentar a Berwick, e Bardonenche quis que eu o acompanhasse. Berwick estava alojado na casa do prefeito, onde fomos nos apresentar junto com outros comandos que acabavam de chegar.

Ele estava com os cotovelos fincados numa mesa sobre a qual haviam estendido um grande mapa. À sua volta uma dúzia de altos oficiais em conselho de guerra. Estranhei que num simples conselho ele estivesse de armadura. Devia ser muito incômodo discutir e discorrer com aquele peitilho pesado, aqueles ombros e braços de ferro. Talvez pretendessem com isso realçar o seu comando, ou que todos entendessem a gravidade da situação. Quando nos viu, levantou a cabeça.

O que mais se destacava em Berwick era o seu rosto de criança, muito pouco militar. Ao vê-lo pensei: "Meu Deus, como este pirralho pode se fazer respeitar por todo um exército?" Na época ele tinha trinta e sete anos, e sua tez continuava lisa e delicada como a de um bebê. Seu rosto era um óvalo perfeito. O nariz, firme e magro, o dividia em dois; os lábios, embora estreitos, eram de uma sensualidade sem freio. Esse efeito talvez fosse consequência de umas comissuras que tendiam a se elevar amavelmente. As sobrancelhas eram dois arcos finos, produto de depilação. Vi poucos olhos tão negros na minha vida. O direito um pouco mais fechado. Atribuí este traço à esmagadora tensão a que estava submetido.

James Fitz-James Duque de Berwick

Como James Fitz-James Berwick, Jimmy para os amigos, foi um dos personagens mais retratados do século (a vaidade era mais forte que ele), em vez de mostrar-lhes uma lâmina mostrarei um par. Julguem por si mesmos. (Rá!, você gostou, não é mesmo, minha horrenda Waltraud? Pois pode esquecer. Ele jamais lhe dirigiria nem meio olhar, porque você é mais feia que um barril com pés, e, enfim, também por outro motivo.)

James Fitz-James Duque de Berwick

No acampamento correram rumores de que Berwick estava recuando porque sua origem inglesa o inclinava à traição. Besteira. Mas em Madri levaram os boatos tão a sério que o doido do Felipe V já tinha enviado o duque de Orleans para substituí-lo no comando! Seu adversário no exército Aliado, Galway, era um rude general de cinquenta e nove anos, e seu braço direito, o português Das Minas, um velhote de sessenta e três. Tinham certeza absoluta de que iam passar por cima do bastardinho sem fazer força. E o menos elogioso do caso é que o próprio exército comandado por Berwick compartilhava essa opinião. Da qualidade dos novos recrutas eu já falei. Poucos generais enfrentaram a véspera de uma grande batalha com perspectivas tão nefastas.

Não pude deixar de observar Berwick com os olhos de Bazoches. Ele estava fazendo esforços sobre-humanos para controlar o destino. Seu dilema era muito simples: se encarasse a batalha, o mais provável era que o seu exército fosse destruído. Se a evitasse, o duque de Orleans, que já estava a caminho, lhe arrebataria o comando. Do ponto de vista dos seus interesses privados, as duas alternativas eram igualmente fatais.

Berwick se aproximou dos oficiais que tinham entrado. Cumprimentou-os um por um. Conhecia Bardonenche pessoalmente. Parou à sua frente. Os dois ficaram conversando como velhos amigos e em certo momento reparou em mim, que estava um pouco atrás. Apontou-me um dedo, vivamente interessado.

— E este jovem tão bonito e triste?

— Ah, sim — disse Bardonenche. — Martí Zuviría, o mais promissor aspirante a engenheiro de toda a França, excelência.

Perguntou se eu havia estudado na academia de Dijon.

— Não, senhor — respondi. — Eu me formei sob os cuidados particulares de um engenheiro.

Quis saber o nome. Eu não queria recordar Bazoches:

— Alguém — disse eu com um sarcasmo diplomático — a quem um dia o senhor enviou uma missiva informando da feliz conquista de Nice.

Seu olhar se aguçou, e disse:

— Lamento não ter podido comparecer ao funeral. Como sabe, andei meio ocupado ultimamente.

Os que o rodeavam explodiram em gargalhadas.

— Falei alguma coisa engraçada? — latiu em inglês.

Ele tinha alterações de humor radicais e, como mais tarde vim a descobrir, previsíveis. Era a sua forma de pegar em falta os subordinados, e assim lembrar a eles quem era o amo do galinheiro. Fez um gesto de ofendido com a mão e todos se retiraram.

— Você não — ordenou-me. — Quero que me conte como foram os últimos momentos do grande Vauban.

Rá! Uma conversinha a sós, caramba! Eu já esperava por isso desde que se referiu a mim como "esse jovenzinho triste e bonito". Palestrar sobre Vauban! Se realmente fosse isso, quem deveria ficar era Bardonenche, aristocrata, velho amigo e também testemunha presencial da agonia do marquês. Exigiu que eu fosse para seus aposentos privados. Como recusar? Às vezes o previsível é inevitável.

Levou-me escada acima. Entramos no seu quarto e ele disse:

— Ajude-me a tirar a armadura.

As palavras eram amáveis; o tom, autoritário. Deu-me as costas, com os braços em cruz, e eu desabotoei o decote da couraça. Não pude evitar que a armadura caísse no chão com um ruído seco. Mais que pedir, ele ordenou:

— Você vai me chamar de Jimmy.

A violência da coisa me revoltou. Olhei-o com um desagrado feroz. Fora do campo de batalha ele não estava acostumado a ser contrariado, e minha hostilidade deve tê-lo desarmado, porque acrescentou fazendo um gesto surpreendentemente submisso em alguém da sua condição:

— *D'accord?*

Eu estava pensando em como sair do apuro quando aconteceu uma coisa.

Ao se ver livre do aço que o sustentava e apertava, ele vacilou. Seus joelhos se dobraram. E na queda suas unhas arranharam a cal da parede.

Todo o corpo dele era uma lesma trêmula. As convulsões o sacudiam com tanta força que quase fui pedir ajuda.

— Excelência, está tudo bem?

Girou a cabeça lentamente, ainda de joelhos. Algo havia mudado em seus olhos. Agora era o Berwick íntimo, livre da necessidade de ostentação. Um organismo levado a limites desumanos, uma criatura carente de carinho.

Não é nenhum segredo que existe no poder um enorme componente de representação pública. E Jimmy era obrigado a forçar seu exercício para além de qualquer limite. Uma piscada em falso podia revelar fraquezas. Um gesto fora do lugar, e sua autoridade se desvaneceria. Uma decisão errônea, e perderia um exército. Nessa noite anterior a Almansa estava um trapo.

Tive pena dele. Talvez eu tenha agido mal, não sei. Levantei-o pelas axilas. Ele repeliu furiosamente a minha ajuda.

— Estou bem! — gritou.

— Não, não está — disse eu. — Vauban me falou da doença dos poderosos e do seu tratamento.

Olhou-me com ódio.

— Infusões de tomilho — acrescentei —, e renunciar ao mundo.

Nesse dia constatei que as disciplinas de Bazoches me levariam a dar com o amor mais frequentemente que o desejado; meus olhos, meu tato, todos os meus sentidos eram aguçados demais para não ver o homem sofredor por baixo do uniforme triunfante. E o fato de esse homem ser tão poderoso e ao mesmo tempo tão necessitado, e que fosse obrigado a esconder do mundo as suas carências, me comovia até os limites do abraço. Jimmy, pobre Jimmy, ele nunca soube que o amei não porque fosse o mais forte e sim, oh, paradoxo, por suas fraquezas, que humanizavam até mesmo a ele, o demônio que um dia iria nos aniquilar.

* * *

No dia seguinte ele não me deixou acompanhá-lo, de modo que vivi a batalha de Almansa sem sair do povoado. Bem, não o lamentei; Zuvi não era exatamente um valente. E, além do mais, tinham-me educado para assédios, não para uma batalha a campo aberto. Vi o combate através de uma janela, o que é uma maneira de dizer, pois juntando a neblina, a fumaça e a poeira havia uma cortina tão opaca que tudo se reduziu ao estrondo das armas.

Contrariando os prognósticos, Jimmy aniquilou o exército Aliado. Nessa noite voltou sujo, desancado, a couraça danificada. E, no entanto, nesse regresso ficou visível a parte demoníaca que o sustentava. Porque a batalha tinha curado todas as suas doenças: a vitória é o mais maravilhoso dos elixires. Parecia outro homem; mais que curado, Jimmy estava embriagado de vigor, pletórico, cheio de vida.

Olhou para mim e disse:

— Você continua aqui. Ótimo.

E assim começou a nossa complicada amizade, para chamá-la de algum modo. James Fitz-James, duque de Fitz-James, duque de Berwick, de Llíria e de Jérica, par e marechal da França graças à vitória de Almansa, tosão de ouro etc. etc. etc. Tudo o que vocês quiserem. E mesmo assim nunca deixou de ser um bastardo; filho de James II da Inglaterra, sim, mas bastardo.

A vida o empurrou para uma disputa que jamais poderia vencer. Por mais exércitos que destruísse, fortalezas que tomasse de assalto, serviços que prestasse, sempre seria o que era: um malnascido, um castrado social. Qualquer aristocrata de pura cepa que fizesse a metade do que ele fez em sua curta vida teria sido projetado para além do Olimpo. Ele, não. Era filho de um rei perdedor, e além do mais ilegítimo. Por isso, nunca deixou de buscar a legitimidade e a realeza.

O mais curioso é que se tratava de um ser lúcido. Ele sabia que jamais ia ter a única coisa que realmente queria. Conquistou honras e homenagens, ducados, fortunas sem limite, todas essas frioleiras que os reis concedem, cercados de padres e entre cânticos de coros infantis. Na intimidade ele ria dessas cerimônias. Eu sei. Um dos que fizeram sua apologia destacou que ele aproveitou muito bem o tempo terrestre, porque com sua segunda mulher teve dez filhos. Rá! Vamos, não me façam rir. Como vocês acham que alguém como Jimmy ia arranjar tempo para foder, mesmo que fossem só dez vezes, com a sua mulherzinha? (aliás, mais feia que um macaco azul) Só em 1708 ele esteve em três campanhas diferentes a serviço daquele monstro horripilante do Luís XIV: na Espanha, na França e na Alemanha. E vão querer me convencer de que Jimmy metia a dois por três? De que ele corria para casa, "meu bem, estou aqui", dava uma trepadinha e voltava para o combate? Pois posso lhes afirmar que devia ter um encarregado para essas questões. E, além disso, eu estava com ele.

Certo, está bem. Jurei que ia ser sincero e serei.

Passamos a noite toda fodendo que nem coelhos. No dia seguinte não saímos do seu quarto. Para quê? Onde estaríamos melhor do que lá? E, além do mais, ele podia se dar esse luxo. A cada instante batiam na porta: "Excelência, o alcaide de Almansa vos espera!" ou "Excelência, informe urgente de Madri!" ou "O coronel tal pede instruções sobre o alojamento dos prisioneiros". No começo eu me sobressaltava com o barulho da maçaneta, mas meus pulos no urinol só lhe causavam uma hilaridade pueril. Era Jimmy, eram as rédeas do mundo, por que iria se incomodar em responder? Conquistou o direito de não ser importunado por nenhuma maçaneta. O poder é isso, exatamente isso: o mundo pede audiência, e atrás da porta você ri dele.

E agora, por que está com essa cara?!

Eu não precisava contar nada disso, mas você me pediu uma cena de amor.

Não gostou?

Parece que não.

* * *

Passei uma boa temporada à beira da felicidade. Estava convencido de que o Mystère tinha me jogado nos braços de um mestre que substituiria Vauban. Jimmy tinha tudo. Era um *maganón* tão eminente que dois anos antes se atrevera a discordar de Vauban, por carta, nada mais e nada menos que a respeito de um assédio, o de Nice. E mais: em sua crítica ao marquês, Jimmy afirmava que era fácil pontificar da retaguarda, sobretudo julgando os que combatem na primeira linha. E eu estava precisando exatamente disso, de uma experiência em assédios, na realidade do combate, da vida, que me permitisse descobrir a Palavra.

No começo ia tudo bem, mas não acontecia nada de maior destaque. Jimmy e o exército precisavam se recuperar de Almansa. Eu entendi. Depois chegou o inverno, e era lógico que a campanha se paralisasse, pois desde o início dos tempos os exércitos não combatem no inverno.

Jimmy foi um dos grandes caracteres da sua época. Tom, o tom certo; gosto, o bom gosto. Audaz e ao mesmo tempo sensível. Nele confluía uma mistura incongruente de ególatra radical e de indulgente desprendido. Foi uma das poucas luzes realmente grandes que habitaram o nosso século XVIII, um século torturado e torturante, enchendo-o de epopeias tão saborosas como inócuas. Mas na primavera de 1708 já estávamos juntos havia quase um ano, e eu não sentia cheiro de ação. Pensem que na nossa guerra a grande batalha campal de Almansa foi, na verdade, excepcional. Para cada enfrentamento em campo aberto havia dez assédios a praças maiores ou menores, e o problema era que eu estava perdendo todos. Como atacante ou defensor, tanto fazia. Se finalmente participasse de um assédio *selon les règles*, para além da teoria, talvez conseguisse desvelar a Palavra, essa Palavra que continha o núcleo do conhecimento. E validar o meu quinto Ponto. Insisti.

— Ah, não se preocupe com isso — disse ele. — Você está prestando um serviço muito mais elevado: tornar a guerra prazerosa para mim.

Ali morreu a nossa cumplicidade, todos os laços que poderiam me unir ao homem e, sobretudo, ao *maganón*. Meu juízo estava errado: a mestria requer generosidade, e Jimmy era o marechal mais egoísta do planeta. Usava os soldados do mesmo modo que usava os engenheiros e os amantes.

Tentou me reter. Eu fugi. Dos poderosos, é melhor escapar porque eles são como as grandes árvores: se crescem nos ensombrecem; se caem nos esmagam. E com Jimmy, além do mais, omiti que uma força insondável me afastava dele: o Mystère. Como não se dá um "não" na cara de um marechal da França, eu me limitei a fugir.

Com a primavera, o exército franco-espanhol se dividiu em dois; uma parte continuaria sob o comando de Jimmy enquanto a outra ficaria às ordens do duque de Orleans. Pedi que me destinassem ao setor comandado por este último. Entre os aristocratas a inveja é considerada uma virtude, de maneira que podem imaginar a satisfação de Orleans quando me ofereci para servi-lo. O sobrenome Vauban fazia milagres, e os homens de Orleans não hesitaram em me recrutar. Claro, não vou negar que a rivalidade entre os mandachuvas influiu, e muito: roubar um damasquinho de Berwick sempre seria para Orleans um motivo de deboche e triunfo.

No último dia recebi a ordem de me apresentar na barraca de campanha de Jimmy. Que tivesse "desertado" para ficar com seu rival no alto-comando bourbonista era sem dúvida uma afronta. Eu sabia disso, de maneira que fui a contragosto.

Ele me esperava sentado e escrevendo. Era uma barraca retangular, bastante comprida. Sua mesa estava ao fundo, como um ninho de aranha. Quando me viu mandou seus assistentes saírem. Assim que os viu no lado de fora, cravou a pena no tinteiro como se fosse uma faca e disse:

— Você nem sequer se despediu.

Por uma vez na vida pude usar a hierarquia como refúgio. Fiquei em posição de sentido, olhando para a frente. Falei em tom formal e distante.

— O marechal não me ordenou que me despedisse dele.

— Deixe de bobagens! — latiu. — Agora estamos sozinhos. E mude de posição! Está parecendo uma estaca. — Depois me entregou uns papéis. — Leia. Você vai ficar agradecido pelo resto da vida. — E concluiu, como se estivesse me fazendo um grande favor: — Você vem comigo. Está decidido.

Era minha nomeação como engenheiro real. Ou pelo menos uma indicação ao Monstro em pessoa, assinada por ele.

É assim que se comportam os poderosos. Dão os fatos por consumados e vão em frente. O que eu pudesse pensar, meus interesses, desejos e necessidades, era o de menos. Mas eu fora educado em Bazoches, um muro que nem o duque de Berwick podia franquear. Por isso o interrompi:

— Você não pode me nomear engenheiro.

Hesitou quanto à melhor maneira de enfrentar essa resistência, se ameaçando ou seduzindo. Era esperto o suficiente para fazer tanto uma coisa como a outra.

— Quem vai nomear é o rei da França — respondeu como evasiva.

— Nem mesmo ele tem esse tipo de autoridade. — Puxei a camisa e mostrei meus Cinco Pontos no antebraço. — O rei pode assinar os decretos que quiser, mas nunca sobre as minhas tatuagens. Você sabe disso muito bem.

— Você não quer que nós dois nos entendamos. Diga por quê.

Fiquei em silêncio. Poderia acusá-lo de só ter exercido sobre mim o magistério da carne; dizer-lhe que seu despeito era produto de uma vaidade ofendida. Jimmy era assim: julgava ter direito ao amor sem necessidade de amar ninguém. Mas não, eu não lhe disse nada. Para quê? E, de fato, fiz bem em me calar: ele recebeu pior a minha mudez que qualquer acusação. Entendeu que estava em choque com uma força que não era eu, que só se representava em mim. Questionou-se como dobrá-la, mas era inteligente o suficiente para entender que aquilo estava além dos seus domínios. Suspirou três vezes antes de latir:

— Pelo menos tenho o direito de perguntar por que não quer vir comigo. Para você eu não sou marechal. Por isso quero que esteja ao meu lado.

Interrompi-o pela segunda vez, com um *ex abrupto* tão repentino quanto descortês.

— Mas claro que você é marechal — disse, olhando-o nos olhos. — Sempre, em qualquer lugar. Mesmo se quisesse, não poderia ser outra coisa.

E saí sem que ele me ordenasse nem me impedisse.

Jimmy e sua metade do exército tinham que dirigir-se para o norte e Orleans para o leste, onde iria assediar uma cidade chamada Játiva. Infelizmente, não pude me incorporar às tropas de Orleans. De despedida, Jimmy me deixou um presentinho envenenado. Uma confusão de papéis entre seus secretários e os de Orleans que atrasaria minha transferência para os domínios do seu rival. Fez isso de propósito só para encher meu saco, de modo que tive que ficar em Almansa à espera da emissão do meu novo passaporte. Muito bonito. O assédio de Játiva prometia ser um verdadeiro espetáculo, e eu com a bunda sentada nessa porcaria de lugar, um povoadinho de Albacete onde o cheiro de morte iria flutuar por mil anos, com os feridos, freiras, substituições e montes de provisões que era preciso entregar às novas frentes de combate. Pensem que, somando os dois lados, tinham morrido na batalha uns dez mil desgraçados. Dez mil, quando num assédio bem-feito o marquês ensinava a tomar cidades sofrendo apenas dez baixas! A matança tinha sido tamanha que os habitantes de Almansa foram obrigados a usar os buracos de neve como covas. Jogavam ali os corpos nus, como se fossem sacos. E digo nus porque essa gente era tão miserável que despojava os caídos até de suas cuecas sujas.

A Palavra. Meu fracasso foi não apreender uma Palavra. O que o marquês perguntara? "Sobre a defesa perfeita." Os dias passavam, eu continuava preso numa barraca de campanha no meio da poeira, e a minha ansiedade crescia. Mais que desejar, eu precisava exercer tudo aquilo para o que me haviam adestrado em Bazoches.

Quando por fim me entregaram o meu novo passaporte, Játiva já havia caído em mãos dos bourbonistas. Mas o assédio de Tortosa estava a ponto de começar. Não fiquei contrariado, pensei que a Palavra podia se esconder atrás de qualquer assédio. E Tortosa também era uma praça bem interessante. Um comboio de provisões ia dirigir-se para lá e me aceitaram como passageiro.

Durante a marcha houve um incidente que interromperia as minhas reflexões, até então estritamente poliorcéticas. O comboio teve que parar na beira do caminho para permitir a passagem de uma multidão que ia em direção contrária, formada por centenas de mulheres, crianças e velhos tão andrajosos como abatidos. O desespero coletivo injetava em todos a mesma cor; suas roupas, seus rostos, todos aqueles pés em movimento adquiriam um mesmo matiz cinzento e apagado. Um rebanho sofredor que apesar de seu número se movia em silêncio. Só as crianças de pouca idade se atreviam a chorar. Ao passar ao nosso lado, nem sequer estenderam a mão pedindo ajuda. Eram escoltados por uns poucos cavaleiros, que os fustigavam para que mantivessem o ritmo. Uma velha caiu bem aos meus pés, e num impulso natural me inclinei para levantá-la. Um cavaleiro jogou seu animal sobre nós.

— Afaste-se dos rebeldes.

— Rebelde? — surpreendi-me. — Desde quando as vovós se rebelam?

O sujeito interpôs o cavalo entre minha pessoa e a velha. Os cascos de um cavalo podem ser muito intimidantes, e recuei dois passos:

— Quer mudar de direção? Temos vagas! — mugiu o sujeito, que falava muito a sério.

Não é exatamente um sinal de prudência discutir com alguém a cavalo e armado quando você está a pé e desarmado. Mesmo assim chamei-o de valentão e abusado. Ele me olhou com uns olhinhos de rato.

O cocheiro de meu carro era um homem velho com quem eu havia trocado algumas palavras, pois compartilhávamos a boleia. Ele se aproximou por trás, puxando-me pelo cotovelo e sussurrando:

— Não se faça de imbecil.

— Mas que mal podem ter feito essas crianças e velhos? — gritei. — E para onde os levam?

— O que você quer ser? — disse-me no ouvido. — Um bom engenheiro ou um bom samaritano?

E para apaziguar os ânimos perguntou ao cavaleiro com um sorriso:

— Ei, amigo! Como foram as coisas em Játiva?

— Játiva não existe mais — respondeu o brutamontes, e esporeou o cavalo.

Depois soubemos que aquela gente era uma parte dos habitantes de Játiva, deportados para Castela por desejo explícito de Felipito. Depois de tomar a cidade, escravizaram milhares de habitantes, inclusive os dos povoados próximos. Chegaram até a suprimir o nome de Játiva, que trocaram por "Colônia de São Felipe". Se eu não tivesse visto essa penosa coluna com meus próprios olhos, não acreditaria.

Nos dias seguintes falei muito pouco. Eu fui formado com a ideia, elementar, de que um rei luta para defender ou ganhar domínios, nunca para destruí-los. Um absurdo assim só caberia na mente de um louco. Que proveito se podia tirar de uma localidade arrasada? Játiva, a das mil fontes, apagada do mundo porque um rei apoiou o polegar no mapa.

Foi só atravessar a fronteira da minha Catalunha natal e as árvores se encheram de enforcados. O comboio avançava lentamente com a presença constante daqueles corpos balançando. Nas árvores mais grossas podia haver cinco, seis, sete cadáveres distribuídos pelos galhos, uns mais em cima e outros mais embaixo, com os pés sacudidos pelo vento. Na maioria eram homens, jovens, maduros e velhos, mas num carvalho solitário vi uma mulher pendurada. Nem tinham se incomodado em amarrar suas mãos nas costas. Aos pés da enforcada, uma menina e um cachorro com o focinho levantado. O animal soltava uivos dilacerantes, e enquanto farejava suas narinas se contraíam e dilatavam como um fole. O que me comoveu foi ver que o cão sabia que a mulher estava morta; a menina, não.

Os historiadores oficiais se limitam a contar a história dos exércitos oficiais. Mas nesse ano de 1708 a guerra já havia chegado à Catalunha, e milhares de irregulares catalães se incorporaram à luta. Podem ser chamados de "voluntários", "tropas", "fuzileiros de montanha", mas nós os chamávamos de "miqueletes". Se eu não falar dos miqueletes não se entenderá o que estava acontecendo.

A própria palavra "miquelete" é uma simples transcrição do original catalão, *miquelet*. A origem da palavra talvez seja o dia de São Miguel (*sant Miquel*), que tradicionalmente marca o início do contrato dos ceifadores. Os que não conseguiam trabalho na ceifa procuravam alguma alternativa, como alistar-se no exército francês ou no espanhol. Se os franceses tinham uma guerrinha contra seus protestantes do sul, por exemplo, seus oficiais pagadores vinham correndo recrutar miqueletes. Estes recusavam com veemência o uniforme e o calçado do exército que os contratava, e até combatiam com suas próprias armas. Os comandantes franceses e espanhóis os consideravam uns montanheses sem disciplina, meio selvagens, tão imprevisíveis como individualistas, o que não os impedia de apreciarem suas virtudes guerreiras. Em termos de infantaria ligeira, não havia igual. Eram excelentes em luta nos bosques e como franco-atiradores, sempre se arriscando na vanguarda dos exércitos e assolando as terras do inimigo. "*Les miquelets ont fait des merveilles*", testemunhava a oficialidade francesa. Por isso não hesitavam em contratar tantos quanto pudessem: custavam a metade que uma unidade profissional e eram eficientes em dobro.

O problema é que alguns tomavam gosto por aquela vida de saque e matanças por conta alheia. Uma vez dispensados, ficavam vagando pelas montanhas e estradas à espera de um novo recrutamento, e nesse meio-tempo se dedicavam à bandidagem. A população civil catalã os detestava, pelo menos nas cidades, pois a ideia de miquelete se associava com a de fora da lei.

Em 1708 os exércitos bourbonistas puseram os pés na Catalunha pela primeira vez. E, como era de se esperar, os miqueletes foram de encontro aos invasores. Até então aquela guerra pouco lhes importava, mas ao ver sua terra em perigo se lançaram contra o invasor. Embora nominalmente fossem subordinados aos generais Aliados, a verdade é que agiam por conta própria. De todo modo, não usavam uniforme e os bourbonistas não reconheciam seu status legal de combatentes, e por isso a guerra chegou a extremos de ferocidade nunca vistos.

O mais comum era que os miqueletes capturados fossem enforcados na primeira árvore do caminho. Por seu lado, os miqueletes não eram menos cruéis. Queimavam os pés dos soldados aprisionados, espanhóis ou franceses, e antes de matá-los os faziam dançar como ursos amestrados. Às vezes, os miqueletes os obrigavam a subir em algum barranco que estivesse à vista do inimigo. Uma vez ali tocavam o corno, para chamar a atenção dos soldados bourbonistas. Depois amarravam os prisioneiros pelos tornozelos, em fila indiana, com uma corda muito comprida. E jogavam um no vazio. E dois, e três, até que o peso dos caídos arrastava inexoravelmente o resto. Eu fui testemunha de uma dessas represálias selvagens. Dez ou doze sujeitos com as mãos amarradas nas costas e unidos pelos tornozelos à mesma corda. Quanto mais gente ia caindo, menos força tinham os de cima para aguentar o peso. Meu Deus, como gritavam. E que visão, aquelas réstias de uniformes brancos caindo sem remissão. Posso afirmar que o efeito era muito deprimente.

Vou contar um episódio típico dos miqueletes que deixa bem claro que tipo de gente eles eram. Trata-se de um caso que, pobre de mim, me tocou viver em minha própria carne.

Nesse período uns oitenta miqueletes fizeram uma incursão numa localidade da fronteira catalã chamada Beceite. Isso era típico deles. Liquidavam pequenos destacamentos bourbonistas e depois passavam alguns dias no povoado liberado, com mais conforto que na montanha. Mas dessa vez deram azar: a unidade em que eu me transferia para Tortosa passava perto de Beceite. Dois apavorados soldados espanhóis que tinham se salvado por um triz do assalto miquelete a Beceite deram com a nossa coluna e contaram tudo.

Nesse dia os espanhóis surpreenderam os miqueletes de Beceite de calças na mão. Ainda estavam na praça do povoado comemorando sua pequena vitória, meio bêbados, quando dois esquadrões de cavalaria lhes caíram em cima. Os miqueletes fugiram em disparada deixando para trás mais de trinta mortos e um prisioneiro.

Quando tudo terminou, a coluna tomou posse do povoado, e garanto que o espetáculo não era nada agradável. Numa esquina, como um monte de ferraduras velhas, os soldados mortos no primeiro ataque dos miqueletes. Espalhados por toda a praça, uns trinta miqueletes atropelados e retalhados pela cavalaria. Como o dia já estava bastante avançado, a coluna decidiu passar a noite em Beceite e começaram a "organizar" a "hospedagem", como diziam os oficiais.

Os soldados abriam as portas a coronhadas e agrupavam os civis na praça principal. A escaramuça tinha acabado, mas a gritaria não. Quando estavam todos reunidos, os oficiais, por ordem de graduação, foram escolhendo as moças mais bonitas para que os levassem às suas casas, onde exerceriam o direito de "hospedagem". Em outras palavras: iam estuprá-las, virgens ou casadas, no nariz de toda a família.

O alcaide estava ajoelhado, com a espada de um capitão no pescoço. O homem proclamava que sempre tinham sido fiéis a Felipe V.

— Mentiroso — afirmou o cocheiro do meu carro.

— Como pode ter certeza? — perguntei.

Em resposta ele apontou para o campanário, vazio.

— Os povoados sem sino são partidários do arquiduque — explicou. — Eles usavam para fundir canhões. — Deu uma piscada maliciosa. — Bem, como aqui são catalães, certamente venderam. Mas dá no mesmo.

Um cabo que tinha nos ouvido se aproximou de mim e perguntou:

— Ei, escute. Você fala catalão? Estão precisando de um tradutor.

Desci do carro e deixei que me levassem até o único prisioneiro. Era um chefete chamado Ballester. Antes de enforcá-lo queriam lhe arrancar tudo o que pudessem. Ele estava com um talho numa sobrancelha que sangrava muito. Mas sua testa aberta tinha uma beleza fora de lugar que parecia desprezar a dor. As cordas que imobilizavam seus pulsos estavam tingidas de grená. Fazia pouco que o haviam capturado e o sangue já estava seco, como se ele tivesse nascido com veias velhas.

O que me deixou pasmado foi sua juventude. Comandava uma unidade de irregulares e não devia ser mais velho do que eu, um garoto de dezesseis ou dezessete anos. Devia ter muito caráter para que o respeitassem como chefe. Em suas feições a nobreza e a tristeza se misturavam. Não era de se estranhar, dada a sua situação. Mas algo me dizia que mesmo em seus melhores momentos ele sempre havia sido um ser retraído. E o olhar de Ballester? Era como as ondas sobre a rocha: você podia ter certeza de que mais cedo ou mais tarde seria consumido. Nossos mundos eram tão opostos que a obrigação de comunicar-me com ele me incomodava.

Contei-lhe as pretensões interrogadoras dos seus captores. Ele me tratou como se estivesse ouvindo um coelho roer capim. Inclinou a cabeça para cuspir um coágulo de sangue e sua única resposta foi:

— Vou morrer, isso é tudo.

Nem sequer lamentava deixar o mundo, como se sua morte fosse mais um martírio que uma eventualidade da milícia. O instinto natural do ser humano é simpatizar mais com o cativo que com o captor, e muito embora o destino de Ballester pouco me importasse, eu disse a ele:

— Seja inteligente. Se você prometer informação, eles o manterão com vida. Mas diga-lhes algo que só possam comprovar dentro de um tempo. Enquanto isso, pode acontecer alguma coisa. Quem sabe? Talvez a paz.

Aquele nervo humano levantou as mãos amarradas e me olhou diretamente nos olhos. As palavras saíram de sua boca arranhando os dentes.

— Se eu não estivesse amarrado, arrancaria a sua língua, *botiflero* de merda.

Aqui devo esclarecer que *botiflero* é o pior insulto que se pode fazer a um catalão. Um *botiflero* é um catalão partidário de

Felipe V, Castilla e a dinastia bourbonista. Ou seja, um traidor à pátria. Imagino que isto se deve ao fato de que a imensa maioria dos partidários do rei dos Áustrias, o Karlangas, pertencia às classes populares, enquanto os poucos catalães que seguiram o partido de Felipito eram aristocratas ou do alto clero. Os ricos tendem a ficar balofos, ou seja, gente que parece "embutida" em suas belas vestes. Bem, e no fundo o que importa de onde venha esse nome? A questão era que o tal Ballester tinha me insultado, e eu me comportei como homem ofendido:

— Eu tento defendê-lo e em troca você me insulta! — gritei. — Diga-me o que tem a ver o meu digno ofício de engenheiro com a guerra de cobras que você pratica.

Trocamos mais alguns insultos. A única coisa destacável nessa disputa foi constatar a irremediável distância que nos separava. Para mim, a guerra continuava sendo o que aprendi em Bazoches: um exercício técnico e sem malquerenças, moderado pela nobreza dos espíritos em confronto. Segundo Bazoches, a guerra podia, e na verdade devia, ser praticada sem emoções, pois estas são as nuvens que toldam a paisagem racional da engenharia. O combate era um domínio do racional, mais vinculado ao xadrez que ao chumbo. Se um soldado dissesse a Vauban que odiava o inimigo, não tenham dúvida de que Vauban responderia: "Pelo amor de Deus, e que mal o inimigo lhe fez?" Em contrapartida, para indivíduos como Ballester a guerra era um assunto de vida ou morte. Não. Era mais, muito mais, pois a seu ver nessa guerra se enfrentavam princípios que estavam muito acima da breve passagem vital. Do meu ponto de vista, naturalmente, essa concepção era própria de alucinados: um engenheiro militar estava tão longe do místico quanto um relojoeiro.

Certo, eu já tinha visto as centenas de enforcados com os pés balançando em galhos de pinheiro, a hecatombe de Játiva, o cachorro e a menina aos pés da sua mãe. Mas os muros da minha educação eram suficientemente sólidos para que algumas imagens tristes não os derrubassem. Quanto a Ballester, desisti. Não valia a pena discutir com ele. Considerei-o uma mistura perfeita entre um bandido e um fanático.

— Pois muito bem, não fale! — disse eu. — Você é a primeira pessoa que conheço que prefere encurtar sua vida a alongá-la.

O capitão espanhol que mandara buscar um tradutor não suportava não entender os insultos que Ballester e eu trocávamos. Exigiu de maus modos que eu resumisse a conversa.

— Os miqueletes deste lugar seguem as ordens do general Jones, o comandante inglês de Tortosa — menti. — Eles tinham a missão de tomar este povoadinho e esperar novas ordens. Diz que vão chegar amanhã bem cedo. Um mensageiro tem que entregá-las. A este pássaro, em pessoa.

Como imaginei, em vez de enforcá-lo imediatamente decidiram que o usariam como isca para o mensageiro.

— Você tem mais uma noite de vida — informei a ele. — Ponha suas coisas em ordem.

Eu tinha inventado tudo isso. Na manhã seguinte não ia aparecer ninguém, mas eu não corria riscos. Os militares pensariam que os miqueletes tinham desistido de se aproximar, ou que tinham descoberto a armadilha. Por que fiz isso? Não sei, pode ser que Jimmy tivesse me contagiado com algo do exercício da indulgência real, que não tem nada a ver com a generosidade. Ou talvez porque fui aluno de Vauban, que castigava os inimigos derrotados com a benevolência. Por pura bondade não acredito que tenha sido, porque meu acanalhamento progredia, como prova o fato de que imediatamente saí atrás de uma das nossas belezas mediterrâneas, uma garota tão jovem como eu ou Ballester, deslumbrante até de longe. Mesmo com um lenço feio na cabeça. Eu a vi ao passar pela frente de uma construção retangular, um estábulo sem portas que agora alojava uns vinte ou trinta cavalos militares. Ela estava lá dentro, trabalhando com o feno. Quando me viu, desviou o olhar.

Sabem, eu compartilhei a posição horizontal com mulheres de muitas latitudes, algumas de cores muito estranhas. E na eterna discussão de quais são as mais belas, fico com as francesas. Isto deve ser um dos poucos clichês que são verdade. Mas é uma verdade geral. Individualmente, quando sai bonita, a mulher mediterrânea não tem comparação. Aquela jovenzinha era um encanto. Seu cabelo cacheado escapava pelas bordas do lenço e caía sobre os ombros. Era um cabelo muito preto.

Um sargento que passava por ali me advertiu:

— Não se aproxime dela, está doente. Por isso lhe demos esse trabalho, nem sequer os ladrões de cavalos rondariam por aqui.

Deve ser uma questão de caráter; tem gente que quando lhe ordenam "não vá", a primeira coisa que faz é ir. Entrei nesse grande estábulo. Parei a alguns metros dela, com os cotovelos apoiados no lombo de um cavalo, olhando-a fixamente e mascando uma palha. Ela me ignorou. Continuou com seu trabalho, empilhando feno nos cochos, fingindo que não me via.

— Venha cá — ordenei.

Quando parou à minha frente, pude observá-la com mais atenção. Era muito novinha, de fato. Seu nariz fazia uma curva tão pronunciada quanto graciosa. Lentamente aproximei um dedo da sua bochecha. Ela tirou o rosto, mas meu dedo a imprensou contra a parede. A ponta desse mesmo dedo roçou na sua bochecha e, também, numa daquelas feias espinhas escuras. Bem, talvez fosse uma doença contagiosa, mas não para um estudante de Bazoches, sempre atento ao menor detalhe. Toquei na erupção; depois levei o dedo aos lábios e chupei.

Framboesa amassada. Que esperta! Não apenas conseguira um trabalho graças à sua falsa doença, mas ainda por cima tinha um magnífico escudo contra estupros. Ao ver-se descoberta, sua palidez se tingiu de um vermelho irado.

Bem, agora não pensem que vou fazer um discursinho sobre os abusos da soldadesca. Lidei com muitos soldados de meio mundo para não compreendê-los. O soldado comum nasce pobre e morre pobre. E um homem armado tem ao seu alcance bens que jamais teria sem o fuzil que carrega no ombro. O butim e a vítima se tornam objetos indefesos, protegidos apenas pela moral do saqueador em potência. Certo, violar mulheres indefesas é muito feio. Eu só constato que condenar os saqueadores é tão fácil como é difícil resistir ao saque.

Não, não a violei. Talvez porque quem foi educado em Bazoches acaba tratando as mulheres à maneira de Vauban, e não de Coehoorn. Mas só estou contando isso porque meu caso serve para exemplificar algo que estava acontecendo em toda a Catalunha ocupada: naquele mesmo instante, centenas, milhares de soldados entravam em estábulos como aquele, com uma espada na mão e uma mulher na outra.

Aquele era um país pequeno demais para alojar tantos soldados em suas casas. Anos depois conheci um sujeito que tinha sido prefeito de um povoado de não mais de oitocentas almas, Banyoles. Praticamente todas as virgens haviam sido defloradas, e setenta e três estavam grávidas. Quando o prefeito foi protestar com as autoridades de ocupação, estas tiveram uma reação típica dos bourbonistas: prenderam o prefeito. Nem os holandeses do século XVI sofreram tanta ignomínia nas mãos das tropas do duque de Alba.

Eu a interroguei. Chamava-se Amelis. Não era natural daquele povoado de Beceite onde nos encontrávamos. Então, o que fazia lá? Pelo que me contou, ela vivia seguindo os exércitos em movimento, exercendo mil ofícios. Eu ia insistir, tentando lhe arrancar mais alguma coisa, quando tudo começou.

Não eram descargas cerradas, como faria uma tropa regular, mas um tiroteio difuso, pontuado por uivos bárbaros. Se há algo que eu sempre tive de sobra é uma prudência de escaravelho, e por isso em vez de sair fui para o fundo daquele estábulo retangular, levando Amelis como refém. Entrei com ela no meio de um monte de palha, apertei sua boca com a mão e fiquei bem quietinho. Acontecesse o que acontecesse, eu certamente tomaria conhecimento sem necessidade de bancar o herói. E de fato não demorei muito a saber das novidades. De repente entrou um soldado de uniforme branco, aterrorizado, em busca de refúgio. Não teve tempo de se esconder. Logo a seguir apareceram atrás dele uns miqueletes, que o mataram como um cão, com pauladas na cabeça, e se foram em busca de mais. Enquanto o executavam, levantei a mão que apertava a boca de Amelis para tapar seus olhos. Ela foi suficientemente amável, e prudente, para não gritar.

Foi este o caso que, como dizia antes, vivi em minha própria carne. O lado imprevisível, militarmente irracional dos miqueletes ficou mais visível que nunca em ataques como os de Beceite. Tinham levado uma boa sova, tinham fugido deixando para trás trinta mortos e seu pequeno caudilho, Ballester, nas mãos do inimigo. Quem podia esperar que contra-atacassem menos de uma hora depois, enfrentando forças superiores e sem um líder que os dirigisse? Voltaram, simplesmente, porque Ballester era um chefete muito estimado e queriam resgatá-lo.

Os miqueletes revelavam um princípio frequentemente ignorado, mas que eu sempre respeitei muito: na guerra, a loucura sempre tem a vantagem do fator surpresa a seu favor. E nesse dia eles venceram! Os oficiais espanhóis estavam dispersos, cada qual numa casa diferente e de calças arriadas. A tropa, desatenta e sem direção. Ergui a cabeça até uma janela, com todas as precauções do mundo. Ao fundo, na praça do povoado, vi o próprio Ballester. Livre outra vez, rodeado por seus homens e degolando o capitão que pouco antes o estava interrogando. O capitão, de joelhos; Ballester, atrás dele. Com uma das mãos levantou o queixo, com a outra cravou uma faca num lado do pescoço, atravessou-o com a lâmina e cortou o pescoço de orelha a orelha.

Não preciso nem dizer como essa bonita cena me deixou nervoso. Para Ballester, eu era um maldito *botiflero*. Melhor nem pensar no que faria comigo se me pegasse. Na certa a morte do capitão me pareceria muito plácida, porque morrer corretamente sangrado era um doce fim em comparação com o engenho dos miqueletes para arquitetar torturas.

Tudo o que eu podia fazer era esconder-me e esperar até o anoitecer. Então iria embora daquele lugar. Durante um bom tempo ficamos ali deitados, no chão, no meio daquele monte de palha. Eu colado nas costas de Amelis, juntos como duas colheres. Minha bochecha contra a sua, minha mão de novo em sua boca, numa intimidade tão absurda como forçada. O pescoço dela cheirava muito bem, e o palheiro me trouxe a lembrança de Jeanne. Assim é o ser humano: lá fora as pessoas estavam se matando a tiros e facadas, eu talvez fosse o próximo, e mesmo assim não podia evitar que a silhueta vestida da tal Amelis me evocasse a de Jeanne nua.

Por fim anoiteceu. Deitado, sussurrei no ouvido da minha beleza morena:

— Se eu a soltar agora, você vai me delatar e logo, logo vão estar nos meus calcanhares. Você vem um pouco comigo. Só quero sair vivo daqui. Comporte-se bem, depois deixo você ir embora. Entendeu?

Assentiu com a cabeça. Eu tirei a mão dos seus lábios. Pelas dúvidas, antes de soltá-la recitei a frase mais amorosa do século:

— Se gritar, eu estrangulo você.

A porta do estábulo dava para a rua, onde seria inevitável que algum daqueles assassinos sem uniforme me visse. A parte de trás do estábulo, em contrapartida, ficava bem perto do bosque. Minha ideia era sair por uma janelinha dos fundos. O problema era como. A janela era estreita demais para passarmos os dois ao mesmo tempo. Se ela fosse na frente, quando caísse do outro lado sairia correndo e gritando. Se eu saísse primeiro, ela daria meia-volta e fugiria. Era uma garota inteligente, entendeu o meu problema sem necessidade de explicações.

— Vá embora de uma vez — sussurrou, mais enfastiada que hostil. — O que tenho a ganhar com a sua morte? Não vou dizer nada a ninguém.

— Nem a pau.

Segurei-a pelos quadris, empurrei-a pela janelinha e me meti lá com ela, ombro a ombro. Era uma parede de adobe bem grossa, muito mais grossa que o normal, talvez para manter o frescor do estábulo. A questão era que a janela se revelou um tubo de quase um metro. Ficamos entalados com os braços à frente, as cabeças de fora, as barrigas entaladas no tubo de adobe e os quatro pés atrás, no ar.

— Não se preocupe — disse eu —, estudei num lugar onde se ensinava a resolver casos assim.

— Ah, é? — protestou. — Pois veja só, um estudante e tanto.

— Sabe, a teoria anatômica diz que, se no buraco de uma trincheira ou de uma mina cabem os ombros, passa o corpo todo. Se a cavidade for estreita demais, basta deslocar um ombro. Depois de sair, basta recolocá-lo no devido lugar e pronto.

Aqueles olhos enormes se dilataram ainda mais.

— Vai tirar seu ombro do lugar?

— Não, claro que não, vou tirar o seu — respondi. — Depois volto a colocar. Vai ser fácil, porque terei as duas mãos livres e sei como fazer.

Ela começou a socar minha cabeça.

— Você está me apalpando há horas e agora quer quebrar minhas costas. Não vai mais tocar em mim, nem o ombro nem nada!

Tapei sua boca.

— Cale-se!

Nem sei como conseguimos. Acho que arranquei as molduras laterais de madeira, com isso o espaço se ampliou um pouco, e assim escorregamos feito lagartixas sem ossos. Quando caímos do outro lado, eu a levantei já puxando sua mão e nos internamos no bosque.

Beceite ficava apertada entre montanhas de uma beleza labiríntica que serviam de refúgio para os bandos de miqueletes. O exército das Duas Coroas estava a sudeste. Segui nessa direção.

Era um pinheiral não muito espesso, e a lua cheia o banhava com uma luz ambarina. Para os grilos nunca há guerra, e o frescor da noite nos libertava do verão. Se não estivesse tão perto desse grupo de degoladores insensatos, até poderia ter sido um passeio noturno bem agradável. Quando estávamos a uma distância prudencial, eu me atrevi a falar em voz alta.

— Que amiguinhos você tem! — comentei. — Viu o pobre soldado que entrou no estábulo? Eles o mataram a pauladas só para economizar uma maldita bala.

Ela ainda caminhava ao meu lado, mas sem disfarçar que desejava me perder de vista o quanto antes.

— Eu não tenho amigos — disse. — E mesmo que tivesse, o que você critica? Que façam a guerra como pobres?

— Pode-se ser pobre e não ser bárbaro — repliquei.

— Pelo menos não estupram as mulheres do inimigo.

— Eu também não! — me defendi. — E saiba que sou engenheiro. Nós, profissionais, engenheiros ou militares, temos obrigações com o nosso contratista, seja quem for o rei e enquanto durar o contrato. E nada mais. O berço não nos vincula a este ou àquele soberano, eis o nosso privilégio. Hoje posso servir ao rei da França e amanhã ao da Suécia ou da Prússia, sem que ninguém possa me tachar de infiel nem de desertor, do mesmo modo que ninguém se surpreende de que a rã cruze o rio saltando de pedra em pedra.

— Para os miqueletes, você é um bourbonista — disse. — E se os bourbonistas enforcam os pais e os filhos deles, você acha estranho que queiram matá-lo?

— Sou pago para fazer obras de engenharia. Para ser sincero, estou me lixando para bourbonistas e austracistas, um lado ou o outro.

De repente ela se deteve. Olhou em volta e disse com um sorriso:

— Não está ouvindo?

Fiquei surpreso com uma mudança de assunto tão abrupta, mas respondi:

— Tem razão, andar por um bosque de pinheiros é muito desagradável; imagino que seria inútil pedir-lhe que pare de pisar nos pinhões secos, que rangem como o diabo e se ouvem até do outro lado da montanha.

— Não, engenheiro — interrompeu ela, atenta ao bosque —, estou falando da música.

Música? Ali não se ouviam, naturalmente, sons que não fossem os da noite. Estaria louca? Sua tez branca adquiria um tom irreal sob a luz daquela lua de verão. Pensei que talvez estivesse falando de nós. Tivéramos um mau começo, mas aquele bosque noturno adoçava tudo. Ou talvez nem tudo: passei um braço por sua cintura e ela imediatamente se desvencilhou e deu meia-volta.

Enquanto se afastava deu um suspiro quase triste.

— Não, você não escuta — disse. — Adeus, grande engenheiro.

Quando desapareceu, o cheiro dela ainda flutuou por algum tempo na espessura do bosque. E querem saber de uma coisa? Nem nesse momento consegui saber ao certo se tinha zombado de mim ou havia algo mais.

Passei a noite toda andando para me afastar o mais rapidamente possível de Beceite, aquela toca de miqueletes. Com as primeiras luzes do dia eu estava no cume de uma das grandes rochas que salpicam a região. Deitado lá em cima, eu podia ver a estrada sem que me vissem. Tive muito tempo para pensar no que havia acontecido. E é em momentos assim que se constata a infinita superioridade do amor sobre o horror, porque minha cabeça fugia das visões da morte para voltar uma e outra vez a essa garota, Amelis.

Depois de Jeanne, nenhuma beleza me comovera tanto. E vocês hão de convir que Amelis saía em desvantagem, pois Jeanne sempre circulou num ambiente de cosméticos aristocráticos, ao passo que conheci Amelis debaixo de um lenço tosco e disfarçada de pestilenta. Aonde teria ido? Pelas suas últimas palavras, podia-se deduzir qualquer coisa, até que trabalhava como espiã, talvez para os dois lados. Acabaria sendo enforcada, com certeza.

No meio da manhã divisei uma nuvenzinha de poeira no horizonte. Creio que foi a primeira e última vez na minha vida que me alegrei ao ver um destacamento da cavalaria bourbonista. Pelo menos esses não iam me tratar como os miqueletes! Do alto da rocha fiz sinais com o chapéu e desci do penhasco.

Eram comandados por um capitão com o uniforme tão empoeirado que o branco tinha virado cinza. Do alto do cavalo ele me perguntou:

— Espanhol ou francês?

— Homem vivo, e por milagre! — gritei enquanto me aproximava a toda pressa. — Maldição, tirem-me daqui!

12

O exército que ia atacar Tortosa era comandado pelo duque de Orleans, sobrinho do próprio Monstro. Orleans tinha vinte e cinco mil homens sob suas ordens e um prodigioso aparato de artilharia.

E assim, após tantas aventuras, por fim eu participaria de um assédio formal. Não posso negar que meu ânimo se reavivou. Talvez conseguisse superar o fracasso de Bazoches, reabilitar-me, tornar-me engenheiro. Eu tinha passado dois anos, os mais intensos da minha curta vida, imbuído na tarefa de virar um *maganón*, assumir sua ciência e sua altura moral. Pensem que vinte e quatro meses são uma porção de vida bastante considerável para um garoto de dezesseis anos. Por isso, quando eu tinha dúvidas levantava a manga direita. Meditava contemplando os meus cinco Pontos sob diferentes luzes, a do sol ao amanhecer e a da lua cheia; quando o meio-dia nos abrasava e sob a suave luz violácea dos crepúsculos. E, meu Deus, como eram belas as minhas tatuagens, esses meus sagrados cinco Pontos. Eu não podia me render. Tortosa significava a possibilidade de descobrir uma Palavra que me iluminasse.

O exército bourbonista havia acampado diante de Tortosa a 12 de junho, e eu cheguei um dia depois. Fui incorporado à brigada de engenheiros como ajudante. Além disso, eu tinha uma utilidade extra, porque falava castelhano e francês e assim podia exercer tarefas de contato entre o exército francês e o espanhol.

No exército francês, as relações familiares são ainda mais decisivas que no resto da Europa, e a brigada de engenheiros estava sob as ordens de um primo do duque de Orleans. Mais fleumático que lânguido, homem inócuo, magro, tão feliz quanto ausente, de gostos, porte e beleza amaneirados sem que isso indicasse suas preferências carnais, ele passava o dia inteiro dentro de uma esplêndida barraca de campanha, digna de um Darío, o Grande. Seu tecido era decorado com grandes desenhos de caxemira e o teto tinha a forma de um bulbo de cebola, como as igrejas ortodoxas. A barraca era tão espaçosa como fastuosa; nela cabia uma orquestra inteira, e transcorriam patuscadas noturnas e multitudinárias cujo único limite eram as advertências do primo. Frequentemente ele se excedia em seu amor por todos os prazeres, que incluíam o recrutamento *en masse* de putas nos povoados por onde o exército passava, incluindo antigas freiras. Os padres espanhóis se queixavam a Orleans que, para evitar escândalo, ia chamar a atenção do primo. Seu grande fraco eram as perucas e perfumes. Adorava experimentar dezenas de perucas na frente de um bom espelho. Quanto aos perfumes, ele os recebia por um emissário especial. Sempre fortíssimos. Antes que o homem aparecesse, era sempre anunciado por um estrondo de cheiros asiáticos.

Sua cabeça estava em Versalhes, e suportava aquele passeio pelo sul com uma espécie de resignação irônica. Limitava-se a ir empurrando os dias, a fim de voltar a Paris com o mérito de ter servido *dans l'armée royale.* Quanto a suas relações com a engenharia, digamos que eram as mesmas que um peixe de jardim tem com o seu meio: habitar um lago não significa que entenda de água. O que mais define sua importância é o próprio fato de eu não me lembrar mais do seu nome. Vamos chamá-lo de Esquecido.

Um aspecto positivo do Esquecido, reconheço, era que se podia ser sincero com ele e dizer-lhe todas as verdades na cara, coisa pouco frequente entre os aristocratas franceses. Contudo, o motivo dessa tolerância à franqueza não era tão elevado. Por que suportou todas as minhas críticas, sugestões e recriminações? Porque eu não era ninguém. Ele me tratava exatamente do mesmo jeito que tratava as moscas, que nesse verão infame pululavam em toda parte.

E agora, considerem ou não a minha opinião, mas desde o primeiro dia aquele assédio me pareceu um desastre completo.

Sou o primeiro a admitir que a guerra sempre foi e será a arte de administrar carências e imperfeições. Nenhum comandante jamais pôde dirigir uma campanha, ou um assédio, em condições ótimas. Pelo contrário. Sempre vai faltar isto ou aquilo. O homem de armas, ou o engenheiro de assédio, tem que saber improvisar, conformar-se com o que está ao seu alcance e tirar o máximo proveito disso (esperando que o inimigo esteja igual ou pior que ele). Vauban sabia disso, e por esta razão os Ducroix me instruíram em todas as técnicas, sim, mas sempre me inculcando que elas se subordinavam a uma máxima: o *débrouillez-vous!* Vire-se!

Mas, mesmo acatando os acasos e limitações da guerra, Tortosa foi a negação total de tudo o que eu tinha aprendido em Bazoches. Como exemplo, pode até ter algum valor pedagógico, porque Tortosa ensinava a um engenheiro tudo o que não se devia fazer num assédio. E num assédio a inépcia se paga com sangue.

Um exemplo. No primeiro dia, no primeiríssimo dia dos meus estudos de poliorcética, os Ducroix me gravaram na memória as *Trinta máximas gerais* de Vauban que regiam qualquer ataque a uma fortaleza. Querem saber qual era a primeira delas? Vou lhes dizer.

Être toujours bien informé de la force des garnisons avant que de déterminer les attaques, isto é: estar sempre bem informado sobre a força da guarnição antes de desencadear o ataque.

Pois bem, os cálculos sobre as forças que defendiam Tortosa se revelaram inúteis. Orleans sabia que uns quatro mil e quinhentos soldados, somando ingleses, holandeses e portugueses, defendiam os muros da cidade. Eram setores de tropas aliadas sobreviventes de Almansa. Mas, quando o combate começou, vimos que as forças dos Aliados se multiplicavam: a população os apoiava com um entusiasmo que nem os próprios soldados demonstravam. Uns mil e quinhentos civis da tropa local se uniram às tropas regulares, e a população os ajudava em tudo. As mulheres tratavam seus ferimentos e as crianças transportavam cântaros de água para os baluartes. O mais surpreso era eu. Por que não ficavam calminhos em casa, à espera de que tudo acabasse? Por que uns simples camponeses, para os quais aquele problema dinástico não fedia nem cheirava, se expunham a todos os riscos do combate e às futuras represálias em caso de derrota? Pobre de mim, eu continuava sem querer entender que aquela ia ser a guerra do fim do mundo. Pelo menos para os catalães.

Para um olhar de engenheiro, Tortosa era uma cidade muito peculiar. Sempre foi ponto estratégico e fronteira militar, e por isso se podiam observar em seus perfis as formas superpostas de todos os

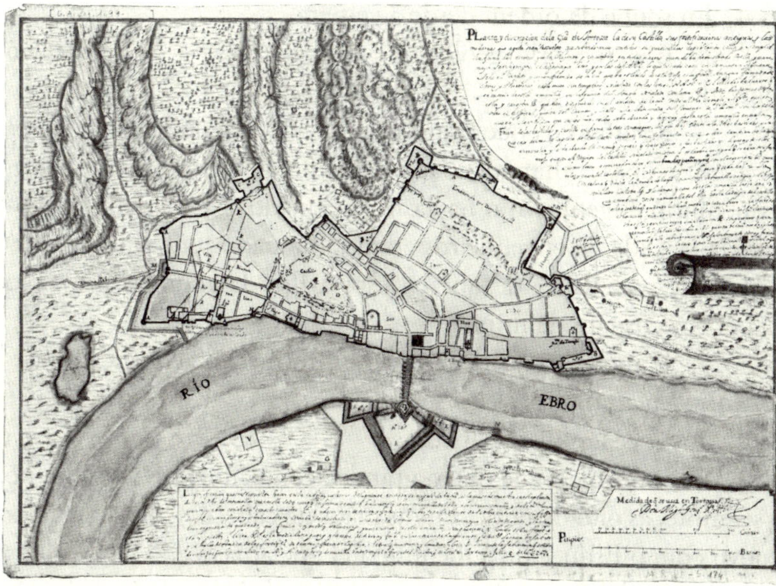

estilos de fortificação, da muralha árabe aos baluartes mais recentes. A cidade se assentava nos dois lados do rio Ebro, perto da desembocadura. Pode-se entender o seu valor estratégico. Na verdade, a cidade em si se erguia na margem ocidental, com um baluarte protegendo a costa leste. E era diabolicamente bem fortificada. Os melhores engenheiros austracistas haviam trabalhado em suas defesas, preparando-as para um assédio que depois de Almansa consideravam, com toda a razão, inevitável. A maior parte das muralhas era moderna, caindo num ângulo muito agudo. Em alguns setores eram completadas por igrejas, que os engenheiros não tiveram o menor escrúpulo em transformar em baluartes improvisados.

Não é de se estranhar que Orleans tenha encontrado defesas tão bem-preparadas. Quem dominasse Tortosa controlaria o acesso fluvial mais importante da Catalunha, e todas as rotas do sul do país.

Abrimos trincheira no dia 20 de julho. Como expliquei nos primeiros capítulos, "abrir trincheira" é o ato fundacional do ataque a uma praça. Uma vez escolhido o ponto de ataque, não há mais recuo. Derrota total para o sitiado ou infâmia militar para o sitiador.

Eu soube da ordem desde a véspera.

— E o relatório geológico, *monseigneur*? — perguntei ao Esquecido.

— Relatório? A que relatório se refere, meu querido ajudante?

As tropas tinham ocupado o terreno que circundava a praça, mas nenhum engenheiro o havia inspecionado. Na verdade, os homens da brigada de engenheiros eram tão tapados que tinham dificuldade até para saber de que eu estava lhes falando. A princípio achei que caçoavam de mim.

— Vamos abrir trincheira sem informação geológica do perímetro? — perguntei.

— Você é muito meticuloso.

Fui informado de que o grande acontecimento ocorreria no dia seguinte, às oito da tarde. Pus as mãos na cabeça. Corri para falar de novo com o Esquecido e lhe implorei que adiasse.

— Senhor, ouvi dizer que amanhã abriremos trincheira, às oito da tarde.

O homem estava em sua barraca, como sempre, na frente de um espelho e experimentando uma peruca amarela. Respondeu sem me olhar:

— Pois ouviu bem, meu querido ajudante. Desse modo teremos a noite toda para nos aprofundar, protegidos pela escuridão.

— Mas não é recomendável, senhor.

— Como?

— Estamos no mês de junho: oito da tarde ainda é dia.

— Pertence você ao gênero dos pessimistas, para não dizer dos alarmistas.

E o Esquecido pertencia ao gênero das mentes vagas, para não dizer dos monstros da mitologia! Logo se entenderá por quê.

O ato de abrir trincheira era sempre uma operação muito delicada e pomposa. Convocavam-se milhares de soldados que, transformados em peões, se alinhavam rigorosamente, protegidos pela escuridão, em pontos predeterminados: fileiras de estacas unidas por uma linha de cal. (Eu mesmo tinha participado da operação de fixar as estacas, engatinhando no chão e morrendo de medo.) Quanto mais perto da praça sitiada se iniciasse a trincheira, mais jornadas de escavação se poupariam. Por outro lado, e em contrapartida, quanto mais perto das muralhas começasse a obra, mais fácil de ser descoberta. A tropa ainda não podia se refugiar debaixo da terra pelo simples fato de que estava começando a cavar, e normalmente a trincheira se abria no limite de alcance dos canhões.

Cada homem levava uma picareta ou uma pá, e já estavam preparadas milhares dessas enormes cestas de vime chamadas faxinas. Após um sinal, essa longa fileira começava a escavação no maior silêncio possível. O homem se colocava atrás da faxina, que ia enchendo com as primeiras pazadas. Assim, em poucos minutos obtinha um primeiro parapeito, por mais precário que fosse.

No entanto, só uma tropa muito disciplinada, ou que iniciasse os trabalhos a uma grande distância de segurança, podia se mover sem ser detectada ou sem riscos. Como era previsível, as sentinelas do inimigo nos viram, ouviram, e creio até que nos cheiraram por culpa do patchuli do Esquecido. E aconteceu o que tinha que acontecer.

O crepúsculo do oeste catalão tem uma intensidade própria e sombria; a agonia do dia explode no céu em azuis oceânicos e um âmbar avermelhado. Ainda havia uma faixa de luz grená no horizonte quando começamos a receber os tiros de canhão.

Os Aliados tinham em Tortosa cinquenta peças de todos os calibres, que começaram a nos bombardear imediatamente. Os dois mil e duzentos escavadores se transformaram em dois mil e cem, e rapidamente em dois mil. Li em determinada crônica do assédio que essa noite de horror se resume na bonita frase: "O canhão dos sitiados atuou com felicidade." Pois os historiadores bem que poderiam guardar a palavra "felicidade" para descrever noites de núpcias reais!

As coisas não poderiam ter sido feitas de um jeito pior. E deu errado tudo o que Vauban predizia que podia dar errado num assédio. Outro exemplo:

Normalmente, os comandantes de artilharia costumam ser fanáticos por explosões. Na primeira oportunidade, montam os seus canhões e começam a atirar com uma alegria infantil. Foi o que aconteceu em Tortosa. Ainda não tínhamos acabado a primeira paralela e lá estava o chefe da artilharia, ordenando que naquela mesma noite se instalassem quinze canhões e seis morteiros em posições que nem tínhamos começado a cavar. O problema é que a primeira paralela se constrói a mil ou mil e duzentos metros do lugar fortificado, e a essa distância os canhões nem o arranham. E isso contando que as peças sejam precisas o suficiente para acertar um lado da muralha ou um baluarte. Gastamos quintais e quintais de pólvora e munição à toa. Fui fazer uma queixa; o Esquecido nem me escutou. Ele pouco se importava. O comandante artilheiro era um ótimo farrista, e nenhum dos dois tinha que pagar a conta da pólvora.

Quando a escavação avançou, encontramos umas pedras subterrâneas enormes. Algumas rochas pareciam ter sido colocadas ali de propósito pelo inimigo para obstruir o avanço da trincheira. Para as maiores tiveram que usar cargas explosivas. Mas junto com a explosão desaparecia toda uma seção da trincheira cavada, incluindo os parapeitos de faxinas que nos protegiam do fogo inimigo, e que depois seria preciso reconstruir. E os meus superiores tinham rido do relatório geológico!

Também foi em Tortosa que pude constatar uma coisa que Vauban em pessoa me havia advertido: os sapadores bebem como animais, ficam muito embriagados e se deixam matar. A cabeça de uma sapa avança com esquadras de oito, dez homens no máximo. No aperto de uma trincheira, por mais grandiloquente que seja a obra, não cabem mais. O inimigo sabe disso e concentra ali boa parte do seu fogo.

Os sapadores são o corpo que sofre o maior número de baixas. Por mais bem remunerados que sejam, ou por mais que as esquadras se revezem a cada três ou quatro horas, a tensão acaba destroçando seus nervos. Para suportar, bebem até a loucura.

Para um jovem engenheiro como eu, Tortosa tornou evidente a distância entre as aulas e a realidade. O mantelete, por exemplo. Se vocês virem imagens de um assédio, na frente da sapa sempre aparece um carrinho de mão, um artefato de duas rodas com uma proteção de madeira. O sapador mais avançado o emprega como escudo. Pois bem, esqueçam o mantelete. Aposto que o parvo que os desenha nunca presenciou um assédio na vida. Só me lembro de um assédio em que tenha sido utilizado, e isso porque um espertinho recém-saído da academia obrigou seus sapadores a fazê-lo. As esquadras de sapadores veteranos odeiam manteletes. Por quê? Porque os sitiados ficam loucos quando o veem: representa a cabeça do dragão inimigo e atiram nele até se extenuarem.

Mas, de todas as contradições entre a teoria e a prática, talvez a mais surpreendente tenha sido algo que ninguém mencionou durante os meus estudos: a população que se interpunha voluntariamente na batalha.

No mundo de Vauban, o civil e o militar eram âmbitos tão compactos como separados. A última coisa que eu esperava era que, à medida que ia se transformando numa complexa teia de passadiços e catacumbas à flor da terra, a Trincheira de Ataque fosse invadida por elementos civis. Putas, vendedores ambulantes, de tudo um pouco. Circulando por ali como se as paralelas fossem grandes avenidas de uma cidade e os ramais de comunicação, ruas e becos.

Naturalmente, à medida que a trincheira se aproximava das muralhas, e o fogo dos assediados se incrementava, o pessoal alheio à tropa ia diminuindo. Mas mesmo na vanguarda mais exposta pululavam dezenas de pessoas que nunca se sabia direito o que faziam ali. Sobretudo os padres. Todo mundo oferecia alguma coisa. As putas, sexo rápido, encostadas numa esquina com as pernas abertas, a xota para o ar, levantando a saia toda vez que alguém passava; os vendedores, quitutes que animavam o rancho, sempre tão tedioso. Na verdade, os ofícios que desciam à trincheira eram quase infinitos. Sapateiros, jogadores profissionais, barbeiros, despiolhadores, alfaiates remendões, prostitutos, ciganas, o que mais quiserem. Entenda-se que Vauban jamais toleraria esse espetáculo penoso. Mas Vauban tinha uma autoridade fora do comum. E Orleans era um coehoorniano que não acreditava no aparato de assédio. Na minha opinião, ele abriu trincheira só para que seu primo Esquecido pudesse assumir o mérito ante Versalhes.

Para mim foi uma verdadeira lição ver como o ser humano parasita e se apodera do plutônico. Foi lá, na trincheira de Tortosa, que conheci duas criaturas tremebundas, a coisa mais semelhante a seres do outro mundo que possa existir.

O menino devia ter no máximo uns seis ou sete anos. Até um animal se vestiria mais dignamente que ele. Estava descalço e com a calça toda rasgada, em farrapos, que deixava as suas pernas nuas dos joelhos para baixo, e uma camisa que algum dia talvez tenha sido branca e agora era cor de cinzas e de aventura. E o cabelo, nossa mãe, que cabelo. Tinha tanta sujeira acumulada que aquela juba loura se dividia em mechas ásperas em forma de rabo de rato. Subordinado ao menino, outro ser de fábula: um anão vestido com indumentárias velhas de feira ambulante. Ele tinha as feições comprimidas como se sofresse de uma espécie de constipação mental, coisa peculiar aos da sua espécie. Mas suas caretas compulsivas indicavam que sofria, além do mais, de alguma perturbação. O mais extraordinário, contudo, era o funil que coroava sua cabeça. Uma peça de metal grande e bojuda, com seu bico comprido erguendo-se orgulhoso. Não dava para saber se o funil se encaixava no anão ou o anão no funil. O menino e o anão tinham a mesma estatura.

Nunca vou esquecer as primeiras palavras que dirigi ao garoto. Segurei-o pelo colarinho e perguntei:

— Ei, você! Onde está seu pai?

Pai? Ele me olhou como se eu tivesse falado chinês. Seu catalão era matizado com um pouco de castelhano e muito de francês. Quanto ao anão, preferia os grunhidos. O menino se chamava Anfán; o anão, Nan. Seus nomes incluíam sua biografia. Anfán era simplesmente a transcrição fonética da palavra francesa *enfant*, criança. Dava para supor que o prólogo de sua vida devia ter transcorrido em algum acampamento militar francês, onde os homens chamavam aquela criatura errática simplesmente de *enfant*. Por seu lado, *nan* era a palavra catalã para "anão". Não havia a menor dúvida de que Anfán era um órfão perdido. Fazia décadas que na Catalunha se vivia em estado de guerra quase perpétuo. Perdidos seus pais por causas naturais ou nas mãos de algum assassino, Anfán se tornou um dos tantos detritos à deriva. Quanto ao anão, seu nome representava um resumo e um mistério. Como tinha chegado até ali e de onde vinha? Jamais se saberia. Nem sua compreensão nem sua linguagem, ambas igualmente curtas, permitiam deduzir nada. Sua única certeza era de que o menino lhe devotava um amor inaudito, tenaz, sem fissuras. Em suas correrias pela trincheira, Anfán o protegia e o amparava, e numa ocasião em que perdeu o anão naqueles labirintos ficou à beira do desespero. Não descansou até encontrá-lo; e no instante em que eles se fundiram num abraço houve uma explosão de pranto feliz dos dois lados.

Uma noite os surpreendi dormindo indefesos em sua toca: era um buraco lateral na primeira paralela, parecido com a entrada de uma catacumba, onde se armazenavam caixas e mais caixas vazias de munição, grandes como ataúdes. Vi umas sombras, entrei. E lá estavam. A cama, uma esteira velha, estava no fundo da gruta, entre restos descartados. Dormiam abraçados um ao outro, alheios ao estrondo artilheiro de fora.

Anfán emitia um doce ronronar enquanto passava um braço protetor sobre o peito do anão. Eu pensei em dar um susto mortal nos dois. Mas no último instante algo me impediu: os pés nus de Anfán. Peguei um dos seus pezinhos com as mãos. Examinei-o com a atenção que havia exercitado na sala esférica. A planta desse pé era um lugar tão cheio de cicatrizes que se podiam seguir os trajetos inclementes da sua curta vida. A emoção me dominou, o que num engenheiro é sempre um erro. Não queria me afeiçoar a eles nem fui capaz de incomodá-los.

Há algo de sacrossanto na respiração de uma criança dormindo, como se a natureza quisesse nos advertir de que não haverá perdão para aqueles que lhe façam algum mal. Então me limitei a cobri-los com uma gaze ligeira de munição e fui embora.

* * *

Nessa fase do assédio não tínhamos chegado à terceira paralela. A maioria dos civis intrusos não passava da primeira. O normal era que nem o comerciante mais ambicioso atingisse a segunda paralela, que já estava ao alcance das armas ligeiras e sobre a qual caíam projéteis menos erráticos.

Um dia eu me encontrava na vanguarda da sapa, fazendo cálculos com as tabelas e o periscópio. Ah, sim, o periscópio. Um tubo com cristais densos e forma de ʃ, muito útil para observar as muralhas a partir da trincheira e que, por isso mesmo, sempre atraiu o fogo inimigo. O mais discreto é fazê-lo sair por algum buraco na terra entre duas faxinas. Infelizmente, nas muralhas de Tortosa havia algum filho da puta entre os Aliados, holandês ou português, vasculhando com uma luneta a discreta linha de avanço da trincheira, e com um olfato especial para os periscópios. Luneta contra periscópio. Era essa a guerra de trincheira. Eu passei metade da vida lutando no lado do periscópio e a outra metade no da luneta. Algum oficial inimigo mandou atirarem em mim com uma peça de vinte.

Bum! Estourou bem entre duas grandes cestas de vime acima de mim, arrebentando tudo com um fulgor laranja. Só me salvei porque nesse momento estava agachado, anotando distâncias na tabela, com o pescoço inclinado. Uns sapadores que rondavam por lá me desenterraram da avalanche de terra, troncos e escombros.

Livrei-me dos meus salvadores de uma forma injusta e ingrata, gritando e empurrando-os. O periscópio, essa peça valiosíssima, estava quebrado. Isso me deixou ainda mais contrariado. Por fim, um velho sapador conseguiu me fazer recuperar a sensatez. Cortou meus *ex abruptos* pela raiz:

— Acalme-se, rapaz. Você está vivo por milagre. Vá para a retaguarda, beba algo forte e peça que o remendem.

O bom homem tinha toda a razão do mundo, o que não impediu que eu saísse de lá de péssimo humor. Nesse estado de ânimo, e com a cara mais preta que um tição, voltei para a retaguarda. Então vi aqueles dois, Anfán e Nan, fazendo das suas.

O circuito de uma Trincheira de Ataque inclui um monte de aberturas laterais: depósitos de munição ou de material de construção, entradas incorretas e abandonadas, drenagens, ramais falsos para desorientar os observadores inimigos, áreas de descanso e armazenamento, ou ramificações que levam às plataformas para as peças de artilharia. Num desses buracos estava Anfán: ajoelhado e chupando o pau de um soldado.

Por que fiquei tão indignado com esse ato menor? Só sei que dei um berro de macaco:

— Vou te mandar para as galés, porco asqueroso!

O soldado se assustou. Quem o increpava era um sujeito muito exaltado, com os olhos brancos e arregalados no meio de uma cara totalmente preta e coberta de terra vermelha. Então percebi que o anão estava atrás do soldado. Quando me ouviu, fugiu seguido do menino. E com as mãos cheias.

— Imbecil! — disse eu ao soldado. — Acabaram de roubar sua bolsa. E você merece!

Saí correndo atrás de Nan e Anfán. Sem nenhum sucesso, é claro.

Depois de aberta a segunda paralela, os morteiros e canhões de assediadores e assediados se bombardeavam mutuamente durante as vinte e quatro horas do dia. Em Tortosa tentavam impedir o avanço da sapa e destruir as nossas peças; na trincheira tentávamos destruir as deles e abrir brechas na muralha. A fuzilaria da praça era tão intensa que ricocheteava no parapeito de faxinas fazendo um barulho de chuva de granizo. Algumas balas pegavam bem na borda e eram impelidas com força em nossa direção.

Por alguma razão incompreensível, no sul da Catalunha o verão pode ser mais sufocante que no sul de Andaluzia. Se temos, além disso, umas dezenas de cadáveres imprudentes no exterior da trincheira, que ninguém se atrevia a enterrar nem à noite, vocês hão de imaginar as nuvens de insetos nocivos que nos sobrevoavam. Que grande invento o idioma de sinais! Nós, engenheiros, só nos comunicávamos assim. E por quê? Porque se você pronunciasse alguma palavra mais comprida que *oui* entrariam vinte moscas na sua boca.

Quanto a Nan e Anfán, eu os persegui durante dois dias e duas noites, em vão. Era impossível pegá-los. Corriam como lagartixas de seis patas, e sempre sabiam onde ficava a melhor bifurcação por onde desaparecer.

Optei por tentar fazer um pacto. Uma vez nos topamos num trecho particularmente longo e retilíneo da trincheira, eles num extremo e eu no outro, e antes de que fugissem gritei que não queria apanhá-los. Deixei no chão um papel dobrado em forma de triângulo. À distância, disse a eles que era um passaporte para que pudessem vir à minha barraca. Se viessem, eu os recompensaria com barras de chocolate. Depois me retirei para que pegassem o papel.

Não adiantou nada. Pode ser que desconfiassem de mim, mas o mais provável era que sua tendência natural se impunha. Tinham nascido para ser ratos de trincheira, furtar e fugir.

Alguns dias depois, finalmente caíram nas minhas mãos. Por sorte, dei com eles ao dobrar num ângulo muito agudo, e não tiveram tempo de fugir. O anão conseguiu escapar, mas Anfán continuou bem agarrado. Levei-o debaixo do braço, gritando e esperneando.

— Quieto! — disse eu. — Vou me encarregar de que você nunca mais seja visto por aqui.

De algum jeito ele conseguiu se libertar. Começou a correr, e Zuvi *Pernalonga* atrás dele. Dei um pulo e o peguei pelo tornozelo. Rolamos pelo chão da segunda paralela.

Estávamos assim, nessa luta pueril, quando apareceu um sujeito corpulento. Eu estava contendo as últimas pernadas de Anfán e não lhe prestei muita atenção.

— Ei, você! — chamou-me com um vozeirão canino. — Neste exército não se cumprimentam mais os generais? — E apontou com o dedo para a faixa que lhe rodeava a cintura indicando o seu posto. Devia estar beirando os cinquenta. Tinha umas bochechas fortes, grossas. Eu estava no chão, e da minha perspectiva de verme seu corpo eclipsava o sol. Fiquei em pé. E, se soubesse naquele momento como esse homem ia ser importante na minha vida, garanto a vocês que não teria respondido com palavras tão esvaídas.

— Desculpe, general, não o tinha visto. Agora, se me dá sua vênia, estou tentando pôr ordem na trincheira.

Eu me relacionava quase exclusivamente com o pessoal francês, e reconheço que havia adquirido boa parte dos seus preconceitos. Eles desprezavam os seus aliados espanhóis. Consideravam-nos um exército de mendigos mal-organizados e dirigidos da pior maneira possível. E tinham razão. Esse general não gostou de ser destratado. Nem é preciso dizer que com um general francês minha atitude teria sido muito diferente, e ele percebeu.

Quando já me dispunha a seguir meu caminho segurando Anfán pelo pescoço, o general me parou com uma mão no meu peito. Tinha me encontrado numa confusão com um menino que gemia, resistia e tentava fugir. O que podia pensar? Olhei-o nos olhos e entendi. Ele me pegou pela camisa e me apertou contra a parede! E sem me soltar gritou, com o rosto bem perto do meu:

— Eu conheço muito bem a sua ralé! Você gosta de abusar dos órfãos da trincheira, não é mesmo?

— Eu??? — disse, capturado em suas manzorras. — Mas devo ser a única pessoa em todo o exército que tenta impedir esses abusos!

Para piorar as coisas, Anfán começou a chorar feito uma viúva. E, para dizer a verdade, fingia tão bem, mas tão bem, que em outro momento até eu mesmo teria me enternecido. Falou na sua mistura de catalão, francês e um pouco de castelhano, mas não era preciso saber muitos idiomas para entender o que ele estava dizendo: que eu era um sátiro das profundezas terrestres, que o tinha obrigado a chupar meu pau, essas coisas. Ficou de joelhos e, num clímax memorável, ergueu os olhos para o céu enquanto duas lágrimas desenhavam um sulco em suas bochechas sujas de terra, pedindo ao Todo-poderoso que o libertasse daquela vida de infortúnios. Até as suas mechas louras davam pena. Aos seis anos de idade, nem sequer o próprio Martí Zuviría era um sem-vergonha tão consumado! Protestei, o que é isso, mas o general espanhol me segurava pelo pescoço com uma força taurina.

— Cale a boca, porco repugnante! Como pode existir alguém tão vil que se deleita ofendendo a santa infância? — gritou, e fazendo um gesto ditou a sentença: — Para que falar? Está tudo dito.

Era um sujeito tão grande e parrudo que sua figura, no aperto da trincheira, tapava o séquito de assistentes espanhóis que vinha atrás dele. No instante seguinte todos tinham se jogado em cima de mim e eu estava preso.

— Antes que o dia acabe você estará pendurado numa árvore — rosnou ele, balançando um dedo diante do meu nariz.

Estava falando sério, era inútil que eu protestasse ou suplicasse. Minha única possibilidade de salvação era que o generalato francês intercedesse junto aos seus aliados, mas estava na cara que esse general espanhol não simpatizava muito com os franceses. Anfán parecia muito feliz com essa guinada dos acontecimentos. Três sujeitos me levavam e ele nos seguia, dando pulos em volta de mim e dos meus captores. E ainda debochava, com as mãos estendidas na frente do nariz e movendo os dedos.

— Que divertido! — E continuou em catalão, para que meus captores não entendessem. — Você não queria que eu saísse daqui? Pois dessa vez vou fazer sua vontade. Por nada nesse mundo vou perder a oportunidade de ver como o enforcam, seu burro!

Bem, talvez tenha sido um milagre, porque nesse momento alguém gritou:

— General, general! Olhe! Lá em cima!

De fato, na vertical de Tortosa se viu algo: no meio do tiroteio generalizado vimos foguetes de sinais estourando bem alto, com deslumbrantes fogos de artifício. Não tinham nada a ver com os tiros e a metralha habituais. Nuvenzinhas faiscantes vermelhas e amarelas que, somadas ao azul de um céu de verão e o branco impoluto das nuvens, formavam um belíssimo quadro em quatro cores. Pena que eu não estivesse em condições de desfrutá-lo.

— Foguetes vermelhos e amarelos, vermelhos e amarelos! — gritaram os assistentes do general, muito excitados. — Os Aliados usam o vermelho e o amarelo!

— Vamos, vamos! — ordenou o general. — Sigam-me!

E ele mesmo encabeçou a corrida até o quartel-general. Tinha uma voz castelhana dessas que nasceram para o comando, tão enérgicas que não admitem matizes. Quando alguém como esse general dizia "sigam-me", era "sigam-me" e o resto deixava de ter importância. Os sujeitos que estavam me segurando não hesitaram um instante em se esquecer de mim. Soltaram-me para sair trotando atrás do seu comandante.

Segundo o código de sinais dos Aliados, um sinal vermelho e amarelo era um pedido de ajuda urgente às tropas amigas do lado de fora. Que dilema para Orleans! Os foguetes indicavam que a guarnição de Tortosa estava nas últimas, sim, mas também queriam dizer que um exército austracista de socorro se achava perto o suficiente para ler sinais nos céus. Das duas, uma: ou Orleans suspendia o assédio para ir de encontro ao inimigo externo, ou atacava Tortosa na marra (ao estilo Coehoorn), antes de terminarmos a trincheira. Em qualquer dos dois casos, as montanhas de terra escavadas até então não teriam servido para nada.

Tudo isso no que se refere à alta estratégia militar. Quanto aos meus interesses particulares, bendisse aqueles foguetes vermelhos e amarelos com um suspiro de alívio tão fundo e sonoro que mais parecia de um búfalo. Dobrei minhas longas pernas, ainda fracas de medo, e caí de joelhos. Então vi Anfán. Estávamos novamente a sós. Soltei um berro:

— Vou quebrar todos os seus ossos!

E então, minha querida e horrenda Waltraud? Você acha que o peguei? Sim ou não?

Mas é claro que não. Seria muito mais fácil pegar um camundongo escapulindo pelas frestas de uma catedral.

13

O assalto não era mais coisa da brigada de engenheiros, e sim da infantaria. Nós nos retiramos da trincheira quando milhares de soldados bourbonistas começavam a ocupar as posições de ataque.

Eu não vi o assalto, ouvi. Estava postado numa das entradas da primeira paralela, na retaguarda. Tudo iniciou com um estrondo de artilharia crepuscular, pois começaram o ataque exatamente na mesma hora em que nós tínhamos iniciado a trincheira: às oito da tarde. Ouvimos a fuzilaria e as cargas de infantaria, subindo numa inclinação de quarenta e cinco graus. A resistência foi tão desesperada que os civis jogavam até estátuas de santos das muralhas. Os espanhóis levaram quatro horas para tomar um baluarte. Só se negociou uma trégua às duas da manhã.

Como era de se esperar, Orleans havia optado por um ataque direto, custasse o que custasse. E a imensa maioria dos feridos gemia em espanhol, não em francês. Na hora eu não pensei, mas olhando agora, com a distância do tempo, é para soltar uns bons palavrões. O que significava aquela guerra? Um príncipe francês quer se apropriar do trono da Espanha, e o exército espanhol se coloca a seu serviço. Quando a briga fica séria, os generais franceses mandam para o matadouro a carne de canhão espanhola. E esses espanhóis, ainda por cima, morrem satisfeitos. Nem os turcos seriam tão obtusos de se meter numa confusão dessas.

Por instâncias dos Aliados, os dois oponentes decretaram uma trégua. Orleans desconfiava que era um ardil para ganhar tempo, mas estava tão ansioso para tomar Tortosa que tolerou esse prazo. Ele não perdia nada. O exército Aliado ainda estava longe, e

Orleans dominava um baluarte. Pois bem, durante essa trégua aconteceu algo que me deixou arrepiado.

Ouvimos gritos, berros de mulheres. Ainda era noite fechada quando, do interior das muralhas, subiu aos céus um lamento coletivo, um clamor que lembrava certas passagens do Antigo Testamento. Depois soubemos que eram os habitantes de Tortosa, desesperados ao saber que os oficiais estrangeiros optavam por capitular.

Isso escapava à minha compreensão. Nas guerras dinásticas, as pessoas costumavam se esconder, nunca se aventuravam a correr os riscos do combate. Lembro que pensei pela primeira vez, em voz alta: "Zuvi, você passou tempo demais fora de casa; mas que merda está acontecendo aqui?"

Felizmente não tive tempo de pensar muito. Um oficial francês, um contato com o comando espanhol, apareceu e me encarregou de ir ao baluarte conquistado comunicar às tropas da vanguarda que seriam substituídas. Bem, imaginei que iam receber com beneplácito a notícia de que seriam retirados de um lugar tão exposto. Só achei estranho que tivessem escolhido um guri como eu para falar com o general.

O oficial viu meu aspecto desastroso e disse:

— Lave-se um pouco, vista uma casaca decente por cima. E engraxe essas botas.

— Mas, coronel — perguntei candidamente —, essa feliz missão não deveria ser atribuída a um alto oficial?

— Ah! Considere que é uma grande honra, rapaz — respondeu dando uns tapinhas nas minhas costas.

Uma grande honra! Agora vou contar-lhes em que consistiu essa "grande honra". Só me enviaram ao baluarte conquistado quando o dia já estava claro e o sol começava a esquentar os vivos e apodrecer os mortos. A subida até o baluarte estava coalhada de cadáveres destroçados. Avançando pela pendente que o baluarte em ruínas formava, minhas botas deslocavam nuvens de moscas que cobriam os corpos, gordas como castanhas aladas.

Ao chegar ao baluarte deparei com centenas de soldados com os fuzis carregados e as baionetas caladas, protegidos entre as ruínas e apontando para uma cidade mortalmente silenciosa. O general destinatário da minha mensagem era um daqueles que se resguardavam entre as pedras do baluarte. E o mesmo que tentara me enforcar! Não me reconheceu, graças aos céus.

— *Mon général!* — disse eu em francês. — Por fim o encontrei. — E lhe transmiti a ordem de retirada. O homem não entendeu uma palavra do meu francês. Olhou para um dos seus homens e disse num castelhano quase granítico:

— E este gringo? Que merda ele está querendo?

Imediatamente repeti tudo, dessa vez em castelhano, com uma reverência e um sorriso como esses que se dão aos vencedores:

— Ordem do comando, *mon général*: vocês cumpriram o seu dever com glória e honra, e agora permitem que se retirem. Batalhões franceses virão substituí-los enquanto se negocia o fim das hostilidades.

O desprezo do homem se transmutou em ira. Olhou-me inclinando a cabeça e encolhendo os olhos.

— Que façamos o quê?

— Deixe conosco, meu general! — ofereceu-se um soldado, brandindo um fuzil com a baioneta armada.

Eu mantive o meu sorriso diplomático, mas por dentro pensei que nunca ia entender os militares.

Que diabo estava acontecendo com eles? Tinham sofrido baixas espantosas. Eu lhes trazia a boa-nova de que podiam sair desse lugar terrível. E como reagiam? Ameaçando arrancar minhas tripas a golpes de baioneta.

O general pulou em minha direção. Suas bochechas grossas brilhavam numa cor grená viva. Ele me agarrou pelo colarinho, virou-me para a esplanada coalhada de mortos e disse:

— Olhe isso! Olhe! Você pensa que esses rapazes foram mortos para que agora chegue um francês e fique com o mérito? Acha mesmo que vou deixar que os Aliados entreguem as chaves a algum primo do duque de Orleans?

Eu resisti, secundado pela indignação de quem se sabe inocente. Embora ele fosse um senhor general, gritei:

— Pensa que eu tenho algo a ver com todo esse desastre? Deixe-me ir, cabeça de jerico, porque sou apenas um mensageiro!

E ele de fato parou; olhou para mim, hesitou um pouco sobre como tratar uma pessoa que respondia a um general daquela maneira, e por fim exclamou:

— Pois diga isso a quem enviou você!

O que fez a seguir nenhum historiador deve ter visto, senão teria entrado nos relatos do assédio.

Ele me deu um pontapé na bunda tão grande que só não entrei em órbita por milagre. Voei por cima da esplanada e desci a encosta quicando feito uma bola, arrastando na queda pedras de todos os tamanhos e cadáveres que se moviam como se voltassem à vida por um instante.

Voltei ao acampamento com a casaca rasgada, a bunda ainda quente da bota do general, enojado, ofendido e quase explodindo de raiva. Topei com o oficial de contato francês.

— E então? Como foi? — interessou-se ele prudentemente.

Então entendi por que eu fora enviado! Ninguém tinha coragem de dispensar o tal sujeito, de modo que, para evitar um escândalo, mandaram o último palhaço do exército.

— Como foi? — Eu estava revoltado. — Pode-se saber de onde saiu esse general espanhol?

— Sim, bem... — desculpou-se o francês. — O general Antonio de Villarroel tem um caráter muito forte.

Sim, senhores, é como vocês acabaram de ler: foi assim o meu primeiro contato com *dom Antonio*, o homem que anos depois iria arrastar o bom do Zuvi da existência mais peçonhenta aos mais altos cumes do desapego; o mesmo homem que, sendo de origem castelhana, em 1713 assumiria a defesa da capital dos catalães, Barcelona, e por nós enfrentaria o último sacrifício.

A minha querida e horrenda Waltraud, que é mais lenta e pesada que a âncora de um galeão, me interrompe constantemente. Ela não consegue entender como é possível que naquele verão de 1708 *dom Antonio* de Villarroel fosse um general a serviço do rei bourbonista, e em 1713, quando o encontramos de novo, estivesse do outro lado e a serviço do rei austríaco.

Veja bem, minha horrível Waltraud: eu já sei que suas luzes mentais são imensamente mais limitadas que as do feto de um vaga-lume, mas ainda assim você não cogitou que isto é um livro, e que para entendê-lo é preciso ler todos os capítulos, consecutivamente e até o final?

* * *

Que grande remédio pode ser um pontapé na bunda! No fundo eu deveria ter agradecido àquele general maluco.

O que eu estava fazendo lá? Desde o dia em que saí de Bazoches vinha sendo arrastado por uma espécie de inércia vital. Muito bem, agora já tinha um assédio nos ombros. E então? Havia descoberto a Palavra, aquela Palavra? Não.

Esse pontapé na bunda me mandou diretamente para casa. Eu iria pedir perdão ao meu pai, de joelhos se fosse preciso. Contaria tudo. Ele me perdoaria, pois apesar do caráter do homem eu era seu único filho. Pensei que mesmo um pai muito mau nunca seria pior que o melhor dos assédios. Às favas com a guerra, com os generais propensos a dar pontapés e com os Esquecidos de todo o mundo!

Voltei para a minha barraca em passos vivos. Estava disposto a cortar o mal pela raiz; iria pegar o indispensável e depois rumar para Barcelona. Como todo o exército estava de olho nas negociações de rendição, era um momento insuperável para bater asas na direção contrária.

Em atenção à especialidade elitista dos engenheiros, suas barracas eram rodeadas por uma tosca cerca de estacas que as separava da tropa comum. No centro do nosso espaço, a barraca do Esquecido, com seu teto bulboso. Em volta dela, as barracas individuais dos oficiais e, por fim, a coletiva, onde dormiam os simples ajudantes como eu. Normalmente, três duplas de soldados montavam guarda no perímetro da cerca, mas nessa manhã, ante a iminência do fim do assédio, só havia um soldado muito jovem, andando para cima e para baixo com o fuzil no ombro. Ele me cumprimentou, eu o ignorei e entrei na barraca.

O que não esperava era que alguém houvesse mexido nas minhas coisas. E muito menos que o meu dinheiro, tudo o que economizei em Bazoches e os meus soldos do exército francês, tivesse desaparecido. Como se há de compreender, saí com o dobro da ira com que tinha entrado, que aliás já era muita.

— Soldado! — gritei para a pobre sentinela. — Para que você tem olhos? Alguém me roubou!

O guarda não hesitou muito.

— Lamento, senhor — disse. — Na certa foram aqueles dois.

— Aqueles dois? Que dois?

— Um anão com um funil na cabeça e um menino com uns cachos sujos.

Dei um grito.

— Mas se você os viu, como deixou entrar? Não passou pela sua cabeça que os dois tinham um aspecto ligeiramente suspeito?

— Deixei porque mostraram um passaporte, senhor! — desculpou-se o soldado. — Eu não sei ler, mas um oficial que passava por aqui me ajudou. E, pelo que disse, não havia dúvida. Era um passaporte em nome deles, assinado pessoalmente pelo senhor.

Com minhas botas de sapador chutei uma das estacas da cerca. A infância! Um estado de inocência da alma! Antes de escrever seus ensaios pedagógicos o meu bom amigo Rousseau deveria ter conhecido esse monstro em miniatura chamado Anfán!

Tinham agido com uma estratégia perfeitamente elaborada. Esperaram para usar meu passaporte no último dia do assédio, quando todos os olhos eram atraídos na direção de Tortosa e o acampamento estava praticamente deserto. Isso me fez pensar uma coisa. Parei meu ataque à estaca e perguntei à sentinela:

— Faz muito tempo que estiveram aqui?

— Que nada. Acabaram de ir embora. Acho que os vi há uns instantes. Por ali — disse apontando para fora do acampamento.

Corri nessa direção. Atravessei o acampamento todo, até que acabaram as últimas barracas. Mais adiante havia uns campos martirizados pelo sol; uns poucos arbustos enfeitavam a paisagem. E lá estavam eles. A quinhentos metros, correndo pelo campo e mais carregados de butim que duas formigas de Iucatán.

Na trincheira eles contavam com milhares de esconderijos e curvas para se esquivar de mim, mas em terreno aberto não podiam competir com Zuvi *Pernalonga*. Comecei a correr, cada vez mais rápido, e a distância que nos separava foi diminuindo rapidamente.

Ao verem que eu os perseguia, aceleraram, embora estivessem carregadíssimos, cada um com um saco maior que a própria pessoa. Chegaram ao alto de uma pequena elevação e desapareceram pelo declive oposto.

Eu levei alguns minutos para chegar a esse ponto. E uma vez lá, não os vi em lugar algum. Maldição, onde teriam se metido? Fiz uma pausa para recuperar o fôlego.

Olhei pelos arredores, talvez estivessem escondidos em algum buraco. Não, por ali não havia nada. "Vamos, Zuvi, pensa", disse a mim mesmo, vasculhando a paisagem, "quem te ensinou a olhar não foi o senhor de Bazoches em pessoa?".

Cinquenta metros à direita: uma pequena construção abandonada. Uma dessas cabanas de pedra onde os camponeses guardam ferramentas agrícolas e coisas assim. Não podiam ter-se escondido em outro lugar.

Antes de entrar rodeei o local procurando alguma escapatória que pudessem ter. Não, as janelas eram pequenas demais, até para eles. Só então me aproximei da porta e gritei:

— Vamos, saiam! Sei que estão aí!

Surpreendentemente, a porta se abriu logo em seguida. Mas não eram eles e sim um soldado francês.

Era o perfeito representante da soldadesca embrutecida. O correame estava frouxo, o uniforme tão sujo que o branco original tinha ficado na lembrança. Tinha uns olhos de bêbado que acabara de acordar. Encostado na porta com indolência, perguntou o que eu queria enquanto limpava os dentes com uma faca. O que estava acontecendo ali? Afastei-o e dei um passo para dentro da cabana. Quando meus olhos se acostumaram com aquelas trevas, fiquei boquiaberto.

Tinham amarrado o anão numa viga, com a boca cheia de palha e amordaçado com um pano. Anfán estava sentado numa cadeira velha, fortemente amarrado pelos pulsos e pelos tornozelos. Amordaçado, também, e com um capuz negro que cobria metade do seu corpo. O soldado francês tinha um cúmplice que ainda estava apertando as cordas de Anfán. Até as moscas tinham fugido. Nan se dirigiu a mim com um olhar de pavor desvairado. O acaso os tinha levado a um lugar espantoso, um inferno diminuto desses que a guerra cria do mesmo modo que os ângulos tendem a criar teias de aranha.

Meu primeiro impulso foi recuperar os meus pertences e dar o fora. As perversões desses dois maníacos me enojavam, é claro. Mas vivíamos num tempo de matanças indiscriminadas. Quanto antes eu fosse embora, melhor.

Mas houve um detalhe, circunstancial, aliás, que me deixou mais transtornado que a simples indignação. Querem saber qual foi esse detalhe? Uma gota, uma gota de suor que percorria a bochecha direita de um daqueles porcos. Essa gotinha era o resumo e o reflexo de um anseio imundo, de uma alma pútrida. A boca semiaberta, os olhos fixos na cadeira onde Anfán se agitava desesperadamente. Como todos os carniceiros, ele tinha os dentes separados, o que me provocava ainda mais repulsa. Às vezes, o que nos leva a agir são os detalhes. Eu tivera um dia ruim, e alguém tinha que pagar por isso.

Pendurada no teto, havia uma corrente enferrujada de certa grossura. Peguei no chão uma pedra bem grande, sobracei-a e, com a mão livre, apanhei a corrente. Dirigindo-me ao homem que tinha aberto a porta, pedi:

— Poderia segurar esta pedra um instante?

— Está bem — disse ele, guardando a faca e estendendo as mãos. — Mas para que quer que eu faça isso?

A resposta era bem elementar: para que tivesse as mãos ocupadas enquanto eu amassava a sua cara com a corrente, com tanta violência que ele caiu de costas. O outro não teve coragem nem de me encarar. Ao ver que eu avançava em sua direção com a corrente na mão, ele se enrolou feito um novelo e protegeu a cabeça com as mãos. Deixei-o quase morto. Depois joguei fora a corrente, farto de Tortosa, da guerra, do mundo, e saí dali após desamarrar aqueles dois com umas navalhadas rápidas nas cordas e resgatar os meus pertences.

Anfán e o anão me seguiram:

— *Monseigneur, monseigneur!*

Minha antipatia por eles se esfumou. Já tinha recuperado meu dinheiro e minhas coisas, e se você acaba de salvar a vida de alguém não lhe dá uma surra. Isso não significa que eu tivesse muito interesse por eles. Sem parar, disse com sarcasmo:

— Voltem para a trincheira. Afinal de contas, pode ser que vocês tivessem razão: nos tempos atuais, estão mais seguros lá que em qualquer outro lugar.

Eles giravam à minha volta como borboletas.

— Fora daqui! — insisti. — Eu deveria enforcá-los, por serem ladrões. A sorte de vocês é que estou com pressa de voltar para Barcelona.

Mas a palavra "Barcelona" só conseguiu excitá-los ainda mais.

— *Monseigneur*! — gritou Anfán. — Nós queremos chegar a Barcelona faz tempo! Só estávamos economizando para ir.

Economizando! O que diria meu pai da ideia de trabalho que tinham aqueles dois! Já ia soltar-lhes um tapa de despedida quando ouvi um bufo de animais.

Um pelotão de cavalaria, não muito longe. A retaguarda do exército que atacava Tortosa era protegida por patrulhas montadas. Elas escoltavam os forrageiros, impediam ataques dos miqueletes e apanhavam os desertores. Eu poderia ter falado com eles, mas já tinha assumido minha condição de fugitivo. Meu primeiro instinto foi correr para um bosquezinho ali próximo, espesso o bastante para que não pudessem entrar com os cavalos.

— Não, *monseigneur*! — disse Anfán. — Não há tempo de chegar ao bosque. Venha!

E se meteram num vinhedo abandonado. Anfán me fazia gestos com a mão.

— Corra! Vamos! Corra!

As vinhas me chegavam não muito acima dos joelhos. Num terreno tão aberto, a cavalaria não teria a menor dificuldade em pegar-nos. Aqueles dois estavam loucos. Pois querem saber de uma coisa? Fui atrás deles.

A patrulha vinha logo atrás. Nós corríamos desesperadamente, eu carregando as duas bolsas e suando com o esforço. Amaldiçoei a mim mesmo. Mas, quando os cavalos chegaram à beira do vinhedo, pararam em seco como se uma força invisível os freasse. Os cavaleiros nem tentaram esporear.

Anfán riu muito orgulhoso de si mesmo.

— Os cavalos detestam andar no meio de vinhedos. Os sarmentos quebram suas patas.

Os homens ainda deram alguns tiros desinteressados em nossa direção. Quando conseguissem rodear aquele vinhedo tão extenso, já teríamos nos enfiado no bosque, e então desistiram de perseguir-nos.

— Nós o salvamos, *monseigneur*. Agora nos deve uma — disse Anfán, quando por fim pudemos descansar na espessura do mato.

Ri.

— Pois eu diria, para ser mais preciso, que fui eu quem os salvou de uma coisa horrível, e vocês me devem isso.

— Vamos fazer um trato! — propôs o garoto. — Nós conseguimos um transporte e o senhor nos leva para Barcelona.

— Transporte? Que transporte? — interessei-me. Minha fuga tinha sido tão improvisada que eu não havia pensando em como ia me deslocar.

— Venha!

Eles me guiaram por um caminho secundário muito escondido, onde o bosque e o mato eram mais espessos a cada passo.

— Aqui — disse Anfán pouco depois, e me fez entrar num corredor que se abria entre as árvores.

Ali se via um veículo de dois cavalos encaixado numa parede vegetal. O cocheiro ainda estava na boleia. Morto.

Havia milhares de miqueletes na região perseguindo a retaguarda do exército bourbonista que assediava Tortosa. Devia ter sido uma escaramuça menor, durante a qual o cocheiro tentou fugir avoadamente. No meio das costas cobertas com o uniforme branco se via um grande buraco de bala, com as bordas enegrecidas de sangue seco. Com suas últimas forças ele tentou se esconder fora do caminho, e ali ficou.

O morto continuava na boleia. Seu queixo caía sobre o peito, parecia estar dormindo. Puxei-o pelos ombros e o deixei cair no chão sem muito cuidado. Os cavalos se alegraram ao notar uma presença humana. Por isso foram tão submissos durante a difícil manobra de recuar e levar a carroça de volta para o caminho.

— Vamos para Barcelona? — alegrou-se Anfán.

Que olhos tinha esse menino, pareciam estar com mais fome que suas tripas. Examinei os dois cavalos. Um deles estava com uma bala na nádega direita; o outro, com as crinas meio queimadas. Bem, para mim era suficiente que resistissem os cento e cinquenta quilômetros que me separavam de Barcelona. Subi na carroça. Estava cheia de sacolas. Abri uma. Era de bolachas. Joguei algumas para Nan e Anfán, que as engoliram no mesmo instante, embora fossem maiores que um disco de atleta grego. Mas havia um pouco de tudo. Ao tentar abrir um saco cilíndrico de meio metro de altura, ele escorregou das minhas mãos e o conteúdo caiu.

Balas, balas de chumbo. Uma torrente de bolinhas redondas que se esparramaram no piso da plataforma. Nan e Anfán se jogaram sobre elas, loucos de alegria. Como é pequena uma bala, uma esfera diminuta, aparentemente inofensiva. No entanto, bem dirigida mata igualmente soldados e generais, reis e pedinchões. Anfán não pensou nisso. Ele e o anão ficaram jogando bolinhas de gude com elas. Continuava sendo uma criança, um artista da sobrevivência, pode ser, mas uma criança afinal de contas. Em pé na plataforma da carroça, não pude deixar de vê-los com uma ponta de nostalgia.

Era a primeira vez que eu estava num ambiente de silêncio natural, após vinte dias de trincheira aberta. Vinte dias e vinte noites suportando o trovejar do canhão e a insídia do enxadão. E agora, no meu entorno, apenas bosque, ar isento de fumaça, de artilharia e de trombetas estridentes, gorjeios de pássaros. E um menino e um anão com um funil na cabeça, jogando gude com os instrumentos prediletos da morte. Sim, a infância sempre será o estado subversivo do homem.

Enquanto os dois se divertiam, examinei o resto da carga da carroça. Num canto vi duas mantas superpostas cobrindo algo. Puxei-as. Estavam ocultando um baú pesado e de dimensões mais do que respeitáveis. Tinha três ferrolhos. Fiquei sem respiração. Eu sabia muito bem o que significavam aqueles três ferrolhos.

Durante o assédio, dormia na nossa barraca um pagador do exército. Um asno desses que se acham muito importantes porque têm trato com os mandachuvas. Não tinha graduação suficiente para dormir com os oficiais, mas sua dignidade o impedia de compartilhar o espaço com a soldadesca. Por isso foi impingido a nós. Não se calava nunca. Eu chegava ao meu catre de campanha, moído pelo combate na trincheira, e ele não parava com o blá-blá-blá. Tanto fazia se o meu plantão fosse de dia ou de noite, sempre estava à minha espera o Pagador Falastrão, como o chamávamos. O grande problema era que ele só trabalhava um dia por semana, e passava o resto do tempo recolhendo fofocas e enchendo o saco das suas vítimas.

Pois bem, um dia o chato do pagador veio me mostrar todo orgulhoso a chave de uma arca onde se guardavam os fundos do exército. Contou que as arcas com o dinheiro, por segurança, tinham três fechaduras e outras tantas chaves. O pagador ficava com uma, um capitão com outra e a última ia para as mãos do Vedor-geral. Graças ao seu ofício, o Pagador Falastrão chegara a conhecer o Vedor-geral, e esse era o seu grande orgulho. E agora digam-me: que outro baú transportado pelo exército podia ser dotado de três ferrolhos?

Eu não tinha as três chaves, nem me faziam falta. Na própria carroça encontrei uma maça e uma talhadeira, e abri os ferrolhos na marra. Quando levantei a tampa apareceram dezenas de saquinhos cilíndricos, compactos e arrumados em dois andares. Cada saquinho tinha, à guisa de fecho, um selo lacrado com a flor-de-lis bourbonista. Abri um e vomitou moedas. No mínimo devia haver ali o pagamento de um regimento inteiro. Minha mãe do céu.

Vocês já toparam alguma vez com um tesouro órfão? É uma sensação muito parecida com amor à primeira vista. O coração bombeia mais depressa, os dedos ficam tremendo, você é dominado por uma angústia feliz. E dá uma vontade danada de fugir levando aquilo tudo.

Fechei a tampa bruscamente, assustado com o que tinha achado. Nan e Anfán continuavam jogando bolinhas de gude.

— Ei, meninos! — disse com um sorriso alegre, porém mais falso que as lentilhas de Judas. — Voltem até o corpo do cocheiro e revistem os bolsos.

Era um tosco ardil para despistá-los. Quando perceberam, eu já tinha atiçado os cavalos com as rédeas e me afastava dali. Nan e Anfán correram inutilmente atrás da carroça:

— *Monseigneur, monseigneur!* — gritava Anfán. — Não nos deixe aqui, por favor. Leve-nos para Barcelona!

Virei a cabeça e ainda pude ver sua cabecinha com as mechas ao vento, correndo e gritando.

E agora, muito a contragosto, preciso parar o relato porque esta boba da Waltraud o interrompe, choraminga, soluça e me acusa de desalmado.

Mas como você é suscetível. Será que ainda não entendeu direito como eram aqueles dois? Anfán tinha nascido com o estigma do roubo. Como eu podia compartilhar uma viagem e um tesouro com ele?

Tudo bem, para seu alívio e consolo vou confessar uma coisa.

Dei um puxão nas rédeas e parei a carroça. Na verdade estava sentindo um ligeiro remorso. Afinal de contas, eu tinha conseguido o transporte e o butim graças àqueles dois. Ao me verem parar, Nan e Anfán aceleraram sua corrida com esperanças renovadas. Quando estavam a poucos metros, joguei-lhes umas moedas.

— Para vocês! Comprem pão e vinho à minha saúde.

E arranquei de novo.

No fundo sempre fui um bonachão.

* * *

Meu carro me afastava de Tortosa tão depressa como os cavalos feridos permitiam, e só então entendi como minha situação era arriscada. Em toda parte havia patrulhas de soldados Aliados e das Duas Coroas, enfrentando-se em escaramuças quando se encontravam. Mas na verdade os dois exércitos em luta eram o menor dos meus problemas. O sul da Catalunha era um país assolado pela guerra onde pululavam bandos de saqueadores, bandidos, desertores de seis ou sete nacionalidades diferentes e, o pior de tudo, os meus queridos miqueletes. Eu estava sozinho; minha única defesa era uma pistola e minha única companhia, algo tão apetitoso como um cofre repleto de moedas. Poucas vezes festejei tanto o pôr do sol. À minha direita vi uma trilha dividindo um campo de trigo selvagem. Talvez pudesse passar a noite escondido ali. A falta de ceifa fazia as espigas chegarem a alturas inverossímeis. O trigal acabava na frente de um velho canal de irrigação. Eu não podia desejar nada melhor: aquelas espigas altas me serviriam de cortina noturna. E eu teria água para mim e os cavalos, que libertei da tortura das correias.

Ainda não tinha terminado os preparativos quando apareceu um homem.

Veio pelo mesmo caminho que eu tinha seguido. Estava usando uma capa grande e negra. Com essa peça, e o chapéu de três pontas puxado até as sobrancelhas, parecia que flutuava no meio do trigo. Pulei até a pistola, que tinha esquecido na carroça. O que fazia aquele sujeito ali, tão longe da humanidade e tão perto da guerra? Apontei-lhe a arma.

— Mostre suas mãos! Quem é você?

Sem parar de avançar, o homem se limitou a dizer:

— Pau.

Não entendi se aquilo era uma apresentação ou uma declaração. (Em catalão, a palavra *pau* significa "paz" e também "Paulo".) Sem abaixar a guarda lhe fiz uma pergunta igualmente ambígua, e mais maliciosa:

— Caiu do cavalo?

O homem sorriu sem parar de andar. Sua capa se abriu para mostrar as mãos desarmadas. Estava com uma camisa de mangas muito amplas, que escorregaram para trás quando levantou os braços. E o que vi então, minha querida e horrenda Waltraud, nunca mais voltei a ver: dez Pontos, um atrás do outro, tatuados no antebraço direito. O décimo brilhava pouco antes da dobra do cotovelo.

A pele que essa tinta indelével marcava era muito mais velha que a expressão do homem, um indivíduo maduro mas em plena forma física e mental. Dez Pontos! O engenheiro ideal, um *maganón* perfeito. O meu receio se transformou em estupor e admiração. Ele não desfazia aquele sorriso inexpressivo, e quando parou à minha frente disse num tom neutro:

— E você?

— Estou a seu serviço — foi minha resposta.

Levantei a manga direita e mostrei os meus cinco Pontos.

Ele se aproximou um pouco mais e disse:

— De onde você vem?

— De Tortosa.

— Para onde vai?

— Para Barcelona.

— Por quê?

— Lá estão meu pai e a casa do meu pai.

— Está seguro disso?

— Estou.

— Não há nada seguro.

Mais que um diálogo, isto pode parecer um interrogatório, mas um Pontuado nunca pergunta nada a um Pontuado superior. E este precisa saber tudo a respeito de um subordinado. Se tiver algo a lhe dizer, dirá. Meus olhos não se afastavam do seu antebraço, do décimo Ponto. Ele me deixou de lado para observar o meu pequeno acampamento; a carroça, o canal de irrigação, o trigo alto que nos rodeava como paredes vegetais.

É claro que se tratava de um Dez Pontos. Mais que olhar, era como se ele ouvisse; os objetos, os insetos, o ambiente em seu conjunto, e até o ar transparente lhe falavam, felizes por poder abrir-se com ele em confissão voluntária. Depois fez um gesto: levantou uma das mãos, como que pedindo a uma orquestra que fizesse silêncio. Olhou minha carroça por uns instantes e me perguntou:

— O que contém o seu transporte?

— Nada — menti.

— Exato — disse o homem.

Eu tinha sido educado em Bazoches, e mesmo assim estremeci.

Fazia calor. Ele tirou a capa e arregaçou as mangas da camisa. Voltei a fixar a vista no seu antebraço.

O mundo da engenharia, que tem um espírito prático frontalmente oposto ao simbólico, aqui se rendia a uma pequena concessão. Porque esse glorioso décimo Ponto tinha dimensões mais reduzidas que aqueles que o antecediam, e as pontas do seu contorno eram tão numerosas que sua proliferação acabava arredondando-o. Ou seja, quando um engenheiro conseguia chegar à perfeição, era premiado com um ponto muito parecido com o primeiro: um simples círculo.

Ele então me perguntou:

— Quem é seu mestre?

— Foi Sébastien Le Prestre Vauban. Morreu.

— Bom engenheiro, sim, muito bom engenheiro — sussurrou com respeito. — Ele vive em você. Não se esqueça.

— Infelizmente — tentei esclarecer —, este quinto Ponto não é meu. Falhei em encontrar certa palavra.

— Pois continue procurando-a.

— Renunciei a tudo isso — disse —; e, mesmo que eu persistisse, quem validaria o meu quinto Ponto? Vauban morreu, eu não conheço outro mestre nem desejo mais tutela. Chega.

Ele esboçou um sorriso.

— Todos dizem a mesma coisa. Até que um dia tocam o céu com a ponta dos dedos. Então preferem morrer a retirar a mão dessa glória.

Apesar do respeito que ele me inspirava, não pude esconder um sorrisinho de incredulidade. Ele notou, e seu tom ficou tão imperioso que dominaria até um rei. Levantou a voz.

— Se você precisar de um mestre, vai encontrá-lo, seja ou não um Pontuado. Você não pode evitar a busca dessa Palavra, e quando a encontrar saberá que merece esse quinto Ponto.

Eu quis dizer alguma coisa. Não encontrei a fórmula para me expressar com o respeito suficiente, e de qualquer maneira quem determinava quando começava e acabava um diálogo era ele.

— Estenda a manta — disse.

Obedeci.

— Deite-se. Feche os olhos. Durma.

Antes de ouvir o *a* de "durma", eu já estava sonhando.

Seria muito interessante reproduzir aqui o sonho que tive nessa noite. Para meu infortúnio, sua lembrança me foi negada. Só me restou um rastro fugidio na memória. A imagem vaga de uma moça nua, de pele roxa, o púbis muito negro, numa paisagem de tons incendiários. Passei semanas tentando me lembrar do sonho em sua plenitude. A garota me olhava com os olhos mais tristes que já vi. De repente, era atacada por legiões de escaravelhos brancos, que a rodeavam por todos os lados e subiam por seus tornozelos. Ela me implorava socorro. Mas tudo se fundiu antes que o sentido onírico chegasse a se completar. Quis descobrir, pensei e repensei no sonho centenas de vezes.

Infelizmente, nesses dias minha vigília estava muito agitada. O sonho escorregava como um peixe de um anzol sem gancho. Era muito frustrante.

No dia seguinte subi na carroça e parti para Barcelona. Nem me incomodei em verificar se o baú continuava em seu lugar. Um Dez Pontos não se preocupava com essas futilidades.

Agora, oito décadas depois, oitenta voltas ao Sol depois, creio que sei quem era esse homem crepuscular. Permitam-me um suspiro.

Não era um homem. Era o próprio Mystère, passeando pelo mundo com a indiferença de um apicultor que vai olhar os favos agitados. Viu uma abelha curiosa e se entreteve observando-a.

Devia estar entediado.

14

A carroça e eu avançamos durante a manhã toda por uma estrada cercada de montanhas cobertas de pinheiros. Ao meio-dia achei o que estava procurando, minha necessidade e salvação.

À minha direita se abriu uma planície. E nela vi uma casa de postas. O prédio principal era uma tosca construção de adobe, alongada e retangular, com um teto de bambu de rio. À sua frente, um velho estava cavando com a intenção de enterrar o cadáver de uma mula. Parei a carroça, desci e fui até ele.

Fiz-me passar por um modesto comerciante que queria se incorporar a um comboio civil. O homem era totalmente surdo.

— Quer proteção? — gritou levando uma das mãos à orelha como um megafone. — Sim, bem, lá dentro estão os rapazes. Os que vivem de escoltar caravanas. Quanto mais viajantes eles tiverem, mais barata fica a sua parte. Eles são muito bons negociando passaportes com os soldados, sejam do lado que forem!

— Pode me dar algo de beber? — perguntei, entregando-lhe algumas moedas. — Estou seco por dentro.

— Entre e sirva-se, mas com este calor o vinho na certa está quente — respondeu o velho, apontando para o prédio principal. — Mas, olhe, se me ajudar a enterrar a mula eu lhe dou todo o vinho que quiser. Eles chegam aqui — reclamou, referindo-se aos seus clientes —, e na primeira parada as suas montarias, exauridas, morrem! E o que faço com elas? Pode me dizer?, hein, hein, hein?

Sim, claro, era exatamente o que me faltava nesse momento, enterrar mulas mortas. Não me incomodei em dar alguma desculpa e fui para a casa de adobe.

Lá dentro deparei com uma mesa que parecia a da última ceia. Bebendo e aos berros, doze sujeitos brutos e completamente bêbados. Metade deles estava sentada de costas para mim, e a orientação da luz me impedia de ver o rosto dos outros. A princípio não prestei muita atenção neles, nem eles em mim.

Fui até um balcão de barris sobre os quais tinham colocado umas tábuas grosseiras. Pendurada num poste havia uma jarra presa com uma correntinha. Bebi uns goles desse vinho com ervas, horrível, e atrás de mim alguém disse:

— Ei, amigo, venha aqui! Nossa aguardente é muito melhor que esse vinagre.

Eu estava interessado em fazer boas relações, e me sentei no meio do banco, com seis sujeitos em frente e três de cada lado. Só então reparei em seus rostos.

Cicatrizes. Brincos. Barbas com as quais se poderia lixar granito. Bolsas sob os olhos e olhares que avaliavam onde seria melhor enfiar uma faca, na sua traqueia ou bem debaixo do queixo. Aquilo era uma escolta organizada por cidadãos decentes do povoado mais próximo? O mais inocente deles devia ter sido resgatado do cadafalso no mínimo cinco vezes. E, sentado bem à minha frente, ele, o meu velho amigo: Ballester.

Devo ter ficado mais branco que um aspargo cozido. Ballester me olhou com um ódio súbito e denso. Só disse quatro palavras:

— *El botifler de Beceit.*

A minha querida e horrenda Waltraud não se lembra mais de Ballester. Mas não faz nem um capítulo que ele apareceu! Estou falando daquele jovem fanático, o miquelete capturado pelos bourbonistas, um sujeitinho tão animal que com certeza adoraria assoar as melecas com minhas duas orelhas.

As palavras de Ballester deram a farra por encerrada. Aqueles doze apóstolos do primitivismo viraram as cabeças ao mesmo tempo na minha direção. Eu estava sem fala. Em condições normais os sentidos de Bazoches teriam me advertido da presença de Ballester antes mesmo de entrar na casa de adobe. Mas minha renúncia à engenharia, e minha ansiedade de conseguir escolta, fizeram de mim uma vulgar toupeira. Senti tanto medo quanto vergonha.

Ballester puxou uma adaga enorme e muito, muito afiada, certamente a mesma que tinha usado para degolar o capitão espanhol em Beceite. Quis fugir, mas não cheguei nem à metade do caminho da porta. Quatro braços me obrigaram a ajoelhar-me e Ballester se colocou às minhas costas. Quando já buscava a minha jugular com a ponta da adaga, gritei:

— Espere! Tenho uma coisa para você!

Se vocês estiverem alguma vez numa situação parecida, ouçam o que lhes digo: não percam tempo com tolices e usem as palavras mais suculentas:

— Tenho um tesouro! — gritei meio sufocado pelo terror e o ferro no meu pescoço. — Bem perto daqui!

Saímos juntos os treze, eu com o queixo para cima por culpa de uma faca que o projetava rumo ao céu. O velho continuava cavando a cova para a mula. Minhas lágrimas escorriam.

— Facilite as coisas — disse Ballester. — Fale rápido, e assim poderá escolher como vai morrer.

— Minha carroça! — disse eu, apontando para lá. — Ali vão encontrar uma coisa do seu interesse. Juro por Cristo que é verdade!

Três homens de Ballester subiram na plataforma. O velho cavava e murmurava sandices, alheio a tudo que não fosse a mula morta. Estava tão desligado que não tomava conhecimento absolutamente de nada.

Os homens de Ballester encontraram o baú debaixo das cobertas.

— Quinhentos fuzis! — gritou um deles, eufórico, jogando um punhado de moedas para Ballester. — Com isso podemos comprar quinhentos fuzis!

— Roubei dos porcos bourbonistas! — exclamei, tentando tirar proveito da sua alegria. — Sou um grande patriota que só pensa em lutar contra Felipito e seu avô!

Enquanto eles se deleitavam com aquela fortuna caída do céu, inventei uma história bem arrevesada. Eu era um espião da Generalitat, sabotador do mal bourbonista e defensor da casa austríaca. Atacando-me, eles cometiam um erro e um delito. Minha missão secreta incluía chegar com a carga a Barcelona, onde os ministros da

Generalitat me esperavam. Até ofereci que eles me escoltassem. Se fizessem bem o serviço, era possível que obtivessem um generoso pagamento. Ballester me derrubou com um murro.

— Enforquem-no — sentenciou.

Gemi em altos brados. Chorei, chorei e implorei; soltei-me dos meus captores e me ajoelhei na frente de Ballester. Toda a minha família tinha morrido, disse, eu era o único filho vivo do meu santo pai. Um homem pobre, pacífico, honesto e patriota.

Implorar compaixão aos executores parece uma coisa completamente inútil. Mas, então, por que a humanidade a pratica desde que existe essa submissão humilhante? Pois vou lhes dizer: porque funciona.

— Senhor! — implorei. — Quero lembrar que em Beceite só não o enforcaram de imediato por causa das minhas palavras indulgentes! Essas horas a mais de tolerância permitiram que seus homens voltassem para resgatá-lo. E agora me paga assim! A quem lhe deu a vida, o senhor dá a morte!

Ballester cuspiu em frente ao meu nariz, que tocava o chão.

— Está bem, o seu baú alegrou meu dia — disse ele. — Vá embora daqui. Não vou me dignar a sujar minhas mãos com você.

Tinha uma fonética seca, ainda ouço essas palavras como pedradas:

— *Fot o camp, gos.* (Fora daqui, cão.)

Então me despiram, embora minha roupa não valesse coisa nenhuma. Acho que o ato de despir o inimigo indultado tinha algo de simbólico para os miqueletes. Eles se apropriaram até dos meus calções, tingidos de terra e merda depois de vinte dias de trincheira aberta. Instintivamente, levei as mãos à genitália. Dei meia-volta e fugi com a bunda de fora, perseguido por suas gargalhadas.

— Ei, escute! — gritou Ballester quando eu já estava me afastando. — Você sabe escrever? — de repente me tratava com interesse.

Parei com as mãos ainda na virilha e, virando-me, balbuciei:

— Sim, quer dizer, claro que sim. Em vários idiomas.

Fez um gesto indicando-me que voltasse a me aproximar dele e dos seus. Obedeci, que remédio. Ordenou aos seus homens que arrancassem uma tábua da minha carroça. Colocou-a nas minhas mãos, junto com um ferro de ponta fina, e disse:

— Grave aqui: "SOU UM CÃO *BOTIFLERO*." Em francês e em espanhol.

— Posso perguntar — sussurrei engolindo saliva e com a voz entrecortada — para que precisa dessa inscrição?

— Porque mudei de ideia — disse com toda a gentileza. — Já que você sabe escrever, vou enforcá-lo, e quero que todo mundo saiba o motivo. Vou pendurar esta tábua no peito do seu cadáver, com uma corda cruzando o seu pescoço.

O punção e a madeira caíram das minhas mãos. Implorei, gemi, chorei muito, outra vez ajoelhado. Ballester olhou para o céu e suspirou, como se estivesse refletindo. Pensei que o havia enternecido, mas o que ele disse foi:

— Sabe latim? Escreva também em latim.

Eu gravava sem parar de soluçar e implorar, enquanto os miqueletes de Ballester rolavam de rir.

— Vamos, rapaz! — disseram alegremente quando acabei meu trabalho.

Amarraram minhas mãos nas costas e me pegaram pelos sovacos. A maior árvore que havia por ali era uma figueira. Alguém pendurou a tábua no meu pescoço. O velho lunático começou a gritar de dentro da cova que ainda estava cavando:

— Tantos homenzarrões juntos, e ninguém que ajude um pobre velho!

Um miquelete quis passar a corda por um galho alto, mas estava tão bêbado que não conseguia, tropeçava e caía de bruços. Mais risadas.

— Sabem como tem que ser fundo o buraco para caber uma mula? — continuava o velho. — E eu trabalhando debaixo do sol, com este calor. Mau negócio o meu!

Só podem matar a gente uma vez, e nesse dia meus executores eram uns bêbados incompetentes. Finalmente conseguiram passar a corda pelo galho mais alto e grosso da figueira. Puseram o laço no meu pescoço e dois brutamontes puxaram para baixo a outra ponta da corda, sem muita cerimônia.

— Eu sei que vocês são bons meninos! Pagam bem, e para os pobres que passam por aqui a escolta é grátis. Mas eu também sou pobre, velho, e estou cansado! E esta mula morta é muito gorda!

Subi dois metros. O puxão projetou minha língua para fora. Você só sabe como é larga a sua língua quando o enforcam. A corda faz o sangue da cabeça se concentrar, avermelhando o rosto. Nu, mijei um jatinho parabólico. O festival de risadas fez alguns deles rolarem no chão.

Estavam tão bêbados que ninguém pensou na fama de traidoras das figueiras. Seus galhos tendem a se partir, e quando eu já estava lá no alto a árvore quebrou fazendo um rangido seco. Caí no chão com um estrondo de ossos, madeira e folhagem áspera.

As gargalhadas deviam ser ouvidas até em Tortosa. Então, simplesmente deram meia-volta e foram embora. Os miqueletes eram assim.

— *Figa tova! Figa tova!* — caçoavam enquanto se afastavam em seus cavalos levando, é claro, minha carroça e o baú de pagamento.

(*Figa tova* é intraduzível. Em catalão *figa*, que é feminino, significa "figo", e *tova*, "mole". Mas as duas palavras juntas são uma forma de insultar uma menina indolente e sabichona. Como você, por exemplo).

— Ei, folgazão! — gritou o velho surdo e lesado. — Em vez de ficar aí deitado poderia me dar uma força.

Vidi

1

Certo, admitamos que minha volta ao lar foi um pouquinho menos gloriosa que a de Ulisses. Os únicos trajes que pude arranjar foram uns farrapos de esmoler. E foi assim que voltei a Barcelona, depois de quatro longos anos. Derrotado pela guerra, perplexo em minha miséria. E o pior: com um quinto Ponto em meu antebraço que não merecia.

Mas vamos esquecer por um momento a tragédia de Zuvi *Pernalonga*. Eu estava voltando à minha cidade natal, a velha Barcelona. Aos seus barulhos, cheiros e becos. Seu porto, seus desmandos. A cidade me parecia um invento das minhas lembranças, mais longínqua que minha mãe. Minha cabeça só guardava as recordações de uma criança (não esqueçam que saí de casa muito novinho), e voltava a Barcelona dotado de sentidos nada corriqueiros, potencializados por Bazoches. Tudo era novo, de certo modo, já que as minhas percepções e o passar do tempo me ofereciam a mesma paisagem que a um estrangeiro.

Agora eu deveria me estender numa argumentação descritiva sobre a Barcelona do começo do século. Seria muito chato. Como tenho um mapa da época, anexo-o aqui e resolvido.

Nesta lâmina não aparecem as muralhas. Muito oportuno, considerando o meu estado de ânimo naquele momento, porque a última coisa que eu queria era voltar a pensar como engenheiro. E em Bazoches, em Jeanne, no "você não é apto" de Vauban. Na Palavra.

Como podem ver, a cidade era dividida por uma grande avenida, as Ramblas. A aglomeração urbana era muito mais densa à direita das Ramblas. À esquerda se multiplicavam as hortas, algo muito útil em caso de assédio.

Eu tinha deixado Barcelona ainda criança e regressava homem-feito. Fracassado, mas homem. E esta voz que lhes fala garante que não conheceu porto mais frívolo nem cidade habitada por mais estrangeiros. Nem na América! Eles vinham, ficavam e suas origens se fundiam na multidão. Quando decidiam se instalar catalanizavam os sobrenomes, para disfarçar; assim não se sabia se seu berço era na Itália, na França, em Castela ou em outros lugares muito mais exóticos. Aliás, ao contrário da obsessão castelhana pelo sangue livre de mourismos e judaísmos, os catalães não ligavam a mínima para a origem dos seus vizinhos. Se tivessem dinheiro para gastar, fossem mais ou menos simpáticos e não chateassem ninguém com bobagens religiosas, ninguém importunava os recém-chegados. Esse ambiente, tão passivamente receptivo, fazia as pessoas se metamorfosearem em menos de uma geração. Meu pai era um exemplo disso.

Graças à herança católica, um de cada dois dias do calendário era festivo. (O papado deve ter algo de bom para dispor de tantos acólitos no mundo todo.) Essas datas se somavam a dezenas de outras efemérides mais ou menos improvisadas, como dias de graça porque o rei tinha recuperado a saúde, ou porque Santa Eulália havia aparecido para um bêbado cego. Mas não se iludam. Os catalães fomentavam as festas só porque compreendiam que o ócio é um grande negócio.

Os festejos, tão abundantes no calendário, causavam despesas monumentais. As feiras e carnavais de Barcelona eram conhecidos universalmente. Os carnavais! Os aristocratas castelhanos, sempre tão castos, voltavam escandalizados de suas visitas à cidade. Ricos e pobres na rua, homens e mulheres misturados numa turba e dançando até altas horas da madrugada. Intolerável. Para o nobre de Castela, a roupa só podia ter uma cor: o negro rigoroso. Quando estive em Madri, em 1710, fiquei surpreso com o negrume dos seus aristocratas. Em Barcelona era o contrário. Importavam-se mais de trezentas espécies de tecidos; quanto mais dinheiro, mais cores na roupa, e vamos dançar.

O porto sempre estava abarrotado com um movimento constante de mercadorias. Só de gengibre podiam-se encontrar doze variedades diferentes. Quando eu era pequeno, um dia meu pai me deu uma surra porque voltei do mercado com um tipo de arroz diferente daquele que tinha me pedido. Era compreensível que me confundisse: havia quarenta e três tipos diferentes, ao alcance de todos os bolsos.

Em poucos lugares vi fumarem tanto como em Barcelona. Nas lojas podiam-se encontrar mais variedades de tabaco que de arroz. Por mais saudável que fosse, o hábito de fumar se espalhou tanto que o bispo teve que ditar uma ordem, num desses decretos eclesiásticos, proibindo que os padres fumassem, pelo menos durante os ofícios!

Na Barcelona anterior a 1714, sempre se tinha a impressão de que a cidade era regida por uma espécie de caos libertino, tolerante e opulento. O povo se matava de tanto trabalhar, e ao mesmo tempo morria de diversão. A regra era que o governo da Generalitat se abstivesse de interferir nas insubordinações populares. Darei um exemplo: as *pedradas*.

Os limites entre o folguedo popular e a violência coletiva sempre foram mais finos que um fio de cabelo. Na infância do meu pai, as pedradas eram a grande mania dos universitários de Barcelona. Em essência, a coisa consistia num duelo entre dois grupos, cada um composto por mais de uma centena de participantes. Reuniam-se em algum terreno espaçoso, uns em frente aos outros, e após um sinal convencionado começavam a se apedrejar. Milhares de pedradas e, podendo ser na cabeça do opositor, melhor. Talvez vocês se perguntem que normas regiam tão nobre prática. A resposta é muito simples: não havia normas. O grupo que no final fugia espavorido era considerado derrotado; e o que permanecia no campo, vencedor. Como é natural, o combate acabava com dezenas de feridos, gente esfolada para toda a vida e até mortos.

Os padres mais choramingões clamavam contra a rudeza das pedradas. Não seria possível, ao menos, adoçar a competição substituindo as pedras por laranjas? Ante a insistência, os universitários deram uma resposta bem típica dos catalães: concordar sem acatar. No começo do combate cívico usavam laranjas, sim, até que se acabavam. Então continuavam com as pedras. A Igreja teve que engolir os sermões porque as pedradas eram uma diversão extremamente popular, geravam público, apostas e partidários. E todo mundo conhece o caráter jocoso dos estudantes: com muita frequência, quando havia uma multidão atenta, os dois grupos se uniam em vez de se atacarem, bombardeando os incautos espectadores em meio a gargalhadas.

Com a desculpa das pedradas, às vezes os estudantes escolhiam os arredores da universidade como campo de honra. Então os dois grupos rivais se aliavam, subitamente fraternos, e deixavam o prédio em pandarecos, por fora e por dentro. As aulas eram suspensas até que o mobiliário fosse reposto, e vejam só que coincidência, sempre havia pedradas na universidade logo antes dos exames. Não é de se estranhar que meu pai tenha me mandado para a França; como eu era atirado, e com meu caráter bagunceiro, ele não tinha a menor dúvida de que eu estaria na primeira fila dos apedrejadores, não importa em que grupo, e acabaria com o crânio rachado. De todo modo, na minha infância as pedradas já estavam em franca decadência. Mas tenho certeza de uma coisa: se Cristo conseguiu salvar a santa prostituta da lapidação, foi só porque não havia universitários barcelonenses na Judeia.

E, falando em putas, um dos defeitos da Barcelona da época, e prova da perfídia insondável dos felpudos pretos (os bispos, para a plebe, por causa da cor da batina), é que os bordéis estavam rigorosamente proibidos. Até nas hospedarias e tabernas havia uma vigilância especial, sempre em busca de mulheres suspeitas. A meu ver, essa perseguição desmesurada às pobres fulanas era uma espécie de concessão aos felpudos pretos por parte dos felpudos vermelhos (os governantes, no jargão popular, por causa da tradicional cor grená da toga dos magistrados catalães). Como os ricos e poderosos eram os primeiros a ignorar os sermões da cúria contra o jogo e o luxo, o governo deu à Igreja a satisfação de reprimir, pelo menos, as pobres e indefesas putas.

Isso não quer dizer que não houvesse rameiras. Claro que havia! Nas cidades com bordéis, as fulanas estão dentro deles e de lá não saem; nas cidades sem bordéis, elas se espalham em toda parte e a toda hora. Abolida a velha profissão de alcoviteira, as candidatas ao ofício inventavam mil subterfúgios para exercê-lo às escondidas.

Enfim, eu estava dizendo que vagava pelas ruas, juntando coragem para me dirigir à minha casa, quando ouvi tambores se aproximando. A multidão apertada nas Ramblas se ajoelhou.

As novidades da queda de Tortosa haviam chegado à cidade antes de mim. Em ocasiões assim, os barcelonenses costumavam levar em procissão a sua relíquia mais sagrada: o estandarte de Santa

Eulàlia. E, aqui, permitam-me algumas palavras, porque a sacrossanta bandeira dos barcelonenses bem as merece.

Como pendão não era nada do outro mundo. Mas era, isso sim, muito diferente de qualquer insígnia moderna. Toda a bandeira, um grande retângulo de seda, era o retrato de uma moça jovem, com o corpo roxo e olhos tristes. Havia algo de irremediavelmente pagão naquela imagem. O mais pregnante era a melancolia dos olhos.

A tradição ditava que os reis catalães entregassem a bandeira, com as próprias mãos, ao seu primogênito e sucessor. Dizia-se que as tropas que a hasteavam nunca eram vencidas. (Mentira, digo eu: na história catalã há dez surras para cada vitória.) Em todo caso, o fato é que a bandeira de Santa Eulàlia despertava uma devoção que ia muito além do militar. Quando ela passava, os barcelonenses se benziam de joelhos e pediam amparo e bênçãos. E, se me permitem um pensamento, direi que toda essa reverência pouco tinha a ver com a religião. Porque aquela insígnia era muito mais que uma santa, era a representação da própria cidade.

Eu não me ajoelhei. E não por ser descrente, mas porque aquela jovem de cor roxa me lembrou a do sonho que o Mystère me havia induzido. A bandeira avançava secundada por tambores que repicavam o luto pela queda de Tortosa, e quando cruzou comigo foi como se me perguntasse algo com os olhos.

Martí Zuviría não falava com bandeiras, naturalmente, mas a sensação de me encontrar com uma criatura do outro mundo, embora tão real como um velho amigo, foi tão vívida que fiquei ali, em pé e de boca aberta. Pois bem, imagino que agora vocês devem estar se perguntando a mesma coisa que a minha chata e horrenda Waltraud: "E o que a garota roxa perguntou?" Pois vou lhes dizer: não usou palavras, da mesma forma que uma donzela não necessita delas para pedir que a protejam.

Como todos à minha volta estavam de joelhos e a minha pessoa em pé, era fácil distinguir-me de longe. Alguém gritou meu nome. Era Peret. Acho que já me referi ao velho Peret, aquele despojo humano que cuidou de mim quando perdi a minha mãe. Ele me reconheceu, e quando Santa Eulàlia se afastou um pouco, pulou na minha direção. Continuava sendo um velhote sentimental, e quando lhe pedi que parasse de chorar sua resposta me deixou atônito:

— Estou chorando por você. Ou será que não recebeu minhas últimas cartas?

Não, não tinham chegado. Minha vida estivera tão agitada que as missivas se perderam no limbo dos caminhos. Peret não conteve a notícia:

— Seu santo pai morreu.

E, para minha incredulidade, para meu desespero, me informou que eu era outro. Não era moderadamente rico, e sim pobre. Não morava na minha casa, como pensava, mas em lugar nenhum. Porque não era mais filho de um comerciante barcelonês: eu era um órfão. Meu pai tinha morrido de repente. Pouco antes se casara com uma viúva napolitana, que na certa tinha conhecido em alguma de suas viagens comerciais. Uma vez morto, ela e seus filhos não tiveram nenhuma dúvida em se instalar na minha casa. A dela, na realidade.

Durante os dias seguintes minha estupefação deu lugar à indignação. Ameacei os usurpadores de persegui-los legalmente até o fim dos tempos. Pois bem, foi mais ou menos isto que aconteceu: nos anos seguintes gastei tudo o que pude ganhar com o melhor advogado da cidade, um tal de Rafael Casanova. Sim, um sujeito esplêndido quando se tratava de lutar nos tribunais. Já passaram oitenta anos, e ainda estou esperando o julgamento.

Se as cargas de cavalaria fossem tão velozes, hoje o mundo estaria com gente demais.

2

Peret, o velho criado do meu pai, me recebeu em sua guarida, próximo ao porto. Depois de atravessar a porta era preciso descer três degraus, e nessas profundidades os ratos se achavam no direito de disputar a posse do terreno. Tratava-se de um semiporão cujas únicas janelas eram umas aberturas no nível da rua, umas frestas retangulares por onde víamos os sapatos dos passantes. Tínhamos dois aposentos: um servia de dormitório e o outro de sala de jantar, cozinha, banheiro e o que mais fosse necessário. As manchas de umidade chegavam até a metade da parede, criando formas grotescas.

Peret, então, teve piedade de mim. Apesar de sua miséria, ainda me dava umas moedas, o bastante para me embebedar com o álcool mais barato das pocilgas mais pestilentas. Eu era o engenheiro mais infeliz do mundo.

Uma vez adquirida a racionalidade de Bazoches, era ela que me dominava até nos sonhos. Com muita frequência eu queria me libertar desse domínio da realidade. Não ouvir até o último acorde da música, ruim, dos violinistas que pisoteavam uma mesa entoando canções vulgares. Ou os alaridos de soldados que chegavam de meio mundo. Aquelas risadas que, sem necessidade de palavras, eu sabia se pertenciam a alemães, ingleses, portugueses ou catalães. Os gritos dos bêbados, a fumaça de cachimbos e charutos que enegreciam tetos abobadados. Eu adoraria não ver a luz das quinhentas velas da taberna gotejando claro-escuros. Gente rindo, bebendo e dançando. O estrondo da diversão humana, que apesar de mim mesmo me afastava dessa mesma condição humana.

Sim, a dor, esse tipo de dor. O meu último encontro com Vauban me torturava. "A resposta é uma única palavra", dissera o marquês. Uma palavra, minha juventude dilapidada por essa Palavra. Mas qual?, qual? Uma noite atrás da outra, eu me entregava ao desespero. Em mesas isoladas e solitárias esvaziava as jarras com um gole só, uma atrás da outra. A Palavra, que palavra? Voltei a pensar em todas. Desde "sapador" até "amor". Não, não era isso. Bebia tanto que as volutas de fumaça dos fumantes, que subiam ao teto formando meandros, me faziam pensar no percurso de trincheiras de ataque. Com muita frequência, bêbado, eu me aproximava desses fumantes e os agredia com uma cabeçada nos seus dentes. Levei inumeráveis surras de porrete, todas merecidíssimas. Expulso de antros sem nome, eu jazia nas ruas sujas e estreitas de Barcelona, essa Babilônia moderna.

Beber para fugir do mundo, beber para abandonar o corpo. Bebamos, bebamos todos, insetos da diminuta circunferência deste nosso universo! Bebamos até que os nossos vômitos se tornem fiéis como cães! Mesmo assim, como me desfazer dos meus Pontos? Nos piores momentos eu despia o braço direito, via essas delicadas formas geométricas e chorava. Minha desgraça estava inscrita na minha pele.

O que Jeanne estaria fazendo? Qualquer coisa menos pensar em Martí Zuviría. E eu não podia recriminá-la. Deveria ter dito a ela: "Amo você mais que a engenharia." Não o fiz, e perdi as duas.

* * *

Um dia estava perambulando pelas ruas, tomando goles de uma garrafa. Parei para comprar uma folha de couve recheada com carne frita num vendedor ambulante, e enquanto regateava vi um rosto impossível de esquecer. Era a última numa fila de mulheres, numa fonte.

Um dos grandes inventos da civilização são as fontes públicas. Nelas as mulheres podem exibir seus encantos enquanto fazem fila, e os rapazes conhecê-las com a desculpa galante de carregar a água. E adivinhem quem esperava sua vez para encher um cântaro de bom tamanho? Pois é, ela, a minha velha amiga Amelis.

Deu-me uma olhada de pombinha encurralada. Muito fugaz, mas que um raio me parta se não demonstrava certo interesse pela postura resoluta de Martí Zuviría. Era preferível não mencionar o episódio de Beceite. Eu me ofereci para levar o cântaro, e o fato é que não recusou. Uma galanteria e uma desculpa perfeita para puxar conversa. Ou para retomar aquela que tivemos no bosque de pinheiros antes que ela desaparecesse na noite. Não tínhamos dado nem dez passos quando senti que alguém levantava as abas da minha casaca em busca da sacola.

Poderia atribuir minha sensibilidade à especial percepção de que me imbuíram em Bazoches, mas a verdade é que nem precisei fazer uso dela. Havia um tempo que estava detectando outro par de velhos conhecidos rondando por ali: Nan e Anfán.

Afinal de contas, tinham conseguido chegar a Barcelona. O menino com a mesma juba indescritivelmente suja; o anão com o funil encasquetado. Os dois observavam os passantes como dois abutres em miniatura. Como eu já estava de sobreaviso, entreguei o cântaro a Amelis e os peguei de surpresa, pelos colarinhos. Na verdade era como se o tempo não tivesse passado, como se os dois continuassem fugindo de mim pelos meandros de uma trincheira.

— Acabou-se! — proclamei. — Agora sim peguei vocês.

Eles começaram a gemer e a gritar como se o agressor fosse eu.

— Vamos, solte-os — pediu Amelis. — São uns pirralhos.

— Rá! — achei graça. — Você não sabe do que estes dois são capazes. Vou entregá-los à primeira patrulha que passar.

— Você não pode fazer isso — minha beleza morena os defendia. — Vão levar vinte chibatadas, e com ossos tão finos com certeza não saem vivos.

Dei de ombros.

— Eu não faço as leis, eu as cumpro. — Não me saía da cabeça o litígio com os italianos sobre o apartamento do meu pai. — E se um sujeito honesto como eu come o pão que o diabo amassou, não vejo por que deveria ser indulgente com uns ladrões incorrigíveis.

Anfán se agarrou em meus tornozelos, chorando e implorando. Ao ver que a garota o defendia, começou a chorar ainda mais alto. Como sou o maior farsante do século, reconheço imediatamente os da minha índole. E é preciso dizer que o garoto levava jeito. Mas não me convenceu.

— Vamos andando, bebê de trincheira!

Amelis me pegou pelo cotovelo.

— Você não pode tratar assim duas crianças tão pequenas!

Tudo bem que as mulheres sejam compassivas, mas aquela parecia a Virgem dos Desamparados.

— Por favor!

Só lhe respondi "sinto muito, *maca*"; livrei-me dela e segui em frente com um ladrão em cada mão, pendurados feito duas trutas. Só não esperava que ela cortasse a minha passagem. Ficou parada na minha frente de braços cruzados.

— Solte-os — disse, e num tom peremptório acrescentou: — Tudo bem, o que você quer?

A verdade é que fiquei um pouco desconcertado. Captei a sugestão, o que não a tornava mais compreensível. Observei-a ainda mais fixamente.

Havia um ponto de tristeza irremediável em suas feições. Mas ninguém é tão generoso. Por que se prestava a isso? Pouco importava. Ela era bonita demais e eu sujo demais para recusar. Soltei os dois.

— Da próxima vez me encarregarei de que os enforquem! — gritei. — Vocês vão ficar com os pescoços mais compridos que um ganso. Entendido?

Antes que eu terminasse a bronca os dois já tinham dobrado três esquinas. Então me dirigi a ela:

— Aonde vamos?

* * *

Levou-me para o bairro da Ribera, um dos mais insalubres e populosos de toda Barcelona, o que não é pouco. Blocos de edifícios cinzentos de três, quatro e até cinco andares, e ruelas tão estreitas que impediam que a luz do sol chegasse ao chão. O lugar estava incrivelmente cheio de gente e animais. Cachorros soltos, galinhas criadas em varandas, cabras leiteiras amarradas em argolas nas paredes, *bééée*. Alguns vizinhos pareciam relativamente satisfeitos, fumavam e jogavam dados nos portais, usando como mesa um barril. Outros eram cadáveres ambulantes. Reparei num que parecia São Simeão, o

Estilita, com a diferença de que São Simeão passou trinta anos em cima de uma atalaia e esse no mínimo o dobro, e ainda por cima se alimentando com cocô de pardal. Para que os passantes se compadecessem, abria a camisa e mostrava umas costelas tão marcadas que pareciam patas de caranguejo. Estendeu uma mão pedinchona.

— *Per l'amor de Déu, per l'amor de Déu.*

A maioria dos edifícios já deviam ser velhos quando o imperador Augusto passeava por ali. Entramos num qualquer, talvez ainda mais sórdido que os outros. Subimos pelas escadas até uma porta do segundo andar.

Entramos. Olhei em volta. Um aposento único e diminuto. Só havia uma janela. A rua era tão estreita que esticando a mão quase se podia tocar no edifício em frente. No fundo do aposento, um enxergão sem base. Ao lado, um morrinho de cera com velas em cima. Imaginei que a princípio colocavam as velas no chão, e à medida que estas foram se consumindo a própria massa de cera acumulada se transformou em suporte para as seguintes. O resto do mobiliário era composto por um tamborete perto da porta e uma bacia com água, sobre a qual Amelis se acocorou para lavar-se. Mais nada.

— É aqui que você mora? — perguntei enquanto ela se despia.

— Não moro em lugar nenhum.

No meio daquela orfandade se destacava ainda mais, no fundo do lugar, uma caixinha de madeira nobre, tão miúda que mal caberiam nela um par de sapatos. Intrigado com aquele objeto solitário, fui até lá e, sendo Zuvi tão impertinente, levantei a tampa. Pois bem, quando se abriu a caixa emitiu uma musiquinha alegre e ao mesmo tempo maquinal. Dei meio passo para trás, como um gato escaldado. E me senti como um desses selvagens ignorantes, porque era a primeira vez que via um *carillon à musique*.

— O que está fazendo? — protestou ela.

Estivera distraída tirando a roupa, e ao ver minha intrusão se apoderou da caixa de música. Nua, tentava protegê-la com o corpo, afastando-a de mim. Acho que nem ela mesma tinha consciência da beleza dessa imagem: uma mulher tão bonita, protegendo aquele depósito musical.

Ao fechar a tampa, a música se desvanecia.

— Eu não conhecia esse novo invento — desculpei-me.

Ela voltou a abrir a tampa e, enquanto a melodia mecânica se espalhava pelo ar, disse:

— Depressa. Você tem tempo até a música acabar.

Bem, então vamos ao que interessa. Eu tinha ido trepar com ela e foi o que fiz. Pelo visto, era muitíssimo mais ofensivo para ela que eu me apropriasse da caixa de música que do seu corpo. Houve um único momento em que pareceu gentil. Foi quando disse:

— Espere.

Pegou minha roupa embolada e a deixou no tamborete, para que não se sujasse em contato com aquele chão imundo. Imediatamente voltamos à carga e ela começou a soltar uns bramidos de bruxa na fogueira.

Com as mulheres sempre segui a estratégia de Vauban em relação às cidades: atacá-las sem pressa. E acreditem que com esse butim à vista era difícil conter o assalto. Mas então a cançãozinha chegou ao fim e ela me separou do seu corpo.

— Eu cumpri o que prometi, você está satisfeito e os meninos, vivos — disse com os olhos fixos no teto. — Fora.

Não havia mais nada a dizer. Peguei minha roupa e o chapéu no tamborete, vesti-me e desci as escadas sem me despedir. Uma vez na rua, voltei a cruzar com o profeta semimorto. Ainda estendia a mão com a mesma ladainha:

— *Per l'amor de Déu, per l'amor de Déu...*

Depois de uma boa trepada todo mundo fica de bom humor, e por isso parei para dar-lhe umas moedas. Procurei nos bolsos. E sabem o quê? Minha bolsa tinha desaparecido.

Mas que puta!

Voltei a subir as escadas feito uma fera. Como eu tinha me deixado ludibriar de uma forma tão tosca, tão de manual...? Eu, a minha infame pessoa, que poucos instantes antes me sentia culpado por tê-la levado para a cama! Estava mais indignado com o engano que com o prejuízo. O que diriam de mim os irmãos Ducroix? No entanto, quando entrei no quarto, parei de chofre.

Em cima da garota, no enxergão, estava um animal, um sujeitinho que lhe dava socos com a direita e com a esquerda. E que surra. Ela estava presa entre suas pernas, e gritava sem escapatória possível. Não é que o homem tivesse costas muito largas, mas seus braços de lenhador pareciam duas maças. Nesse ritmo a mataria num instante. Não era um cliente, como demonstrava o fato de que a caixa de música estava fechada.

— Ei! — exclamei num ato reflexo. — O que está fazendo?

O sujeito, que estava de costas para a porta, virou-se e me olhou. Um ogro, um ogro caolho. Até esse momento eu achava que os ciclopes viviam nas ilhas do Egeu.

— O que você acha? — latiu, olhando-me com seu único olho. — Estou lhe dando um banho de água de rosas, se você quiser! Está esperando a sua vez? Fora daqui, imbecil!

Eu ia me deixar intimidar por aquele proxeneta, um valentão tabaréu simplório e caolho, por mais grandalhão que fosse? Claro que sim. Esqueci a bolsa e corri escada abaixo. Que desperdício, pensei.

O que aconteceu depois é mais difícil de entender. Eu já estava no último lance da escada quando entrou uma velhinha venerável. Trazia um cântaro muito parecido com o que eu me oferecera antes a Amelis para levar.

— Pode deixar, boa mulher, pode deixar — disse-lhe com uma amabilidade refinada. — Eu levo.

Entrei no quarto com o cântaro que, aliás, pesava uma barbaridade. Não me perguntem por que voltei, porque não sei. Não sou um cavaleiro andante, e ela era uma ladra vadia.

O ogro caolho continuava soltando porrada. Não é que eu seja muito compassivo, mas vocês tinham que ouvir como gritava. Por mais que se contorcesse entre os lençóis, tentando arrancar com as unhas o olho que lhe restava, com três murros mais ele a matava.

Eu estava ali, e ela, e o ogro. E o cântaro cheio d'água nas minhas mãos. E, não menos importante: o ogro estava de costas. Levantei o cântaro acima da minha cabeça e o joguei com toda a força no seu pescoço.

O ogro caiu de lado, banhado em litros de água e sangue. Seu corpo volumoso fez um barulho que parecia um desmoronamento de pedras. Rolou no chão até ficar de barriga para cima. Ela também estava encharcada de sangue e água. Dava pena vê-la, com os lábios partidos e as mãos tremendo.

Então aconteceu a conversa mais doce da minha vida.

Eu:

— Você tem algum objeto pesado?

Ela, abraçando as pernas e ainda furiosa, como se continuasse lutando contra o ciclope:

— Por acaso eu tenho pinta de estivadora do porto?

Eu, sarcástico:

— Seu amiguinho está acordando, e se eu não fizer alguma coisa ele vai nos cortar em tiras feito dois repolhos.

Ela, apontando para as quatro velas:

— Isso aí, idiota!

Eu, ainda mais indignado:

— Isso é um monte de cera! Quer que o faça engolir para ter uma indigestão?

Ela, ainda abraçando os joelhos, olhando para o teto como alguém que não tem mais remédio que aturar um completo imbecil:

— Nãoo... não é só cera. Segure!

A massa de cera derretida ocultava uma bala de canhão. Sabe-se lá se era do bombardeio da frota francesa de 1691, do assédio de 1697, dos combates que se seguiram ao desembarque dos Aliados em 1705 ou de alguma outra batalha. Algum engraçadinho a levara para lá e começou a usá-la como suporte para as velas. A cera derretida foi envolvendo a bala como uma cascata sólida até deixá-la irreconhecível.

Peguei o projétil de ferro com as duas mãos e me aproximei do ogro caolho. Ele estava com o pescoço dobrado, a cabeça paralela à parede.

Eu:

— Gire o pescoço! Não vê que não tenho ângulo de tiro?

— Não tem o quê?

— Gire o pescoço dele!

Do colchão, Amelis pegou o ogro pelos cabelos e puxou. Pus uma perna de cada lado do corpo caído e levantei a bala de canhão acima da minha cabeça. Nesse instante ele abriu o olho que lhe restava.

— Espere! — gritou Amelis.

Agora estava com pena? Apontou para a bomba.

— E se explodir?

Ainda meio paralisado, o ogro entendeu o que estava acontecendo. Com uma das mãos segurou o meu tornozelo, o olho vivo mais aberto que nunca.

Bem, sua última visão do mundo foi um projétil de calibre vinte e quatro caindo bem em cima da sua cara. Por mais que digam os estrategistas, a melhor tática sempre será uma boa porrada pelas costas.

Esfreguei as mãos para tirar a cera.

— Pronto! Foi a cabeça dele que explodiu muito bem.

Na cama, Amelis olhou para o ogro morto, depois me olhou e disse:

— Você não está pretendendo deixar-me aqui com isto, não é mesmo? Se o encontrarem me matam!

Eu salvo a vida dela e ainda me pede que limpe o chão. Mulheres!

— Eu não voltei para conhecer as suas amizades — disse-lhe. — Minha bolsa — acrescentei estendendo a mão para que me devolvesse o que era meu.

Ela riu e me disse que não havia nenhuma bolsa. Eu podia procurar à vontade, assegurou, proclamando a sua inocência, que não a encontraria. Geralmente sei quando alguém está mentindo. E ela estava tão certa de si mesma que descartei a ideia. Além do mais, naquele quarto nu não havia cantos nem esconderijos. Se ela fosse ladra, era tão boa que merecia o meu respeito.

Às vezes é preciso saber perder. Decidi ir embora. Mas, quando eu já estava na porta, ela me disse com uma voz fria:

— Espere.

Jogou na rua a água que tinha usado para lavar a xota. Limpou o sangue do rosto com um pano, vestiu-se e saímos juntos. Foi me guiando sem dizer uma palavra, arisca como sempre. E quem encontramos? Nan e Anfán, sentados nos degraus da igreja do Pi.

Quando me viram começaram a correr, mas ela deu um assobio de pastor e os dois pararam. Fomos até onde eles estavam, Amelis vasculhou as roupas de Anfán até que fez aparecer minha bolsa de couro, que me devolveu como que dizendo "não lhe devo mais nada".

Tinham planejado esse golpe do começo até o fim. Enquanto os rapazes galantes carregavam os pesados cântaros cheios de água, com os braços no alto e extasiados com a visão dessa Helena de Troia morena, Nan e Anfán limpavam seus bolsos. Se alguma coisa falhava, Amelis intercedia. Todos se rendiam às súplicas de um anjinho de dezoito anos com aquela beleza; todos, menos inescrupulosos como eu. Esses, ela levava para o quarto da Ribera. Enquanto trepavam, Nan ficava vigiando e Anfán se introduzia no aposento, silencioso como uma lagartixa, e roubava a bolsa. (Lembrem que ela pôs as minhas roupas num tamborete ao lado da entrada, muito acessível. Na certa os gritos amorosos mais altos coincidiram com a entrada de Anfán, para lhe dar cobertura.) Depois ela podia proclamar a sua santa inocência, já que o butim sumira e não havia rastros de delito. Belo trio.

* * *

O menino, o anão e Amelis ficaram no meio-porão em Raval. Era altamente recomendável que não fossem vistos no bairro da Ribera, pelo menos até que a morte do ogro caolho fosse esquecida. Pelo que chegamos a saber, afinal ele não era um proxeneta nem um criminoso do submundo, mas um aristocrata depravado que de vez em quando carregava o cântaro de Amelis, louco de paixão. Afinal se cansou de tanto que roubaram o conteúdo dos seus bolsos, e foi diretamente matá-la.

Eles vieram com a roupa do corpo, menos Amelis, que transportava nos braços sua única propriedade terrestre: aquela estranha caixa da qual saía uma música e à qual se sentia tão apegada. Era evidente que usava seu *carillon à musique* como escudo contra os dissabores da vida. Chegou cuidando daquela caixinha sagrada como se se tratasse do menino Jesus.

No começo foi um problema. Eu e Peret já estávamos apertados no meio-porão, e de repente era preciso abrigar três corpos mais. Amelis e eu compartilhávamos o único quarto. Peret e os outros dois se deitavam nuns enxergões no aposento que fazia as vezes de cozinha e sala de jantar. Peret não os suportava. Vivia me enchendo a cabeça com suas queixas, lamentos e recriminações.

O anão, por exemplo, tinha uma ideia muito singular da vida doméstica. Quando não se fazia a sua vontade, manifestava a frustração com uns urros de javali lanceado, tão agudos e frenéticos que podiam afetar até um surdo. Se mesmo assim o ignorassem, usava a própria cabeça como protesto: dava cabeçadas nas portas e paredes, rolando pela casa como um pião.

Se o anão já era excêntrico, o número de Anfán entrava na categoria do indescritível. A palavra "ladrão" não serve para definir esse garoto. Era um obsessivo, um maníaco do esbulho. A qualquer hora do dia ou da noite podia-se sentir seus dedinhos nos bolsos. Graças ao que aprendi na sala esférica, quando o via chegar já o repelia com um tapa, como se matasse uma mosca, mas o pobre Peret era surrupiado até cinco vezes por dia. Certa madrugada, acordou com uma vela colada no nariz e totalmente nu. Antes do café da manhã Anfán e Nan já tinham vendido sua roupa nas ruas.

Tentei raciocinar com o menino.

— Você não entende que enquanto estiver aqui tudo o que é nosso é seu?

— Não.

Pelo menos ele era sincero.

Como é lógico, Peret queria matá-los a pauladas. E, como era habitual, Amelis os protegia aos berros escondendo-os atrás de suas saias. A opinião de Peret era bem cristalina:

— Já que você vive com ela, tem o direito de tratá-la como sua mulher. Ponha essa garota na linha, dê uma sova nela de vez em quando!

Nosso meio-porão era um ninho de discussões. Por outro lado, eu não tinha a menor pressa de que Amelis fosse embora. Ela se recuperou logo da surra que levou. Era imensamente mais bonita que naquele dia em que a vi pela primeira vez, no estábulo de um povoado perdido. Para abreviar, digamos que, na cama, satisfazia. Dormíamos juntos, e esse fato foi se tornando uma rotina que pouco a pouco se transformou, para além do prazer, num assombro feliz e cotidiano. Amor? Não sei. Ninguém se pergunta se ama o ar que respira, e ao mesmo tempo não se pode viver sem ele. Era algo assim.

O que ela pensava na época é um mistério. Será que aprovava o seu novo estado, ou só consentia para dar um teto àqueles dois, com os quais mantinha uma relação mais de irmã mais velha que de mãe? Só posso dizer que determinada noite, antes de fazermos amor, não abriu a tampa do *carillon à musique*. E enquanto ficamos juntos nunca mais voltou a abri-la.

A questão era que os hábitos de rapina de Anfán não podiam continuar. Ou o garoto mudava ou então ficaríamos todos loucos. Nem cogitei o método das surras, por ser inútil. Pelo pouco que eu sabia da sua biografia, o garoto tinha apanhado até dizer chega. E já se via com que resultados.

As grandes mudanças começam por fora. Vauban era tão fanático por limpeza que tomava banho uma vez por semana. Eu não sou partidário de excessos, mas o fato é que Anfán e Nan nunca haviam estado mais próximos da água que duas pedras do deserto.

O pior foi quando quisemos cortar as jubas de um e tirar o funil da cabeça do outro. Nem queiram saber. Ao ver as tesouras e o alicate (que outra coisa para arrancar o tal funil?) os dois fugiram, e só apareceram na casa dois dias depois.

Afinal chegamos a um acordo com Anfán. Não tínhamos nada contra as suas tranças, mas lhe explicamos que aquelas formas retorcidas eram consequência da sujeira. Se ele lavasse, Amelis se comprometia a enrolar seu cabelo louro em tranças naturais, dezenas de tranças louras, prometemos. E muito mais bonitas. Limpo, decentemente vestido, com uma camisa branca e calças sem furos, e com tranças de um amarelo reluzente em vez de restolhos gordurentos, ele até parecia um menino, e não um grumete de barco pirata.

Em relação ao anão, tivemos que conformar-nos com que queimasse a roupa de circo e tirasse o funil um dia por mês. Tivemos que lhe jurar que enquanto lavávamos sua cabeça ele ficaria segurando o funil com as duas mãos. Eu me recuso a contar todos os bichos e purulências que encontramos lá dentro na primeira vez. Arg!

Amelis, Nan e Anfán eram um trio compacto, indissolúvel. Não se sabia direito quem havia adotado quem. Por mais que perguntasse a Anfán sobre o seu passado, era como se ele tivesse um buraco na memória. Quando o abandonaram, ou quando mataram seus pais, devia ser tão pequeno que nem se lembrava deles. Na verdade, talvez fosse mesmo melhor que não se lembrasse de nada. Não tinha consciência de outra coisa que não fosse a sua vida de resíduo flutuante, sempre à mercê da maré de invasões que se sucediam naquele corredor natural do Mediterrâneo chamado Catalunha. Seu próprio nome, sua linguagem de quartel, mistura de francês, catalão e castelhano, diziam tudo.

Uma criança sempre vai ser uma criança. Mesmo o monstrinho de Anfán. Já que lhe fora negado o amor paterno, supriu essa ausência projetando-o no anão. No fundo, o que Anfán dava a Nan era o que pedia em altos brados para ele. Eu comecei a sentir uma fraqueza pelo pirralho quando entendi isso.

Pelo que eu soube, pouco depois do final do sítio de Tortosa aqueles dois tinham topado com Amelis (as estradas de Beceite e Tortosa convergiam para Barcelona). Nós chamamos um teto de lar, quando na verdade não passa de seu envoltório último. Por baixo do teto fica o fogo comum, e na ausência de fogo, o simples e primitivo abraço. Seu lar eram eles mesmos. Prova disto era que Nan e Anfán nunca se acostumaram a dormir longe de Amelis. A qualquer hora da noite desertavam do seu enxergão e vinham para o nosso quarto. Que eu ainda estivesse dentro dela pouco lhes importava. Eles formavam redemoinhos conosco e dormiam feito gatinhos. No começo eu reclamava:

— Não poderiam ficar lá fora até nós acabarmos?

A resposta de Amelis era muito simples:

— E qual a diferença?

Minhas pautas civilizadas se chocavam com aqueles três. Eles achavam muito normal dormir todos juntos numa confusão de cotovelos e joelhos, os pés de um no rosto do outro, ou com a bochecha em cima da barriga. Uma bagunça, e a ponta do maldito funil se enfiava em qualquer lugar. Qualquer um!

Olhem, eu sei que não é muito correto fazer amor e dormir com um menino, um anão e um funil compartilhando a sua cama.

Mas o que há de se fazer.

3

Nesses dias recebemos a mais inesperada das visitas: quatro carregadores e três guarda-costas fortemente armados, que diziam vir do outro lado da fronteira norte e nos entregaram uma carta e um baú em meu nome.

A carta era do cavalheiro Bardonenche, pedindo desculpas por não ter podido me entregar o baú pessoalmente. A família Vauban lhe confiara a missão de fazer chegar às minhas mãos. Infelizmente, na fronteira os Aliados impediram sua passagem, por mais que o bondoso Bardonenche tenha repetido que pretendia visitar a linda Barcelona por motivos estritamente pessoais. "O mundo está rolando para o ocaso — lamentava-se Bardonenche —, como demonstra o fato de que hoje em dia os homens desconfiam até do inimigo." A minha querida e horrenda Waltraud se surpreende, mas garanto a vocês que na minha época, pelo menos entre militares de carreira, tais cortesias não eram absolutamente insólitas.

Pois bem, quando abrimos o baú a surpresa provocou, nesta ordem, balbucios, gritos e desmaios, porque continha nada mais, nada menos que mil e duzentas libras francesas. O marquês me legara essa quantia no seu testamento. Não vou esconder que fiquei emocionado: Vauban continuava pensando em mim mesmo do além-túmulo.

Para comemorar minha fortuna, tomei um porre tão monumental que a ressaca durou dois dias. O problema foi que aquela turma aproveitou que eu estava prostrado para dilapidar o meu tesouro: gastaram até a última moeda adquirindo uma moradia, um quarto andar no populoso bairro da Ribera. Amelis precisava da assinatura de um homem, de maneira que Peret cedeu a sua. Vocês hão de entender melhor a minha vontade de degolá-los quando eu disser que o conteúdo do baú não foi suficiente, de modo que para completar o preço tiveram que pedir um empréstimo. Naturalmente, deram um jeito de pedi-lo em meu nome, claro. Por outro lado, como um homem educado para construir ou derrubar muralhas podia amar tabiques de estuque? Não sei como aceitei que Amelis me mostrasse o nosso novo ninho.

Era uma casa plebeia com certas presunções: pinturas baratas no teto, geometrias nas paredes revestidas de gesso, três quartos e cozinha. Cheirava a gesso novo. Como de hábito, o quarto andar era o mais barato, já que para chegar era preciso subir um monte de escadas. Pelo menos, a altura ensolarava os quartos. Tínhamos um para nós, outro para Nan e Anfán, e outro para o parasita do Peret (seu pagamento por se prestar à fraude e me substituir ante os credores). A varanda dos fundos dava para o baluarte de Santa Clara. O pentágono fortificado se estendia bem aos pés da nossa varanda. Podíamos ver lá embaixo o pátio de armas do baluarte, as mudanças de guarda, tudo isso. No nosso quarto, Amelis me mostrou uma claraboia que se abria bem em cima da cama. Através do vidro podia-se ver um céu mais azul que o Mediterrâneo.

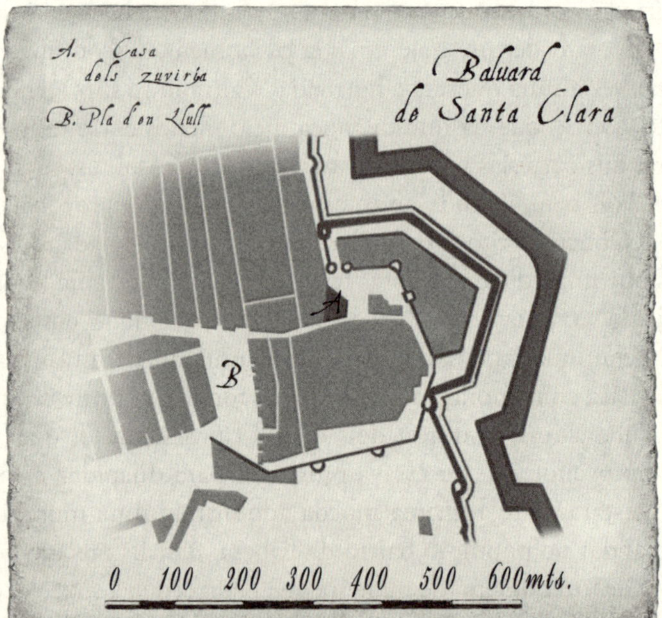

De fato, a casa se transformou num lar de verdade no dia em que Amelis pôs seu *carillon à musique* no nosso quarto. Pela claraboia os raios de sol choviam sobre os lençóis brancos, e muitas vezes ela se sentava no centro da cama, nua, escovando a longa cabeleira preta e acompanhando aquela melodia triste com um movimento dos lábios. Era uma visão tão bonita que eu ficava petrificado, e nesses momentos era melhor não interromper sua nudez ensimesmada.

Meu Deus, como a vida em comum tinha nos mudado. Antes, Amelis se valia da caixa de música para se evadir durante os sacrifícios a que a vida a submetia. Agora lhe dava outro uso; como se aquela música tão insólita, artificial e ao mesmo tempo doce, a transportasse até suas lembranças mais longínquas. Não, era mais que isso, a lembrança era a própria caixa, assim como num deserto não há fronteiras: o deserto é a fronteira.

Portanto, éramos os novos proprietários de uma moradia. O problema consistia em que o baú de Vauban continha mil e duzentas libras e o apartamento custara mil seiscentas e doze. Ou seja, em menos tempo do que se leva para curar uma ressaca tínhamos trocado o nosso estado de pobres felizmente enriquecidos pelo de proprietários felizmente pobres. E endividados. Tínhamos que pagar a dívida, e em tempos de guerra os negócios passam pela guerra.

Agora chega o momento de contar a minha aventurazinha em terras castelhanas. Como fui forçado a encarar as batalhas da campanha de 1710, como fui testemunha do auge e da queda de Karlangas no trono de Madri. Ah, sim, e como encontrei, da maneira mais impensável, o mestre que iria substituir Vauban, o último indivíduo do mundo a quem eu poderia imaginar capaz de exercer algum magistério.

Por isso mesmo, se me permitirem, farei antes uma última digressão. (A minha querida e horrenda Waltraud se opõe; ela acha que eu deveria ir direto ao ponto. Bem, pois se deu mal.)

Para me tirar das tabernas, Amelis insistiu que saíssemos da cidade, nem que fosse por um dia, com a desculpa de uma chocolatada. Podíamos alugar uma carruagem que nos levaria a dez quilômetros de Barcelona por um preço razoável. Lá havia paragens verdes, prados e vistas, e no final do dia os carros voltavam para buscar os excursionistas. E agora, deixem que lhes conte algo sobre as chocolatadas.

Uma chocolatada não implicava necessariamente que só se comesse chocolate. Segundo a índole dos participantes, ao chocolate fervido se acrescentavam produtos dos mais perversos, especialmente afrodisíacos. Os padres tinham declarado guerra às chocolatadas e não se cansavam de exortar contra aquela moda.

Como o chocolate é preto, ninguém podia ter certeza do que sua tigela continha. O cozinheiro podia ter exagerado na dose, e alguns tóxicos delirantes, ingeridos em excesso, podiam causar até a morte. Era um risco assumido. De fato, as pessoas buscavam mais a excitação do perigo que outra coisa. Porque a imensa maioria das chocolatadas não continha mais que isso, um inocente cacau fervido com açúcar. Mas como todos já iam com a suspeita, senão a convicção, de que derramavam venenos amorosos, quando alguém passava a mão na bunda da nora sempre podia jogar a culpa no chocolate. (Claro, claro, o chocolate tinha a culpa de tudo.)

Fantasia ou não, depois da segunda tigela as pessoas sentiam uma vontade louca de dançar. Ficavam em círculo, de mãos dadas, rindo e cantando. E além do mais sem decoro: homens e mulheres misturados sem distinção de idade, estado ou parentesco! Sempre havia alguns violinos amenizando a festa, e em pouco tempo começavam a desaparecer casais de dançarinos. (Adivinhem o que iam fazer.)

Para mim tanto fazia o que tivessem colocado no chocolate, eu só sofria pela minha Amelis. As carruagens nos deixaram num outeiro verde e bonito. Assim que desci comecei a ficar mal, pois no ambiente dissoluto de uma chocolatada qualquer indivíduo tentaria transar com ela. Lembro o momento exato em que os ciúmes me atacaram. Ajudei-a a descer do veículo segurando-a pela cintura, e no instante em que a deixei no chão foi como se tivesse perdido alguma coisa. "Ah, *Déu meu*", pensei com certo pesar. "Então é isso, eu a amo."

Devíamos ser umas trinta ou quarenta pessoas, distribuídas em lençóis familiares. Aquela planície era presidida por uma velha *masía* em ruínas, uma construção sem portas e com metade do teto despencado. As *masías*, as tradicionais casas de montanha catalãs, eram fortalezas em miniatura que se preocupavam, e muito, com o aspecto defensivo. Não estranhei que os antigos habitantes daquela tivessem escolhido tal localização. Dali se podia controlar tudo o que se aproximasse trezentos e sessenta graus à volta, e desde longe. Certamente, Bazoches não havia sido o primeiro a estudar a velha arte de defender os seus.

Depois do desjejum serviram o chocolate, e teve início o folguedo. Os violinos começaram a tocar com energia. As pessoas se agruparam formando círculos. Amelis puxou minha mão para que fôssemos dançar também. Não consegui. Nesse momento aconteceu uma coisa insólita: Anfán veio por trás de mim e jogou os braços no meu pescoço. Havia demorado quase um ano para se aproximar assim. E podem achar graça, se quiserem, mas aquilo me comoveu. Apoiou sua bochecha de criança na minha e me disse ao ouvido:

— Posso roubar, chefe? Estão todos bêbados.

— Não, não pode. Estão bêbados mas são boas pessoas.

O argumento não o tocou nem um pouco.

— Com o butim poderia comprar até um funil novo para Nan.

— Nan lhe pediu um funil? Não. O que você quer é diversão. Pois leve-o para dançar. Você vai ver como se diverte, e sem se arriscar a ser açoitado. — E no tom em que Vauban se dirigia a mim, acrescentei: — Você pode não entender por quê, mas é responsável de que ninguém leve Nan para trás das moitas. — E vociferei: — *Allez!*

É sempre preferível dar uma missão que um castigo às crianças e aos soldados.

E agora deixem que me emocione. Porque de repente descobri que a felicidade era aquilo. O capim verde, os violinos alegres. Os círculos de pessoas rindo e dançando como bobos. O pequeno e curvado Peret dando a mão a uma viúva, dizendo-lhe safadezas na orelha. Nan e Anfán dançando; Nan tão inexpressivo como sempre mas contente por dentro; Anfán, seguindo as minhas ordens, afastando aos pontapés qualquer um que se aproximasse do anão. E Amelis rindo, dançando com o cabelo negro solto ao vento. Não sei quanto tempo durou aquilo. Muito pouco, na certa; a felicidade nunca dura muito. De repente, Peret e a viúva saíram do meio do mato, Peret segurando as calças na altura da panturrilha e ela correndo com o cabelo desgrenhado. Deviam ter visto alguma coisa enquanto estavam em pleno toma lá dá cá.

— Ballester! — gritava Peret, morto de medo. — Ballester vem aí!

Ballester! Meu velho amigo, que naquela altura já se transformara num dos miqueletes mais famosos e cruéis. (Mas já expliquei que na Catalunha a palavra miquelete podia ter muitos matizes.)

A chocolatada, como disse, acontecia num altiplano. Subi numa rocha proeminente e pude observar o que vinha na nossa direção: um grupo de cavalaria ligeira que ainda estava longe. Pela poeira que levantavam deviam ser mais de uma dúzia.

O pânico transforma as pessoas num rebanho. Todo mundo gritava e corria. Os mais ricos, que tinham vindo com cavalos próprios, fugiram a galope, deixando suas amantes para trás (e com muito poucos escrúpulos, aliás. Ah, o amor!). Os outros não sabiam muito bem o que fazer, e por instinto animal se refugiaram na *masía* abandonada. Nan e Anfán corriam de mãos dadas com Amelis. Também entraram na casa, e eu atrás deles.

Lá dentro as pessoas se apertavam como gado, apesar de ser um lugar espaçoso, porque fazia tempo que as paredes internas tinham afundado. As mulheres choravam e se abraçavam, os homens puxavam os cabelos. Dei dois gritos até que se fez silêncio:

— Vocês pretendem fazer alguma coisa — uivei —, ou vamos deixar que nos sacrifiquem como cordeirinhos?

Num canto havia um galã todo emperiquitado:

— Pode-se saber de que está falando? — disse ele. — Você ainda nem faz a barba, e quem está vindo aí é o Ballester!

— Eu sei que não é São Pedro a cavalo! — repliquei, e, dirigindo-me a todos, disse: — Vamos fazer alguma coisa ou não?

— Que capitão! — caçoou de novo o emperiquitado. — Essa gente sodomiza garotinhos como você para tomar o café da manhã!

Havia uma mesa quebrada. Subi nela.

— Escutem: se vocês fizerem tudo o que eu disser, é possível que saiamos bem desta.

O galã levantou a voz:

— Os que vêm aí são assassinos profissionais, munidos de um arsenal. E aqui só tem um monte de mulheres, crianças e velhos tremendo. A casa está em ruínas e você pretende defendê-la. — Apontou para a saída: — Nem sequer há porta!

Um raio repentino cruzou a minha cabeça. Se eu tivesse tido tempo de pensar, acreditem, teria omitido a resposta. Mas a situação era tão urgente, e ao mesmo tempo tão desesperadora, que não consegui. Por isso soltei um suspiro e, sublinhando cada palavra, disse:

— Nós somos a porta.

— Vão cortar o nosso pescoço e violar as mulheres! — insistiu o galã.

— Pois é por isso mesmo que vamos lutar, seu tonto! — gritei. — Quando eles virem que aqui não vão conseguir butim nem resgate, nem roubar cavalos, cortarão alguns pescoços para se divertir e usarão as nossas mulheres como montaria. — Apontei para Amelis. — Esta é minha mulher, e juro que ninguém vai encostar a mão nela. Não mesmo!

Há vários tipos de silêncio. O de desespero, o de reflexão, o de paz: todos são diferentes, e aquele silêncio cheirava a dúvida. Então alguém disse:

— Já me violaram uma vez, há muito tempo.

Era uma velhinha dessas que ainda têm energia de sobra. Olhou para o cara emperiquitado me apontando com o dedo.

— E nesse dia eu gostaria muito de ter por perto um "garotinho" como este. — E, olhando para mim, acrescentou: — Eu sou uma velharia inútil, mas, se você comandar, apedrejo qualquer um que atravessar esta porta. O que tenho a perder?

Ouviram-se murmúrios. Aquela voz humilde, mas decidida, teve a virtude de transmutar o medo em ira. Peret se aproximou da mesa. Pegou em meu tornozelo e disse, morrendo de medo:

— Mas, Martí, rapaz, o que será que podemos fazer, uns coitados como nós?

— Primeira coisa: juntar nesta mesa todas as armas disponíveis — respondi.

Pulei para o chão, e os homens que tinham armas as deixaram sobre a mesa. Como sói acontecer, o mais armado é sempre o mais covarde, porque o emperiquitado tinha dois pistolões e uma adaga. No total reunimos seis pistolas e quinze facas de diferentes medidas. Um arsenal lamentável.

— Magnífico! — exclamei, numa formidável atuação. — Estão vendo? Com isto poderíamos defender Sagunto.

Já disse que a *masía* catalã é concebida como uma fortaleza em miniatura, capaz de repelir assaltos vindos das quatro direções. Paredes com espessura de muralha, janelas estreitas como troneiras e perpendiculares ao chão, telhados de pedra que não se queimam; embora estivesse meio em ruínas, continuava sendo um parapeito considerável.

Pedi às mulheres que fizessem pilhas de pedras de bom tamanho. O teto estava semidesmoronado. Com os escombros e restos de mobiliário os homens improvisaram acessos à parte superior. Dali poderiam alvejar, ou pelo menos apedrejar quem se aproximasse. Outros, com os escombros, fizeram uma barricada, mais simbólica que real, na frente da porta. Mandei as crianças revistarem todos os cantos. Fiquei de cócoras para falar com Anfán.

— Procurem debaixo do piso, vão encontrar alguma coisa.

E encontraram. Todas as *masías* dispunham de um arsenal próprio. No chão do que devia ter sido o dormitório principal, Anfán e Nan descobriram um alçapão empoeirado. Abriram. Lá embaixo havia quatro mosquetões. Oxidados, dois deles sem culatra, mas mosquetões.

— O que vamos fazer com esta sucata? — perguntou alguém.

— Limpem os canos.

— Eles já estão aqui!

Era um dos vigias; a única coisa que tínhamos à vontade eram olhos.

Durante algum tempo os cavaleiros nem se aproximaram. Deram umas voltas em torno da casa, farejando, e mais nada. Eu corria de um extremo até o outro, perguntando às pessoas apostadas:

— O que eles estão fazendo?

— Nada. Correndo e olhando.

Para o defensor, a espera de um assalto é imensamente pior que o próprio assalto; temos que impedir a qualquer custo que nossas cabeças imaginem os horrores do ataque. Decidi sair. Amelis tentou me impedir.

— E quem você quer que vá negociar? — disse eu. — O galã? Peret? Não deixe Nan e Anfán saírem do seu lado.

— Mas são bandidos! Não se pode argumentar com eles.

Corriam lágrimas de ira em seu rosto. Estava furiosa comigo, como se eu tivesse acabado de confessar que tinha uma amante. Bateu com os dois punhos no meu peito:

— Vão matar você! Vão matar você!

Deu meia-volta e se afastou. (Estão vendo o que eu dizia? É mais fácil argumentar com bandidos que com mulheres. E você, não me olhe assim e escreva.)

Empurramos a frágil barricada da porta e eu saí.

Um dos bandoleiros a cavalo avançou e parou a dez metros de mim, escrutinando a minha expressão. Não me ocorreu nada melhor que aparentar indiferença. Cumprimentei-o com um sorriso forçado, tocando a ponta do tricórnio com dois dedos. Ele se retirou. Em seguida apareceu o chefe, escoltado por quatro cavaleiros de cada lado: Ballester.

Tinha mudado muito desde os nossos encontros em Beceite e na casa de postas. Parecia mais maduro, mais habituado àquela vida de ataques e fugas. O que mais chamava a atenção em seu rosto era que os olhos pareciam ter afundado, suas órbitas tinham o dobro de profundidade que no resto de humanos. Não era especialmente feio, pois a ferocidade pode ter o seu atrativo. Mas, com o olhar retraído, as sobrancelhas escuras e grossas como cordas e uma barba densa e muito preta, dava a impressão de que para ele a idade era algo supérfluo. Tinha dois pares de pistolas ao lado das costelas. Em caso de emergência, podia cruzar os braços e puxar as armas rapidamente.

Nunca vou esquecer o olhar de Ballester. Seus olhos falavam com uma eloquência própria. E contraditória. Diziam "vou te matar" e ao mesmo tempo "vamos conversar". Os que não sabiam ver isto último fugiam. O que eu disse foi:

— Bom dia.

— Sim, é um bom dia — respondeu. Estava com as mãos no pomo da sela e olhava para o céu com ares de filósofo camponês. — Um dia muito bom.

— O que deseja? — inquiri.

Ele se ofendeu. Avançou com seu cavalo e deu várias voltas em torno de mim, uma ação intimidatória, claro. Eu quase podia ouvir os corações da casa pulsando. Levantei a voz:

— É falta de educação falar com um pedestre do alto de uma montaria, cavalheiro.

Ballester dirigiu-se aos seus homens:

— Cavalheiro! Vocês ouviram? Agora sou um cavalheiro e tudo!

Os capangas caíram na gargalhada. Ballester fez um gesto de condescendência irônica e se apeou.

Não cheirava mal. Isso me pareceu curioso, porque, como filho de um comerciante marítimo que vivia de costas para o interior, eu tinha sido educado na convicção de que os miqueletes eram algo assim como os potes de enxofre do inferno. Ballester cheirava a cinzas limpas, a tomilho, a romeiro. Como seus homens.

Já havia passado um ano desde que nos cruzamos; ele não perguntou, mas afirmou:

— Nós já nos conhecemos.

— Creio que em certa ocasião — respondi sem paixão — tivemos um intercâmbio comercial. Eu fiquei sem nada e você com tudo.

Ignorou as minhas palavras, apontando para a casa.

— Por que se trancaram lá dentro?

— Sua fama o precede.

— Pelo amor de Deus. E o que essa fama diz de mim?

Já que tínhamos decidido nos defender, fiquei firme:

— Diz que Esteve Ballester é um monstro assassino e criminoso. Com a desculpa de lutar pela pátria catalã, assalta pobres viajantes indefesos. Para roubar ou sequestrar. Se o resgate não chega a tempo, queima os pés das vítimas. E isso quando está de bom humor.

Ele preferiu desconsiderar a minha provocação:

— Sério? — disse. — E você acredita em tudo o que as pessoas falam?

— E me consta que ele despe, enforca e abandona algumas pessoas.

Soltou uma gargalhada.

— Que eu saiba, não levei nada seu. — Fez uma pausa e, num tom muito mais sombrio, acrescentou: — E você, um *botiflero*, como se atreve a me chamar de ladrão?

Se eu quisesse negociar com ele, não convinha que me tratasse com sarcasmo. Ballester e eu estávamos no meio do caminho entre seus homens e a casa. Tirei o chapéu. Era o sinal combinado para que todas as armas de fogo aparecessem pela porta, as janelas e o teto, incluídos os canos dos mosquetões oxidados, que as mulheres tinham deixado reluzentes com panos e saliva.

— Senhor — menti —, tenho vinte fuzis apontando diretamente para a sua cabeça. Nossos cavaleiros partiram a toda velocidade para avisar à Guarda de La Quietud. Não vão demorar a chegar. Saiba que somos cidadãos pobres. Aqui não há butim. Se tivermos que resolver este negócio a tiros, será exclusivamente por culpa sua.

Falei aos gritos para que todos me ouvissem. Era um simples balanço contábil: se a perspectiva de assaltar a casa não lhes parecesse rentável, partiriam. E, mesmo que só acreditassem na metade das minhas mentiras, já era o suficiente para provocar-lhes dúvidas. Por azar, a proximidade da violência transformava Ballester. Com todos os homens é assim, mas nele era como se estalasse alguma coisa em seu interior. Seus olhos profundos ficavam ainda mais cavados. A veia azul que percorria sua têmpora direita se inchava e palpitava. Anos depois conheci as suas intimidades assassinas: quando ele se dispunha a matar podia-se sentir o cheiro dessa sudoração, intensíssima. Sua voz ciciou horrivelmente, a veia azul da têmpora direita estava gorda como uma minhoca:

— Se os seus homens me matarem, os meus matarão você, imbecil.

— Certo — respondi, também num sussurro. — Falando com propriedade, é um empate.

Então ouvimos algo: os gritos de uma criança apavorada.

Um dos cavaleiros se aproximava de nós rindo, com Anfán debaixo do braço. O pirralho lutava. Quando me viu, estendeu as mãos na minha direção, os dedos abertos, e gritou ainda mais desesperadamente.

Ballester deve ter notado alguma mudança no meu rosto, porque esboçou uma careta, mais que um sorriso, e disse:

— Seu empate acabou de ir à merda.

Todo mundo já teve sonhos infantis em que é engolido por um poço no fundo do qual surgem tentáculos. Para Anfán não era um pesadelo, mas a realidade. Estava ali a dez metros, dez metros tão insuperáveis como um mundo.

Esse menino estava comigo fazia um ano. Eu o vesti e alimentei. Dormia comigo e com a minha mulher. Eu o havia repreendido e corrigido um sem-fim de vezes, e agora era um pouco melhor do que quando o conheci. Só um pouco, mas até esse dia só o tinha visto fingir que chorava.

Senti que uma cortina vermelha me cobria os olhos como um pano de fundo, de cima a baixo. Não reconheci minha própria voz quando disse:

— Vocês vão soltá-lo! Agora mesmo! Senão juro pela minha santa mãe que os matarei. Você e a este animal que o segurou. — E repeti, com uma voz quase imperceptível: — Juro.

Durante um lapso interminável Ballester me olhou fixamente nos olhos. Anfán se contorcia e eu estava a ponto de perder o juízo. Pode ser que Ballester tenha entendido: com dementes não se pode negociar. Fez um gesto com a cabeça, como se o assunto não fosse com ele, e o cavaleiro pôs Anfán no chão.

O pirralho começou a correr tão depressa que toda hora caía, levantava e voltava a cair. Mas, mesmo morrendo de medo, correndo com as tranças cor de palha ao vento, quando se viu longe o suficiente do cavaleiro ele parou, pôs a língua de fora e lhe deu uma banana. Voltou a chorar e a correr, e não parou até abraçar a minha cintura.

Ballester me deixou de lado. Foi um momento estranho, porque era tão evidente que tinha algo a nos dizer que mesmo que houvesse mil canhões apontando para ele ninguém teria disparado. Andava de um lado para o outro diante da barricada da porta, com seu olhar iracundo.

— Vocês têm uma vida tranquila e feliz — começou. — Pensam que o mundo se reduz a chocolatadas e fodas. Idiotas! O céu vai cair em cima de nós quando menos esperarmos.

Para demonstrar o seu desprezo de profeta, chegou a se atrever a dar um tapa no cano de um dos fuzis que apontavam para ele. Não reagi. Fiz um gesto aos sitiados, não dando importância à ousadia de Ballester. Era preferível que ele soltasse o seu discursinho e se mandasse. Afinal, a essa altura já era óbvio que a única coisa que ele pretendia era não ficar mal na frente dos seus homens, fanfarronando um pouco.

— Vocês acreditam nas mentiras da Generalitat só porque são mentiras publicadas em papéis oficiais. Quantos pobres vocês conhecem a quem eu deva alguma coisa? Paguei centenas de missas, a manutenção de orfanatos... Só quem deve me temer são os *botifleros* e os felpudos vermelhos.

(Ele se referia aos ministros da Generalitat, por seus gorros e roupagens de veludo vermelho. Já disse isto antes? Ah, que coisa.)

No interior da *masía* se ouviu uma voz anônima:

— Você estuprou a prima do meu genro, seu filho da mãe! Devia ser esquartejado na quinta forca.

— Calúnia! — replicou Ballester virando-se para a voz. — Deve ter sido alguém que assalta dizendo que o faz em meu nome. Ou será que alguém vai acreditar que Ballester precisa pagar ou forçar para dormir com uma mulher?

Na barricada despontou a velha enérgica. Estava com meio corpo acima do amontoado de tralhas, com um pedregulho na mão, ameaçando jogá-lo.

— Você, os outros miqueletes... Que diferença faz? Vocês se acham muito homens porque dormem em volta de uma fogueira e jantam carne de veado. Você só luta pelos seus próprios interesses, atacando gente de paz, e vem nos convencer de que é um santo das montanhas, porque às vezes mata algum bourbonista bêbado. Tomara que seja enforcado!

Ballester sacudiu o dedo indicador na sua direção, ameaçador, mas empregando um tom mais recatado.

— *Mestressa*, não se confunda. Nesta guerra matei mais franceses e castelhanos que um regimento inteiro do rei.

Aqui intervim eu, com Anfán nos braços, suas pernas rodeando os meus quadris como um macaquinho, e tão fortemente agarrado ao meu pescoço que estava quase me sufocando.

— Se é tão apaixonado pela defesa do país, por que não se incorpora ao exército do rei Carlos?

— Porque os dois exércitos são iguais, embora vistam uniformes diferentes. Do mesmo modo que todas as chamas queimam, sejam vermelhas ou azuis.

Achei que estava indo embora, mas voltou no meio do caminho. Veio me falar no ouvido:

— Eu também sei jurar. Agora, escute bem: se eu voltar a ver a sua cara vou fazer você voar com um murro. Entendido?

Anfán avançou o rosto em direção a Ballester, inflou as bochechas, comprimiu os lábios e soltou um som de peidaria na sua orelha. Acho que foi a primeira e última vez que vi Ballester rir de uma forma saudável.

— E diga ao seu mico de tranças que, se não aprender boas maneiras, eu voltarei para levá-lo. — Abriu muito os olhos, encarando Anfán sem piscar, desenhou um *o* com os lábios e soltou um:

— Buh!

Anfán se apertou mais ainda em meu pescoço, gritando de medo, de costas para Ballester e esperneando em meus quadris. Ballester montou no cavalo entre as risadas dos seus homens, e antes de partir ainda quis proclamar, enquanto girava o cavalo, acenando com o chapéu:

— Senhores! Senhoras! Continuem a passar um bom dia.

À velha que o tinha acusado, dedicou uma galanteria:

— *Iaia, t'estimo.* — Vovó, gosto de você.

Esporeou o cavalo e se foram.

Anfán viu uma coisa no chão: o rebenque de Ballester tinha caído. Desceu do meu corpo como se desce de uma árvore e veio me entregar o troféu.

Eu levarei até o túmulo, no dia em que morrer, a cara de felicidade desse menino, satisfeito por me oferecer o rebenque de Ballester. Não era um presente, era algo que não se pode exprimir totalmente com palavras. Ele tinha nascido ladrão, e o próprio fato de compartilhar o butim já dizia tudo.

Arranquei-lhe o rebenque com um safanão:

— Eu lhe disse que não se afastasse das saias de Amelis!

* * *

O dia ainda não havia acabado. Pode parecer mentira, mas o fato realmente heroico da jornada ainda estava por vir. Depois do jantar fui falar com Anfán.

— Quando você encontrou os mosquetões eu lhe disse que ficasse com Amelis — acusei-o, do outro lado da mesa. — E você me desobedeceu.

Ele reagiu como uma fera racional. Seus instintos inatos e seu senso de justiça se uniram para proclamar em uníssono:

— Mas os malfeitores eram ladrões! — Subiu na cadeira, na defensiva e ao mesmo tempo indignado. — Por que não posso roubar de ladrões? — acrescentou, de olhos muito abertos. — Eles eram ladrões!

Peret gritou:

— Idiota! Quando vai aprender que o pior insulto que se pode dirigir a um homem é esse? Se não fosse Martí, os miqueletes já estariam assando você vivo. Idiota!

Ocorreu algo definitivo quando Nan, sentado em sua cadeira, balançando as pernas e olhando para o chão, repetiu:

— Idiota.

— Vou lhe dar um castigo — anunciei.

Fui ao meu quarto e voltei com o rebenque de Ballester. Sentei-me e disse:

— Venha cá.

Existe um olhar muito particular: o olhar do ser humano que se descobre traído. Depois de um ano sob o mesmo teto, depois de tanto tempo dormindo na mesma cama, agora eu ia exercer a violência sobre ele. O garoto se aproximou aparentando indiferença. Nesses quatro passos seu olhar já era de alguém que queria se esquecer de mim.

Pus o rebenque em sua mão e lhe ofereci minha palma aberta.

— Bata.

A princípio ele não entendia.

— Bata! — repeti.

Bateu, suavemente.

— Mais forte!

Virou a cabeça para consultar os outros, atônito, mas eu pus um dedo no seu queixo e o obriguei a olhar para mim.

O rebenque estalou em minha mão.

— É só isso que sabe fazer? Mais forte!

Bateu mais forte. Abriu a minha pele. Ao ver o sangue, recuou um passo, assustado.

— Ainda não terminamos. Mais.

Ofereci-lhe de novo a palma sangrando. Ele bateu. A chicotada entrou na ferida e dessa vez não pude conter uma careta de dor.

— Agora chega — suplicou Amelis.

— Cale-se! — gritei e, olhando para Anfán, insisti: — Continue ou vá embora para sempre!

Levantou a vara. Expus a minha mão ferida aos seus olhos, o sulco aberto e jorrando sangue.

— O rebenque. Use-o!

Ele começou a chorar, derramando um mar de lágrimas. Nunca havia chorado dessa maneira. Nas mãos dos miqueletes sentira medo, mas com aquela torrente de lágrimas vomitava o mal do mundo, toda a bílis que a nossa época lhe havia inoculado. Amelis o abraçou.

— Entendeu? — sussurrei em seu ouvido. — Entendeu agora?

Nessa noite Anfán compreendeu que sua dor era a nossa, e a nossa, dele. E quando ele aprendeu essa lição eu tive que aprender outra: que quatro seres humanos podem ser, mais que uma soma de indivíduos, um conjunto amoroso. Nessa noite olhei de um modo diferente para a nossa cama cheia de gente dormindo. Não via mais aquele cotovelo, aquele funil, aquela mecha de cabelo alheia, incômoda, que cobria os nossos olhos durante o sono. Eles eram um todo, da mesma forma que a sala esférica, para além dos objetos que a habitassem. Olhei para eles, como dizia, com a atenção de Bazoches desprovida de sentimentos, que são as nuvens que obscurecem a paisagem da razão. No entanto, sempre hei de me surpreender ao constatar que a observação metódica desemboca na ternura. Ouvi os roncos suaves de Anfán, observei as caretas de Nan, que estava sonhando, e as pálpebras fechadas de Amelis, e pensei que aquela cama, aquele minúsculo retângulo, era certamente o astro mais valioso de todo o nosso universo.

4

Era esse, então, o estranho lar que em meados de 1710 tive que abandonar por uma boa temporada. E por que o deixei? Aqui preciso contar alguma coisa sobre a situação militar daquele momento.

Apesar da frivolidade dos barcelonenses, que continuavam vivendo como se a guerra só estivesse acontecendo à beira do Reno, na verdade ela se aproximava cada vez mais. Pode-se dizer que, de fato, em 1710 já estávamos cercados. O território que o Karlangas controlava era apenas o triangulozinho que a Catalunha forma, com Barcelona no centro. Em 1710, então, quase toda a Espanha estava nas mãos de Felipito. As Duas Coroas sempre se guiaram por uma estratégia diabolicamente sistemática. Os Aliados, em contrapartida, por empuxos seguidos de longos períodos de indolência.

Como a situação militar ia de mal a pior, os chefões das potências aliadas pensaram que precisavam fazer alguma coisa. E toda vez que a guerra estancava no cenário espanhol, os Aliados optavam pelo mesmo remédio: mandar para a Espanha um general que destravasse a situação. Nessa época o último enviado tinha sido o inglês James Stanhope. Quem dera tivéssemos outro Jimmy ao nosso lado, outro James Berwick, e não o mimadinho do Stanhope. Tão arrogante quanto impulsivo, Stanhope era a própria sublimação da pose "Eu resolvo isso num zás-trás!". Como pode aprender algo um homem que pensa saber tudo? General Zás-Trás! Assim deveria ter entrado para a história!

Ele chegou a Barcelona bem instruído pelo seu governo. A Inglaterra estava farta da guerra, sua missão era terminá-la de uma vez por todas. E aquele era o último esforço que Londres se dispunha a fazer para concluí-la vitoriosamente. Porque também chegaram, junto com Stanhope, novos contingentes militares: infantaria holandesa e austríaca, e um poderoso corpo de cavalaria inglês dirigido por ele mesmo. Esses reforços, somados às tropas aliadas que ainda havia na Catalunha, tinham que empreender uma grande ofensiva, vingar Almansa e coroar o Karlangas em Madri como rei de todas as Espanhas. E isso num zás-trás!

Em Barcelona, a ofensiva gerou uma expectativa inusitada. Os livros de história costumam esquecer a imensa quantidade de gente que acompanha um exército em campanha. E, como o número de civis que seguem um exército muitas vezes supera o de soldados, convenhamos que é um esquecimento volumoso. Por um lado, eram pessoas que ofereciam seus serviços: de barbeiros a sapateiros, ofícios indispensáveis para um contingente humano tão grande. Mas acontece que a ofensiva de 1710, além do mais, ia ser o ataque decisivo. Centenas, milhares de espanhóis austracistas exilados na Catalunha se incorporaram às colunas militares, e o fizeram com o entusiasmo de quem finalmente vê chegar o momento de voltar para casa cavalgando a vitória. E a coisa não terminava aqui, porque uma esteira de oportunistas se somou aos mercadores e expatriados. Afinal de contas, a Catalunha fora a terra mais fiel à causa do Karlangas. Seria lógico que, uma vez coroado em Madri, ele recompensasse o povo de lá com cargos e prebendas. E adivinhem só quem era um dos mais matreiros? Pois é, senhores, o bom do Zuvi. Eu disse a Amelis que era uma oportunidade única, que se tivesse sorte poderia conseguir uns bons cobres para saldar as nossas dívidas.

Entretanto, o verdadeiro motivo que me levou a incorporar-me à rabeira do exército Aliado não tinha nada a ver com dinheiro. Claro que nunca contei isso a Amelis. Ela jamais entenderia que eu arriscava a minha pele por uma Palavra.

O baú de Vauban foi uma mensagem de ultratumba. Era como se o marquês me dissesse: "Seus mestres o educaram para esta vida que está levando?" Pensei que não podia aceitar a fortuna do marquês sem fazer uma última tentativa de apreender uma palavra, a Palavra.

"Sobre a defesa perfeita", Vauban tinha me perguntado. Exércitos de meia Europa iam atacar o núcleo do Império espanhol. Se quisessem coroar o Karlangas, teriam que se apoderar da capital,

Madri. A Espanha e a França, é claro, fariam o impossível para impedir. As melhores cabeças iriam se enfrentar nos páramos de Castela, toda a luta giraria em torno da defesa de Madri. Prometia ser um espetáculo tão trágico quanto grandioso, um choque de dimensões universais. E nesse teatro, quem sabe, eu poderia encontrar um mestre para continuar a obra do marquês. Com a ajuda dele, talvez, a Palavra me seria revelada. As recriminações de Amelis me deixaram feliz, pois o único motivo que ela podia ter para se opor à minha partida era o amor. Mas eu tinha uma dívida com um amor igualmente grande.

Uma dívida com Vauban.

* * *

Eu precisava seguir o exército, de modo que fiz um trato com um mercador. O homem pretendia acompanhar a tropa com uma carroça de dois cavalos cheia de barris de aguardente de péssima qualidade. Seu cálculo era que, quando o exército atravessasse as paragens secas e desabitadas de Castela, onde seria impossível conseguir vinho, o preço do álcool subiria às nuvens.

Chegamos a um acordo mutuamente benéfico. Eu precisava de transporte, e o carro dele tinha uma cobertura de lona que à noite nos serviria de teto. O mercador viajava na companhia do seu filho, um rapaz perturbado cujas capacidades mentais não eram muito superiores às de um cachorro. Durante a noite, o mercador e o garoto dormiriam na parte dianteira do carro, bem atrás da boleia. Eu e um segundo passageiro, na de trás, protegendo a portinhola traseira.

Esse segundo passageiro se apresentou como Zúñiga, Diego de Zúñiga. Já se passaram oito décadas, e ainda me lembro dele como um ser fora do comum. O que tinha Zúñiga que o tornava diferente do resto do gênero humano? Pois é, por estranho que pareça, nele não havia nada, absolutamente nada, que se destacasse. Não falava muito nem pouco; não era avaro nem desprendido; nem alto nem baixo; nem triste nem alegre. Todas as pessoas têm um gesto próprio, como estalar os dedos de certo jeito, uma risada característica ou uma forma particular de inclinar a cabeça para cuspir. Zúñiga não cuspia, sua risada era sempre abafada pela dos outros e ele tendia a esconder os dedos. Ao seu lado, um fantasma seria muito mais tangível. Ele era dessas pessoas que tendemos a esquecer logo depois que desaparecem do nosso campo visual. De fato, quando tento reconstruir o rosto de Zúñiga ele foge da minha memória.

Pelo que me contou, era filho de uma família de fortuna média, maltratada pela guerra. Como seu pai foi um dos poucos castelhanos que tomaram partido por Karlangas, os bourbonistas expropriaram os bens de família. O homem já estava velho, e morreu de tristeza. Zúñiga era natural de Madri.

Simpatizamos um com o outro, até porque tínhamos muito em comum. Para começar, nossas famílias gozavam do mesmo status, nem ricos nem muito pobres, e a vida nos fizera descer vários degraus. Tínhamos mais ou menos a mesma idade, e se dava até a coincidência de que nossos sobrenomes guardavam certa semelhança. Dormíamos encolhidos, um ao lado do outro. Desde o primeiro dia de viagem foi muito natural que compartilhássemos o pão e o vinho. Pena que ele não fosse muito falante.

Pouco antes de chegar a Lérida alcançamos a serpente gigantesca que era o exército Aliado, uma variegada tropa de ingleses, holandeses, portugueses e até um regimento de catalães (uma turma de fanáticos imbecis, digo eu), todos dirigidos por um comando igualmente heterogêneo. Abordamos a coluna principal por um caminho que a alcançava perpendicularmente, e tivemos que esperar horas e horas até que a tropa toda passasse com sua bagagem, a artilharia, armas e provisões. A seguir vieram os nossos semelhantes: milhares de pessoas que seguiam o exército como gaivotas na popa de um pesqueiro.

Sabendo que a viagem seria longa, e que meu castelhano ainda padecia de lacunas, eu tinha levado o livro mais gordo que pude encontrar. E o lia antes de ir me deitar, à luz da fogueira, ou então na carroça. Entre os solavancos as gargalhadas me assaltavam, pois era uma obra engenhosíssima e um deleite para o espírito. O que conto agora é um episódio aparentemente insignificante mas que, por um motivo ou por outro, minha memória conservou.

Tínhamos interrompido a marcha numa paragem qualquer. Era uma planície dessas que se estendem para além de Balaguer, já anunciando os vazios espanhóis, e para matar o tempo comecei a ler o livro. Logo em seguida comecei a rir. Cada página me fazia dar cinco gargalhadas.

Tanta efusão atraiu a atenção de Zúñiga.

— Pode-se saber o que você está lendo? — Viu a capa e, com uma mistura de desagrado e desencanto, disse: — Ah, isso aí.

Sem entender seus reparos, exclamei muito divertido:

— Há muito tempo que eu não ria tanto!

— Se a ironia é divina, o sarcasmo é do diabo — disse Zúñiga. — E você há de convir que este livro transborda de sarcasmos.

— Se um autor consegue me fazer rir — respondeu o cínico do Zuvi —, não quero saber como faz.

— O problema — continuou ele — é que o autor degrada as façanhas ao nível das suas mais baixas misérias. E, se queremos ganhar esta guerra, precisamos elogiar a épica, não ridicularizá-la.

— Não entendo a sua repulsa por uma história tão amena e jocosa. Agora mesmo eu estava lendo um capítulo em que o protagonista liberta uma réstia de presos. Seu raciocínio é notável: o homem nasce como criatura livre; então, é intolerável que alguns homens sejam acorrentados por outros, e portanto toda alma nobre é obrigada a se opor àquilo. Uma vez libertados, naturalmente, os malfeitores agradecem apedrejando-o. — Dei várias gargalhadas. — Triste, engraçado, lúcido!

Zúñiga não riu, em absoluto.

— Em vez de me refutar, você me reforça. Porque a razão de ser do literato é transmitir altos pensamentos, e fazê-lo num estilo que eleve o idioma. Pois aí está a alternativa: páginas cheias de pancadaria e gozação. É isso que deve fazer a arte em forma escrita?

— A literatura pode, e deve, dar-nos lições das quais é única em seu magistério. Se alguém dissesse: "Na loucura está a lucidez!", palavras tão sábias não passariam de uma sentença carente de provas. Mas, quando essa mesma ideia nos é servida orquestrada com um aparato dramático, não temos outra saída senão assentir. — Balancei o grosso volume com as duas mãos. — Sim. Eis a grande verdade que esta história encerra: a razão está na sem-razão.

No dia seguinte ao nosso debate literário, Stanhope e seus cavalinhos foram os grandes protagonistas. Estávamos nos arredores de um povoado chamado Almenar. A jornada já ia muito avançada e nos preparávamos para passar a noite ali, quando correu a notícia de que o exército Aliado havia entrado em contato com o das Duas Coroas. Propus a Zúñiga que nos adiantássemos para ver o que estava acontecendo. Deixamos a caravana de civis para trás. Na retaguarda militar encontramos soldados doentes transportados em carroças. Quando pedimos notícias, eles apontaram para o leste.

— Dizem que Stanhope surpreendeu os bourbonistas.

Sugeri a Zúñiga que subíssemos numa pequena colina que havia ali perto, de onde seria mais fácil observar o que estava acontecendo.

Foi um bom passeio. Na verdade só fomos porque não tínhamos nada melhor a fazer. E porque o sol já estava caindo e a essa hora a subida não seria tão fatigante. Era um outeiro de cor ocre, pintalgado com moitas de alecrim. Cheirava muito bem.

Nosso morro tinha uma altura modesta, mas boas vistas. Aos nossos pés se estendia uma planície retangular, cercada de montanhas à esquerda e um rio à direita. Num dos lados estreitos do retângulo se via Zás-Trás Stanhope com seus cavaleiros. Um único regimento em linha de batalha cobria um espaço de sessenta metros, e Zás-Trás Stanhope havia chegado à Espanha com quatro mil rapagões escolhidos entre os mais fogosos. Quando não estavam bebendo ou cavalgando, estavam mijando o seu "bir" (eles escrevem *beer*), e por isso os catalães acabaram por chamá-los de *pixabirs*, ou seja: "mijabirs". E no outro extremo do retângulo, o exército bourbonista. Sua infantaria formava uma precipitada linha de baioneta calada. Meu Deus, como é grandioso o espetáculo de milhares de homens formados antes da batalha. No entanto, educado como eu estava nas artes de Bazoches, meus sentidos viam algo mais que sua carne ou seus uniformes. No meio de toda aquela massa humana, organizada em batalhões, meus olhos podiam captar suas almas como chaminhas de milhares de velas que tremem ante o sopro do furacão que se aproxima.

Lembro que Zúñiga deixou escapar um pensamento em voz alta:

— Ah, Senhor, como vai acabar isto?

Na minha época os teóricos da cavalaria mantinham um debate curiosamente paralelo ao da engenharia. Eles também estavam divididos entre vaubanianos e coehoornianos, por assim dizer. Seu Coehoorn era Marlborough. Sim, sim, esse mesmo, o primo de Jimmy: *Malbrough s'en va-t-en guerre, mironton, mironton, mirontaine.*

Até então, a cavalaria sempre seguia táticas prudentes. Os cavaleiros se aproximavam da infantaria inimiga, paravam à distância de um tiro de pistola e disparavam. Um tiroteio persistente podia fazer a infantaria perder o controle dos nervos e sair em fuga. Então, e só então, a cavalaria sacava os sabres para perseguir a tropa em debandada.

Essas formas ardilosas, sempre à espera de uma oportunidade sem correr riscos, foram alteradas por Marlborough. No fundo, o que ele propôs foi um retrocesso de trezentos anos na arte da cavalaria militar. O cavalo em si mesmo não era uma potentíssima arma? Marlborough fez a cavalaria voltar à Idade Média: o cavalo usado não para transportar, mas para atropelar.

A cavalaria inglesa foi a primeira a empregar essa nova tática. Quando chegava a cem metros do inimigo, simplesmente não parava: passava do trote à carga. Arrasava tudo em sua passagem, e problema resolvido! Num zás-trás!

(Vejamos, minha alemãzinha, a qual das duas teorias você acha que Zás-Trás Stanhope aderiu? Muito bem, adivinhou! Que esperta!)

O sol já descia no horizonte, um semicírculo laranja rodeado por um halo roxo. A grande incógnita é saber por que os espanhóis não fizeram nada. Quando Zúñiga e eu chegamos à colina já fazia um bom tempo que os dois oponentes estavam frente a frente. Os espanhóis tiveram várias horas para modificar sua formação, ou mesmo retirar-se. Nada, não fizeram nada de nada. Limitaram-se a esperar, derretendo debaixo do sol de verão. Talvez o vale fosse estreito demais para manobrar, talvez não estivessem informados das táticas da cavalaria inglesa e pensassem que os cavaleiros iam se limitar a persegui-los com pistolas e carabinas. Ou talvez, simplesmente, e como de costume, os espanhóis fossem dirigidos por um bando de incompetentes.

Vimos os Aliados instalarem uma bateria de seis canhões num promontório. Em seguida começaram a atirar, com a intenção evidente de apoiar a carga de cavalaria. Stanhope tinha dividido suas forças em duas linhas. Após uma ordem sua, a primeira frente se lançou à carga, de sabre em riste e uivando como lobos roucos.

Acreditem quando lhes digo que há poucas coisas mais terríveis no mundo que uma carga de cavalaria crepuscular. Milhares e milhares de patas pesadas, batendo no chão com um ímpeto de multidão animal; o tremor era tão notável que ao nosso lado pedras e torrões escorregavam ladeira abaixo.

Nessa época, o exército bourbonista estava muito diminuído. A maior parte das tropas francesas tinha voltado ao seu país no começo do ano para reforçar a frente do Reno, e os recrutas espanhóis deixavam muito a desejar. De todo modo, não era preciso ser general nem conhecer as fraquezas do exército das Duas Coroas. Bastava ver aquela massa de casacas vermelhas a cavalo avançando contra a frágil linha de soldadinhos brancos, e era óbvio como o negócio ia acabar.

As tropas espanholas tremiam como réstias de salsichas, por mais que os oficiais se esgoelassem exigindo ordem. Vacilaram. Pobres rapazes. Não fazia nem quatro dias que tinham sido recrutados, e já estavam a ponto de sofrer a carga da elite inglesa. Fiz um cálculo rápido: quatro mil cavalos, a trezentos quilos por cabeça, mais os setenta em média de cada cavaleiro, dava um total de mais de um milhão e quatrocentos mil quilos, arremetendo a trinta quilômetros por hora contra uns garotos mortos de medo. Bem antes do impacto preferi virar a cabeça para o lado.

Em alguns pontos as baionetas levantadas ofereceram uma resistência surpreendente. Em outros, a formação caiu como uma cerca velha. Até o barulho fazia pensar em milhares de troncos se quebrando. No entanto, apesar da decisiva violência do choque, no campo de batalha de Almenar aprendi uma lição que comprovaria muitas outras vezes no futuro: que a maioria das retiradas, curiosamente, começa na retaguarda.

A partir desse instante a batalha se reduziu a uma caçada humana. Para o soldado de cavalaria, há algo de magnético em ver as costas do inimigo fugindo. Seu instinto o leva a persegui-las e partir o crânio com uma facada. Quanto ao perseguido, não há palavras para descrever o martírio de sua fuga. Se o sabre não o alcança, as patas do cavalo o farão.

Já descrevi o campo de batalha como um vale retangular com montanhas à esquerda e um rio à direita. Para chegar ao rio era preciso descer por uma fenda do terreno, abrupta e de uma profundidade considerável. Em sua fuga, centenas de indivíduos eram empurrados para dentro dela por seus próprios companheiros. Ricocheteavam nas rochas do declive enquanto os sobreviventes tentavam cruzar o rio a nado. O resto se dispersou para o leste.

Na disparada, os bourbonistas deixavam a artilharia e toda a sua bagagem. Eu gritei para Zúñiga, apontando a linha do horizonte:

— Olhe! Lá no fundo, naquele bosquezinho elevado, está vendo? É Felipito em pessoa, fugindo com sua escolta de mercenários palatinos!

Os mijabirs de Stanhope estavam muito ocupados perseguindo os bourbonistas. E estes tinham abandonado seus apetrechos, incluindo as opulentas carroças com as riquezas que Felipito levava consigo. Eu já disse: os primeiros sempre serão os primeiros, e no meio de tanta confusão não seria impossível conseguir ficar com uma boa fatia. Um carro com a baixela real, cinquenta sapatos de luxo, o que conseguíssemos. Além do mais estava escurecendo, o que nos esconderia um pouco. Os gemidos dos moribundos se ouviam como um coaxar de rãs no entardecer do açude. Dezenas de saqueadores já estavam ali, pulando entre os corpos caídos. Observei que os homens revistavam os cadáveres em busca de joias ou moedas, enquanto as mulheres tendiam a se apoderar de botas e roupas.

— É melhor nos separarmos — disse a Zúñiga. — Se encontrarmos algo nos avisamos com três assobios.

Cada um foi por seu lado, mas eu desisti depois de algum tempo. Já era quase noite fechada. Parei diante do barranco que descia até o rio. Talvez, pensei, alguma carruagem importante tenha despencado por ali. Se eu fosse um bourbonista transportando os crucifixos reais, ou os urinóis de ouro do rei, preferiria jogar tudo na água a entregar ao inimigo.

Era uma ladeira muito escarpada, por isso desci com muito cuidado. Não vi nada de interessante. Só alguns cadáveres espalhados pela costa do rio. Nas duas margens se abriam terrenos de pomar, destruídos pela passagem dos exércitos. Já andava de volta para o nosso carro, sob a luz da lua, quando por acaso vi Zúñiga.

Estava saindo de uma casinha de pedra, um pequeno depósito de lavradores.

— Ah, Diego, você está aqui — cumprimentei.

Ficou muito surpreso quando me viu. Tinha entrado na casinha para bisbilhotar um pouco, explicou, sem resultado algum. Se não fosse o meu olfato, teria dado meia-volta e ponto final. Em Bazoches haviam treinado meus olhos, meus ouvidos, e também meu nariz: todos os sentidos. No momento em que Zúñiga fechou aquela porta desvencilhada, aconteceu alguma coisa. A própria porta, ao ser movida, impulsionou uma camada de ar do interior até o meu nariz. Um cheiro. Um cheiro muito peculiar. Misturado com outros cheiros comuns, como o de grão seco ou de fibras velhas. E, no meio, esse cheiro. Meu olfato se lembrava dele; minha memória, não.

— Deixe eu dar uma olhada — disse.

— Estou lhe dizendo que não tem nada, vamos — interpôs-se Zúñiga.

Afastei-o e segui em frente. Entrei na casinha. Esse cheiro, esse cheiro, desagradável e ao mesmo tempo irresistível. O que tinha a ver comigo, o que me lembrava? Estava muito escuro, minha única luz era o luar, que entrava como uns filamentos prateados. Os instrumentos de trabalho estavam cheios de ferrugem, espigas de milho esquecidas apodreciam, amontoadas. No fundo, um vulto disforme coberto com um pano velho. Ali. Cada um de nós tem um cheiro peculiar, e o medo faz esse cheiro ficar mais intenso. Uma faísca me iluminou: afinal lembrei a quem pertencia esse cheiro de poros sujos, de matéria densa e gordurosa.

Puxei o pano. E lá estava ele, oculto como um escorpião sob a pedra: Joris Prosperus van Verboom. E, como se deve fazer com os escorpiões, antes que reagisse apertei sua cabeça com o salto do sapato.

— Peguei você — disse eu.

Virei o seu corpo pesado e comecei a socar com força.

— Martí! Largue-o, assim vai matar esse homem!

— Você não o conhece — disse eu recuperando o fôlego.

E continuei batendo em seu rosto. Verboom gritava em francês, em espanhol e num desses idiomas holandeses. Zúñiga me apertou com os braços.

— Você disse mil vezes que gente normal não tem nada a ver com essa guerra dinástica! E agora está a ponto de matar um pobre infeliz!

— Pobre infeliz? — Interrompi a surra e olhei para Zúñiga, bufando. — Pobre infeliz, você acha mesmo? Este é Prosperus van Verboom!

Zúñiga salvou Verboom. Quando soube que era um peixe gordo, Zúñiga me implorou que não o matasse, que o capturássemos para receber uma recompensa. Fui tão burro que aceitei.

Verboom tinha sido apeado por um tiro de canhão. Levemente ferido, com a derrota se arrastou até aquele refúgio afortunado. E realmente nos felicitaram e recompensaram generosamente por sua captura. Tanto foi assim que até o Zás-Trás Stanhope em pessoa quis nos conhecer.

Meu coração deu um pulo tão intenso que subiu até a garganta. Seria um sinal do Mystère? Antes de se dedicar à cavalaria, Stanhope talvez tenha servido na engenharia. Iria se tornar o meu próximo mestre? Vou responder da forma mais sintética: não. Ele me pareceu a última criatura a quem pedir amparo moral. Todos os grandes cavaleiros parecem pequenos quando não estão cavalgando. Stanhope parecia e era, tão carente de estatura quanto de miolos, presunçoso e ao mesmo tempo melífluo. Tinha nos levado à sua barraca de campanha por um único motivo: elogiar sua própria figura com a desculpa de elogiar a nossa, pois quando saímos dali ele deixara bem claro para todos que, se os Aliados tinham vencido a batalha, e capturado personagens ilustres como Verboom, isso não se devia às armas conjuntas, nem a esse reizinho, Karlangas, mas única e exclusivamente à presença na Espanha de um gênio chamado James Stanhope.

Depois da audiência, Zúñiga me perguntou sobre Verboom:

— O que ele lhe fez para desencadear tanto ódio?

Eu não soube bem o que responder. Havia passado muito tempo desde a nossa disputa em Bazoches. Pensei em Jeanne e senti uma pontada no peito. Mas queria pensar que minha aversão ao salsicheiro holandês obedecia a algo mais que uma vingança pessoal.

Verboom era um homem mau. E, se relerem a frase anterior, hão de concordar que é a pior coisa que se pode apregoar de um ser humano. É como dizer-lhe: "O mundo seria muito melhor sem você." Num mundo justo Verboom não teria lugar, e de um mundo imperfeito ele deveria ser expulso para evitar que piorasse. Não o fiz, e depois me arrependi amargamente, como sempre acontece quando colocamos o lucro na frente da justiça. (O que você acha? Este final de capítulo ficou muito moralista? Ah, sei; você gostou. Bem, neste caso não há dúvida: suprima-o. Certamente vai melhorar.)

5

Almenar foi uma vitória decisiva. Ninguém duvidava de que as Duas Coroas voltariam à batalha. Mas o número de baixas, moderado, não refletia a comoção sofrida em suas filas.

Sem o contingente francês, Felipito só podia contar com os recrutas espanhóis, uns rapazes que, como já se havia demonstrado, estavam mais verdes que capim. O encontro seguinte se deu em Zaragoza, uma cidade à beira do Ebro. Para Felipito foi ainda pior que Almenar. O dia acabou com oitenta bandeiras capturadas, seiscentos oficiais bourbonistas prisioneiros e doze mil baixas em sua infantaria.

Depois da vitória de Zaragoza, os Aliados pararam para decidir o que fazer. Foi num lugar chamado Calatayud, e se reuniram no conselho de guerra nove generais de todas as nacionalidades. Os portugueses, muito logicamente, eram partidários de seguir em frente e se juntar com Portugal. Desse modo, Lisboa e Barcelona ficariam unidas pelas armas aliadas. Outros generais queriam se apoderar do norte. Se conquistassem Navarra, argumentavam, a fronteira francesa se fecharia e Felipe V não poderia receber reforços do avô. O Karlangas hesitava. Mas nesse ponto interveio Zás-Trás Stanhope. Navarra, ao norte? Portugal, a oeste? De que diabos estavam falando? Ele viera com a missão de entronizar Karlangas como Carlos III da Espanha e voltar rápido para casa. E era isso exatamente o que pretendia fazer. Ao que parece, deu um soco na mesa: ou o exército tomava o rumo de Madri ou ele e seus mijabirs voltavam para casa. Direto para Madri!

O exército austracista nunca foi uma máquina militar tão precisa como na véspera de Zaragoza. Quanto à tropa, não se via um exército mais heterogêneo desde os tempos de Aníbal. Depois de meses e meses partilhando marchas e caminhos, posso dizer que cheguei a conhecê-los muito bem.

Os oficiais ingleses eram autênticos cavalheiros, enquanto sua soldadesca era o pior bando de vagabundos da Europa. No corpo português, a ordem se invertia: os soldados eram uns garotos encantadores, sempre tímidos e obedientes, sob as ordens de oficiais que mais pareciam negociantes de escravos. Entre os holandeses havia dois tipos: os bebedores e os maus bebedores.

A atitude dos diferentes grupos nacionais em relação aos outros poderia se definir como "Deem um gole a eles, mas sem soltar a garrafa". Os ingleses tinham um desprezo infinito pelos portugueses. Consideravam-nos piores que os espanhóis, o que é muito forte. Quanto aos portugueses, como se há de imaginar eles tinham uma ideia diferente. Se os ingleses eram tão ricaços e sabidos, perguntavam, por que a vitória final não chegava nunca?

Bem, parecia que finalmente estava chegando, porque naquele outono de 1710 o exército Aliado avançava sem parar pelo coração de Castela. Bem, agora talvez vocês perguntem como sua capital se defendeu do exército Aliado. A resposta é muito simples: não se defendeu.

Em 19 de setembro, dois dragões ingleses chegaram aos subúrbios de Madri. Atônitos, informaram aos superiores que nada se interpunha entre eles e a cidade, nem sequer um miserável batalhão de milicianos. Eu fiquei tão pasmado como aqueles dois dragões. Então não haveria luta? Não, não houve luta. Nem um único tiro! E para isso eu tinha percorrido meia península? Quando já se avistava a cidade, Zúñiga me informou que Madri não era uma praça fortificada. Só era rodeada por um muro de alvenaria, cuja única finalidade era dirigir o tráfego para as alfândegas que cobravam impostos pelos produtos que entravam na cidade. Bravo, Zuvi!

Enquanto o Karlangas preparava sua entrada triunfal em Madri, Zúñiga e eu nos adiantamos às tropas. Minha primeira impressão foi que Madri era uma cidade vazia e sem graça, com as ruas desertas. Mas estava enganado. Ainda não sabíamos que Felipito, em sua retirada da capital, fora acompanhado por trinta mil cortesãos e partidários. Não deu muitas opções a eles: todo nobre ou secretário que não o seguisse em sua fuga seria considerado traidor à santa causa bourbonista.

O melhor alojamento que encontramos foi o sótão de uma taberna. O teto era tão inclinado que para mover-nos na parte mais baixa tínhamos que engatinhar. E o mobiliário se reduzia a dois enxergões, duas bacias e uma janela. Bem, tampouco podíamos reclamar. Tínhamos entrado em Madri antes que o grosso do exército. Para comemorar a volta à sua cidade, Zúñiga me levou a uma das tabernas mais populares, e enquanto bebíamos umas jarras o taberneiro escutou a nossa conversa.

— Mas, senhores — disse —, ainda não sabem? Os Aliados estão a ponto de entrar em Madri. — Olhou para os dois lados, como se tivesse medo de ser ouvido. — Há dez dias os súditos franceses receberam ordem de abandonar a cidade. Onde vocês estavam? Como é que ignoram? Os Aliados não simpatizam muito com os franceses!

Zúñiga e eu nos entreolhamos. Percebemos que o taberneiro havia confundido meu sotaque catalão com francês. Diego encolheu os ombros como que dizendo: bem, para que desenganá-lo?

— Pelo amor de Deus — respondi —, pois eu estava convencido de que minha pronúncia passaria despercebida.

— Não, não, de forma alguma! — disse o taberneiro. — E o senhor pode ter muitos problemas.

— O problema — interrompi — é que não posso sair de Madri. Na verdade, acabaram de me mandar para cá. Entende?

Deixei que ele chegasse às suas próprias conclusões. As pessoas gostam de ser consideradas mais espertas do que são. Por fim seus olhos se iluminaram: "Aqui temos — deve ter pensado — um espião do rei Felipe." Só então acrescentei:

— Silêncio! A cidade vai se encher rapidamente de austracistas. E nossa chegada foi tão precipitada que ainda não resolvemos a questão do alojamento.

E então, graças ao patriotismo do taberneiro, conseguimos cama e teto grátis no sótão. Depois de nos instalar, ele nos pôs a par da situação. Pelo que disse, Felipito decidira incorporar ao seu arsenal uma arma desconhecida na guerra moderna: as xotas.

O taberneiro nos explicou no tom mais confidencial do mundo:

— Quando se viu que a perda de Madri era inevitável, o governo mandou trazer todas as putas doentes de Castela, Andaluzia e até de Estremadura. Corpos submetidos aos males mais invisíveis e contagiosos. Dessa forma pretendem causar milhares de baixas nos Aliados. Pelo amor de Deus, não cheguem perto de nenhuma meretriz!

* * *

Madri não é a mais bela das capitais que se podem visitar. Suas ruas se abrem ao acaso, para horror dos engenheiros. Os desníveis roubam a perspectiva dos edifícios, e as fachadas são tão feias que é difícil acreditar. O ornamento público é mínimo. Madri não tem relíquias antigas, pecado desculpável por seu caráter de cidade nova. Só quando foi transformada em corte (o que aconteceu apenas um século antes da chegada de Zuvi *Pernalonga*) é que essa pequena vila começou a ganhar alturas de capital. Mas o indesculpável é que, sendo uma urbe nova, ela foi se espalhando sem um plano prévio, improvisando ruas em declive, estreitas, sombrias e tortuosas. É como eu digo: os engenheiros que fizeram Madri deviam estar construindo fortalezas no Caribe. Suas ruas são imundas, e seu pavimento, quando tem, descuidado, quebrado e solto. Segundo os próprios madrilenhos, a pior tortura que a Inquisição pode infligir é meter o réu numa carruagem e fazê-lo rodar por suas ruas de pedra.

Mas estou dando uma imagem tendenciosamente triste de Madri. Meus sentidos, já aguçados em Bazoches, ficavam ainda mais empolgados diante do novo, e como a novidade era uma cidade inteira, meus olhos e meus ouvidos viviam um festim. Sim, o fato de ter estudado em Bazoches fazia da minha visita a Madri uma verdadeira exploração. Para o bom estudante do Mystère, tudo resplandece e uma observação atenta ilumina tudo. Nativos e estrangeiros concordavam em bendizer os céus madrilenhos. Ali o ar é sempre fresco; a luz hibernal é doce e bonita, enquanto no verão, ao contrário da Barcelona mediterrânea, o sol jamais fere os olhos. O madrilenho comum é louco por bebidas geladas, o que obriga a haver milhares de burros transportando neve. Em Barcelona o negócio do gelo era próspero; em Madri, exuberante. Não há forma mais agradável de perder tempo que passear pelas margens do rio que cruza a cidade, o Manzanares, com um sorvete na mão, admirando suas belezas. O mais comum é que as mocinhas casadouras se sintam como flores, escoltadas por seus familiares debaixo de um guarda-sol, trajando o último modelito. Os jovens que passam por ali diminuem o passo e fazem galanteios, que são correspondidos com um cumprimento, o desprezo ou uma saudação aparentemente desdenhosa.

A Praça Mayor de Madri é uma farra contínua. Nela desembocam todos os estafetas que chegam à capital do império, portanto as pessoas se congregam ali para saber e comentar as notícias. Na mesma praça se celebram autos de fé, corridas de touros e execuções. Confluência tripla e feliz, pois assim os espectadores admiram os penitentes, as corridas ganham relevância e o espetáculo é arrematado com alguma divertida execução. O público ainda está comentando as últimas palavras do condenado quando chegam mensageiros de todo o império relatando a matança realizada pelos mapuches em alguma colônia ou o assalto a um porto caribenho.

O espanhol não é um apaixonado por seus domínios. Ficam tão longe, e dão tão pouco benefício real, que as boas notícias são recebidas com a mesma indiferença que as más. Esse caráter manso me atraía muito. Para um barcelonês Madri parecia um lugar extremamente pacífico. Na Catalunha se vivia em estado de guerra, em germe e ao mesmo tempo perpétua, de todos contra todos. Pobres contra ricos, os habitantes do opulento litoral desconfiando dos bárbaros montanheses do interior, miqueletes contra estrangeiros e a guarda contra os bandoleiros. Pelo mar, os piratas berberes, cujo peculiar negócio consistia em sequestrar viajantes e pedir resgate. E para não esquecer nada, hordas de estudantes apedrejadores. Tudo isso sem contar as guerras dinásticas, que são as únicas que os historiadores consideram dignas de ser narradas.

Em Madri as coisas não eram assim, por muitos e variados motivos. A presença da corte reprimia toda e qualquer violência alheia ao poder; a cidade ficava distante de qualquer rota de invasão, e o caráter do madrilenho não é rebelde. Como todas as cortes, Madri era uma colmeia que atraía uma imensa população flutuante. Gente que, como todos os oportunistas, não estava interessada em brigas e sim em se arrumar. Mas talvez o mais curioso é que, em Madri, a agressividade popular estava nas mãos de uma casta peculiar: os embuçados, uns fidalgos que cobriam a cara e o corpo com uma capa e viviam atrás de motivos para bater-se em duelo.

Como se a vida já não fosse suficientemente perigosa, só faltavam esses birutas, estranha mistura de cavalheiro andante e chacal noturno. Uma afronta qualquer era motivo para desafiarem a morte, sem que adiantassem desculpas. A noite era deles, e por esse motivo após o crepúsculo Madri era uma cidade muitíssimo mais enfadonha que Barcelona. Aprendi depressa que era melhor se passar por pobre e indigno, pois para um embuçado não havia mérito em matar qualquer um. E, como o bom do Zuvi sempre teve menos dignidade que um índio tem barbas no rosto, escapei de seus caprichos sem grandes problemas.

E agora vem a melhor parte. Se perguntassem a este soldadinho onde ele ficou mais vezes em posição de sentido, sem dúvida responderia que em dois lugares: o Taiti de Cook e Madri desse outono de 1710. A prova definitiva de que o mundo foi malfeito é que as putas cobram para trepar. (E você, cale a boca e escreva, sua beatona.) Mas, quando se espalhou o absurdo boato de que elas eram agentes bourbonistas, as pobres putas de Madri não tiveram outro remédio além de baixar os preços e voltar a baixar. E, quando já estavam no chão, baixar outra vez. Era óbvio que se tratava de um embuste criado para fustigar os Aliados. E no entanto a tropa ocupante engoliu a história. Como consideravam Felipito capaz de qualquer infâmia, ficaram recluídos em seus aquartelamentos e para se consolar substituíram as putas pelas garrafas. A mentalidade soldadesca é imprevisível.

Enfim, eu lhes dizia que pelo menos para Zuvi *Pernalonga* foram dias muito felizes. O exército já tinha entrado em Madri mas o Karlangas ainda estava nos arredores, resolvendo seus probleminhas e preparando sua grande entrada triunfal. Enquanto isso, eu passava o dia todo trepando com belezas baratas.

No começo, para que esconder, cometi um erro de forasteiro.

No primeiro dia, passeando pelo sul da cidade, mais popular, parei para observar uma dessas horrendas fachadas sem janelas. Um madrilenho simpático e desocupado me abordou:

— O que está olhando tanto? Está interessado em construir uma casa de malícia?

— Nem construir nem administrar — respondi, com toda inocência —, eu me conformaria com desfrutar de uma. Sabe se é muito caro visitar uma "casa de malícia"?

— Não, que nada — disse o bom homem —, por que haveria de ser? Em Madri somos muito acolhedores. Entre aí, entre e pergunte ao dono o que quiser.

E, de fato, a porta estava entreaberta, sem temor nem precaução com os viandantes. Subi uma escada estreita. No primeiro andar vi uma senhora remendando roupa. E que primeiro andar mais discreto! Nenhuma janela, sem dúvida para esconder o ofício que ali se exercia.

— Olá! — cumprimentei. — Quantas garotas há na casa?

A mulher me olhou de um modo estranho. Talvez tivesse me tomado por um fiscal, e quis tranquilizá-la:

— Não se preocupe — disse —, sou apenas um cliente.

Nesse momento entrou um homem. Repeti a pergunta, e enquanto o sujeito fazia uma cara perplexa, a mulher lhe deu a entender que eu era um visitante mais ou menos ilustre.

— Bem, tenho a minha esposa — respondeu, bastante desconcertado —, que já conhece, minhas três filhas e minha santa mãe. Mas quem é o senhor? E por que lhe interessam minhas mulheres?

— Emprega as suas próprias filhas? Isso é normal em Madri? — fiquei indignado. — Bem, seus costumes não são da minha conta. Pode mostrá-las, por favor? E quanto quer para me deixar desfrutá-las um pouco? Nada de coisas esquisitas, só uma trepada. Entenda que venho de longe e tenho as minhas necessidades.

O homem ficou lívido e quis me expulsar.

— Ei, espere, estou disposto a pagar por elas! — protestei. — Imagino que sua indignação é regateio, mas antes diga-me o preço. Aceita moeda catalã? Não tive tempo de visitar o cambista.

Para minha surpresa, ele se armou de um machado. E ergueu-o acima da própria cabeça!

— Olhe, não existe negociador mais duro que o filho de um comerciante catalão, então acalme-se — disse. — Eu só quero ir para a cama com suas filhas, com as três ao mesmo tempo se me der um desconto.

Quando vi que vinha para cima de mim, de machado em riste, pensei que era melhor sair correndo escada abaixo.

— Você sai perdendo! — gritei enquanto fugia. — E fique sabendo que acabou de estragar a fama universal de hospitaleira que tinha esta cidade!

Quando contei o caso a Zúñiga, ele quase morreu de rir. As "casas de malícia" não eram lupanares, mas o nome que se dava a certa argúcia legal. Segundo as leis madrilenhas, o rei tinha o direito de cobrar impostos pelo primeiro andar de cada prédio. Para evitar esse pagamento, as pessoas construíam suas casas com técnicas de dissimulação, de modo que o primeiro andar não tinha janelas para fora e parecia um prolongamento do telhado. Casas de malícia! Pelo amor de Deus, o que queriam que eu entendesse? E quem cobra um imposto tão insensato? Realmente, alojar uma corte nunca vai ser um bom negócio.

Não obstante, tirando os pequenos mal-entendidos, inevitáveis para o visitante, eu me aclimatei logo às doçuras madrilenhas. Passava o dia de flor em flor, e quando voltava ao meu desvão lá o taberneiro patriota estava à minha espera.

— Como você volta cansado! Eu nunca trocaria o meu ofício pelo de espião, não senhor. Está com umas olheiras bem feias, meu amigo! Dá para ver que as tarefas de agente do rei consomem corpo e alma.

Aqui, a minha querida e horrenda Waltraud se indigna, protesta e se contorce, tratando-me de mau marido, degenerado e perdido. Atitude que, naturalmente, não contribui em nada para o conhecimento dos homens, mas sim para o das mulheres. (Você está pensando o quê, minha porquinha, que Amelis ficava à minha espera tecendo, como uma Penélope? E, apesar de tudo, nós nos amávamos, coisa que o seu cérebro de passarinho louro não entenderá jamais.)

Em 28 de setembro, por fim, o Karlangas entrou em Madri.

A previsão era que o rei fosse à missa no santuário de Atocha e a seguir fizesse sua entrada triunfal em Madri. Triunfal! Rá! E mais rá! Ponha aqui um longo deboche, risos e sarcasmos mil!

O Karlangas percorreu o trajeto num cavalo branco e usando um elegantíssimo traje negro. E que cara ele fazia. Porque nas ruas não havia ninguém, absolutamente ninguém, além do bom do Zuvi e um manco que não tivera tempo de se esconder.

Não era o rei deles. Os madrilenhos odiavam o Karlangas tanto quanto os barcelonenses o Felipito. No dia anterior, foi dada a ordem de que todos lavassem o trajeto e enfeitassem seus balcões. Uma ova. As ruas estavam tão ou mais cheias de esterco que de costume. Os balcões o receberam vazios e fechados. Os sinos mais pareciam dobrar que repicar. Quando ele ainda estava na rua de Alcalá, deu meia-volta sem chegar ao palácio e dizem que disse:

— Madri é um deserto!

Eu não posso garantir, porque a essa altura do desfile já tinha ido embora com uma puta desesperada e, como se há de entender, os choramingos do Karlangas não me interessavam. Mas logo atrás do Karlangas vinha, em seu cavalo branco, Zás-Trás Stanhope, cuja cara era ainda mais eloquente que a do rei.

É sempre igual, os generais estrangeiros pareciam incapazes de perceber coisa alguma. Não queriam entender que Castela e a Catalunha estavam em guerra exatamente como a França e a Inglaterra; que a Espanha era um nome sob o qual se escondia uma realidade que se apoderava da política, do comércio e, se me permitem, até do senso comum. Um campo de batalha entre duas formas opostas de entender o mundo, a vida, tudo. Como disse, reparei muito bem no semblante de Stanhope; o homem finalmente entendia a bela confusão em que tinha se metido. Nunca um comandante fracassou de forma tão terminante depois de ter cumprido a sua missão de forma tão perfeita. Tinha conquistado Madri, mas ao fazê-lo como invasor perdeu Castela. Tinha coroado o Karlangas, mas seu trono era intruso e, como tal, volátil.

Os ingleses poderiam chegar a admitir uma dinastia francesa reinando em Londres, ou os franceses uma dinastia inglesa em Paris. Mas os madrilenhos jamais tolerariam o Karlangas como rei, jamais, e não porque fosse um rei austríaco, mas porque era o rei dos catalães. E Stanhope pensou que poderia ajeitar tudo com algumas cargas de cavalaria. Por favor! Sim, minha querida e horrenda Waltraud: como vocês diriam, *schöne Schweinerei*, bela encrenca.

Durante toda a guerra, os Bourbons tiveram uma estratégia superior. Os Aliados conquistaram Madri numa espécie de cavalgada medieval amalucada. Os bourbonistas sempre seguiram pautas metódicas, como uma tramoia lenta e minuciosa. Os Aliados estavam em Madri, mas franceses e espanhóis continuavam firmemente ancorados em Tortosa, Lérida e Gerona. Eu resolvo isso num zás-trás! Era para rir, se não fosse porque a tragédia dos Aliados acabaria sendo a nossa.

Durante os dias seguintes, o Karlangas tentou atrair os madrilenhos com mil persuasões e salamaleques. Corridas de touros de graça, presentes e prebendas para a cidade. Nada. Financiou três dias seguidos de rojões que ninguém foi presenciar. Até então eu não sabia como pode ser deprimente um espetáculo de fogos de artifício sem espectadores. Os reis esquecem que a dignidade de um povo não se compra.

Chegou ao extremo de distribuir dinheiro, ao estilo dos césares. Vários cavaleiros percorriam a cidade com sacos repletos de moedas que iam jogando para cima. Os madrilenhos se agachavam para apanhá-las, claro, porque uma coisa era não ser austracista e outra ser bobo. Mas, isso sim, sem dispensar o seu humor cáustico. O Karlangas se havia proclamado "Carlos III da Espanha". Pois eles beijavam as moedas e proclamavam velhacamente:

— Viva Carlos terceiro, enquanto durar o dinheiro!

* * *

Portanto, como podem ver, a conquista e ocupação de Madri foi qualquer coisa menos épica. E como a pergunta de Vauban havia sido sobre a defesa perfeita, não era aquele o caldo mais adequado para encontrar um mestre ou descobrir a Palavra. Enquanto isso, a efervescência contra o Karlangas aumentava. Não que o povo tramasse uma revolta. Não era isso. A imensa maioria dos madrilenhos tinha algo em comum com a imensa maioria dos barcelonenses: enquanto suas vidas continuassem do mesmo jeito, estavam tão pouco dispostos a lutar a favor do Felipe V como contra Carlos III. Os soldados Aliados continuavam recluídos nos quartéis e tinham pouco contato com o povo, evitando assim as provocações. E a Guarda de La Quietud era composta por catalães cuja má fama provocava pavor. Em todo caso, digamos que eram de uma equidade perfeita: quando pegavam um delinquente, davam uma surra, obrigavam a gritar "Viva Carlos III!" e levavam para uma masmorra. E quando pegavam um transeunte inocente, também: se não gostassem da sua cara, davam uma surra, obrigavam a gritar "Viva Carlos III!" e levavam para a cadeia.

Os bourbonistas embuçados e os padres fanáticos atiçavam o verdadeiro mal-estar. A meu ver, eles desperdiçavam seus recursos. Por um lado, não precisavam subornar a lealdade do povo de Madri, que já tinham a seu favor. E, por outro, por mais que fossem induzidos, os madrilenhos eram suficientemente prudentes, ou responsáveis, para não cometer a loucura de sublevar-se contra um exército regular. (Além do mais, para que se amotinar enquanto choviam sacos de dinheiro?) Quanto aos padres espanhóis, são os piores de todo o mundo católico. Seus interesses estão sempre aliados aos da estupidez humana; eles fomentam ambos em cada sermão, e nem o senso de ridículo nem a força da razão conseguem detê-los.

Um dia eu estava sentado numa taberna quando entrou um mendigo. Em vez de pedir caridade, começou a distribuir uns folhetos. Deixou alguns em cada mesa, inclusive a minha. Como não tinha nada melhor a fazer, li. Na terceira linha já não conseguia mais conter o riso.

Algum agente felipista devia ter contratado aquele pedinte para distribuir os papeluchos, que definiam muito bem a mentalidade bourbonista. O panfleto não atacava os ingleses, os portugueses ou os austríacos. Em absoluto. Toda a sua carga retórica era dirigida contra os "rebeldes", quer dizer, os catalães. Segundo o autor, a culpa de que o inimigo houvesse ocupado Madri não era das armas aliadas nem da incompetência bourbonista, e sim das intrigas catalãs. Até eu cheguei a me convencer de que, nas horas vagas, os catalães tinham inventado o chato, os joanetes e as hemorroides. o fato de os catalães sofrerem desses males não os eximia de sua perfídia, exatamente da mesma forma que os judeus eram um povo maldito embora Jesus Cristo também fosse judeu.

Não me lembro exatamente de todos os pontos do panfleto, e talvez seja melhor assim. Só guardo na memória as principais acusações. Quando acabasse a guerra, nós íamos violar as mulheres de Castela e assassinar ou mandar os seus maridos para as galés. Segundo esse panfleto, os catalães estavam por trás de um complô para se apoderar e monopolizar o comércio com a América (do qual a Catalunha sempre estivera rigorosamente excluída, por ser um reino à parte). Os impostos sobre os castelhanos seriam, mais que onerosos, de um rigor próprio de escravistas, e iriam parar no tesouro de Barcelona para ser desfrutado pelos rebeldes. Todos os comandos do exército, assim como os juízes e jurados de Castela, seriam substituídos por naturais da nação catalã. Para garantir o controle de Madri seria construída uma fortaleza, com a qual se manteriam seus habitantes trancafiados até o final dos tempos.

Ri às gargalhadas. Mas não deveria. O que estava lendo nesse papel, nesse diminuto pedaço de papel, era o pior do gênero humano. E não porque estivesse cheio de insídias sobre o inimigo, não. O tempo demonstrou que continha algo muito mais terrível.

O mais diabólico foi que esse papelzinho se transformou em realidade alguns anos depois, só que aplicado à Catalunha e numa escala bíblica. Projetando seus medos, os bourbonistas foram tão perfeitos na retribuição de ofensas imaginárias que não deixaram nenhum ponto de lado. O assassinato em massa já havia começado muito antes do fim da guerra. Depois de 11 de setembro de 1714, toda a ordem jurídica catalã foi arrasada e substituída pela de Castela. Durante décadas a Catalunha foi considerada uma terra ocupada militarmente. Todos os governantes que teve eram originários de Castela. Os impostos arruinaram o país, antes rico, e condenaram a maioria à fome. E, finalmente, para controlar Barcelona foi construída a Ciudadela, a fortaleza vaubaniana mais pérfida jamais concebida. E adivinhem quem foi seu autor? Sim, ele: Joris van Verboom, o açougueiro de Amberes. Foi essa a sua recompensa por participar do assédio de Barcelona. (Já contei aqui como o matei?)

Mas quem ia pensar tudo isso em 1710, com o exército Aliado em Madri e o Karlangas ostentando, por mais nominal que fosse, o título de rei de todas as Espanhas? Na invisibilidade do mal, eu não notava animosidade alguma, as pessoas eram amáveis e até obsequiosas; a guerra continuava sendo um assunto das alturas dinásticas, alheio às misérias cotidianas dos diferentes povos que habitavam as Espanhas. Rasguei o panfleto em pedaços. O que a princípio me fizera rir, depois de uma leitura mais atenta me deixou furioso. Eu tinha visto os atropelos da tropa espanhola em Beceite, os bosques catalães cheios de cordas e enforcados. Agora se entendia melhor de onde seus soldados e oficiais tiravam tanta bílis assassina.

Voltei para a minha hospedagem num estado de humor tempestuoso. Adoraria quebrar a cabeça de alguém, mas de quem?, de quem? A responsabilidade não era deste ou daquele, mas de um vapor invisível. O mal é como uma nuvem negra; forma-se lá em cima, além do nosso alcance e compreensão, e quando descarrega o dilúvio nós não vemos a nuvem, apenas nos limitamos a sofrer a tempestade.

Eu não estava com vontade de compartilhar a mesa com ninguém. Furioso, subi para o sótão com um pão e um pedaço de queijo. Zúñiga não estava lá. Melhor. Como já disse, não era um dia para compartilhar com ninguém, menos com amigos que com inimigos. Sentei no meu enxergão. Era um queijo seco. Como não tinha faca, fui procurar a que Zúñiga sempre levava em sua bagagem. Ao lado do enxergão dele havia uma bolsa cilíndrica de couro. Em outro momento eu teria sido mais comedido com os bens alheios, mas éramos amigos e eu precisava de uma faca. Virei aquele saco e deixei o conteúdo cair no chão.

Não havia nada sólido, só papéis. Centenas de panfletos, páginas exatamente iguais às que tinham me dado pouco antes na taberna. Estava com um punhado deles nas mãos quando Zúñiga entrou.

Eu tinha um amigo, um amigo chamado Diego Zúñiga, e quem entrava por aquela porta era outro homem, um desconhecido de quem eu ignorava tudo menos sua missão: dar a vida por Felipe V, o homem mais detestável do século. Agora ficava mais compreensível o seu caráter aquoso, aquele olhar que via sem que o vissem, seu corpo com perfis leves como uma pluma. Imagens anteriores de Zúñiga passaram diante dos meus olhos. Em Almenar peguei-o saindo da oficina onde Verboom se escondia. Sem dúvida, ele mesmo o tinha escondido naquele refúgio. Sim, até esse momento nunca me havia passado pela cabeça que tem gente que nasce para ser espião.

Joguei o punhado de folhetos em sua cara e exclamei:

— Este lixo é seu!

Ele não se alterou. Era Zúñiga, o homem invisível, e as paixões nunca o traíam. Limitou-se a recolher os papéis no chão, ignorando-me. Eu o acossei.

— Você está me perguntando por que servi ao meu rei, é isso? — replicou por fim. — Por que arrisquei a vida, escondido anos e anos no meio do inimigo? Creio que por duas palavras: fidelidade e sacrifício.

— O privilégio dos reis é nos contratar para que morramos por eles, não para que odiemos por eles — respondi. — Só uma alma bárbara pode querer contrapor povos e nações como se fossem exércitos.

Ele sorriu.

— Quando seus deputados violaram o juramento de fidelidade a Felipe, quem contrapôs o povo da Catalunha ao seu rei? E o que esperava que acontecesse? Que Castela observasse impassível como ofendiam o seu soberano, que falando estritamente também é o de vocês? Que depois de trazerem a guerra para a Espanha e nos apunhalarem pelas costas, nós ficássemos de braços cruzados? Nós temos que preservar um império, Martí, e em Barcelona só querem sangrá-lo. Castela o sustentou sozinha durante trezentos anos, enquanto vocês olhavam para outro lado, escondidos debaixo das saias de suas Liberdades e Constituições.

— O império..., o império... O que vocês ganharam conquistando um mundo? Os índios americanos os odeiam; os vizinhos europeus nem sequer os invejam, eles os desprezam; e sustentar essa miríade de posses ultramarinas arruinou as arcas de Castela. E vocês ainda se sentem no direito de exigir que reinos alheios participem dos seus desmandos, e que o façam pela glória de Castela! Eu o achava um homem inteligente, Diego.

— E me considero tal — respondeu, num tom nada apaixonado. — Por isso me dói não ter entendido a alma catalã. Explique-me os motivos de tanta sem-razão: por que querem destruir uma união de armas que nos tornaria poderosos e respeitáveis? Por que detestam um projeto comum, que deveria ter unificado a Península há séculos?

— Porque o que vocês chamam de unidade é opressão! Responda: você transferiria a corte para Barcelona? Admitiria que Castela fosse regida por leis catalãs? Que os ministros fossem escolhidos apenas entre os deputados catalães? Será que gostariam de ver suas vilas e cidades ocupadas por tropas catalãs, que vocês teriam que embriagar e alojar, mesmo à custa de suas mulheres? — Balancei um dos panfletos diante do seu nariz. — Pelo que li aqui, acho que não!

— É uma lei da vida, os grandes devoram os pequenos e os fracos sucumbem diante dos fortes. E, mesmo assim, não é essa a atitude de Castela. Podendo ser parte privilegiada de um todo, vocês escolhem ser menos que nada. É incompreensível.

— Talvez incompreensível seja medir a honra pelo instinto belicoso. Esse caminho só os levou às derrotas e à falência. Todas as nações que prosperaram foi graças ao suor e ao dinheiro fluente, não às armas e à pólvora. Mas vocês insistem na teimosia do herói obtuso. Cada navio que se enche de canhões em vez de tonéis é uma nave de mercadorias perdida; cada regimento que se treina e se arma, uma indústria desperdiçada. Pelo menos é o que pensam os meus concidadãos.

Em tributo a Zúñiga, direi que ele sabia escutar.

— Agora entendi — disse ele. — Não querem ser grandes, querem ser ricos. Não amam a glória, mas a opulência. Odeiam Esparta pelo mesmo motivo que amam Sibaris. — Deu um passo na minha direção. — Mas diga-me, Martí, que sentido tem a vida sem o desejo de epopeia, sem alguma proeza para legar à geração seguinte? O projeto vital de vocês é o mesmo das minhocas. Sem luz nem ilusão, sempre debaixo da terra, nunca se erguendo acima do seu tempo. É melhor perder a vida na batalha que desperdiçá-la em remansos mesquinhos. — E sentenciou: — O mal de vocês é a mediocridade da alma.

— Como o de vocês — repliquei —, que são intoxicados pelos livros de cavalarias. Os ruins!

Soltou uma risadinha tão poderosa como insolente. Ele havia escondido de mim sua condição de espião, e até me usou para se camuflar. Quem iria suspeitar do acompanhante de um libertino tão inofensivo como Zuvi *Pernalonga*? Peguei-o pelo pescoço e o apertei contra a parede.

— Alguém escreve esses papeizinhos num canto escuro e depois os bosques aparecem cheios de enforcados — falei. — Eu vi! Alguém escreve esse monte de mentiras e no dia seguinte pessoas alheias à tinta são degoladas e jogadas morro abaixo. Diga-me que não acredita nas barbaridades escritas nesses papeizinhos. Diga-me!

Olhei-o nos olhos, e nesse instante entendi algo aterrador. Amaldiçoei a minha cegueira, pois o seu sorriso me fez ver que ele mesmo, o meu bom amigo Diego Zúñiga, havia escrito ou ditado esses papéis.

— Castela conquistou um mundo — disse ele. — E agora vem meia dúzia de sanguessugas de Barcelona, escondidos atrás do arquiduque Carlos, e querem ficar com tudo aquilo pelo qual nossos pais morreram. Jamais. E acredite, Martí: muitos vão pagar por isso. A mão do rei talvez não chegue até Viena ou Londres, mas é certo que chegará até o último recanto da Espanha.

Soltei-o. O bom do Zuvi nunca gostou de coisas definitivas, mas poucas vezes minha voz foi tão firme como ao dizer:

— Diego, nós não somos mais amigos.

* * *

Realmente não foi o meu melhor dia em Madri. Passei a noite de taberna em taberna, e não para conhecer novas putas, mas para me embebedar. Está bem, serei sincero: o que queria mesmo era quebrar a cara de alguém. Não sou muito brigão, mas nunca negarei as virtudes de uma boa porrada. Quando tudo vai mal, a melhor coisa é dar umas pancadas, se possível na cara de alguém que o mereça. E senão, bem, pois então na do primeiro que passar. Você nele e ele em você. Não interessa saber quem dá e quem leva: basta desabafar.

E eu me sentia culpado, muito culpado. Tinha acompanhado o exército na esperança de que um mal, a guerra, me proporcionasse um bem, um mestre, mas como encontrar *maganones* em Madri? Na minha loucura bêbada, comecei a levantar mangas direitas em busca de Pontuados. Infelizmente, os fregueses das tabernas fugiam de mim. Com o meu sotaque barcelonês e minhas maldições a Felipe V, todos me tomavam por um agente que se fazia de bêbado para descobrir bourbonistas. Até o mais ingênuo desconfiava que eu era um austracista provocador. Não conseguia encontrar ninguém que me consolasse ou me enfrentasse. Ainda hoje me vejo com os cotovelos no penúltimo balcão, bêbado, solitário e gritando:

— Será que em toda Madri não vou achar um amigo nem um inimigo?

Já eram altas horas da madrugada quando entrei num antro cheio de bebedores berrando. Se não levasse uma surra ali, não levaria em nenhum outro lugar. Cheguei tão ébrio que quase não conseguia ficar em pé. O lugar estava muito cheio, não havia uma cadeira disponível. Vi cinco homens apertados em volta de uma mesa. Quem mandava lá era um cinquentão, um sujeito corpulento e de olhar autoritário. Em qualquer outro momento eu o teria reconhecido imediatamente, mas o vinho não é amigo da memória, que me perdoem os irmãos Ducroix.

Peguei o menorzinho dos cinco pelo pescoço e o arranquei da sua cadeira. Sentei-me nela, pus os pés em cima da mesa e disse ao cinquentão:

— Posso me sentar aqui?

Ele não entrou na provocação. Em vez de começar uma briga, fez um gesto com a cabeça ordenando aos seus homens que me ignorassem. Debatiam temas militares, e um deles fez uma referência à defesa. Eu me dirigi a este:

— O que acabou de dizer, senhor — interrompi-o —, é uma grossa bobagem. Fincar estacas nas rampas só serve para oferecer escadas aos atacantes. Mas, claro, é natural que os bobos digam bobagens.

O cinquentão devia ter muita autoridade, porque mesmo nesse momento conseguiu deter o ataque do homem que eu tinha ofendido. Olhou-me e disse:

— Antes que tenha um intercâmbio de socos com Rodrigo, do qual vai sair machucado, seria interessante que fundamentasse os seus insultos.

— Saiba, senhor, que não fui eu quem disse isto — defendi-me —, e sim o grande Vauban, que o faz pela minha boca.

— Caramba! — disse o homenzarrão, num tom irônico. — Você toma o desjejum com marqueses franceses, de manhã?

— Tomava — respondi para sua incredulidade, e matizei: — Às vezes.

Ao limitar o debate à pessoa dele e à minha, pude observá-lo com mais atenção, e apesar do vinho finalmente o reconheci:

— Espere aí. Eu sei quem você é! Estou matutando desde que o vi; fiquei meio na dúvida porque não está de uniforme, mas afinal me lembrei. — E balancei um dedo na direção do seu nariz. — Tortosa! Sim, isso, Tortosa. Você é o general escoiceador de bundas! Foi você que me fez voar por cima da rampa! — Então me levantei e o desafiei, movendo os punhos em círculos diante da sua cara. — Vamos, valentão. Atreva-se a me chutar agora que não está fardado de general!

O cinquentão me olhava exatamente como um cachorro velho olha para uma mosca.

— Calamos a boca dele de uma vez, *dom Antonio*? — intervieram seus homens.

— Tentem! — Dei uma risada. — Se vocês por acaso ainda não notaram, Madri está ocupada pelos Aliados. Eu só preciso ir à rua e assobiar. A Guarda de La Quietud vai ficar muito contente de prender o seu general, sobretudo depois do que aconteceu em Tortosa e considerando que a guarda é composta por catalães.

O grupo deu uma gargalhada tão unânime que todos os presentes interromperam as conversas para nos olhar. De que estavam rindo? Eu não entendia nada. Desconcertado, deixei os punhos caírem e cocei o pescoço.

— Terei muito prazer em baixar o seu facho — disse o general. — Mas antes sente-se ao meu lado e me conte o que achou desse assédio.

Obedeci. Talvez fosse uma forma de desabafar tão útil quanto as porradas. Durante mais de uma hora, fiquei bebendo e dissertando sobre os males e os defeitos do assédio de Tortosa. Aquela Trincheira de Ataque, uma farsa inacabada. Cavávamos a pouca profundidade e muito depressa. Sem o material adequado, sem rigor. Uma Trincheira de Ataque *en règle* era uma obra mais sofisticada que uma pirâmide! E aquela não passava de uma soma aberrante de galerias desviadas e paredes revestidas de pinho verde em vez de tábuas. A terra que devia estar compactada se esparramava. Resultado? Todos aqueles mortos à toa. Milhares de garotos assassinados mais pela política que pelo inimigo, *collons*. Bastaria ter chegado com a trincheira às muralhas. O comandante inglês, homem sensato, teria se rendido. Mas não, o porco de Orleans quis uma glória rápida. Estava pouco ligando para alguns milhares de mortos! *Collons* outra vez!

Eu estava muito bêbado. Depois de botar tudo isso para fora, olhei o general. O vinho me subia pelos olhos.

— E além do mais você me deu um pontapé na bunda!

Tentei pegar o copo com a mão. Meu olhar não conseguia mais calcular distâncias e os dedos o atravessaram como se fosse um objeto fantasmal. Via tudo triplo: à minha frente estavam três generais. Minhas disquisições sobre Tortosa despertaram de algum modo o seu interesse, porque ele me pegou pelas lapelas e, sacudindo-me, perguntou:

— De onde você tirou esses conhecimentos? E por que mencionou o engenheiro francês?

O álcool tinha me derrotado. Olhei para ele. Abri os lábios, muito lentamente, para lhe contar algo sobre Bazoches. Desisti. Não podia, não queria. E além do mais, para quê? Com a boca pastosa, eu me aproximei da orelha do general e gemi, compungido:

— Diga-me uma coisa, eu lhe imploro. Conhece a Palavra?

Ele me olhou, carrancudo e de boca aberta:

— Palavra? Que porra de palavra é essa?

E continuou me interrogando. Mas no meu estado eu já me encontrava além de qualquer autoridade. Falei:

— É tudo uma merda.

Minha cabeça caía como se eu fosse um fantoche. A testa ficou sobre a mesa como um pescoço sob o machado do carrasco.

Horas depois alguém me acordou. Estava sozinho e já tinham fechado o local. Minha bochecha direita estava colada na mesa, com vinho seco como grude. Saí ziguezagueando. Uma patrulha que passava por ali me viu andando aos trambolhões.

— Ei, *nois* — falaram entre si em catalão —, vamos rir um pouco desse bêbado.

Então me rodearam e exigiram que eu gritasse o conhecido "Viva Carlos III!".

— Viva o cozido madrilenho! — gritei.

— Ei! Tenha mais respeito com seu rei!

— Respeito? Todos os reis são iguais! Uns encrenqueiros egoístas! E agora, pensando bem: o que vocês perderam em Madri? Voltem para casa e parem de chatear os bons bebedores!

Creio que foi a surra mais exaustiva que já levei. Fiquei tão plano que quando terminaram comigo não havia muita diferença entre o bom do Zuvi e um tapete de Ceuta. Antes de ir, ainda me roubaram as botas.

Com as primeiras luzes da manhã, o taberneiro patriota me resgatou. Estava passando por ali a caminho da taberna, para abri-la. Quando me viu estendido na rua me carregou passando um dos meus braços pelo ombro:

— Mas, homem de Deus, eu lhe avisei — ralhou comigo. — Como foi se meter com os catalães?

6

Estava tão moído que só consegui me levantar do enxergão dois dias depois. Minha única alegria foi ver que Zúñiga tinha sumido do sótão. Muitos anos depois voltamos a nos encontrar, e ele ficou me perseguindo durante décadas por três continentes. Sempre me odiou. Mas isso é outra história.

Levantei-me com dores em todos os ossos e me vesti. Num bolso interno descobri um passaporte que, sem dúvida, os assistentes do general tinham me deixado a mando dele.

Queira dirigir-se a Toledo e apresente-se imediatamente ao general dom Antonio de Villarroel.

Assim que li, entendi muitas coisas. Claro que eles riram de mim quando ameacei denunciá-los à guarda! Apesar das ameaças e coações de Felipito, alguns castelhanos aproveitaram a ocupação de 1710 para mudar de lado. O tal general Villarroel, sem dúvida, era um deles. E os homens que o rodeavam deviam ser o seu estado-maior. Era bem provável que estivessem comemorando nessa taberna sua incorporação ao exército austracista pelo Karlangas, com categoria e pagamentos adequados.

E então fui a Toledo. Para ser sincero, nem tinha consciência do interesse que guiava as minhas pernas. Falar com esse general? O mesmo que me fizera rolar rampa abaixo em Tortosa com um pontapé na bunda? Aliás, dava para ver que esse sujeito tinha um caráter de mula azeda, e que devia ser desses milicos que comem martelos e cagam pregos. Que tipo de negócios poderia ter o bom do Zuvi com alguém assim? Bem, pois querem saber de uma coisa? Fui direto para Toledo, mais direto que flecha de índio.

Encontrei Villarroel no alcácer de Toledo, num gabinete muito sóbrio. Ele foi direto ao ponto. De fato, agora servia como general no exército austracista, e queria ter um especialista em poliorcética no seu estado-maior. Não tinha nada de estúpido: havia entendido os meus comentários sobre Vauban, e percebeu logo que aquele pirralho era muito mais que um bêbado irrecuperável. Começamos a regatear o meu alistamento, mas o dinheiro era o que menos me importava.

Chamem de intuição, chamem de Mystère, como preferirem. Enquanto estávamos negociando, eu aproveitei para observar o interior daquele indivíduo, aguçando todos os sentidos de Bazoches.

Nesse homem havia alguma coisa, mas eu não era capaz de definir em que consistia essa coisa. "Se necessitar de um mestre você o encontrará, seja ou não um Pontuado." De todo modo, estaria esse homem destinado a ser o continuador dos ensinamentos de Vauban? Não um engenheiro, mas militar, e ainda por cima castelhano, sendo eu catalão? "Bem, e por que não?", pensei. "Ou por acaso não fui aceito pelo marquês de Vauban, sendo que a França odeia tudo o que é catalão?"

Resolvi o conflito entre a minha cabeça e o meu coração com uma solução de compromisso: daria uma oportunidade ao general. Se ele se mostrasse digno de Vauban, eu seguiria a sua trilha. Se me decepcionasse, eu desertaria na primeira oportunidade.

Como já é de costume, a minha querida e horrendíssima Waltraud interrompe o relato para inquirir com sua ignorância. Em primeiro lugar me pergunta se não era perigoso o meu propósito de desertar na primeira oportunidade. Tenho que responder que sim, mas muito menos do que parece. Na minha época, desertava uma proporção tão elevada de homens, e em todos os exércitos, que a pergunta mais apropriada seria a inversa: por que havia alguns que não o faziam? Alguns velhacos chegaram a adotar como meio de vida o ofício fraudulento de se alistar e desertar dos exércitos que pagavam melhor. O resultado era uma sangria tal que muitas vezes os exércitos recém-formados chegavam à frente de batalha reduzidos à metade dos seus efetivos. Isso no que se refere à tropa. Quanto aos generais, a minha gorda Waltraud se surpreende de que Villarroel tenha começado a guerra lutando em um dos lados e que quando esta chegou ao seu equador passou para o outro. Pois bem, é bom esclarecer que não havia nada de estranho nisso. Os tempos mudam. Hoje em dia o exército francês é integrado por franceses, e o inglês por ingleses. Nos meus tempos não era assim. Um militar de carreira era um profissional qualificado que não diferia muito de um especialista médico, para dizer alguma coisa. Um médico francês pode ser contratado por um rei inglês, e nenhum francês em seu juízo perfeito vai acusá-lo de cuidar de uma saúde estrangeira. Portanto, qualquer soberano podia contratar militares de qualquer origem, e o que dava honorabilidade ao militar era o seu respeito aos termos do contrato, não que o contratante fosse este ou aquele. Villarroel rescindiu o contrato que o ligava a Felipito em 1710, de modo que estava perfeitamente livre para se pôr a serviço de qualquer outro soberano que lhe fizesse uma boa oferta. Está claro, minha morsa loura? Pois continuemos.

No começo, como comandante Villarroel me pareceu um homem horrível, um tirano a cavalo. Ele tinha uma queda pela cavalaria, levava seus esquadrões para os subúrbios de Toledo e, vamos rapazes!, vamos cavalgar mais e melhor que a guarda real macedônia. Como engenheiro, consegui escapar da maioria dos exercícios, não de todos. Vamos, para cima e para baixo, para baixo e para cima, até a sela deixar a sua bunda quadrada. Mais que um general, o homem parecia um cão pastor. Quando algum cavaleiro se extraviava, lá ia o general, *au, au*, latindo e perseguindo o trapalhão que saísse da formação. E, como o referido trapalhão costumava ser o bom do Zuvi, levei umas broncas de bom tamanho.

— Meu contrato é na condição de engenheiro, não de dragão! — protestei um dia, bamboleando na sela.

— E o que quer que eu lhe diga? — disparou ele. — Peça o seu desligamento, pois Deus o fez mais para frade que para soldado, e agradeça, porque o livra de problema maior!

Dom Antonio só bebia um copinho de vinho, na hora do almoço. Com um prato de mingau meio cru se satisfazia, e não lhe interessava outra mulher além da sua. Nas noites em que não dormia no seu leito conjugal, que eram trezentas e sessenta e quatro por ano, preferia uma tábua lisa a um colchão. Como podia o bom do Zuvi se entender com um homem assim?

Os engenheiros nunca se sentiram à vontade na estrutura dos milicos. As saudações marciais, o respeito ao superior hierárquico, eu jamais assumi essas coisas. Fugi da raia sempre que me foi possível. Toledo era tão chata que eu me embebedava não por vício, mas porque não tinha nada melhor a fazer. Uma vez me convocaram para uma reunião do estado-maior do general, e acabei chegando mais tarde e mais alegre que o normal. Dom Antonio me lançou seu olhar mudo, incrivelmente feroz.

Debatia-se a situação geral, cheia de nuvens. Enquanto os Aliados quase apodreciam em Toledo, Felipito estava incorporando milhares de recrutas ao seu exército. E, como se não bastasse, o Monstro lhe enviara reforços franceses sob o comando do duque de Vendôme. Villarroel expressou seus temores de que Toledo estivesse se tornando uma enorme armadilha. Pediu minha opinião: a cidade seria capaz de sustentar um assédio? O vinho riu no meu lugar:

— Ha, ha, ha, que pergunta mais boboca, *dom Antonio*, desculpe, general. He, he, he, se os bourbonistas assediarem Toledo, não haverá assédio. O abastecimento cortado, a população que nos odeia, as muralhas tão podres que até as pedras criam vermes. Hi, hi, hi, levando em conta que já devem nos superar numa proporção de três para um, a melhor ideia é dar o fora agora que ainda podemos, ho, ho, ho.

Ele me trancafiou uma semana nos calabouços, a pão e água. E não porque discordasse da minha opinião, mas porque eu disse exatamente o que ele pensava, só que de maneira errada. Eu pensava que minha masmorra seria tão funda que iam ter que me mandar a comida com atiradeiras. Não. A verdade é que foi uma prisão muito pouco rigorosa; tirando a dieta, que me purgou.

Durante minha breve prisão também aconteceu um fato relevante: o Karlangas fugiu de Toledo, e de Castela, e voltou discretamente para Barcelona. O fato de se antecipar ao exército dizia tudo sobre a sua confiança numa vitória militar. Deu o fora antes de mais ninguém e com vento a favor. O caminho para Barcelona estava infestado de castelhanos irregulares dispostos a cortar-lhe os colhões, de maneira que teve que viajar com uma escolta tão forte que debilitou ainda mais o seu exército. Heroico exemplo!

Dos castelhanos só teve queixas e recriminações:

— Em Madri encontrei muitos que me pediam e ninguém que me servisse.

E o que esperava? Castela e a Catalunha estavam em guerra, não se podia ser o rei dos catalães e dos castelhanos ao mesmo tempo. Ele, justamente, teria que saber disso. E na verdade sabia.

Enquanto esteve em Castela, só bebia leite de umas cabras trazidas de Barcelona. Seu pão era feito com trigo catalão e até o açúcar dos seus bolinhos vinha da Catalunha. Todos os seus mantimentos eram guardados pelo regimento da Real Guarda Catalã, um corpo de elite formado integralmente por catalães decididamente austracistas, uns fanáticos tão fanáticos que quando soltavam um peido se ouvia "trêsss", por causa de Carlos III. Não estou exagerando muito.

Quando cruzou a fronteira entre Castela e a Catalunha, ele desceu da carroça real e exclamou:

— Por fim voltei ao meu reino.

Em Castela era amado por tão poucos como Felipe na Catalunha. Se ele tivesse admitido os fatos, poderia ter havido um final negociado para o conflito. Fim da guerra. E se as coisas tivessem ocorrido assim, eu agora teria pelo menos um país onde enterrar meus ossos. Mas não, sua majestade Karl, o nosso Karlangas cara de merengue, precisava reger um império, não se conformava com menos. E afinal conseguiu o seu império! Mas não como estava previsto, por um acaso do destino e à custa dos seus súditos mediterrâneos. Contarei isso logo a seguir. Antes, quero expor como foi o último dia da ocupação aliada de Toledo e a retirada, a penosa retirada para terras catalãs.

O bom do Zuvi saiu do calabouço. E aqui, se me permitem, vou confessar uma coisa: a própria benignidade do castigo me fez refletir sobre o homem que o impôs.

Minha pouca experiência com dom Antonio me dizia que era um bom general, severo mas justo. Fizera bem me prendendo, muito bem. Vauban teria me tratado da mesma forma, e com toda a razão. Graças a esse período na cadeia, tomei consciência de como eu tinha me embrutecido desde a saída de Bazoches, e talvez dom Antonio fosse uma espécie de Bazoches ambulante.

Quando saí da masmorra, fui me apresentar a ele. Creio que notou a mudança que se dera no meu espírito, e sua forma de me tratar também se adoçou um pouco.

Pois com Villarroel você sempre acabava pagando por seus erros, de um jeito ou de outro. O último, o ultimíssimo pecado de juventude que cometi estando sob suas ordens quase me custou a vida.

Quis festejar com putas a minha recuperada liberdade, e a farra durou tanto que acordei tarde, mal e fora dos aquartelamentos.

— O exército do arquiduque! Finalmente foram embora! — gritava a puta que me acordou. — Foram embora de noite para ninguém perceber. Viva o rei Felipe!

Todo o maldito exército voltava para casa, e eu com remelas nos olhos! Tinha aprendido em Bazoches a permanecer atento mesmo enquanto dormia, mas como passei a noite fora dos aquartelamentos não recebi o aviso. Quis me vestir com tanta pressa que quase enfiei a camisa pelos pés.

Em Toledo os Aliados não eram exatamente muito queridos, e na rua vi que o ambiente esquentava cada vez mais. À medida que a boa-nova se espalhava e o povo ia acordando, seu rancor também ia despertando. Já se viam pequenos grupos aos gritos de "Viva o rei Felipe, viva!", exibindo armas improvisadas acima da cabeça. Meu Deus, podia acontecer qualquer coisa.

Fui às pressas para o Alcáçar. Pensei que talvez ainda encontrasse algum batalhão de contenção ao qual pudesse me unir. O que encontrei foi um grupinho de bêbados, tão bêbados que nem com as ordens mais imperiosas tinham saído dos catres. Havia de tudo um pouco: ingleses, portugueses, holandeses... O álcool não discrimina as origens.

— O que estão fazendo ainda aqui? Foram todos para Barcelona! — gritei. — A turba toledana vai nos matar!

Era inútil, não reagiam. Eu me sentia como se estivesse no meio de um monstruoso redemoinho atlântico, e a única nave que poderia me salvar, o exército Aliado, se afastava a cada momento. Assim que saí do Alcáçar comecei a ouvir tiros e gritos. Os bandos procuravam os atrasados, que não eram poucos. No final da rua vi um inglês de joelhos, sendo chutado e esfaqueado por uma multidão de homens e mulheres vociferantes. Pareciam ter perdido a razão.

Toledo é relativamente pequena. Corri pelas ruas em direção ao leste. Para a minha correria não despertar suspeitas, soltei alguns gritos entusiásticos: "Viva o rei Felipe! Afinal somos livres! Viva, viva!"

E você, por que fez esta cara? O que queria que eu gritasse, "Viva o Karlangas! Sou um maldito rebelde catalão, devoro no jantar trufas e bebês castelhanos!"? Pense um pouco, minha cabecinha de bola de canhão.

A última rua dava para umas hortas atrás das quais já se estendiam uns páramos de vegetação miserável. Parei e olhei para trás, por um instante. Lá, no alto, o Alcáçar estava envolto em fumaça. Pelas troneiras se viam alguns fuzis desesperados, mas era óbvio que não havia nada a fazer. Pobres infelizes. Antes que os esquartejassem vivos, mais valia meter a última bala na cabeça.

O bom do Zuvi sempre teve a sorte do seu lado, porque se deu a coincidência de que um padre estava entrando na cidade. Vinha montado num robusto cavalo ao estilo das amazonas, com ambas as pernas para o mesmo lado por causa da batina. Derrubei-o no chão com um soco, subi na sela como um macaco num coqueiro e saí às disparadas num galope tão veloz que o cavalo parecia ter oito patas. Toledo! Não, obrigado.

7

A retaguarda aliada era formada pela cavalaria ligeira de dom Antonio. Seus cavaleiros atuavam como escudo protetor para o grosso do exército, mais lento, que fugia de Toledo para Barcelona. Encontrei-os numa encruzilhada de onde observavam o horizonte. Dom Antonio, que os comandava, estava comendo embaixo de uma árvore solitária, rodeado pelo seu estado-maior.

Quando me juntei a eles, o cavalo do padre estava quase morto. Eu suava angústias e horrores, e mais que desmontar me deixei cair na grama rala e loura. E lá fiquei, arquejando como um peixe moribundo.

— Aí está o engenheirinho — disse à guisa de cumprimento dom Antonio, indiferente. — Fique sabendo que nós já o dávamos por desaparecido.

Eu ainda estava com os cabelos arrepiados devido ao susto. Alguém derramou o conteúdo de uma jarra de água nas mãos de dom Antonio, que se lavou sumariamente e disse:

— Bem, em marcha.

— Eu acabei de chegar! — protestei. — Até a sombra da minha alma está pesando!

Ele encolheu os ombros.

— Pois então fique, se preferir.

— E os atrasados? — voltei a protestar. — Estão massacrando dezenas de soldados em Toledo! Por que os abandonamos?

— Por serem mandriões.

E em seguida montou no seu esplêndido cavalo branco. Um dos assistentes de dom Antonio falou por ele:

— Com Vendôme quase nos nossos calcanhares, você acha que todo o maldito exército vai esperar uns poucos bêbados? Eles tiveram a sua oportunidade. Estes acontecimentos são muito úteis para purgar a tropa dos indesejáveis.

Dom Antonio de Villarroel Peláez, sim. E era esse o indivíduo que supostamente iria substituir os ensinamentos de um Vauban!

Mas, críticas à parte, vocês sabem como descobrir se um general é dos melhores? Não pensem em vitórias sangrentas. Façam com que ele dirija uma retirada, e se querem deixar a coisa ainda mais difícil, que essa retirada seja no inverno. É bem mais fácil vencer que defender; é mais fácil atacar que recuar em boa ordem. Uma retirada nunca distribui louros nem condecorações.

Um exército que foge está à beira do pânico e no limite da desintegração. Nós nos achávamos em terra inimiga e este era o principal argumento para manter as filas unidas. Como já disse, os camponeses castelhanos não amavam exatamente as tropas Aliadas. Se algum soldado saísse da formação, exausto, e dormisse debaixo de uma árvore, zás!, acabava com o gogó fatiado com uma foice. Nos nossos flancos rondavam bandos de irregulares assassinos, e atrás, o duque de Vendôme, o velho marechal que o Monstro enviara à Espanha para ajudar o seu neto estultíssimo. Todo o exército Aliado era um corpo único, mais compacto que um rebanho assustado, *bééééé*.

E o frio. Aquele inverno de 1710 foi o mais frio do século. Fiquem com a seguinte imagem: um dia parei o cavalo aos pés de uma árvore solitária, observando um galho cristalizado pela geada. O sol, fraco, se refletia nele com as ricas cores do arco-íris. Então ouvi uns *plop, plop, plop* estalando no chão, muito perto. Eram passarinhos, dezenas deles, que caíam do galho, congelados.

O exército Aliado se transformou na maior reunião de frieiras jamais vista. Meus dedos estavam sempre roxos; meus lábios eram um novelo de fendas.

Como fugi de Toledo com a roupa do corpo, tive que dar um jeito de conseguir agasalhos: luvas, chapéu, cobertor. A camaradagem militar? Rá! *Débrouillez-vous!* Roubei tudo. E também um cachecol, já velho mas tão comprido que dava três voltas no pescoço e me cobria até o nariz, como um embuçado.

O que se seguiu foi uma marcha eterna por um país interminável. Mais que plano, raso. Mais que seco, árido. Apesar do frio hibernal, nem a névoa nem as chuvas conseguiam umedecê-lo. Meu Deus, como é dura a terra castelhana; nenhuma bota invasora a amolece. Atravessávamos magnitudes sem-fim, os povoados apareciam como atóis em horizontes oceânicos. O que é Castela? Peguem um páramo, ponham-lhe uma tirania, e eis Castela.

Vendôme era um grande militar. O exército bourbonista ficou nos acossando sem pausa nem trégua, sempre buscando o momento oportuno para destruir o exército Aliado, mas sem se precipitar. Na minha opinião, o único fator que impediu surpresas desagradáveis, inclusive o cerco, foi a cavalaria de dom Antonio.

Villarroel não admitia exceções. Por mais que eu fosse nominalmente engenheiro, tinha que montar, patrulhar e combater como qualquer um. Tentei alegar a minha especialidade.

— Não temos homens sobrando — foi a resposta.

— E menos ainda se os deixarmos em Toledo porque beberam uma jarra a mais! — foi a minha.

— E essa mesma falta de homens é só o que me impede de mandar açoitá-lo. — Pôs as rédeas na minha mão. — Suba ao seu cavalo!

Foi durante essa espantosa retirada que o bom do Zuvi se tornou um cavaleiro experiente. E não porque amasse os cavalos, mas pelo motivo de força maior mais importante que existe: ou aprendia ou me matavam.

Mas estou sendo injusto com dom Antonio. Por mais que pareça mentira, essa retirada apocalíptica da Madri hostil até Barcelona, a Retirada, como nós, veteranos, aprendemos a chamá-la, me ensinou a respeitá-lo, depois a admirá-lo e finalmente a amá-lo.

Ele desprezava as minhas maneiras, jamais as minhas opiniões. Eu não passava de um pirralho respondão e ele era um general de verdade, forjado em caldeirões de ferro e pólvora. Quem era eu para discutir com ele? Na época eu não soube ver a montanha de tolerância que tinha comigo. Aos seus olhos, minha juventude e meu ofício me eximiam. Nenhum outro general teria sido tão indulgente.

Sua máxima era a mesma que me ensinaram em Bazoches: saber o que se deve fazer e estar onde se deve estar. Ele se preocupava com a tropa. Na verdade, não tinha outro interesse. Vauban poupava vidas com os números; Villarroel, com o exemplo. Se me permitem simplificar, eu diria que para mim Vauban foi a teoria e Villarroel, a prática. Mesmo numa guerra de movimentos, um engenheiro pode fazer mil coisas: localizar o melhor vau quando as pontes estão inacessíveis, construir passagens ou defesas provisórias. Só então pude usar, por assim dizer, os meus estudos. E aí, sim, conquistei o respeito do general.

Sugeri que deixássemos uma pequena guarnição de dragões às nossas costas, em algum vilarejo que ainda conservasse quatro ameias em pé. Quando Vendôme chegava, era obrigado a parar todo o exército, enquanto refletia se iria assaltar a localidade, assediá-la ou rodeá-la. Nossos dragões pulavam em seus cavalos e saíam zunindo ao amparo da noite. No dia seguinte os bourbonistas descobriam que o povoado estava vazio, sim, mas a essa altura o exército Aliado já havia ganhado um dia de marcha.

O truque seguinte na lista de Bazoches já era um pouquinho mais desalmado. Pegávamos todos os habitantes de Villabajo e os enviávamos para Villarriba, dois povoados que ficavam no eixo norte-sul que nos separava do exército perseguidor. Outro esquadrão Aliado, simultaneamente, forçava os habitantes de Villarriba a se dirigirem a Villabajo. Muitas vezes acontecia que, atônitas, as duas populações se cruzavam no caminho, arrastando cabras, carroças e equipamento. O rancor dessa pobre gente ilustrava a magnitude da nossa infâmia. Mas o fato é que os observadores bourbonistas quase matavam suas montarias para informar a Vendôme:

— Marechal! Os moradores de Villabajo foram deslocados para Villarriba!

Vendôme deduzia disso que os Aliados estavam se livrando de bocas inúteis para fazer da localidade um ponto de resistência. Então chegava outro grupo de exploradores informando exatamente o contrário:

— Marechal! Os moradores de Villarriba foram deslocados para Villabajo!

O que estava acontecendo? As coisas só se explicavam quando os bourbonistas, depois de tomarem infinitas precauções, entravam na praça principal dos dois povoados e, na porta das prefeituras, encontravam um gentil bilhete do bom do Zuvi, em perfeito francês.

À bas Villabajo
Le maraud!
À bas Villarriba,
Le gros verrat!
À bas Vendôme,
Ce sale bonhomme!

Que traduzido seria, mais ou menos:

Nem Villabajo nem Villarriba. Mas, Vendôme, como és néscio!

Bem, em francês soava bem melhor porque rimava.

* * *

A Retirada de 1710 poderia ser resumida em um longo, interminável pesadelo logístico. O caminho até Barcelona era muito, muito longo. Os geógrafos podem dizer o que bem quiserem, mas, depois da Retirada, na minha opinião Barcelona sempre estará mais longe de Toledo que a Terra de Saturno.

Stanhope e seus ingleses insistiram em marchar paralelamente ao grosso do exército. Manter as comunicações entre os dois corpos complicava tudo. Um exército que avança, ou se retira, devasta uma imensa área circundante para garantir a própria manutenção. Sendo o país castelhano tão pobre, e o inverno tão gelado, entende-se por que as duas colunas precisavam se deslocar bem distantes uma da outra. "Combata concentrado e marche separado", diz a máxima militar. Mas não tão separado, porra!

No dia 8 de dezembro, Stanhope, aquele burro presunçoso do Stanhope, se deixou cercar numa pequena cidade chamada Brihuega. Ele ignorava a que distância o inimigo o seguia. E, por incrível que pareça, parou durante três dias em Brihuega para que o exército descansasse e ele pudesse tomar uma boa xícara de chá quente. Quando viu, Vendôme já estava em cima. Então se entrincheirou em Brihuega. Enviou seis estafetas desesperados ao grosso do exército, pedindo que viessem socorrer os ingleses.

Como foi apanhado tão facilmente? A explicação é muito simples. Stanhope não tinha os olhos de dom Antonio a seu serviço. Seus homens da cavalaria pesada não se moviam bem naquela guerra de simulações e fintas. E Stanhope era um brutamontes coehoorniano, cuja habilidade não ia além de dar cacetadas frontais.

Depois que os altos-comandos conferenciaram, dom Antonio saiu da barraca para nos contar como estavam as coisas. Quando lhe perguntaram sua opinião, ele negou com a cabeça.

— Os ingleses são muito poucos para suportar um ataque em massa. Vendôme sabe disso, e atacará com tudo o que tem. Não vão sair desta.

Mas o exército Aliado foi socorrê-los. Soaram as trombetas, e o exército inteiro se virou para retornar a Brihuega em marcha forçada. As consequências políticas e militares de perder todo o contingente inglês seriam igualmente graves. Depois de tantas manobras dilatórias, de tantos esforços para ganhar distância, afinal demos meia-volta e por vontade própria nos dirigimos à batalha que com tanto empenho tínhamos tentado evitar. Muito obrigado, lorde Zás-Trás!

Tudo bem, sejamos indulgentes, talvez não fosse uma manobra tão insensata. O exército Aliado corria para o resgate; se Zás-Trás aguentasse um pouco, conseguiríamos pegar os bourbonistas entre dois fogos. Enquanto nós quase matávamos nossas montarias, Vendôme cercou Brihuega e exigiu a rendição dos ingleses. Stanhope respondeu com um bilhete muito bizarro: "Digam ao duque de la Vendôme que eu e meus ingleses nos defenderemos até o fim."

Alguém deveria ter explicado a Zás-Trás que as proclamações heroicas podem se transformar em escárnio eterno para quem as descumpre. No terceiro ataque, pensou melhor. Para que morrer num triste vilarejo de Castela se podia jantar faisão nessa mesma noite com seu general rival, Vendôme? Quando chegamos aos arredores de Brihuega já não se ouvia o canhão. Foi fácil deduzir o que acontecera; os ingleses, o corpo inglês completo, tinham se rendido.

Quatro mil veteranos capturados com todas as suas armas e todos os seus equipamentos! E para começar o general Stanhope, o mesmo que tinha chegado à Espanha cheio de veleidades e cavalos.

Eu conserto isso num zás-trás! E agora os seus quatro mil ingleses iam para o cativeiro a pé, de cabeça baixa e escoltados por baionetas.

Bem, e quando chegamos com a língua de fora aos arredores de Brihuega, quem estava à nossa espera esfregando as mãos de gosto? Vendôme e todo o exército das Duas Coroas, em perfeita formação de batalha.

Os bourbonistas eram o dobro de nós. Nossos homens e cavalos estavam exaustos depois de marchar um dia e uma noite seguidos na tentativa de resgate de Zás-Trás. E com o inimigo tão perto, era impossível retirar-nos. Nunca uma batalha foi tão indesejada e tão inevitável.

Um engenheiro jamais será um militar. Nossas mentalidades diferem num ponto básico: por que o gênero humano aprecia tanto matar-se ao ar livre quando foram inventadas essas maravilhas protetoras chamadas trincheiras e baluartes? Para o caso de que algum dia possa lhes servir para alguma coisa, incluo aqui o *Breve manual de instruções Martí Zuviría para sobreviver a uma batalha campal.* Diz assim:

Capítulo um: Invente uma boa desculpa para se separar da sua formação de combate.

Capítulo dois: Deite-se de bruços fingindo estar morto, com a cabeça atrás da maior pedra que encontrar, e não se mexa até que suas orelhas lhe digam que o tiroteio acabou.

Capítulo três: Fim do manual de instruções.

Posso garantir a vocês que me foi muito útil, como prova o fato de que continuo aqui aos noventa e oito anos, sem metade do rosto, um pouco deteriorado e com três buracos na bunda, mas ditando estas memórias à minha querida e horrenda Waltraud. O único defeito do manual é que em certas ocasiões, como em Brihuega, é impossível colocá-lo em prática. Sabem por quê? Porque de todos os generais do mundo me coube estar a serviço do único que não usava o seu posto para se esconder, mas para se expor.

Villarroel tinha nascido de uniforme. Para aquele sujeito morrer em uma batalha não passava de mais um osso do ofício. E aquela era uma batalha perdida de antemão, qualquer um podia ver. Meu veículo de guerra era um cavalo exaurido pelo frio, pelo esforço e pelas penúrias. Suas costelas se marcavam tanto que os flancos do animal pareciam foles. Minha montaria estava ao lado da de dom Antonio, que sem me fitar soltou uma bronca:

— Mais ereto, capitão Zuviría! Quando um soldado vira a cabeça tem que ver seus oficiais orgulhosos e prontos para o ataque. E você parece uma alface murcha.

Não respondi. Ele me cutucou os rins com o rebenque e acrescentou:

— Um oficial é o ânimo e o espelho da tropa. Se um oficial hesita, os homens desabam.

Ergui-me um pouco, não muito. Também falei sem olhar para ele. Parecia que estávamos num confessionário a cavalo.

— Não sou oficial, o senhor sabe disso tão bem quanto eu — queixei-me. — *Merda*.

A palavra *merda* o fez sorrir.

— Talvez você não saiba que nasci em Barcelona.

Olhei-o, estupefato. Villarroel era o paradigma das virtudes castelhanas: sério, inflexível e justo, e aquela informação me deixou estupefato.

— Meu pai também era militar e estava servindo lá — explicou. — Por isso, minha mãe me pariu em Barcelona. Bonita cidade.

Enquanto Villarroel declamava alegremente as belezas de Barcelona vistas pelos olhos de um castelhano, o combate se estendeu a toda a linha. Da nossa perspectiva, só nos chegavam o estrondo das descargas, o tráfego de feridos fluindo para a retaguarda e os gritos dos sargentos tentando manter a ordem nas filas.

— Dom Antonio — gemi —, isto é uma loucura. É impossível ganhar esta batalha, o senhor sabe disso.

Como resposta pôs o rebenque sob o meu queixo, levantando-o, e exclamou:

— Dirija-se à minha pessoa como "general"! O meu estado-maior se permite essa familiaridade porque é composto por homens que demonstraram seu valor sob meu comando. Não é o seu caso.

Nesse momento um mensageiro a cavalo, transpirando apesar do frio, chegou aonde estávamos.

— General! O inimigo superou a ala esquerda! O marechal Starhemberg pede que recomponha a frente.

Villarroel soltou o rebenque, puxou a espada e gritou:

— Já era hora, caralho!

Metade da cavalaria aliada o seguiu. E eu também, a contragosto.

Assim sofremos a jornada inteira. Quando os bourbonistas se infiltravam, lá ia a cavalaria de dom Antonio, disposta a tapar a brecha. Passei a batalha toda cavalgando ao lado desse homem.

— Sou seu fiel escudeiro, dom Antonio! — gritei para dizer alguma coisa.

— Então me diga — respondeu, dando risadas: — por que você cavalga à minha esquerda quando o inimigo está à nossa direita, e quando o temos à esquerda você troca de lado e fica à minha direita? Não está tentando usar meu corpo como uma faxina móvel?

Vocês já tiveram alguma vez um pesadelo que durasse cinco horas seguidas? Assim foi Brihuega. Os bourbonistas tentaram romper as filas aliadas de meio-dia até o pôr do sol. Nossos oficiais compactavam os batalhões, os muros de baionetas se recompunham. Os regimentos firmes mas dizimados, o esgotamento nervoso nos rostos. Por volta das três da tarde a infantaria começou a formar quadros, de tão desesperados que estavam.

A minha querida e horrenda Waltraud, que não entende nada de nada, pede explicações. Uma coisa tão simples! Enfim, vamos conceder.

Quando um batalhão de infantaria se vê encurralado procura formar, literalmente, um quadrado humano, com os soldados apontando as baionetas para fora e os oficiais, tamborileiros e feridos no centro. É uma medida de resistência agônica, sobretudo contra a cavalaria. Uma tropa que se dispõe a isso admite que renuncia ao ataque. (Entendeu finalmente, minha ursa loura?) E lá vinham de novo os bourbonistas, uma vez e outra, uma vez e outra. E quando eles abriam alguma brecha, lá iam dom Antonio e sua cavalaria, tapando os buracos numa carga de pangarés magros, uma vez e outra.

Se vocês forem obrigados a participar de uma carga de cavalaria, procedam da seguinte maneira. O mais importante é evitar a violência do choque. No último instante agachem a cabeça atrás do pescoço do cavalo, para esconder um brusco puxão de rédeas que vai frear o animal. Na confusão ninguém se dá conta de que vocês reprimiram o impulso. Concentrem todas as forças do seu corpo nas panturrilhas, apertando-as nos flancos do cavalo como se fossem tenazes. Fiquem entre a primeira e a segunda linha de cavaleiros no ataque. Se o inimigo fugir, esporeiem a montaria e corram atrás, gritando como se tivessem quebrado sozinhos a sua linha de combate (assim vão poder pavonear-se depois da batalha). Se resistir, façam grandes gestos com a espada sobre a cabeça, amaldiçoando os cavaleiros amigos que se interpõem entre vocês e o adversário. Mas não avancem! Em caso de retirada, virem para trás e fujam descaradamente. Aquela primeira linha de idiotas que vocês deixaram adiantar-se vai proteger suas costas.

A batalha de Brihuega foi decidida por exaustão. Ou seja, não foi decidida. Os bourbonistas tinham jogado toda a lenha no fogo, sem conseguir romper a coesão do exército Aliado. Alguns regimentos sofreram até doze assaltos consecutivos. E, quando titubeavam, lá ia dom Antonio com seus cavaleiros para repelir o inimigo.

Na última contracarga, o impulso nos levou além da infantaria aliada. Quando paramos, estávamos rodeados de cadáveres inimigos, um autêntico tapete de uniformes brancos. Soltei um uivo infantil:

— Que espetáculo, dom Antonio! E que devastação! — Pulei do cavalo e olhei em volta. Havia tantos mortos que era preciso andar com passos largos para não pisá-los. — Afinal o senhor tinha razão. Não perdemos! E Vendôme achava que já estávamos no papo. Rá!

Então o general se apeou, veio até mim, olhou-me com olhos iracundos e me deu um sonoro tapa. E se afastou.

Eu fiquei mais aturdido pela ofensa que pela dor. Não dava para entender. Villarroel vivia me espinafrando por minha falta de espírito e entusiasmo militar, e quando demonstro um pouco de ardor levo um tapa. Não, eu ainda não havia entendido que a guerra, seu ofício, aumentava a dor e as contradições de dom Antonio. Com a mão na bochecha ofendida, protestei:

— E agora, o que foi que eu disse?

Um de seus ajudantes explicou por ele:

— Imbecil, não faz nem um ano que dom Antonio estava comandando esses rapazes.

8

Dom Antonio mandou chamar-me na primeira pausa que o exército fez depois de Brihuega. Era tarde, já havia tocado a retreta, e a noite estava tão fria que para atravessar a curta distância que me separava de sua barraca tive que usar todo meu arsenal de agasalhos.

O estado-maior estava contentíssimo, no relatório oficial da batalha puseram o meu general nas nuvens. Mas eu nunca o tinha visto de bom humor. E, quanto às suas relações comigo, nosso último episódio fora um tabefe em plena batalha.

Sua barraca de campanha era mais espartana que a de Leônidas. Seu colchão, mais fino que uma prancha de madeira. O resto do mobiliário se reduzia a uma cadeira dobrável, uma mesinha e duas velas trêmulas por causa do ar gélido que penetrava pelas mil fissuras do tecido de campanha.

Tinha mau aspecto. Não estava sentado na cadeira e sim no catre, bebendo diretamente de uma garrafa. Era muito estranho vê-lo beber. Enfim, todos os guerreiros conhecem essa melancolia que surge depois da batalha. Ele me olhou com as pálpebras vermelhas e caídas. Lá fora, o vento de Castela ululava como um monstro falando nos sonhos.

— Bati em você — disse ele, evitando formalidades. — Agi mal.

Eu não sabia muito bem o que responder.

— Não me desculpo ante a sua estupidez — continuou —, mas ante a sua farda, por mais provisória que seja. Não se esbofeteia um oficial. É feio, deslustra o cargo.

— Sim, dom Antonio.

— General, porra! Dirija-se à minha pessoa pelo posto que tenho.

Ergueu a cabeça e percebi que estava meio bêbado.

— Sim, general.

— Aliás, contratei um ser mesquinho e egoísta. Todos os exércitos têm espinhas na bunda, e você é a mais gorda e cheia de pus da coalizão aliada.

Aí está o conceito de "desculpa" de dom Antonio de Villarroel: ele me chamava para se desculpar e acabava me tratando de espinha purulenta. Apontou a boca da garrafa em minha direção e acrescentou:

— Deveria mandar enforcá-lo.

— Tem razão, dom Antonio.

— Mas como engenheiro você tem certa suficiência. Eu o vi executar manobras carentes de galhardia, mas engraçadas. — Soltou um longo suspiro. — A culpa é minha, os engenheiros não servem para montar. É como colocar lagartixas na água. Não. O dom delas é esconder-se entre as pedras.

— Sim, dom Antonio, quer dizer, não, dom Antonio. Como o senhor quiser.

Ele me observou por um segundo, com os olhos vítreos por causa do vinho. Deu duas palmadas no colchão.

— Sente-se aqui!

Obedeci e ele passou um dos braços pelo meu ombro. Cheirava a vinho passado. E então, surpreendentemente, manifestou um carinho por mim que eu desconhecia.

— Filho, não se preocupe. Você é um covarde, eu sei, mas poucos homens nascem valentes. A coragem se ensina, da mesma maneira que uma criança aprende a falar. Entende?

— Não tenho certeza, dom Antonio.

Ele me apertou um pouco mais, balançando-me como uma palha. Pôs o punho debaixo do meu nariz.

— O bom Deus fez uma barreira invisível entre cada homem e seu destino. Nossa missão nesta vida consiste em transpô-la, ir além, ter coragem de ir ver o que há do outro lado. — Ficou pensativo. — Seja o que for.

— Mas, dom Antonio — repliquei, encolhido —, parece perigoso.

Não deveria ter dito isso. Ele me olhou fixamente, com os olhos desorbitados pelo álcool, e com seu vozeirão castelhano soltou umas palavras das quais me lembro de cada gota de saliva:

— Então, que merda lhe ensinou esse engenheiro francês?

— A fortificar, expugnar e defender fortalezas, dom Antonio.

— E o que mais?

Hesitei.

— Mais, dom Antonio?

Ele me sacudiu.

— Sim, sim, sim! O que mais?

Eu também devia estar abatido por causa da carnificina, do lar distante. Dessa noite, mais uma noite acampando em paragens frias. Lá fora o vento uivava como uma matilha selvagem. A melancolia que aparece depois da batalha também me afetara.

— Dom Antonio — confessei —, eu menti. Não sou engenheiro. O marquês francês nunca deu sua aprovação ao quinto Ponto que faria de mim um engenheiro.

Ele não me ouviu, ou não estava interessado no que eu dissesse.

— Que merda de batalha — sussurrou. — Que merda. O mundo se aliviou do peso de cinco mil vivos. E daí? Tudo continua igual.

O vinho lhe subira à cabeça muito mais do que eu pensava. Dobrou os joelhos como um velho, com os braços cruzados, e se deitou no catre. Durante alguns minutos fiquei ali, vendo o grande homem dormir depois da vitória. Em Bazoches me ensinaram a observar objetos pendurados em fios invisíveis, decifrá-los e compreendê-los em sua vasta humildade. Como não dedicaria meus olhos a observar essa imensidão humana de dom Antonio?

Senti uma pena impetuosa dele. Nessa noite, enquanto o homem roncava e dormia como um feto, eu daria a vida para proteger seu sono. O mundo dele era serviço, disciplina, justo rigor. Observei cada um dos poros de suas bochechas maduras, tudo o que sabia dele, e pensei que esse general de cavalaria tinha escolhido seu próprio caminho para o Mystère. Então compreendi o seu segredo mais recôndito, talvez melhor que ele mesmo: que desde o começo buscava morrer numa carga de cavalaria heroica, bela em seu desespero.

Não era um simples e insensato desejo de morte. Para uma pessoa tão abnegada, tão possuída pelo espírito da cavalaria, cair à frente dos seus homens não seria o fim de uma existência, mas seu aperfeiçoamento. Em Brihuega passou a batalha inteira à frente de todas e cada uma das cargas e contracargas aliadas. Mas a morte o evitou teimosa, ironicamente. Eu estava no outro extremo do seu arco moral. E, mesmo assim, graças aos sentidos desenvolvidos em Bazoches, entendia, ou pelo menos respeitava, seu código de retidão intransigente. Por isso mesmo, que ironia trágica a sua vida! Em 1705 começou a guerra no lado bourbonista e em 1710 passou para o austracista. Um percurso em que a perspectiva do inimigo se alternava e se fundia, sem sentido. Para proteger os amigos de hoje, matava os amigos de ontem. Triste, triste, triste. Pode ser que o Mystère o tenha reservado para o auge de todos os dramas que foi a Barcelona de 11 de setembro de 1714. Como a mim.

Aquela foi a noite mais fria da Retirada. Um vento sem alma açoitava a lona fina da barraca. Tirei suas botas e cobri seu corpo com a única manta que havia ali. Saí, roubei um par de cobertores e voltei para agasalhá-lo melhor. Estava roncando. Antes de sair beijei-o no rosto. Ainda bem que ele estava dormindo profundamente. Se chegasse a perceber me daria uma pancada na cabeça, para deixar de ser veado. Fui me embebedar com o que ainda restava na garrafa.

Dom Antonio. Meu general de mil batalhas, meu bom dom Antonio de Villarroel Peláez, o herói mais anônimo do nosso século. Acabou mal, muito mal. Foram pouquíssimos os grandes personagens que se saíram bem na nossa guerra. O valentão Zás-Trás Stanhope, aliás, foi dos afortunados.

Devido ao seu alto posto, os bourbonistas o trataram com luvas de pelica e quatro dias depois ele estava voltando para Londres como um pimpolho de uma excursão. Sem glória mas sem desonra. Em vez de enforcá-lo, os ingleses o enalteceram, talvez para esconder o fracasso da sua estratégia continental. Afinal se casou com a filha do governador de Madras e progrediu na política. Há homens que nascem revestidos com uma camada de óleo moral: o infortúnio escorrega neles como água. Mas esses mesmos homens mancham tudo o que tocam. Uma década depois, o seu governo foi imbecil o suficiente para dar-lhe as rédeas da hesitante economia inglesa. Aposto quanto quiserem que quando assumiu o cargo ele exclamou "Eu conserto isto num zás-trás!".

Bem, como já sabemos, as finanças inglesas acabaram exatamente igual ao seu corpo expedicionário: destruídas num zás-trás. Ele só precisou de alguns anos para arrasar o comércio com a América, as economias de um milhão de acionistas e levar à falência metade das indústrias navais, bancos, comércios e oficinas do país no que hoje conhecemos como a Bolha dos Mares do Sul. Do meu exílio na Inglaterra recordo algumas mentes deliciosas, como Swift ou Newton, um sábio astronômico com pinta de padre libertino. Newton sempre tinha um olho no céu e outro no bolso. Durante a crise ele perdeu milhares de libras em ações, e por mais ponderado que fosse queria estrangular Stanhope. Ainda o vejo gritando: "É imensamente mais fácil predizer o movimento de um corpo celeste que as loucuras dos secretários de finanças!"

Quanto ao marechal Vendôme, nosso inimigo em Brihuega, nos últimos dias desse ano de 1710 Felipito o nomeou governador-geral da Catalunha. Nomeação prematura, há de se convir, pois a essa altura a maior parte da Catalunha continuava nas mãos da Generalitat. A verdade é que ele nunca chegou a desfrutar do cargo. Em 1712, ao passar por uma das nossas localidades costeiras do sul, Vinaroz, para horror generalizado decidiu parar para jantar. A fim de deixá-lo contente, serviram-lhe a delícia local, camarão frito.

— Mas que gostoso este camarão! — cacarejou Vendôme.

O pessoal de Vinaroz estava morrendo de medo, naturalmente, e por isso não parou de servir-lhe bandejas e mais bandejas de camarão. O comilão devorou sessenta e quatro camarões. Ninguém se atreveu a lhe explicar que se serve com casca mas se come sem. Vendôme era um aristocrata tão altaneiro que não concebia que um criado lhe servisse sem descascar uma coisa que se comia sem casca, e que seus nobres dedinhos tivessem que se manchar de gordura marinha.

Nessa mesma noite morreu de indigestão.

* * *

Nos dias consecutivos a Brihuega ficamos embriagados por uma falsa sensação de segurança. Desde a saída de Toledo, o clamor que unificava o exército era "Chegar a Barcelona ou morrer!". Após o fracasso da grande tentativa bourbonista de aniquilar-nos, todo mundo se deixou levar um pouco.

Já estávamos em terra aragonesa, tão erma como a castelhana, mas reino aliado. Dom Antonio comandava uma tropa variegada, composta por algumas centenas de holandeses, portugueses, palatinos, hessenianos, de tudo um pouco. (E também mercenários italianos! Sempre, em toda parte.) A maioria era de doentes ou feridos de Brihuega, que transportávamos em carros lotados e gemebundos. Para não atrasar a marcha do exército, seguíamos uma rota paralela.

Sem ver a menor graça, fui com dom Antonio. Desde o começo eu sabia que proteger aquela tropinha inválida, separados do corpo principal do exército, não era uma boa ideia. Eu cavalgava angustiado, ao lado do meu general, perguntando-me o que o bom do Zuvi estava fazendo ali. A resposta, como se pode imaginar, é que eu já tinha desenvolvido uma fidelidade em relação a esse homem muito parecida com a que me uniu a Vauban. O marquês me ensinou o que tinha que fazer; dom Antonio ia além, dava às obras o seu sentido moral. Naquele mesmo dia iria dar um exemplo disso.

Separados do exército, nós éramos uma presa fácil. Nove de cada dez desses homens feridos não podiam empunhar um fuzil. Se um bando numeroso nos atacasse, estávamos condenados ao desastre. Eu tinha um mau presságio. Constantemente me virava na sela, observando o horizonte, ou percorria a curta coluna de carros de cima para baixo, incitando os cocheiros. Nossa esperança era que os bourbonistas não reparassem nessas migalhas do exército e nós pudéssemos sumir em caminhos secundários. Não conseguimos.

Os guerrilheiros castelhanos nos atacaram pelos dois lados ao mesmo tempo. A pequena escolta montada fez uma carga seguindo dom Antonio, duas cargas, três cargas. Os bourbonistas nos evitavam como lobos que fogem do pastor, mas em seguida voltavam atrás do rebanho indefeso, e eram cada vez mais. Nos carros, aqueles que estavam em condições se armaram e disparavam das plataformas. Dom Antonio deu a ordem de refugiar-nos na aldeia mais próxima, uma pequena localidade chamada Illueca que se via no horizonte. Fiquei desesperado.

— Dom Antonio! Não faça isso, por favor. O senhor sabe tão bem como eu aonde nos leva essa ordem. Por favor!

Ele não respondeu. Entramos em Illueca como um camundongo na ratoeira. A lógica de dom Antonio era mais que cristalina: os bourbonistas nos superavam em número; se os cavaleiros fugissem, os inválidos das carruagens seriam aniquilados na excitação do combate.

Como engenheiro eu sabia muito bem que Illueca era indefensável. Não havia provisões nem braços para defendê-la. Além do mais, sabíamos que ninguém viria nos resgatar. Mas, uma vez entrincheirados, quando se dissipasse a fumaça e se estabelecesse o assédio, dom Antonio poderia assinar capitulações decentes com algum comandante das Duas Coroas. Pelo menos respeitariam a vida dos feridos. Era essa a ideia de dever e de sacrifício segundo dom Antonio: perder o bem mais sagrado do guerreiro, a liberdade, se com isso salvava a vida dos seus.

Mas eu não podia esquecer um detalhe fundamental para os meus interesses: o bom do Zuvi não estava doente nem ferido, e para mim a perspectiva de cativeiro era insuportável. Exasperado, tentei argumentar com dom Antonio. Enquanto fechavam as portas e improvisavam uma defesa, pedi que ele reconsiderasse. Que fugíssemos enquanto ainda havia tempo, deixando no comando algum oficial manco para negociar a rendição. Além disso, não me faltavam motivos táticos: ele era general, o melhor comandante do Karlangas. Valia a pena que o exército perdesse o seu talento em troca de uma centena de aleijados?

Não houve jeito. Ele jamais abandonaria os homens sob o seu comando, jamais. Eu tinha me salvado da Toledo rebelde, da fria Retirada, da batalha de Brihuega. E agora, por uma estúpida questão de honra, ia cair nas mãos de um inimigo inflexível. Seu exemplo era admirável; até mais, era heroico. Mas Zuvi *Pernalonga* ainda não estava preparado para apreender a Palavra, como demonstra o fato de que explodi, de tão frustrado que me sentia.

— O senhor é mais teimoso que uma mula surda! Ouviu? Uma maldita mula com faixa de general! Isso é o que é!

Se fosse outro, ele mandaria me enforcar na hora. Não o fez. Por quê?

Gostava de mim, não há outra explicação. Ele e seus ajudantes se limitaram a me deixar sozinho, pulando de raiva em cima do meu tricórnio. Pouco depois me chamaram à sua presença. Já tinha me acalmado um pouco e me dava conta da minha insubordinação. Fui ao seu encontro como um bezerro vai para o matadouro.

Ele estava no castelo. Tive que subir uma escada em espiral para chegar ao alto de um torreão solitário e açoitado pelos quatro ventos. Dali se dominava toda a paisagem até o horizonte.

Ainda que quisesse, eu jamais poderia esquecer essa visão. O nosso bom general sozinho, usando um capote cor de rato longo e puído. Parecia uma *échauguette* humana, impassível ante as rajadas de vento que sacudiam aquelas alturas. Com a luneta observava os movimentos dos bourbonistas. Os guerrilheiros castelhanos já tinham chamado as tropas regulares francesas. Vistos dali, pareciam baratinhas brancas. Logo cercariam Illueca. Logo culminaria o nosso sacrifício.

— O que devo fazer com você? — perguntou sem deixar de olhar pela luneta.

Eu, resignado, segui a trajetória da luneta com o olhar e me limitei a responder:

— Suponho que a esta altura dá no mesmo, dom Antonio. — Suspirei. — Vamos cair nas mãos deles.

— Você tem família?

— Acho que sim.

Abaixou a luneta.

— Só acha? — gritou com seu vozeirão. — Ou você tem família ou não tem!

— Tenho.

Eu não conseguia imaginar o que ele queria comigo.

— Preciso de um mensageiro que informe ao rei o que aconteceu — disse ele. — Servi sob a bandeira bourbonista. Alguém poderia pensar que aproveitei as circunstâncias para cometer traição.

— Mas, dom Antonio, pensar isso seria uma imbecili… — Calei-me ao entender que aquilo era apenas uma desculpa que ele tinha inventado para me livrar do cativeiro. — Desculpe, dom Antonio.

— General! Dirija-se à minha pessoa pelo posto.

— Sim, general.

Voltou à sua luneta e disse:

— Leve alforjes com provisões abundantes. E o meu cavalo. Está em melhores condições. Não quero que fique para algum janota francês.

Quis agradecer, louco de alegria, mas ele me impediu aos gritos:

— Suma da minha frente antes que eu me arrependa!

Retirei-me. Mesmo assim, antes de chegar à escada do torreão algo me obrigou a voltar. Não podia ir embora de qualquer jeito.

— Dom Antonio, saiba que pensei muito nas suas palavras daquela noite. Eu não tenho coragem de assumir essa fronteira invisível que Deus nos impôs. E o senhor, além de tudo, a busca com uma firmeza incansável.

Ele me olhou de cima a baixo. Percebeu a minha emoção.

— De que está falando? Quando tivemos essa conversa?

— Faz poucas noites, dom Antonio. Na sua barraca.

Não se lembrava.

— Para mim, o senhor é um mestre que substitui a pessoa que mais admirei neste mundo — prossegui. — Desde o primeiro dia me deu o seu exemplo. E hoje, a liberdade.

Dom Antonio não esperava que eu caísse de joelhos no chão, nem que, com o ombro apoiado numa velha ameia, confessasse:

— Pela segunda vez na vida eu não supero uma prova decisiva. Na primeira não tive coração para entender o que me era pedido, e nesta segunda não tenho coragem de assumir.

E não consegui conter o choro. Chorei tanto que as mãos que cobriam meu rosto ficaram molhadas como duas esponjas. Chorei tanto, abraçado àquela fria ameia de Aragão, que esqueci por um instante o que estávamos fazendo lá.

Villarroel voltou a olhar pela luneta e depois me disse, numa doce reprimenda:

— Estão quase completando o cerco. Em pé.

Eu me ergui em minhas longas pernas e quando já ia saindo, envergonhado, foi ele quem me parou um instante. Nesse dia frio e ventoso, numa paragem remota, o olhar de dom Antonio adquiriu o mesmo fulgor que o de Vauban.

— Zuviría — sentenciou —, não se iluda. Hoje poderá fugir. Mas, para o bem ou para o mal, a coisa não acaba aqui. Nem a guerra nem as atribulações da sua alma. Agora, vá.

Fugi numa velocidade pouco heroica e muito meteórica. O cavalo de Villarroel tinha tanta aversão a cair prisioneiro como o bom do Zuvi. Além do mais, meu corpo era mais leve que o do seu dono, e num instante já éramos cúmplices na fuga. Bem a tempo! Uma vez fora de Illueca, tivemos que deitar atrás de uns arbustos para esconder-nos ante a passagem da tropa inimiga que fechava o cerco. Eu me estendi sobre o corpo do animal e tapei sua boca com a mão. Ele foi muito dócil.

Felizmente os irregulares espanhóis começavam a ser substituídos por soldados e oficiais franceses. Dom Antonio, que gostava tão pouco dos comedores de rãs, agora teria que negociar a rendição com eles! Mas era melhor assim. Os franceses iam se contentar com capturar a guarnição, sem degolas. Enquanto os bourbonistas estavam de olho nas muralhas, eu, às suas costas, aproveitei para dar o fora na direção contrária.

Livre, fugido, cavalgando. E, no entanto, a alegria do sobrevivente estava fora da minha pele. Pelo que havia deixado para trás e pelo que tinha diante de mim. Atravessei lugares onde o júbilo e o contentamento não tinham razão de ser. O pobre Zuvi no lombo ulcerado de um animal, com a roupa imunda, o tricórnio e o cachecol quase rangendo. As únicas elevações eram cones de terra, naturais, breves como túmulos mongóis. Um vento incessante que rachava os lábios me fustigava o tempo todo. Nos poucos instantes em que o vento emudecia, eu tinha a sensação de que cavaleiro e cavalo iam ficar petrificados ali. E sempre, durante todas as horas em que havia luz, um vasto céu que cobria a minha cabeça até o infinito. Azul, um azul limpo, imenso, maior que todo o império das Espanhas. Não podia deixar de pensar em dom Antonio.

Ali morreram as minhas últimas esperanças de descobrir a Palavra em terras de Castela. Como ia encontrá-la num país que só tolerava os silêncios? De fato: eu tinha encontrado um mestre capaz de substituir Vauban, um homem aliás de origem castelhana. Mas essa mesma terra o mantinha cativo, capturado em seu interior talvez para sempre. Eu devia a ele minha liberdade, talvez a vida. Poderia ter compartilhado a sua sorte, e não o fiz, enquanto ele exercia o sacrifício supremo do magistério: dar a vida pela do aluno. Graças a dom Antonio eu poderia voltar para perto de Anfán e Amelis. Mísero, mas livre. Chorei como uma vela, com lágrimas grandes e lentas escorregando por minhas bochechas.

Em Illueca, para quem se interessa por bobagens históricas, ficava o túmulo de um papa, o papa Luna, um histriônico que desafiou Roma no século XIV. Depois que dom Antonio capitulou, a soldadesca arrasou seu túmulo esperando achar grandes riquezas. No jazigo só encontraram ossos, e os comedores de rã levaram a coisa a mal. Destroçaram a múmia, jogaram bola com o crânio e acabaram por atirá-lo por uma janela.

9

Do que aconteceu entre a minha volta da ofensiva aliada de 1710, instalado novamente em Barcelona, e o infame verão de 1713, não vale a pena contar nada.

Devíamos um monte de dinheiro pela compra da casa no bairro da Ribera. Amelis e eu brigávamos por causa das dívidas, das suas fracas artes culinárias (as grandes amantes não costumam ser boas cozinheiras), por mil bobagens. Quando surgia o assunto da dívida, e seus generosos juros de vinte por cento, era como ouvir os trovões que antecedem a tempestade. Peret, Nan e Anfán desapareciam escada abaixo. Então eu a recriminava por ter comprado esse quarto andar na Ribera. Ela ria dos meus escrúpulos. Amelis não sabia ler, não sabia somar, só sabia uma coisa: que neste mundo só sobrevive quem aprende a andar sobre cacos de vidro. Qualquer marido que ler isto, por mais benevolente que seja, deve estar formulando uma pergunta racionalíssima: por que eu não lhe dava uma boa surra? Sabem, a questão se reduzia a dois pontos. Se eu me negava a exercer a violência por contrato e sobre desconhecidos, como ia fazê-lo contra ela? E o segundo motivo: eu a amava.

Foi facílimo descobrir que tinha voltado a se prostituir. Afinal de contas, eu fui educado em Bazoches. Quando a situação apertava, apareciam umas bolsas cheias de dinheiro. Ela pensou que podia me enganar porque era muito hábil dosando o caudal de moedas. E também não dedicava muito tempo ao aluguel do seu corpo. Percebi que, quando ela sumia, seu vestido roxo dos domingos tampouco estava no armário. Não tive mais dúvida: era a puta de luxo de algum felpudo vermelho, que pagava muito bem por seus serviços. Fiquei quieto.

Mas por hoje chega. Traga-me o gato e a garrafa. E vá embora.

* * *

Por falta de ocupações virei professor caseiro de Nan e Anfán. Surpreendentemente, o anão demonstrou ser muito bom com os números, embora sua índole não fosse de ficar quieto e sentado: ficava se remexendo como se a cadeira estivesse coalhada de pregos pontudos. E tenho que mencionar aqui uma coisa que me entristece. Minhas aulas tiveram um efeito imprevisto, e deplorável. A fraternidade entre Nan e Anfán começou a se romper. Recordo um dia especialmente penoso.

Eu tinha dado a Nan um grande pião, cheio de números inscritos na superfície. Anfán entrou na pequena sala que fazia as vezes de escritório e viu Nan com o pião girando à sua frente. Os dois disputaram o brinquedo. O anão se abraçou ao pião, disposto a não soltá-lo. Anfán, ofendido, gritou:

— Você e os números! Já perdeu a conta das côdeas de pão que eu lhe trazia quando dormíamos em guaridas de putas? Disso já não se lembra? *Nan merdós!*

Que ele insultasse Nan era uma coisa tão fora do comum, tão impensável, que não tive reação. O anão sim. Foi falar com o menino, chorando arrependido e esperneando de puro desamparo. Para consolá-lo, Nan lhe entregou o grande pião. Anfán o sopesou, hesitou um pouco, e acabou jogando-o pela janela. Por pouco não matou um afiador de facas que estava na rua.

De algum modo Anfán intuiu que a vida confortável, a instrução moderna, todas essas coisas, estavam destruindo o vínculo fundamental que os unia. Depois se reconciliaram, mas nunca mais foi como antes.

Amelis e eu lhes dávamos um teto, roupa, comida e até carinho. Com a melhor boa vontade do mundo nos esforçávamos para que tivessem alguma coisa parecida com uma família. Certo, eles já não estavam expostos à metralha nem aos rigores dos elementos, mas parecia que toda aquela dor antiga, em vez de desaparecer, havia se infiltrado por baixo de sua pele. No assédio de Tortosa nunca os vi tristes. Ao contrário. Debochavam da morte tanto quanto de mim. E sempre saíam triunfantes. Agora Anfán não roubava mais, nem nos interrompia na cama ronronando para apertar os braços no nosso pescoço. Mas em suas prolongadas merendas ficava sentado na varanda dos fundos, com as pernas penduradas entre os barrotes do corrimão, sozinho, com o olhar lânguido e abatido de um selvagem que foi arrancado da selva. Enquanto comia uma fatia de pão com azeite, observava as pessoas na rua e, mais à frente, o baluarte de Santa Clara, e ainda mais adiante o mundo externo. Os dois eram atormentados pela mesma pergunta: não seria melhor se nunca tivessem saído da trincheira de Tortosa?

Para amenizar as horas de ensino, incrementei os passeios. No fundo tanto fazia se eu lhes desse aula em casa ou andando, e Anfán era um bichinho que precisava de ar. Durante um desses passeios ocorreu um fato que demonstra que um excesso de civilização transforma os povos retos em panacas.

Como disse, eu tinha levado Nan e Anfán para passear, dessa vez nos arredores da cidade. Anfán se interessava muito pelas minhas aventuras militares. Eu sempre era reticente para contar esse somatório de carnificinas, lama e baionetas, mas a minha resistência só servia para exaltar o interesse do guri. Já estávamos fora das muralhas, num caminho flanqueado por casinhas dispersas e por hortas, quando ele me perguntou que generais eu tinha conhecido.

— Para falar com um general francês você tem que se levantar. Assim! — respondi, erguendo-me, com os braços paralelos ao corpo e o queixo para cima —, como se tivesse engolido uma vassoura. E digam a sandice que disserem, você tem que entrechocar os sapatos, assim!, e responder gritando: *"Mes devoirs, mon général!"* Então vão lhe ordenar que ataque uma posição. Você grita, ainda mais alto: *"À vos ordres, mon général!"*, e no meio do barulho sai correndo em qualquer direção menos na que lhe indicaram.

— E com os generais espanhóis é a mesma coisa?

— Ah, não, com os espanhóis é muito diferente! — exclamei. — Com esses você tem que gritar: "Às suas ordens, meu general!", e sair correndo na direção contrária da que mandaram.

Deviam estar crescendo, porque levaram a coisa na brincadeira, quando na verdade eu falava muito a sério.

— Bem — reconheci —, o fato é que servi sob as ordens de dois grandes homens a quem obedeceria cegamente não importa a loucura que me mandassem fazer. Não porque fossem grandes generais, mas porque eram grandes mestres.

— E desses dois grandes homens, qual era o maior? — perguntou o anão.

Para Anfán o maior era o que tinha me ensinado a sobreviver, pois se eu estivesse morto não poderia aprender nenhum segredo. Para o anão, muito lúcido em seu desdém, o maior era o que me havia ensinado os segredos, pois quem não conhece os segredos da vida não sobrevive.

— Aquele que ensinou os segredos — disse Nan. — Porque se você não souber os segredos da vida, como vai sobreviver?

Continuamos passeando, e Anfán subiu numa cerca que rodeava uma horta e uma casinha. O único interesse de Anfán era observar um cedro que se erguia num canto da cerca. Eu estivera falando das diferentes qualidades da madeira, e de que o cedro é uma das mais apreciadas pelos artesãos de diversos ofícios. Anfán queria apalpar sua superfície e subiu pelo tronco como um macaco.

— Da mesma árvore se fazem violinos e culatras de fuzis. Curioso, não é mesmo? — perguntei. — Agora mesmo há um violino e um fuzil ali dentro. Se dependesse de vocês, qual dos dois instrumen...?

Fui interrompido por um pirralho que saía da casinha do hortelão e, muito zangado, disse a Anfán:

— Ei, vocês, bando de rouba-peras, fora daqui ou vão ver o que é bom!

— Eu não roubei nada! — Anfán se defendeu com uma veemência inusitada, porque por uma vez na vida era verdade.

Mas o tal garoto, empunhando um pedaço de pau, pulou a cerca seguido por um cachorrinho, que se jogou em cima do anão. Deixei que os quatro brigassem um pouco. Depois os separei.

— Bem, bem, agora chega.

Falei comedidamente com o garoto. Elogiei suas frutíferas e como mantinha o pomar bem cuidado. Ele mudou de atitude. Apareceu o pai. Conversamos um pouco e ele acabou nos dando uma réstia de alhos e uns tomates maduros.

— Vê os benefícios da honestidade? — perguntei a Anfán enquanto voltávamos para casa com os braços carregados.

— Benefícios? — protestou, esfregando a cara ainda vermelha das pancadas. — Não vejo benefício em lugar nenhum! Uma vez que não roubo, vem um grandalhão e me ataca. Para isso é que serve ser honesto!

— Pois está muito errado — repliquei. — Qual era a primeira coisa que você fazia depois de roubar algo?

— E o que pode ser? Saía em disparada como uma bala de canhão!

— Exato. Em contrapartida, hoje foi atacado por um garoto cinco anos mais velho, armado com um pau e com um cachorro ao lado. E, em vez de fugir, você se defendeu.

Minha pirueta retórica deve ter afetado o garoto, porque me ouvia atentamente.

— A honestidade aquece os músculos da alma — prossegui —; ela nos ampara frente à injustiça e fortalece a nossa vontade de luta. Você era mais fraco e estava desarmado. Mas tinha razão e sabia disso. Por isso não correu.

"Por outro lado, um diálogo tranquilo complementa as almas retas. Veja estes alhos e tomates que estão nas minhas mãos. Grátis e obtidos mediante a simples boa-fé, tão escassa em nossos dias. E tudo isso por quê? Eu não roubei, nem sequer menti. Quando louvei a horta desse bom homem, disse uma grande verdade: que o seu trabalho íntegro transforma o mundo e isso lhe dá de comer. E ele, em recompensa por esse elogio correto, quis compartilhar sua comida com uns perfeitos desconhecidos. Para que intercambiar males quando se podem intercambiar bens? Ele nos deu muito mais do que você conseguiria roubando!"

Bonito discurso, não é mesmo? Como pedagogo nunca fui nenhum Rousseau, mas para um amador não foi nada mau.

Já estávamos chegando às portas da cidade quando vi uns estranhos transeuntes. Cinco homens, quatro deles com fuzis ao ombro. O quinto era ele. Ele! O açougueiro de Amberes!

Joris Prosperus van Verboom. Escoltado, passeando alegremente extramuros, percorrendo a base das muralhas. Eu sabia que era prisioneiro do governo (eu mesmo o capturei, lembram?), mas não me constava que estivesse ali mesmo em Barcelona. Deixei Nan e Anfán para trás, fui direto em sua direção e tentei estrangulá-lo com as duas mãos. Um guarda interveio e nos separou.

— Ei, ei, rapaz! — disse o chefe, muito compreensivo. — Estou vendo que você não gosta desses peixes gordos bourbonistas, mas precisa ser mais civilizado. Nós temos que tratar nobremente o inimigo até que chegue a hora da troca.

— Troca? — gritei. — De que está falando? Esta escória não pode ser trocada! E agora que vocês cometeram a estupidez de deixá-lo passear, não pode sair da cidade até o fim da guerra! Deixem comigo.

A maioria dos homens morre sem chegar a entender que a guerra não é uma questão de força bruta. Que o resultado de um conflito se decide em esferas superiores, compostas de tinta, volumes e cálculos. Verboom era um Pontuado. Certamente ele mesmo havia sugerido aquele passeio para examinar as nossas defesas, os nossos precários baluartes. Era evidente que Verboom computaria informações que valiam por vinte regimentos. Eu tinha que me revoltar contra a idiotice do governo e suas boas maneiras.

Lá estava ele, nem sequer acorrentado, contando as distâncias entre os muros, sua espessura e altitude, e a profundidade do fosso. Avaliando a melhor localização para uma gigantesca, funesta Trincheira de Ataque. Verboom foi o espião que menos riscos correu em todos os tempos: não podiam prendê-lo porque já estava lá, hóspede dos seus inimigos, que candidamente lhe mostravam tudo o que queria ver. Nós estávamos bem aos pés do baluarte de Santa Clara. Poucas dezenas de metros mais à frente ficava a minha casa, o lar que compartilhava com os dois pirralhos e com Amelis.

Pulei de novo contra o açougueiro de Amberes. Dessa vez me detiveram com menos sutileza. Minha fúria era tal que amassei dois ou três narizes. Afinal me derrubaram a coronhadas, ante as gargalhadas de Verboom, que me disse em francês para que seus guardiães não entendessem:

— *L'homme avisé est toujours sur ses gardes même quand il se trouve emprisonné.* — Ou seja: "O homem atento está em guarda mesmo quando está preso."

Era uma sentença de Tito Lívio, creio, aliás, muito usada em Bazoches, onde havia trocado "dormindo" por "preso". Meus patrícios batiam em mim e ele podia dar-se ao luxo de rir. Sempre igual, repetindo-se em espiral como um sonho veneziano: toda vez que eu enfrentava o charcuteiro holandês se interpunha uma trama de poderes incapazes de entender a necessidade de extirpá-lo do mundo.

Passei a noite numa cela lúgubre, semissubterrânea, rodeado de putas, bêbados e ladrões de baixa laia. Verboom passou dois anos inteiros cativo em Barcelona. E não houve um dia, nem uma noite, em que não dormisse em camas mais macias que a maioria dos barcelonenses e não comesse melhor que nós. Os felpudos vermelhos o amamentaram com o nosso sangue, entre sedas e algodões. É o que eu lhes disse: nós trouxemos o ovo da serpente para casa e o chocamos até que a cobra nasceu.

Enquanto me davam uma surra e me prendiam, Nan e Anfán voltaram tranquilamente para a nossa moradia na Ribera. Minha ausência não era totalmente estranha, porque eu poderia ter ido à taberna, ou a qualquer outro lugar. Mas durante o jantar Amelis perguntou por mim.

— Moeram o chefe de pancadas e ele está na cadeia — respondeu Anfán, sem parar de tomar a sopa. — Primeiro ele nos fez um discurso sobre a honestidade, o efeito das boas palavras e a inutilidade da violência sem uma causa justa. Então viu um homem preso e desarmado e o atacou a socos. Quando o levaram arrastado gritou feito um animal, xingando a virgem, o governo e o idiota do rei Karl. Na certa vai ser enforcado.

Uma graça de menino.

* * *

Um assunto que também me preocupava naqueles dias era a libertação de dom Antonio. Resgatá-lo das garras bourbonistas chegou a se tornar uma obsessão para mim. Digamos que o propósito de conseguir sua liberdade era só o que restava do meu espírito de engenheiro. Já que não tinha conseguido alcançar a Palavra, pelo menos que o continuador de Vauban pudesse estar livre. Este era o meu pobre consolo. As trocas de prisioneiros eram feitas continuamente, mas um morto de fome como Martí Zuviría podia fazer pouco. Tentei aproveitar minha amizade de taberna com um agente de trocas holandês. Ele sempre ia e vinha, cruzando as linhas, e quem não soubesse de que assuntos ele se ocupava jamais diria que estava envolvido em tão elevadas intrigas.

O intercâmbio de prisioneiros era uma mistura de jogo de xadrez e leilão secreto. Um coronel valia três capitães; três coronéis, um general, e para arredondar se podiam oferecer somas em espécie. Por outro lado, cada parte tinha interesse em recuperar os seus técnicos mais valiosos (como o porco do Verboom, que por mim só seria devolvido depois de arrancar-lhe a língua e os olhos. Ainda me tira do sério pensar como fomos burros). O curso das negociações era sinuoso, pois ninguém queria reconhecer o valor real que atribuía às suas peças mais desejadas, nem quanto estava disposto a pagar por elas.

Em meados de 1712 dom Antonio de Villarroel já estava na prisão havia um ano e meio. Era escandaloso que um militar do seu nível permanecesse tanto tempo em mãos inimigas. Paguei tantas jarras de vinho quanto pude ao holandês, para influenciá-lo e fazê-lo falar. Mas o homem era um artista da "diplomacia diminuta", como ele mesmo dizia. Quando surgia o nome de dom Antonio, dava uma risadinha. Só consegui versões contraditórias.

— O problema com Villarroel — dizia às vezes — é que se trata de um general muito bom. Dizem que o tentaram com um bom lugar no exército de Felipe. Mas Villarroel resiste. Parece que tem más recordações dos bourbonistas e não quer saber mais nada dessa gente. Na verdade, eu não entendo. Afinal, ele já serviu sob as ordens das Duas Coroas. Poderia voltar para o exército bourbonista sem mácula, pois seu alistamento no exército do rei Carlos foi perfeitamente legal. Por outro lado, os bourbonistas não são nada bobos: não querem soltá-lo para não reforçar o adversário com o seu talento.

Outras vezes, porém, estalava os lábios e dava uma versão diferente.

— O seu pobre general tem inimigos dentro de casa. O governo não dá prioridade à sua troca e, portanto, vai apodrecer no cativeiro.

Eu me exaltava, mas o holandês encolhia os ombros.

— Pense bem — dizia. — Neste assunto o rei Carlos é muito sensível aos seus conselheiros. Estes não decidem sem a anuência da Generalitat. E o governo não está interessado. Dizem que Villarroel "não é dos nossos".

A que podia estar se referindo? Bem, ninguém está livre do próprio passado. Em Barcelona a queda de Tortosa havia doído, e muito, e não esqueçam que foi dom Antonio quem dirigiu o ataque final que tomou a cidade de assalto para as armas bourbonistas. E, além do mais, não era catalão.

Nessa época fiquei tão mal-humorado que minha convivência com Amelis se ressentiu ainda mais. Não podíamos comer na mesma mesa sem que explodissem discussões. Ou, pior, se instalava um silêncio longo e tenso que afetava a todos. Eu não queria que Anfán e Nan sofressem. Eles nos olhavam com a ansiedade de quem não deseja o combate nem pode decidi-lo. Até que uma noite Amelis me disse:

— Pode parar de resmungar, de reclamar e farejar o ar como se tudo cheirasse a podre. O seu generalzinho já está livre.

Fiquei surpreso.

— Como você sabe? — perguntei.

— Que diferença faz?

— Você teve algo a ver com essa troca?

Respondeu com a sua vozinha mais cruel e zombeteira, sublinhando cada palavra:

— Claro que sim! Quem me pediu foi o seu maldito Mystère.

Não pude arrancar dela mais nada.

Seja como for, no final de 1712, por fim, dom Antonio foi trocado. A parte ruim da história é que Verboom também recuperou a liberdade. As negociações eram secretas, e imaginei que haviam incluído o açougueiro de Amberes no lote do intercâmbio. Foi embora mais gordo que quando chegou e com a cabeça cheia de informações. Eu não gosto de me passar por profeta, mas aí estão os fatos: a primeira coisa que ele fez quando chegou a Madri foi escrever um relatório completo sobre as defesas da cidade. Mas deixemos isso de lado. Quanto a dom Antonio, naturalmente fez o caminho inverso: de Madri para Barcelona. Ofereceram-lhe o posto de general de cavalaria, que afinal aceitou.

Ele foi um homem que sempre teve a tragédia gravada na testa. Acho que assumiu o novo comando pelo simples motivo de que não podia fazer outra coisa. Era um militar de carreira, sua vida era o exército. Por que desprezou a última e generosa oferta de Felipe V? Por orgulho, talvez. Dom Antonio era muito espanhol. Vocês sabem, essa ideia elevada de orgulho, tão castelhana, sempre na encruzilhada entre o heroísmo absoluto e a sublime estupidez.

10

Enquanto isso, muito além do nosso horizonte estavam ocorrendo fatos que iriam fazer a guerra dar uma reviravolta, trazer a fatalidade para as nossas vidas e, contra todos os prognósticos, me levariam ante a própria Palavra.

Em 1711 um menino magrela, um tal Zezinho, morreu. Ataque fulminante de varíola, direto para a cova. Essa morte deu um giro dramático à guerra e condenou todos os catalães à escravidão eterna. Vocês se perguntarão como é possível que uma coisa tão banal, um simples falecimento por varíola, pudesse ser tão decisiva.

Bem, por uma coincidência esse menino magro, o tal Zezinho, era José I, o jovem imperador da Áustria e irmão do Karlangas. Com Zezinho morto, o trono da Áustria foi parar nas mãos do Karlangas, que continuava aspirando a reinar em todas as Espanhas e agora se tornava imperador do Sacro Império Romano-Germânico. Como hão de se lembrar, a guerra começou porque a Inglaterra se opôs à união dinástica entre a França e o Império espanhol. Londres jamais admitiria um poder continental tão forte, e por isso apoiou o Karlangas como candidato alternativo a Felipito. Mas agora a solução se transformava num novo problema: o Karlangas, unindo a Espanha e a Áustria sob o mesmo cetro, formaria um reino igualmente poderoso. Ou seja, o problema que havia originado o conflito simplesmente se transferia de lugar.

A morte de Zezinho significou a nossa condenação. A partir desse dia os diplomatas ingleses começaram a procurar uma saída negociada para o caso. E, vejam só, agora que estavam interessados encontraram a solução num zás-trás: o Karlangas renunciaria ao trono espanhol e ficaria em Viena para sempre; Felipito renunciaria à sucessão do trono francês (caso o Monstro morresse) e ficaria em Madri para sempre. Fim da guerra. Todo mundo para casa, e não se fala mais no assunto.

A França se fez de displicente, mas estava exaurida; o Karlangas protestou, mas à boca pequena. Sem apoio militar inglês, sobretudo o financeiro, não poderia continuar a guerra sequer por três meses. Portanto todas as partes aceitaram, mais ou menos, a proposta inglesa. A partir desse dia só se tratava de regatear e fixar detalhes menores.

E os catalães? É para rir! Nem o Karlangas nem os ingleses se dignaram a comunicar nada às autoridades de Barcelona. Como se pode supor, até os felpudos vermelhos teriam desencadeado um clamor de indignação. De maneira que nossos miqueletes continuaram morrendo nas montanhas, nossos cidadãos pagando impostos abusivos para sustentar uma guerra interminável, e enquanto isso o nosso próprio rei cavava a nossa cova. As negociações diplomáticas são lentas, e ainda mais com uma guerra mundial no meio, e entre 1711 e 1713 os catalães continuaram lutando, como peões bobos, por um rei que já os vendera ao carrasco.

Aqui não posso evitar um parêntese. Segundo as crônicas, Zezinho morreu de varíola, uma versão que nunca me cheirou muito bem. Não existem doentes solitários de varíola; ou há uma epidemia, ou não há varíola. Mas se deu a coincidência de que Zezinho, em toda Viena, foi o único que contraiu a doença.

As relações entre os dois irmãos fazia tempo que estavam azedas. Por solidariedade fraterna, Zezinho gastava somas enormes numa guerra longínqua, e estava tão cansado do conflito quanto o resto das chancelarias da Europa. Como me contou um velho frequentador da corte vienense, as últimas cartas que Zezinho lhe mandou eram no seguinte tom: "Maninho, pare já com esta guerra sem-fim. Os catalães amam você e os castelhanos odeiam? Então vamos propor que Felipe fique sendo rei dos castelhanos e você, dos catalães."

Esta opção não era um simples comentário entre irmãos, mas uma política oficial, como demonstra o fato de que todos os jornais austríacos publicaram essa oferta como solução definitiva. O Karlangas não achou a ideia nada engraçada e enviou a carta seguinte ao irmão através de um agente, que pôs arsênico sob as unhas dele.

Varíola! O que você acha, minha querida e horrenda Waltraud? Matou o irmão como Caim fez com Abel? Bem, cale a boca, sua opinião não me interessa porra nenhuma.

Onde estávamos? Ah, sim, o Karlangas proclamado novo imperador da Áustria. Fez as malas depressa e foi correndo para a cerimônia de coroação em Viena. Em Barcelona deixou a sua rainhazinha, agora também imperatriz da Áustria, como garantia de fidelidade eterna aos catalães.

Insisto: o excesso de civilização transforma os povos retos em panacas. Porque era evidente que o Karlangas nunca ia voltar e que a rainhazinha, que no fundo ficou como penhor político, aproveitaria a primeira oportunidade para segui-lo. Passou um ano em Barcelona, frequentando a ópera entre bocejos. E depois, quando achou por bem, adeus e saudações. O que ainda me dá calafrios e me tira do sério é o motivo que a cachorra alegou. Segundo suas próprias palavras, tinha que partir por causa da "grande importância da tão desejada sucessão". Ou seja, que urgia abrir as pernas para o seu Karlangas, e isso era muito mais importante que o destino de uma nação inteira.

E agora adivinhem o que os felpudos vermelhos fizeram quando a rainhazinha comunicou seus augustos motivos para nos deixar na mão.

Deixaram-na ir sem dar um pio! Eles, os felpudos vermelhos, os janotas de classe nobre do governo! A única carta que uma nação sem rei tinha para jogar; a última garantia de que o país inteiro não seria esquartejado vivo. E se despediram dela com todas as honras! O governo em peso foi ao cais, e a única coisa que importava era conseguir um lugar perto da rainha para aparecer durante a despedida.

Eu vou lhes dizer o que deveriam ter feito: mandar uma carta lacrada a Viena jurando que íamos trancar a rainhazinha no quarto dos ratos, e que ela não ia mudar de calcinha até que o Karlangas, no tabuleiro diplomático europeu, cumprisse todas as garantias políticas, diplomáticas e militares de que a Catalunha ficaria livre e segura. Mas não aconteceu assim, os felpudos vermelhos eram civilizados demais. O mundo ia cortar o nosso pescoço, e eles preocupados em empoar a peruca!

Com as mãos livres, o Karlangas pactuou com os bourbonistas o detestável Tratado de Evacuação. Segundo suas cláusulas, os Aliados deveriam retirar todas as tropas que ainda tivessem na Península, ou seja, na Catalunha, único território que ainda controlavam. A partir de então as coisas se sucederam muito depressa. Quando a rainha fugiu para Viena, o posto de vice-rei da Catalunha foi ocupado por um militar austríaco, o marechal Starhemberg.

Caiu nos ombros de Starhemberg o peso da execução coletiva mais hedionda e monumental dos tempos modernos. No começo de 1713, o drama estava pronto para ser consumado. Todas as peças da engrenagem preparadas para que o céu desabasse. Só precisava ser acionada a alavanca. E Starhemberg era a alavanca.

O Monstro e os Aliados já tinham formalizado o acordo nos bastidores. Chegou um mensageiro a Barcelona: Starhemberg teria que ordenar e dirigir a evacuação das tropas aliadas da Catalunha. Holandeses, alemães e portugueses embarcariam na frota inglesa ancorada em Barcelona. Isso não significava entregar este país fidelíssimo à matança e à degola? Claro que sim. E então? *It is not for the interest of England to preserve the Catalan liberties.* Nem suas vidas.

Imaginem a estupefação de Barcelona quando a notícia veio à tona. A princípio ninguém queria acreditar. Uma onda de fatalismo emudeceu os ânimos. Nas ruas e nas tabernas comentava-se o inevitável, e os bêbados entoavam cançõezinhas bem macabras:

Anglesos han faltat!
Portuguesos han firmat!
Holandesos firmaran,
i al fi nos penjaran!

As paredes de Barcelona ficaram cheias de pasquins, alguns do humor mais negro:

COMÉDIA DA EVACUAÇÃO
Personagens que atuarão nela
A Espanha, o cu do frade; as nossas liberdades, como faxineira;
a escravidão como papel secundário necessário,
e todos os Aliados no papel de merda.

Todos os cargos, títulos e prebendas assinados pelo Karlangas perderam o valor da noite para o dia. Um engraçadinho badalava uma sineta enquanto jogava confete nos viandantes gritando:

— *Es venen senyories a preus d'escombraries!* — Vendem-se títulos a preço de lixo.

As chacotas sempre ajudaram a conter o medo. Um dia encontrei Nan e Anfán bem perto de casa, na popular praça do Born, trabalhando como atores de rua. O anão atuava nu, só com o funil na cabeça, como um Adão disforme. Dobrava a perna esquerda para trás, simulando ser perneta. Amarrou no joelho um osso de presunto que prolongava a perna aparentemente mutilada. Vendo-o de frente, parecia uma criatura com pata e pezunho de porco. Raspava o osso com uma faquinha, procurando os últimos restos de carne. Fingia sentir muita dor e engolia os minúsculos pedaços de presunto, debatendo-se entre o prazer de degustá-lo e a tortura que causava a si mesmo. Enquanto isso, Anfán passava entre os espectadores com uma sacolinha aberta nas mãos, pedindo doações e cantando uma rima muito popular naquela época:

— *Entre Carlos tres i Felip cinc, m'han deixat ab lo que tinc!* — Juntos, Carlos III e Felipe V me deixaram com a roupa do corpo.

Ah, o riso, esse desabafo do medo, que sepulta mas não expulsa. Porque a terceira fase é o terror.

O terror chegou à cidade como a peste, trazido por viajantes. Confluíram em Barcelona todos os fugitivos do interior da Catalunha. Quando atravessavam os portais das muralhas, eram abordados pelos barcelonenses, que perguntavam o que estava acontecendo terra adentro. A resposta era sempre a mesma:

— Ardem todos os horizontes.

E era verdade. Quando uma localidade não se rendia de imediato, era canhoneada e assaltada pela cavalaria. Na verdade, as colunas bourbonistas que perseguiam os Aliados em retirada não se contentavam com entrar nos povoados e cidades. Exigiam que os prefeitos fossem ao seu encontro oferecendo sua submissão.

O pavor pode desembocar em duas reações opostas. Habitualmente, a submissão diante da ameaça. Mas outras vezes, muito poucas, provoca um estado de ânimo tão incomum como perigoso: a fúria coletiva.

As últimas colunas de soldados Aliados que se retiravam para a costa já não ouviam súplicas para ficar; eram apedrejadas pelos civis. O auge da indignação se deu quando surgiram provas de que a traição se somava ao abandono. Os Aliados não apenas foram embora, mas na retirada entregavam as chaves de cidades e fortalezas aos comandantes bourbonistas!

Nos últimos dias de junho de 1713 Barcelona fervia de indignação. As pessoas não são bobas, sempre sabem quem é o culpado por suas desgraças. Centenas de cidadãos furiosos se congregaram na frente da residência do vice-rei Starhemberg e forraram o portão de penas e pés de galinha. Mas cometiam um erro: Starhemberg não era medroso nem deixava de ser, da mesma forma que os carrascos não são covardes nem valentes, apenas vis.

Os felpudos vermelhos foram lhe pedir explicações, queriam saber por que os Aliados estavam se retirando, por que entregavam cidades indefesas a um inimigo tão cruel e, enfim, o que o Karlangas pretendia fazer para impedir a execução de todo um povo que foi fiel a ele desde o começo da guerra.

A resposta de Starhemberg merece entrar na história do cinismo:

— Estejam certos, excelências, da minha maior estima e carinho.

E foi embora. Nessa mesma tarde entrou na sua carruagem, pela porta de trás, com a desculpa de ir a uma excursão de caça. Nunca mais voltou. Na verdade foi se juntar com as tropas aliadas que estavam prestes a embarcar na desembocadura do rio Besós, ao norte da cidade. A frota inglesa estava lá para evitar complicações caso houvesse problemas no porto de Barcelona. Nossos leais aliados!

Notem que Starhemberg nem sequer pediu demissão do cargo de vice-rei. É difícil imaginar uma ignomínia maior. Até os réus condenados à morte recebem uma extrema-unção.

* * *

E enquanto os nossos aliados partiam e nos deixavam na mão, e as colunas bourbonistas convergiam implacáveis sobre Barcelona, que decisões tomavam os felpudos vermelhos? Nenhuma. Starhemberg já estava fazendo as malas e eles continuaram lhe enviando papéis para assinar até o último momento. Pela sua lógica, equivocadamente legalista, o abutre austríaco continuava sendo o vice-rei. A maquinaria tinha que manter as aparências. Que Starhemberg estivesse de conluio com o inimigo, que lhe entregasse as nossas casas e liberdades, ah, sabe, isso parecia não ter a menor importância.

Nos regimentos Aliados que embarcavam havia alguns catalães, não muitos, que algum dia se alistaram no exército imperial do Karlangas. Não eram miqueletes vivendo entre a lei e o inferno, eram apenas pessoas que queriam seguir a carreira das armas num exército regular. Estes sim souberam ver o que estava acontecendo. Não pertenciam ao núcleo do governo, não lidavam diariamente com os executores e com sua alta política. E mesmo assim entenderam o que estava em jogo e a quem deviam fidelidade. Até o último dia havia gente que abandonava as filas das forças aliadas, que chegava a pular da amurada dos navios para voltar a Barcelona. Starhemberg se excedeu no rigor para cair na crueldade: deu ordem de executar os desertores, enquanto durante toda a guerra havia perseguido a deserção com muito pouco zelo. Ou seja, os nossos rapazes mais generosos estavam pendurados nas árvores, ponteando a rota de retirada, e enquanto isso os felpudos vermelhos continuavam se inclinando diante do seu assassino.

Por fim, no final de junho de 1713 os felpudos vermelhos decidiram convocar o parlamento catalão. Estavam tão desconcertados que a sessão se resumia num único ponto: o que fazer diante do avanço bourbonista?, submeter-se ou lutar?

Devo explicar aqui que o nosso parlamento se dividia em três grupos ou "braços": um era formado pela nobreza; o segundo representava o povo baixo, e o terceiro, como não podia deixar de ser, era integrado pelas baratas do Vaticano.

E você, não me interrompa nem me corrija quando eu me meto com os padres! Sei perfeitamente do que estou falando, e vou contar.

Não afirmo que todos os padres fossem gente ruim. Não é isso. Durante o assédio pude ver padrecos mais magros que um cipreste, frágeis como o vidro, impassíveis ante o fogo inimigo. Seu único bem terrestre era a batina, as balas zuniam nas suas orelhas e eles continuavam imperturbavelmente ajoelhados, dando extrema-unção aos moribundos da primeira linha. Seus bispos, porém, eram como os felpudos vermelhos, só que vestidos de preto. Vejam como se comportou, por exemplo, o próprio cardeal e bispo de Barcelona, o miserável Benet Sala.

Na primeira sessão de debates, o secretário do parlamento perguntou ao braço eclesiástico qual era o seu parecer. Como era o grupo mais compacto dos três, seria lógico que elucidasse suas posições antes que os outros. Os religiosos responderam com evasivas. Nem sim nem não. Limitaram-se a arguir ambiguidades teológicas, segundo as quais a guerra era um mal em si mesmo, e que quando se dava entre cristãos o Senhor chorava sangue.

Que bando de filisteus! Pelo que sei, o Vaticano abençoou dezenas de guerras, e nunca se preocupou muito com as pessoas que morreriam nelas. E além do mais, até aquele momento, durante treze longos anos de guerra mundial não tinham pensado em momento algum que a guerra era uma coisa feia. E então veio a punhalada pelas costas.

Benet Sala tinha uma boa desculpa para sair de Barcelona. Naqueles dias havia sido chamado a Roma. E numa das típicas artimanhas vaticanas, coordenou com Starhemberg seu embarque ao mesmo tempo que o das tropas aliadas.

De repente os barcelonenses se viam abandonados pelo exército que protegia seus corpos e ao mesmo tempo pelo pastor que devia cuidar das suas almas. O intuito de Benet, naturalmente, era desmoralizar o povo cristão a quem devia dar apoio espiritual, para que se rendesse, claudicasse e fosse para o matadouro feito um doce cordeirinho. Quando eu morrer ficarei feliz se puder trocar umas palavrinhas com Benet Sala. Porque estaremos cozinhando juntos no caldeirão de Pere Botero, sem dúvida, mas juro que Sala, ainda por cima, há de se afogar na sopa, estrangulado por quem lhes fala.

Enquanto isso, na cidade os ânimos iam se acirrando cada vez mais. E o que aconteceu então é de difícil explicação.

A religião sempre foi um bom desafogo para a impotência. As ruas se encheram de procissões pedindo a salvação da cidade. Eram uma amolação, dia e noite matraqueando na janela. Porque a princípio eram multidões sussurrantes, mas sua excitação foi aumentando junto com a da cidade. O desfile que causou mais impacto era formado por doze donzelas que saíram em peregrinação rumo à sagrada montanha de Montserrat, pedindo a intervenção divina. (Montserrat é uma montanha muito estranha, a noroeste de Barcelona. Parece um serrote com pontas rombudas, no alto do qual há uma esquisita virgem de pele escura.)

Podem me chamar de descrente, mas as procissões formadas por mocinhas bonitas e de cintura fina sempre eram mais frequentadas que as de flagelantes encapuzados. Essa visão, em algum momento, fez surgir uma ideia na mente do público: "Sabe, pensando bem, por que temos que tolerar que essas garotas tão bonitas se sacrifiquem?". E assim as procissões religiosas foram se transformando em manifestações de repúdio à entrega da cidade. Afinal, os gritos a favor da santa da cidade, Santa Eulàlia, se tornaram um clamor contra Felipe V.

E o bom do Zuvi? O que estava fazendo entre tantas convulsões cívicas?

Bem, o que mais me interessava naqueles dias era reiniciar a ação da minha herança. Tinha bastante tempo livre e ia ao escritório dos advogados com frequência. A única ideia que me ocorria para tentar acelerar o meu caso era falar com o próprio Casanova, amo e senhor do escritório. Nada. Casanova nunca estava por lá, e seus funcionários me deixavam tonto com seus circunlóquios desesperadores. Que agora o senhor Casanova tinha um alto cargo político e não podia me atender, que os tribunais estavam abarrotados com tanta confusão, que isso, que aquilo. Outras vezes nem abriam a porta durante o dia todo, tão agitadas estavam as coisas. Isso me deixava num mau humor dos diabos. Quando eu discutia com algum rábula menor, ainda podia brigar e me desafogar, mesmo que não adiantasse nada. Mas o que fazer diante de uma porta fechada? Se me dessem uma boa brigada de sapadores, eu poderia tomar de assalto uma fortaleza de vinte baluartes em vinte dias. Com a casa de um advogado, não vale a pena nem tentar.

* * *

— Ei, Martí, quer ver uma coisa divertida? — perguntou um dia Peret.

Os debates no parlamento haviam começado e Peret me convidava para ir assistir.

— E você pretende entrar? — zombei. — Montaram uma guarda tripla, a Praça Sant Jaume está cheia de gente exaltada. Não está ouvindo?

Chegavam às nossas janelas os uivos dos indignados que se concentravam lá.

— Venha atrás de mim e cale a boca. E vista roupa de domingo.

Como não tinha nada melhor a fazer, fui atrás dele. Não foi fácil chegar porque, de fato, a Praça Sant Jaume estava transbordando de gente barulhenta. Não eram exatamente revolucionários, os corpos não se aglomeravam diante das portas e contra os guardas. Todos os olhares se dirigiam para o balcão. Aquela multidão não queria derrocar o governo, queria que a acaudilhassem. Seu clamor era:

— A *Crida*! Publiquem! Publiquem a *Crida*!

Crida era a convocação legal às armas. Só a *Crida* tinha o sacrossanto poder de convocar os catalães adultos para a defesa da pátria, e ao mesmo tempo quem se rebelasse sem o seu respaldo se veria reduzido à condição de miquelete; isto é, um fora da lei, por mais patrióticas que fossem suas intenções. Por isso era tão importante que a publicação obedecesse às formalidades legais. E o objetivo dos felpudos vermelhos, naturalmente, era impedir isso.

Peret circundou o edifício até a porta da rua de Sant Honorat, muito mais estreita e discreta. Ali disse alguma coisa no ouvido de dois soldados que estavam de guarda e eles nos deixaram entrar. Estranhei a atitude cúmplice e ao mesmo tempo desconfiada dos soldados.

— Um homem me ofereceu um dinheirinho em troca do meu apoio à causa que defende — explicou Peret enquanto subíamos uma escada.

O parlamento estava dividido em dois grupos antagônicos: os partidários de emitir a *Crida*, formar um exército exclusivamente catalão e resistir, e os que preferiam submeter-se ao exército bourbonista que vinha se aproximando. Como eu já disse, os felpudos vermelhos não tinham o menor interesse em defender as Constituições, e sem uma *Crida* legal não haveria chamado às armas. Segui Peret, então, e num abrir e fechar de olhos já estávamos no próprio Salão de Sant Jordi.

Imaginem uma longa sala retangular, com tetos altos e paredes pétreas. Três dessas paredes eram cobertas por magnos assentos forrados de veludo, naturalmente de cor vermelha, rigorosamente enfileirados. Na mesa principal só havia um livro de juramentos e uma sineta, em cima de uma grande toalha carmesim. A sineta, teoricamente, servia para abrir e fechar os tempos de uso da palavra. E digo teoricamente porque quando os debates ficaram mais apaixonados os oradores passaram a ignorar solenemente a sineta.

No papel, todo o território catalão tinha o direito de mandar representantes, coisa impossível, levando-se em conta que três quartos desse território já estavam ocupados pelo inimigo. Nesse dia já tínhamos entrado em outra fase. Com os direitos a voto divididos e fechados, os dois grupos foram buscar outras formas de pressão. Vocês adivinharam: contratar gargantas mercenárias para berrar os seus lemas e perturbar os oradores adversos. Peret era idôneo, porque por sua idade podia passar por um velho aristocrata e porque era capaz de vender o túmulo da própria mãe por um prato de lula frita. E o Salão de Sant Jordi, na verdade, estava tão agitado como o país. Não estavam lá todos os que deveriam estar, e nem todos os que estavam deviam ter estado. Muitos delegados não puderam ir (tinham uma boa desculpa: estavam remando nas galés ou pendurados numa árvore); outros, simplesmente, desertaram das suas obrigações.

Se não me falha a memória, essa grande jornada transcorreu no dia 4 ou 5 de julho e fazia um calor dos demônios. O porta-voz do grupo que defendia a submissão era um tal de Nicolau de Sant Joan. Antes de começar a falar já se ouviram aplausos. Ele exortou ao silêncio. Solenidade, pelo menos, não lhe faltava.

— Quando a força falta, é natural considerar a impossibilidade moral de resistir ao poder. A lei natural e a cristã ensinam e persuadem a não expor templos, idades, pessoas dedicadas a Deus aos últimos rigores da guerra. O furor da licença militar não respeita igrejas nem considera a puerilidade nem deixa intacto o sagrado da virgindade.

Mas aqui uma gargalhada o interrompeu.

— Nem nós tampouco! Traga-nos uma virgem para ver como se faz!

Era Peret, claro. Essa impertinência tão fora de lugar deixou Sant Joan confuso. Os felpudos vermelhos não ficaram atrás.

— Patifes! Amotinados! Silêncio!

Sant Joan voltou ao seu discurso.

— Nossa pátria se encontra entre Castela e a França; as portas do mar foram fechadas pelas forças marítimas da França. Devemos ter apreensão e justo receio dos ingleses, que nos entregaram. Pergunto: onde tem o rei, nosso senhor, um armamento marítimo superior ao dessas duas potências para transportar socorros? E, mesmo que chegarem, que somas poderá ele administrar em nossa ajuda se considerarmos a guerra que está travando no Reno?

— O que precisamos são mais colhões e menos cagaço, seu bobalhão de merda! — gritou Peret. E não foram poucos os que o apoiaram. — Buuu, buuu!

— Calem-se! Patifes, patifes! Fora do consistório! Fora!

A claque dos felpudos vermelhos gritava essas coisas chutando o chão e gesticulando muito. Para os felpudos vermelhos, as pessoas sem distinção não passavam de uma ralé que só servia para interferir entre o seu cargo e as sábias decisões que tomavam. Mas se esqueciam de que nem todos os da sua classe pensavam da mesma forma. E entre eles, destacando-se como um farol num deserto, um tal de Ferrer, Emmanuel Ferrer.

Ferrer era um nobre menor, mas muito popular porque tinha se distinguido na administração da cidade. Este rato humano que lhes fala tem tanta madeira de herói como uma ferradura, mas isso não impede que saiba reconhecê-los, em toda a sua magnitude, quando aparecem no horizonte. Ferrer tinha uma vida confortável e tranquila, era rico e feliz. Votando a favor da resistência não ganhava nada, perdia tudo. Uma vez que se pronunciasse teria se identificado, e quando os bourbonistas entrassem na cidade iriam atrás dele com toda a sua bílis despótica.

Quando chegou a sua vez, Ferrer se levantou e disse:

— Pergunto: é esta uma Catalunha diferente da que era em outros tempos? Não dão nossas Leis e Privilégios faculdades para nos opor aos castelhanos que injustamente querem nos oprimir? Que motivo tem o Bourbon para nos oprimir com tanto rigor, querendo fazer dos nossos povos francos e livres uma nação totalmente submetida e escrava? Quem, então, há de querer consentir que a vaidade e a violência castelhana se entronizem sobre os catalães, para obrigar-nos a servir com a mesma ignomínia com que o faziam com os índios?

— Loucos, irresponsáveis! — replicaram os partidários dos felpudos vermelhos. — Vocês vão trazer a desgraça para toda a nação!

Mas quero ser equânime. Nunca afirmarei que todos os nobres que votaram a favor da submissão eram uns vendidos. Absolutamente. De fato, havia motivos mais do que razoáveis para não resistir. Nós fôramos abandonados, estávamos sendo atacados por todo o poderio das Duas Coroas, os impérios da França e da Espanha coligados. Votar numa solução negociada, por menos que se pudesse obter dela a essa altura, não implicava necessariamente estar a serviço de Felipito.

Ferrer invocou o rei de Portugal, um reino temeroso de seguir a sorte catalã, que sem dúvida nos ajudaria; se resistíssemos, o imperador Karlangas não poderia nos ignorar sem ter o seu prestígio internacional abalado; a Inglaterra havia assinado um pacto claríssimo; os embaixadores catalães percorreriam todas as cortes da Europa expondo a causa de um povo que só almejava o mais elementar dos direitos: sobreviver.

Foi interrompido várias vezes. Ferrer se manteve surdo às vozes de amigos e de inimigos. Fez um resumo da história da Catalunha, desde a nefasta união dinástica com Castela, e continuou:

— Por todas estas razões, que desde já se empunhem as armas e se ergam as bandeiras, que se alistem soldados sem perder um minuto. E que os Fidelíssimos Braços Gerais se valham de toda a autoridade que Deus depositou em suas mãos; e mandem fazer manifestos desde já, para que conste a toda a Europa a nossa justiça e à posteridade o nosso proceder, e que nossos inimigos experimentem à sua própria custa que o espírito e a honra da nação catalã não decaíram nem um ponto.

Mas, no fundo, nem o próprio Ferrer se iludia. A jogada era tão desesperada que quase se confundia com um nobre suicídio.

— Acabe-se a nação com glória — continuou —, pois mais vale um fim glorioso que tolerar exações e violências que os mouros não praticaram.

A minha querida e horrenda Waltraud me interrompe, ergue sua cabeçorra como faria uma vaca sem pasto e me pergunta, uma e outra vez, o que eu opinava nessa época. Isso não tem a menor importância, mas vá lá, vou resumir.

Meu ponto de vista pretendia ser o menos apaixonado possível, e era o seguinte: os dois grupos tinham razão. Submeter-se significava perder as liberdades que nos haviam regido durante mil anos, virar uma província a mais de Castela e seu império, partilhar o jugo do seu povo, sofrer uma repressão desumana. Resistir, como apregoavam os felpudos vermelhos, significava ruína e massacre. Tratava-se de escolher entre duas opções igualmente ruins.

Votaram. Ganhou a submissão. Por ampla maioria. Ferrer deu um pulo até o secretário da sineta e lhe exigiu que anotasse o seu nome, para que constasse o seu particular voto contrário. Era como assinar a própria execução. Quando os bourbonistas entrassem não precisariam de melhor prova para enforcá-lo. E, mesmo assim, outros nobres também se levantaram e seguiram o exemplo de Ferrer!

Fiquei pasmado. Por que havia gente que fazia isso?

Vejam, também, a outra face da moeda. Igualmente admirável ou ainda mais, por estranho que pareça. Porque houve nobres como Francesc Alemany, Baldiri Batlle, Lluís Roger ou Antoni València que com toda consciência julgaram que deviam votar pela submissão, e assim fizeram. Depois as coisas deram uma reviravolta. E eles lutaram. Seguindo a vontade da maioria, relegando as suas opiniões particulares em benefício do interesse geral. A Waltraud me pergunta por que estou chorando. Pois vou dizer: porque esses homens, que não queriam resistir, combateram sem esmorecimento durante um longo ano de assédio. Sustentaram as ideias dos outros, até contra si mesmos. E na madrugada de 11 de setembro de 1714 sacrificaram as próprias vidas. Todos. Ainda vejo València, atacando um muro de baionetas com o sabre na mão, deglutido por um milhar de uniformes brancos.

Para que tenham uma ideia da relevância da decisão, direi que o braço dos nobres era similar ao dos lordes ingleses. Para além do número de votos, tinha um peso moral intangível, e era muito comum que o braço popular simplesmente ratificasse as suas decisões.

— Você merece que o seu grupo tenha perdido — eu disse a Peret enquanto voltávamos para casa. — Não tem vergonha de ter vendido sua opinião?

— Não, homem, não — respondeu ele. — Os felpudos vermelhos me pagaram para fazer uma claque a favor da submissão. Mas foram tão bobos que me deram os cobres antes de começar.

— Em todo caso, já está dois a zero — suspirei enquanto atravessávamos a Praça de Sant Jaume cheia de gente. — Padres e nobres a favor da submissão. Amanhã o braço popular vai seguir o julgamento da nobreza. Acabou-se.

Nunca estive mais errado. Ainda estávamos na Praça Sant Jaume quando apareceu no balcão um porta-voz que, de fato, comunicou à multidão que o braço nobre votara por submeter-se.

Foi como se tivesse caído um aguaceiro gelado. Ninguém protestou. Dentre aquelas milhares de gargantas reunidas nenhuma soltou um grito irado. Mas em vez de voltarem para casa acamparam ali mesmo, na Praça Sant Jaume!

Acho que o ponto decisivo foi esse. Não um gesto de rebeldia, mas um desacato surdo. O povo ali de baixo ficou tão desconcertado com o que havia acabado de ouvir como os nobres, no balcão, com o mutismo e a quietude coletiva. O que podiam fazer? Expulsar aquela multidão era impossível. Ninguém se atrevia, nem tinha tropas suficientes para tentar. E além do mais um ato de violência como aquele poderia desencadear as desordens que os próprios felpudos vermelhos queriam evitar.

Durante a noite ninguém arredou o pé da praça abarrotada. No dia seguinte o braço popular ia se reunir. O ambiente da rua e o discurso de Ferrer haviam inflamado tanto a massa que o resultado da votação foi a favor da resistência, por maioria avassaladora. E, agora sim, a Praça Sant Jaume explodiu de alegria:

— Publiquem a *Crida*! Publiquem!

Gritavam tanto, e com tanta paixão, que não estavam mais expressando um desejo. Era uma ameaça e uma ordem; desacatá-la podia desencadear qualquer coisa. E a maioria dos nobres mudou seu voto! Mas a coisa não parou aí. Os felpudos vermelhos mais intransigentes criaram mil empecilhos jurídicos. Alegaram que o braço aristocrático havia manifestado sua mudança de intenção nos corredores, não numa sessão legalmente convocada e, portanto, não era uma decisão firme. Sua estratégia, como é fácil deduzir, consistia em dilatar os trabalhos para que os acampados se cansassem e fossem para casa. Não conseguiram. Já haviam passado dois dias e duas noites, e a praça de Sant Jaume continuava tão cheia como no começo, ou mais. A generosidade sempre tem este lado amargo; os que estão mais dispostos a dar tudo são os que menos têm a ganhar com a vitória e mais podem perder em caso de derrota. E, durante esses dois dias, os debates travados.

Em 9 de julho Peret se dispunha a voltar ao Salão de Sant Jordi.

— Outra vez!? — exclamei. — Não posso acreditar que os submissos sejam tão bobos que vão pagar de novo aos mesmos que os traíram no último momento.

— Não, homem, não. Você vai ver, é que eu atuei tão bem no outro dia que os defensores da resistência me ofereceram um dinheirinho para gritar ainda mais alto desta vez.

— Mas o grupo favorável à submissão já conhece você, vai impedir sua passagem!

— Não, porque contei aos submissos a oferta dos resistencialistas, e eles me prometeram o dobro se fizermos uma claque a favor da paz. Vou votar pela submissão! Viva a paz! Quer vir comigo?

Quando entramos, o Salão de Sant Jordi parecia um galinheiro. O santo altar do parlamentarismo catalão estava igual a uma quitanda! Sentados frente a frente, claudicacionistas e resistencialistas gritavam uns para os outros projetando braços e mãos como tentáculos de um polvo. Os partidários de lutar berravam em seus assentos:

— Constituições e liberdade! Vamos escrever a *Crida*!

— Paz e sensatez! — retrucavam do outro lado.

Rá! Até eu, como espectador, ficava irritado com os felpudos vermelhos e seus mentecaptos impostores. A resistência não tinha vencido, apesar de todas as artimanhas deles? Bem, pois se este era o livre desejo do povo, era preciso redigir a *Crida*. (E, no que me dizia respeito, sair voando da cidade, naturalmente. Ninguém precisava me explicar o que significava o assédio a uma praça tão grande!)

— O *seny*! — gritavam os defensores da submissão. — Já o perderam? O *seny*!

Essa história de *seny*, esse *seny* que mencionavam, merece uma explicação. (Não é mesmo, minha querida e horrenda Waltraud?)

Os catalães são os maiores especialistas do mundo em inventos espirituais inúteis. Digamos que o *seny* é uma atitude tranquila, razoável e pacífica. Diante de um problema grave, o homem *assenyat* geralmente reage com uma moderação totalmente oposta à paixão cavalheiresca do castelhano. O problema era que estávamos sendo invadidos por um exército comandado por fidalgos de Castela. E, para a sua mentalidade guerreira, o *seny* era algo incompreensível, uma baixeza de judeus e mercadores que queriam resolver suas pendências com a palavra porque não tinham coragem de fazê-lo com a espada.

Como eu já disse, o Salão de Sant Jordi estava imerso numa cacofonia de rugidos. Os felpudos vermelhos tinham reservado dois golpes de efeito para aquela última jornada. O primeiro foi tirado do túmulo.

Entrou na sala um nobre quase cego, com uma das mãos apoiada numa bengala titubeante e a outra no braço de um bisneto. Velho? Velhíssimo. Devia levantar-se pelo menos umas quatro vezes por noite para mijar, e saibam que eu me levanto três.

Ele se chamava Carles de Fivaller. Como aqueles velhos senadores da república romana, sua ascendência moral não vinha nem tanto do cargo mas da experiência e do respeito adquiridos numa longa vida de serviços públicos. Fivaller ocupava um assento honorífico. Não havia aparecido durante os debates, tão alquebrado estava. Mas os felpudos vermelhos o tiraram da cama, de onde quase não saía mais, para que fosse lá e advogasse pelo *seny*.

Quem entrava no recinto era algo mais que um homem velho e alquebrado. Com Fivaller, era o parlamentarismo catalão que estava ali. Em vez de ir para o seu lugar, Fivaller parou no centro exato do Salão de Sant Jordi. Não havia a menor dúvida de que suas palavras teriam muitas consequências. Os dois grupos se calaram, reverentes.

— Meus filhos. Os estragos da idade me impedem de ser útil à pátria — disse Fivaller, olhando como os cegos, para toda parte e para ninguém, de queixo erguido. — Por isso eu suplico, imploro a esta augusta câmara um último desejo, que espero que me seja concedido.

Teve que fazer uma pausa para reforçar a voz. Fez-se um silêncio tal que até o descarado do Zuvi evitava engolir saliva para não fazer barulho.

Fivaller levou ao rosto uma mão trêmula para enxugar uma lágrima, e afinal disse:

— Já que minhas mãos não aguentam mais o peso de um fuzil, por favor, na luta que nos é imposta usem o meu corpo para substituir uma faxina de combate.

Que gritaria se ouviu! As alegrias inesperadas são sempre as mais estridentes. Até alguns felpudos vermelhos se emocionaram, vencidos. Afinal, talvez Fivaller não estivesse tão caduco assim. Nem tão surdo, nem tão cego. Quando cruzou aquela Praça de Sant Jaume explodindo de gente, ele já devia ter entendido o que estava acontecendo.

Uma mão subversiva abriu o balcão. Ao ver as portas abertas, a multidão lá embaixo julgou que já estava decidido:

— A *Crida*! Anunciem de uma vez a *Crida*!

Mas os felpudos vermelhos mais irredentos ainda tinham um último cartucho. Eles e seus amiguinhos, os felpudos negros, haviam escrito um rol de argumentos teológico-legalistas. Adivinhem vocês mesmos com que orientação.

Suas eminências vaticanas gozavam de um vasto respeito. Pareciam bem capazes de virar o jogo. Os nobres já haviam mudado de opinião uma vez. Nada os impedia de recuar de novo. E um sermãozinho dos padres podia fazer muitos delegados do braço popular reconsiderarem também.

Para causar boa impressão, decidiram que o seu retórico mais talentoso, um Demóstenes de mármore, leria o texto. Esse homem era admirado pelos colegas do próprio ofício, os doutores em leis, e pouco tempo antes havia decidido entrar na política. Pois bem, esse grande homem era justamente um tal de Rafael Casanova, o advogado que cuidava do meu caso, e agora estava entrando no Salão envergando a veste talar vermelha dos magistrados catalães.

— Você! — gritei quando o vi. Dei um pulo, e com três passos estava ao seu lado puxando-o pelo ombro: — Merda, Casanova! Já estou farto! Está me ouvindo? Eu pus a herança do meu pai nas suas mãos! E quero a herança do meu pai! Tenho direito a ela! Defenda-a de uma vez!

Como a maioria dos presentes era gente culta, todos interpretaram "a herança do meu pai" como "herança dos nossos antepassados", tema muito recorrente durante os debates. Os que ainda não estavam em pé se viram impelidos pelo meu ataque.

— Este rapazinho tem razão! Basta! Cem gerações de heróis catalães nos contemplam do céu! Vamos escrever a *Crida* de uma vez!

Apesar de tantas paixões, os dois grupos se limitaram a vaiar-se em seus respectivos assentos. Agora, seguindo o meu exemplo, dezenas de pessoas se aglomeravam em volta de Casanova para repreendê-lo comigo ou defendê-lo de mim. Casanova, desequilibrado, tentava recolocar o barrete de veludo vermelho no lugar, mas me livrei de Peret, e de todos os que estavam na minha frente, e voltei a sacudi-lo.

— Isto é um ato de violência! — protestou Casanova, tal como César antes da primeira punhalada.

— Que violência porra nenhuma! — indignei-me. — Eu lhe pago para defender os meus interesses, e você não faz outra coisa além de me enrolar!

— Sim! Chega de esperar! O garoto tem razão! — gritaram os opositores da submissão. — Deveríamos ter vergonha de que um pirralho nos indique o caminho! O inimigo se aproxima em marcha forçada e nós perdendo tempo com debates inúteis!

Emmanuel Ferrer tomou a iniciativa. Uma iniciativa astuta e brilhante, pois foi o primeiro a se dar conta de que a decisão estava por um fio, um fio só ao alcance dos audazes. Saiu do meio do tumulto e foi até o secretário de óculos com a sineta, que se mantivera no seu lugar com cara de alface, e lhe ordenou com um dedo imperioso:

— Escreva!

O homem tinha que escolher entre o caos e um espírito firme. Por um segundo o secretário debateu consigo mesmo. Depois molhou a pena no tinteiro.

Ferrer lhe ditou umas linhas apressadas. A tinta ainda não havia secado quando o próprio Ferrer estampou o selo do governo, arrebatou o papel do secretário e, levantando-o, proclamou:

— A *Crida*! Aqui está!

Fim do debate. Carregaram Ferrer nos braços até a rua. Lá foi recebido com uma ovação multitudinária, um fervor extático. Eu pude ver tudo isso muito bem, porque em vez de segui-los até a Praça Sant Jaume fui para o balcão.

Vi Ferrer, mostrando o papel da *Crida*, nos ombros da multidão que o circundava como uma roda faz com seu eixo. Para mim era incompreensível: eles choravam de alegria porque podiam ir para uma guerra desesperada.

Toda aquela gente levou Ferrer, ou melhor, a *Crida*, para um mergulho nas ruas. A praça ficou deserta, coberta somente de detritos após o longo acampamento.

Na mentalidade comum dos catalães há um princípio moral único, tão defeituoso como enternecedor: eles sempre têm certeza de estar com a razão. Não são o único povo a quem ocorre algo assim. O que há de extraordinário no caso catalão é o que deduzem disso: como eles têm toda a razão, o mundo vai acabar reconhecendo isso. Naturalmente, as coisas não são assim. Não são as verdades que geram o movimento de um trem de artilharia, mas os interesses, e estes não se debatem: se impõem ou se esmagam.

Da *Crida* recordo que só continha duas frases. A primeira, a meu ver, a mais limpa, cristalina e bonita já escrita em língua catalã.

> *Havent los Braços Generals, lo die 6 del corrent mes aconsellat a est consistori resolgués defensar les Llibertats, Privilegis e Prerogativas dels Catalans, que nostres Antecessors à costa de sa sanch gloriosament alcansaren, lo die 9 del corrent manarem fer la Crida pública per nostra defensa.*

Esse chamado às armas surpreendeu o marechal Starhemberg na praia, quando já estava a ponto de embarcar. Da desembocadura do rio Besós podiam se avistar os muros ocidentais de Barcelona. Perguntou o motivo daquela balbúrdia de gritos, tambores e trombetas.

— Iniciativa temerária — dizem que afirmou —, mas corajosa.

Bateu duas vezes no chão com a bengala e embarcou.

Deveria ter formulado a coisa ao contrário: iniciativa corajosa, mas temerária. E muito. Ou melhor: deveria ter dito o que realmente estava pensando: "Fiquem aí, desgraçados."

11

Contam os historiadores que no início da Terceira Guerra Púnica a cidade de Cartago viveu uma febre marcial. Sozinha, sem amigos e exposta a um fim certo, todo o poderio do Império romano se equilibrava sobre ela. E mesmo assim seus cidadãos se dedicaram aos trabalhos de defesa com um ardor frenético.

Algo parecido aconteceu na Barcelona de 1713. A paixão guerreira inundou a cidade toda. As forjas percutiam num ritmo alucinado. Das oficinas saíam fuzis, baionetas, projéteis de todos os tamanhos. E o mais surpreendente: os barcelonenses enfrentavam os perigos com uma alegria totalmente oposta às circunstâncias. As crianças corriam em volta dos batalhões e, invertendo a ordem habitual das coisas, as mulheres galanteavam os soldados.

Havia um motivo para esse novo estado de alma. As classes populares barcelonesas sempre sentiram aquela guerra dinástica entre os Áustria e os Bourbon como algo essencialmente alheio. Agora a guerra tinha chegado até os seus muros e ameaçava destruir o regime de liberdades que eles mantinham desde a sua origem como catalães.

E eu acrescentaria outro: atacando a Barcelona de pessoas como Amelis, Felipe V cometeu o mais imperdoável dos erros de um tirano: atacar a casa de gente sem casa. Essas pessoas a defendem com unhas e dentes, pois o lar é o último reduto de quem não tem coisa nenhuma. A minha Amelis havia perambulado por aí durante toda a sua vida, com o sexo como único amparo; e agora que finalmente tinha uma casa um déspota louco ameaçava o seu futuro. E não só a minha Amelis; Barcelona era um refúgio onde haviam ido parar despossuídos de toda parte. Um lugar onde pelo menos encontraram paredes e um salário. Quantos heróis que surgiram durante o nosso assédio eram estrangeiros! E assim, dissipadas as dúvidas de que a luta era justa e necessária, barcelonenses de todas as condições se lançaram à guerra, à sua guerra, em meio a uma pândega que não praticavam nem no carnaval. Por uma vez, só uma, ricos e pobres, homens e mulheres tinham uma causa em comum. Os felizes lutariam pela sua felicidade, os desventurados se uniriam a essa causa comum na esperança de que suas aflições se desvanecessem na luta.

Sejamos imparciais: o entusiasmo só permite ver os entusiastas, e nem todos compartilhavam daquela euforia insólita. Indiferentes, timoratos, irresolutos, relutantes, e mesmo um ou outro bourbonista, se calavam ou se escondiam à espera de melhores tempos. Ainda assim, que clima tão unido! O medo é contagioso; a esperança também. Pois alguém como Zuvi, com os sentidos tão despertos, não podia deixar de ficar comovido ao pousar seus olhos de Bazoches nos sorrisos dos pobres, dos miseráveis, dos famintos que, finalmente, encontravam uma causa para dar sentido a suas vidas.

Ninguém podia ser mais consciente que um estudante de Bazoches do milagre dessa transformação. Pensem que nós, profissionais da guerra, que acabamos casados com a violência, sempre fomos uma ínfima minoria. Em condições normais ninguém empunha um fuzil. Na verdade, o ser humano é uma criatura tão covarde que o mais normal é que não esteja disposto a arriscar sua vida nem sequer para salvá-la.

Um dos dias de mais balbúrdia foi quando os hesitantes e os endinheirados abandonaram a cidade. Os mais ricos, como era de se prever, não queriam saber daquela loucura. Preferiam chegar às linhas bourbonistas e apelar para o perdão de Felipito. Não o negaria. Os ricos sempre são bem-vindos.

Eles se juntaram numa caravana, como um rebanho que busca refúgio no seu número. O que temiam exatamente? O governo dos felpudos vermelhos sempre os protegera. Estavam abandonando as suas obrigações cívicas, era público e notório que pretendiam chegar à vila de Mataró, refúgio conhecido de *botifleros*. E, incompreensivelmente, em vez de confiscá-las, após a sua partida os felpudos vermelhos puseram guardas na porta de suas residências vazias para impedir saques.

No dia da fuga, suas ricas carroças se agruparam na rua Comerç. Como era uma caravana anunciada, o povo se aglomerou ao longo das ruas que iriam percorrer até a saída da cidade, vaiando e bombardeando os veículos com legumes podres. O pessoal que abarrotava os balcões caçoava e ria deles. Mas foi só isso. Nenhum ato de violência, além do sarcasmo e das batatas pretas atiradas nas perucas dos pobres cavalariços. Numa situação inversa, os bourbonistas não hesitariam em recorrer a execuções sumárias.

Acompanhei o passo lento da caravana. Os meninos vociferavam em volta todo o seu repertório infantil de troças, que pode ser maiúsculo. Mas aquilo era um ato social em que o caráter festivo predominava sobre o punitivo, e para cada insulto choviam três gargalhadas.

Eu estava consternado. Aquela gente que fugia ia se livrar de um assédio iminente e atroz, e eu e os meus devíamos estar nessas carruagens, balsas salvadoras do naufrágio. De repente vi que a última parava bem na minha frente.

— Martí! — ouvi que me chamavam. — Mas é você, o filho de Zuviría.

Era Joaquim Nadal, o investidor mais rico da companhia do meu pai. Ao me reconhecer tinha mandado parar a carruagem. Abriu a portinha, pôs metade do corpo para fora e disse:

— O que está fazendo ainda aqui? Vamos, suba! Olhe bem, a minha carruagem é a última. Sorte que eu vi você, rapaz!

Ao perceber que eu vacilava, ele me olhou desconcertado. Cenouras e nabos quicavam no teto do veículo. *"Botiflers, botiflers!"*, entoavam crianças e adultos, *"Foteu el camp!"*. Nadal insistiu:

— Venha, rapaz! O que foi? É a sua última oportunidade. Se você não vier, vai ficar à mercê desta chusma.

Eu tirei o chapéu e disse educadamente:

— Mas, senhor Nadal, não são nenhuma chusma. São os mesmos de sempre, os nossos vizinhos.

O homem me olhou como se olha para um demente.

— Entendi — disse pensativo enquanto continuavam chovendo verduras, e segundos depois repetiu: — Entendi. — Fechou a portinha e deu ordem de partir aos cocheiros.

Nessa noite, em casa, Peret passou o jantar todo elogiando os novos batalhões e seus estandartes, benzidos nas igrejas. Algumas unidades usavam uniforme azul, outras um grená muito bonito. Havia até uns amarelos como limões. Quando começou a falar maravilhas das reformas que se fizeram nas muralhas, não me contive.

Interrompi com uma energia tão brusca que ele se calou.

— Será que a cidade toda perdeu o juízo? — clamei contra ele e contra Amelis. — Gente ilusa como vocês não tem a menor ideia do que acontece dos Pireneus para cima. A menor ideia! — Dei um soco na mesa. — Quantos catalães existem no mundo? Meio milhão, mais ou menos. Só em Paris mora mais gente. Os franceses nascem com uma baioneta debaixo do braço, são o povo mais agressivo que existe. O exército do Império espanhol está vindo para cá reforçado por batalhões da França. E todos os nossos aliados nos abandonaram, todos! Esplêndido! — exclamei aplaudindo o meu próprio sarcasmo. — E agora me digam: se a cidade se armar e fechar as portas, dá para imaginar as consequências dessa loucura? A Espanha pode arrasar a cidade por terra e a França pelo mar, mas eu não vou permitir que destruam a minha casa.

Houve um silêncio incômodo. Eu não esperava que seria Amelis quem tomaria a palavra. Em voz baixa, num tom estranhamente submisso para ela, perguntou:

— E se a cidade se render, tudo melhora?

Passei a mão na nuca e respondi:

— Não sei. Ninguém pode saber. Por isso vamos embora. Nós cinco. Você, eu, Nan, Anfán e Peret. Voltamos quando as coisas se acalmarem. Está decidido.

Eu esperava uma discussão em altos brados. Em vez disso, não discordaram nem aceitaram. Amelis foi para o quarto. Peret se aproximou da chaminé, atiçou o fogo e ficou torrando pimentões. Sua docilidade me provocava uma sensação de vazio, eu me sentia como se estivesse dando murros no ar. Fui atrás de Amelis e fechei a porta do quarto.

— Anfán é um menino — disse eu. — Nan, um perturbado. Peret só saiu da cidade para ir a chocolatadas. Mas você sabe tão bem quanto eu o que significa o avanço de um exército bourbonista. Viu os bosques cheios de enforcados, viu os ultrajes nos povoados ocupados. Se eu me alistasse, sabe qual seria a diferença entre o seu destino e o meu? — E, antes que ela pudesse responder, sentenciei: — Que a mim, só matariam.

Seria melhor se ela tivesse resistido ou replicado. Quando era tomada por aquela tristeza tão sua, ela me deixava sem palavras. Era como se chorasse por dentro, e eu nem sequer podia enxugar suas lágrimas. Foi até sua caixa de música e abriu-a.

Levantou os olhos, contemplando o céu através da nossa claraboia de vidro, e disse:

— Muito bem, você manda. Vamos embora. Mas me diga, Martí, para onde? O país todo está em guerra. Embarcamos para Nápoles? E chegando lá, o quê? Na Itália também está havendo guerra. Iremos para a Turquia? Mais além?

— Não — respondi —, não vai ser preciso. Basta chegar a Mataró. Não está nem a dois dias de marcha.

— Com os *botifleros*?

Não havia nenhum laivo de recriminação na pergunta, o que não evitou que eu me sentisse insultado.

— Com gente que não quer saber nada desta história! — repliquei.

— E como você sabe que não vão atacar Mataró? Os austracistas, os bourbonistas, os miqueletes. E se afinal, pelo motivo que for, os austracistas ganharem a guerra, como voltamos para Barcelona? Todo mundo vai nos apontar na rua como traidores. — Com o olhar fixo no vidro da claraboia, Amelis continuou: — Eu disse que antes vivia seguindo os exércitos em marcha. Mas menti. Eram os exércitos que sempre me seguiam. Foi um soldado francês que tirou minha virgindade, aos treze anos. Fiquei sangrando oito dias. No nono veio um capitão espanhol. Os de depois já nem lembro muito bem, não quero lembrar. Muitos miqueletes. Eles, pelo menos, depois me davam alguma coisa para comer. Depois, perambulei por aí. — Olhou ao redor. — Nunca tive uma casa.

Pela primeira vez desde que entrei no quarto, ela me dirigiu um olhar, muito triste.

— Vamos embora, Martí. Mas me diga só uma coisa: para onde? Para onde?

Não suportava que ela me desse a razão: quando dava, eu ficava desarmado. Por meu lado, fiz uma pergunta diferente. Que direito tinha um rei de alterar a minha vida? E, em todo caso, o que me importava realmente dessa vida insignificante, dessa paupérrima migalha do Mystère?

O que eu mais amava no mundo era a visão de Amelis levantando da cama toda manhã, nua, e se acocorando sobre a bacia para lavar-se. Seus cabelos negros chegavam até os mamilos. Sempre abria muito os joelhos. E usava muita água, possivelmente porque sua virilha era refúgio de um denso arbusto negro. Da cama eu a olhava, e sorríamos um para o outro. Apesar das minhas misérias e desfaçatezes, ninguém tinha o direito de interromper aquela sucessão de atos cotidianos que tornavam reconhecível a felicidade. Ninguém.

Um suspiro. Ergui quatro dedos até as gemas tocarem no vidro da claraboia. O que disse o Dez Pontos? "Quando você tocar esse céu, não poderá mais retirar as mãos dele." Há momentos em que a vida nos coloca no ponto exato em que a moral e a necessidade confluem. Por que alguém decide enfrentar uma luta desesperada e mortal? Pela glória eterna? Pela comodidade perpétua do gênero humano? Não, rapaz, não. Já me disse o Mystère.

As pessoas se deixam matar nas Termópilas por um apartamento com claraboia.

* * *

Tendo servido sob as ordens de dom Antonio, não foi difícil conseguir uma audiência com ele. Porque, parece incrível, mas os felpudos vermelhos o escolheram como comandante em chefe das nossas forças. Decisão inesperada. Havia outros dois candidatos com mais prestígio que, graças a Deus, foram rejeitados. Eram catalães, não lhes faltava experiência militar e, claro, seu títulos de nobreza superavam os de dom Antonio, que, como já sabemos, era da nação castelhana, nossos inimigos jurados. Por que, então, escolheram Villarroel? Quem vai saber. Talvez, derrotistas consumados como eram, os felpudos vermelhos não tivessem esperanças e queriam evitar que um dos seus arcasse com a vergonha do desastre. Ou talvez, simplesmente, porque ele era o melhor entre os melhores, e tendo um general tão competente ao seu alcance não podiam negar-lhe o comando.

A questão é que me dirigi ao seu gabinete com uma mistura de sentimentos contrapostos. A minha querida e horrenda Waltraud me pergunta como é possível que ainda não lhe tivesse feito uma visita, já que fazia mais de um ano que fora libertado. A resposta é muito simples: porque a alegria da sua volta se somava com a vergonha do meu abandono, logo antes da sua captura.

Ele me ofereceu uma cadeira e me tratou cordialmente, até demais. Em dom Antonio isso não era bom sinal. Por quê? Ora, porque nunca, jamais, ele era gentil com os que estavam sob seu comando.

— Agradeço infinitamente sua oferta — disse afinal —, mas vou recusá-la.

Fiquei gelado. Por acaso não tínhamos compartilhado a Retirada de 1710? Eu não lhe demonstrara meu valor como engenheiro? Atrás dos muros de Barcelona não havia muitos outros engenheiros qualificados. Será que não me considerava competente, como tinha sido três anos antes, e em campo aberto?

— Certamente que sim. Apesar da sua juventude, como engenheiro você domina técnicas inovadoras e sempre eficazes.

— E então?

Refletiu um pouco antes de responder com seu vozeirão:

— Recuso porque você não tem o que é preciso ter.

Senti vontade de dar socos nas paredes. Naturalmente, perguntei a que estava se referindo.

— À nossa última conversa, em Illueca — disse. — Eu lhe ofereci ir embora, e você foi.

— Realmente, dom Antonio — respondi, ofendido —, mas lembro que foi o senhor mesmo quem me ofereceu.

— Exato. Por isso você fugiu sem desonra. Mas, por isso mesmo, se tivesse ficado o seu cativeiro teria sido glorioso.

Fiquei irritado.

— Pelo amor de Deus, dom Antonio! De que adiantaria que me capturassem? Na verdade, continuo achando que foi um erro o senhor se deixar aprisionar, privando assim o exército do talento do seu comando.

Ele sorriu.

— Vamos, Zuviría, seja sincero consigo mesmo. Sua fuga não foi ditada pela racionalidade, e sim pelo egoísmo. Não foi guiada pelo amor à vida, mas pelo medo da morte.

— Era um grupinho de mancos! — protestei. — E quer saber uma coisa triste, dom Antonio? Quando voltei a Barcelona, fui pedir ajuda. Pois bem, ninguém quis me ouvir, ninguém no exército se lembrava dos carros que o senhor e eu estávamos escoltando. E o pior de tudo é que talvez tivessem um pouco de razão: quatro carroças de aleijados não iam ganhar a guerra.

— Viu? — interrompeu ele. — Serviu sob o meu comando, mas não entendeu coisa nenhuma.

Fiquei tão magoado que não disse nada. Levantei-me e fui para a porta.

Agora, tantíssimos anos depois, acho que dom Antonio havia preparado a cena desde o começo. Porque, quando eu já estava com a mão na maçaneta, me disse:

— Uma palavra. Se em Illueca você tivesse dito uma palavra, eu o consideraria um engenheiro.

Parei. Uma palavra. Talvez, durante algum porre de bebida ruim, eu tenha confessado minha tragédia a dom Antonio. Uma palavra! Em todo caso, essa frase acendeu as minhas vísceras. Virei-me, furioso, e bati com os punhos na mesa de carvalho.

— Todo mundo nesta cidade ficou maluco! — exclamei. — Todo mundo! Do consistório até o último mendigo, todos apoiam uma defesa insensata! Combati a opinião da minha família, dos meus amigos, dos meus vizinhos. E, quando finalmente eles me convencem a participar de uma defesa alucinada, chega o senhor, justamente o senhor, e se nega a me alistar. Pois sim! Saiba que não tem direito de fazer isso! Esta é a minha cidade, minha casa fica aqui, e o senhor vai me aceitar no seu maldito exército, queira ou não queira!

Deixou que eu desabafasse, e quando as palavras quase me tiraram o fôlego, disse:

— Assim está melhor. Pelo menos é um progresso. — E, após uma pausa, acrescentou: — Eu disse em Illueca, meu filho. Esta guerra ainda não acabou, e suas tribulações tampouco.

* * *

De noite, em casa, fizemos um jantar de despedida para dar adeus à paz. Pelo menos à falsa paz em que a cidade tinha vivido durante os últimos anos. Quando chegamos à sobremesa, pedi um minuto de atenção.

— Depois de negociar duramente com dom Antonio, ele me concedeu o posto de tenente-coronel. Ouviram? Vocês estão falando com um tenente-coronel, de maneira que a partir de agora façam o favor de se dirigir à minha pessoa com o devido respeito! O tenente-coronel mais jovem do exército! E não é só isso. Vou receber um extra de dez por cento, porque além do mais me empregou como Ajudante-Geral, a seu serviço particular. — Não pude conter um sorriso de triunfo. — O que acham?

— Tenente-coronel! — exclamou Amelis. Mas imediatamente perguntou: — E o que é isso?

— Sabe, meu bem — expliquei entre duas tragadas no charuto que estava fumando —, num exército o grau imediatamente inferior ao de general é o de coronel, que comanda um regimento. Um tenente-coronel é um oficial à espera de ter seu próprio regimento. Entendeu?

— Então você ainda não tem o seu próprio regimento.

— Bem, ainda não — admiti. — Mas qual é a importância disso?

Anfán estava sentado ao meu lado. Puxou a minha manga e perguntou:

— Chefe, em quantos soldados você manda?

— Em nenhum, especificamente — respondi. — Vou cuidar de assuntos mais elevados. Na verdade, serei engenheiro. Mas dom Antonio, que me aprecia muito, pensou que eu devia ter um posto à altura da minha autoridade, para me impor à soldadesca.

— Mas que merda de posto que não manda em nenhum soldado, chefe — foi a conclusão de Anfán.

— Vou receber cento e vinte e seis libras por mês! — anunciei todo orgulhoso. — Sem contar os dez por cento a mais como ajudante-geral.

Aqui interveio Peret:

— Vejamos, Martí, essa história de ajudante-geral significa exatamente o quê?

— Eu já disse, significa que vou estar à disposição de dom Antonio o tempo todo, para qualquer urgência ou eventualidade. Ele me aprecia muito!

— Ou seja, vai ser o "garoto faz-tudo" de Villarroel. — E começou a rir. — Você caiu nessa conversa. A sua jornada de trabalho vai ser o dobro da comum, ou mais.

— E em troca só recebe mais dez por cento — apontou Amelis. — Que grande negociante você me saiu.

Eles conseguiram me entristecer.

— Têm razão. Talvez eu não seja o melhor mercador do mundo! — E, como todos que ficam sem argumentos, apelei para o patriotismo: — Mas, quando o inimigo se aproxima, não deveríamos nos submeter às baixezas pecuniárias.

— De que cor será o seu uniforme? — perguntou Amelis.

— Nenhuma, porque não vou usar. Na prática, como já disse, vou trabalhar como engenheiro. E o corpo de engenheiros tem liberdade para não usar uniforme.

— Liberdade para não usar uniforme! — exclamou Peret entre risadas. — Já ouviu falar de algum general com liberdade, como você diz, para não usar uniforme? Você não conseguiu sequer que lhe pagassem um!

Estavam estragando a minha festa. Aquilo não era a marcha triunfal que eu tinha imaginado.

Peret inquiriu:

— Na lista de que regimento você foi inscrito?

— Inscrito?

— Sim, homem, em que regimento?

Fiz um gesto de desprezo com a mão do charuto e disse:

— Ah, bem, eu não tenho que me preocupar com essas minúcias. Dom Antonio é o homem mais honesto da cidade, seria inimaginável que não me inscrevesse na lista.

— Certo — insistiu Peret —, mas em qual regimento?

— Não sei! — me rendi, encurralado e no fundo chateado comigo mesmo por não poder dar outra resposta. — Aprendi na França a construir, a defender e a atacar baluartes, não que papelada os secretários da retaguarda exigem!

— Fabuloso! — gargalharam todos, inclusive o anão. — Não pagam sequer seu uniforme, e você vai passar o dia todo de cima para baixo. Você é tenente-coronel, que é um posto provisório; não tem um regimento provisório, nem sabe qual poderia ser.

— Está bem! — defendi-me. — Creio que Villarroel disse qualquer coisa sobre um regimento imperial. Já mandou cartas a Viena pedindo a confirmação do seu posto, e aproveitou para pedir que me inscrevam em uma unidade do Karlangas. Podem dar por resolvido. Vocês acham que o imperador não vai atender ao pedido do único general que lhe resta na Espanha?

Dessa vez a gargalhada foi tão estrondosa que os vizinhos reclamaram, batendo nas paredes.

— Mas como você é bobo, Martí! Não se trata disso. Se for alistado num regimento austríaco, vão levar meses até reconhecer o seu posto. Agora quem lhe paga é Viena, não Barcelona. Enquanto não chegarem recursos imperiais você não recebe um tostão. A frota francesa está bloqueando o porto, então é bem possível que não receba nada.

Haviam estragado o meu jantar. E o pior era que tinham razão.

— Muito bem! — respondi, dirigindo-me a Peret. — Pode ser que eu não fique rico, mas você se alistou como soldado raso, e o soldo de soldado raso não é nenhuma maravilha.

— E quem lhe disse que é a Generalitat quem me paga? — retrucou, rindo da minha cara de desconcerto.

— Martí, você conhece os ricaços de Barcelona. Acha que estão dispostos a formar batalhões, subir num baluarte ou fazer guardas diurnas e noturnas, correndo o risco de ser alvejados e bombardeados? Claro que não. Uma coisa é ser a favor das Constituições e Liberdades, outra arriscar a pele por elas. Por isso, fui à casa dos mais relutantes.

— Uma visita comercial — disse Amelis, muito compreensiva.

— Exato — disse Peret. — O governo quer unidades completas, mas não interessa a identidade de seus integrantes. Então me ofereci para ocupar o lugar dos mais sonolentos. Em troca de uma gratificaçãozinha, claro.

— Substituiu um rico que não quer lutar! — concluí escandalizado.

— Só depois de um rigoroso leilão! — disse Peret.

Passaram o resto da noite fazendo troça do bom do Zuvi e do seu pobre tino comercial. Fiquei tão abatido que não consegui acabar o charuto. De todos os assédios de que participei nos últimos setenta anos, o único governo que nunca me pagou um tostão é o do meu próprio país. Enfim..., na hora eu não sabia, mas aquela foi, de fato, a nossa última noite juntos e felizes. Por que é tão difícil a gente saber que é feliz quando é?

Ainda me lembro de Peret rindo da minha ingenuidade; lembro da sua vontade de lutar, à sua idade, e penso como nós, humanos, somos afortunados por não conhecer o nosso destino. Mataram Peret depois que tudo acabou.

No final do assédio, os únicos habitantes de Barcelona saudáveis eram os canibais. Estes podiam ser identificados porque sua pele apresentava uma antinatural cor rosácea, suas pupilas um repulsivo brilho de peixe fresco e seus lábios um sorriso petrificado. O resto dos habitantes era uma massa de mendigos com os corpos cheios de poeira, como se houvessem estado escondidos em algum desvão escuro. Durante semanas, meses, depois do assédio, os barcelonenses que saíam da cidade eram reconhecíveis por sua cútis mortiça e seu andar cabisbaixo. Um dia Peret saiu para arranjar comida. Talvez, pelo simples fato de ser barcelonês, algum soldado rancoroso lhe deu um tiro. Mas o mais provável é que tenham lhe gritado em alguma barreira no caminho. Não ouviu as vozes e atiraram.

* * *

O que é uma fortaleza? Juntem um punhado de gente disposta a lutar, um recinto e um estandarte. E já temos uma fortaleza. No verão de 1713 a situação militar era a seguinte. Vou começar pela parte boa.

Como já sabemos, os felpudos vermelhos haviam nomeado dom Antonio comandante em chefe do exército. Dom Antonio tinha pela frente uma tarefa colossal, para não dizer impossível: organizar, adestrar e dirigir um exército que não existia, com a missão de defender uma cidade indefensável.

Sem contar o Estado-Maior, o que tínhamos de mais sobressalente era a artilharia. No seu comando estava Costa, Francesc Costa. Que cara. O melhor artilheiro do século. Para que tenham uma medida do seu talento, vou me limitar a dar uma informação: quando os bourbonistas entraram na cidade, Costa foi o único oficial superior que não prenderam. (Costa e o bom do Zuvi, para ser mais exato.) Jimmy, que era de uma racionalidade tão insigne quanto carente de escrúpulos, viu o que tinha à sua frente e lhe ofereceu prebendas e um cargo muito bem-remunerado, quatro dobrões diários, se ele se incorporasse ao exército francês. Costa não hesitou um instante. Disse que sim, que se sentiria muito honrado em fazer carreira no exército de Luís XIV. E sumiu na mesma noite.

A maioria dos artilheiros de Costa era de maiorquinos. Nessa fuga fulgurante de Costa depois de 11 de setembro, aposto o que quiserem que esses maiorquinos deram um jeito de embarcá-lo para as ilhas Baleares.

Costa era um tipo tão pequeno quanto silencioso. Não andava, deslizava, de cabeça baixa, escondida entre os ombros, as sobrancelhas muito levantadas, como se estivesse assombrado ou pedindo desculpas. Não dizia nada se não lhe perguntassem. Lidar com ele sempre foi desgastante, porque há gente que é tão tímida que desarma o interlocutor. Suas palavras favoritas eram "sim" e "não", e embora a concisão seja uma coisa adorável entre técnicos, Costa superava todos os excessos da reserva. Mas ele merece ser perdoado. E admirado. Se alguém podia entendê-lo, era eu. Estávamos unidos por um paralelismo: no papel, o comando da artilharia era atribuído ao general Basset, do mesmo modo que o dos engenheiros a Santa Cruz pai. Na prática, eu tomava conta da engenharia e Costa, dos canhões. Essa função acima dos postos gerava cumplicidades. Para gente como Costa, a realidade se limitava ao ângulo e à distância em que as bombas caíam.

Ele tinha uma timidez inata que tentava disfarçar ruminando salsinha o dia todo. No final do assédio todo mundo mastigava ervas para enganar a fome, que remédio, mas em Costa aquilo era um impulso natural. Quanto ao diálogo com ele, como já disse, era preciso arrancar-lhe as palavras. Lembro-me do nosso primeiro encontro. Eu lhe perguntei de quantas peças dispúnhamos:

— Noventa e duas.

Esperava alguma reclamação ou pedido. Nada.

— Distribuiu as peças de acordo com as ordens de dom Antonio?

— Sim. Com alguns ajustes.

— Acha que serão suficientes? — perguntei, diante de sua parcimônia.

— Depende.

Esperei algum outro comentário. Não fez nenhum.

— E depende de quê, na sua opinião?

Ele me olhou com os olhos arregalados, como se só importasse o meu critério, não o dele.

— De quantas o inimigo tiver.

— Pelo que sabemos até agora, e os relatórios dos espiões são divergentes — disse eu —, o trem deles inclui cento e quinze. É previsível que recebam reforços no futuro.

— Bem — disse ele.

— Bem?

— Sim.

Sua falta de loquacidade me enervava; ele deve ter notado e acrescentou, arqueando ainda mais as sobrancelhas e mastigando salsinha:

— Meus maiorquinos podem mantê-los à distância enquanto eles não nos superarem numa proporção maior que três por cinco. Depois, não posso garantir nada. — E tirou do bolso mais raminhos de salsa, que ficou ruminando entre os dentes como um coelho entediado.

Quanto à situação geral, aqui terminava a parte boa, que já não era muita coisa. E começava a parte ruim.

Uma fortaleza sem tropas para defendê-la é tão inútil quanto uma guarnição num lugar sem muralhas. (Até você, minha querida e horrenda Waltraud, pode entender.) Bem, nós não tínhamos nem uma coisa nem outra. Nem exército nem muralhas.

Na primeira vez que vi a lista de nomes do exército fiquei com o coração na mão. Villarroel queria o cômputo exato dos recursos e efetivos de que poderia dispor. Um dia entrou pela porta enquanto eu estava falando com Costa e nos interrompeu com sua brutalidade habitual. Quis saber por que eu ainda não tinha o registro de todas as unidades.

— Desculpe, dom Antonio — disse eu —, não pude fazer a soma por causa de um erro. — Não consegui conter uma risada enquanto lhe mostrava uns papéis. — Algum idiota do governo nos mandou isto. Eu peço a listagem do exército e eles nos entregam o projeto para um futuro mercado.

Enquanto Villarroel lia os papéis, voltei a rir.

— Na certa se extraviou — continuei. — Isso que está lendo deve ser a distribuição de lugares para vendedores, fornecedores e negociantes. O senhor sabe, dizem que depois da guerra querem remodelar o mercado da praça do Born. Hoje mesmo vou à Generalitat pessoalmente para exigir as listas corretas.

Mas Villarroel ficou me olhando com uns olhos carrancudos, sem dizer nada.

— Não pode ser. — Engoli saliva. — Diga-me que é piada.

Até esse dia, eu pensava que íamos fazer a guerra como qualquer outro reino europeu (mesmo sem rei). O governo contrataria tropas profissionais no lugar onde as encontrasse ou as traria para cá com uma oferta razoável. A tropa local se limitaria a funções de apoio e abastecimento. O que mais se podia exigir de civis não muito mais destros que Peret?

As únicas tropas profissionais com que a cidade podia contar eram uns retalhos do exército Aliado, indivíduos avulsos que por um motivo ou por outro tinham decidido não embarcar na evacuação. O que havia de melhorzinho era uma centena de alemães. Eles se agruparam numa unidade própria, dirigida por onze oficiais da mesma origem. E que filas compactas! Como mensageiro, tive que levar um sem-número de ordens para eles, que cumpriam com uma precisão de relojoeiros. No soldado profissional sempre vai haver um componente de aventureiro. Digo isto porque Waltraud, que tem menos imaginação que uma formiga, não consegue entender o que faziam alguns compatriotas seus na Barcelona de 1713 e 1714. Nessa época a cidade não era o lugar mais agradável do mundo, mas um aventureiro não busca o que é seguro, mas o que é emocionante. Muitos deles tinham motivos para não voltar à sua terra, e a Generalitat pagava bastante bem; outros, enfim, tinham alguma boa razão para ficar.

Você há de saber, minha querida e horrenda Waltraud, que existe neste mundo um fenômeno que se baseia na atração mútua entre os genitais masculinos e os femininos, que também é conhecido como amor. Barcelona estava cheia de mulheres bonitas, solteiras ou casadas com marinheiros que quase nunca apareciam em casa e..., enfim, para que continuar? O restante dos estrangeiros alistados eram tão poucos que nem vale a pena contabilizar. Mas havia de tudo, de húngaros a irlandeses (e até napolitanos! Sempre, em toda parte!). Cheguei a conhecer um sujeito que era dos Estados Pontifícios.

Mas, como já disse, o grosso do nosso exército era composto por simples civis. Eu havia saído da minha cidade muito jovem e tinha pouca informação sobre a forma tradicional de defendê-la. Que era baseada na Coronela, ou milícia local. Cada ofício tinha uma unidade já designada, e até uma das portas da cidade. Isso funcionava muito bem para os critérios militares do século XIII, mas quinhentos anos depois vivíamos na época tecnicizada de Vauban.

Para que vocês tenham uma ideia do meu desalento, descreverei o plantel completo do Quinto Batalhão.

Primeira companhia: notários causídicos. (Mas eles não sabiam nem defender a minha causa! Como se podia pensar que iam disparar um fuzil ou defender um baluarte?)

Segunda: ferreiros e caldeireiros.

Terceira: hortelãos.

Quarta: ceramistas, colchoeiros e oleiros. (A presença de oleiros é mais compreensível: quando começasse a fome, sobrariam panelas vazias.)

Quinta: costureiros.

Sexta: açougueiros. (Outros que ficaram sem trabalho bem cedo.)

Sétima: sapateiros remendões.

Oitava: tintureiros e torcedores de seda.

Nona: estudantes de teologia, medicina e filosofia. (Bela graduação teriam.)

E com isso teríamos que enfrentar dragões e granadeiros aguerridos em mil batalhas: com companhias de toneleiros, taberneiros e veludeiros; livreiros, luveiros, cordoeiros, palafreneiros, oficiais de alfaiataria, estivadores, tabeliães. Lembro que no Sexto Batalhão havia até uma companhia inteira de revendedores. Vocês leram bem, não eram vendedores, eram revendedores. (Em que estariam pensando quando os recrutaram? Em revender para a intendência as balas usadas pelo inimigo?)

No total não chegavam a seis mil homens em armas. Menos de seis mil contra quarenta mil. Uma parte desses quarenta mil estava bastante atarefada contendo os nossos miqueletes do interior, mas mesmo que só fossem trinta mil, a matemática não engana: em termos de tropa, para cada defensor de Barcelona havia cinco bourbonistas. E, para complicar ainda mais, os nossos problemas começaram antes mesmo que o assédio se formalizasse.

O único cenário em que é plausível, e mesmo exigível, o exercício de uma ditadura militar é uma cidade assediada. Não se trata de uma questão política, mas de senso comum. Porque a pior perspectiva para uma praça é ter que enfrentar um ataque com o comando dividido. E foi este, exatamente, o nosso caso.

Supostamente Villarroel era o comandante em chefe de todas as tropas austracistas que restavam na Espanha. O problema, como acabei de explicar, era que a imensa maioria desses soldados pertencia à tropa barcelonesa, submetida ao controle do consistório. Além do mais, dom Antonio sempre carregou o peso de ter sido nomeado comandante em chefe pelo governo catalão, que o considerava um general que devia obedecer às suas ordens. Villarroel insistiu que a sua nomeação fosse ratificada por Viena, e afinal conseguiu, em novembro de 1713. Mas isso só complicou as coisas porque, segundo as cláusulas do Tratado de Evacuação firmado entre as Duas Coroas e os Aliados, não podiam permanecer tropas imperiais na Espanha. Para os felpudos vermelhos ele era um subordinado estrangeiro; para o inimigo, um castelhano sedicioso.

Os felpudos vermelhos sempre foram muito ciosos de suas prerrogativas, e dom Antonio tinha que pedir autorização até para deslocar a companhia dos *Impedits*, onde se agrupavam antigos soldados mutilados. Guerrear junto com gente a quem falta um braço ou meia perna pode parecer grotesco, mas garanto que eram homens bem úteis. Tinham experiência, e um moral muito elevado. Lembro-

-me de um, com uma perna que chegava à altura da panturrilha da outra, levantando a muleta diante de dom Antonio e exclamando:

— General! Posso lhe garantir que eu não recuarei.

Durante um assédio, os serviços de guarda desgastam terrivelmente a tropa. Por mais que nos baluartes se pratique um sistema de rodízio, o cansaço, os bombardeios e as doenças provocam um pinga-pinga de baixas que não podíamos nos permitir. Os *Impedits* eram úteis para cobrir baluartes e partes de muralha pouco ameaçados, o que possibilitava um descanso para os substituídos.

Houve cenas deploráveis. Dom Antonio, num conselho de guerra com os felpudos vermelhos, se esganiçando rubro de furor, exigindo, clamando que lhe cedessem cem, cinquenta homens. Penoso. Um comandante em chefe a quem negavam até o direito de deslocar meia dúzia de mancos. Só faltava que o ajudante-geral de Villarroel fosse um tal Martí Zuviría, universalmente conhecido por sua diplomacia. Em mais de uma ocasião, e mais de duas, também estive a ponto de quebrar os óculos de algum *conceller*. Era desesperador. Mais que desesperador, porque em determinadas situações a estupidez pode equivaler à pura traição.

Lembremos que quando tudo começou, naquele detestável verão de 1713, o inimigo avançava em marcha forçada rumo a Barcelona. As guarnições dos Aliados estavam entregando as chaves das nossas cidades aos carrascos. Enganados, atônitos, sem nenhuma autoridade que desse ordens, e surpreendidos, os miqueletes espalhados pelo campo nunca imaginaram que aquela punhalada pelas costas fosse possível. Desciam das montanhas e, da noite para o dia, achavam as praças amigas ocupados por tropas bourbonistas. A única coisa que podiam fazer era contemplar do horizonte os incêndios, saques e execuções. Os últimos gritos.

Nessas circunstâncias era preciso tomar decisões fulminantes: estender a *Crida* a todo o país, proclamar a legitimidade do governo de Barcelona e aglutinar sob um mesmo estandarte os combatentes dispersos. Era preciso impedir que mais aldeias e cidades caíssem nas mãos dos bourbonistas. E para isso era inevitável, urgentíssimo, ter um símbolo que agrupasse todos aqueles que ansiavam por uma voz dirigente. Villarroel ordenou que o deputado militar saísse imediatamente da cidade com a maça de prata e a bandeira de Santa Eulàlia e percorresse o país anunciando que a luta continuava.

— Levar a sagrada bandeira de Santa Eulàlia para fora das muralhas de Barcelona? — questionaram os felpudos vermelhos. — Isso é insólito. É preciso, antes, debater o caso.

E não estavam brincando! Reuniram-se em conselho solene. Seria justo e adequado às leis e à tradição levar o santo estandarte para fora dos muros de Barcelona? Que honorável escolta o acompanharia? Será que os poucos nobres que ainda restavam na cidade tinham títulos suficientemente dignos para segurar sua haste e seus cordões? O debate se prolongou, continuou no dia seguinte e voltaram a ele no outro, e no outro, sem chegar a uma conclusão legal definitiva. Villarroel soltava fogo pelas ventas. Quando finalmente decidiram, o inimigo já dominava toda a Catalunha, menos Barcelona e alguns pontos isolados como Cardona, lugares cujos comandantes locais mais decididos se negaram a acatar as ordens imperiais.

E agora examinemos as fortificações de Barcelona, diante das quais virei a cabeça tantas vezes tempos atrás, negando-me a julgá-las para não reviver o meu passado de estudante de Bazoches.

A primeira coisa que Villarroel me ordenou, minha primeira tarefa, foi que lhe preparasse um relatório sobre o estado geral das defesas. Acatei. Percorri todo o recinto. Chorei. E isto, para minha vergonha, não é uma figura de retórica.

Além de engenheiro, por acaso eu também era barcelonês. E quando você examina as muralhas da sua própria cidade, sabendo positivamente que serão assaltadas por milhares de homens armados dispostos a incendiar a sua casa, matar os seus filhos e violar a sua mulher, vê as coisas de uma perspectiva ligeiramente diferente. Segundo o Mystère, eu não devia me abalar. Um *maganón* de cabeça quente não é *maganón* nem é nada. Para justificar a minha consternação, só posso dizer a vocês que estava diante de um desastre total e absoluto.

Às vezes as comparações são úteis. Vejam a seguinte lâmina. (Coloque no lugar certo, senão pode ir se esquecendo de ter-me conhecido, sua gralha gorda.)

Se, por um capricho do destino, o bom do Zuvi tivesse recebido a tarefa de fortificar Barcelona, este teria sido o resultado ótimo.

Como podem observar, as muralhas e bastiões internos estariam protegidos por uma soma escalonada de meias-luas ou revelins perfeitamente dispostos, que incluíam três perímetros de profundidade. Cada um deles teria que ser tomado em assaltos independentes, e sem que isso afetasse a linha principal de defesa. Quando Jimmy conseguisse chegar ao nosso último reduto, seus mortos formariam uma montanha tão alta que poderiam enterrar os de cima na Lua. Na verdade, e seguindo estritamente Vauban, a mera existência de tais fortificações desalentaria qualquer assalto. Jimmy era uma raposa esperta e declinaria graciosamente a honra de dirigir um assédio tão complexo. E, se não fosse Jimmy, quem iria nos dobrar?

E agora, comparem a lâmina anterior com a triste realidade, que era esta:

Desolador. Incongruente. Mandíbulas desencaixadas, um conjunto de massas informes. Ou, como definiria tecnicamente Vauban, mais circunspeto, uma "fortaleza composta"; quer dizer, um recinto antigo emendado para as exigências da guerra moderna.

Haviam inserido uns quantos baluartes pentagonais nas antigas muralhas. Não eram poucos, cada qual tinha seu próprio nome, sua própria história; já eram, em si mesmos, personagens íntimos dos barcelonenses. Mas esses baluartes tinham sido construídos em épocas diferentes, sem qualquer plano, e pareciam cerzidos. Algumas superfícies da muralha eram tão vastas que o fogo de um baluarte não podia apoiar o baluarte vizinho, muito distante. Do fosso que obrigatoriamente deveria se estender ao pé das fortificações, é melhor nem falar. Estava tão cheio de detritos e porcaria, era tão raso, que se podiam ver as orelhas dos porcos que se refocilavam nele. Um governo em bancarrota dificilmente podia se permitir ter equipes de limpadores. Os assédios do final e do começo do século haviam danificado setores inteiros do perímetro. E, por incrível que pareça, ninguém se preocupou em reconstruir os buracos. Assim estávamos. E agora tínhamos a barbárie *ad portas*. Uma maquinaria militar irresistível, inflamada pelo ódio aos "rebeldes" e aguerrida em mais de um decênio de campanhas. Em menos de duas semanas chegariam às portas de Barcelona.

Poderíamos fazer uma pergunta legítima: se a guerra chegou à Península em 1705, e até 1713 houve oito longos anos para fortificar a cidade, como é possível que os catalães, que tinham um governo próprio, não tivessem cuidado das defesas da sua própria capital? Esta é uma das minhas torturas privadas, roteiro de pesadelos e desconsolo de vigílias. O que teria acontecido? Nunca usem o "se..."; esse "e se?" é mortal. Porque curiosamente a resposta não é política, nem militar. Nem sequer tem alguma relação com a engenharia.

Vauban foi o maior engenheiro militar de todos os tempos, de fato. Mas além disso era francês. No seu gabinete, com tinta e papel, podia criar defesas fascinantes, ideais e perfeitas, arrasadoras em sua beleza geométrica. O grande problema do método fortificador de Vauban era apenas um: custava muito dinheiro.

A imaginação humana é gratuita até o momento em que se depara com os contratistas. Construir as defesas de uma cidade sai muito caro. Toneladas de material, milhares de pedreiros, carpinteiros e operários, dezenas de especialistas locais ou, mais frequentemente, estrangeiros, que recebem salários astronômicos. Os fornecedores surrupiam, saqueiam e defraudam as finanças do governo. As obras se dilatam no tempo, o orçamento se multiplica por três ou por quatro. E, uma vez iniciadas as obras, como suspendê-las? Um recinto fortificado até a metade é mais inútil que uma catedral pela metade. Pode-se venerar Deus numa plantação de batata, mas não se pode defender os cidadãos até que a última *échauguette* não esteja, humildemente orgulhosa, na ponta dos baluartes. Até o mais lerdo dos verdureiros pode entender que uma muralha tem que ser concluída. O progresso das obras está à vista de todos, e isto significa uma pressão enorme sobre os governantes. Estes acabam aceitando a corrupção. Os representantes fazem conluio com os técnicos; os primeiros entregam remessas inadequadas e os outros assinam o recibo em troca de uma "comissão" ilícita. O dinheiro, sempre o dinheiro. Já dizia Temístocles: a guerra não é questão de armas, mas de dinheiro; ganha quem tem a última moeda. (Bem, talvez não tenha sido Temístocles, quem sabe foi Péricles, não lembro, e na verdade que diferença faz? Ponha a citação em nome de quem você quiser. Menos Voltaire!)

Também há outra grande razão para essa enorme indefensabilidade. Em 1705 tudo indicava que a guerra seria resolvida em poucos meses. Depois do desembarque de suas tropas em Barcelona, os Aliados avançariam até Madri, destronariam Felipito e o Karlangas se tornaria rei de todas as Espanhas. Castela, finalmente, teria que entender que não podia cantar de galo, e os catalães fariam das Espanhas um reino confederado, próspero e moderno, com um parlamento inglês, uma frota holandesa e uma burguesia enérgica nas rédeas das finanças. Mas não foi bem assim. A guerra se prolongou. O Karlangas, instalado em Barcelona, pediu mais e mais empréstimos às autoridades catalãs para custear seu exército multinacional. As guerras se ganham atacando, e não defendendo, e o governo cedeu. O resultado último foi o drama de 1713 e 1714.

Nessa mesma noite fiz meus cálculos. Lá em casa reinava uma tranquilidade pouco habitual. Nan e Anfán estavam brincando, curiosamente pacíficos, junto à chaminé, onde torrávamos uns pimentões e tomates verdes. Ao seu lado, numa cadeira de balanço, Peret lia à luz do fogo. Ele nunca tinha aprendido a ler em silêncio e ficava murmurando, como um monge. Eram uns versos de Romaguera tremendamente ruins, e ainda pareciam piores em decorrência da nossa situação. Talvez seja por isso que ainda me lembro deles.

Embídia la mariposa
la ditxa ab què saps servir:
ella ama per a morir,
ton amor viu del que gosa,
...

Amelis estava mais carinhosa que habitualmente. Quis retirar as tabelas de cálculo, o papel e o tinteiro e me levar para a cama. Eu a repeli com remorsos sob a pele. Eles não assumiam o que nos esperava; não queriam, era como se bastasse ignorar o futuro para fazê-lo desaparecer.

Pelos meus cálculos mais otimistas, a cidade resistiria exatamente a oito dias de assédio formal. Nem um dia a mais. Depois, era o negror.

12

As semanas imediatamente anteriores à chegada do exército bourbonista foram muito úteis. As companhias da Coronela desfilavam pelas Ramblas de cima para baixo, sobretudo para dar moral à população, e faziam treinamento de tiro. Os milicianos formavam um exercício divertidíssimo, muito pouco militar em seus folguedos. Fizeram dois grandes bonecos de forma semi-humana, recheados de palha, atrás dos quais puseram um parapeito de madeira de três metros de altura. Chamaram um deles de Lluís e o outro de Felipet. Eram alvejados dez vezes ao dia por cem fuzis. Sem muito sucesso, para ser sincero. Eram tão precisos que basta dizer que todas as janelas dos arredores tiveram que ser fechadas com tábuas.

Em tão pouco tempo era impossível transformar companhias de funileiros e de curtidores em unidades profissionais. Nem era essa a pretensão. Os laços que unem os homens são muito mais importantes que sua pontaria. E essa camaradagem, por sua vez, precisa ser soldada com a confiança nos oficiais. Nesse aspecto, dom Antonio era único.

Hoje em dia a França insurgente espalha pelo mundo um sem-fim de generais revolucionários, que de um dia para o outro trocaram o avental das tabernas pelos trajes de marechal. Mas no meu tempo os oficiais superiores eram bem diferentes. Em noventa e oito anos, conheci dezenas de coronéis e generais que do seu regimento só sabiam a cor da casaca.

Dom Antonio era um militar de trincheira e batalha. Seu amor ao exército vinha de família. Na verdade, se dom Antonio nasceu em Barcelona foi por acaso, como já disse, já que na época o seu pai estava servindo na cidade. Isso mesmo, um homem predestinado. Porque para os felpudos vermelhos nunca deixou de ser um castelhano, intruso, portanto, enquanto os bourbonistas não reconheceram sequer sua condição de catalão. Anos depois, Jimmy me mostrou uma cópia da lista dos principais presos depois da queda da cidade. (Fez isso para me convencer de que não tivera nada a ver com a repressão, pois os capturaram depois que ele saiu de Barcelona. Mentira. Se não ordenou, também não a impediu, sabendo o que ia acontecer.) Ao lado do nome de dom Antonio não escreveram "castelhano" e sim, muito significativamente, "não é catalão".

O caso é que Villarroel logo entendeu que aquele exército não era como os outros. A Coronela não deixava de ser uma soma de vizinhos em armas, aos quais não podiam ser aplicadas as convenções habituais. Conseguiria muito mais com o fôlego que lançando mão do rigor disciplinador.

Nunca vi um comandante em chefe que passasse tanto tempo com a tropa. Ele aparecia de repente e de improviso numa posição das muralhas, e depois em outra, e em outra. Costumava tratar os soldados de "meus filhos", o que eles adoravam. Numa ocasião em que a maioria dos cidadãos em armas à sua volta era da mesma idade que ele, ou até mais velhos, no meio da frase se corrigiu:

— Meus filhos... Perdão, queria dizer meus irmãos.

Os milicianos morriam de rir. E ele permitia que os mais velhinhos lhe dessem palmadinhas carinhosas nas costas! Em outro exército isso lhes custaria cinquenta chicotadas.

Tudo isso seria muito bem se não fosse porque, sendo eu tão jovem, ele me chamava em público de *fillet*. Ou seja: "filhinho." Deve ser a única palavra catalã que aprendeu, o sacana. E ainda por cima a pronunciava errado, acho que de propósito, porque em vez de *fillet* dizia *fihê*, o que acentuava um sotaque castelhano que os soldados achavam muito engraçado.

Décadas depois servi sob as ordens daquele prussiano, o Fredinho. E, meu Deus, que diferença entre os milicianos de Barcelona e os regimentos da Prússia. Para Frederico, um soldado valia menos que um cachorro. Muito menos! Posso garantir, e isto não é absolutamente um exagero, que qualquer soldado alemão daria pulos de alegria se lhe oferecessem o mesmo tratamento de um cachorro. Um detalhe: quando os regimentos prussianos se deslocavam, para evitar deserções na tropa era proibido se afastar mais de seis metros da formação; esta era cercada por cavaleiros munidos de carabinas, com a ordem de atirar para matar. Pode alguém imaginar o tirano da Prússia dirigindo-se a algum soldado como "meu irmão"? Por favor! Era essa a diferença, a grande diferença entre o nosso exército e qualquer outro. Dom Antonio era um militar, mas soube ver o núcleo da verdade: que a Coronela era composta por homens livres que defendiam a própria liberdade, e que não se podia comandar gente assim frustrando os princípios que a animavam.

Bem, chega de caduquices.

Com mais frequência do que eu gostaria, dom Antonio me convocava para as reuniões do Estado-Maior. Minha ocupação principal eram as obras de engenharia, e por isso achava que a minha presença era uma perda de tempo. Os bourbonistas estavam se aproximando, e já descrevi o estado das fortificações. Normalmente eu não falava muito. Mas um dia surgiu o assunto da tropa, tão escassa. Alguém, não lembro quem, sugeriu que grupos de miqueletes fossem incorporados como soldados regulares. O governo dos felpudos vermelhos, a contragosto, estava disposto a dar as autorizações. O nome de Ballester foi o primeiro que veio à baila. O meu superior nominal como chefe de engenheiros era um tal de Santa Cruz, um homem ligado aos felpudos vermelhos que dom Antonio tinha que tolerar, mas na verdade ignorava. Santa Cruz era radicalmente contra a ideia de elevar Ballester à honrosa condição de soldado. Dom Antonio perguntou minha opinião.

— Não, eu não acho que Ballester seja um simples bandoleiro — afirmei sem hesitar. — Fanático sim, sanguinário também. Mas no fundo é um homem nobre. Pode ser que tenha sequestrado algum felpudo vermelho, desculpe, algum ricaço do governo, mas não é movido pelo afã do lucro, e sim pelo ódio aos Bourbons, franceses ou espanhóis.

— General — interveio Santa Cruz —, se nós já temos problemas de disciplina com os homens da Coronela, o que vai acontecer quando virem o exemplo de indivíduos de moral tão dissipada? E todos nós sabemos que estou sendo indulgente ao usar a expressão "moral dissipada".

— Com Ballester ou sem ele — argumentei —, a disciplina nunca vai ser o forte da Coronela. E se Ballester aceitar juntar-se a nós, será na sua condição natural de cavalaria ligeira. Podemos usá-lo como ligação com os miqueletes do exterior, para reconhecer o terreno ou para perseguir os forrageadores do inimigo. Quase não o veremos, pois ele seria tão pouco útil num baluarte quanto um batalhão da Coronela a cavalo.

Dom Antonio olhava para o vazio sem falar nada, mergulhado em suas reflexões. Nesse momento me dei conta de como o bom do Zuvi desejava a incorporação de Ballester. Meus conflitos anteriores com ele perdiam o sentido; eu julgava Ballester pelo que era, um chefe ardiloso e capaz, usando uniforme ou não. E estávamos desesperadamente necessitados de homens experientes.

Villarroel levou uma eternidade para se pronunciar. Afinal, opinou:

— Estamos tão minguados de tropa que não perdemos nada lhe oferecendo que se incorpore aos serviços armados, agora com honra. Ele que se entenda com a sua consciência se recusar a oferta.

— Muito bem, dom Antonio! — exclamei.

Ele me perfurou com o olhar. Era difícil sustentar aquele seu olhar de desaprovação, mais severo que qualquer palavra. Dom Antonio precisava resolver outros assuntos e o resto dos oficiais deu meia-volta para sair. Lembro-me de Santa Cruz sacudindo a cabeça, desaprovando a ideia.

— Zuviría — dom Antonio me chamou quando eu já estava na porta —, mais uma coisa: encarregue-se pessoalmente de transmitir a oferta a esse Ballester.

Pensei que ia ter um troço.

— Eu? Mas isso não é possível, dom Antonio! Estou cheio de trabalho, reforçando as muralhas e os baluartes.

— Pois eu acho que é possível, sim — interrompeu ele. — Porque sou seu superior e estou lhe ordenando, e porque ficou claro que você é um grande protetor de Ballester. Sem dúvida ele vai ser mais sensível aos seus apelos que aos de qualquer outro.

Sensível aos meus apelos! O que, naturalmente, eu não podia lhe contar era que Ballester tinha me cercado numa *masía*, e que tempos antes tinha me roubado, despido e pendurado numa figueira.

— Vamos, *fiyé*, por que está com essa cara? — consolou-me Villarroel. — Acha que eu vou me arriscar a perder um ajudante-geral quando o inimigo está a seis dias de marcha? Você terá uma escolta adequada.

Bem, a "escolta" consistiu em dois senhores, um muito magro e a cavalo e outro menorzinho no lombo de uma mula. O homem do cavalo aparentemente sabia, mais ou menos, por onde rondavam as patrulhas avançadas dos bourbonistas, e o da mula conhecia os esconderijos habituais de Ballester e seus desalmados. Estavam tão mortos de medo como eu. Na intendência me emprestaram um uniforme de tenente-coronel da infantaria. Para ser respeitado, disse dom Antonio. Isso era bastante duvidoso. Ballester se sentia muito feliz cortando o pescoço de oficiais, e lhe interessava bem pouco saber de que lado eram. Além do mais, a casaca ficou tão apertada em mim que não dava para abotoar o peitilho. Enfim, tampouco era hora de procurar um alfaiate.

Saímos de Barcelona, atravessamos vários povoados, sempre sem novidades. Os camponeses estavam conosco e nos informaram do avanço do exército de Felipe, a essa altura comandado por um tal de duque de Pópuli. (Pópuli! Outro nome para consagrar nas fogueiras da História. E, quando eu contar por quê, certamente vocês me darão razão.) Só tinham visto algumas patrulhas bourbonistas a cavalo, fugazes, nada ainda de colunas de infantaria nem trens de artilharia. Avançavam lentamente porque queriam tomar todas as localidades. E, apesar da *Crida*, os bourbonistas não acreditavam que os barcelonenses fossem loucos a ponto de fechar suas muralhas para um exército tão imponente.

Quanto a Ballester, encontrá-lo foi mais fácil que o esperado. Ele nem se incomodava em esconder-se. Com a evacuação das tropas aliadas, do lado de fora das muralhas de Barcelona havia desaparecido qualquer vestígio de autoridade.

Nós os achamos numa rica mansão rural, a residência abandonada de um *botiflero* destacado. Pelas janelas saía o som de uma festa selvagem. Cantorias e berros de homens, risos amalucados de mulheres e estampidos de garrafas se espatifando no chão ou contra as paredes.

— Você vai mesmo entrar nessa caverna? — perguntaram meus acompanhantes.

— Não precisam vir comigo. Se tudo correr bem, nos veremos de novo muito em breve. E se acabar mal... — Suspirei, resignado. — Nesse caso avisem em Barcelona.

Quando cruzei a porta me vi num salão de grandes dimensões. Tudo estava de pernas para o ar. E lá, como um bando de macacos bêbados, os homens de Ballester. O mais embriagado era um gigante. Tinha uma cortina amarrada no pescoço à guisa de capa e um frango espetado na espada. Lembro perfeitamente o bico meio aberto e os olhos fechados daquele frango.

Contei cinco mulheres e dez homens. Um deles estava com roupa de mulher, dançando com o cadáver de um soldado bourbonista. A cabeça do morto balançava como um pêndulo, caindo para trás ou sobre o ombro do travestido, que o abraçava e acariciava as bochechas. Pendurado num grande lustre, outro sujeito soltava uivos. Devia ser o engraçadinho do grupo. Os presentes riam, censurando e animando ao mesmo tempo. Todos menos Ballester.

Este estava sentado num canto, em um sofá estripado por baionetas. Nos dois lados, prostitutas do povoado abraçando seu pescoço. Uma delas ria feito uma louca; a outra, bêbada, estava com a cabeça inclinada sobre o peito. Ballester foi o primeiro a me ver.

Nesse momento o lustre cedeu com o peso do homem que se balançava. Homem e lustre caíram fazendo um estrondo de vidros quebrados. As gargalhadas se interromperam de súbito: o homem macaco tinha ido parar aos meus pés.

O gigante veio em minha direção com a espada e o frango para cima. Quis balbuciar alguma ameaça, mas estava tão bêbado que tropeçou nos restos do lustre e também caiu de bruços.

Ballester fez uns estalos irônicos com os lábios.

— Que azar você tem comigo! — disse sem se dignar a levantar-se. — Veio resgatar seus amiguinhos *botifleros*, e veja só quem encontra.

— Encontro — repliquei — exatamente quem vim buscar.

Um dos seus homens se aproximou de mim com a adaga nua para me liquidar sem mais delongas. Ergui o cilindro onde trazia os documentos enrolados, com o selo da Generalitat na tampa superior.

— Isto aqui — proclamei — é uma nomeação oficial e de interesse de todos os presentes. Querem que eu leia? Com toda certeza, porque se vocês cortarem o meu pescoço não creio que haja mais ninguém aqui que saiba ler.

Pelo menos hesitaram o tempo suficiente para que eu pudesse completar:

— O governo decidiu conceder o grau de capitão de voluntários ao senhor Esteve Ballester. Com o uniforme e a remuneração correspondentes. Além disso, o capitão Ballester terá o direito de recrutar os homens que quiser, e estes servirão como honrados soldados do imperador e com soldos da Generalitat.

Por alguns instantes se fez silêncio.

— Agora! — gritou por fim um dos menos bêbados. — Agora vocês vêm nos lamber o cu! Agora que os felpudos vermelhos ficaram com o deles na mão.

Preferi não responder. Antes de mais nada porque ele tinha razão. Então me rodearam, todos menos Ballester, vociferando a um palmo do meu rosto. Alguém me contava a história de uma granja exaurida pelos impostos, outro me mostrava as costas chicoteadas pelos felpudos vermelhos.

Para falar com amotinados é indispensável estar acima deles. E não me refiro à posição moral. Rodeei uma mesa, subi e, erguendo o cilindro, disse:

— Isto aqui pode ter sido assinado pelos felpudos vermelhos. Mas isto outro — acrescentei, mostrando o peitilho do meu uniforme — é um princípio que está acima de todos os felpudos vermelhos. Foi costurado por uma mulher da Ribera para seu marido, um oficial do Quarto Batalhão. O homem é carpinteiro. Quem os chicoteava? Os carpinteiros de Barcelona ou os agentes do governo?

— Vá à merda, você e a pátria — eles me vaiaram, rodeando a mesa. — O que ela fez por nós quando mais precisávamos? Mandou a guarda! Perseguiu-nos! O potro!

— Ingratos! — gritei, e eu mesmo fiquei admirado com a minha audácia. — Que filho, quando a mãe está em perigo, em vez de defendê-la a acusa por um tabefe antigo? — Sacudi a cabeça, como se uma profunda tristeza tivesse se apoderado de mim, mas soltei uma piada: — É como dizem: quando um filho cai num poço, a mãe se joga atrás dele. Quando é a mãe que cai, o filho chama os vizinhos.

Por incrível que pareça, até soltaram umas risadas. Não deixei que elas terminassem, e voltei ao tom de recriminação:

— Pois bem, a má notícia é que os nossos vizinhos se chamam Castela e França, e são exatamente eles que querem nos afogar no poço escuro.

— E mandaram você vir aqui nos contar isso? Nós somos quem menos vai perder quando os franceses e castelhanos comerem as Constituições com nabo. Foda-se!

— Foda-se você! — bramei, fora de mim. — Vocês mesmos sabem que não é bem assim. Se Barcelona cair, caímos todos com ela. O que vai acontecer se os bourbonistas arrasarem tudo? Por mais que vocês tenham saído das suas casas, certamente têm parentes e amigos em algum lugar. Não se importam? Fim do sorteio: os novos alcaides serão escolhidos a dedo por Felipito, todos *botifleros* comprovados. E os jovens serão obrigados a servir sob a bandeira deles, até nesse lugar horrível chamado América, durante décadas. Nossos julgamentos dependerão dos juízes deles, que talvez não sejam melhores que os nossos mas, sem dúvida, estão mais longe ainda e nos odeiam. E se atualmente vocês acham os tributos abusivos, esperem só até que sejam aumentados na corte de Madri pelos nossos inimigos, sem que os braços do parlamento tenham o direito sagrado de vetá-los. — Eu tinha me exaltado tanto que só parei para respirar. — Será que estão cegos? Vocês deveriam ser os primeiros a ver que os felpudos vermelhos são quem perde menos em caso de catástrofe. Eles nunca são derrubados, mande quem mandar. E, se tudo é mesmo tão indiferente para vocês, digam-me: por que dançam com bourbonistas mortos?

Eles amainaram um pouco. Eu estava exaurido pela paixão. Que curioso: até aquele momento não tinha notado como minhas ideias concordavam com o meu discurso. Havia ido convencê-los, e na verdade estava convencendo a mim mesmo.

Alguém me perguntou:

— Que tipo de homem é o seu chefe?

Aquilo era muito próprio da mentalidade dos miqueletes; eles se interessavam menos pela causa que defendiam do que pelo homem que comandava.

— Deduza você mesmo — respondi com um sorriso amargo. — É o mesmo homem que me mandou entrar nesta toca, e a quem não hesitei um segundo em obedecer.

Até esse momento Ballester não tinha falado. Levantou-se do sofá rasgado e me disse:

— E eu acho que se entrarmos em Barcelona não saímos nunca mais. Diga a estes homens que não vai acontecer isso. Diga!

— Não, não posso — respondi após refletir sobre as minhas palavras. — Provavelmente vai acontecer isso. Matarão todos nós. Só posso garantir — acrescentei, moderando o tom de voz — que nesse caso eu não sobreviverei a vocês.

Ballester apontou com o polegar para uma porta no fundo do aposento.

— Entre aí.

Era um pátio traseiro, cercado de tabiques altos. Para tornar a minha permanência mais agradável, tive que compartilhá-la com dois cadáveres de uniforme branco. Vasculhei suas bolsas, que estavam cheias de correspondência entre oficiais: eram dois mensageiros bourbonistas. Imaginei o que tinha acontecido. Os dois estavam cavalgando com mensagens para as várias unidades, viram no caminho esta mansão tão agradável e entraram para descansar um pouco. Ballester passou pelo lugar e teve a mesma ideia. Azar.

Pela porta me chegavam nitidamente as suas discussões de miqueletes, sempre aos berros. Alguns queriam aceitar a oferta do governo; a maioria era partidária de me degolar. Era melhor não ouvir.

É curioso como funcionava o meu pensamento nesses dias. Todos os mecanismos de Bazoches já estavam ativos. O assédio nem tinha começado e, no entanto, já moldava e dirigia a minha mente. Martí Zuviría, o Príncipe dos Covardes, se eclipsava quando o Engenheiro Zuviría acordava. Lembro que só pensei: "Se resolverem me matar preciso fazer estas cartas chegarem a Barcelona, do jeito que for."

A porta se abriu. Voltei ao salão. Os olhares de homens e mulheres pousaram em mim. Era melhor tomar a iniciativa.

— Pode ser que vocês não queiram participar da defesa de Barcelona — disse eu, entregando as cartas a Ballester —, mas imagino que tampouco são contra. Por favor, entreguem estes papéis ao homem que me trouxe aqui.

Ballester olhou diretamente nos meus olhos por um tempo interminável, sem pegar os papéis que eu lhe oferecia. Seus homens estavam ainda mais expectantes que eu, que pelo menos tinha me munido de resignação. Apesar de Bazoches, levei um ano inteiro para entender todo o significado desse olhar de Ballester.

— Leve você mesmo — foi sua resposta, lapidar, sem o menor vestígio de simpatia apesar do que dizia.

Foi até a mesa, pegou o cilindro da sua nomeação como capitão de voluntários, olhou-o e lamentou:

— Esses sujeitos estão ficando moles. Mais moles que galho de figueira.

Homens e mulheres soltaram um grito de júbilo. Como se o chefe tivesse sido o último a se decidir e a decisão final dependesse dele. Agora tenho certeza de que não aconteceu assim, de que Ballester foi o primeiro a tomar a decisão fatídica. De que reservou sua opinião para não interferir no critério dos outros, parecer medroso ou forçá-los a um suicídio.

Iam para a morte, e o faziam com a urgência da alegria. Sumiram num instante, montados em seus cavalos com as mulheres agarradas nas costelas. Os cascos e relinchos se afastaram rapidamente. Ballester foi mais lento; um caudilho não corre. Ficamos sozinhos. Ele estranhamente ensimesmado, muito distante de mim, de tudo. Notei que tinha o mesmo olhar daquele dia, em Beceite, quando estava com as mãos amarradas e esperando a morte. Saímos do casarão. Quando montamos, seu cavalo e o meu ficaram paralelos mas em sentidos opostos, os dois cavaleiros cara a cara.

— Só uma coisa — eu lhe disse. — Se você aceita se subordinar ao exército imperial, a partir deste momento tem que aceitar a hierarquia e a disciplina. Eu sou tenente-coronel e ajudante-geral do nosso comandante em chefe, e você tem que obedecer a qualquer ordem que receba. Sem exceção.

Deu um sorriso, sempre macabro naquele rosto de barba fechada e sobrancelhas pretas e densas.

— Naquela *masía* eu lhe disse que se voltasse a ver sua cara eu faria você voar com um murro.

Fechou o punho e me bateu com toda a força bem no meio do meu peito. Eu ainda não tinha colocado os pés nos estribos, de maneira que fui expelido da sela e aterrissei de costas. Ainda bem que fui cair em cima de umas moitas altas de alecrim que me serviram de colchão. Mesmo assim, que pancada.

Quando levantei a cabeça, Ballester já tinha ido embora com seus homens. De dentro do mato saíram o sujeito magro e o baixinho, que me ajudaram a levantar.

— Nossa mãe! — exclamaram enquanto minhas mãos tentavam aliviar a dor nos rins. — Você está vivo. E Ballester a caminho de Barcelona! O que ofereceu a eles?

— O que sempre foi negado a essa gente — respondi: — a verdade.

Eles me olharam pedindo mais detalhes, e completei:

— Dei minha palavra de que matariam a todos nós.

* * *

E assim chegamos ao dia 25 de julho de 1713. O inimigo ia aparecer a qualquer momento. E as obras e consertos nas muralhas não estavam, nem de longe, concluídos. Depois de conversar com dom Antonio, decidi suspender todos os trabalhos menos os da estacada.

Quando há tempo para prever um assédio, a guarnição cerca o recinto fortificado com uma malha de estacas pontiagudas apontando para o assediador, logo antes do fosso, como primeira linha de defesa das muralhas e dos baluartes.

E aqui, outra interrupção desse saco de gordura chamado Waltraud. Ela me diz que, pelo que aprendeu até hoje, a estacada parece uma medida inútil. O fogo da artilharia necessariamente destroça uns simples artefatos de madeira colocados na frente das muralhas. Para que perder tempo, então, fincando fileiras, fileiras e mais fileiras de estacas?

Com a estacada se dificulta o avanço da infantaria e se intimida o inimigo. Um bosque de milhares e milhares de estacas é um obstáculo considerável. Pelo menos se vocês o contemplam do ponto de vista de quem é obrigado a superá-lo levando tiros de todos os lados. Os oficiais precisam ter muita autoridade para açular seus homens contra uma barreira pontiaguda.

Certo, os bombardeios da artilharia volatilizam a maioria das estacas. Mas isso não é tão decisivo como parece. As estacas têm dois ou três metros de comprimento. São cravadas bem fundo, em ângulo agudo e com um contraforte na base, de maneira tal que emerjam um metro ou um metro e meio do solo. A metralha e as bombas, de fato, as destroem, mas mesmo que só sobressaiam dois palmos, ou três, já é suficiente para ferir pés e panturrilhas. As próprias explosões contribuem para quebrar e aguçar as pontas. Uma densa boscagem de espetos sólidos não é coisa desprezível. Quando os atacantes avançam em massa, desmancha as formações, fere centenas e atrasa o assalto. E depois ainda têm pela frente o fosso e as muralhas. Às vezes as defesas mais simples são as mais eficazes.

O que não posso negar é a transformação da paisagem que a estacada exige. A cidade, nossa milenar e frívola Barcelona, de repente se viu rodeada por um halo espinhoso, hostil, lúgubre. O perímetro de uma fortaleza pode ser imenso, e já vi recintos com oitenta mil estacas. Essa madeira estática, trabalhada por mãos que desejam a dor alheia, anuncia a morte. Quando chove, fica ainda mais tétrica que com neve. Em praças ensolaradas como Barcelona, sua pretensão agressiva era mais que evidente.

No depósito havia dezesseis mil estacas. Pelos meus cálculos, precisaríamos no mínimo de quarenta mil. Não tínhamos. Muito bem, o que eu podia fazer? Ficar chorando num canto? *Débrouillez-vous!* Resolvi cobrir os setores mais expostos.

Pelo menos não nos faltavam entusiastas. O governo não podia pagar a todos os trabalhadores necessários, mas graças ao ardor cívico se juntaram seis mil voluntários. Passei longas horas com eles, no terreno de trabalho. Mostrava que deviam cavar mais fundo, firmando bem a base da estaca para que ficasse ancorada quando a parte que sobressaía explodisse no ar por causa da artilharia; verificava se estavam inclinadas num ângulo de quarenta e cinco graus; se a ponta estava bem afiada, essas coisas. Mas nos faltavam estacas, ferramentas, trabalhadores e, principalmente, tempo para transformar Barcelona num ouriço civil.

Naquele 25 de julho, eu estava fiscalizando os trabalhos da estacada quando Ballester e seus homens passaram por ali. Vinham puxando as montarias atrás de si, satisfeitos e vermelhos por causa do vinho. Uma boa parte das casas de putas mais sortidas e com bebidas mais fortes ficava fora dos muros e atendia os viajantes bem antes de que entrassem ou saíssem da cidade. Sem dúvida eles estavam voltando de algum desses lupanares. Era compreensível. Nesses estabelecimentos se vivia um clima de fim do mundo. Quando os bourbonistas aparecessem, de fim de festa.

Fazia quatro dias que eles tinham chegado e já eram famosos por serem perdulários nas tabernas e bordéis. E por suas trocas de socos com a guarda, isso também. Cada vez que eu tinha notícias deles, sacudia a cabeça decepcionado. Talvez não tivesse sido tão boa ideia recrutá-los.

Quando os vi, falei com seu chefe.

— Ah, capitão Ballester — disse sem pensar, premido pela urgência. — Larguem o que estiverem fazendo e venham nos ajudar a estacar. Precisamos de todos os braços.

Eu deveria ter previsto a resposta. Eles caíram na risada, alegando que tinham vindo combater, não trabalhar. Mau sinal, pois essa recusa tornava inevitável um enfrentamento.

Eu havia advertido claramente a Ballester que ele ia se integrar a uma defesa organizada e que, portanto, tinha que se submeter à disciplina. Se eu lhe permitisse ignorar-me uma vez, e na frente de todo mundo, nunca mais teria o seu respeito. Eu estava em mangas de camisa por causa do calor. Não era a melhor indumentária para me impor a um bando de assassinos. Sim, mau sinal.

Para piorar, quando reconheceram Ballester os trabalhadores que estavam mais perto largaram as ferramentas e ficaram na expectativa, reprimindo um suspiro de temor. Mesmo assim, Zuvi *Pernalonga* se aproximou dos miqueletes e disse:

— É uma ordem. Aqui todo mundo trabalha. — E apontando o dedo percorri as suas filas. — Todo mundo.

— Sério? — foi a resposta de Ballester. — Pois eu não vejo nenhum felpudo vermelho fincando estacas.

— Nós não estamos no campo. Aqui se luta de outra forma. — Recuei alguns passos, peguei uma trabalhadora, uma garota muito jovem, pelo braço, puxei-a energicamente e mostrei a Ballester suas mãos abertas. — Veja o sangue que corre pelas palmas! Estes ferimentos são condecorações tão valiosas quanto as que se recebem por um ato de guerra.

Ballester aproximou o rosto do meu e com um ódio malcontido sussurrou:

— Se o que você queria eram operários, para que porra pediu que nós viéssemos?

— Quando vai entender — repliquei no mesmo tom — que você não está a meu serviço, mas a serviço de todos?

— O que estou começando a entender — disse Ballester — é que esta guerra é uma boa desculpa para os felpudos vermelhos nos submeterem mais do que fizeram até agora.

Eu ia retrucar quando ouvimos um som escandaloso: todos os sinos de Barcelona tocando a rebate. Dezenas de campanários enlouquecidos, anunciando a má notícia. Levantamos a cabeça. As sentinelas das muralhas estavam nos advertindo fazia tempo. Absortos na nossa briga, não os tínhamos ouvido. Do alto do baluarte nos gritavam:

— Estão vindo! Estão vindo!

Quando uma notícia longamente esperada se confirma, acaba virando uma coisa irreal. Eles já estavam aqui. Fazia semanas que só pensávamos nisso, mas o fato em si me aturdiu. Ballester, a estacada, tudo perdia sentido ante a iminência do perigo.

— Mas o que estão esperando? — gritavam as sentinelas. — Vão correndo para o portal mais próximo! Entrem porque fecharão as portas!

Eram dois garotos muito jovens e mal-armados, um deles de óculos. Naquele dia quem fazia guarda nesse setor eram os estudantes de filosofia. Pareciam mais frágeis que o papel dos seus livros. O de óculos apontou para o horizonte.

— Corram! Um exército inteiro vem para cá!

Victus

1

Você! É, você! Como se atreve a entrar assim pela porta da minha casa? Estive lendo ontem o que escrevemos até agora.

O que é isso? O que é? Você transcreveu tudo o que eu ditava! Palavra por palavra!

Eram essas as minhas ordens e desejos? Pois claro que eram! Mas até você pode entender que há coisas que ninguém leva ao pé da letra. Quando se diz a uma visita "sinta-se em casa", isto é verdade? Claro que não!

Quando comecei o meu relato, dei por subentendido que você ia adoçá-lo. Eu queria um livro bonito e simplório como os que Voltaire escrevia; o Cândido Tolo, coisas assim. Bem, talvez não tão pueril, mas redigido educadamente, para ser lido até pelas senhoritas de salão. E veja que desastre! Será que você não entende o que fez? Você, sim! Você é para as letras o mesmo que Átila para a grama!

Així et surtin cucs pel nas, filla de...!

* * *

O que vou lhes dizer agora não tem nada a ver com o livro, mas é necessário que fiquem sabendo: Waltraud me deixou.

Isso mesmo. Insólito, não é? Essa porquinha falaciosa, bunduda e tola se amotinou inesperadamente, e há duas semanas não sei nada dela. Bem, sei alguma coisa. Outro dia enfiou um bilhete por baixo da porta, umas linhas totalmente estúpidas alegando não sei que desculpas para justificar a deserção. Que sentia muito, que isso, que aquilo. Teve até o descaramento de me acusar de indecoroso!

Porque vocês, aí do outro lado da página, não podem ter uma ideia realista das nossas relações.

Não pensem que ela trabalha neste livrinho por generosidade, não, não, claro que não. Isso é uma desculpa! No fundo se considera a autora. É como esses cachorros tão acostumados a morder os traseiros das ovelhas que afinal pensam que são o pastor. Se bem que..., bem, não me custa nada admitir que às vezes ela recuperava o fio da meada quando a narração se extraviava. Agora acha que não vou ser capaz de continuar sozinho, na linha reta dos acontecimentos até o amargo final do assédio de 1714. Pois está muito enganada! Ela quer é que eu vá me arrastando implorar que volte. Vaidade! Mulheres! Quem foi o idiota que inventou a segunda palavra se já existia a primeira? Jamais vou pedir a essa gralha letrada que volte!

* * *

EU, MARTÍ Zuviría, Engenheiro, Nove Pontos pela graça do Mystère, tenente-coronel de Sua Majestade Carlos III, engenheiro do exército dos Estados Rebeldes da América, engenheiro a soldo das coroas do Império de Áustria, da Prússia, do Império turco, do Czar da Rússia, das nações Creek, Oglala e Ashanti, assistente primeiro do rei maori Aroaroataru, *comanchero*, Mysterista, poliorceta, triquetador, aquafóbico, blablablá, blablablá e blablablá, e agora, por fim e em resumo, despojo humano,

FIRMO e AFIRMO, ante Deus e os Homens que queiram considerar as minhas palavras, as seguintes declarações:

Uma: Que o meu comportamento com Waltraud Spöring, desde que ela se pôs a meu serviço até o dia de hoje, nem sempre foi o mais apropriado, principalmente considerando seus desvelos com a minha precária saúde.

Dois: Que lhe peço desculpas públicas e privadas, solicitando humildemente que se reincorpore ao meu suave domínio.

Três: Que ela nunca me pediu para compartilhar a glória literária ou a vanglória terrena, e que todos os seus esforços nesta obra se limitam a beneficiar a memória histórica no valor que esta possa ter. (Que é o mesmo que nada, mas isso não precisa escrever.)

Quatro, que livremente declara: Que Waltraud Spöring não é feia, que tem uma beleza particular. Ela transborda de bons sentimentos, e diante de Deus é só isso que importa. (Muito bonito, mas nem você acredita nisso.)

Satisfeita? Agora que voltou a empunhar a pena, imagino que tanto faz o que eu disser, porque você vai escrever o que bem entender. Vai deixar este livro mais desfigurado que o meu rosto! Se fosse sincera acrescentaria que tudo isso foi uma chantagem brutal, uma humilhação incomparável.

Não, eu nunca a insultei! O que queria? Que a tratasse de ninfa dos bosques? A única diferença entre você e uma ursa das selvas germânicas é que não existem ursos louros.

Não! Não vá! Espere, por favor, por favor, minha querida e horrenda Waltraud. Se você for embora, quem mais terei para falar?

Sente-se. Pegue a pena, estou implorando.

Assim é melhor. Se quiser, pode até tomar um cafezinho com mel. (Lembre-me depois de descontar do salário.)

* * *

Então, a 25 de julho de 1713, o exército bourbonista, dirigido pelo duque de Pópuli, por fim chegou às portas de Barcelona. Os estacadores se refugiaram (dirigidos por Zuvi *Pernalonga*; o bom de capitanear uma retirada é que é sempre você quem está mais longe do inimigo).

Como era de se esperar, o exército de Pópuli foi recebido a tiros de canhão. Na verdade, o retorno dos estacadores coincidiu com a saída de três esquadrões de cavalaria a galope. Os cavaleiros tiveram uma escaramuça com a avançada bourbonista e voltaram com alguns prisioneiros.

Pópuli sentiu essa derrota como se tivesse perdido um regimento. Na guerra o moral é tudo, e os cavaleiros vitoriosos foram aplaudidos na cidade como heróis. Já os prisioneiros estavam com umas caras aturdidas de quem acabou de sofrer uma derrota fulminante. Não podiam acreditar que em tempo tão curto tivessem passado de conquistadores a cativos.

— Não queriam entrar em Barcelona? — debochava o povo quando eles passavam. — Pois já entraram.

O nome completo de Pópuli era uma coisa pomposa tipo Restaino Cantelmo Stuart, príncipe de Petorano, gentil-homem de Câmara e não sei quantos sobrenomes e títulos peidofônicos mais. Felipito não escolheu por acaso o general que iria submeter os "rebeldes": Pópuli era daqueles generais bourbonistas mais felipistas que o próprio Felipe, o que o fazia odiar a velha Barcelona com toda a sua alma. Depois que os Aliados abandonaram a Catalunha, Pópuli adorou dirigir a ocupação. E não perdeu a oportunidade de demonstrar o seu amor por atrocidades.

Antes de chegar a Barcelona, enquanto seu exército avançava pela Catalunha, ao ocupar certa localidade levaram dois supostos austracistas a Pópuli.

— Vocês vão apostar a vida nos dados — sentenciou. — Quem ganhar viverá.

Não era só um abuso, era uma decisão pérfida, infame e arbitrária. Porque, ainda por cima, ele perdoou o perdedor: seus amigos alegaram que na verdade era um bourbonista que havia escondido sua lealdade a Felipito. (E aqui um detalhe que hoje pode parecer risível. Para os barcelonenses, tão afeitos a apostas, a honestidade no jogo era uma coisa sagrada. O que realmente os deixou indignados não foi a crueldade tirânica de Pópuli, mas que tivesse eximido da forca o perdedor.) Mas isso não passou de um episódio macabro. O realmente intolerável foi que, numa pequena refrega, perto de um lugar chamado Torredembarra, os bourô fizeram duzentos prisioneiros. Pópuli os enforcou. Todos.

Nesse ponto ele seguia a lógica dos ministros de Madri. Desde que os Aliados deixaram a Espanha, aqueles que se opusessem às armas bourbonistas eram considerados simplesmente rebeldes e deviam ser tratados como tais. Em Barcelona, a perspectiva, logicamente, era muito diferente. Com o sumiço das tropas estrangeiras, a Generalitat havia organizado às pressas um exército financiado por suas próprias arcas. Portanto eram tropas regulares, uniformizadas e registradas nominalmente junto aos secretários do governo catalão. Já sabemos a espiral de represálias e contrarrepresálias que se vivia entre bourbonistas e miqueletes. Mas que Pópuli eliminasse duzentos homens de uma só tacada, todos fardados e a soldo de um governo, era a selvageria do século. Duzentos soldados regulares enforcados! Dom Antonio mandou uma carta a Pópuli, perguntando-lhe se havia "bebido o juízo". Pópuli respondeu que faria o mesmo com qualquer outro que capturasse a partir daquele momento. O que mais ofendeu Villarroel foi que Pópuli o tratou de "chefe dos amotinados". Logo ele! Militar de carreira e o cavalheiro mais respeitador das cortesias e convenções da guerra! Diante disso, dom Antonio lhe respondeu que muito bem, que então seria obrigado a tratar do mesmo modo qualquer soldado inimigo que nós aprisionássemos.

A resposta foram as forcas erguidas nas muralhas, à vista de qualquer um que acampasse diante da cidade. Meu Deus, que teatro de guerra mais tétrico: embaixo, as estacas pontiagudas, e um pouco mais acima, as forcas.

O exército de Pópuli teve seus problemas nessa primeira escaramuça de cavalaria e a partir de então tomou suas precauções. Os regimentos se instalaram a um quilômetro e meio das muralhas de Barcelona, bem no limite do alcance da artilharia. Começaram imediatamente a construir um cordão militar, um enorme circuito de parapeitos que deveria rodear a cidade inteira, bloqueando-a, do Llobregat até o Besós, os dois rios que margeiam Barcelona, o primeiro ao sul e o segundo ao norte. Queriam isolar a cidade até que os engenheiros tivessem desenhado a sua Trincheira de Ataque.

Um cordão militar não tem muito segredo em si mesmo. Basicamente é um simples fosso atrás do qual se fazem barricadas de terra compacta, vigas, pedras, troncos e qualquer coisa ao alcance dos sitiadores. As irregularidades do terreno, valas de irrigação ou montinhos de terra são aproveitados como obstáculos adicionais. Na medida do possível, constroem-se baluartes pentagonais em miniatura. Não é preciso nem dizer que para erigir essas defesas os assediadores destroem todas as construções das redondezas, por menores que sejam, para se abastecer de materiais.

As obras do cordão já tinham começado quando chegaram três corneteiros com um ultimato de Pópuli exigindo a nossa rendição incondicional. Para se ver como estavam os ânimos na cidade, basta dizer que queriam enforcar os pobres corneteiros. A multidão era enorme, foi preciso uma guarda reforçada e de baioneta calada para protegê-los.

Cordon de verrouillage
Camps
Les Corts
Camps militaires à Sants et Les Corts
(espagnoles)
Sants
Can
Safont
Molins
Creu Coberta
Sant Antoni
Santa Madrona
Banlieu
Montjuïc
Château
St. Bertran

à Barcelone
Camps militaires à Mas Guinardó
(française)
Caputxins
Creu de
Sant Francesc
El Clot
Camps militaires à Sant Martí
(française)
Cité
Des zones humides
"La Granota"

Nessa mesma noite dom Antonio me chamou à sua presença. Quando entrei no gabinete ele me disse:

— Quero que acompanhe os emissários com a resposta.

— Eu, dom Antonio?

— Você é meu ajudante-geral, se não me engano. E os ajudantes-gerais são usados para *generalitates* como esta. A honra da cidade está em jogo, mas também a minha, como comandante da guarnição.

— Certíssimo, dom Antonio.

— Sei que você nunca será um bom soldado, só um engenheiro de uniforme, incapaz de captar os rudimentos mais elementares da arte marcial. Mas faça o favor de dirigir-se à minha pessoa como "general".

— Sim, general.

— Quero ter certeza de que não se cometerá nenhuma descortesia com o inimigo. O exército deles acaba de chegar, e na guerra as apresentações são tão importantes como no amor.

— O senhor tem razão, dom Antonio.

— Eles não param de proclamar que somos uns sediciosos, sem pátria, sem rei e sem dignidade. Para desmentir isso, nada melhor que um espetáculo de boas maneiras diante da sua tropa. Não permita que ninguém atrapalhe. Gentileza, boas maneiras, cavalheirismo, galhardia e esmero. Este é o seu objetivo.

— Como queira, dom Antonio.

A verdade é que essa missão me parecia uma absoluta perda de tempo. Os bourbonistas estavam lá, vinham nos pegar, e nada do que fosse dito iria mudar as coisas. Enfim, na minha época a honra militar era assim: as pessoas tinham que se matar, mas com modos.

O encarregado de levar a resposta da cidade ao ultimato de Pópuli era um felpudo muito jovem, filho de boa família. Ele estava todo orgulhoso da missão e vestiu suas melhores indumentárias. Recebeu-me com um grande sorriso.

— Fui informado de que o senhor atuará como meu assistente principal — disse ele. — Conhece o protocolo?

— Não.

— Eu vou na frente. O senhor à minha direita, um passo atrás. A seguir, os corneteiros bourbonistas. E, fechando a comitiva, dois porta-bandeiras nossos: um com o pendão real e o outro com bandeira de parlamentário. Garanta que sejam observadas as formas e as distâncias.

— Como queira.

— Ante os oficiais nos inclinaremos numa reverência gentil, nunca submissa. Lembre que estamos em guerra!

Achei que quem havia esquecido que estávamos em guerra era ele. Perguntei:

— E quando é que uma reverência deixa de ser gentil e se torna submissa?

— Não importa, quando chegarmos lá o senhor só precisa me entregar a missiva. Eu a abrirei para ler.

Pois é, o felpudo estava muito orgulhoso de encabeçar a delegação, porque logo a seguir acrescentou com um grande sorriso:

— Passei a noite em claro, escrevendo e decorando umas palavras imortais para acrescentar à nota do governo. Hoje, senhor, vamos fazer história.

Como os bourbonistas tinham acampado no limite do alcance do canhão, era uma boa caminhada atravessando o campo. Eu avançava imerso nos meus pensamentos, não muito alegres.

Ouvimos o alto bem perto da primeira linha. Milhares de soldados estavam construindo um monumental circuito de fossos e barricadas, do Montjuïc até a foz do Besós. Os homens já estavam enfiados na vala até o peito, e em todo o perímetro que a minha vista podia alcançar eu distinguia pazadas de terra projetadas para a frente.

As dimensões do fosso, a visão daqueles milhares e milhares de homens trabalhando coordenadamente, inteligentemente, para a nossa ruína, me deixaram desolado. Em Tortosa eu estava do outro lado, e por isso não cheguei a entender como pode ser angustiante essa ameaça quando o sitiado a sofre.

Minutos depois apareceu um coronel rechonchudo, secundado por quatro oficiais. Deram alguns passos para fora do seu parapeito inacabado, e o coronel nos dirigiu um seco e hostil:

— Demoraram muito a vir.

Tanto cerimonial previsto, tanta frescura, e quando chegamos os bourbonistas nem se dignaram a cumprimentar-nos.

— O motivo da demora — disse eu, dando um passo à frente — está justificado no primeiro parágrafo. Leia.

E lhe entreguei a nota da cidade, esquecendo o protocolo e o discurso imortal do felpudinho. O coronel viu que estava escrita em catalão e devolveu-a de maus modos:

— Traduza!

O coronel e os oficiais que o escoltavam pareciam feitos no mesmo molde: olhos escuros e bigodes intolerantes, uma arrogância menos natural que produto de uma longa aprendizagem. Suspirei. Pode-se ofender o inimigo de mil formas. E, já que era obrigado a ler, li num tom diáfano, vocalizando lentamente, como se quem estivesse me ouvindo fosse o bobo da aldeia e eu duvidasse da sua capacidade de entender a fleuma cívica dos barcelonenses:

> *A novidade da carta do inimigo, que esta Cidade recebeu por meio de um corneteiro, mereceu tanta atenção que não se retrucou imediatamente, antes se tomou o tempo necessário para decidir a resposta conveniente.*

Levantei os olhos do papel.

— Quer que continue? — disse. — Ou já pode imaginar o que vem a seguir?

— Leia!

Saíram vapores quentes do meu nariz. Eu já estava de saco cheio daquele coronel gordinho e do seu jeito de mandão; não tinha ido até lá para receber ordens do inimigo. Hesitei, a questão era: ler ou não ler? Resolvi que estava cumprindo ordens de dom Antonio.

Enchi os pulmões para ser ouvido pelos milhares de soldados de uniforme branco que empunhavam pás e picaretas atrás dos parapeitos em construção. Cheios de curiosidade, eles tinham parado o trabalho para observar a cena. Olhavam-me atentos, sem animosidade. Seus oficiais também nos olhavam, tão absortos que não deram ordens de retomar os trabalhos. Pensei: “Leia como Jimmy faria se fosse anunciado a si mesmo nas portas do céu”, e então declamei no tom mais retumbante:

> *Que as portas desta Cidade estão fechadas e a praça se defende contra os inimigos que tentam invadi-la.*

Que esta Cidade e todo o Principado continuam a guerra em decorrência da inata lealdade ao seu soberano, de quem depende a declaração de paz ou de guerra.

Que as injustas e inusitadas ameaças alentam, não amedrontam, os corações de vassalos que mantêm seu reiterado juramento de fidelidade.

E porque esta Cidade não costuma alterar os termos de cortesia, restitui o corneteiro com a mesma segurança em que veio, e em vista desta resposta poderá o senhor duque de Pópuli tomar as providências que desejar, pois a Cidade está decidida a contrapor-se a todas, como demonstrará a experiência.

Barcelona, julho 29 de 1713.

Durante um segundo, um segundo mais longo que o seu maldito cordão, todo o exército das Duas Coroas ficou nos olhando, como se o Mystère nos tivesse petrificado. Abaixei o papel com um gesto brusco, e só então o coronel seboso gritou indignado, ou aparentando estar:

— Que farsa é esta? Quer dizer que vocês aspiram a sofrer um assalto?

— O que acha? — grunhi. — Que os baluartes estão artilhados para recebê-los com flores?

— Uma loucura assim só pode ser coisa de criminosos que reconhecem a própria culpa, e por isso estão temerosos do castigo real.

— Ei, espere aí — protestei —, um pouco de respeito.

— Essas muralhas mal se aguentam em pé, e o exército de sua majestade conta com quarenta mil soldados aguerridos!

Levantei os punhos acima da cabeça.

— E nós contamos com cinquenta mil! Todos os habitantes da cidade, mais todos os infelizes que fugiram do seu terror armado!

— Zuviría, por favor! — interveio o felpudo, abrindo a boca pela primeira vez.

Mas aquele homem tinha conseguido me enfurecer, e não me contive:

— E justamente vocês nos tratam como criminosos! Quando ocupamos Madri, em 1710, o que fizemos de pior foi distribuir sacos cheios de dinheiro. E vocês agora nos agradecem incendiando aldeias e cidades, enforcando mulheres e velhos e se instalando diante dos nossos muros dispostos a nos incinerar com mil quintais de pólvora.

— Não tolero que ninguém me levante a voz, muito menos um rebelde ao seu rei! A única coisa que me impede de lhe aplicar um justo castigo são as leis de hospitalidade da guerra! — bramou o coronel. — Vocês ainda estão a tempo de recuperar o juízo. Como pretendem resistir ao nobilíssimo duque de Pópuli? Ele conquistou glória imortal no campo de batalha, e sua alta linhagem descende das mais augustas famílias de Nápoles.

Napolitano! Não podia ter escolhido melhor argumento para me acalmar. O comandante em chefe, Pópuli, era napolitano! Veem como eles sempre estão em toda parte?

— O senhor disse napolitano? — inquiri com a contenção enganosa que antecede uma explosão de pólvora.

— De Nápoles, sim, da mais ilibada nobreza.

Eu interrompi berrando feito um hipopótamo:

— Sabem por que o seu generalzinho italiano não ataca a cidade? Porque está morrendo de medo! Está com o olho do cu tão apertado que não entra nem a antena de um escaravelho!

— Por favor, tenente-coronel! — escandalizou-se o felpudo, que a essa altura já estava com a cara exatamente igual a uma acelga, meio verde e meio branca.

— Vamos dar um pontapé tão grande nesse Pópuli que ele vai cruzar o Mediterrâneo em voo parabólico, de volta para a sua bota italiana! — acrescentei. E dirigindo-me aos oficiais que escoltavam o coronel gorducho: — E vocês todos, se vierem, vão acabar mais furados que um coador de creme, bando de lesos!

Bem, não é preciso nem dizer que aí acabou a galante cerimônia. O felpudinho estava tão consternado que na volta não abriu a boca uma só vez. Eu, por meu lado, quando fui falar com Villarroel me limitei a informar-lhe um evasivo:

— Ordem cumprida, dom Antonio.

2

E foi assim que começou o longo, cruel e singular assédio de Barcelona. Em poucos dias os bourbonistas fecharam o seu cordão, mal e mal, de um extremo ao outro da cidade. Depois ficaram tão atarefados aperfeiçoando-o que nem se preocupavam em atirar contra nós.

O ânimo de uma cidade flutua mais que a bolsa de Londres, de maneira que os barcelonenses logo passaram da euforia à monotonia que os empates infinitos provocam. Nem Barcelona pretendia se render, nem Pópuli atacava seus muros. A atividade nos baluartes se reduzia a rotineiros duelos da artilharia mais pitorescos que perigosos, correrias de cavaleiros na terra de ninguém, desertores de um lado e do outro. E, por estranho que pareça, a corrente que fluía em direção à cidade era muito mais numerosa que a que fugia dela. Os espanhóis desertavam mais que os franceses, sem dúvida porque comiam pior. Os fugitivos tendiam a exagerar as penúrias para que tivéssemos pena deles, mas os sapatos sem sola falavam por si sós.

A tensão entre os franceses e os espanhóis aumentava a cada dia. Os franceses acusavam seus aliados de inúteis e de não serem capazes nem sequer de sustentar uma tropa de assédio em suas necessidades mínimas. Os espanhóis, em troca, se queixavam de que a frota francesa ficava balançando nas ondas à toa. (Era verdade; o bloqueio marítimo era de morrer de rir, pelo menos até a chegada de Jimmy.)

Eu, na qualidade de engenheiro, estava felicíssimo com o andamento do assédio. Não esqueçam que se davam trinta dias de vida para uma cidade assediada *selon les règles*, e isso no caso mais otimista para os assediados. Um engenheiro que defende, então, só anseia ganhar tempo. O que o governo fizesse com esse tempo extra não era problema meu: negociar uma paz digna, conseguir reforços do estrangeiro, ou que a diplomacia mundial intercedesse. Seja o que for. Se os gritos de Barcelona fossem ouvidos na Europa, mais cedo ou mais tarde alguém ia fazer alguma coisa. Este era o meu vago raciocínio. O de todos. Enquanto isso, os meses passavam e Pópuli não se decidia a sair das trincheiras, de maneira que cada novo amanhecer podia ser considerado uma vitória.

Sim, uma curiosa *drôle de guerre*. Pensem que o soldado comum da Coronela servia nas muralhas ou baluartes durante o seu turno e depois ia jantar ou tomar o desjejum na própria casa, que muitas vezes ficava a cem metros do posto de combate. Eu mesmo, cinco minutos depois de observar os bourbonistas com a luneta de algum baluarte ou de orientar as obras de defesa, me sentava à mesa com Anfán nos joelhos e Amelis servia um prato debaixo do meu nariz. "Ah, meu bem! Como foi o seu dia?" "Muito bom, querida, uma patrulha deles andou rondando por aí, nós abaixamos as calças e mostramos a bunda para eles."

As pessoas continuavam tomando seus aperitivos na esplanada à beira-mar. Às vezes se podia assistir a emocionantes combates entre os nossos navios, que furavam o bloqueio, e os franceses, que algumas vezes tentavam impedir. A multidão se empolgava e aplaudia, mais como se estivesse numa espécie de teatro aquático que numa cidade assediada.

Os barcos traziam provisões e mensagens. Pelas informações que nos chegavam de fora, sempre escassas e incompletas, no resto da Catalunha se sucediam combates muito mais cruentos que na própria Barcelona assediada. Os felpudos vermelhos também estavam loucos por notícias. Em alguns daqueles barcos vinham cartas que o Karlangas mandava de Viena. Acho que já contei: aquele cachorro tinha nos vendido, mas nas suas reais cartinhas nos dizia muito bem, excelente, rapazes, continuem dando a vida pelo seu carrasco.

Entre as linhas tinham ficado casas de ofício, pousadas e, nos caminhos próximos a Barcelona, prostíbulos. À medida que o assédio avançava, iam todos sendo desmontados e destruídos. Pela artilharia e, principalmente, porque os dois lados mandavam turmas de forrageadores se apoderar de tijolos, telhas e tábuas. Eles tinham escassez de tudo o que pudesse reforçar as defesas do cordão, e nós, as das muralhas.

O mais comum era que durante o dia alguma patrulha, deles ou nossa, ocupasse um prédio abandonado no terreno entre as muralhas e o cordão. As partes que interessavam eram retiradas no maior sigilo possível e ao pôr do sol os homens voltavam para as suas linhas, transportando o produto do saque em sacos ou nos braços. Sempre que possível nós nos retirávamos aproveitando o leito de uma torrente seca, ou uma vala abandonada, para nos ocultar da vista do inimigo. Como é lógico, volta e meia havia escaramuças. Mais por confusões eventuais que por espírito de luta, a bem da verdade.

Geralmente se associa o saque com uma explosão de brutalidade selvagem, mas na verdade destruir metodicamente um prédio é uma das operações mais confusas que existem, especialmente quando se tem que dirigir um tal de Ballester e sua equipe. (Fui eu, claro; os outros oficiais declinaram de tanta honra.) A princípio, mais que se ocultar do inimigo, eles o provocavam. Não queriam entender que tínhamos ido àquela casa abandonada, ou àquele depósito de cavalariças, para fazer provisão de material e tirá-lo dos bourbonistas. Eu ficava exasperado quando os via perder tempo pegando vestidos de mulher nos baús, vestindo-os por cima da roupa e brincando uns com os outros. Em vez de manter silêncio, estávamos sempre num clima de folgança estridente, com anáguas enroladas no pescoço. O bom do Zuvi parecia uma galinha dando ordens a dez lobos. E muitas vezes essas ordens pareciam incompreensíveis para eles.

— As molduras! Arranquem as molduras das janelas e das portas.

— Para que merda você quer carregar essas molduras de madeira?

— Faça o que lhe mandam!

— Vocês, senhores engenheiros, fazem da guerra uma coisa muito estranha — reclamavam.

Quando nos retirávamos sempre havia um ou dois homens carregando no pescoço, acolchoadas com anáguas sequestradas, cinco ou seis grandes molduras quadradas ou retangulares, cujo peso os obrigava a correr agachados.

Obriguei-os a adiantar o horário das demolições. Para nos antecipar aos bourbonistas e porque, caso contrário, eles já saíam de Barcelona bêbados. Mas não podia evitar que voltassem de porre, porque nos primeiros dias ainda se podiam encontrar vinho e aguardente nos cantos das despensas abandonadas.

Às vezes, quando os via um pouco abatidos, eu ficava mais indulgente. Aqueles aposentos, agora vazios, pouco tempo antes eram ocupados por pessoas como eles. Pelo menos, como eles antes de virarem miqueletes. Eu podia ler seu pensamento: "Se nós viemos defender uma cidade, por que destruímos casas, ainda que estejam fora dos muros?"

Eu tentava fazer proselitismo.

— A vida de vocês não é mais de vocês! Agora é da cidade, e ela é que deve decidir como empregá-la e quando sacrificá-la. Enquanto o assédio durar, nós não existimos como indivíduos. Assumam isso!

Então Ballester me retrucava e nossos debates subiam aos céus. Era uma forma de comando muito isocrática, certamente, o que não me impedia de ficar sem fôlego. Eu me sentia preso num tronco de tortura: a mandíbula de baixo era Ballester, a de cima, dom Antonio.

Afinal entendi todas as utilidades da sala esférica. Servir sob as ordens de um comandante como Villarroel era como viver dentro dela, e não admitia nenhum descuido. Quando vão terminar as obras de fortificação nesse trecho de muralha? Por que há um ângulo rombudo no baluarte de Sant Pere? A que se deve essa lacuna na estacada? Qual o número certo da nossa provisão de tijolos? Eu botava os músculos e o cérebro para funcionar. E olhem que o assédio ainda era uma sequência de escaramuças minúsculas.

Normalmente dom Antonio estava cercado por uma coorte de assistentes e oficiais. Mas em certa madrugada fria nós dois nos encontramos nas muralhas, sozinhos. Envolto numa úmida camada de sereno e observando o cordão inimigo com sua luneta comprida, ele parecia mais uma pedra das nossas defesas.

— Dom Antonio — chamei-o —, tenho uma dúvida que está me deixando aflito.

Não gritou comigo, coisa que interpretei como permissão para falar.

— O senhor reclamou que eu não tinha o que precisava ter — continuei. — E mesmo assim me aceitou a seu serviço.

— *Fihê* — disse ele, sem tirar o olho da luneta —, você foi educado pelo melhor engenheiro da nossa época, não posso prescindir de tais conhecimentos.

— Mas ele não validou os meus estudos. — Puxei a manga para cima. — Olhe estas tatuagens. Elas falam de mim, e a quinta proclama que sou um impostor. Há algo que eu ignoro, dom Antonio, mas não sei o que é. Talvez o senhor possa me dizer.

Villarroel não se alterou. Continuava percorrendo as posições inimigas com a lente, e disse:

— Vou lhe fazer uma pergunta, filhinho. Se o exército dos Bourbons inteiro atacasse a sua casa, você sustentaria o último reduto até o fim? Responda.

— Assim faria, senhor — disse, e não foi a resposta menos entusiasmada da minha vida.

No entanto, ele replicou:

— Um general é um indivíduo que passa a vida toda ouvindo o conhecido "Sim, senhor!". E sabe de uma coisa? Eu não confiaria a minha vida a esse que acabei de ouvir.

Fiquei em silêncio. Ele abaixou a luneta.

— Zuviría, não lhe faltam conhecimentos. Na França lhe ensinaram tudo o que precisa saber. O que o impede de encontrar o que está procurando é outra coisa, uma coisa muito simples, aliás.

E aconteceu um fenômeno curioso. Algo se apoderou dos olhos de dom Antonio, uma espécie de humor benigno, um dilaceramento compassivo. Até então eu só vira esse olhar extraordinário em duas pessoas, só duas: Amelis e Ballester. E então me disse:

— Você ainda não sofreu o suficiente. — Fez uma pausa, como que esperando que esse algo saísse do seu corpo, e quando falou tinha voltado a ser o grande general. — Amanhã vou comunicar ao estado-maior o início de uma manobra muito importante, decisiva. Apostaremos nela boa parte das nossas fichas nesta guerra. E você vai participar das operações. — Não havia qualquer ironia em suas palavras quando acrescentou: — Se sobreviver, talvez tenha resolvido a dúvida que se aloja em sua alma.

Eu já ia me despedir quando ele viu meu cinto inerme.

— Outra coisa: um oficial sem espada não é um oficial — disse. — Arranje uma.

Na intendência eram tão zelosos que queriam me fazer pagar seis libras por uma espada. Eu me recusei terminantemente. Nessa mesma noite, enquanto Peret roncava, roubei a dele. Estava com o fio tão rombudo e gasto que mais parecia um serrote. Não me importava, na maior parte do tempo ficaria embainhada. Ofendidíssimo, Peret não parou de exigir que eu a devolvesse até o fim do assédio. Fiz ouvidos de mercador. Seis libras! *Au, vinga.*

* * *

A manobra que dom Antonio mencionara consistia em mandar por via marítima uma sólida expedição, mais de mil homens com proteção de cavalaria, e desembarcá-la na retaguarda do inimigo. Sua missão seria levantar o país às costas do cordão. Quando tivéssemos recrutado suficientes voluntários, atacaríamos o cordão bourbonista por trás, coordenados com um avanço geral da Coronela barcelonesa. Pópuli ficaria entre dois fogos.

Em Bazoches me haviam ensinado todas as saídas possíveis para uma guarnição assediada, e eu tinha que reconhecer que aquela era bastante imaginativa, audaz e ao mesmo tempo bem planejada. Ou teria sido, se não existisse neste mundo uma raça de diletantes perniciosos e glutões, por todos conhecida como felpudos vermelhos!

Waltraud pede que eu me acalme e prossiga, mas eu não quero me acalmar, não estou com vontade de me acalmar. Porque era preciso matar espanhóis e franceses sem rancor, eles eram o inimigo. Mas os felpudos vermelhos, aqueles senhores de bochechas empoadas, transformaram tudo aquilo por que lutávamos numa casca vazia. No fundo não acreditavam nas Liberdades e nas Constituições catalãs. Afinal se viram numa campanha de extermínio, coisa tão inaudita e feroz que simplesmente não tiveram outro remédio senão continuar lutando. Mas por baixo da mesa seu lema era: "Melhor os grilhões que o caos." Pois eu vou contar tudo! Como eles foderam o general Villarroel, como derrotaram as nossas vitórias. Porque, até agora, só ouvi as versões daquela guerra que vêm de cima ou do inimigo: falsidades vazias, todas elas. E, como vocês sabem, as taças vazias sempre fazem mais barulho que as cheias.

Schnapps, dê-me *schnapps*, mais *schnapps*. Que o amargor resseque as gargantas, nunca os corações! Martí Zuviría, sempre alegre e feliz!

Voltando. Onde estávamos? Ah, sim. A expedição.

O governo exigiu que fosse comandada pelo deputado militar, o nobilíssimo e felpudíssimo Antoni Berenguer. Esse homem não era o mais idôneo para uma aventura tão complexa e arriscada. Apesar do cargo que tinha, era um político, não um militar, e sua idade avançada o obrigava a mover-se numa cadeira de mão com um urinol incorporado debaixo do assento, no qual não via inconveniente em descarregar-se após fechar uma leve cortininha. Suas pálpebras inferiores caíam como duas linguetas úmidas e sanguinolentas. Mas reconheçamos, isso sim, que as barbas e bigodes brancos, trabalhados por barbeiros de renome, lhe conferiam um aspecto venerável.

O deputado militar iria com um séquito de próceres para destacar a solenidade do seu cargo. Não passavam de um bando de puxa-sacos, e logo começamos a referir-nos a eles como "os zangões de Berenguer". Sua existência só tinha sentido ao lado do deputado; longe dele eram um rebanho vestido de seda.

Berenguer não me caiu bem desde o começo. Certo, o deputado militar era a encarnação institucional do espírito de luta. Era ele, e só ele, quem tinha o privilégio sagrado de levar a maça de prata que simbolizava o direito dos catalães de se opor a qualquer invasor. Tratava-se de um longo bastão de prata meio barroco que o povo, afetuosamente, chamava de "Porrete". Qualquer catalão com mais de dezesseis anos que a visse em sua localidade, e empunhada pelo deputado militar, tinha o dever de largar tudo de lado para ir defender seu país. Mas entendam o meu raciocínio: era mesmo necessário embarcar aquele velhinho timorato que não conseguia mais segurar os próprios peidos? E isto não é forma de dizer, seus intestinos realmente já não davam conta do recado.

Quanto ao coronel Dalmau, Sebastià Dalmau, é impossível encontrar palavras para descrever os talentos desse homenzinho gigantesco. Digamos que dentre todos os heróis anônimos deste século, Dalmau foi um dos maiores.

Vinha de uma das famílias mais ricas de Barcelona. Quando chegou a notícia de que os exércitos Aliados iam deixar a Catalunha, eles não hesitaram em ficar do lado da Generalitat. Foram, de fato, dos poucos ricos que seguiram a proclamação da *Crida*. Investiram toda a sua fortuna, e a perderam, ajudando a guerra catalã. O regimento de Sebastià era financiado integralmente por sua família, incluindo salários, armas, equipamentos e uniformes. Na verdade, a infantaria da expedição era formada pelo seu regimento, constituído por indivíduos que não pertenciam a nenhum grêmio nobre. Eram carne de tabernas e bordéis, chusma na qual o governo confiava menos que na fé de um judeu converso. Eu, como engenheiro, não os julgava por sua origem nem por seu aspecto, mas por sua eficácia militar, e devo dizer que me pareciam uma unidade magnífica. Os felpudos vermelhos tinham outra lógica, e respiraram aliviados quando perderam de vista a tropa de Dalmau (para que arriscar santos varões quando a escória está à disposição?).

Há homens que nascem alegres, da mesma forma que outros nascem mancos ou com olhos azuis. "Tudo vai correr bem", dizia o sorriso de Dalmau, e isto soava a profecia mais que a desejo. Sebastià Dalmau nascera para o comando. Claro que tinha uma forma muito barcelonesa de entender a coisa. No fundo considerava a guerra como um negócio, a pátria como sua empresa, e sua família como os acionistas. Pensando bem, era o tipo de comandante adequado para um exército de civis.

Dos outros oficiais embarcados só vale a pena mencionar um coronel alemão. E quanto menos se falar dele, melhor. Os povos assediados tendem a ter seus casos obscuros.

Esse coronel alemão tinha sido dos poucos, pouquíssimos, que na hora da retirada preferiram abandonar o exército Aliado e se oferecer para servir à Generalitat. Mas não foi impelido por qualquer causa nobre. É que ele tinha um longo prontuário militar por vários delitos comuns, inclusive pilhagem de cadáveres. Aparentemente dirigia um bando de saqueadores que roubavam os soldados mortos antes de serem enterrados nas fossas comuns.

Ao ver-se numa situação difícil, e aproveitando a *Crida*, o homem passou para nosso lado alegando o grande amor que sentia pela causa catalã. Faltavam oficiais na Generalitat, de modo que o aceitaram sem muitas perguntas. Mesmo assim, devia ser tão mau sujeito que os voluntários alemães se negaram categoricamente a servir sob as ordens de um sem-vergonha daqueles. Dom Antonio advertiu-o severamente que das duas uma: ou se reabilitava durante o combate mais cruento ou já podia ir fazendo as malas para Viena, onde havia uma corda à sua espera. Não teve outro remédio senão incorporar-se à expedição.

Sua palavra favorita era *Scheisse*. Como a repetia com tanta frequência, os homens acabaram chamando-o de Scheissez. Você deve saber, minha querida e horrenda Waltraud, que a terminação "ez" nos sobrenomes de origem castelhana significa "filho de". Assim, Pérez é "filho de Pedro"; Fernández, "filho de Fernando" etc. O que os barcelonenses ignoravam é que em alemão *Scheisse* significa "merda". Portanto, quando se dirigiam ao seu superior o estavam chamando de Mérdez. O próprio Mérdez não achava a coisa nem um pouco engraçada, mas como dom Antonio não ia tolerar qualquer abuso por parte dele, teve que engolir. O homem estava sempre me olhando de esguelha. Durante a viagem marítima nós não paramos de nos observar. Era como se ele fosse um dos ratos a bordo, com a única diferença de que os ratos são os primeiros a abandonar o barco quando está afundando, e Mérdez maquinava como abandoná-lo o quanto antes, flutuasse ou não.

Quanto a mim, não podia tirar da cabeça aquele olhar de dom Antonio ao ordenar que eu me incorporasse à expedição. Agora a guerra dependia daquele milhar de homens que navegavam comigo. Talvez eu estivesse finalmente indo ao encontro da lição definitiva. Da Palavra.

Ballester e seus dez homens também iam conosco. Seriam muito úteis como exploradores. Quanto à frota francesa que bloqueava o porto, era a menor das nossas preocupações. Nossos barcos iriam costear; os deles, de grande calado, nunca se aproximavam da costa. O trajeto até Arenys era bastante curto, não mais que seis horas com vento favorável, e tínhamos que ser velozes para que a cortina da noite nos ocultasse. Deixo de lado o embarque; quarenta e sete naves de todos os tamanhos, mil homens de infantaria e vários esquadrões de cavalaria subindo nos barcos. E também deixo de lado a viagem, que pelo meu cargo tive que fazer ao lado do deputado Berenguer, seus peidos e seus zangões.

O desembarque foi tão desagradável como a viagem, e muito mais complicado. Havia poucas barcaças destinadas a transportar a tropa para terra firme, e como a praia era pouco profunda, para acelerar a operação a maioria dos homens pulou das amuradas. Tiveram que avançar com a água até a cintura, com a pólvora e os fuzis acima da cabeça. Deixaram os cavalos simplesmente soltos na água. Chegariam à terra levados pelo instinto. Eu fui dos primeiros a saltar, depois de Ballester e os seus homens. E não por arrojo, mas porque não suportava mais. Quando pisei em terra firme eu me sentia como se em vez de cabeça tivesse um pião. (O mar! Adivinhação: o que pode ser tão grande e tão inútil como o mar? Resposta: só a minha querida e horrenda Waltraud. Rá! Por que você não riu?)

Para complicar ainda mais as coisas, os habitantes de Arenys vieram nos receber com o entusiasmo próprio de civis libertados por uma tropa. Isso foi muito bom, mas se vocês quiserem ver uma bela confusão, misturem um regimento molhado, cavalos soltos na margem, barcaças desembarcando homens e material, oficiais afônicos de tanto gritar e centenas de velhos, mulheres e crianças abraçando mil soldados enjoados. O deputado tinha que ser tratado com todo o cuidado, e levá-lo para terra com a sua cadeira de mão foi um verdadeiro espetáculo. Não conseguiram uma embarcação adequada para o peralvilho, e então tiveram a brilhante ideia de transportá-lo pelo ar, com os carregadores mergulhados na água até a cintura. Primeiro desceram a cadeira e depois o deputado. Só não contavam, porém, com o peso daquela fábrica de peidos. Quando se instalou no assento, ele afundou os pobres carregadores até o pescoço. Mais um pouco e morrem afogados. Mas Berenguer ficou satisfeitíssimo, pois avançando no nível da água ficava parecendo Jesus Cristo numa cadeira.

Eu já estava quase recuperado do enjoo e fui para uma ligeira elevação de onde se divisava toda a praia. Ballester estava ali. Seus homens tomavam o desjejum, sentados entre as pedras. Ele olhava para o mar, em pé e pensativo, com as rédeas dos arreios numa das mãos. Para as pessoas das montanhas o mar nunca deixará de ser um mistério grandiloquente. Como o desembarque ainda ia demorar, fui falar com ele.

— Isto aqui é muito chato — disse, e o desafiei: — Vamos passear? Aposto quanto quiser que eu chego a Mataró na sua frente.

Mataró estava ocupada pelo inimigo. Era, mais ou menos, como se o desafiasse a uma cavalgada desembestada em direção a um barranco cujo perdedor seria o timorato que parasse antes. Ele soltou um bufo de desprezo e, sem me olhar, disse:

— O exército com a água no pescoço, e você pensando em corridinhas.

Exatamente por ser tão arisco é que eu gostava de espicaçá-lo.

— Rá! Você não quer cavalgar porque tem medo de perder — insisti. — Aposto uma libra.

Ele virou a cabeça repentinamente, a veia azul de sua testa meio dilatada.

— Você não disse que eu tinha que obedecer a todas as suas ordens? — acrescentei. — Então me ordene que suba no meu cavalo!

E assim fizemos. Num piscar de olhos já estávamos galopando a uma velocidade vertiginosa. (Não diga: isso era uma total insensatez e um desacato ao senso comum. Mas sabe de uma coisa, minha querida e horrenda Waltraud? Éramos jovens.)

Entramos por um caminho estreito no meio de um bosque de pinheiros. O cavalo dele era preto, o meu quase branco. Durante um bom tempo as cabeças dos dois se mantiveram à mesma altura. De vez em quando eu virava o rosto e mostrava a língua. Ballester, que não tinha senso de humor, se enfurecia e esporeava seu animal. Não sei o que aconteceu com o meu. Talvez tenha visto uma cobra ou tropeçado numa raiz de pinheiro, o fato é que parou em seco e eu fui jogado por cima do seu dorso. Felizmente tinha chovido nos dias anteriores: o caminho estava um pouco enlameado e isso amorteceu a queda.

Fiquei em pé, auscultando a vegetação com todos os meus sentidos. Comecei a me dar conta da nossa temeridade. Tínhamos percorrido um bom trecho em direção ao sul, e não devia haver mais que cinco ou seis quilômetros entre Arenys e Mataró. Era impossível que numa localidade como Mataró, tão próxima a Barcelona, os bourbonistas não tivessem deixado uma guarnição.

— Que estranho — disse eu —, não há ninguém. Nem guardas no caminho nem patrulhas a cavalo. Nada.

— Nós os surpreendemos — opinou Ballester, agora também atento. — Não esperavam que desembarcássemos na sua retaguarda.

Voltei a montar e cavalgamos mais um pouco em passo de marcha. Nem sombra de vida humana. Só o mesmo bosque espesso e mortalmente silencioso nos dois lados do caminho. Chegamos a uma curva que rodeava um declive muito íngreme.

— Olhe! — gritei.

Assustado, Ballester levou a mão ao punho da espada. Mas eu só me referia a centenas de borboletas cor de laranja que estavam revoando numa clareira, logo antes da curva. Desci do cavalo e entrei naquela nuvem de asas alaranjadas.

Aquilo me trouxe lembranças de Bazoches, da faceta racionalmente mágica que às vezes os irmãos Ducroix revelavam. Não, eu não queria mal nenhum às borboletas. Muito pelo contrário. Naquele mundo em guerra, naqueles tempos que dançavam à beira do abismo, mergulhar entre as suas asas era como um banho para o espírito. Elas entenderam e me abordaram. Dezenas e dezenas pousaram no meu braço estendido, cobrindo a manga do uniforme com grinaldas resplandecentes.

— Quer comê-las? — disse às risadas Ballester, em seu cavalo.

— Não seja bárbaro! Elas pousam em mim justamente porque sabem que não vou lhes fazer nada. Olhe: quando você observa uma paisagem com atenção, vira parte dela. E os insetos amam novidades.

— Minha mãe do céu… — resmungou Ballester com as mãos no pomo da sela. — Somos a vanguarda da expedição e você perde o seu tempo domesticando vermes com asas.

— Desça do cavalo — animei-o. — Vamos, homem, venha. Vou lhe ensinar um truque.

Avançou mais um pouco para observar se havia alguém atrás da curva. Depois desceu do cavalo.

— Abra o braço — pedi. Ele me olhava sem conseguir decidir-se: — Vamos! O que foi? O valente Ballester não teme um exército de bourbonistas mas tem medo de borboletas?

— Sou eu quem assusta todos os bichos. Meus homens podem confirmar: depois de uma noite quente, todos eles acordam crucificados de mordidas. Mas de mim nem chegam perto.

Afinal estendeu um dos braços, com a mão aberta. Dezenas e dezenas de borboletas revoavam à minha volta mas, como Ballester havia predito, o ignoraram.

— Viu? — disse com ar de triunfo e retirando a mão.

— Não se trata de estender a mão, mas de se oferecer por inteiro — respondi. — A mão tem que ser a mensagem e o mensageiro.

Ele bufou, ofendido. Em vez de replicar voltou a abrir a mão com a palma para cima, como quem aceita o desafio de uma aposta sem graça. Para sua surpresa, uma borboleta voou até lá. Deu umas voltinhas e depois pousou naquela mão de dedos toscos e calejados.

As feições de Ballester se adoçaram. Olhava para aquela borboleta com olhos de criança, coisa impensável num homem como ele. Pela primeira vez uma criatura, nem que fosse um verme com asas, não o temia. Trocamos um olhar. Rimos. Não sei bem por quê, mas estávamos rindo.

Um som leve e compassado, que parecia de latão contra latão, quebrou o feitiço. Ainda imóvel, Ballester girou a cabeça em direção à curva do caminho. Surgiram seis soldados. O som vinha do entrechocar de cantis e correame. Estavam de uniforme branco. A veia azul de Ballester inchou de repente.

Os soldados pararam em seco. Apesar de estarem de fuzis em riste, a surpresa os deixou imóveis: dois homens, num caminho arborizado, brincando com borboletas. Durante um longo instante Ballester ainda manteve a mão estendida. Então a borboleta voou.

Foi o sinal para que atacasse de espada em punho. Os seis homens marchavam em duas colunas, Ballester entrou no meio. Soltava estocadas na altura do pescoço, à direita e à esquerda. Só me lembro dos rugidos animais de Ballester e dos seis homens caindo mortalmente feridos. Num piscar de olhos, os seis franceses já estavam no chão, mortos ou gravemente feridos.

Ballester havia gastado tanta energia, e num tempo tão curto, que teve que apoiar as mãos nos joelhos, ofegando. Pela forma como me olhava, eu não podia saber se estava me pedindo desculpas ou me recriminando por causa das borboletas. Eu também ofegava, mas de espanto.

Na curva apareceram mais quatro soldados. Estes chegaram correndo com os fuzis levantados. Gritavam em francês. Não queriam acreditar no que estavam vendo: seis companheiros mortos, dois homens em pé.

— Solte a espada! — pedi a Ballester.

Ele obedeceu, mas eu sabia no que estava pensando: em ter as duas mãos livres para puxar as pistolas. Antes cair prisioneiros que mortos, e então gritei:

— Ballester, pelo amor de Deus, não puxe! Não faça isso!

Todos gritavam, todos menos Ballester. Os franceses prestes a atirar, eu oferecendo rendição. Ballester de braços cruzados, cada mão numa culatra. *Ne tirez pas, nous nous rendons!* Parece bobagem, mas lembro que o ar perdeu todas as suas borboletas.

Ao ouvir os tiros me joguei no chão como um novelo, com as mãos no chapéu. Três *crac crac crac* seguidos, e mais três, e mais três *crac crac crac.*

Quando levantei a cabeça constatei que os mortos não eram eu nem Ballester, mas os quatro franceses. Da subida íngreme e densamente arborizada que havia à nossa direita saiu uma dezena de miqueletes com os fuzis ainda fumegando.

Não confiavam em nós.

— Sob as ordens de quem vocês estão? — perguntaram.

— Do imperador Carlos — respondi, com os joelhos tremendo. — E vocês?

— De Busquets. Levante as mãos. E bem alto — disse o chefe me apontando com o fuzil. — Quero ver seus cotovelos colados nas orelhas.

Obedeci protestando:

— Somos o exército da Generalitat!

Só consegui que sua desconfiança aumentasse. Os canos de suas armas se dirigiram à minha cara.

— Mentiroso! E se fala catalão deve ser um *botiflero.*

Enquanto todos prestavam atenção em mim, Ballester aproveitou para liquidar com um tiro um francês que estava agonizando. A bala entrou pelo cangote e saiu pela boca, como se a tivesse cuspido.

Nunca entendi a relação de Ballester com a violência, nunca. O francês ia morrer mesmo, e era mais humano poupar-lhe os sofrimentos, está certo. Mas Ballester atirava num homem do mesmo modo que amarrava os sapatos. Um gesto corriqueiro, destituído de reflexões ou consequências. Eu devia estar ali, pálido, ainda ajoelhado e de braços para cima. Ballester limitou-se a guardar a pistola.

— Leve-me ao seu chefe — disse ao miquelete que estava me interrogando. — Ele me deve vinte libras. — Olhou para mim e acrescentou: — Busquets é muito ruim com os dados.

* * *

Fomos conduzidos a uma clareira no bosque onde havia um grupo de homens. Flutuava no ar a tristeza plúmbea que vem depois de uma derrota. Os que não estavam feridos e lamuriosos estavam com o ânimo abatido, como espantalhos sem sustentação. O céu estava hostil, nublado e cinzento.

Ao contrário dos miqueletes de Ballester, avezados em mil batalhas, os de Busquets eram civis recém-incorporados à vida na montanha. Ainda usavam sapatos em vez de alpargatas, não cobriam os ombros com o típico gambeto azul, e seu armamento parecia improvisado, como se tivessem apanhado numa fuga apressada as facas de cozinha e a velha espingarda pendurada em cima da lareira.

Nada disso parecia interessar a Ballester. Foi diretamente até um sujeito deitado no chão, com as costas apoiadas numa sela de montar, barba loura e juba leonina. Pelos brincos de ouro nas duas orelhas deduzi que era o chefe, o tal Busquets. Ele estava com uma bala no ombro esquerdo. Ao seu lado, um homem ajoelhado mexia no buraco com umas pinças. Tarefa difícil, porque Busquets gritava feito um javali que caíra numa armadilha enquanto tomava goles de uma garrafa de aguardente e cuspia quando a dor ficava insuportável.

Busquets reconheceu Ballester e o apontou com a garrafa:

— Você! Que porra está fazendo aqui?

Ballester lhe estendeu a mão aberta.

— Você me deve vinte libras.

Busquets o fitava com intenções assassinas. Ballester continuava com o braço esticado, a palma aberta. Olhei em volta temendo o pior. Então Busquets soltou uma gargalhada, apertou o antebraço de Ballester com a mão sadia e chamou-o cordialmente de "filho da puta". O cirurgião, que havia retirado as pinças da ferida, me olhou como que dizendo: "Você acha que isso é forma de operar?" Enfim, os miqueletes eram assim. Quanto à minha pessoa, Busquets me recebeu com certo ceticismo.

— Tenente-coronel? Pois muito bem. — Tomou outro gole e soltou um grito. — Você quer me curar ou acabar comigo? — perguntou ao cirurgião que remexia na ferida.

Eu não sabia como dirigir-me a ele, e usei o título genérico de capitão.

— Por favor, capitão Busquets, faça um relato do que aconteceu aqui.

Busquets não sabia se podia confiar em mim. Ballester inclinou a cabeça.

— Parece — disse —, mas não é um felpudo vermelho.

Depois de um suspiro, ainda reclamando do cirurgião, Busquets nos contou entre grunhidos de dor:

— Atacamos Mataró. Você sabe, todos os *botifleros* da Catalunha se refugiaram na nossa vila. E ainda por cima temos que sustentá-los. Isso nos deu muito recrutamento. São tão insuportavelmente presunçosos, tão arrogantes... Desalojam as famílias das suas casas para morar nelas, ou usam os habitantes como criados. Eles comendo em bandeja de prata e o pessoal morrendo de fome. E ainda por cima forçados a cozinhar para eles e esvaziar seus urinóis. — Suas próprias palavras o deixavam indignado. — Mas quem eles pensam que são? Essa gente se apodera das nossas casas, quer nos tratar como escravos e ainda tem o descaramento de nos acusar de rebeldes.

O cirurgião continuava mexendo na ferida e Busquets deu outro grito.

— A questão — continuou — é que houve uma delação, ou por coincidência receberam reforços na noite anterior, não sei. — Suspirou: — Tinham tropa a pé e cavaleiros. Nós não somos muito bons contra cavalaria. Fomos atropelados.

— Quando aconteceu isso? — perguntei.

— Ontem mesmo.

— As patrulhas deles estão tentando cercar vocês aqui — disse Ballester.

— Eu sei. Mas não têm gente suficiente para rodear um bosque tão grande. E eu mandei um grupo à retaguarda para controlar os movimentos deles.

Nós podíamos atestar isso. Busquets continuou explicando.

— Só estou esperando que os últimos homens se juntem a nós para sair daqui — disse com os lábios úmidos de aguardente, e virou-se para o cirurgião. — E que este assassino remende os feridos!

— Cale-se — disse o cirurgião. — Assim fica mais difícil. Pensa que sou muito experiente tirando balas?

— Mas não é essa a tarefa de um cirurgião? — ironizei.

— Cirurgião? — queixou-se ironicamente o homem, sem largar seu trabalho. — Eu saí de Mataró porque tinha medo de cortar o pescoço de algum *botiflero* se tivesse um rompante. — E acrescentou olhando para mim: — Sou barbeiro.

Puxei Ballester pelo cotovelo e levei-o alguns metros adiante para conversar em particular.

— Busquets agiu mal — sussurrei. — Se cada um fizer a guerra por conta própria, é impossível ganhar. Agora entende?

— Busquets fez bem — replicou Ballester. — Está lutando na sua terra e pela sua casa. O que você queria? Que nos esperasse sentado? Uma semana atrás nem nós mesmos sabíamos que nos mandariam vir para Mataró.

Apesar da distância, Busquets tinha ouvido.

— Pelo menos tentamos, porra. Tentamos! — gritou, encostado na sela. — E agora vêm vocês, não se sabe de onde, e nos criticam.

Eu me aproximei dele.

— Não condeno que você mate bourbonistas. O que critico é que torne tão fácil exterminar patriotas. — Apontei em volta. — Olhe a sua tropa, destroçada, escondida nas profundezas de um triste bosque. E Mataró continua nas mãos dos bourbonistas. — Agachei-me para ficar na altura de sua cara. — Busquets, você tem ascendência sobre estes homens. Ordene que se incorporem ao exército da Generalitat. — Virei-me para Ballester em busca de ajuda. — Ballester, diga alguma coisa.

Ele estendeu a mão para Busquets.

— Você me deve vinte libras.

— Vá à merda, você e suas vinte libras! — gritou Busquets, balançando a juba loura e os longos brincos de ouro. Depois me apontou com o dedo. — E você pare de me chatear. O deputado militar! Estes homens não confiam nos felpudos vermelhos, para eles são muito parecidos com os *botifleros*. E não entendem de alta estratégia, só querem saber de recuperar suas casas e voltar para elas. Vão se recusar a rodar por toda a Catalunha, abandonando os seus. — Suspirou amargamente: — E que chefe eu seria se ordenasse uma coisa que eles não querem fazer?

Sua invectiva foi interrompida por um último grito. O barbeiro finalmente havia extraído a bala.

— Tome — disse ele, pondo em sua mão uma esfera vermelha de sangue.

Busquets beijou a bala sanguinolenta e, com toda a delicadeza do mundo, introduziu-a numa bolsinha de couro. Ao cair lá dentro, fez um som surdo de chumbo batendo em chumbo.

Ballester sussurrou no meu ouvido:

— Busquets coleciona as balas que entram no seu corpo. São Pedro em pessoa lhe disse que só vai abrir as portas para ele quando a bolsa estiver cheia.

— E você — continuou Busquets, olhando para Ballester —, eu gostaria de saber o que está fazendo sob as ordens do deputado militar, um dos principais felpudos vermelhos.

Ballester lhe deu o seu olhar mais sarcástico.

— Você me deve vinte libras — repetiu.

Era a história de sempre: quando se juntam três catalães, imediatamente há quatro opiniões em disputa. Sacudi a cabeça e disse a Ballester:

— Não adianta, vamos.

— Muito bem, vão embora! — gritou furioso Busquets enquanto nos afastávamos. — Não esperava nada diferente dos felpudos vermelhos! Mas nós vamos continuar lutando! Está me ouvindo? Vamos continuar lutando enquanto houver alguém vivo!

Fiz um gesto com a mão, sem me virar, como quem se despede de um louco incurável.

— E ainda querem que nós os sigamos! — continuou disparando Busquets. — Pois vou lhes dizer uma coisa: nós vamos libertar Mataró e tomar os galpões, e as sessenta mil arrobas de trigo!

Parei como se tivesse batido numa parede invisível. Voltei em passos largos para onde estava antes.

— O que você disse? Repita! Sessenta mil arrobas de trigo? — perguntei. — Tem certeza?

— Os galpões estão quase transbordando. É lógico que tenham escolhido a nossa aldeia como depósito do exército. Fica bem perto do cordão que circunda Barcelona, e os patriotas de Mataró fugiram para as montanhas. Não temem sabotagens.

Fiquei olhando para o vazio, de boca aberta. Sessenta mil arrobas de trigo! Todo o mantimento do exército que cercava Barcelona estava ali, a poucos passos de nós. As Duas Coroas não tinham nem ideia do desembarque do deputado. Por isso só tinham reforçado Mataró com alguns esquadrões de cavalaria, suficientes para repelir o assalto de uns miqueletes mais estouvados.

— Capitão Busquets! — gritei. — Agora você está sob as ordens do deputado militar, e vai obedecê-las. Colabore com o exército e em breve tomaremos Mataró.

Busquets contraiu ainda mais as feições já crispadas de dor:

— Mas, bem, há poucos minutos você dizia que éramos nós que tínhamos que seguir vocês, e que a tomada de Mataró não tinha qualquer interesse militar!

Ballester e eu saímos dali puxando as rédeas dos cavalos, atravessando o matagal espesso, cabisbaixos. Quando chegamos ao caminho, antes de montar, não pude deixar de dar um abraço em Ballester, que se surpreendeu com o meu entusiasmo.

— Vamos transformar o assédio de Barcelona numa Canas logística!

— Quem vai plantar canas? — perguntou ele, ofendido. — Explique um pouco melhor, porra! Não li tantos livros como você.

— Pense nos prisioneiros e nos desertores que vieram para o nosso lado. Todos eles dizem o mesmo: não têm nem sapatos, e o rancho se reduz a uma miserável côdea de pão por dia. É natural, saquearam tanto o país que já não têm mais onde conseguir comida. Sofrem a fome da raposa glutona que comeu todo o galinheiro.

— E daí? Você não sabe o que é passar fome. E em caso de necessidade as pessoas sempre acabam se virando.

— Você fala assim porque é o chefe de um grupo pequeno e montaraz. Mas diante de Barcelona há quarenta mil bocas reunidas e imóveis. E o estômago delas está aqui na nossa frente: os depósitos de Mataró. Com certeza eles acham que antes de ficarem vazios Barcelona vai se render.

— E essas canas?

— Canas foi a pior derrota do Império Romano. Aníbal enfrentava um exército de romanos que tinha o dobro de homens que o seu. No começo da batalha, sua frente se curvou. Mas enquanto isso a cavalaria cartaginesa envolveu as alas, até fechar os romanos num saco. Nossa cavalaria vai ser o trigo que roubaram. Se os deixarmos sem o trigo, e o deputado militar se colocar atrás do cordão bourbonista, eles estão perdidos. O sitiador sitiado.

Um esboço de sorriso nos lábios de Ballester me revelou que estava entendendo.

— Quarenta mil homens não podem viver semanas, talvez meses, de barriga vazia. Não vão ter outro remédio senão suspender o assédio.

Antes de montar, abracei Ballester de novo:

— Voltar e organizar um novo assédio seria impraticável. O moral deles deve estar no chão; a caixa militar de Madri, vazia. A Europa está farta dessa guerra. Todas as chancelarias vão pressionar Felipito para que negocie com a Generalitat.

Galopamos até a posição do deputado militar quase matando os cavalos. Tinham se abrigado numa velha casa. O deputado, Dalmau e outros oficiais estavam em conselho de guerra, com Mérdez rondando por ali. Estávamos chegando bem a tempo.

Eu estava tão excitado que falei aos solavancos. O deputado se irritou.

— Esse tal Busquets de que está falando não passa de um chefete sem título nem uniforme! Não temos garantias da sua fidelidade.

— Mas, excelência — disse eu —, Busquets está ferido. Vi com os meus próprios olhos.

— Então se ele caiu numa armadilha — replicou o deputado —, não deve ser tão esperto. Como podemos saber se os seus relatos são corretos?

— Porque Busquets e seus homens são de Mataró mesmo — interveio secamente Ballester.

Dalmau se levantou e, com o sorriso de sempre, propôs:

— Deixe comigo, excelência. Não vamos perder nada fazendo um pouco de movimento.

Guiamos a cavalaria e o regimento inteiro de Dalmau até o bosque de Busquets. Quando os miqueletes nos viram explodiram de alegria. Um exército inteiro vinha resgatá-los! A guerra, sempre um grande pêndulo. Poucas horas antes Busquets estava ferido e isolado num bosque. E agora vinha se juntar a ele uma tropa bem-disposta e equipada. Abriam-se as portas de Mataró, dos galpões inimigos e, com um pouco de sorte, da vitória final. Os miqueletes de Busquets estavam extasiados. Abraçavam os soldados de Dalmau, chorando de pura felicidade. Foi a primeira e última vez que me senti otimista nessa guerra. Não precisávamos ganhá-la. Bastava não perder.

No meio da tarde, uns mensageiros vieram me chamar para reunir-me com o estado-maior. Os oficiais superiores continuavam na mesma casa, perto da praia. O que encontrei foi uma discussão acalorada entre o deputado militar e Dalmau. Berenguer refestelado em seu trono com urinol, Dalmau com os punhos na mesa e o torso projetado para a frente.

— Nosso objetivo é levantar o país e libertar Barcelona! — gritava o deputado.

— Nosso objetivo é ganhar a guerra! — respondia Dalmau do outro lado da mesa. E, quando me viu, disse: — Ah, Zuviría. Creio que você interrogou alguns prisioneiros franceses que Busquets tinha em seu poder.

— De fato, coronel.

— E eles confirmam os relatos sobre os depósitos de Mataró?

— Ponto por ponto, senhor — respondi sem entender muito bem os motivos da discussão.

Dalmau encarou Berenguer com uma energia renovada.

— Está ouvindo? Se não confia em Busquets, confie pelo menos nos inimigos. Quatro milhões e meio de quilos de trigo! Todas as reservas de comida! Com a colheita terminada, e a terra faminta, eles não vão conseguir alimentar seu exército. E imagine como vai ficar nosso moral quando nos apoderarmos desses galpões. Será fácil levar uma parte de barco para Barcelona, como troféu. Ou melhor ainda: levar tudo o que pudermos e distribuir entre os mais necessitados. Vão se alistar em massa!

O deputado ouvia sem esconder sua irritação.

— E eu repito — disse ele — que é uma decisão superior, totalmente alheia a estas circunstâncias. Obedeça às ordens! Sua atitude beira a insubordinação!

Não pude deixar de intervir.

— Excelência, posso perguntar a que decisão superior está se referindo?

Dalmau havia caído numa cadeira, resignado. Passava uma mão fatigada pelo rosto.

— Não vamos atacar Mataró — disse ele com desânimo. — O deputado se recusa.

Dei um pulo.

— Mataró está aberta para nós sem sangue! — gritei. — Atacando, não perdemos nada e ganhamos tudo. Talvez até o fim da guerra!

— Vocês vão acatar minhas ordens e eu as do comando superior — interrompeu o deputado. — Tenho instruções do governo de não entrar em Mataró. E não entraremos.

Eu não tinha palavras, aquilo estava além da minha compreensão. Para vencer o inimigo é preciso ir lhe causando prejuízos até a derrota, e o nosso próprio deputado militar se negava a usar a força contra o inimigo.

— Excelência — respondi com a boca seca —, talvez sua opinião se deva a não ter visto os nossos rapazes em ação. Se dermos a ordem, eles assaltarão Paris e Madri. Confie neles, eu lhe peço.

— Ah, vamos, não tente me enganar — disse Berenguer num tom de desprezo. — Sou velho e as minhas pernas não me sustentam. Mas ainda tenho a vista clara. — Apontou um dedo em minha direção, mas se dirigiu a Dalmau. — O homem que antes acompanhava o tenente-coronel Zuviría por acaso não era o infame

Ballester? Ballester! Um bandido de postas e caminhos, a fina flor dos malfeitores. Há poucos anos eu mesmo publiquei a ordem de buscá-lo, capturá-lo, executá-lo e esquartejar seu cadáver como exemplo público. — Suspirou. — Sim, a guerra inverte e subverte a ordem natural. E você, Dalmau, sabe melhor do que eu que a maioria dos homens do seu próprio regimento não é muito melhor. Plebe da extração mais baixa, e como tal submetida aos instintos menos nobres.

Dalmau protestou:

— Meus homens lutam como leões!

— E eu me congratulo — disse o deputado. — Seu regimento é da nova leva e em pouco tempo já demonstrou ser uma tropa aguerrida. Mas me diga, Dalmau: alguma vez ordenou que não exerçam a violência?

— Se está se referindo à disciplina, todos os oficiais me apoiarão se eu disser que nunca criaram problemas.

— Em Barcelona! — especificou o deputado com um dedo erguido. — Submetidos ao olho paternal e vigilante da Generalitat. Mas, uma vez dentro de Mataró, alguém pode me garantir que essa disciplina se manterá? — Voltou a dirigir-se a mim. — Tenente-coronel Zuviría, dizem que em 1710 prestou serviços como engenheiro no exército de sua majestade.

— Sim senhor.

— Diga-nos então: podemos supor que uma localidade convertida em depósito geral, e na qual se reuniu essa imensa quantidade de grãos, também guarda outros bens e equipamentos?

— Certamente, excelência — respondi, porque era verdade e porque assim somava argumentos a favor do ataque. — Armas, munição, certamente material de obra para os trabalhos de sapa e trincheira, talvez carros e cavalos necessários para o transporte...

Aquele velhote de pálpebras entreabertas era tão precavido quanto ardiloso, porque, sem me deixar terminar, perguntou:

— Vinho? Aguardente barata?

— Bem... — hesitei. — É possível.

Levantou a voz.

— Possível? Armazenam comida para um exército inteiro e não vão ter uma jarra de álcool barato? Tenente-coronel! Com que os homens temperam os nervos antes de um assalto?

Tive que me render, a contragosto.

— Sem dúvida deve haver um pouco de álcool.

— Um pouco não, muito! — repreendeu-me. Inspirou um par de vezes e disse a Dalmau: — A primeira coisa que seus homens vão fazer lá é embebedar-se. E, transformados numa turba ébria, nenhuma disciplina deste mundo vai conseguir segurá-los. Mataró está cheia de gente de altíssima categoria, linhagens que remontam aos tempos do rei Jaume I. Mal-aconselhadas, essas pobres almas cometeram traição à pátria. Mas não podemos massacrá-los, muito menos sem julgamento prévio! É a situação ideal para que a pior plebe tenha a pior das desforras: esfaquear os nobres e ofender suas mulheres. Eu preciso dizer o que o inimigo faria com uma atrocidade assim na nossa consciência? Espalharia a notícia pela Europa toda, denegrindo o sagrado nome da pátria catalã! E como país pequeno que somos, por acaso não dependemos do tabuleiro internacional? Não, senhores, não vou permitir que uma vitória menor e transitória aniquile as nossas opções.

Ouvir isso me agastou tanto que tomei a palavra.

— Pois não creio que dom Antonio aprove esta decisão! Muito pelo contrário.

— Nosso comandante em chefe deve seu posto ao governo e a ele é subordinado, e as minhas ordens vêm do governo! — gritou o deputado, que como bom felpudo vermelho sempre se irritava quando eclodia o debate sobre as competências do governo e de Villarroel. — Isto aqui não é uma ditadura militar!

— Dom Antonio, ditador? — exaltei-me. — Nunca na vida ouvi uma sandice maior!

O tom da minha voz obrigou Dalmau a intervir:

— Tenente-coronel Zuviría! Ordeno que se comporte de acordo com a hierarquia!

Mas um frenesi começava a apoderar-se de mim.

— Se dom Antonio amasse tanto o regime dos sabres, estaria no lado bourbonista, do qual recusou ofertas muito superiores ao salário que recebe de Viena! E se os nossos rapazes arrancarem a dentadas algumas calcinhas *botifleras*, que mal há nisso? A guerra é assim, e essa gentinha covarde e oportunista abandonou o próprio povo para se colocar a serviço dos carniceiros. O que vamos fazer com eles? Dar honras e medalhas? Poderíamos trocá-los por patriotas! Com todos esses *botifleros* em nosso poder, impediríamos a execução de centenas, milhares de miqueletes!

Alguns dos oficiais presentes ameaçaram me prender. Quando levaram a mão à espada, Dalmau veio e me empurrou em direção à porta.

— Acalme-se, Zuviría, com esses modos não se consegue nada — disse enquanto me levava.

Ainda tive tempo de gritar por cima do seu ombro:

— Mas que merda de guerra é esta? Os relojoeiros fazem relógios, os políticos fazem política! Se querem que os militares façam a guerra, deixem-nos em paz!

Não pude fazer mais nada além de sentar-me embaixo de uma árvore com a cabeça entre as mãos.

Sim, o pêndulo da guerra. Perder, ganhar, voltar a perder. Tudo mudava em minutos, embora fosse incompreensível, e por atos que pouco ou nada tinham a ver com as armas. E como podíamos ganhar com aquela gente no comando? Estavam mais preocupados com os da sua ordem, mesmo que fossem *botifleros*, que com seus próprios soldados.

Quando me dei conta, Ballester estava ao meu lado, em pé.

— Meus homens e eu acabamos de fazer uma descoberta — disse ele. — As muralhas de Mataró são indefensáveis, a guarnição é barata. Quer que informe os detalhes a alguém?

Não respondi, com o rosto ainda escondido entre as mãos. Ballester puxou meu ombro.

— Os batalhões estão preparados? — perguntou. — Podemos entrar por três lugares. Acho que nem será preciso. Eles vão se render quando virem as forças de ataque.

Tive vergonha de olhar para ele.

— Não haverá ataque — disse eu. — Não vamos ocupar Mataró.

Ele demorou uma eternidade para exclamar:

— Mas por quê? Por quê?

Foi uma das poucas vezes que o vi mostrar seus sentimentos. Sua vulnerabilidade me parecia insuportável, como se eu tivesse culpa.

— Ballester — balbuciei —, sinto muito. Você tinha toda a razão no que se refere aos felpudos vermelhos. Eu não devia ter lhe pedido que viesse. — Fiquei em pé, esquivando-me dele. — Vão embora, você e seus homens. Ou fiquem com Busquets. Façam o que quiserem.

Ele me pegou pelo pescoço e me apertou contra o tronco da árvore.

— Mas quem você pensa que é? Quem, seu maldito? Você tem tão pouco direito de me expulsar como teve de me recrutar! E agora me diga: por que não vamos atacar Mataró?

Não resisti à investida dele. Na minha confusão, fui tão sincero quanto pude.

— Não sei.

Uns oficiais passavam por ali.

— Ei! O que está acontecendo aqui?

— Acontece — disse Ballester enquanto me soltava e se afastava dali — que tem gente que nunca quer saber o que está acontecendo.

3

Talvez só exista uma coisa mais triste que ver a Fortuna fugir da nossa mão: nós mesmos fugirmos dela, e por vontade própria. A expedição decidiu seguir adiante e não atacar Mataró, como um buscador de tesouros que despreza um diamante do tamanho de uma rocha porque o mandaram encontrar ouro. A cavalaria ia na vanguarda; a infantaria foi a última a partir. Caía um desses aguaceiros breves e violentos do agosto mediterrâneo.

Os miqueletes de Busquets contemplavam a marcha do exército expedicionário com olhos desesperançados, terríveis. Seu silêncio nos acusava. Quando os vi pela primeira vez, tinham acabado de sofrer uma derrota. Aquilo era muito pior. Pareciam homens cuja alma tivesse sido arrancada do corpo. Tinham sido derrotados depois de uma vitória, e ninguém entendia por quem.

A única pessoa que se esgoelava era o próprio Busquets. Percorria as filas de uniformes azuis que partiam em formação debaixo da cortina de chuva, gritando:

— Por que estão indo embora, por quê? A vitória está ali! — dizia, apontando em direção a Mataró. — É só dar um pontapé na porta e todo o edifício podre se derruba!

Nos amplos escaninhos da minha memória esta imagem é uma das mais patéticas. Busquets com o braço na tipoia, a cabeleira loura encharcada por causa da chuva, gritando inutilmente.

Ballester e seus nove miqueletes cobriam a retaguarda da coluna. Eles observavam Busquets impassíveis, mas eu os conhecia bem e sabia que estavam fervendo por dentro. Esporeei meu cavalo até perto de Ballester.

— Se quiser ir embora — disse eu —, vá agora. Não seria bom que os oficiais viessem. Legalmente você poderia ser acusado de deserção.

Virou a cabeça e cuspiu aos pés do meu cavalo.

— Os desertores são vocês — replicou.

Busquets se aproximou de nós, enlameado, quase chorando:

— Ballester! — implorou. — Se nos unirmos talvez possamos tentar de novo.

Ballester se recusou.

— Eles já estão de sobreaviso — disse. — E logo vão chegar reforços. — Sorriu, coisa estranha nele. — E para que eu ficaria? Nunca vou receber a sua dívida porque vão matar você, velho bronco.

— Quem decide o nosso tempo neste mundo é São Pedro — resmungou Busquets. — E a minha bolsa de balas ainda está meio vazia.

— Ou meio cheia — observou Ballester.

Ele e seus homens se afastaram da coluna. Sabe-se lá para onde iam. De mim nem se despediu.

Por que continuei com esse estafermo do deputado? Nem eu mesmo sei direito. Dom Antonio tinha me ordenado que acompanhasse o deputado, e a essa altura era impensável que eu desobedecesse a uma ordem sua. Acho que era movido pela convicção, latente em todos, de que os goles amargos têm que ser tomados até o final.

Choveu o dia todo.

* * *

Depois de Mataró, tudo foi de mal a pior. Quando soube da presença da expedição, Pópuli, que a princípio levou um susto mortal, jogou em cima de nós tudo o que tinha. Milhares de espanhóis e franceses que guarneciam a Catalunha ocupada deixaram suas posições para nos procurar e exterminar. Pópuli chegou ao extremo de desviar um punhado de batalhões do cordão para reforçar os nossos perseguidores. Pópuli tinha consciência do perigo que significaria uma sublevação em massa às suas costas. É tristíssimo admitir, mas os nossos inimigos acreditavam mais no patriotismo dos campônios catalães que os felpudos vermelhos.

Com tanta inferioridade numérica, a expedição se transformou numa raposa correndo diante dos cães. Entrávamos numa localidade ao som de trombetas e com a maça de prata na frente. O deputado tinha ordenado que exibíssemos os nossos melhores ornamentos, para causar mais impressão. A princípio obedecemos. Depois ficamos sem roupa para trocar. Pouco a pouco nos tornamos um exército imundo e descalço, as casacas azuis recosturadas mil vezes e manchadas de lama. Apesar de tudo, a orquestra sempre foi nutrida e seus sons alegres contrastavam com o nosso aspecto. *Tachim, tacham!* Na praça principal líamos a *Crida* e Berenguer mandava o seu discursinho. Mas no dia seguinte, ou no outro, nossas patrulhas nos informavam que estavam chegando regimentos inteiros do inimigo e tínhamos que fugir com Berenguer nas costas soltando peidos de medo.

Bem, isso já estava mais ou menos previsto. (Os peidos não, estou me referindo às tentativas de cerco bourbonistas.) Fomos muito hábeis evitando ciladas, íamos rápido e contávamos com mil olhos que nos informavam das posições inimigas. Mas o verdadeiro desastre já tinha acontecido antes, e se chamava Mataró.

A notícia de que Barcelona havia proclamado a *Crida* se espalhou tão depressa como o fiasco de Mataró. As pessoas não são bobas. Com esses precedentes, como iam confiar no deputado militar? Suas arengas públicas se baseavam em três pontos. Que o Karlangas era muito pio, ou melhor: piíssimo (como se as pessoas estivessem interessadas em saber que o rei, num lugar tão remoto como Viena, era um devotíssimo santarrão). Que confiassem em Deus Nosso Senhor, pois ele socorreria o fidelíssimo Principado de Catalunha (se tudo estava nas mãos de Deus, e Deus do nosso lado, por que havia permitido que o país chegasse a tão deplorável situação?). E por último que, para não escandalizar a moral cristã, iria silenciar sobre as arbitrariedades iníquas do inimigo (não, homem, não! Conte tudo, e aos gritos! Que até os surdos saibam que comungamos com sua dor!). Lembro que Dalmau, durante as exortações de Berenguer nas praças maiores, olhava para o céu bufando de contrariedade.

O pior da história é que os preconceitos de Berenguer em relação às classes inferiores realimentavam a si mesmos. Os patriotas mais inflamados fazia tempo que tinham se incorporado a algum grupo de miqueletes como o de Busquets. Nossa presença tinha a finalidade de incentivar os prefeitos a resistirem e administrarem em nome da Generalitat, e advertir os eclesiásticos quanto à atitude traidora de sua alta hierarquia; mas, acima de tudo, aspirava a atrair o grupo majoritário de indecisos que há em toda parte: os que não estão dispostos a lutar contra a tirania como malfeitores, mas sim a combater sob a bandeira de um poder livre e legítimo. Com Berenguer e seus discursos, tão aflautados como os seus peidinhos, só colhíamos desculpas e frieza. Quem se juntava a nós era a escória da escória. Os pilantras de sempre, ou pessoas tão famintas que nos seguiam em troca de uma côdea de pão. Assim, os homens que Berenguer recrutava confirmavam sua opinião sobre as classes inferiores. E, caso reste alguma dúvida, darei outros exemplos do que se podia esperar do deputado militar.

Um dia enfrentamos vários batalhões castelhanos. Queríamos entrar numa localidade que nos era muito favorável e os ocupantes vieram ao nosso encontro. Quando começaram os tiros, vimos que, no povoado, um grupo de patriotas tinha subido até o alto do campanário e começava a atirar contra os bourbonistas. Por cima do tiroteio os nossos soldados balançavam os tricórnios para saudar os da igreja, e vice-versa. Nossos porta-bandeiras tremulavam os estandartes loucos de alegria. Há poucas sensações que entusiasmem mais que identificar uns desconhecidos como irmãos. As tropas espanholas vacilaram. Era o momento de iniciar uma carga geral e varrê-las. Em vez disso, os corneteiros deram ordem de retirada.

Eu, incrédulo, empurrava as costas dos soldados mais próximos.

— Deve ser um engano — dizia. — Mantenham o fogo! Mantenham!

Mérdez em pessoa teve que cavalgar até minha posição para dar-me a ordem de retirada.

— Por acaso não ouviu o toque de retirada? Vamos embora daqui! — uivou ele do alto do seu cavalo. — Os exploradores nos avisaram que um regimento inteiro está se aproximando para nos dominar.

— Mas nós já os dominamos! — gritei, fora de mim. — Antes que esse regimento chegue nós temos tempo de ir até Portugal e voltar.

Mérdez sempre me teve um rancor especial porque ambos éramos tenentes-coronéis. Para aplacar o seu ciúme, contei-lhe que esse meu posto não significava nada, que Villarroel me nomeara só para garantir que os soldados e capitães iriam me obedecer nas minhas tarefas de engenheiro. Foi inútil. A única coisa que consegui foi que além de "sabichão" ele me considerasse um impostor. Sua obsessão era conquistar os galões de coronel. Como só teria espaço se criassem um regimento novo ou se surgisse alguma vaga, para ele qualquer outro tenente-coronel era um rival direto. Inclinou o tronco e apontou das alturas do seu cavalo para o meu nariz.

— Zuviría: você nunca vai ser um bom militar porque confunde a parte com o todo.

A parte com o todo! Vou lhes contar em que consistiu "a parte" daquele dia.

Quando saímos de lá, os bourbonistas nem se preocuparam em capturar os franco-atiradores do campanário: atearam fogo à igreja e os queimaram vivos. As táticas que usaram contra nós confirmavam o espírito simplista dos Bourbons. Quando alguma localidade nos acolhia, no dia seguinte queimavam as casas e fuzilavam um de cada dez habitantes. É, muito simples.

Pouco depois a expedição se dividiu. Foi sugestão de Dalmau. Ele achava que não conseguiríamos resistir à pressão de tantos milhares de inimigos, e portanto seria melhor separar-nos em várias colunas. A principal continuaria sob o comando do deputado militar. Outras menores tentariam sublevar comarcas longínquas, e uma coluna secundária, porém robusta, ficaria sob as ordens do próprio Dalmau.

Não era má ideia. Se nos dispersássemos, as patrulhas demorariam algum tempo para adivinhar quantos éramos e em que direção seguíamos. Os bourbonistas também teriam que se separar. Nessa guerra, transformada em guerrinha, os números menores sempre jogavam a nosso favor. Além do mais, a política de terror de Pópuli causava outro tipo de estragos. Era muito compreensível que as localidades, sabendo que no dia seguinte à nossa partida seriam entregues às chamas, tivessem reticências em abrir suas portas para nós. Quando nos dividíssemos em uma multidão de grupinhos, disse Dalmau, também ocuparíamos uma enorme quantidade de localidades. E nem mesmo os comandantes das Duas Coroas podiam estar tão loucos a ponto de incendiar todas as vilas e cidades da Catalunha.

Nesse dia compreendi o grau de perversidade imunda que se aloja no fundo de toda guerra. Porque o deputado mergulhou nas suas reflexões e quando levantou a cabeça disse com uns olhinhos transbordando de esperança:

— Bom, e se viesse a acontecer, a paisanada órfã de teto e de pais não teria outro remédio senão juntar-se a nós.

Os presentes não ligaram muito para essa observação. Dalmau porque estava concentrado, com os cotovelos sobre o mapa onde expunha seu plano, e Mérdez porque era Mérdez. Mas essas palavras ficaram gravadas em mim.

A política é ruim; a guerra é péssima. Só há uma coisa que supera esses dois males: um monstrengo chamado política de guerra. Fui educado num mundo em que os engenheiros, justamente os engenheiros, eram as dobradiças que separavam a guerra da política. Um mundo cujo ideário era que a política não passava de uma sombra do exercício armado: por trás, e definindo perfis. Naquele novo século, porém, o hálito tóxico da sombra se apoderava do corpo. As consequências estavam ali. Nossa alta missão consistia em proteger as vidas e as casas dos nossos concidadãos. Invertendo o princípio moral, para Berenguer o fato de que o inimigo incendiasse e matasse não era mau, e sim bom, pois o desamparo e a vingança jogariam a nosso favor.

Nem preciso dizer que um motivo não menos importante da proposta de Dalmau era que ele estava até aqui do deputado Berenguer, dos seus discursos gagás e seus peidinhos em espiral, e queria tentar sozinho. Implorei que me deixasse incorporar-me à sua coluna. Ele não concordou.

— Quando voltarmos, dom Antonio vai querer saber o que aconteceu — argumentou. — E quando eu não estiver, a única testemunha confiável será você. Porque não podemos confiar em Mérdez, não é mesmo?

Recordo as semanas e meses seguintes como um turbilhão de imagens, sempre iguais e sempre diferentes. O exército das Duas Coroas nos perseguia. Nós fugíamos, atacávamos e contra-atacávamos. Marcha, contramarcha, noites a céu aberto. Chuva. Sol. Lama. Sempre alerta. Povoados entusiasmados, povoados recalcitrantes, povoados incendiados. A paisagem tinha virado uma argamassa em que o antes e o depois se fundiam, os sentidos já embotados pela monotonia do cruel. Voltávamos para trás e o povoado entusiasta de ontem se transformara nas ruínas calcinadas de hoje. Lama. Sol. Mais chuva. Açoitados pelo granizo, nós escorregávamos por despenhadeiros e trilhas ocultas para depois desembocar em caminhos selvagens. À nossa direita, sete árvores com homens enforcados em grupos de três. Já não tínhamos passado por ali? Não, ontem eram três árvores com sete homens pendurados. Outra mudança de rumo; os exploradores eram as antenas da nossa coluna, que se arrastava como um inseto de mil patas. Éramos derrotados por um paradoxo: não podíamos recrutar porque fugíamos, e fugíamos porque não podíamos recrutar.

Tampouco quero dar a entender que percorríamos um país monolítico, com todos os habitantes dispostos ao sacrifício pelas Constituições e Liberdades. Nada disso! Em toda parte há traições, fraquezas e oportunismos. Mas a guerra, além disso, faz aflorar a parte mais atávica do ser humano.

Um dia eu estava na vanguarda da expedição com um grupo de cavaleiros quando, de um declive rochoso, começaram a atirar em nós. Podíamos ouvir os nossos agressores dar gritos de ânimo entre si, e o faziam em catalão. Achei que se tratava de um erro de identificação, desses infelizmente tão habituais na guerra. "São a tropa de algum povoado próximo — pensei —, que nos confundiu com franceses ou castelhanos." Ordenei aos nossos cavaleiros que não respondessem ao fogo e eu mesmo os saudei balançando o chapéu. Ainda assim, o tiroteio contra nós aumentava. Avancei um pouco com o meu cavalo e divisei um deles carregando o fuzil atrás de um penhasco:

— Mas o que estão fazendo? Que porra vocês estão fazendo? — gritei. — Somos o exército da Generalitat!

O homem não disse nada. Mexia freneticamente o cotovelo, puxando a vareta para cima e para baixo, e então li nos seus olhos: estava rezando para que minha confusão durasse tempo suficiente para dar-me um tiro.

Em 1705, com o desembarque do exército Aliado em Barcelona, muitíssimos municípios se declararam partidários do Karlangas. Mas não foi um gesto unânime. Quando uma localidade apoiava o Karlangas, não era nada incomum que a aldeia do lado se manifestasse a favor de Felipito. E por quê? Porque o padre tinha jurado que Deus era a favor de Felipito? Nada disso! Optavam pelo lado contrário por ódio aos vizinhos. Vocês sabem, sempre há disputas intermináveis entre os povoados, pelos direitos de um poço, pela propriedade de um moinho, sei lá que mais. Enquanto o Karlangas estava ganhando, ficaram bem quietos e caladinhos. Mas agora que as Duas Coroas ocupavam quase toda a Catalunha, eles se armavam, empolgados, e não hesitavam, felicíssimos, em furar o estômago dos vizinhos com a desculpa de que eram do partido contrário.

Aqueles patrícios que nos alvejavam estavam pouco ligando para as Constituições, os Áustrias ou os Bourbons. Aquela guerra mundial era só uma desculpa para institucionalizar a sua guerra local. O Apocalipse da Europa, para essa gente, se reduzia a uma anedota para expressar a sua única verdade passional: que os habitantes do povoadinho ao lado eram um bando de filhos da puta. A liberdade da pátria catalã, o pão e o futuro da terra, a necessidade de destruir jugos e grilhões estrangeiros, tudo isso era subordinado à nobre causa de partir o crânio do vizinho e do filho do vizinho.

É como eu digo: a guerra é o fogo que faz a panela ferver, empurra o vapor atávico e levanta essa leve, insegura tampa chamada civilização. Rousseau tinha razão: o selvagem não está fora, mas embaixo; o selvagem não se acha nas latitudes exóticas, mas no nosso mais recôndito interior. Deem alguma desculpa a esse selvagem, a esse mau selvagem, e ele virá à luz, derrubando a civilização como uma bala de canhão derruba um tabique.

Mas o babaca do Voltaire nunca entendeu isso!

* * *

Berenguer parecia cada vez mais prostrado. O homem era tão pérfido como lúcido, sabia que tínhamos um recrutamento mínimo, insuficiente para atacar o cordão bourbonista. Mas, como um secretário diligente, escrevia cartas e mais cartas para Barcelona. Isso me tirava do sério. A teia que as Duas Coroas estavam tecendo à nossa volta era mais espessa a cada dia. Par atravessá-la nós tínhamos que mandar cavaleiros de fidelidade comprovada, que arriscavam a pele para chegar à costa. Coordenar o seu embarque com alguma nave que chegara em segredo de Barcelona triplicava os riscos. E afinal, para quê? Para levar missivas nas quais Berenguer contava que não havia nada o que contar.

Tínhamos chegado a um ponto morto, insuperável em sua paralisia. A insurreição de 1705 havia começado num povoado chamado Vic, mais de sessenta quilômetros ao norte de Barcelona. Fomos para lá enfrentando obstáculos e rodeios. Uma verdadeira epopeia, pois o número de bourbonistas que nos acossavam crescia dia a dia, e foi preciso uma grande habilidade de manobra para que a expedição chegasse ao destino intacta. Pelo menos tínhamos certeza de que seríamos bem recebidos, pois os moradores de Vic tinham sido os primeiros a se sublevar a favor do Karlangas, e os mais fervorosos. Acho graça da minha memória!

Não queriam saber de nós. Seus dirigentes até nos pressionaram a deixar a vila nesse mesmo dia para não comprometê-los.

— Entendam que, como fomos os primeiros partidários do imperador, vamos receber o castigo mais rigoroso.

O deputado, sempre indulgente com os seus, foi suave. Eu, nem tanto.

— Como vocês foram os primeiros a promover o ataque — disse —, deviam ser os últimos a abandonar a defesa.

Mandaram-me calar a boca. Obedeci. De qualquer forma, era inútil. Nesse momento não podíamos saber, mas era o mais inócuo dos argumentos. Depois soubemos que, enquanto nos reuníamos, o consistório de Vic já tinha mandado um medicastro local, um tal de Josep Pou, pedir clemência e perdão às hostes de Felipito. Fabuloso! Os que acenderam o estopim agora nos acusavam de incendiários.

Afinal dava a impressão de que as nossas correrias tinham a única finalidade de impedir a captura de Berenguer pelos bourbonistas. Coordenar nossas ações com as outras colunas e com Barcelona era bastante difícil; estávamos sempre em movimento e os outros também. Muitos dos nossos mensageiros não voltaram nunca. Cada vez que um deles partia a galope eu precisava conter as lágrimas. Se os inimigos os pegassem seriam torturados até a morte. Ato inútil, pois as mensagens eram escritas num código secreto cuja chave Berenguer guardava com muito zelo. (Foi a única coisa que fez bem, aquele fardo humano.)

Era um código muito engenhoso. A cada número correspondia uma letra ou um símbolo. Assim, A era 11, M 40 e E 30. Outros números tinham um significado completo. Por exemplo, 70 era Barcelona; 100, Bombas; 81, Felipe V; 53, Granadas; 54, Pópuli; e 87, Miqueletes.

Circulava na tropa o boato de que Berenguer escondia as mensagens enfiadas bem lá dentro. Os bourbonistas jamais iam conseguir decifrar o código porque os números e letras eram um engodo. Ele soltava peidos com a abertura do cilindro no cu. O receptor, na verdade, não decifrava signos escritos, mas os assobios que saíam quando abria a tampa.

Bem, o humor do populacho nunca foi muito fino.

* * *

Um dia, de manhã bem cedo, as sentinelas deram o sinal de alerta. Pulamos em direção às armas, certos de que os bourbonistas tinham escolhido a hora do café para nos atacar. Mas não. Foi um alívio descobrir que eram dos nossos. E justamente Ballester e seus homens.

Ver Ballester de volta foi uma das poucas alegrias que a expedição me deu. Eu me joguei sobre ele e o abracei. Hoje tenho tanta certeza de que Ballester se sentia grato por essas efusões como de que lhe era impossível correspondê-las. Eu o abraçava e suas mãos ficavam inertes. Não me importei. Pela sua expressão, perturbada, farejei sentimentos que ele não conseguia expressar.

Olhei-o e, com as mãos nos seus ombros, disse:

— Eu sabia que você não ia nos abandonar, eu sabia.

Ele me afastou.

— Foram vocês que abandonaram. Não se lembra mais?

Vi que só estavam ali sete dos seus nove miqueletes.

— E Jacint e Indaleci? — perguntei.

— O que você acha?

Ficamos em silêncio. Eu disse:

— E apesar de tudo voltou?

— Foram vocês que voltaram.

E apontou para trás. Acontece que os homens de Ballester eram a vanguarda de um corpo muito maior: a tropa de Dalmau em peso. E voltava com mais de três mil homens! Dalmau os recrutara por sua conta, empregando palavras muito diferentes das de Berenguer. Pensando bem, o seu sucesso não era assim tão estranho. Não podiam existir dois polos mais opostos que a abulia moral do deputado e o entusiasmo saudável de Dalmau. Para Berenguer, a pátria era passado e protocolos. Para Dalmau, direitos e futuro.

Nesse mesmo dia houve um conselho de guerra. Dalmau queria nos expor as ideias que tivera durante as suas aventuras autônomas.

Nós podíamos reunir uns cinco mil homens. Ele continuava fiel ao plano inicial: atacar o cordão bourbonista e levantar o bloqueio a Barcelona. Com aquela disparidade de forças, seria impossível uma vitória total. Para começar, estávamos cercados por milhares de bourbonistas espalhados em todo o território. Se vissem que íamos partir em direção a Barcelona se concentrariam imediatamente atrás de nós.

— Mas se conseguirmos enganá-los — propôs Dalmau —, podemos atacar a extremidade direita do cordão.

Abriu um mapa sobre a mesa. Todos nos inclinamos sobre ele.

— Os bourbonistas dividiram o cordão em três setores — explicou Dalmau. — Sua extremidade direita é ocupada por tropas espanholas e fica numa área de restingas e pântanos. Atacar por lá nos dará vantagem. As tropas espanholas estão menos adestradas que as francesas. E nesse terreno irregular os nossos miqueletes se sairão melhor que regimentos acostumados a lutar em formação. — Esfregou os olhos. — Vai ser difícil coordenar o ataque com as tropas do interior da cidade. E ainda mais se optarmos por um ataque noturno, que aumentaria a surpresa e é a única forma que me ocorre de compensar a inferioridade numérica. Mas se nós fizermos a nossa parte, e Villarroel a dele, o que é indubitável, não vejo por que não daria certo.

Bem, o objetivo da expedição era esse, libertar Barcelona do assédio bourbonista. E todos concordavam que era arriscado, mas não impossível. Restava o problema do deputado. Um ataque noturno, com cinco mil homens se arrastando nas restingas, era mais do que o velho Berenguer poderia suportar. E arriscado demais. Na confusão da batalha, e de noite, podia acontecer qualquer coisa. Que Berenguer fosse um ser inútil e abjeto não diminuía o cargo que sua pessoa ocupava. Sua captura seria um grande êxito para os bourbonistas, e para os catalães um golpe muito duro. Não, não o matariam. Mas seriam capazes de exibi-lo em cima de um asno e com um cilindro na cabeça.

Berenguer cobriu o rosto com as mãos e, numa atuação sofrível, disse que não queria ser um obstáculo para a pátria. (Finalmente se dava conta do que era.) Tínhamos que tentar, continuou. Só exigiu que fosse escoltado por quatro soldados de confiança. Se as coisas ficassem feias, esses quatro homens teriam a santa missão de cortar seu pescoço para impedir que caísse vivo em mãos inimigas.

Que desfaçatez! Durante toda a expedição foi um pusilânime e agora queria bancar o herói. Era o cúmulo da impostura, numa época em que o heroísmo era a moeda mais vulgar. Homens como Villarroel ou Dalmau, guerreiros como Ballester ou Busquets jamais proclamavam sua disposição ao sacrifício: eles a davam como certa e a exerciam sem vacilar. E lá estava o deputado Berenguer, medindo cada palavra com esquadros épicos para que constasse nos anais. Dei um passo à frente e disse:

— Ah, não se preocupe com esses quatro homens para cortar seu pescoço, excelência. Com um só basta. Eu mesmo.

— Zuviría! — clamou. — Estou cansado dos seus desplantes. Você pensa que é o engraçadinho do exército, não é mesmo? Minha primeira providência quando voltarmos vai ser mandar encarcerá-lo nas masmorras do Pi!

Um dos zangões de Berenguer deu uma ideia: ir até a costa e evacuar o deputado militar antes de dirigir-nos contra o cordão. Todo mundo ficou feliz. Dalmau porque se livrava de Berenguer, e Berenguer porque tirava o cu da reta.

Mandaram Ballester e sua cavalaria ligeira como tropa avançada, como de costume, para garantir que os caminhos até a localidade costeira de Alella estivessem livres de bourbonistas e poder assim embarcar o deputado. Fui com eles. Nessa noite chegamos a Alella, mas para evitar surpresas desagradáveis preferimos acampar na praia em vez de ficar em alguma casa do povoado.

Durante todo o trajeto Ballester estava ainda mais circunspeto que de costume. Estendi minha manta ao lado da sua, com a areia servindo de colchão. O mar estava a poucos passos dos nossos pés. Havia sido um dia claro, e lá em cima brilhavam as estrelas. (Você gosta deste detalhe poético, minha querida Waltraud? Pois é uma bobagem! Se era noite e não havia nuvens, por que diabos não haveriam de brilhar as estrelas? Bem, escreva de todo modo, assim fica claro que nessa noite estávamos melancólicos.) Vivíamos em uma guerra sem piedade, mas a cadência suave das ondas e o canto dos grilos nos embalaram num instante de paz. Aquilo me animou a falar.

— Quero que você saiba de uma coisa. Eu também acho que Mataró foi uma vergonha.

Ele não respondeu. Ofendido com o silêncio, protestei:

— Estou tentando me desculpar, caramba! Mesmo que não tenha sido culpa minha.

— Seus Canas foram à breca — disse ele afinal.

— Sim. Este plano é mais sangrento. Mesmo que dê certo, vai haver muitos mortos. Talvez milhares — lamentei para os céus. — Se Vauban se levantasse do túmulo...

— De que está se queixando? Na guerra há mortes. Senão, não seria guerra.

Preferi mudar de assunto.

— Ballester, você é casado? — perguntei.

— Não, eu só tenho mulheres. E você?

— Tem uma que é como se fosse minha mulher. Acho que antes era puta. Mais ou menos.

— Está falando sério? — surpreendeu-se, e a surpresa não era algo muito habitual em Ballester.

— Puta, patife, ladra..., que importa? Nestes tempos, cada um se vira como pode. Eu vivo com ela, um velho, um anão e um menino. Você conhece o menino.

— Eu? — surpreendeu-se de novo.

— Sim. Quando nos assediou naquela *masía*.

Ballester se cobriu com a manta e disse:

— Só lembro que nunca tinha visto um garoto tão terrível. — Bocejou.

— Sim, é verdade. — E esse pensamento fez uma alegria boba me subir pela garganta. — E olhe que não é meu filho.

— Mas ele o tratava de pai — disse Ballester com outro bocejo.

— Bem, digamos que para ele sou o chefe da manada. Nada além disso.

Estávamos cansados, Ballester fechou os olhos mas eu ainda sacudi seu braço.

— Ballester, você tem filhos?

Abriu de novo os olhos, fitando as estrelas.

— Sim, acho que sim. Um, talvez dois. É difícil saber com certeza. Todas dizem que o filho é meu, nem que seja simplesmente porque o chefe sempre tem mais dinheiro.

— Mas não os educa.

Fez uma careta zombeteira.

— Como poderia? Mas não falta nada às mães. Eu me encarrego disso.

Voltei a puxar sua manga, mais sério que nunca.

— Ballester, quero lhe perguntar uma coisa, só entre mim e você.

Ergueu-se um pouco, desconfiando de alguma malícia. Ele me olhava com seu receio de animal da floresta, mas eu só disse:

— Por que você luta?

Pensou uns instantes, enquanto apanhava no chão um punhado de areia e deixava escorrer entre os dedos. Para ajudá-lo, eu disse:

— Não precisa fazer um discurso, seja conciso. — E acrescentei: — Por favor, uma palavra. Não lhe peço mais que isso.

Para minha decepção, porém, ele se deitou de novo e, com um suspiro, disse:

— Se você não entendeu até agora, de que adianta contar?

4

Eu deveria talvez ter desconfiado da monstruosidade que aconteceu a seguir. Nem eu nem ninguém podia supor que nas praias de Alella se manifestaria todo o legalismo insano dos felpudos vermelhos, seu patriotismo falso e vazio. Eu só pensava que finalmente íamos nos livrar de Berenguer e seu séquito de zangões.

De manhã cedo o grosso do exército chegou à praia, sem novidade. Enquanto isso, Ballester e eu negociamos com os moradores de Alella a requisição de uma barcaça de boas dimensões, mas leve e rápida. Para disfarçar melhor, o deputado e os seus acompanhantes partiriam ao crepúsculo.

Dessa vez o velho Berenguer se mostrava ativo. Mandou o exército criar um perímetro de segurança, distribuindo os homens pelas pequenas elevações que dominavam a praia. Achei excessivo que colocassem de guarda um total de cinco mil soldados, mas encolhi os ombros. A lógica dos felpudos tinha o protocolo em alta estima, e pensei que Berenguer queria ostentar o seu nível.

Só escaparam da guarda Ballester e seus homens. Enquanto os outros se distribuíam em batalhões, ocupando montes e obstruindo caminhos, eles se esconderam na taberna dos pescadores de Alella, na periferia do povoado e a uns cem metros da praia. Eu me dava conta de suas intenções, mas, como também fora convocado para a despedida, me limitei a recomendar:

— Lembrem-se de pagar. Não somos bourbonistas.

Berenguer estava refestelado em sua cadeira e à sua volta havia cinco ou seis oficiais superiores, incluindo Mérdez e Dalmau. Tinham começado sem mim, o caçula da expedição. Quando cheguei, Dalmau estava dedicando umas floridas palavras de despedida ao deputado militar.

— Desculpe interrompê-lo — disse então Berenguer —, mas quero lhe informar que você e toda a alta oficialidade embarcam comigo.

Eu estava atrás de Dalmau e fiquei tão estupefato quanto ele.

— Como assim? — perguntou, como se tivesse ouvido mal. — Está dizendo que vamos acompanhar o senhor, eu e o resto de oficiais? Nesse caso, quem dirigiria a tropa?

— De tenente-coronel para cima — limitou-se a repetir Berenguer —, todos voltarão comigo para Barcelona. É uma ordem e ela não admite debate.

Abandonar cinco mil homens! Desistir do ataque ao cordão! Todas as penúrias e sacrifícios dos últimos meses jogados no mar! Era tão difícil digerir essa injustiça, essa loucura monumental, que nem Dalmau nem mais ninguém reagiu.

— Mas, excelência — protestou um desconcertadíssimo Dalmau —, não é possível. Quem vai assumir o comando do ataque ao cordão?

— Creio que temos um comandante desejoso de ganhar méritos de guerra — disse Berenguer. — A tropa estará em boas mãos.

Ele se referia a Mérdez! Isso era praticamente o mesmo que dispensar a tropa. Os novos recrutas não tiveram tempo de se temperar na união de armas com seus chefes. Se estes os abandonassem, desistiriam. O próprio regimento de Dalmau iria se desintegrar. Não era uma formação veterana, e para eles as fidelidades pessoais eram importantíssimas (como em qualquer exército, para ser justo). O que iriam fazer se o seu próprio comandante os largasse numa praia perdida, sem explicações e sob as ordens de um sem-vergonha? Seria melhor entregá-los diretamente aos bourbonistas.

Os outros oficiais, embora atônitos, acataram a ordem e começaram a subir na barcaça com Berenguer e seus zangões. Dalmau não. Ficou ao pé da passarela, negando-se a subir e vociferando cada vez mais exaltado. Um dos homens que já estavam na barcaça criticou sua atitude. Ordens eram ordens. Por acaso ele achava que era o único oficial que se sentia ofendido em sua honra?

— Disso eu não posso duvidar — disse Dalmau —, mas repito que não é justo nem razoável deixar o meu regimento e oficiais tão honrados sob as ordens de um oficial que até agora não se comportou como tal.

Enquanto Dalmau e Berenguer discutiam, corri para a taberna. Abri a porta com um chute. Ao me ver nesse estado, Ballester pensou que havia começado um ataque bourbonista. Quem dera!

— Querem dar o fora! — gritei. — Avise aos rapazes!

No começo ele não me entendeu.

— Querem ir embora — repeti —, não apenas Berenguer e seus zangões. Mandaram embarcar todos os altos oficiais, menos Mérdez! Temos que impedir! Convoque os homens! Talvez o deputado desista se enfrentar um clamor contra isso.

Dessa vez Ballester me obedeceu com presteza. Ele e seus homens saíram da taberna e cavalgaram até o perímetro. Eu voltei para a barcaça, outra exaustiva corridinha pela praia. A discussão tinha aumentado. Dalmau continuava se recusando a embarcar. O resto de oficiais já o tinha feito. Eu nunca vira Dalmau tão furioso, ele, o homem dos mil sorrisos. Eu também comecei a gritar, com um vocabulário, como podem imaginar, muito menos decoroso que o de Dalmau.

Nas montanhas a notícia começava a agitar a tropa. As cabeças, que deveriam ficar atentas a um possível ataque, se viravam em direção ao mar. Dezenas, centenas de homens começavam a se congregar, sem entender direito o que estava acontecendo. Na coberta, um oficial suplicou a Berenguer:

— Excelência, mande o coronel Dalmau embarcar, pois caso contrário estamos todos perdidos.

Sentado em sua cadeira de mão Berenguer gritou para Dalmau: se não embarcasse seria julgado por insubordinação. Por um instante Dalmau olhou as ondas que acariciavam a margem. Depois deu meia-volta e me disse:

— Vamos, Zuviría.

Ainda me recusei. Ele me pegou pelo cotovelo e concluiu:

— Não se desobedece a uma ordem direta do próprio deputado militar, em pessoa. — E sussurrando-me na orelha: — E nós temos que contar isso.

Não sei se eu deveria ter orgulho ou vergonha de dizer que fui o último a subir na passarela de madeira e embarcar. Ao ver todos os seus altos oficiais na pequena nave, deixando-os para trás, os homens desceram às pressas para a praia. Eram cinco mil homens armados, vindo até nós de todas as direções. Os zangões de Berenguer se mijavam de medo. O próprio Berenguer deu a ordem de zarpar, "Vamos, vamos!". O que aconteceu a seguir me acompanhou pelo resto da vida.

Apesar de ofendidos, aqueles cinco mil homens traídos não queriam matar ninguém. Juntaram-se na margem com um olhar que não era de ódio, mas de uma incompreensão própria de cães abandonados. Se nem eu mesmo entendia como os nossos chefes podiam fugir do próprio exército, o que pensariam eles? Num outeiro estavam Ballester e seus homens, a cavalo. Ele sim havia entendido. Seus perfis de centauros, nesse crepúsculo mediterrâneo, me davam uma vergonha insustentável, quase um peso físico.

Não tínhamos navegado nem cinquenta metros mar adentro quando vi um rapazote louro entrar na água até os joelhos. Reparei nele porque, com uma trança loura sobre cada orelha, lembrava Anfán. Estava agitando alguma coisa acima da cabeça. Então toda aquela multidão começou a cantar em coro umas palavras rítmicas. Com o barulho do mar, o vento e a distância, ficava difícil entender. Eu era o único que olhava para a costa. Apurei o ouvido. Quando entendi o que estava acontecendo, dei quatro socos na amurada:

— Voltem, voltem! Maldição, girem a nave!

Os zangões vieram me ordenar que calasse a boca. Dessa vez pude gritar-lhes na cara o que pensava deles:

— Seus imbecis! O deputado esqueceu a maça de prata!

Era isso. O que os homens gritavam era "O porrete, o porrete!". Com tanta urgência de escapar do seu próprio povo, Berenguer e os zangões esqueceram até o símbolo supremo da resistência catalã.

Como é possível existir um povo tão valente e ao mesmo tempo tão submisso? Pois direi: Alella demonstrava que o nosso povo acreditava muito mais em suas instituições livres que os próprios dirigentes. Berenguer esqueceu a maça de prata; os seus odiosos esfarrapados, não. E não estavam pensando em enforcá-lo, só queriam deixar o porrete a salvo.

A barcaça deu uma lenta e humilhante meia-volta. A bordo estavam todos tão envergonhados, ou temerosos, que ninguém queria desembarcar e buscar a maça. Como quem deu o alarme tinha sido eu, acharam que também era o homem mais indicado para trazê-la. Porra nenhuma! Percebi como o deputado militar estava mal quando seus zangões vieram de novo e me imploraram:

— Por favor.

Nem precisei descer da embarcação. Como ela tinha muito pouco calado, chegaram às proximidades da praia e um garoto veio até nós com água até o peito. Eu me inclinei na amurada, com o braço esticado, e peguei o porrete que ele me estendia. Assim que o peguei a barcaça entrou de volta no mar. Ainda gritei para o garoto:

— Como você se chama?

Ele disse o nome, mas o vento mudou de direção e não consegui entender. Lamento tanto esse vento, tantíssimo, que dá vontade de me calar para sempre. Para que serve um livro que contém o nome de Berenguer, o abominável Antoni Berenguer, e não pode incluir o desse garoto?

Passei toda a viagem de volta sentado num canto, entre dois barris, com os braços cruzados e uma manta em cima da cabeça para não ter que falar com ninguém. Meu primeiro pensamento foi que tudo aquilo era um complô, que em segredo Berenguer estava sob as ordens dos bourbonistas. De fato, depois da queda de Barcelona correu o boato de que ele se submeteu imediatamente ao novo governo, e com uma aquiescência servil. Mas não acredito muito em complôs. Ele simplesmente era um homem fraco, e em homens que ocupam altos cargos a fraqueza se funde com a traição. Talvez tenha embarcado todos os oficiais para que compartilhassem com ele a vergonha da fuga, ou talvez temesse que morressem muitos oficiais no ataque ao cordão. Sendo gente de boas famílias, os felpudos vermelhos o teriam recriminado por mandar tantos dos seus para o matadouro. Sei lá. O importante não era isso.

Pelas Liberdades e Constituições nós estávamos dispostos a guerrear contra as Duas Coroas, uma cidade contra o poder imenso de dois impérios coligados. Mas como você pode lutar contra o seu próprio governo?

* * *

Em relação às consequências da nossa desastrosa expedição, seria melhor eu me calar. Quando voltamos a Barcelona, dom Antonio ficou exasperado. Eu gostei, e muito, de não estar presente quando ele recebeu a notícia da covardia de Berenguer, do desastre de Mataró e, enfim, da calamidade que era abandonar um exército inteiro numa praia. Dizem que jogou o bastão de comando no chão, proclamando:

— Para Deus, uma ofensa! Para o rei, um desserviço! Para a pátria, uma ruína!

Villarroel nos pediu explicações, e tanto Dalmau como eu fizemos um relato verídico dos fatos. Ele queria enforcar o deputado nas muralhas. Como era de se esperar, os felpudos vermelhos o protegeram. Mas seu papel tinha sido tão nefasto que nem mesmo eles puderam livrá-lo do julgamento. Não digo nada. Era impossível que lhe aplicassem uma justiça minimamente honesta. Afinal não encostaram num fio de seu cabelo. Dom Antonio não tinha jurisdição sobre um cargo público, e Berenguer se safou com uma prisão domiciliar. E se considerarmos que ele nunca saía da sua cadeira, digam-me lá que merda de castigo era esse. A justiça dos felpudos vermelhos!

E enquanto o deputado Berenguer se isolava no seu exílio dourado, o que ocorria com os cinco mil homens abandonados à própria sorte? Assim que voltou a Barcelona, Dalmau organizou uma frota, custeada por sua fortuna familiar, para ir resgatá-los. Chegou tarde. Como era de se prever, já tinham se dispersado. Alguns se incorporaram ao grupo de Busquets, ou a outros. Os bourbonistas capturaram centenas deles. Adivinhem como foram tratados. Outros, muitos, simplesmente voltaram para casa. (Alguém podia censurar?) Os restantes continuaram perseguindo os bourbonistas de fora de Barcelona, por conta própria. Mas o objetivo estratégico da expedição já tinha ido por água abaixo.

O mais extraordinário é que houve até quem tenha querido voltar para Barcelona, e conseguido, forçando o cordão. Eram pequenos grupos a cavalo amparados pela escuridão, em galopes saltitantes e enlouquecidos. Quando a noite era mais negra, víamos um setor do cordão se iluminar com chamas de disparos e uivos de cavaleiros silvestres. Eles atravessavam as zonas de restingas, menos protegidas, e quando chegavam a campo aberto cavalgavam feito meteoros. Pouco depois entravam como uma exalação dez, vinte, trinta homens...

De Mérdez não tivemos mais notícias. Das duas uma: ou os bourbonistas o enforcaram, ou nossos rapazes o fizeram. (E, se quiserem o meu parecer, conhecendo o caráter dos homens de Dalmau me inclino pela segunda opção.) Mas tudo isso são hipóteses. Se me contaram, não me lembro. Como são bem-vindos alguns esquecimentos!

Ah, chega, basta de chorar as mágoas. Sempre alegre e contente! Este é meu lema. Ou, como dizíamos em Barcelona, *via fora* tristezas. Pelo menos consegui voltar para casa inteiro, o que não era pouco. Depois de abraçar minha estranha família, desabei numa cadeira, olhando para as paredes como se a civilização me fosse alheia. Não falei praticamente nada. Olhei pela varanda que dava para as muralhas. No baluarte de Santa Clara a companhia de toneleiros montava guarda. Já tinham acendido várias fogueiras para fazer o jantar. Era agradável saber que estavam ali, e que estavam ali por um único motivo: para que essa noite eu pudesse dormir, na minha casa e seguro. A essa altura eu já confiava mais nesses toneleiros transformados em soldados cívicos que em qualquer unidade regular.

Nan trouxe uma bacia de água quente e deixou-a aos meus pés. Era a sua forma de comemorar a minha volta ao lar. Amelis jogou um punhado de sal na bacia. Meu Deus, um banho quente para os pés, cercado pelos meus. O lar era isso. Anfán me pediu que contasse minhas proezas.

Enquanto tirava as botas pensei nas marchas intermináveis, de dia e de noite, nos milhares de pés com alpargatas arrebentadas ou simplesmente descalços. Pensei no cheiro de pólvora queimada, nos mortos deixados no caminho para nada. Ainda flutuava no meu nariz o cheiro de baionetas enferrujadas e de couro velho. E tudo isso para quê? Para que o porco do Berenguer expiasse as responsabilidades no seu palacete, assessorado por uma dúzia de zangões.

— Contar? Sabe a única coisa que tenho para contar? — disse. — Que estive lá para que você nunca tenha que estar.

Não fui completamente feliz até ir para a cama. Amelis chegou pouco depois. Estava escuro e não pude vê-la. Só ouvi a porta se fechando atrás dela. Veio para cima de mim, tão nua como eu. A comida tinha começado a escassear e ela estava mais magra. Pela janela nos iluminavam chamas e fragores, tão ocasionais como longínquos. Era a artilharia bourbonista, mas eu sabia que não precisávamos temê-la. Só estavam ajustando os canhões para o caso de algum dia decidirem atacar o convento dos Capuchinhos, extramuros. O cabelo de Amelis caía sobre os meus olhos, pelo hálito eu soube que tinha bebido uma infusão de hortelã. Passou a mão no meu rosto e perguntou:

— Quer dormir?

Dormir? Fazia tempo que eu não ouvia nada tão engraçado. Martí Zuviría, sempre alegre e contente! Existem poucas coisas mais intensas que o amor sob o trovejar de canhões. E na vida, digo eu, só pode haver uma coisa mais desejável que o primeiro amor. O segundo.

* * *

No capítulo anterior me esqueci de contar a ultimíssima sequela da expedição. Pois bem, então conto agora, e pronto. (Arrume os capítulos como puder, é para isso que lhe pago.)

Certa madrugada eu estava no baluarte de Santa Clara, metido num canhoneio, quando apareceu por lá Francesc Castellví, um capitão da companhia de veludeiros com pretensões a historiador. Tem gente que não sabe escolher o momento certo para as cortesias.

Às vezes as nossas sentinelas detectavam um grupo de forrageadores inimigos na terra de ninguém. Nos baluartes davam o alarme, e nossos canhões os perseguiam. Para proteger os seus homens, os bourbonistas nos alvejavam do cordão com suas peças de maior alcance, e assim começava um duelo de artilharia.

Eu achava aquilo um desperdício de munição bastante absurdo. Àquela distância era quase impossível que nossas peças atingissem as deles, ou vice-versa. Mas assim é a guerra. O nosso artilheiro, Costa, me pediu que tolerasse a réplica. Ainda tínhamos muita pólvora nos depósitos, e os seus maiorquinos aproveitavam essas ocasiões para adestrar artilheiros da cidade.

— Gostei de ver que você voltou inteiro! — disse Castellví, falando aos gritos para se sobrepor às detonações.

— Ah, sim. Obrigado — respondi, muito ocupado e quase ignorando-o.

— E está com bom aspecto. Um pouco mais magro, é verdade.

— Você não teria que estar com os veludeiros?

— Que nada. Hoje é o nosso dia de descanso. Estou visitando os amigos.

Lá estava eu, dirigindo os homens que carregavam munição, verificando os estragos do tiroteio e o gosto de pólvora. E Castellví se interessando pela minha saúde.

A maioria dos tiros não chegava até nós. Alguns atingiam as muralhas, mas tão cansados que batiam fazendo um grunhido de pedras arranhadas. *Catacroc!* As bolas caíam lentamente pela rampa, envoltas em fumaça. Como os dois lados usavam os mesmos calibres, metade das bolas ia e voltava dezenas de vezes das nossas linhas às inimigas e vice-versa. Algumas se transformaram em cartas voadoras. Os bourbonistas escreviam com sangue de galinha ou com carvão, por exemplo, "FoDA-se rebeLdE". Ao que os nossos rapazes, em outra parte da esfera, replicavam: "PaRA o teu Cu bourBôn". Coisas assim, incluindo desenhos de pirocas, bundas e bocas.

— Você deve estar contente porque seu amiguinho voltou! — insistia Castellví.

— Amigo!?, que amigo!?

— Quem pode ser!? Ballester! E os homens dele!

— Não! Engano seu! — gritei. — Ele ficou em Alella! Nunca vai voltar!

— Estou lhe dizendo que sim! Atravessaram o cordão esta noite! A cavalo! Pouco antes do amanhecer! Há poucas horas! Agora ele está na cidade!

— E eu digo que você está enganado! Não pode ser ele! Ballester nunca vai nos perdoar por esse abandono!

Os maiorquinos gritavam ordens para a bateria. Juntando o seu sotaque diabólico, o barulho dos canhões e a azáfama dos ajudantes, era dificílimo entender alguma coisa. Já estávamos roucos de tanto gritar. Por que não existiam mais Vaubanes para ensinar a linguagem de sinais aos veludeiros?

— Era ele! — insistiu Castellví, que já estava me exasperando. — Esta guerra merece ser contada até o último detalhe! E eu garanto que vou fazê-lo!

— Pois muito bem! Vá contar a guerra! Mas agora estou muito ocupado guerreando! — E, antes que ele saísse, acrescentei: — Mas você está errado! Ballester nos odeia! Que motivos teria para arriscar a pele voltando para Barcelona!?

Falei isso e me interrompi. Muitas vezes são as palavras que iluminam o pensamento, e não o contrário.

— O que foi!? Você ficou branco! — disse Castellví. — Está com medo das bombas!?

— Substitua-me aqui um pouco! — pedi gritando. — Fico lhe devendo um favor!

— Mas eu sou da infantaria! — protestou. — Não tenho nem ideia de...!

E agora vou deixar vocês mesmos adivinharem o porquê de tanta pressa e para onde eu me dirigia. (A querida e horrenda Waltraud já adivinhou. Mas como você é esperta, minha búfala do coração!)

Ballester só podia ter um motivo para voltar a Barcelona: assassinar Berenguer. Na sua lógica de miquelete, as ofensas não advinham de decisões políticas, mas de indivíduos concretos, e a solução consistia em cortar pescoços concretos.

Corri para a residência do deputado militar. Cheguei resfolegando, e bem a tempo. Ballester e seus homens já estavam na esquina de uma ruela adjacente, com as facas na cintura e cobrindo a cabeça com sacos de pano. Parei entre eles e a casa de Berenguer. A rua era tão estreita que meu corpo a bloqueava.

— Não cumprimenta mais um superior? — perguntei, dirigindo-me a Ballester.

— Afaste-se.

Bem, a concisão sempre foi uma das suas virtudes.

— Pensem no que vai acontecer se vocês derrubarem esta porta e matarem Berenguer — disse eu. — O deputado, morto; vocês, enforcados. O deputado militar, um dos heróis da cidade, eliminado por nós mesmos. Imaginem como fica o nosso moral. E como o inimigo vai se aproveitar, dizendo que nós mesmos nos devoramos como ratos num saco.

Ballester tirou o capuz num gesto feroz.

— Você acha que eu quero matar Berenguer? Acha mesmo? Não, eu não queria voltar, não sou desses que arriscam a vida para esmagar uma barata. — Apontou com o polegar para seus homens. — Mas eles queriam! Embarquei na sua maldita expedição com nove homens e voltei com seis. Quer que eles esqueçam os seus mortos? Muito bem, pois então fale com eles!

Os caracteres rudes não sabem pedir favores, o orgulho não deixa. Mas calibrando suas palavras entendi que Ballester estava me pedindo que intercedesse.

Lembrei a eles as noites em claro, as marchas e escaramuças de que participei, que eram a maioria. Ri do dia em que os convoquei para ir a Barcelona. Tinham se passado muitas coisas desde então.

— Berenguer é velhíssimo — disse eu. — Só lhe restam poucos dias de vida. O preço de encurtá-los é a vida de vocês além de prejudicar a defesa da cidade. É isso que querem?

Nem eu mesmo sei como consegui levá-los para uma das poucas tabernas que continuavam abertas na cidade. O álcool os alegrou, e muito. Era como se nunca tivessem tido intenções homicidas. Todos riram, beberam e cantaram até cair; todos menos Ballester e eu. De um lado para o outro da mesa, nós trocávamos um olhar que estava para além de triste ou de amargo.

"Você ainda não sofreu o suficiente", dom Antonio me dissera. E juro que embarquei na expedição disposto a enfrentar qualquer coisa para extirpar o rancor da minha alma. O que eu não sabia era que a dor sempre nos ataca por onde menos esperamos. Pensei que a expedição seria um desafio para os meus conhecimentos, mas o que realmente fez foi destruir minha ideia do mundo. E o pior de tudo era que, apesar disso, apesar do infortúnio de saber que a ordem que nos rege é tão aparente quanto falsa, eu não tinha me aproximado um milímetro da Palavra. "Você ainda não sofreu o suficiente." Nessa taberna vi uma face do medo diferente das que já conhecia. Porque se todas as desgraças, todas as imagens horríveis da expedição não tinham me transformado o suficiente, que sacrifício seria necessário para que eu visse a minha luz?

Nessa noite, enquanto bebia uma jarra atrás da outra falando com os olhos de Ballester, eu ainda desconhecia uma coisa terrível e ao mesmo tempo imprevisível: que o céu estava prestes a desabar sobre nós.

5

Agora, oceanos de tempo depois, lembro o Natal de 1713 de um jeito mais doce do que deve ter sido. O serviço nas muralhas nos fazia passar um frio acerado. Aos nossos pés, as estacas congeladas; mais à frente o cordão inimigo. Vento, chuva e, lá em cima, um céu de chumbo, mais cinza que barriga de burro. Mas, quando estávamos de guarda em algum daqueles navios terrestres que eram os baluartes, sempre havia um recurso para nos animar: girar a vista em direção à cidade que defendíamos.

Desde o começo do assédio os felpudos vermelhos sempre se preocuparam com sua obsessão: a tranquilidade pública. Para que as ruas ficassem menos escuras, ordenaram que ao cair da noite os barcelonenses enchessem de lampiões e candeias as janelas e as varandas. Bastava você dar meia-volta e uma Barcelona iluminada aparecia ante os seus olhos. Durante as noites daquele Natal havia mais luzes que nunca. Os vidros eram vermelhos, amarelos, azuis, de maneira que as ruas de Barcelona titilavam como um arco-íris noturno.

Chegou o ano de 1714 e tudo continuava mais ou menos na mesma. Passaram três, quatro meses, cinco; e as coisas não mudavam. A primavera explodia, e todo mundo estava começando a ficar cansado daquele assédio, inclusive eu. Não acontecia nada, além do tédio, das brigas e do esgotamento que a militarização provoca entre os cidadãos livres. Em Bazoches um assédio tão longo era visto como um fracasso. Mais que isso: como uma aberração, inconcebível em seus termos. Pópuli deveria ter nos varrido do mapa em uma semana, e nós continuávamos ali, sem que ele se atrevesse a sair das trincheiras.

Enfim, o que quero dizer é que na primavera de 1714 eu já estava começando a me cansar. Estávamos todos nos cansando, menos um homem: dom Antonio de Villarroel. Entre as minhas obrigações havia uma, particularmente extenuante, que consistia em acompanhá-lo quando ia inspecionar uma posição, aquela outra, ou a outra mais à frente. Um baluarte, outro, as cortinas de muralhas que cobriam os trechos entre um baluarte e o outro; ele nunca estava contente. Aqui faltavam soldados, ali, canhões, aquela brecha antiga ainda não havia sido completamente fechada. Em 19 de maio, ele estava me dando uma de suas broncas quando fomos interrompidos por um bombardeio mais violento que o habitual.

Dos baluartes podiam-se ver as bocas dos canhões bourbonistas se iluminarem no cordão com uma explosão muda. Depois se ouvia um assobio afônico e a bomba batendo nos muros com um sonoro *catacroc*. Mas dessa vez foi diferente. Estavam atirando para o alto, tanto que os projéteis cruzavam o céu muito acima das nossas cabeças. Caíam na cidade, no teto dos prédios ou na fachada ocidental.

— Tontos! — gritei. — Nós estamos aqui! Aqui! Vocês miram com o cu ou com quê?

Seguiram-se mais descargas de artilharia, todas igualmente desviadas. Minha fúria cresceu. Dom Antonio me mandou calar a boca. Ele havia entendido antes que eu.

— Sabem muito bem o que estão fazendo — disse.

— Mas dom Antonio — protestei —, os tiros passam por cima de nós.

Ele deu meia-volta e regressou para o posto de comando. Eu o segui. Por fim se acendeu uma luzinha na minha cabeça. Estavam bombardeando a própria cidade!

Anos estudando em Bazoches para aprender a tomar de assalto uma fortaleza com menos mortes que os acidentes que ocorreram na construção de suas defesas, e o carniceiro do Pópuli, em vez de castigar os nossos muros, dirigia seus canhões contra casas de civis. Era uma coisa tão insólita, uma ruptura tão flagrante, sórdida e brutal dos sagrados ensinamentos de Bazoches, a perda de qualquer laivo de civilização humana, que eu não conseguia acreditar. Enquanto corríamos pelas ruas uma bola enorme bateu num edifício de quatro andares. A fachada desabou e no meio dos rangidos de pedras e vigas de madeira ouvi os gritos de dor de uma menina.

A dor infantil suscita um ódio incontrolável. Voltei um instante para o alto do baluarte. Lembro que peguei uma luneta e fui observar as posições bourbônicas. Percorri os parapeitos de faxinas atrás dos quais eles escondiam os canhões. No meio da fumaça das detonações e da azáfama dos artilheiros, o círculo da minha lente pousou num homem imóvel. Ele também estava me observando com uma luneta. Olhamos um para o outro. Ele me acenou com um braço. Zombava da nossa dor. Eu o reconheci imediatamente: era Verboom, o porco do Verboom.

Houve uma reunião de emergência com Costa e outros altos oficiais. Os ânimos estavam agitados, mas Costa era imune às comoções. Mastigava salsinha e, com sua voz monocórdia de sempre, tão desapaixonado que parecia apático, opinou:

— Eles estão usando canhões de longo alcance. Mas ainda assim não podem atingir todo o perímetro urbano, só a parte mais próxima às muralhas, o bairro da Ribera. Só têm uma bateria de três peças.

Não contive um comentário egoísta:

— Pois por infausta coincidência minha família mora lá.

Alguns oficiais exigiram de dom Antonio que um par de batalhões atacasse essa bateria. Outros achavam que aquilo era uma tentativa de provocar uma saída geral malsucedida. E outros ainda queriam mandar uma missiva a Pópuli, ameaçando executar prisioneiros se ele não interrompesse o bombardeio a civis. O nosso mastigador de salsinha deu com uma solução bem simples, o que não lhe tira o mérito de ter sido o único a pensá-la: já que os nossos canhões mais precisos não tinham tanto alcance, o que devíamos fazer era aproximá-los dos canhões do inimigo e assim destruí-los. Como? Tirando da cidade uma bateria inteira.

— Mas o inimigo pode atacá-la — objetei.

Ele replicou com um pensamento muito próprio da sua arma:

— E para que se inventou a infantaria se não foi para proteger a artilharia?

Com Costa nunca se sabia se estava debochando. Olhou no seu surrão; não achou mais salsinha e, desolado, disse:

— Deem aos meus maiorquinos uma margem de dez minutos sem canhoneio. Não necessitamos mais do que isso.

Na verdade sobraram cinco. Dom Antonio mandou dois batalhões inteiros saírem, e estes fizeram menção de atacar o cordão em filas regulares, vinte tambores anunciando a marcha. Os bourbonistas os esperavam com o dobro de tropas diante do cordão. Caíram no engodo, pois aproveitando a distração Costa tirou seis canhões da cidade. As bombas foram parar exatamente na cabeça dos pobres bourbonistas que estavam na bateria. Os maiorquinos engataram seus canhões ligeiros nos carros e voltaram para a cidade. Pópuli ficou de mãos abanando, e sem seus três canhões assassinos.

Despeitado, convocou a totalidade dos seus canhões. Avançou um pouco o cordão; dali alcançavam toda a cidade, menos a linha costeira. O ataque de 19 de maio não fora nada em comparação com o que vinha pela frente. E foi assim que começou o bombardeio do perímetro urbano de Barcelona. Um ataque constante e sistemático, que não parou durante meses, dia e noite.

O terrorismo militar ama a destruição em grande escala. Os desfiladeiros que os nossos prédios altos formavam, junto com nossas ruas estreitas, eram uma tentação muito grande. Lançaram projéteis e mais projéteis, e o fizeram com o prazer que um menino tem pisoteando formigueiros. Ainda vejo ruas cheias de civis fugindo enquanto as paredes estouravam feito espinhas com pus.

Para os barcelonenses, o inferno. Para Pópuli, um cálculo. Sua ideia era que a própria população, apavorada, exigiria que o governo abrisse as portas da cidade. Deixando as paixões de lado, Pópuli tinha razão. Será que valia a pena sustentar uma defesa que iria custar as nossas próprias casas e catedrais, a nossa própria vida? Barcelona era defendida por um exército de milicianos que lutavam pelas suas famílias. Se estas corriam o risco de morrer, que sentido havia em continuar empunhando as armas? No entanto, Pópuli errou em seu cálculo bilioso. Não brotou no povo a lógica que ele esperava, mas exatamente a contrária.

Nem no próprio Martí Zuviría, engenheiro adestrado em cálculos neutros. Justamente por conhecer a barbárie do inimigo, que não ia se deter diante de nada, minha obrigação era exortar à negociação. Por que não o fiz? Não sei. Talvez já tivéssemos chegado longe demais. Apesar de Bazoches, fora dos seus muros a realidade era bem outra. O mundo tinha mudado, não se podia mais vê-lo com as luzes racionais do marquês.

E, no fundo, a manobra de Pópuli revelava sua impotência e sua frustração. O bombardeio não reduziu a fé na defesa, só a aumentou, pois o povo soube entender que Pópuli bombardeava a cidade porque não era capaz de vencer seus defensores. E mais: nós ainda não sabíamos, mas diante da sua negligência Madri já lhe comunicara que seria substituído por outro comandante. Ele nunca entraria em Barcelona como vencedor. Humilhado, Pópuli se desforrava nos barcelonenses. As rajadas de projéteis caíam a intervalos calculadamente aterrorizantes de exatos quinze minutos, sem pausas, e isso durante meses. Ruas inteiras ficaram tão destruídas que só a memória podia reconhecê-las.

A velha Barcelona, sempre frívola, alegre e contente, agora martirizada pelo ar. Bombas que odiavam a inteligência e a imprensa: uma delas caiu na redação da gazeta mais estimada, o *Diario del Sitio,* e matou seus chefes e redatores. Bombas ateias: um projétil perfurou a rosácea da popular igreja do Pi em pleno ofício e fez uma carnificina entre os paroquianos. Bombas, enfim, noturnas, cegas e burras, porque uma outra matou três agentes felipistas enquanto colavam pasquins nas paredes. Os coitados ficaram de dar dó. Certa madrugada encontrei um pincel grudado na parede. O curioso desse pincel era que ainda estava sendo empunhado por uma mão com meio braço, cortado na altura do cotovelo. Seu proprietário foi surpreendido pela bomba quando estava colando pasquins. Bem, as brigadas de limpeza não se apressaram muito para retirá-lo, como exemplo e vingança a traidores.

Não podíamos fazer nada além de evacuar os barcelonenses para a praia ou para a montanha de Montjuïc, os únicos lugares fora do alcance das bombas. Em Montjuïc se instalou a minoria de abastados, os que podiam mandar criados às lojas de comestíveis. Então, se organizou na praia um monumental acampamento de exilados. Primeiro eram milhares de colchões, cobertos depois por barracas mais estáveis e acolhedoras. Sentia-se nelas a mão feminina, rubor de todos os tempos. Os tecidos que cobriam as casinhas de lona, os que ficavam à vista de todos, eram sempre os melhores lençóis, colchas ou cortinas da casa. Em surda concorrência, os tetos exibiam damascos e caxemiras coloridas. Em volta das casinhas de pano se instalaram móveis domésticos, alguns de estilo barroco. Era lógico que os proprietários tivessem levado das casas seus pertences mais preciosos, para tê-los por perto e bem vigiados. Mas, Deus do céu, que contraste! Humildes fogueiras de cozinha na areia e, em volta, mesas de carvalho com pés em espiral, espelhos de moldura, armários mais altos que um adulto, cadeiras estofadas e até uma ou outra novíssima penteadeira de senhoritas *toujours à la mode*.

O bombardeio maciço tem um aspecto isocrático: sob as bombas, todos os seres humanos se igualam, independentemente da sua origem e condição. A aglomeração nas praias, o despudor do contato, provocou exatamente o contrário do que Pópuli pretendia. Os vizinhos, sem paredes que os separassem, se transformaram em comunidade ao ar livre. Agora que estavam juntos se sentiam mais unidos do que nunca. As crianças corriam pela areia, as mulheres cozinhavam em grupo. Os velhos conversavam, sentados e fumando. Era raro ver algum homem adulto.

Entre a praia e as muralhas se espalhava uma cidade com as ruas desertas e os edifícios abandonados. E que visão inaudita se oferecia ao passante. O estrondo das bombas abria as portas. Muitas vezes as fachadas tinham caído como uma máscara, deixando expostos três ou quatro andares, com móveis e camas ainda no lugar. As pessoas não podiam levar tudo, e tantas riquezas sem dono eram uma grande tentação. O rigor era a especialidade dos felpudos vermelhos, que imediatamente protegeram as ruas com uma guarda dotada de poderes de vida e morte.

Um dos primeiros saqueadores que pegaram se chamava Cigalet (um apelido que, mais ou menos, se poderia traduzir como Franguinha). Após um julgamento sumário ele foi condenado à forca, sentença que se cumpriu de imediato para dar o exemplo. Isso não teria muita relevância se Cigalet não fosse muitíssimo conhecido: por coincidência o primeiro saqueador surpreendido com a mão na massa exercia o ofício de carrasco titular da cidade. Quem teve que o enforcar foi seu ajudante, que aliás era o noivo da sua filha. Cigalet encarou a execução com muito mais calma que seu futuro genro. Enquanto subia a escada do patíbulo, o condenado e o público compartilhavam um ânimo jocoso. O pessoal o incentivava com gracejos suaves, no meio do caminho entre a ironia e a simpatia. "Não esqueça que você me deve a sua promoção", disse Cigalet ao genro quando este pôs a corda em seu pescoço. O genro enforcando o sogro. Que grande cena! Eu gostaria de saber como foi a noite de núpcias.

Com o pobre Cigalet ainda tiveram a deferência de submetê-lo a julgamento. Com os seguintes, nem se incomodaram em levá-los aos tribunais. Havia três postes espalhados na cidade; o saqueador era fuzilado naquele que estivesse mais perto do lugar do delito. É preciso aceitar: toda urbe assediada se submete a medidas extraordinárias, mas o regime dos felpudos vermelhos acompanhava a bestialidade bourbonista como duas rodas que giram no mesmo eixo.

Para compor a Guarda de La Quietud recrutaram a chusma mais baixa, a ralé da ralé. Não tinham outra opção, pois os cidadãos honrados serviam na Coronela, lutando nas muralhas. Os felpudos vermelhos alistaram na Guarda de La Quietud os cafetões, vigaristas, valentões de taberna, capangas sem chefe, assassinos de viela e bêbados desses que veem ratos com asas. E essa gentalha, justamente eles, eram os encarregados de proteger a lei. Com o bloqueio naval, os preços dos mantimentos dispararam. A maioria dos saqueadores não era movida pela cobiça, mas pela fome. E assim, por ordem do governo, os criminosos ganharam o direito de executar os famintos.

A minha querida e horrenda Waltraud me pede que não fique irritado. Mas como não me irritar? Ao criarem essas patrulhas ambulantes, os felpudos vermelhos apelaram para a ordem e a serenidade; a "otaviana quietude", em sua linguagem pomposa. Otaviana quietude! Agora vou lhes contar em que consistia isso.

O céu caía sobre as nossas cabeças da maneira mais literal, e mesmo assim as patrulhas montaram guarda até o ultimíssimo dia nas ricas casas dos *botifleros* que tinham desertado para Mataró. Quando um garoto que era só pele e osso ou uma pobre velha banguela entravam nelas por um buraco para botar alguma coisa na boca, lá estavam esses capangas, armados pelo próprio governo, para amarrá-los num poste e matá-los a tiros. Os bourbonistas nos matavam do lado de fora, os felpudos vermelhos no lado de dentro. É isso.

Nenhuma fortaleza tem teto. E do nosso céu caíam tempestades de fogo. Quando tudo acabou, sete de cada dez casas de Barcelona estavam em ruínas ou esburacadas pelas bombas. Só nos dois primeiros meses de bombardeio caíram sobre uma cidade de cinquenta mil almas exatamente 27.275 bombas de grande calibre. Cada barcelonês, portanto, foi brindado por Felipe V com meia bomba.

Até hoje eu gostaria de saber quem era o rigoroso contador que fazia essas contas. Imagino-o no alto de um campanário, com uma tábua e um pedaço de giz, impassível tanto quanto entediado, registrando os impactos com traços e pauzinhos. Daí deve vir o provérbio: *"El que no tiene trabajo, cuenta bombas."*

* * *

Enquanto isso, chegaram notícias do outro lado. Finalmente Pópuli ia ser substituído no comando do exército atacante. E, por estranho que pareça, eram as piores notícias que se podiam imaginar.

Para o lugar do inútil do Pópuli, Felipito pediu ao seu avô que lhe mandasse reforços franceses e o seu melhor general de batalha. Adivinham quem era? Só podia ser ele, uma espada tão fiel como invencível, o terror dos inimigos de Luís XIV, o marechal de Almansa: Jimmy.

Segundo os nossos espiões, ele já havia atravessado os Pireneus com o melhorzinho do exército francês atrás de si. Avançava lentamente em razão do mau estado dos caminhos, porque, ah, desgraça!, vinha com o lastro de um imponente trem de artilharia.

Ao saber disso, senti que meus pulmões se desprendiam do corpo. Jimmy. Seus cálculos sem alma, sua determinação inexorável. Preferiria mil vezes lutar contra Satanás em pessoa. Por quê? Porque Jimmy só lutava quando tinha as cartas a favor.

Dom Antonio nos deu essa notícia durante um conselho militar com os principais comandantes. Os nossos agentes deviam ser contabilistas de profissão, porque dom Antonio enumerou, um por um, os batalhões franceses que seguiam atrás do cavalo de Jimmy. Recordo o silêncio que se fez. Qualquer oficial com um mínimo de cabeça entendia o que aquilo significava. Ninguém a formulou, mas a pergunta que flutuava no ar era: "E agora?"

Nessa noite dom Antonio me dera folga. Nós também tínhamos nos mudado para a praia, dormindo numa barraca simples feita com pedaços de roupa velha. Os barcelonenses odiavam o tédio como se fosse uma doença, e a praia era acampamento e palco, porque quando chegava a noite duas ou três orquestras aliviavam a multidão do seu exílio interno. O fato é que durante o jantar em frente ao mar com a minha tropinha de crianças, anões e velhos, meu humor melhorou um pouco.

Depois Amelis e eu nos afastamos dos outros, mas eu estava tão esgotado que não tive forças para fazer amor. Nossa cama não podia ser mais simples: uma coberta por cima e outra por baixo, usando a areia como colchão. A barraca continha pouquíssimos bens, mas Amelis conservava a sua caixa de música ao lado do travesseiro. Abriu-a. Ali, naquela pobre barraca armada na praia, a melodia tinha um tom especialmente consolador.

Resumi para Amelis o conselho de guerra.

— A boa notícia é que o assédio vai acabar logo — disse.

— Nós vamos nos render?

Achei que não estava entendendo.

— Agora eles já nos superam em tudo — respondi —, mas quando os reforços franceses chegarem, a disparidade de forças será aberrante. Vamos enviar um mensageiro para negociar termos honrosos, certamente o respeito a vidas e propriedades. Jimmy não vai se opor.

— E acabou-se?

— Nós fizemos uma defesa digníssima, muito além do exigível — aleguei com certo orgulho.

Ela fazia cara de desagrado, mas não dizia nada.

— O que você tem? — reclamei. — Se acabar agora, nós conservamos a nossa casa. Com este bombardeio, mais cedo ou mais tarde a artilharia vai derrubá-la.

Ela entrou debaixo da coberta com gestos bruscos e me deu as costas.

— Que paz, esta sua — resmungou. — Foi para isso que vocês passaram um ano inteiro nas muralhas? Para abrir mansamente as portas para franceses e não para espanhóis?

— Vá reclamar com os felpudos vermelhos! — respondi irritado. — São eles que monopolizam os mantimentos e, aproveitando a escassez, vendem dez vezes mais caro. Os pobres já estão começando a fraquejar. Ontem eu estava com Castellví, aquele capitão intelectual dos veludeiros, e no meio da rua um velho desmaiou. Não tinha nada, era só fome.

Amelis virou a cabeça sobre o travesseiro e disse:

— Quando esse velho se recuperou, você lhe perguntou se queria se render?

— O que ele queria era comer!

Apagou a vela com um sopro.

Ao longo do dia seguinte o bom do Zuvi ficou especialmente silencioso.Eu me limitava a dar ordens secas. Ballester notou. Eu estava na proa de um baluarte, pensativo, quando ele se aproximou. Com toda a sua fineza de miquelete, veio perguntar-me:

— Que porra está acontecendo com você?

Eu não tinha qualquer motivo para esconder o que estava acontecendo, e lhe contei.

Ballester respondeu com uma fanfarronada típica de um miquelete: que ia comer o fígado de Berwick com peras e nabos. Soltei uma risada cansada.

— Você não conhece Jimmy. — Retifiquei: — O marechal Berwick.

— Você conhece? — debochou.

— Um pouco. — Como a frente estava tranquila, fui me sentar na ponta do baluarte. — Jimmy é um oportunista. Ele não aceitaria essa tarefa se não pudesse satisfazer os seus amos e assim conquistar mais uma glória. Trouxe o melhor do exército francês. Com tropas de reforço, e um bom comando, são imbatíveis. Acabou-se.

Eu não esperava resposta. Mas Ballester se postou à minha frente.

— Sabe? — disse no seu tom de voz habitual, arrastado, rancoroso. — Um dia eu confiei em você. Pensei: "Eis alguém diferente. Talvez haja pessoas em Barcelona que não são como os felpudos vermelhos, talvez seja possível aproveitar a guerra para mudar as coisas." Foi por isso que viemos, para que depois não digam que não estivemos aqui. Aceitamos o seu comando. E olhe como você está agora, chorando feito uma cadela assustada. Estava pensando o quê? Isto é uma guerra! Tem momentos bons e tem momentos ruins, e quem desiste na primeira oportunidade só está demonstrando que nem deveria ter começado.

Olhei para ele.

— Faça as contas! — gritei. — Quando Berwick chegar, não enfrentaremos mais esses batalhões de campônios navarrenses. Vem com ele a fina flor do exército de Luís XIV, toneladas de munição e de canhões. Dragões, granadeiros e tropas selecionadas do Reno. As muralhas estão de dar dó, a cidade quase destruída. E defendida por civis, na maioria famintos e doentes. Sei perfeitamente o que Jimmy vai fazer e, acredite em mim, ou enviamos um emissário ou seremos esmagados.

Ballester me escutava bufando.

— Agora vejo que à minha frente só há uma cabeça cheia de números, mais nada — disse.

Fiquei ofendido.

— E esses números fazem as contas das vidas que o assédio já nos custou! — exclamei. — Quanta gente mais tem que morrer? Você mesmo perdeu três homens na expedição do deputado. Quer que matem todos?

Deu um soco na beira da muralha.

— Quero que a morte deles tenha servido para alguma coisa!

Levantei a voz ainda mais.

— Defende-se uma cidade para proteger crianças, mulheres e templos! Insistir é perdê-los! Nós lutamos para protegê-los, não para destruí-los.

— E as Constituições e Liberdades? — perguntou. — Quem vai proteger?

— Sei lá! — respondi abrindo os braços. — Fale com Casanova, fale com os políticos. Eu sou engenheiro.

Ninguém jamais me dirigiu um olhar mais iracundo e acusador.

— Eu não falo com políticos ou com engenheiros, falo com homens — disse, e arrematou com um sussurro cujas profundezas filosóficas, sem dúvida, ele mesmo desconhecia: — Mas é difícil encontrá-los nesta cidade.

E se afastou antes que eu pudesse responder.

Durante os dias seguintes nossas relações foram mais tensas que o habitual. Em vez de provocá-lo, eu o ignorava. Quando estávamos no mesmo lugar me comportava como se não o visse. Recusei um comando do seu pelotão. Ballester considerou isso como um insulto. E era. Dane-se ele, pensei. Mas a falta das nossas brigas habituais, daquelas polêmicas tão ásperas como untuosas, incrementou a tensão mútua em vez de relaxá-la.

De certo modo nós dois refletíamos o estado de ânimo da cidade. Como se há de imaginar, a notícia de que o marechal Berwick vinha para cima de nós com um exército de reforço não levantou nosso moral, exatamente. E da diplomacia externa só nos chegavam promessas vagas. Cartinhas do Karlangas exaltando a nossa perseverança e a nossa fidelidade. Na certa ele as ditava montando na rainhazinha, enquanto se empenhavam pela "tão ansiada sucessão".

Um dia acompanhei dom Antonio a uma reunião com o governo. Queria que o ajudasse a fazê-los ver a precariedade das nossas defesas. Dom Antonio foi recebido num ambiente mais que frio, glacial.

Os felpudos vermelhos eram incompreensíveis. De maneira geral eram uns chorões, derrotistas consumados. Eu pensei que iam usar meu depoimento para convencer os reticentes. Mas foi justamente o contrário. Não quiseram nem me ouvir. Casanova, especialmente, me perfurava com suas pupilas negras.

Eu era muito jovem. A coisa pública não me interessava, eu me dedicava integralmente aos trabalhos de defesa. Mas nesse dia, pela primeira vez, pude observar um fenômeno próprio dos dirigentes políticos.

Casanova não queria lutar, nunca havia querido. Quem acompanhou este relato sabe que ele fez todo o possível para impedir que as muralhas fossem fechadas e que nós nos armássemos. Por que, então, defendia com tanto afinco as posições irredentas, ou pelo menos se subordinava a elas?

Para entender o caso era preciso olhar para baixo, não para cima. Na França do Monstro, os súditos obedeciam o rei às cegas. Mas na nossa velha cidade assediada, com um povo convulsionado e um governo mais próximo das pólis de Atenas que das de Esparta, era o contrário: os dirigentes faziam o que os governados exigiam.

Casanova sabia que não podia desafiar a vontade popular de resistir. Qual era o seu pensamento íntimo? Impossível determinar. Imagino, e é apenas uma hipótese benigna, que na opinião dele era melhor continuar no comando, à espera de alguma oportunidade para acabar com tudo e evitar assim males maiores.

Dom Antonio limitou-se a concluir minha exposição. Com Berwick viria um poder esmagador. Que o consistório extraísse as consequências. E quero registrar aqui uma trivialidade dessas que parecem sem substância mas que no âmbito privado têm seu peso: dom Antonio não falava catalão.

Como todos os catalães instruídos, os felpudos vermelhos dominavam perfeitamente o castelhano. Na presença de dom Antonio, por deferência se dirigiam a ele nesse idioma. Mas os catalães têm um mecanismo, invencível, que os impede de falar entre si em outra língua que não a sua. Portanto, dom Antonio perdia trechos dos debates. Assumi a função de tradutor, sussurrando-lhe na orelha o que os outros diziam quando se agitavam, o que ocorria com muita frequência. Mas vocês conhecem o bom do Zuvi: quando os interlocutores se inflamavam eu era vencido pela paixão e, em vez de traduzir os debates, me imiscuía neles. Os *concelleres* só concordaram em que se fazia necessário tomar medidas fulminantes. E a "medida fulminante" consistiu em organizar uma grande investida para levantar o ânimo da cidade. Uma ideia realmente magnífica!

Esse ataque era uma loucura. Se desse errado, o que era indubitável, o moral da cidade se ressentiria ainda mais. Por outro lado, acatando, dom Antonio demonstrava que não pretendia ser mais do que era: um comandante militar subordinado ao governo. Obedeceu, mesmo discordando.

Tal como no corpo humano, num exército os nervos são invisíveis e agem de cima para baixo. Se os oficiais questionavam o ataque, como os soldados podiam ter confiança? Tudo era improvisado. Eu fui um dos prejudicados. As ordens eram transmitidas às pressas, e mal. Entendi que tinham me mandado participar do ataque, quando na verdade dom Antonio queria que eu ajudasse a organizar a retaguarda. Sabem, essa tropinha de padres e cirurgiões que recolhem os feridos, os oficiais que capturam os que tentam fugir e precisam ser reincorporados à carnificina, tudo isso.

A tropa, de mais de mil homens, se concentrou em três portais. A ideia era sair, agrupar-se e confluir contra o cordão. Ultrapassá-lo e depois retirar-nos. Dar um susto, para que eles soubessem que Berwick não nos intimidava. Como eu digo, uma perfeita imbecilidade. Jimmy ainda não estava lá, e tudo o que acontecesse antes da sua chegada não lhe importaria em absoluto. Os bourbonistas já nos conheciam e um ataque tão limitado não conseguiria nada, além de um morticínio gratuito. Meu Deus, seria horrível morrer sob um sol primaveril tão bonito.

Há poucas sensações mais insidiosas que participar de um ataque com fileiras trêmulas. E o mais importante não era o que os oficiais diziam aos seus homens, mas o que não diziam. Além dos seus gritos para organizar as fileiras, não se ouvia nada que revelasse fé na empreitada. Os padres me deixavam fora de mim, percorrendo as fileiras em formação, salpicando-nos com latinórios e água benta. No meio dos soldados vi Ballester e seus homens.

— Ora! Você por aqui — cumprimentou com ironia. — Está contente de nos enviar para o matadouro?

— Não, eu não queria lutar sem usar a cabeça — repliquei. — Esse era você. Já esqueceu? Atacar, atacar, atacar. Pois agora tem o seu ataque!

Empurrei-o para que se reincorporasse às fileiras. Mas em Ballester ninguém encostava a mão. Ele se virou, ultrajado, e me empurrou a cara com quatro dedos enquanto mencionava a minha mãe. Foi o suficiente para me deixar louco.

Já disse como andavam as nossas relações ultimamente. E, por coincidência, na noite anterior Anfán tinha acariciado essa mesma bochecha com sua mãozinha. Aquele menino, mais arisco que um ouriço-cacheiro. Depois de tantos anos se sentou nos meus joelhos, à meia-noite. Eu havia chegado do serviço, cansado e sujo. Anfán estava me esperando, acordado mas sonolento. E se jogou em cima de mim. "Chefe, chefe. Quantos matou hoje?" E agora, poucas horas depois, meu último contato humano na terra seria essa mãozorra de palerma fanático.

Fechei o punho e lhe dei um bom soco de esquerda. Os nós dos meus dedos sentiram que sua barba tinha amortecido o golpe. Ballester, naturalmente, se recuperou da surpresa e bateu também. Maravilhoso espetáculo logo antes de um ataque: dois oficiais resolvendo suas diferenças a socos, diante da tropa formada. Caímos no chão, abraçados entre bramidos e murros inábeis. Quando nos separaram, uma voz perguntou:

— Levo preso, tenente-coronel?

— Para que ele se livre do ataque? — respondi entre cusparadas de sangue. — Nem pensar. Vai formar como todo mundo!

Atacamos. Lá iam as nossas linhas, cada batalhão com uma casaca de cor diferente, pintados como pincéis. Em comparação com o branco dos bourbonistas, os nossos homens pareciam um exército alegre.

Foi um desastre. Os tambores, em vez de dar ânimo, me inquietavam. Quando eu ouvia aqueles *burrum, burrum, burrum,* meu fígado subia até o pomo de adão. Os canhões do cordão começaram a atirar contra nós. Os homens caíam. Íamos deixando-os para trás, eles e seus gritos, como a popa do casco de um navio deixa uma esteira de espuma. E os zunidos, aqueles zunidos de bombas voando ao lado da orelha, sem saber se a próxima não vai arrebentar sua cabeça como um tomate pisado.

A disciplina militar e a fraternidade civil nunca hão de ser a mesma coisa. Um soldado treinado avança impassível, mesmo que chovam tempestades de ferro. Mas com os homens da Coronela era diferente. Os indivíduos que tinham à esquerda e à direita eram seus pais, seus filhos, seus irmãos. Três gerações avançavam ombro a ombro. Quando alguém caía com a perna arrancada ou voavam os miolos de outro, quem estava por perto parava para ajudar. Eu, triste missão, empurrava os afetados.

— Continuem, continuem! Não parem, isto é trabalho dos cirurgiões!

Eles não entendiam que estavam rompendo a formação. Quando se agachavam, consternados, a fila seguinte se desarrumava de encontro ao ferido e àqueles que o auxiliavam. Não adiantava gritar; eles não ouviam, nem sequer escutavam. As filas se desmancharam.

Meu Deus, que felicidade quando ouvi o toque de retirada. Um pensamento me dominava: "Cumprimos a nossa obrigação, agora vamos!" Até esse momento eu seguia o passo cadenciado do avanço. Quando tentei forçar a marcha, na volta para casa, percebi que a perna esquerda não me obedecia.

Minha panturrilha era uma mancha vermelha que se espalhava pela calça até o tornozelo. Como acontece frequentemente, a excitação do combate abafara a dor. Tinham furado a minha coxa com precisão, de lado a lado. Os buracos de entrada e de saída eram visíveis apesar dos borbotões de sangue. A Coronela avançava e eu ficava para trás, saltitando feito um pato manco e gritando uns "hei, hei, hei!" totalmente ridículos. Ballester, que batia em retirada em passos rápidos, foi à forra.

— E agora? — perguntou. — Acha bom parar e recolher os feridos? Ou prefere que nós sigamos em frente?

Pela primeira vez meus interesses sucumbiram às minhas paixões, porque em vez de pedir ajuda gritei algo sobre o buraco pelo qual o pariram. Caíram mais algumas bombas e cada qual foi para o seu lado. Meu Deus, que retirada calamitosa. Alguns tinham chegado a se livrar do fuzil para fugir mais depressa. Seu único pensamento era chegar ao alcance dos canhões da praça, onde a cavalaria não se atreveria a persegui-los.

A cavalaria bourbonista já rondava por ali, e vi que não ia conseguir chegar até as portas, nem mesmo da estacada. Então me deitei num corte do terreno e me fingi de morto, de bruços. De noite eu me arrastaria em silêncio. Só precisava de um pouco de sorte.

Bem, não tive. Vi, de esguelha, dois soldados bourbonistas quase em cima da minha trincheirinha natural. Como já iam me enfiar as baionetas para confirmar que eu estava morto, fui forçado a me virar e dar um berro:

— Sou tenente-coronel de sua majestade Carlos III! Levem-me ao seu comandante e serão recompensados.

* * *

Quando os portões do cordão bourbonista se fecharam atrás de mim eu ainda não conseguia acreditar. Tinha tomado o desjejum em casa e poucas horas depois estava no campo inimigo, ferido, cativo e vigiado.

Havia poucos prisioneiros, o que demonstra que duas pernas curtas e assustadas sempre serão mais úteis que duas mais longas porém feridas. Vi que desde o começo do assédio tinham aperfeiçoado e reforçado o cordão.

Meus dois captores não me trataram com uma excessiva descortesia. Orgulhosos de sua façanha, estavam me levando para algum superior quando passou por nós um capitão francês, um sujeito muito mal-encarado. Quando me viu disparou uns insultos contra a cidade e me disse o que pretendia fazer com os "amotinados" de Barcelona. Encolhi os ombros e respondi em francês:

— Antes que faça isso nós jantaremos em Paris.

Eu só estava me referindo a um boato que corria pela cidade nessa época. Diziam que os diplomatas catalães estavam negociando uma trégua com os franceses. O capitão mal-encarado entendeu minhas palavras de forma muito diferente. Pensou que o bom do Zuvi queria invadir a França sozinho, ou coisa assim. Arrancou o fuzil de um dos meus captores e me deu uma coronhada nos rins. Caí com um grito indefeso. Mas o que esse sujeito estava fazendo? Olhei-o nos olhos.

O assassino resoluto se descobre nas pupilas. Pode ser que ele fosse um simples louco, ou um oficial amargurado e embrutecido por um ano de assédio, não sei. Eu me arrastava debaixo de uma chuva de pancadas nas costelas, precisas e muito dolorosas. Pedi socorro com desespero, mas como encontrar socorro dentro do acampamento inimigo? Mais que bater, ele me arpoava. Um golpe furioso na base da coluna vertebral me fez ver pontinhos amarelos. Ele ia me matar. Quis fugir engatinhando, mas uma coronhada abriu minha cabeça.

No final da surra eu não sentia mais dor. Fiquei ajoelhado, erguendo o tronco. Uma paulada entre as omoplatas. Caí de novo. Mas, por um brevíssimo instante, tinha visto alguém.

Na parede do cordão, um homem estava no último degrau, examinando com uma luneta a cidade e o campo de batalha agora deserto.

Eu conhecia aqueles volumes corporais. A pose, mais que venial, magna; um gesto solene para cada trivialidade, uma aura invencível no perfil. Pensei: "Martí, não pode ser ele, esse homem morreu." Voltei a me erguer, ainda de joelhos. Delírio ou não, eu não perderia nada chamando-o. Estendi a mão e gritei:

— *Monseigneur de Vauban!*

O homem virou a cabeça lentamente, sem tirar a luneta.

— *C'est moi! Votre élève bien aimé de Bazoches!*

Da sua altitude ele me olhou franzindo o cenho.

— *C'est qui?* — perguntou.

— *Moi!* — cuspi mais que gritei. — Martín Zuviría!

— *Marten? C'est toi?*

Seu rosto, preciso e escrutinador, parecia atônito. O homem desceu os degraus do cordão e veio até onde eu estava. Bastou um olhar seu para expulsar dali o capitão mal-encarado. Quando pousou um joelho no chão, ao meu lado, eu já via tudo borrado e sem cores.

O homem hesitava. Com uma suave discrição, girou o meu pulso e levantou a manga para ver meus Pontos.

Segurei-o pelas lapelas da casaca e disse:

— *Maréchal, quelle est la Parole? Dites-moi! S'il vous plaît, la Parole.*

* * *

Não se tratava do marquês, claro. Era seu primo Dupuy-Vauban, que, não sei se vocês lembram, eu tinha conhecido numa de suas visitas a Bazoches. O mesmo que um dia disse ao marquês: "Meu Deus, espero nunca ter que enfrentar o Martí do outro lado da trincheira!" Sim, a vida é assim. E minha confusão não era totalmente absurda. A proximidade familiar dava a Dupuy e ao marquês os mesmos gestos, posturas, o mesmo ânimo.

Ele me levou para a sua barraca e pôs um ponche quente nas minhas mãos. Seu cirurgião particular me tratou da ferida de bala na perna.

— É uma ferida limpa — disse Vauban. — A bala só perfurou a carne da coxa. Se tivesse cortado a artéria você já estaria morto, exangue.

Levantou minha manga. Queria contar todos os meus Pontos de novo, já que antes só pudera ver os mais próximos ao pulso.

— Quatro — disse eu, adiantando-me. — O quinto não foi validado.

Dupuy foi muito conspícuo.

— Sim, já me contaram — disse. — Mas lembre-se: validado ou não, tatuado está. Seja digno dele.

Preferi mudar de assunto. O que estava acontecendo no mundo?

— O marechal Berwick ainda vai demorar a chegar — explicou-me. — Eu estava com ele, mas nós avançávamos tão devagar, por culpa do trem de artilharia e das emboscadas dos miqueletes, que me pediu para vir na frente. Quer que eu avalie a situação. E pelo que estou vendo este assédio vai mal, muito mal. Todo mundo está nervoso aqui. O que lhe fizeram prova isso.

Eu quis dizer alguma coisa, mas ele pôs um dedo nos meus lábios.

— Olhe: infelizmente não posso fazer por você tudo o que gostaria. Está além das minhas influências, o assédio continua sob responsabilidade dos espanhóis. Você sabe como são suscetíveis. Não posso arrancar deles um tenente-coronel inimigo.

Eu ia falar, mas Dupuy voltou a pôr um dedo em meus lábios.

— Cale-se e ouça! Fique sabendo o que vai acontecer: vão interrogá-lo, mas com suavidade. Sim, eu sei, esta é uma guerra entre selvagens, a tortura suplantou a cortesia. Mas não se preocupe, eu encontrei alguém. Está a serviço do rei Felipe mas é dos nossos. O interrogatório vai ser tranquilo. Alguns dias por conta do nosso homem, e depois você volta para os meus domínios.

— Quem é esse indivíduo? — perguntei. — Francês ou espanhol?

Sorriu, apontando para a porta de lona.

— O primeiro que entrar por aí e falar na linguagem dos gestos. Será esse. — Antes de ir embora ainda me perguntou: — Martí, posso saber o que você estava fazendo dentro de uma cidade assediada pelo rei?

No seu olhar havia algo do fulgor do Dez Pontos. Eu não podia nem queria mentir-lhe. Fui o mais sincero e conciso que pude.

— Exercia o ofício de engenheiro, senhor — respondi.

Sua reação foi própria de um Pontuado superior.

— Entendo. — E saiu.

Eu já devia recear o que aconteceu então. Tinham acontecido tantas coisas em tão pouco tempo que eu ainda não estava com minhas ideias em ordem. Só entravam lá a legião de criados de Dupuy, mobiliando aquela grande barraca que tinham acabado de montar, e um ou outro oficial francês que vinha apresentar seus cumprimentos ao primo do grande Vauban, sem encontrá-lo. E eu ali, num canto, com a perna enfaixada num catre e estarrecido. Observava com atenção os visitantes, esperando que alguém se dirigisse a mim com a linguagem de sinais dos engenheiros. Nada.

No meio da tarde apareceram quatro soldados espanhóis sob as ordens de um capitão. Levaram-me com eles, apesar dos meus protestos. Tinham uma atitude pouco habitual; quer dizer, absolutamente desmazelada e forçada, como acontece com a soldadesca que obedece a contragosto. Enquanto me arrastavam ficavam olhando para os lados, como se receassem o aparecimento de um poder interposto. Mais pareciam embuçados praticando um sequestro. Aquilo não cheirava bem.

As casas que tinham o infortúnio de se localizar ali, onde se instalou o acampamento bourbonista, foram transformadas em depósitos ou residências de altos oficiais. Fui mandado para uma destas últimas. No primeiro andar me trancaram num quarto com uma mesa velha e duas humildes cadeiras. Uma fina camada de poeira cobria o chão, a mesa e as cadeiras. Os vidros da única janela estavam estilhaçados. O acampamento bourbonista era como um saco, e aquele minúsculo aposento um saquinho dentro do saco. Acho graça de Jonas!

Meia hora depois apareceu ele, o "nosso homem", segundo o ingênuo Dupuy-Vauban. Entendi o que estava acontecendo. Vauban havia acabado de chegar ao acampamento bourbonista e um Pontuado se apresentou a ele, submisso e cordial. Julgando que as sagradas fidelidades de Bazoches continuavam vigentes no mundo, Dupuy confiou nele sem temores.

O "nosso homem" deu uma bronca nos soldados que o acompanhavam. Como era possível que não tivessem oferecido bebida e alimentos em abundância ao seu hóspede, um nobre inimigo? Mas na linguagem de sinais, olhando nos meus olhos, o que me disse com as mãos foi: "Peguei você, seu porco."

Era o açougueiro de Amberes, Joris Prosperus van Verboom.

6

Quando tudo acabou, depois que Barcelona caiu e a guerra chegou ao fim, Verboom recebeu amplas prebendas de Felipe V. E ficou na Catalunha. Derrotada, arrasada e esvaída, Barcelona continuava sendo um foco de mal-estar para os Bourbon. Há uma forma de submissão mais absoluta que a morte: uma escravidão que perdure até o fim dos tempos. Felipito delegou essa tarefa a Verboom.

Vou inserir aqui dois planos muito superficiais da cidade (se a minha hipopótama peluda não os misturar). O primeiro você já viu antes, é a velha Barcelona em seu estado imediatamente anterior ao assédio.

E neste outro se vê o que Verboom fez dela.

Essa estrela incorporada, a Cidadela, foi obra de Verboom. Sim, a Cidadela. Para construí-la arrasou um quinto da cidade. É um recinto abaluartado perfeito, destinado não a proteger as pessoas, mas a controlá-las, reprimi-las e, se necessário, bombardeá-las. Um tumor urbano que transformava os barcelonenses em reféns da sua própria cidade.

Mas por que estou falando do que aconteceu depois do assédio? Engaiolado atrás das linhas bourbônicas, nas mãos do inimigo, eu tinha suficientes problemas.

Meu pensamento, normalmente veloz, estava paralisado pela desgraça. A única via de escape seria comunicar-me com Dupuy-Vauban. Impossível: Verboom se interpunha; um homem capaz de tramar o meu sequestro também devia ser precavido o bastante para ocultá-lo. O mais provável era que Verboom me liquidasse ali mesmo. Depois alegaria que eu tentei fugir, e diria a Dupuy-Vauban que um soldado imbecil atirou em mim por acidente, sei lá. Merda.

Verboom chegou junto com a noite, como as brumas marinhas ou as febres mortais. Para enfrentá-lo eu havia confeccionado uma arma. Era uma faquinha de madeira, raspada em uma moldura, com um caco de vidro da janela como lâmina. No pior dos casos, e antes que acabassem comigo, eu tentaria furar-lhe um olho.

No entanto, logo percebi que a situação era outra. O charcuteiro de Amberes vinha acompanhado apenas por um soldado de serviço. Suas únicas armas, uma bandeja, uma garrafa e dois copos. O taifeiro deixou tudo na mesa e se retirou. Quando Verboom e eu ficamos a sós, explodi de indignação:

— Como se atrevem a me prender! Eu me transformei num fugitivo para servir ao rei Felipe e vocês me pagam assim. Não dá para imaginar o que eu sofri, forçado por esses rebeldes a colaborar na sua alucinada defesa!

A resposta de Verboom ao meu escândalo foi sentar-se, encher de vinho os dois copos e dizer:

— Beba.

Não bebi. Talvez ele quisesse me matar com a bebida para evitar um ato de violência aos olhos de Dupuy.

— Ah, vamos, não seja ridículo — disse ele com uma careta de desgosto. — Tanta baixeza você me atribui? Eu jamais desperdiçaria um vinho do porto usando-o como raticida.

Pegou meu copo e o esvaziou num gole só. Nem assim confiei nele. Uma nova descarga dos canhões bourbonistas, lá fora, rompeu o silêncio. Ouvimos o rosnar das suas bocas, seguido por um discreto tremor das nossas paredes. Caía pó de cal na mesa. Verboom olhou para o teto, tampando seu copo com a mão. Esse ato reflexo me convenceu: ninguém protege um líquido venenoso. Então me servi e bebi. O vinho arranhou minha garganta. O que estava querendo? Ele não fugiu do assunto.

Jimmy iria chegar em poucos dias. O autor da Trincheira de Ataque ficaria com uma boa fatia do mérito pela conquista de Barcelona. Em 1712, quando o libertaram, Verboom desenhou um plano para o futuro assédio da cidade. Mas Jimmy já tinha mandado Dupuy-Vauban projetar outra trincheira. Dupuy era um Sete Pontos. Com certeza Berwick iria optar pela trincheira de um parente de Vauban, o que jogaria por água abaixo todo o esforço do charcuteiro. Adeus glória e recompensas!

Em resumo: Verboom queria que eu corrigisse, polisse e melhorasse o seu plano de trincheira. Eu era um Cinco Pontos, com a vantagem sobre Dupuy-Vauban de que estivera lá dentro e, portanto, conhecia melhor o estado das defesas.

Apesar da minha situação, soltei uma gargalhada espontânea. Ele realmente me achava disposto a ajudá-lo?

— Tenho dois anos de cativeiro por sua conta — disse então, e repetiu: — Dois longos anos.

Aqui o seu ódio se tornou, mais que evidente, sólido. Tudo naquele homem era grande: o corpo, a cabeça, os dentes, que pareciam marfins de hipopótamo. Engoli saliva, morrendo de medo. Ele fez uma pausa para saborear sua força intimidatória. Eu estava em seu poder, cativo, sozinho. E, sabem, cada um é como é. Sant Jordi matou o dragão como quem esmaga uma barata, Roger de Llúria acabou com cem mil turcos em três cafés da manhã, e o rei Jaume conquistou Maiorca e Valência porque estava se chateando em seus palacetes de Barcelona. Mas acontece que Zuvi *Pernalonga* não era Sant Jordi nem Roger de Llúria nem o rei Jaume. Mijei nas calças.

— Eu não lhe fiz nada. Nada! — gritou ele. — Um belo dia estava no castelo de Bazoches, cortejando uma dama, e um jardineiro sujo cruzou o meu caminho. O que eu tenho contra os jardineiros? Nada! Mas nesse dia de 1706 ele me lesou vilmente, e quatro anos depois, em 1710, me capturou vilmente, e quatro anos depois esse vil jardineiro continua aqui, e desta vez nada vai impedir que eu me livre dele. Nada! — Parou e balançou um dedo indicador ante os meus olhos. — E no entanto existe uma remotíssima possibilidade de ser indultado. Se você fizer o que quero, posso me conformar com o seu desterro perpétuo na ilha de Cabrera, ou em algum outro inferno quente e minúsculo.

* * *

Deixou-me ali sozinho, para pensar. Em cima da mesa estavam os planos da trincheira desenhada por ele e os papeizinhos com os detalhes técnicos. Nem me incomodei em olhar. Confluem no prisioneiro obrigações e direitos, que se resumem num princípio: fugir.

Olhei pela janela sem vidros. Cair do primeiro andar não ia me matar. E a troca de um tornozelo quebrado pela minha liberdade parecia um bom negócio. Lá embaixo havia soldados de guarda, claro. Mas eu não precisava voltar para a cidade, empreitada aliás impossível, bastaria localizar Dupuy-Vauban.

Com o sol de primavera, papéis e um pedaço de vidro como lupa, eu ia improvisar fumaça e chamas. Confusão. Os guardas sempre são mais indulgentes com fugitivos tentando escapar de um incêndio. Eles hesitariam, mesmo que por um segundo, entre me socorrer e me prender. Eu teria tempo para botar a boca no mundo. Um acampamento militar tem mais ecos que qualquer montanha, e as minhas estranhas notícias chegariam aos ouvidos de Dupuy. E com Dupuy-Vauban de sobreaviso, até Verboom pensaria duas vezes antes de assassinar-me. Depois, veríamos.

Peguei um papel com as anotações de Verboom e me encostei na moldura da janela, esperando que chegassem os raios matutinos de sol. A tinta preta arde antes que o branco do papel. Dirigi a luz com um pedaço de vidro côncavo. Diante dos meus olhos, um fragmento qualquer das instruções de Verboom. A memória tem suas coisas, porque me lembro de cada palavra: "*...Gauche cottés **G**, et si le temps le permet on fera le retour **H** et la redoute **I**, et l'on construira la batterie **K** de 10 pièces de canon pour les moulins **L**, et le pont de la porte neuve cotté **M** et ce qu'on pourra des deffences du bastion de Sainte Claire et de la vieille enceinte qui ferme sa gorgue. Se faudra pour cette manoeuvre 1.000 hommes d'armes et après...*"

Virei a cabeça. O mapa estava ali, na mesa. Adiei momentaneamente os meus projetos incendiários. Um engenheiro sempre vai ser um engenheiro. O desenho exercia uma atração magnética sobre mim. Examinei-o.

O mapa reproduzia Barcelona, o perímetro urbano e suas muralhas maltratadas. E sobre o campo, ziguezagueando, o desenho da trincheira projetada por Verboom. Cada número e cada inicial marcados no mapa eram explicados nas anotações. Eu só queria dar uma olhada fugaz, mas acabei sentado, estudando todos os detalhes, cotejando-os com as anotações dos papéis.

Examinei a trincheira de Verboom, as instruções do seu desenvolvimento. Voltei a examinar o mapa. E tudo outra vez.

Não era uma grande trincheira. Não mesmo. Graças à avalanche humana que os bourbonistas tinham à disposição, de um jeito ou de outro conseguiriam chegar aos muros. Com baixas enormes, sim, mas quem se importaria? E, depois, dava na mesma: o núcleo da questão era que Dupuy ia desenhar uma trincheira melhor, muitíssimo melhor, e Berwick optaria por ela.

Então aconteceu uma coisa. O meu próprio raciocínio me levou a outro: se era tão evidente que as coisas iam se desenvolver desse modo, meu dever não era intervir?

Quando o açougueiro holandês voltou, o bom do Zuvi estava ali sentado, relendo suas anotações.

— E então? — perguntou.

— Quer a minha opinião ou não quer? — Rasguei os papéis pela metade e joguei-os no chão, com desprezo. — *Des ordures*. — E antes que ele ficasse exaltado, acrescentei: — O erro não está nos planos, mas no desenvolvimento.

Debatemos. Eu era melhor engenheiro. E me impus.

Ele era um homem naturalmente suarento. Minhas considerações tinham feito sua transpiração aumentar. As gotas cristalizadas em volta dos lábios, especialmente, me davam nojo. Concluí:

— Olhe, pensei no que você disse e talvez tenha um pouco de razão, a nossa inimizade vem de um velho mal-entendido. Vamos modificar o trato. Você não me exila, me promove. Em troca, trabalharei lealmente sob as suas ordens.

— Lealdade? — desconfiou. — Você não conhece essa palavra.

— Vai ser necessário desenhar outra Trincheira de Ataque. E quem o faria melhor que eu? É preciso começar de novo.

— A dívida que você tem comigo — disse ele — não se apaga com borracha.

— Nem mesmo você, que me odeia, conseguirá me executar quando eu lhe entregar o projeto dessa nova Trincheira de Ataque.

Vi o que pensava como se seu crânio fosse de vidro: "Ele está nas minhas mãos. O que tenho a perder?"

— Tinta, papel. Compasso, esquadros. É do que eu preciso. E uma longa noite de trabalho.

* * *

Não foi uma noite, foram duas noites e três dias trancado naquele pobre aposento. Não fiz a barba. Os duelos contínuos de artilharia faziam flutuar no ambiente uma perpétua nuvem de poeira.

O projeto da Trincheira de Ataque me exauriu a um ponto que o meu organismo não conhecia até então. Podem acreditar: o cérebro é o músculo cujo uso mais cansa. Nunca, jamais, antes ou depois disso, o talento do bom do Zuvi foi submetido a uma prova tão extrema. Eu me sentia como um arquiteto obstinado em desenhar os planos de um casebre com vigas podres para que Roma o benzesse como catedral. Minha pena atacava o tinteiro fazendo uso das faculdades potencializadas em Bazoches, e cada traço me dizia que eu tinha nascido para esse trabalho, que toda a minha existência, todas as horas que padeci sob a tutela de Vauban, se justificavam com aqueles planos malditos. "A defesa perfeita de uma praça", Vauban me perguntara. E, talvez, o tempo diria, ali estivesse a resposta: "A defesa perfeita é uma Trincheira de Ataque." Porque, como vocês podem imaginar, toda a minha vontade se concentrou em lesar, obstruir e danificar o exército dos Bourbons. Prejudicá-los em tudo, das rodas dos canhões até os calcanhares de seus soldados escravos. A trincheira tinha que parecer um prodígio no papel, e ser um desastre na prática. Verboom era um porco, mas não era imbecil. Perceberia a má-fé e as calamidades visíveis. Assim, o que criei foi uma bela, uma belíssima mentira. Falsa mas sedutora, com laivos de verdade e substrato maligno. Tinha que ser uma sabotagem, e ao mesmo tempo parecer superior ao projeto de Dupuy-Vauban, o melhor engenheiro vivo desde a morte do marquês. Superar Dupuy! E fazê-lo sob o olhar escrutinador de Jimmy! Só de pensar me dava vertigem.

De qualquer maneira a trincheira chegaria até o pé das muralhas, os bourbonistas tinham homens até de sobra, pois para o seu tirano eles não passavam de outro tipo de material. Mas uma trincheira defeituosa demoraria mais a ser consumada, talvez uma semana ou duas. E nesse meio-tempo o nosso diminuto universo podia girar sobre o próprio eixo. Quem sabia? Talvez morresse um rei, uma rainha; uma nova configuração de alianças, alguma coisa.

Verboom, cuja impaciência ia aumentando, entrava o tempo todo no meu quarto-cela.

— Está pronto, está pronto? Berwick está chegando. Vamos logo!

Pus a mesa ao lado da janela. A luz do sol entrava por ali num ângulo inclinado e muito definido. Milhares de pontinhos de cinzas flutuavam no cone, como medusas entre duas águas. Na terceira madrugada pensei que meus olhos enfermos, vermelhos, iam derreter.

Verboom fechou a porta atrás de si com um olhar criminoso. Sua paciência tinha acabado. Então me adiantei às suas palavras.

— Isto talvez quite as nossas contas.

— Só se for um extraordinário trabalho para valer uma vida — disse, erguendo o plano, e arrematou: — Sobretudo sendo a sua.

Observou o plano por muito tempo, sem nenhuma expressão no rosto. Leu as notas. Voltou para o mapa. Esse exame durou uma eternidade. Eu não conseguia interpretar seus grunhidinhos de homem concentrado. Afinal não resisti e perguntei:

— Vê alguma esperança neste nosso feto de trincheira?

Não respondeu, era como se eu não estivesse ali. Continuava com o nariz no mapa, percorrendo-o com um dedo. E sem se dignar a olhar para mim, disse:

— O que acha? — Por fim levantou a vista, buscando os meus olhos. — Caso contrário você já estaria morto.

Passamos juntos todo o dia seguinte, polindo os detalhes. Eu estava esgotado, ele destilava energia. Era um homem de forças grosseiras, mas ilimitadas. Não direi que meu inimigo fosse um bronco nem um simples inepto. Nas vinte e quatro horas seguintes sua atenção não se desviou daquela mesa. "Meu Deus — pensava eu —, este homem não urina, não dorme, não come?" Munido de um pedaço de bolo e uma garrafa de vinho do porto, eu o imaginava capaz de atravessar desertos. Não parava de fazer-me perguntas.

— Perto demais — disse ele em dado momento. — Os trabalhos da primeira paralela estão começando muito perto das muralhas. No dia de sair da trincheira a tropa corre o risco de ser descoberta e massacrada.

— Você não quer que Berwick apadrinhe a obra? Dê o que ele quer. Quanto mais à frente começarmos, menos dias necessitaremos para que as obras cheguem às muralhas. Berwick não vai resistir à tentação.

— As três paralelas e os ramais que as unem, largos demais — objetou. — Por quê? Tirar tanta terra vai significar um grande esforço, e portanto perda de tempo.

— A largura da trincheira tem que ser proporcional à espessura das defesas — argumentei. — Para atacá-las precisaremos de uma tropa numerosa. Onde você quer alojar a tropa de choque? E como os soldados e sapadores circularão em passagens tão estreitas? Todo o tráfego de homens e material vai parar. Querendo ganhar tempo, nós perderíamos.

— Você desviou a trincheira muito à esquerda, aproximando-a do mar — observou.

— Lembre-se da topografia — disse eu —, nessa região há muitos canais de irrigação e desembocam riachos. No verão eles estão secos. Os escavadores poderão aproveitar os leitos paralelos às muralhas. Só vão ter que aprofundar uma trincheira que a natureza e os técnicos hidráulicos nos dão quase pronta.

Pelo menos numa coisa acertei: é mais difícil matar um inimigo quando você o conhece. Aquelas vinte e quatro horas de trabalho ombro a ombro, de solidariedade aparente e falsa, mas mesmo assim solidariedade, haviam fomentado uma ligeira aproximação humana. Ele costumava coçar as bochechas gordas com o dedo mindinho. Em geral costuma-se usar o índice. Verboom deixava de ser Verboom, o meu inimigo mortal, para tornar-se um homem de meia-idade, com algo que o distinguia do resto dos corpos que povoavam o mundo: coçava o rosto com o mindinho. Posso até dizer que o trabalho em comum gerou um símile de camaradagem. Não se pode desejar a morte de quem está com o outro remo do barco nas mãos, pelo menos até chegar à praia.

Pode-se honrar o inimigo? Eu tinha muitas dúvidas. E se, afinal de contas, o homem mau não era ele, era eu? Não se podia negar totalmente sua versão da nossa hostilidade. Na verdade, o que me fizera Verboom, que mal eu lhe devia? Um dia, enquanto galanteava uma moça, foi atacado por um sujo "jardineiro". Qualquer homem, no seu lugar, teria me amaldiçoado como ele fez. Deduzi, entre cálculos de carretas, desvios e aproximações, drenagens de profundezas, coroamentos de cavaleiros e ângulos de contraescarpas, que meu ódio a Verboom era apenas manifestação do meu amor por Jeanne Vauban. Talvez só o odiasse porque era mais fácil tentar matá-lo que reconhecer a verdade: que havia perdido Jeanne não por culpa dele, mas minha. Esta súbita luz me angustiou.

Entendam a minha situação. Arrancado de casa, cativo mas ainda lutando com o intelecto, em segredo e contra todos, inclusive os meus patrícios, que talvez me considerassem um desertor. Jimmy quase chegando, presença contraposta a dom Antonio. E a Palavra flutuando em algum lugar daquela atmosfera corrupta e saturada de cinzas em suspensão por causa da artilharia. A confusão em que minha alma viveu naqueles dias fez meu ódio por Verboom titubear.

Não, não é isso. Eu disse que ia ser sincero, e serei.

Vou lhes dizer por que nos odiamos desde o primeiro instante em que nos vimos, e por que o odiei até que o matei, e por que odeio Joris Prosperus van Verboom até hoje.

Ora, porque sim! Existem coisas que são porque são, que não se escolhem, são assim e pronto. E que se dane Verboom!

Fim do capítulo, porra.

Ah, não? A minha morsa loura sugere que seria bom concluir. Ah, sim, ela diz que devo contar o que houve naquela mesma noite. (Viu só no que dá? Você virou a engenheira deste livro, minha língua ficou reduzida a um pobre sapador.)

Quando acabamos o trabalho estávamos vencidos pelo esgotamento mental. Verboom mandou trazer várias garrafas. O Porto era sua paixão e seu consolo. Por uma garrafa desse vinho, diziam, ele pagava fortunas. Desde o início da guerra o comércio português se limitava à Inglaterra, e por isso as suas reservas diminuíam a cada dia. E mesmo assim compartilhou a bebida comigo. Quem sabe, como já disse, depois daquele esforço em comum ele sentia que era mais difícil ofender-me nessa noite que assassinar-me na madrugada seguinte.

Como todos os homens quando bebem (menos Jimmy), falamos de mulheres. Bem, Verboom falou. Eu omitia minha saudade de Amelis. Quando estava preso em Barcelona, digamos, os felpudos vermelhos lhe proporcionaram até putas de luxo.

— Ah, só uma — disse ele sem dar muita importância à coisa —, uma meretriz a soldo dos magistrados.

— Meu Deus, só uma companhia! — Ri. Um refém tão importante, e o submetem à tortura da monotonia? Na certa queriam comparar seu cativeiro com o casamento.

Já estávamos bêbados o suficiente para ele não captar o meu sarcasmo.

— Conhecia o ofício, aquela cachorra. A primeira coisa que vou fazer quando entrarmos lá é mandar buscá-la — confessou. — Uma morena, magrinha demais. Eu prefiro com mais formas. Quase sem quadris, mas com uma língua que fazia maravilhas.

— Morena?

— Moreníssima. — E explicou: — De cabelo, mas não de pele. — Bateu com os nós dos dedos na mesa como se fosse uma porta. — E com a carne mais dura que um tronco de carvalho. Mas a safada era muito esperta. — Riu. — Vinha sempre com o mesmo vestido, roxo. Sem joias, nunca havia a menor novidade na roupa. Sempre aquele vestido roxo. Em que devia gastar o que ganhava? Ah, mas sabe o mais incrível? — Ele falava olhando para as paredes, como fazem os que rememoram. Distraído pela ingestão de vinho do porto, não se dava conta da minha atenção animal. — Para ser mulher, tinha um crânio extraordinário. No momento mais negro do meu cativeiro foi ela, ela!, quem deu com a solução para a minha penúria. Foi ela quem me disse: "Joris, meu bem, se você quer sair desta, proponha que o troquem por um bacalhau do seu tamanho. Como aquele general, Villarroel, que está cativo dos Bourbons. Não se fez isso antes porque ninguém teve a ideia. Ele vem para Barcelona e você vai para Madri. Todo mundo contente." — Admirado, balançou a cabeçorra como um cão sacudindo a água. — Simplesmente nunca tinha me ocorrido que poderia ser tão fácil. Propus. E aqui estou.

Posso dizer o que mais me doeu? Uma coisa boba. Aquele íntimo, personalíssimo "Joris, meu bem". Os copos eram de barro cozido. Não percebi que estava apertando o meu com os cinco dedos. Ele estourou com um som de nozes quebradas.

Isso fez Verboom se livrar das nuvens de álcool. Olhou para mim. E viu na minha cara. A dele se iluminou.

— Não — disse ele —, não é possível.

Eu vivi noventa e oito anos. E se vivesse mil e noventa e oito, aquela gargalhada continuaria retumbando nos meus ouvidos como se tivesse sido ontem.

7

Vocês já estiveram mortos alguma vez? Eu sim, várias. E é um estado tão benigno, tão prazeroso, que eu posso entender por que ninguém voltou de lá. A morte só mata os desejos e as obrigações. E sem desejos nem obrigações, para que voltar para a diminuta circunferência deste nosso universo?

Lembrem: o bom do Zuvi atrás do cordão bourbonista, trancado num quarto, vazio de tudo menos de poeira, o meu projeto da Trincheira de Ataque terminado. Lá fora retumbavam uns canhões longínquos, monótonos, impessoais como gargalhadas do Mystère. Com o trabalho concluído, a madrugada seguinte devia ser a última da minha vida. Verboom me consultava sobre os detalhes finais, que anotava indecentemente. Cansado, esfregou os olhos com os punhos, guardou as anotações numa pasta e, em seguida, deu um gritinho em holandês.

Entraram dois brutamontes com as costas mais largas que o comprimento das minhas pernas. O charcuteiro de Amberes deu umas batidinhas nos ângulos da pasta, para encaixar os fólios lá dentro. E enquanto isso, discretamente, inclinou a cabeça na minha direção.

Aquele gestinho dizia tudo. Iam me matar lá dentro. Sem dúvida eram mercenários valões a serviço particular de Verboom. Quatro mãozorras me levantaram da cadeira pelos sovacos.

— Um minuto! — gritei.

Nunca pensei tão depressa. Resisti dando cotoveladas e, quando voltei a me atarraxar na cadeira, estendi a mão para o mapa e supliquei miseravelmente:

— *Monseigneur! Et les moulins?*

— Que moinhos?

— Não aperfeiçoamos o ataque à seção L. Os revoltosos vão transformar esses moinhos em redutos.

Verboom piscou.

— Ah, sim, os moinhos da seção L — disse. — Nós deixamos para depois e acabamos esquecendo. Bem, eles não são tão relevantes. O assalto passará pelos lados.

Era como se dissesse: "Não, não vamos adiar a execução." Os dois mercenários continuavam ali, como cães de presa malcontidos, e voltaram a me pegar pelos sovacos. Então inventei uma história sobre os moinhos. Disse que um gênio anônimo tinha criado um curioso sistema de camuflagem de artilharia. As janelas dos moinhos se transformavam em troneiras. Dentro, discretas, sem aparecer, bocas de canhões médios. Não eram moinhos de vento, mas tinham hélices. Seu movimento, coordenado com o fogo das peças, serviria para dispersar a fumaça da pólvora. O inimigo levaria um bom tempo para detectar a origem exata de tão mortais disparos.

— Muito original! — exclamou Verboom com interesse plagiador. Tomou algumas notas e, pensando em voz alta, perguntou: — Você conhece o gênio louco que teve essa ideia? Talvez, quando a cidade cair, eu lhe ofereça trocar o degolamento pela servidão. — Não era um homem muito inteligente. De repente virou a cabeçorra, olhando-me com rancor renovado. Suas próprias palavras tinham indicado o caminho. — Foi você, claro — acrescentou.

Essa ofensa foi definitiva. Bem, ninguém pode viver eternamente pulando de frigideira em frigideira. Verboom ordenou que me tirassem dali, e dessa vez os gigantes valões me seguraram bem.

Eu não podia saber, mas já fazia vários dias que minha sorte estava decidida. Tinham enforcado nas muralhas alguns espiões pegos no interior de Barcelona, como exemplo para os outros. Ao ver aquilo os bourbonistas decidiram tomar represálias, quer dizer, enforcar alguns dos nossos no cordão. Verboom mandou incluir o meu nome na lista. De fato, quando cheguei só restava uma forca livre, um pau de mais de cinco metros de altura, em forma de L invertido, bem atrás do cordão.

Mais que um justiçamento, aquilo parecia uma execução tumultuada. A visão dos enforcados nas muralhas tinha excitado o ânimo da tropa, e os oficiais quase não podiam contê-la. Muito braços me empurraram e me sacudiram, e se não fosse a minha escolta de valões eu nem teria chegado ao cadafalso. Com as mãos amarradas nas costas, subi na forca por uns degraus de madeira, uns artefatos desenhados para a infantaria sair da trincheira.

Daquela altura eu via tudo. Tudo. Soprava um vento de poente que arrastava a fumaça para o mar. Meus olhos, livres das neblinas da pólvora, conferiam a frente.

O cordão, os canhões bourbonistas. Nesse dia os artilheiros trabalhavam sem espírito, talvez adormecidos pela iminente substituição do seu comandante, Pópuli. Nos ramais que levavam do cordão a Capuchinhos, grupos de soldados circulavam como formiguinhas para cima e para baixo, abastecendo a artilharia de munição. Da cidade, as peças de Costa respondiam com projéteis mais meditados que torrenciais.

Eu podia ver as posições das Duas Coroas, e conhecia as nossas de cor. Sabia qual batalhão da Coronela estava atrás de cada muro, dentro de cada baluarte. Em cada um dos campanários da cidade mais próximos às muralhas, duplas de observadores. Brigadas de reparação retiravam os escombros do fosso, protegidas por escudos feitos com várias portas soldadas umas às outras.

O terreno entre os dois oponentes, aparentemente solitário, fervia de exércitos secretos. Todas as casinhas em ruínas, mil vezes disputadas, agora tinham patrulhas escondidas de algum dos dois lados. Eu intuía os nossos franco-atiradores nos cortes do terreno. Assim, via ao mesmo tempo a presa e o caçador, os imprudentes forrageadores bourbonistas e os atiradores que os espreitavam. Atrás da estacada, os muros quebrados e, mais atrás, o perfil da cidade inteira, com dezenas de campanários se recortando contra o céu como agulhas. E ao fundo de tudo, o nosso Mediterrâneo, sempre indiferente ao calvário dos homens. A cidade me fez pensar num corpo moribundo que continua cicatrizando apesar da agonia.

Há qualquer coisa de irremissível no contato de uma corda com o nosso pescoço. Meus últimos pensamentos, tenho que admitir, foram tecnicismos vácuos e sem sentimento. Pensei: "Costa deveria corrigir o tiro em alguns graus." Um grupo de soldados retirou os degraus de madeira. Meus pés perderam apoio.

Não podemos entender a beleza do mundo até que chega a hora do desapego. Na minha última visão, tudo era bom, bonito, exato. Até a destruição das muralhas fazia parte da ordem, brechas perfeitas como casulos de seda. Cada instante é um fim, pletórico em si mesmo. Que erro enorme pensar o contrário! Meu último pensamento racional foi: "Que coisa bonita é um assédio em ação." Depois, o delírio do sufocamento.

* * *

Ouvi alguma coisa. Isto:

— Acorde. Estou mandando.

Abri os olhos.

Era Jimmy. Ele estava me olhando, com a cara bem perto da minha. Cheguei a sentir o cheiro do perfume de sua peruca.

Lá estava o Jimmy que eu conhecia: ele e sua satisfação egoísta, sua risadinha palaciana, mais vaidoso que a cauda de um pavão. Estava rodeado por seus ajudantes. Ao ver que eu acordava, virou-se para eles com um gesto triunfal, levantando a mãozinha amaneirada como se estivesse dizendo: "Viram? Consegui. Ele revive."

Que me seja perdoado o meu olhar desorientado. Eu estava numa barraca reservada a oficiais bourbonistas feridos. Em volta do meu pescoço, grossas ataduras. A maioria das camas, vazias. Mas não estávamos sozinhos. Bem ao fundo havia um catre em que um capitão espanhol agonizava; suas feridas eram horríveis demais para que as vendas as ocultassem. Uns estertores musicais saíam da sua boca. Jimmy não lhe dedicou um átimo de interesse. Despediu o seu séquito.

— Você é um cara de sorte — disse, quando ficamos a sós com o moribundo. — Assim que eu cheguei aqui fui inspecionar a frente e lá vejo você, balançando de pau duro na forca. Mais um segundo, e nem eu conseguiria salvar sua vida. Consegue falar?

Fiz que não com a cabeça.

— Pois não me surpreende. Faltou pouco para a corda partir o seu pescoço. Foi ideia de Verboom?

Assenti. Deixando as luvas em cima de um móvel, Jimmy fingiu surpresa.

— Meu Deus. Então foi ele. Que amiguinhos vocês são.

Respondi dando-lhe uma banana, pouco enérgica em decorrência do meu estado. Caiu sobre o rosto de Jimmy uma sombra de escrutínio. Sentou-se na cama. Alguns suspiros. Depois me deu dois tapinhas na parte interna da panturrilha.

— Tenho muito trabalho. Enquanto você se recupera vou decidir se o contrato ou mando de volta para o cadafalso. Agora durma.

* * *

No terceiro dia da minha reclusão naquele hospitalzinho de campanha, vieram me buscar. Jimmy tinha instalado sua residência e posto de comando num lugar chamado Mas Guinardó, uma grande casa atrás do cordão bourbonista. Uns mercenários ingleses, sem dúvida a serviço pessoal de Jimmy, me levaram para lá e me soltaram no interior da casa como um peixe num barril.

Jimmy não estava lá. Minha única companhia eram dois serviçais. Eu estava numa situação tão irregular como ambígua: convidado e prisioneiro. Eles não me davam ordens nem eu podia dar a eles, de modo que andava livremente por lá. No gabinete dele havia muitos papéis, ainda desarrumados. E em cima da mesa, uma carta de Felipito.

Se vocês deixarem um gato solto em casa, na sua ausência ele vai farejar todos os cantos. Jimmy sabia disso, portanto não duvidei um segundo que tinha deixado aquela carta de propósito, para que eu a lesse. Eram as diretrizes a seguir no ataque final.

> *Devendo prometer-me para muito em breve a rendição da praça de Barcelona, julguei conveniente advertir-vos das minhas intenções. Esses rebeldes, como tais, estão e são incursos no maior dos rigores da guerra. Qualquer graça que obtiverem será mero efeito de piedade e comiseração, de modo que, se arrependidos do seu erro apelarem antes de abrir a trincheira, pedindo misericórdia, não a concedereis prontamente, mas os ouvireis e, recordando-lhes sua rebeldia e como são indignos de misericórdia, dar-lhes-eis esperança, oferecendo interpor-vos junto a mim para que consigam pelo menos suas vidas, excetuando se possível desta graça (que será a única que oferecereis e nada mais) os principais chefes. Se não se derem por entendidos*

e deixarem levantar poeira, e Abrir Brecha, neste caso não lhes ouvireis outra capitulação senão a de render-se sem condições. E se se mantiverem irredutíveis mesmo neste caso e se der o caso de assalto, já nele não são dignos, como havereis de compreender, da menor piedade, e terão que experimentar o máximo rigor da guerra a que devem sujeitar-se quaisquer oficiais espanhóis que se achem lá dentro.

Nossa mãe, se aquela era a sorte reservada para os oficiais, que escrúpulos teriam com o resto dos habitantes?

Jimmy apareceu de surpresa, tão superior que nem se incomodou em me censurar por ter bisbilhotado no seu escritório.

— Bem, serei breve — disse ele. — Estou muito ocupado.

Sempre os mesmos movimentos impacientes, até quando descansava. Pegou de passagem uma maçã em uma bandeja, sentou-se numa poltrona acolchoada e começou a mastigá-la. Na intimidade ele se permitia atitudes de criança, com uma perna pendurada por cima do braço da poltrona e mordendo a maçã com a cabeça para trás.

— Os sediciosos lhe pagavam uma miséria — prosseguiu. — Portanto você não os servia por dinheiro. Nem por ambição, já que é óbvio que estão perdidos. Diga-me: suas fidelidades são ligadas a alguém lá de dentro?

— Sim. — Mais que com a voz, respondi com algo que parecia um arranhão numa parede de cal. Mas pelo menos já podia falar.

— Homem ou mulher? — perguntou.

— Um menino.

Jogou a maçã para trás por cima da cabeça.

— Meu Deus, um menino! Cada vez que o vejo, você tem uma nova perversão.

— E uma mulher, um velho e um anão — acrescentei, com uma circunspeção que beirava a ferocidade.

Ele continuou brincando. Jogou de novo a cabeça para trás, olhando o teto com um suspiro.

— Esse anão já supera os meus limites imaginativos — disse, e logo depois acrescentou, em outro tom: — Isso lhe acontece por desertar. Se tivesse continuado comigo depois de Almansa você não estaria neste aperto. Primeiro eu lhe ofereci minhas honras e minha companhia, que você rejeitou, e agora salvo a sua vida. Posso exigir que mencione a palavra "gratidão"?

— Não.

— Vai me ajudar a dar uma surra nessa chusma sediciosa?

— Não.

Ele riu.

— É assim que eu gosto, você explicita as suas posições. Agora já posso abrir a trincheira. Vamos começar tudo de novo. Eu me informei. Parece que em Tortosa você foi o único engenheiro que se comportou como tal. Eu percebi assim que o vi: "A cabeça deste garoto merece tanta atenção quanto as suas pernas." Você me é útil em dois sentidos. — Riu da própria piada e acrescentou: — Quanto quer para se reintegrar ao meu domínio?

Não respondi.

— Bem, muito bem, estamos progredindo — disse. — As pessoas que não sabem o seu preço costumam sair barato. — Levantou-se e começou a andar com as mãos nas costas, enquanto meditava. Soltou uma torrente de palavras: — O menino, a mulher, o velho. Eu me encarrego de tirá-los dessa cidade condenada. Ah, sim, e o anão, não vamos esquecer dele. Essa gente tem um dom especial que permite que eles chupem sem necessidade de se ajoelhar. E mais: dez mil libras. O que estou dizendo? Cinco mil e olhe lá. Mas, isso sim: anuais e vitalícias, naturalmente. E algum titulozinho de nobreza. E também uma casa de campo, por que não? Pelo que tenho visto, este país está tão arrasado que vão sobrar mansões e domínios vazios. — Ele se sentou numa cadeira com braços. Seu corpo estava relaxado, mas não sua atenção. A bochecha apoiada na mão. E me observava como se eu fosse um inseto curioso. — Pensando bem, vou aumentar a oferta. Essa mansão presenteada não vai ser a sua residência principal. Lá você instalará a mulher, o anão e a turma toda. Poderá visitá-los de vez em quando. Umas trepadas para deixá-los contentes, e depois você volta para o seu verdadeiro lar. — Então assumiu um tom vago, como se estivesse falando de uma coisa insignificante. (Estava preparado desde o começo, é óbvio.) — Recebi notícias de Bazoches. Dizem que Jeanne Vauban não é muito feliz. Você a conhece? Creio que sim. O marido teve uma recaída na demência. — Riu cruelmente. — Agora pensa que a pedra filosofal está escondida na xota da sua mulher. Tentou atacá-la com um bisturi real. Você sabe, aquele instrumento longo e com ponta em gancho que os cirurgiões usam para extirpar tumores anais. Graças a Deus os serviçais chegaram a tempo! Ele foi trancafiado. O casamento está em processo de anulação. — Estalou a língua. — É triste! Uma mulher tão bonita e tão sozinha no mundo! — Ficou sério. — Acho que você seria um bom candidato para voltar a fazer do castelo de Bazoches uma academia de engenheiros. E também acho que seria bem recebido como futuro diretor.

Olhei-o com nojo.

— Você não sabe o que está dizendo.

— Quem não sabe de nada é você, paspalho! — exclamou, fora de si. — Por exemplo: você sabia que Jeanne é mãe? O filho dela tem seis anos. E, pelos meus cálculos, na época da concepção o marido vivia em Paris. — Mudou outra vez o tom de voz. — Você conhece essas aristocratas francesas. Enquanto o detestável marido está longe, elas escolhem algum cavalariço para que as cavalgue. Ah, sim, às vezes chamam isso de amor. Infelizmente, as nobres não se casam com cavalariços. Mas um nobre, mesmo que de novo cunho, seria perfeitamente aceitável. E tenho certeza de que você seria um bom pai para o menino. O que você acha?

Quando Jimmy falava do futuro, tinha o raro talento de transformá-lo em verdade. Imagino que isso se devia à sua condição. Não é a mesma coisa fantasiar e fanfarronar numa taberna que num palácio. Ele era Jimmy, o timão do mundo. Quando pessoas como ele prometiam uma coisa era porque já a tinham, e de sobra. Jeanne. Ao mencioná-la, ele a deixava ao meu alcance. Para mim, era o inatingível; para ele, um detalhe insignificante.

— E tudo isso em troca de quê? — continuou. — De quase nada. Primeiro: quando eu mandar, você terá que largar tudo, esteja onde estiver, e vir para o meu lado, mesmo que eu me encontre num extremo da Europa e você no outro. E segundo: amanhã vou lhe ordenar uma coisa. Uma ordem que você executará com diligência e aplicação.

Hesitei.

— Que ordem?

Ele interpretou meu interesse como demonstração de submissão. Isso fez com que me repreendesse num tom implacável.

— Eu lhe comunicarei minhas ordens quando quiser, não quando você me pedir. Vai se submeter? Sim ou não?

Abaixei a cabeça, pensando em Jeanne, pensando em Amelis. Pensando em Anfán, pensando num filho próprio, desconhecido mas do meu sangue. Aquele era Jimmy. Ao mencionar Jeanne, ele a ressuscitava. Como tinha me ressuscitado. Voltar para Bazoches. Meu Deus, só de pensar nisso eu ficava transtornado. Só Jimmy seria capaz de imaginar uma tortura tão dolorosa, tão pérfida. Se eu aceitasse a chantagem me transformaria naquilo que mais odiava neste mundo: um aristocrata bourbonista. Se recusasse, quem se transformaria nisso seria o meu filho. Só Jimmy podia me fazer sentir como uma *échauguette* bombardeada.

— *Merde*! — ele perdeu a paciência. — A sua resposta! Não tenho o dia todo.

Jeanne. Será que a amava? Mas a pergunta era outra. Será que a amava o suficiente para esquecer Amelis, a nossa casinha num quarto andar do bairro da Ribera, bem atrás do baluarte de Santa Clara? Não, não se tratava disso.

— Se você cumprir a sua parte — respondi —, eu cumprirei a minha.

Ele me olhou sem pressa. Observou as minhas sobrancelhas, o lacrimejar dos meus olhos. Examinou o ângulo dos meus lábios como se fossem de um baluarte bombardeado.

— Muito bem..., muito bem...

O interrogatório deve tê-lo deixado satisfeito, porque dessa vez todo o seu corpo se relaxou.

— De fato, você não está mentindo.

* * *

Quando Pópuli se foi, Jimmy fez uma inspeção no cordão de assédio. Foram com ele o bom do Zuvi, sua habitual corte de guarda-costas ingleses, quatro cães negros e até dois escribas cuja missão era anotar as palavras do grande homem para a posteridade.

Jimmy parava nos redutos mais bem-situados, observando as defesas com sua luneta pintada de preto fosco, para que os reflexos não atraíssem os atiradores. Ele conhecia o seu ofício: todas as perguntas que me fez eram técnicas e muito agudas.

— Só se interessa pelos baluartes? — inquiri.

— O que quer dizer? — disse ele, olhando-me enquanto baixava a luneta.

— Você é um esteta, olhe mais à frente.

Voltou a encostar o olho na luneta.

— *Mon Dieu, c'est vrai!* — exclamou. — *Quelle belle ville!*

— Antes do bombardeio era ainda mais bela.

Ele riu.

— Isso não me tira a fome. Vamos jantar.

Enquanto voltávamos para a *masía* Guinardó, fez uma reflexão sobre o cortejo que o acompanhava:

— Certamente, a Espanha está sob a coroa de um completo alucinado. Por que ele deseja destruir um domínio tão rico, prejudicando assim os seus próprios interesses? Rendas, porto, oficinas, todos os outros negócios que reverteriam para a caixa real. E os ministros mais belicosos me exigem arrasar até a última casa e erguer um monólito da vitória no centro.

Tenham certeza, Jimmy estava se lixando para o futuro da cidade. Acreditava em suas palavras, mas só pensou nelas em voz alta para expurgar as próprias responsabilidades caso houvesse matança. Para ele, os assuntos espanhóis eram um galimatias de rivalidades eternas onde era melhor não se intrometer. Seus cachorros iam atrás dele a toda parte. Quatro animais negros, grandes como uns potros, sem pelos e com umas bochechas de quase um palmo. Iam com ele até para a cama. Cada cachorro dormia numa ponta. Esses bichos sempre me incomodaram; mais que bestas, pareciam uns cérberos pretos.

Depois me perguntou:

— Você esteve morto realmente?

— Acho que sim.

— A morte... — Suspirou. — Como é?

— Não é nada. Mas o que vem depois está além de qualquer compreensão. O tempo e o espaço se desvanecem. Uma paz inexprimível.

— Descreva.

— Não é possível. Só posso dizer que o mais terrível não é morrer, é voltar.

Ele riu.

— Você me recrimina por salvar a sua vida? — perguntou.

Cobri o rosto com uma almofada e respondi:

— É como beber um milhão de litros do seu pus.

Ele não gostava de diálogos tristes. E menos ainda de não ter a iniciativa.

— Quando tudo isso acabar, eu lhe consigo algum título nobiliárquico — disse. — Conde? Marquês? Optemos por barão. — Riu às gargalhadas. — Eu adoro a guerra. Sabe por quê? Porque na paz minha família está perto demais. Não existe melhor desculpa para me afastar deles que uma boa campanha, onde posso desfrutar dos meus cães e minhas amantes.

Jimmy não tinha Pontos no antebraço. Tivera professores e dirigira assédios suficientes para somar mais pontos que eu. Eu quis saber por quê.

— Foi a minha primeira decisão política — explicou. — Com o tempo eu teria me tornado o melhor engenheiro do mundo, naturalmente. Mas um Pontuado só pode ser um Pontuado; a engenharia os absorve e os exclui de qualquer outra esfera. Os reis não servem os engenheiros, é o contrário. E eu quero ser rei. — Virou a cabeça para me olhar. — Por que perguntou?

— Porque se você fosse um Pontuado — disse —, eu teria que morrer por você. Como não é, posso matá-lo sem erro nem remorso.

Sua risada virou uma gargalhada.

— Ah, sim, eu não me lembrava mais. Os engenheiros e sua sagrada moral do Mystère. Você acha mesmo que são uns pontinhos que o impedem de me apunhalar nos rins? Diga-me, se eu lhe entregasse Verboom, você se absteria de arrancar o fígado dele só porque tem três Pontos tatuados no antebraço? — Ficou sério. — O Mystère é um embuste dos engenheiros para enfeitar a insipidez das pedras e dos ângulos. Ter um deus secreto, ou um antideus, faz a gente se achar mais importante do que é. O Mystère não existe. — Deu-me as costas, encostou uma orelha no travesseiro e concluiu: — Apague as velas.

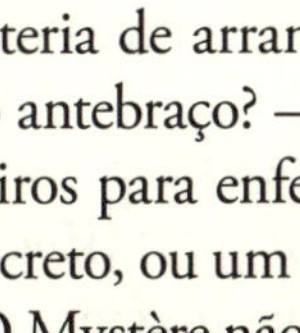

8

Jimmy era mais veloz que o perigo. Na madrugada seguinte empregou o seu tom mais tirânico:

— Você se comprometeu a obedecer. Chegou a hora.

Fiz-lhe uma reverência exagerada dessas próprias das cortes e perguntei:

— Quais são as suas ordens?

Fez um gesto majestoso com a mão e relaxou:

— Uma bobagem — respondeu. — Olhe isto aqui.

Abriu dois grandes mapas na mesa do seu gabinete. O primeiro era a trincheira criada por Verboom e sabotada por mim; o segundo, a trincheira concebida por Dupuy-Vauban. Durante um bom tempo examinei as duas. E posso garantir: o pesar entra pelos olhos.

Não pude conter as lágrimas. Lágrimas silenciosas que escorreram até o queixo e caíram, chovendo sobre os planos. Jimmy percebeu.

— Por que está chorando?

— São tão bonitas as duas trincheiras… — disse eu. — O que você sabe das emoções de um engenheiro?

Tanto se Jimmy optasse pela minha Trincheira de Ataque, usurpada por Verboom, como pela de Dupuy-Vauban, os nossos velhos e danificados muros não resistiriam. Quando há bons planos, material suficiente e muitos sapadores, toda Trincheira de Ataque é imbatível e atinge as muralhas mais cedo ou mais tarde. Mas se Jimmy escolhesse a trincheira de Dupuy, tão perfeita, não aguentaríamos nem um sopro: em menos de uma semana estariam lá dentro. Mesmo prisioneiro, então, eu tinha que fazer tudo o que pudesse para que Jimmy não adotasse o plano de Dupuy. Mas como conseguir? Como?

Perguntei, como se fosse uma trivialidade:

— Verboom pôde estudar o projeto de Dupuy-Vauban, e vice-versa?

Jimmy não percebeu o temor profundo que essa pergunta continha. Minha trincheira conseguira enganar, com dificuldades, um Três Pontos como Verboom. Mas se Dupuy-Vauban, um Sete Pontos, a analisasse a fundo, babau. Veria a moeda falsificada, todas as subversões que eu tinha introduzido.

Felizmente Jimmy exclamou:

— Por favor, nada disso! Não tenho interesse numa briga de galos. Quero que eles defendam os seus projetos, não que destrocem o projeto do outro. Vamos manter a concórdia. A primeira tarefa de quem está assediando será sempre unir as forças.

Quem dera os felpudos vermelhos fossem como Jimmy! Em vez de apoiar dom Antonio, eles passavam o dia todo aporrinhando e provocando. Lá dentro, poucos e divididos; cá fora, Jimmy com mão de ferro numa luva de ferro.

— Já os convoquei. Que os dois se manifestem. Eu terei a última palavra, naturalmente. Você entende um pouco mais que eu de trincheiras. Assessore-me.

— Que elogio! — ironizei. — Minha humilde pessoa como juiz de tamanhos engenheiros. — E acrescentei: — Dupuy-Vauban faz parte do seu estado-maior. Você lhe ordenou que se adiantasse e desenhasse uma Trincheira de Ataque para você. Por que não escolhe a dele, e pronto?

— Incluí o velho Dupuy-Vauban no meu estado-maior porque ele é o melhor engenheiro vivo do mundo. Mas, se tenho duas ofertas, por que comprar o cavalo sem ouvir a segunda?

Quando se sentou para receber os "dois pavões", como os chamava, sua informalidade pueril mudou. Era como se ele tivesse se disfarçado de monarca.

— Vamos ouvi-los. E não se esqueça: você vai ser o crítico escondido atrás do rei que sussurra no seu ouvido. No fundo eles estarão falando com você, sem saber. Quando forem embora, quero o seu conselho.

Pediu-me que eu ficasse no quarto contíguo, fora do alcance da vista mas com um tabique tão fino que poderia ouvir tudo. E até via a parte do aposento onde estariam através de uma fenda na altura dos meus olhos.

Entraram. Jimmy mandou que se sentassem um de frente para o outro e pediu que expusessem as virtudes de suas respectivas trincheiras. Primeiro Dupuy-Vauban, depois Verboom. Eles se manifestaram. Era inevitável que surgisse uma polêmica, e o charcuteiro de Amberes foi interrompido:

— Santa Clara? — exclamou Dupuy-Vauban com ceticismo. — Atacar pelo baluarte de Santa Clara? Isso é uma distorção poliorcética!

Verboom replicou:

— Distorção? Trabalhei durante anos nesta trincheira. Agora você chega, improvisa a sua e pretende que seja superior.

Dupuy-Vauban, ignorando-o, disse:

— Marechal, permita-me. Esta cidade sofreu três assédios nos últimos tempos. Três! Todas as trincheiras atacaram pelo mesmo lugar, e esse lugar não era Santa Clara! Será que todos os nossos ilustres antecessores estavam errados?

— Embora seja natural de Amberes, eu estou, estive e estarei a serviço do rei Felipe, que Deus o proteja! — exaltou-se Verboom sem que viesse ao caso. — Por ele padeci o cativeiro, e minha fidelidade jamais fraquejou.

Aqui Verboom escolheu um argumento muito fraco. Jimmy não se esquecera das críticas que sofreu antes de Almansa por causa da sua origem. Deu-lhe uma espetada fleumática.

— Meu querido Joris — disse —, o que está em discussão não são os nossos berços. Raízes, raízes, raízes..., as pessoas não são verduras. Você sugere que eu mesmo dirija um exército inglês contra o de sua majestade Felipe V da Espanha?

Verboom viu complôs onde não existiam:

— Entendi! Esta reunião era uma formalidade vazia desde o começo. Sou engenheiro, filho de engenheiros. Mas, como é evidente, não posso esperar que minha estirpe se compare com a do grande Vauban. — Levantou-se, com os punhos apoiados na mesa. — Vou informar o rei da Espanha de como são menosprezados os seus súditos em favor dos do rei da França, cujas influências não hesitam em usar!

Isso ofendeu Dupuy-Vauban, que, apesar de ser um cavalheiro, tinha um caráter vulcânico. Vulcânico até demais, para dizer a verdade.

— Cale-se, maldita rameira das pedras e dos ângulos! — disparou, levantando-se do assento. — Todos os engenheiros da Europa conhecem os seus truques. Você invoca dificuldades que não existem para obter privilégios. Na verdade não serve a rei nenhum, serve-se deles!

Jimmy acompanhava a troca de insultos entre Dupuy-Vauban e Verboom com um tédio enorme. E na verdade não fazia o menor esforço para esconder sua falta de interesse. Ainda lembro como olhava para o teto, balançando a mão como se fosse um leque. "Meu Deus, que calor" — parecia pensar —, "e como são insofríveis estes ardores". Nesse momento um mensageiro pediu permissão para entrar. Devia ser muito importante a mensagem, para interromper uma reunião do marechal Berwick. Jimmy leu a carta sem se preocupar com a briga de galos que continuava na sua presença.

— Cavalheiros, silêncio! Quero que ouçam uma história — disse levantando os olhos do papel. — O mês de julho deve seu nome a Júlio César. O de agosto é uma homenagem a Otávio Augusto. O imperador que sucedeu Augusto era um tal de Tibério. Os puxa-sacos do Senado romano lhe ofereceram rebatizar setembro como "tibério" em sua honra. Tibério, que era menos tirano do que aparentava, debochou: "O que vocês vão fazer", perguntou, "quando acabarem os meses e continuar havendo imperadores?".

Verboom e Dupuy se calaram, tentando elucidar a mensagem que o relato cesariano continha. O silêncio se prolongou. Jimmy mandou-os embora com um gesto. Os dois fizeram uma reverência, um tanto desorientados, e saíram.

— E essa parábola dos imperadores, Tibério e o mês de setembro? — perguntei. — O que significava exatamente?

Jimmy estava imerso em suas reflexões.

— Aquilo? Não tenho a menor ideia — disse. — Os dois iam começar uma briga, e para impedir os fiz refletir. Quando alguém não quer parecer bobo, fica em silêncio. — Balançou a carta que tinha acabado de ler. Estava muito zangado. — Você não vai acreditar no que diz isto aqui.

Vi o selo de Felipe V no papel.

— Sim, ele mesmo, aquele demente coroado por um bafejo de sorte da história! — exclamou. — Está me oferecendo o posto de comandante em chefe de todos os exércitos da Espanha. Logo a mim, um marechal de Luís XIV da França! Mas que oferta é essa? Ele quer que eu abandone Luís? Em troca do seu exército de descalços e mendigos? Por que não me nomeia rei das tribos ciganas da Hungria? — Fez uma bola com a carta, irado. — Pelo amor de Deus! Quem tem um Homero, por que se conformaria com Virgílio? — Andou pelo quarto, meditando, com o papel amassado na mão. Ele já tinha problemas demais e, querendo ou não, aquilo o deixava num aperto: dizer não a um rei é sempre perigoso.

— E a sua decisão sobre a trincheira? Verboom ou Dupuy? — perguntei.

Refletiu passeando pelo aposento, de olhos no chão. Meu coração galopava. Se eu rezei alguma vez na vida, a Deus ou ao Mystère, foi essa: "Por favor, por favor" — implorava em silêncio —, "que escolha a minha trincheira, a minha trincheira, a minha".

De repente Jimmy parou. E falou com o olhar fixo no chão, levantando ao mesmo tempo um dedo em direção ao céu.

— Vamos apostar na trincheira de Verboom.

Em sua indulgência real ainda concedeu uma explicação:

— Vou recusar a oferta de Felipe, claro. Isso será considerado uma afronta. E se a minha carta chegar junto com a notícia de que deixei Verboom de lado, vai ser pior. Você não sabe como é Felipe: um menino doente no corpo de um rei. Vamos começar assim que tivermos reunido todo o material. — E concluiu: — Mãos à obra, quanto antes liquidarmos com essa turba alucinada de Barcelona, melhor.

* * *

A minha querida e horrenda Waltraud interrompe o relato, perguntando por Anfán e Amelis. Para resumir as inquietações da gorda

Waltraud: eu estava realmente disposto a abandonar os meus? Menti para Jimmy? Minha resposta: não, não menti.

Vou dizer agora uma coisa aparentemente incongruente: que se demonstra o amor mais elevado renunciando a ele. Jimmy era Jimmy. Mentir-lhe, uma tarefa impossível. Ele descobriria no primeiro piscar de olhos. A única forma de esconder dele um sentimento era não sentir.

Se os amava de verdade, tinha que adiar o meu amor por eles, suplantar os meus próprios sentimentos. Ser outro, reinventado, transitório, porém verossímil. A única maneira era mascarando o meu amor com outro amor. E garanto que foi tão difícil, ou mais, que desenhar a minha mentirosa Trincheira de Ataque. E, por que não?, vou dizer: durante quarenta e oito horas me entreguei a mim mesmo. O tempo necessário para dissipar as desconfianças de Jimmy. No terceiro dia ele me deu uma farda de capitão francês.

Vocês conhecem o ditado dos marinheiros: uma gota de breu envenena um barril inteiro. Pois bem, no imenso acampamento bourbonista eu me dispus a ser essa gotinha. É incrível a quantidade de calamidades e descalabros que um homem, um único homem pode causar, se estiver decidido a prejudicar.

Eu passeava orgulhosamente para cima e para baixo com o meu novo uniforme francês. Há capitães e capitães, e minha farda era de um tecido branco recém-estreado: o garboso Zuvi *Pernalonga* impunha respeito à soldadesca. Diante dessa tropa suja e com os pés cheios de lama, embrutecida por um ano de assédio, surge um capitão que parecia ter saído diretamente dos salões de Versalhes. Onde eu via uma oportunidade, estragava alguma coisa.

Reparei num recruta navarrense com cara de bobalhão. Comecei a soltar-lhe uma bronca e quando ele já estava morrendo de medo levei-o para o parque de artilharia. Pus um maço e um escalpelo nas suas mãos e mandei bater nas câmaras dos canhões. Aquilo os inutilizaria, mas o que podia dizer, o pobre coitado? Nos exércitos tirânicos os soldados são servos mansos. Ao contrário dos homens da Coronela barcelonesa, aqueles não faziam perguntas, e muito menos retrucavam. Saí dali. Mais cedo ou mais tarde o pegariam dando porradas nos canhões. Certamente seria enforcado, mas enquanto isso já teria destruído algumas peças.

A pólvora é um bem tão precioso que normalmente é guardada sob vigilância e não se transporta sem uma ordem expressa. Mas num assédio de grande porte sempre há carregamentos absurdos e distribuídos pela metade. O bom sabotador se interpõe no caminho de distribuição, fazendo valer o seu posto. Mandei levarem os barris dos canhões para a infantaria e a pólvora dos fuzis para a artilharia. (A minha querida e horrenda Waltraud não entende. Claro, você passa o dia fervendo couves, o que vai saber de pólvoras?) A granulação é diferente para cada arma. Quando disparassem os canhões, os projéteis cairiam a um palmo da boca. Quanto aos fuzis, suas caçoletas estourariam, deixando os atiradores cegos. Meio grão de pólvora basta para calcinar um olho.

Eu estava começando a me divertir de verdade quando um velho conhecido me surpreendeu: o capitão Antoine Bardonenche. Era inevitável que mais cedo ou mais tarde nos encontrássemos em algum lugar do acampamento.

— Meu bom amigo, afinal nos encontramos! Mas você se desvalorizou. Foi rebaixado a capitão, quando era tenente-coronel a serviço do rei Carlos.

— Arquiduque Carlos — corrigi, imbuído do meu papel de desertor. — Rei é como os rebeldes chamam esse usurpador.

— Sim, certo, que diferença faz? — disse Bardonenche, que não se interessava por política. — A questão é que agora nós dois somos capitães. Você tem que vir jantar comigo.

Ainda fiz algumas sacanagens mais e de noite, que remédio, fui me encontrar com ele. Foi um jantar agridoce. Acabamos a noite bebendo diante de uma fogueira do acampamento. As chamas, azuis e cansadas, deram um tom melancólico ao nosso encontro. Como estavam distantes aqueles dias de folguedos nos lagos de Bazoches, com Jeanne e sua irmã.

— Posso confessar uma coisa? — soltou, numa reflexão noturna e sentimental. — Eu odeio tudo isso, odeio. Meses e meses aqui, encalhados num triste acampamento de batalha. Você já viu soldados tão desastrados? Nós parecemos um exército de mendigos.

— Boa ou ruim, eu achava que a guerra era o seu lar.

Ele negou com a cabeça.

— Isto aqui já não é uma guerra. Mais parece uma caçada de lobos. Não há honra nem dignidade em matar essa gente.

Ele fora destinado a tarefas de segurança, na retaguarda do cordão: meses e meses escoltando as carroças de provisões que chegavam para os assediadores, lutando contra os miqueletes que as acossavam.

— Faz algum tempo, perto de Mataró — continuou —, nós incendiamos um bosque inteiro para tirar de lá uns sujeitos encurralados. Como ardiam os pinheiros! As chamas chegavam até o céu, milhares de pinhões explodindo feito granadas. Gritei que se rendessem. Jurei quatro vezes, pela minha honra, que a vida deles seria respeitada. Foi à toa. — Fez uma pausa e prosseguiu: — Quando não aguentaram mais, saíram do bosque em tropel. E sabe o quê? Metade daqueles corpos eram tochas humanas. E mesmo assim, uivando com a carne em chamas, só pensavam em nos abraçar para levar algum de nós para o inferno. Atravessei o peito de um deles com meu sabre. Acho que era o chefe. Olhe isto aqui. — Entregou-me uma bolsinha de couro. — Estava com ele. Estranho, não é?

Abri. Estava cheia de balas. Em algumas ainda se via sangue ressecado.

— Você acredita no destino? — perguntou ele.

— Não.

— Eu também não. Mas acontece que aqui tem dezenove balas, e eu matei dezenove homens em duelo ou combate.

— E que importância isso tem?

— Enfiei o sabre no peito dele, até o cabo. Você precisava ver o olhar desse homem. No último estertor ainda tentou me dizer alguma coisa. Não entendi.

— Certamente estava amaldiçoando você.

Bardonenche voltou o olhar para as chamas.

— É, devia ser isso.

"Cansaço" e "Bardonenche" eram duas palavras que não combinavam. Nessa noite, porém, ele parecia esgotado, abraçando os joelhos. Pus a bolsa de Busquets na palma da mão. Busquets, o capitão de miqueletes que conheci durante a expedição e que foi tão veemente em seu desejo de libertar Mataró. Sua superstição era que não iria morrer até encher essa bolsa de balas. Bem, afinal São Pedro lhe havia aberto suas portas.

— Por que você guarda uma lembrança tão macabra? — perguntei, absorto na bolsa como se fosse uma bola de cristal.

— Não sei — respondeu soltando um gemido. — Sinto que agora essa bolsa é minha. Tentei me desfazer dela, mas não consigo.

Esbocei um sorriso de incredulidade.

— Não consegue? Posso fazer isso, se você quiser.

Negou outra vez com a cabeça, perguntando:

— Diga-me, que sentido tem andar com uma bolsa cheia de balas usadas?

— Não sei. — Suspirei. — Talvez o portador quisesse deixá-la para quem o matasse. Ou uma coisa ainda mais pérfida.

— Mais? — interessou-se ele.

Tentei pensar segundo a mentalidade de um miquelete.

— Quando os miqueletes capturam um francês ou um espanhol com uma escopeta de pederneira catalã, ou uma espada com o escudo catalão na empunhadura, justiçam o prisioneiro com a mesma arma que saqueou. Leia, está costurado na bolsa o nome do proprietário: "Jaume Busquets, *capità*". Se os amigos do morto o pegarem com esta bolsa vão fazer você engolir o conteúdo. É o costume deles.

Imediatamente me arrependi de ter aberto a boca. Dizer coisas cruéis a Bardonenche era como agredir uma criança, por mais que aquele homem fosse o melhor espadachim da Europa. Eu tinha que me retirar para a *masía* Guinardó e me levantei.

— Meu bom amigo — despediu-se Bardonenche sem se levantar —, estou contente de ver que você está conosco. Sabe? Mais de uma vez eu pensei: "Meu Deus, se isto chegar às últimas consequências existe a possibilidade de ter que matar o meu bom amigo de Bazoches."

Quis lhe dizer alguma coisa, mas não sabia muito bem o quê.

— Antoine — refleti em voz alta —, as coisas talvez sejam mais complicadas do que nossos pais e mestres nos ensinaram.

A lucidez da sua resposta me surpreendeu, ele, sempre tão pueril.

— Isso seria muito triste — disse. — Significaria que, amando os mais velhos, abraçamos o falso. Mas como bons filhos e bons alunos, que alternativas tínhamos? — E acrescentou num tom fúnebre: — Não quero matar você.

Ele me deixou gelado. Talvez não fosse tão bobo, afinal de contas. Nossa amizade talvez lhe permitisse deduzir muitas coisas. Entre elas, que um tenente-coronel "rebelde" tão dedicado à defesa da sua própria cidade não passaria para o inimigo com tanta facilidade. Talvez, nessa noite, Bardonenche tenha feito a mais generosa demonstração de amizade: não trair o traidor.

— Você acredita em pressentimentos? — perguntou.

— Não.

— Eu, sim. Se os moradores de Barcelona não se renderem, e houver um ataque à cidade, eu vou morrer. Sei disso. — E entregou seu olhar ao fogo de novo.

9

Abriram a trincheira na noite de 11 para 12 de julho de 1714.

Tudo sobrava a Jimmy: a primeira paralela foi cavada por três mil e quinhentos homens, cobertos por dez batalhões de infantaria e dez companhias de granadeiros. Eu, tão acostumado a fazer guerra de pobre, não podia deixar de invejar tanta fartura de recursos.

Graças ao meu uniforme de capitão francês, não foi difícil me infiltrar na trincheira. Assim que começaram a cavar eu me meti lá dentro. Como trabalhavam! Milhares de pás jogando terra para a frente, numa extensão de mais de um quilômetro e num ritmo de galeotes.

O buraco chegou à altura dos nossos joelhos e logo em seguida do peito. Circulavam cestos de faxina, milhares e milhares. Eles os enchiam de pedras e areia, amontoavam na borda dianteira da trincheira e reforçavam o parapeito com mais pazadas. Por dentro eu me roía, pensando na cidade, pensando nos soldados da Coronela barcelonesa: "Mas o que estão esperando?" — eu entrei em desespero. — "Ataquem, ataquem já!"

Que uma trincheira sofra um ataque no seu primeiro dia de vida é uma coisa tão regular, tão comum em qualquer assédio, que o estranho é esse ataque não acontecer. Os trabalhadores, e a tropa que lhes dá cobertura, estão numa situação mais que exposta. A manobra mais habitual é bombardear a trincheira a partir das muralhas e logo a seguir uma tropa numerosa sai em tropel. Se a investida for bem preparada, e tiver um pouco de sorte, os assediados conseguem bater os defensores da trincheira, essa primeira paralela ainda pouco escavada, pouco profunda, ainda ruim como refúgio. Nessa primeira saída os assediados procuram destruir as obras, e até preencher o que foi cavado, e depois se retiram imediatamente. Não parece grande coisa, mas na guerra o moral é tudo. A cidade manda um recado ao exército atacante: "O que vocês fizeram está desfeito. Venham nos pegar!" Os trabalhos têm que começar de novo.

A posição dos bourbonistas era vulnerável, como ocorre no primeiro dia de qualquer trincheira. Mas acontece que, além disso, ao redesenhar a trincheira de Verboom eu insistira que ela devia começar bem perto das muralhas. Uma distância inusualmente curta, na verdade. A um tiro e meio de fuzil, apenas uns seiscentos metros. Minha esperança secreta, que naturalmente escondi de Verboom, era que um general atento como dom Antonio detectaria as obras e as atacaria. Tudo estava a nosso favor. Ficando essa primeira paralela tão perto das muralhas, nossos rapazes poderiam atacar a trincheira numa carga instantânea. Se avançassem correndo não sofreriam perdas até chegarem ao corpo a corpo, e nesse combate suas paixões superavam de longe os mercenários franceses do Monstro e os recrutas espanhóis de Felipito.

Como era de regra, Jimmy mandou os bourbonistas passarem a noite batendo em tambores para abafar o som das ferramentas. Uma perda de tempo. Mesmo que as obras comecem durante a noite fechada, é impossível ocultar milhares de trabalhadores furando o chão. O momento mais terrível para o trabalho de sapa é no dia seguinte. Depois de uma noite sem pausa nem descanso, os homens estão exaustos, e o sol já se levanta. Até esse momento não aconteceu nada. Relaxamento. E então, de repente, lá vêm os sitiados, num ataque fulminante.

Mas já estava amanhecendo, e nas muralhas não se detectava qualquer movimento. Por que os barcelonenses não atacavam, por quê? Por dentro eu perdia as estribeiras. "Vocês não estão vendo? Porra, ataquem de uma vez!" E pela primeira vez fui invadido por um sentimento atroz que não desejo a ninguém: "Meu Deus, Martí, vai ver que você desenhou isso bem demais."

Dom Antonio, é claro, tinha planos para um ataque fulminante contra a trincheira assim que esta fosse iniciada. O que eu, naturalmente, não podia saber era o que estava acontecendo dentro da cidade. E o que estava acontecendo? Os felpudos vermelhos, para variar, tinham metido o bedelho e atrapalhado tudo. Dom Antonio passou toda a noite do dia 12 para o dia 13 arquitetando essa investida. Na primeiríssima hora de 13 de julho mandou um bilhete à montanha do Montjuïc, onde sua mulher estava alojada, avisando que às nove da manhã subiria para almoçar. Ele a ditou em público, de modo que às oito da manhã a cidade toda já sabia que o general Villarroel, em vez de atacar, ia passar o dia desfrutando uma opípara refeição. Desprezo homérico pelo inimigo! "Eles abrem uma trincheira? Pois eu vou me empanturrar. Vejam só como estou preocupado com o que façam ou deixem de fazer!"

Até a minha querida e horrenda Waltraud, que é tão tagarela e limitada quanto um papagaio, já entendeu que esse bilhete era para despistar os agentes bourbonistas. Todo mundo sabe que em Barcelona havia mais espiões que moscas na bunda de uma mula; então às nove em ponto, de fato dom Antonio foi para o Montjuïc, rodeado por uma numerosa e visível escolta. Mas seus planos eram descer discretíssimamente às onze, bem antes de qualquer almoço mediterrâneo, para comandar o ataque.

Casanova, no governo, estava fora de si desde que foi informado de que os bourbonistas tinham aberto a trincheira. Perdeu o controle dos nervos e, ao cruzar com um dos nossos generais de infantaria, gritou-lhe de maus modos:

— Já que você vai subir para o festim de Montjuïc, diga a Villarroel que os barcelonenses não digerem muito bem que se deixe o inimigo trabalhar com tanto descanso!

O general, claro, avisou a dom Antonio. Consternado com a recriminação, esse general magnificou ainda mais as palavras do *Conseller en Cap*. Dom Antonio, então, não teve outro remédio senão adiar o ataque enquanto conciliava os ânimos com o governo. Não satisfeito com destruir os engodos de dom Antonio, Casanova só se acalmou um pouco quando soube os seus motivos. E ainda por cima ficou interferindo no plano de batalha. Continuo achando que ninguém, na Barcelona assediada, chegou a entender até que ponto um militar consumado como dom Antonio pôs à prova a cautela e paciência dos seus nervos. Aconteceram mil disparates casanovianos que nem vale a pena mencionar.

Enquanto Casanova discutia com dom Antonio, eu estava acocorado no fundo da primeira paralela, tentando me proteger como podia dos canhões do nosso magno artilheiro ruminante de salsinha, Francesc Costa.

Bem antes do amanhecer, Costa, que sempre agia um pouco por conta própria, não esperou receber ordens do governo nem do comando. Posicionou oito morteiros e quarenta e dois canhões, que começaram a vomitar bombas e metralha contra a primeira paralela (e contra a minha pobre pessoa).

Quanto ao bombardeio, só direi que, se a artilharia fosse uma arte, aquela madrugada mereceria ser lembrada para sempre. Os projéteis dos morteiros riscavam uma parábola perfeita no ar. O rastro de fumaça no céu pontuava os seus percursos. Algumas daquelas pedras pesavam mais de cinquenta quilos. Destruíam tudo, e onde caíam provocavam imensos esguichos de terra, faxinas destroçadas, varas de bambu projetadas como facas.

Os maiorquinos de Costa alternavam os projéteis de pedra com explosivos de espoleta. Quando estes últimos chegavam a dois ou três metros de altura, abriam-se numa explosão branca e amarela, e esparramavam fragmentos em vermelho vivo na cabeça dos entrincheirados. É preciso muita habilidade para que a mecha se consuma no momento exato: bem na vertical da trincheira, nem quando a bomba ainda está muito alta, o que faz a dispersão de metralha perder efeito, nem quando já tocou na terra, pois a absorve. Quando se tem do outro lado um sujeito hábil como Costa, a única proteção possível é cavar trincheiras muito profundas e estreitas, reduzindo assim a área mortífera. Como vocês lembram, eu tinha convencido Verboom a estabelecer os planos ao contrário, com a trincheira muito larga e pouco profunda.

Mas, como sabem, naquele momento eu não estava ao lado do nosso artilheiro, mas nas linhas bourbonistas. E o meu grande problema era que, por um paradoxo do destino, tinha que sofrer o talento artístico de Costa. As bombas explodiam sobre a minha cabeça fazendo um som de esguicho. Lembro o cheiro de terra úmida e quente da trincheira, cujas paredes ainda estavam sem revestir. À minha volta, por cima e por baixo do meu corpo, dezenas de trabalhadores se refugiavam como eu, encolhidos e choramingando de horror das detonações aéreas. No descontrole dos sentidos que uma Trincheira de Ataque provoca, os homens que entram nela vivem uma experiência extrema. Lutam pela própria vida, e em três dimensões; na terra, com as mãos, pelo ar, com as bombas, e debaixo da terra, com as minas. E ainda se soma uma quarta dimensão: o tempo. O avanço de uma trincheira é a verdade mais estritamente computável do mundo. Isso, porém, só é válido para o Mystère ou para um Dez Pontos. O engenheiro assediador julga que avança como um caracol; o engenheiro assediado, que corre como um gamo. Uma Trincheira de Ataque é a obra humana mais precisa e, ao mesmo tempo, a que se executa em condições mais selvagens.

Por fim, após o meio-dia, mais de mil sujeitos saíram da cidade, os meus queridos vizinhos, dispostos a tudo. Olhei por cima do parapeito e vi os espaços da estacada cheios de gente que vinha assaltar a trincheira recém-estreada.

Foi um pandemônio do cacete. Os sitiados atacando pelo centro, pela esquerda e pela direita da trincheira. Cavalarias nos flancos, em apoio a uns e a outros. As artilharias dos dois lados atirando sem cessar e, com tanto movimento, fumaça e poeira, não se sabia quem matava quem. Minha intenção inicial era esconder-me em algum buraco, esperar que a onda de atacantes me ultrapassasse, e depois me identificar e voltar com eles para a cidade. Bom plano, não é? Infelizmente, essa estratégia não levou em conta a minha proverbial covardia. Centenas de homens correndo na minha direção, bêbados e uivando feito porcos degolados. Tive a impressão de que os atacantes pertenciam a uma unidade recém-criada, granadeiros sob as ordens do capitão Castellarnau.

"Meu Deus" — pensei —, "essa gente parece muito zangada". Uma linha de três batalhões normandos foi ao seu encontro. Os homens de Castellarnau eram impulsionados por uma força dos demônios. Arrasaram os normandos a golpes de baioneta e seguiram em frente. Quando estavam mais perto eu pude ver seus olhos, vermelhos de vinho. Então pensei, apavorado: "Martí, esses aí não estão de brincadeira." Eles atacavam soltando uns gritos roucos de bêbado, vivas a Santa Eulàlia, e liquidando os caídos. Ultrapassados os normandos, nada se interpunha entre eles e a primeira paralela.

Uma tropa de assalto não conhece ninguém. Ninguém! Eles, em seu estado de frenesi; eu, com o meu uniforme branquinho. Então me sobreveio um dos pensamentos mais ridículos da minha longa vida entre militares: "Minha nossa, os meus estão chegando. Socorro!"

— Fujam, fujam! — gritei aos trabalhadores à minha volta. — Vamos embora porque senão os sediciosos cortam o nosso pescoço!

Os que estavam ao meu lado, todos operários, vacilaram ao me ver fugindo. Os granadeiros bêbados de Castellarnau caíam em cima de nós, enquanto Costa e seus maiorquinos nos bombardeavam com uma precisão demoníaca. Muito bem, se até um oficial foge, por que iriam ficar simples operários, que nem sequer estão sujeitos à disciplina militar?

A brigada toda veio comigo. (E na verdade fizeram bem, porque, como vim a saber depois, os poucos que ficaram foram massacrados por aqueles bêbados na tomada de uma vala.) A maioria largou de lado as picaretas e pás, carretas e faxinas semivazias, e saiu correndo numa velocidade assombrosa. Alguns estavam com tanto medo que chegaram até a me ultrapassar, logo a mim!

* * *

O ataque se extinguiu sem maiores consequências. Mais que um incêndio, foi uma luminária, só memorável devido aos mortos. E quem se importava com os mortos? Os homens da investida ocuparam a trincheira, sim, destroçaram tudo o que puderam, sim, mas logo depois ela foi ocupada de novo por quatro mil soldados, operários e sapadores bourbonistas que continuaram cavando e cavando.

Um comandante me entregou um relatório sobre os acontecimentos da jornada para dar a Jimmy. Mesmo sabendo que era proibido, no caminho até o Mas Guinardó eu li descaradamente o documento. Só a primeira noite e o primeiro dia de trincheira haviam custado 648 baixas, entre mortos e feridos. A informação era do próprio Verboom, e o bom do Zuvi (que ironia!) foi o encarregado de entregá-la a Jimmy.

Entrei no Mas Guinardó com o relatório nas mãos, pensando que teriam sofrido muito mais se as coisas tivessem ido bem.

Encontrei Jimmy no gabinete. Estava em pé, olhando pela janela. A matança que havia acabado de presenciar lhe importava pouco. Estava mordendo o punho, ensimesmado. Virou a cabeça, viu-me e voltou a olhar para os vidros.

Ele só gemia, repetindo como um obcecado:

— Agoniza, agoniza, agoniza…

— Quem? — gritei. — Jimmy, quem está morrendo?

— A rainha, a rainha, a rainha...

Abri tanto os olhos que mais pareciam dois pratos:

— A rainha da Inglaterra? Morta? — Dei um soco no ar. — Mas, Jimmy, isso é maravilhoso!

Meu Deus, que funesta coincidência de interesses. Por motivos perfeitamente opostos, ambos nos beneficiávamos com a notícia.

A balança da política inglesa oscilava entre dois pratos muito delicados; *tories* e *whigs* se alternavam no poder. Morta a rainha Anne, principal sustentáculo da política de conciliação com o Monstro, uma mudança de governo parecia inevitável. E se Londres se voltasse contra Paris, inevitavelmente se aliaria com Barcelona.

Existe na Inglaterra um poder que honra o país, um poder desconhecido nas autocracias: a opinião pública. Nas gazetas de Londres se liam críticas e restrições à política externa inglesa. O "caso catalão" era flagrante. Havia debates no Parlamento.

Não vamos nos iludir. A Grécia de Péricles só mandou uma expedição à Sicília porque os seus demagogos públicos a impulsionaram. A Inglaterra só conhece os seus próprios interesses, atiçados pela opinião pública ou por especulações privadas. Mas, se viessem nos ajudar, quem se importava com o motivo? A Inglaterra não tinha rival nos mares, seus navios furariam o bloqueio naval francês. E, como já havia acontecido em 1706, quando a frota inglesa entrou no porto durante o primeiro assédio bourbonista, injetariam reforços, provisões e moral na cidade. O assédio a um porto não bloqueado é inviável por natureza, Vauban *dixit*.

Com a morte da rainha inglesa, qualquer adiamento da sentença ganhava mais sentido. Dois, três dias que conseguíssemos arrebatar ao futuro podiam mudar tudo. E a minha trincheira era o adiamento.

E Jimmy? Aquela morte real era o momento que dava sentido à sua vida inteira. A Inglaterra fervendo, com a sucessão no ar. Ele tinha nascido para ser rei, e quando surgia a oportunidade da sua vida, estava ali. Retido milhares de quilômetros ao sul por uma causa que não lhe dizia respeito. Não se pode comandar um assédio real no sul e, ao mesmo tempo, uma rebelião dinástica no norte. Ele tinha que escolher.

Jimmy, por mais cosmopolita que aparentasse ser, era um inglês inabalável. Quando mandaram seu pai, o último rei católico da Inglaterra, para o exílio, foi criado na corte francesa. Os ministros do Monstro o protegeram, e seu talento pôde se desenvolver apesar da sua bastardia. Mas como mercenário da França ele nunca deixaria de ter um papel secundário. Em 1714 já reunia todos os méritos para apresentar suas credenciais em Londres. Vencedor de mil batalhas, marechal do mundo. Tolerante em matéria religiosa (claro: não acreditava em nada), conciliador de partidos (tampouco acreditava em nenhum), submisso a quaisquer interesses que o enaltecessem (ele se serviria de todos e serviria a todos). Vauban, ingênuo como um Cícero em política, era partidário de uma república de varões virtuosos. Jimmy não acreditava em qualquer regime que não fosse presidido por ele (e alguns outros varões viciosos). No entanto, continuava a serviço do Monstro, que o mandara para a Espanha. Abandonar o assédio de Barcelona, logo depois da destituição de Pópuli, era impensável. O Monstro o esfolaria. A morte da rainha o forçava a escolher entre as obrigações contraídas com a França desde a infância e o seu destino.

Não lhe faltavam motivos para nos odiar. A guerra mundial, que durara quatorze longos anos, tinha acabado. Mas aqueles obcecados de Barcelona não queriam admitir esse fato e emperravam o seu futuro real. Eu estive ao seu lado durante muitos dias, portanto ele poderia ter se interessado pelos motivos de tanto fanatismo. Não se interessou. Jimmy começou e terminou o assédio sem se incomodar em saber quem eram seus inimigos e que causa eles defendiam. Não nos odiava, creio eu, porque não amava o bem nem o mal. Mais que odiosos, ele nos considerava um obstáculo.

E então adoeceu. Os médicos não souberam ver o mais evidente: que aquilo não era uma doença do corpo, mas uma fratura no núcleo da sua alma. Ele podia ser fiel ao Monstro e prosseguir o assédio. Ou traí-lo, correr atrás do próprio destino e voltar para a Inglaterra como aspirante ao trono. Finalmente reinar, ele mesmo ou por intermédio de um dos seus meios-irmãos palermas. Continuar sendo um lacaio sem futuro ou arriscar tudo.

A tensão se manifestou em forma de febres virulentas, que o seu zelo militar só fez agravar. Passava o dia inteiro para cima e para baixo, fiscalizando tudo, especialmente a chegada dos materiais necessários para o progresso da trincheira. Quando voltava a Mas Guinardó, não tinha forças sequer para tirar a armadura. Eu lhe afrouxava as correias. O suor tinha endurecido o peitilho de tal maneira que era como arrancar o casco de uma tartaruga. Enquanto o despia, odiando-o, ele virava o rosto em minha direção e suplicava:

— Você nunca me trairia, não é mesmo?

O egoísmo sem fundo de Jimmy, insaciável, de um despotismo elementar. A febre subiu até as fronteiras do delírio. *Trench... Go!...* Seus sussurros me crispavam.

Certa madrugada não conseguiu se levantar da cama. Passou o dia lá, molhando os lençóis. Ao entardecer veio o oficial de guarda pedir-lhe a senha do dia. Era Bardonenche.

Nesse dia me pareceu mais entregue que nunca ao serviço, a bondade nos olhos, livre de preconceitos. Encontrou-nos na cama, quase nus. Eu segurava um corpo de marechal, minhas mãos empapadas pelo suor de Jimmy, nossos cheiros misturados. Mas Bardonenche não disse nada, não opinou. Deu dois passos tímidos, arqueando as sobrancelhas, olhando Jimmy em suas convulsões, e só o que murmurou, compassivo, foi:

— Coitado, pobre senhor.

Movido pela urgência, esbofeteei Jimmy e disse:

— Jimmy, Jimmy, o exército pede a senha.

Ele me olhou sem parar de se contorcer como um possesso, os olhos em branco, e sussurrou num gorgolejo ausente:

— *Loyalty.*

— Se ele morrer — disse-me Bardonenche com uma tristeza cúmplice —, será um desastre. Um assédio não pode mudar três vezes de comandante em tão pouco tempo.

Com uma testemunha como aquela seria facílimo para mim matar Jimmy: ninguém iria me acusar de uma morte tão previsível.

Não, não o matei. Não consegui. Que meus mortos me perdoem.

Os calafrios lhe provocavam tremores. Passou essa última noite me abraçando o flanco, com tanta força que minhas costelas doeram durante três dias.

— Diga que você nunca vai me deixar, que você não — sussurrava em pleno delírio. — *Trench... Go... King... Kingdom...*

Por volta das cinco da madrugada, relaxou. Pus a mão em sua testa. A febre estava baixando. Eu agradeci e ao mesmo tempo lamentei. (Já sei que é incongruente. Mas escreva aí!)

Quando dormiu, eu me vesti em silêncio e dei o fora.

* * *

Favorecendo minha fuga de Mas Guinardó, eu tinha uma vantagem: que náufrago abandona o bote para voltar à nave que está afundando? Ninguém iria desconfiar que um oficial francês, bem-arrumado e de uniforme novo, tinha a intenção de cruzar as linhas e fugir rumo à cidade moribunda.

As primeiríssimas luzes do dia apareciam no horizonte. Dei uma boa caminhada pelo interior do cordão, procurando o portão mais distante da trincheira. À minha esquerda, esta era iluminada pelas chamas das duas artilharias cruzadas. Milhares de homens trabalhavam em seus sulcos, toda a labuta da batalha se concentrava lá. Portanto, quanto mais eu me afastasse, melhor.

Como perambular no interior do acampamento bourbonista aumentava os riscos, decidi parar na frente de um portão qualquer. Havia uma guarda robusta para prevenir alguma investida dos barcelonenses.

Bem, uma das vantagens de fugir de um quartel-general é que se conhece a senha:

— Lealdade!

Fiz um gesto majestático com a mão, sem parar de andar, exigindo que abrissem as portas. Obedeceram. Afinal de contas, eles estavam lá para impedir que os rebeldes entrassem, não que um capitão francês saísse, sabe-se lá com que missão secreta.

Uma vez do lado de fora, eu sabia que todos os olhos da guarda estavam pousados nas minhas costas. (Aqueles uniformes bourbonistas brancos, por mais sujos e andrajosos que estivessem, sempre os atrapalhavam nas lutas noturnas. Temiam muito sair do seu cordãozinho.) Durante alguns minutos andei como se estivesse verificando as defesas externas, a profundidade do fosso do cordão e as montanhas de lenha empilhadas a cada trinta metros, prontas para arder e assim iluminar e cegar os atacantes. Quando já estava relativamente distante, quase engolido pelas trevas que antecedem o amanhecer, comecei a correr. Use as pernas, Zuvi!

Eles não atiraram. Ou não me viram ou preferiram fazer vista grossa. Por norma, os soldados sabem que intrometer-se nos assuntos de oficiais só causa desgostos. Melhor. Jimmy e os outros demorariam um pouco mais a descobrir a minha fuga.

Uma vez perto da cidade, deitei no chão para continuar na base dos cotovelos e joelhos. Avançar arrastando-me por esse terreno implicava subir e descer constantemente, como o movimento do mar. Ainda estava longe das muralhas quando dei com um sujeito que, como eu, se arrastava pela terra de ninguém, só que na direção contrária. Não o vi chegando porque o terreno, muito sacrificado, estava cheio de buracos causados por explosões maldirecionadas. Em nossa posição de minhocas olhamos um para o outro sem saber muito bem o que fazer. Com a abertura da trincheira, os medrosos e mercenários fugiam das muralhas em direção ao cordão. O que não era de se estranhar, pois a cidade estava condenada.

Eis um bom caso para os filósofos do direito militar resolverem: dois desertores que se cruzam na terra em disputa são obrigados a se matar? Nós dois decidimos que não. Ele fez de conta que não me viu, e eu também. Percebi que atrás daquele vinham outros, talvez uma dúzia, reptando como vermes. Quando nos cruzamos eles me olharam, sem animosidade, mas como se olha para um louco. Na etapa final do assédio, quase todos os soldados profissionais haviam desertado. A essa altura, então, já éramos um exército de moradores.

À minha frente já se viam os nossos pobres baluartes e muralhas, erigindo-se na escuridão como enormes dentes podres. Havia muito de dom Antonio nessa minha volta insensata. Pensando bem, o assédio de Barcelona foi um conflito entre duas lideranças antitéticas. Jimmy, sutil, corrupto, habitante das altas esferas, cheio de egoísmos versalhescos. E do outro lado, dom Antonio, um adorável biruta castelhano, abnegado até o absurdo, teimoso feito um asno, plebeu nos modos.

E meu filho, aquele filho que eu deixava para trás, talvez para sempre? Voltando para a cidade eu desistia dele, nunca poderia abraçá-lo. No entanto, minha decisão se baseava num princípio que os homens da Coronela consideravam comum: que os laços de sangue são menos importantes que o vínculo que nos une àqueles com quem derramamos sangue e lágrimas. Será que aqui fica claro que, para além das Constituições e Liberdades, se travavam conflitos no interior de cada combatente? O mal tem o poder de oferecer-nos sedas, honras e prazeres. O Mystère, o poder de arrancar-nos de suas chantagens, em troca de nada. Ou de uma Palavra. Mas, acima de tudo, estavam eles.

Iam me matar. Não, pior; meus cotovelos e joelhos me levavam para um negror mais infeliz que a morte. E tudo por causa de um velho curvado, um anão disforme, um menino selvagem e uma puta morena. Já que os poetas não se atrevem, eu vou dizer.

O amor é uma merda.

10

Assim que voltei para Barcelona pude ver a que ponto as coisas tinham se degradado durante a minha longa ausência.

Com a chegada de Jimmy, a frota francesa estava com um ânimo renovado. Agora só conseguiam furar o bloqueio alguns barquinhos solitários. Embarcações tão ágeis quanto diminutas, de maneira que seu carregamento era insignificante. Com o fornecimento marítimo definitivamente estrangulado, os depósitos se esvaziaram da noite para o dia.

Embora a preços exorbitantes, até esse momento os barcelonenses conseguiam comprar comida. Para que se entenda, uma libra catalã era dividida em vinte soldos, e o salário diário de um trabalhador barcelonês era de dois soldos. Desde janeiro de 1714, um litro de vinho custava oito soldos. O de aguardente, quinze. Dois ovos de galinha, que as pessoas criavam nos balcões agora desmantelados, três soldos. A carne era inacessível para os pobres desde o início do assédio. Duas galinhas custavam duas libras; meio quilo de carneiro, uma libra. Por uma libra se podiam conseguir seis quilos de cevada ou sete de trigo. O problema era assar o pão.

Num assédio, os primeiros bens que desaparecem são os combustíveis: lenha e carvão. O inverno de 1713-1714, tão frio, havia dilapidado as reservas. As pessoas tinham queimado os seus móveis. Como se não bastasse, as obras de uma muralha assediada precisam de madeira tanto como de pedra, de forma que chegamos ao extremo de desmontar as pontes que atravessavam as valas ou *recs* da cidade. As duzentas e cinco árvores das Ramblas também foram vítimas da voracidade serradora da engenharia. (Pobres

Ramblas, a nossa agradável avenida: depois de cada assédio se plantavam árvores para voltar a cortá-las quando começasse o seguinte.) Enquanto eu estava no acampamento bourbonista, a fome tinha se generalizado. Voltei à cidade no começo de agosto, com o bloqueio no auge, e nessa altura nem sequer pagando preços astronômicos se podia comprar o que não existia mais. O pouco que havia foi destinado a rações para a tropa. Então, o que comiam as pessoas?

No verão de 1714, o único alimento disponível na cidade era uma espécie de torta feita com casca de favas. Restos do fundo dos depósitos, tão podres, tão fedorentos que parece inconcebível que conseguíssemos engolir aquele grude pastoso e fétido. Com Jimmy eu comia bife três vezes por dia. A mudança na alimentação foi tão abrupta que levei três dias até conseguir me resignar. Mas o fiz, que remédio. Não existe lei superior à do estômago. Francesc Castellví, o nosso capitão de veludeiros, me contou uma experiência que fez com esse pão de casca de favas: deu uma côdea a um dos poucos cachorros que ainda restavam na cidade e o animal fugiu latindo de repulsa pela oferta.

Uma vez na cidade, eu só pensava em Amelis e Anfán. Enquanto estava no acampamento bourbonista eles me pareciam tão longínquos, e tão improvável voltar a vê-los, que fiz o impossível para tirá-los da cabeça. E agora que sabia que estavam tão perto, a ansiedade de abraçá-los me deixava louco. São assim os sentimentos do reencontro: quanto mais perto estamos dos seres que amamos, mais tememos perdê-los.

Encontrei-os na retaguarda, imediatamente atrás das muralhas, trabalhando em obras de defesa. Em vez de correr e abraçá-los fiquei uns instantes ali parado, contemplando-os da esquina. Os miseráveis sabem como são breves e escassas as suas bonanças, e por isso tendem a se contentar com menos. Estávamos perdendo a guerra mais destrutiva do século, sitiados numa cidade condenada. Mas continuávamos vivos, ainda vivos. Nossa própria existência significava um desafio aos poderes do mundo, e o simples fato de voltar a ver Amelis e Anfán me obrigou a fazer um esforço para conter as lágrimas.

Estava tão absorto com eles que levei alguns instantes para descobrir a natureza do seu trabalho. As brigadas estavam amarrando grossas correntes às vigas de sustentação dos prédios, e após uma ordem fileiras de homens e mulheres puxavam ao mesmo tempo. As construções desabavam fazendo um estrépito de pedra caindo e nuvens de alvenaria. E um dos prédios derrubados era o nosso! Afinal avancei até onde eles estavam. A recompensa foi a cara de Amelis, a expressão mais alegre que já tinha visto nela.

Há abraços que marcam as etapas da nossa vida. Eu tinha voltado, estava com eles, e o abraço que demos selava um laço que nem dois reis poderiam destruir. Ao abraçá-la também me dei conta de outra coisa: estava tão magra que meus dedos apalparam as suas costelas.

— Pelo amor de Deus — disse eu —, você está puxando os escombros da nossa própria casa.

— De qualquer jeito, não restava muito dela — disse Peret, que também estava por lá. — Pouco depois da sua captura duas bombas atingiram a fachada.

Aquilo, na verdade, era a preparação para fazer uma cortadura. Logo depois descobri que o governo havia imposto essa medida draconiana.

Quando o assediado sofre brechas irreparáveis, sempre cabe uma solução de emergência: a cortadura. Seu nome se deve à sua finalidade, cortar o avanço dos sitiadores uma vez que estes tomaram a muralha. A ideia é criar um parapeito em zigue-zague, por trás das muralhas e paralelo a elas. Tão alto quanto possível e reforçado com um fosso em sua base. Quando o invasor já se julga vitorioso, topa com um novo obstáculo.

Em Bazoches dedicaram poucas e desdenhosas lições às cortaduras. Por quê? Porque elas não servem para nada. Em toda a minha longa vida jamais vi uma cortadura que tenha impedido um ataque em massa. O que os mais hercúleos baluartes não conseguem, como uma barricadinha conseguiria? Antes da minha captura eu já era radicalmente contra esse projeto. Tinha argumentos de sobra.

Primeiro: uma cortadura baixa o ânimo combativo da tropa que defende a muralha, pois, sabendo que há um refúgio atrás, os homens tendem a se render em vez de lutar até o último suspiro. Segundo: sendo essa segunda defesa menos eficaz que a muralha, só se consegue que o inimigo, encorajado após a conquista da principal linha de defesa, avance contra a última e mais fraca. Terceiro: pela topografia mais elementar de Barcelona, a nossa cortadura ficaria num plano mais baixo que os baluartes. Assim, os bourbônicos vitoriosos nos atacariam em avalanche e de cima, com todas as vantagens que isso dá. E, quarto, o mais importante: a cortadura seria feita num terreno edificado, quando se faz necessário um campo de tiro espaçoso, e Barcelona formava uma aglomeração urbana tão densa que os prédios eram quase adjacentes às muralhas. Seria preciso derrubar ruas inteiras. Seus moradores não iam ficar lá muito felizes de ver o governo demolindo as suas casas.

No entanto, pelo menos em relação a este ponto, eu estava enganado. Os moradores não se opuseram às demolições, ao contrário, eles as apoiaram pelo bem da defesa. Ali estavam eles, homens e mulheres mortos de fome ajudando a derrubar as paredes entre as quais tinham habitado. Fiquei perplexo. Para defender suas casas, os barcelonenses estavam dispostos a destruí-las.

Meus olhos de Bazoches viram algo meio enterrado entre as ruínas do nosso edifício. Fui até lá. Era o *carillon à musique* de Amelis. Peguei-o nos braços como um bebê, limpando-o da poeira e dos escombros. Estava quebrado, como era de se esperar: ao abri-lo não se ouvia nada. Que diabo aquele objeto estava fazendo ali, se era inseparável de Amelis? Mais tarde soube que Peret, que temia o roubo mais que a fome, num descuido de Amelis o levara de novo para a casa, confiando que os ferrolhos da nossa porta o protegeriam melhor que as paredes de lona da praia. Aparentemente não pensou que as bombas são mais perniciosas que qualquer ladrão. Entreguei-o a ela dizendo:

— Não se preocupe, vamos encontrar alguém que saiba consertar.

Fui assaltado por um certo sentimento de culpa; tinha sido educado para construir ou reparar muros monumentais, mas era incapaz de enfrentar uma caixinha que tocava música ao ser aberta. Quando se referia à caixa, nunca se sabia se Amelis estava falando sério, porque o que disse foi:

— Não faz mal.

O que é uma casa, um lar? Às vezes é uma melodia, ou a lembrança de uma melodia. Enquanto ela tivesse aquela caixa por perto, estaria em casa. Só tinha caído a carapaça, mais nada.

— Não faz mal — insistiu —, enquanto tivermos a caixa vai ser mais fácil lembrar a melodia.

* * *

Fui ver dom Antonio nessa mesma tarde. Villarroel tinha que saber das cartas de Felipito propugnando o extermínio geral, a agonia da rainha inglesa. E, claro, os detalhes da Trincheira de Ataque. Graças à sala esférica de Bazoches, todas as informações estavam armazenadas na cabecinha de Zuvi.

No breve trajeto pude observar o clima opressivo e sujo em que Barcelona já estava envolvida. Pirâmides de lixo se acumulavam na praia. Os barcelonenses, sempre risonhos, agora pareciam trancados dentro de si mesmos, a troça habitual tinha sido substituída por uma tristeza coletiva. Nas barracas familiares havia muitos mais homens que no começo, mutilados em combate de um braço ou uma perna que iam convalescer com os seus. As mulheres faziam umas sopas aguadas. Vi uma briga entre duas delas, que se arranhavam e puxavam os cabelos. O motivo, tive a impressão de entender, era meio nabo roubado. Entrei pelas ruas e até a cor da cidade havia mudado. Tudo estava mergulhado numa camada cinzenta de poeira e cinzas. Os únicos batalhões que se mantinham compactos e fiéis eram os homens da Coronela.

Dom Antonio parecia tão abatido, suas roupas estavam tão folgadas, que se não fosse pelo uniforme de general seria difícil reconhecê-lo. Depois me disseram que desde o começo da trincheira ele quase não comia nem dormia. Sentados um na frente do outro, ele me ouviu por um longo tempo. Relembrei os detalhes da trincheira em andamento diante de um mapa aberto. Às vezes a alma nos faz suas emboscadas, porque quanto mais técnicos eram os assuntos que eu relatava, mais era dominado por uma emoção desmedida e atroz.

Em Bazoches fui adestrado para concentrar a atenção e abolir os sentimentos, que são as nuvens que ocultam a razão. No entanto, na Barcelona de 1714 convergiam dois polos inimigos. Uma racionalidade extrema despertava emoções extremas. Pois quem poderia saber melhor do que eu o significado dessas linhas de tinta num mapa, aparentemente tão inócuas?

Descrevi o avanço que a trincheira bourbonista seguiria, ramal por ramal. Primeira paralela, já à nossa frente, crescendo ali fora hora a hora, enquanto nós falávamos. Segunda paralela. Terceira paralela.

Eu quase me sufocava, e quando disse "... e finalmente vão coroar o fosso", minha voz se cortou. Pedi desculpas:

— Perdoe-me, general.

— Quero que fiscalize os trabalhos da cortadura. E, pelo amor de Deus — gritou —, sem choramingar!

Ele queria aparentar uma firmeza que não tinha, e antes de me despedir elucubrei sobre a grande questão que Vauban um dia me propôs.

— Quem sabe — disse —, se persistirmos talvez consigamos criar uma defesa tão perfeita que faça o inimigo desistir.

Mas Villarroel negou com a cabeça.

— Filho, para chegar à perfeição teríamos que ir além da pobre dimensão humana. E se é delito forçar um soldado de carreira a fazê-lo, com que autoridade moral poderíamos obrigar uma cidade inteira?

Nossas armas não tinham futuro, ninguém podia saber disso melhor que Villarroel. Ele havia insistido mil vezes com o governo para que tentasse um acordo negociado. Ninguém viveu uma armadilha moral tão pérfida. Insistir numa defesa louca contrariava a consciência de dom Antonio; abandoná-la contrariava a sua honra. Na verdade, ele fez várias ameaças de se demitir. Mas não eram sinceras, ele as usava como cartas de negociação, sabendo que os felpudos vermelhos não aceitariam seu afastamento. Estava num redemoinho paradoxal: os soldados obedeciam cegamente a dom Antonio; este, aos felpudos vermelhos, e os felpudos vermelhos se submetiam à opinião dos barcelonenses. E o que era a Coronela senão os próprios cidadãos em armas? Desde antes do começo da trincheira, dom Antonio tinha um único objetivo: evitar uma matança absurda. Mas à medida que passavam os dias esse nobre ideal se tornava uma coisa cada vez mais impossível, antes de mais nada porque aqueles que pretendia salvar eram os mesmos que preferiam a imolação à rendição.

E eu? Eu era um observador e ao mesmo tempo partícipe da nossa loucura. Na primeira noite após a minha volta, ainda abraçado com Amelis em nossa barraca, falamos muito pouco. Deixei a caixa de música quebrada ao lado da nossa manta-colchão. Preferi não contar muito das minhas peripécias na retaguarda bourbonista. Naquela mesma manhã, em nosso primeiro reencontro, a visão de suas mãos, sangrando de tanto carregar pedras, havia adiado as minhas perguntas sobre Verboom. E agora, juntos e nus, preferi ficar calado.

— Quero lhe pedir um favor — limitei-me a dizer. — Aquele seu vestido de domingos, o roxo. Por favor, queime-o.

Ela deu uma risadinha cansada.

— Martí — respondeu —, mas como você é bobo. Faz muito tempo que vendi aquele vestido para comprar comida.

* * *

Agora Jimmy concentrava todas as baterias bourbonistas nos baluartes de Portal Nou, Santa Clara e no pobre trecho de muralha que os unia. Não era mais o bombardeio errático e assassino de Pópuli, mas sim um negócio metódico, persistente e adequado ao desenho da trincheira. (E quem o tinha elaborado? Pensar nisso me deixava arrasado.) As escavações avançavam dia e noite, enquanto os canhões tentavam abrir brechas para o ataque final.

Naturalmente, Costa e seus maiorquinos eram pagos para impedir que os artilheiros inimigos fizessem seu trabalho. Disparavam contra os canhões bourbonistas e contra o céu da trincheira, procurando matar tantos sapadores e soldados quanto fosse possível. Na sua réplica, as peças inimigas tentavam caçar as nossas. O resultado era uma barafunda insuportável para os seres humanos comuns. Canhões de um lado e do outro buscando-se mutuamente, uma parte dos nossos lançando metralha contra as paralelas e uma parte dos deles derrubando as nossas muralhas e matando os nossos homens. Costa estava sempre por ali, mastigando salsinha e mandando suas peças trocarem de posição para dificultar o tiro inimigo. Canhões disparando, canhões arrastados. E, no meio, os fuzileiros da Coronela dirigindo o fogo de armas ligeiras contra a trincheira.

Aqueles alfaiates, carpinteiros e hortelãos sabiam que até que viessem substituí-los iam sofrer tiros de canhão dia e noite, trancados nesses túmulos pentagonais que eram os baluartes. Olhavam ansiosos para o céu em busca de nuvens, porque os aguaceiros molhavam a pólvora e atrasavam o trabalho dos artilheiros bourbonistas. Infelizmente estávamos no auge do verão. Barcelona sempre foi uma cidade onde o Mediterrâneo provoca um calor úmido. O nosso mês de agosto é um caldo horroroso. Ah, sim, e o céu azul, sem nuvens prometendo chuvas, azul, sempre azul; nunca o azul foi uma cor tão intransigente. E a temperatura. Ao calor próprio do estio se somava o do combate.

Lá em cima o bombardeio era tão intenso e contínuo que só se respirava pó de pedra. Umas gordas partículas de cinza flutuavam no ar: quando você balançava a mão diante do rosto elas se agitavam como um pólen denso. Depois de passar um tempinho em Santa Clara ou Portal Nou, as juntas entre os seus dentes ficavam cheias de terra; não, de algo pior, pois se sabia que eram restos pétreos, moídos e decompostos pelas bombas. Alguns homens ficavam sarcásticos, outros perdiam a razão. Ninguém pode resistir indefinidamente a um bombardeio, ninguém. Alguns desabavam de repente. Iam para um canto, e ali ficavam encolhidos e alheios a tudo. Seus olhos piscavam mais rápido que as asas de um colibri, suas mãos se moviam como se estivessem torcendo o pescoço de uma galinha. A loucura sempre foi uma forma de fugir para dentro.

Chegaram à segunda paralela. Os bourbonistas conseguiram instalar baterias que atacavam de lado as muralhas, e de muito mais perto. Costa podia fazer pouco contra tantas bocas. Então os bourbonistas lançaram mão do "tiro Ricochet", inventado pelo próprio marquês de Vauban.

Em essência, o estilo Ricochet consiste em só colocar nos canhões dois terços da pólvora necessária. Os projéteis, então, não causam impacto nem se incrustam: dão longos saltos como pedras planas lançadas na superfície de um rio. O tiro Ricochet é muito útil para extirpar os canhões instalados nas muralhas. O projétil percorre o pátio do baluarte, arrastando tudo o que está na sua frente. Dava para ver aquelas bolas dançarinas, do tamanho de uma melancia gorda, quicando em toda a extensão do piso de pedra. Cada pulo que davam fazia um barulho espantoso, indiferentes ao humano. O tiro ao estilo Ricochet transforma os homens em formigas e os baluartes em formigueiros pisoteados. Pesadas esferas de pedra ou de metal chocando contra o chão. *Croc! Croc! Croc!* As bolas vinham pela direita, pela esquerda, pela frente ou por todos os lados ao mesmo tempo, e sempre havia alguém que gritava:

— *Corpo a terra!*

Se você se deitasse a tempo, era muito difícil que o peso da bola o matasse. Elas aterrissavam nas branduras do corpo e, no máximo, quebravam umas costelas. Mas sua velocidade era enganosa, e no trajeto aéreo mutilavam tudo. Dos mais desavisados, o projétil arrancava um membro e depois continuava impassível, aos pulos no pátio do baluarte. Há um horror primordial na visão de homens em pedaços.

Aqueles batalhões que montavam guarda em Portal Nou ou Santa Clara se ajoelhavam e se benziam antes de subir às suas posições. Mas subiam. Eu nunca tive coragem de mandá-los para a gola dos baluartes, sempre escapulia com mil desculpas. Seria algo assim como dirigir uma execução de homens honestos.

Pensei que escrevendo este livro eu me libertaria do peso da memória. Que despejaria no papel as minhas traições e me redimiria com a verdade. Pensei, oh, vaidade, que honrando com tinta aqueles homens e mulheres que lutaram pela sua liberdade sem muita esperança, minhas misérias seriam paliadas. Mas isso é uma tarefa impossível, agora eu entendo. E por quê? Por causa dessa ideia tão fugaz, tão bastarda, que temos do heroísmo.

Como herói prototípico nós enaltecemos um Aquiles com penacho. E o vemos vitorioso, levantando a espada sobre um Heitor cansado. Mas que imagem épica podemos enaltecer de uns caras sujos, totalmente comuns em seus ofícios e vidas cotidianas? O heroísmo não é um ato, é a perseverança; não é um ponto luminoso, mas uma linha fina, indestrutível em sua modéstia; é subir nas muralhas atacadas, um dia, e no seguinte, e no outro. Ir da sua casa para o inferno, voltar para o lar, e na madrugada seguinte reincorporar-se à morte. E, como o heroísmo era moeda corrente, ninguém era herói para os seus semelhantes. Mas é exatamente isso que dava altura à sua grandeza. Os heróis, como os traidores, envelhecem. Os imolados permanecem, a glória é deles. Não pode haver vivos gloriosos, pois só a morte tem o dom de fixar a imagem do imortal.

Começaram a terceira paralela. Chorei quando a vi, encolhido no canto mais pétreo de um baluarte, cobrindo o rosto com as duas mãos, Ballester e sua equipe em pé ao meu lado. Eles não entendiam o motivo do meu desconsolo, e ao mesmo tempo intuíam, sabiam, que meu pranto vinha de um conhecimento superior, que escapava à sua compreensão. Os miqueletes escondiam os seus sentimentos, sempre, e talvez por isso mesmo admiravam quem era capaz de mostrá-los sem rubor.

A terceira paralela tinha algo de princípio do fim. Goethe, certa vez, me perguntou pela filosofia de Vauban. Eu resumi como pude as ideias básicas do cerco dizendo que era uma trincheira que evolui em três grandes paralelas. Ele refletiu e sua conclusão foi: "Como disse Aristóteles: todo drama consta de três atos." Eu nunca tinha pensado na coisa nesses termos.

E continuaram em frente. Quando concluíssem a terceira paralela, seria o fim. Só faltaria fazer uns ramais que chegassem ao topo do nosso fosso. Ali, criar parapeitos (que no jargão da engenharia são chamados de "cavaleiros") e depois assaltar a cidade com cinquenta mil assassinos disciplinados.

A Trincheira de Ataque já era um labirinto que se estendia ao longo de milhares de metros, que ziguezagueava, dobrava e se contorcia em mil ângulos. Muito à nossa esquerda se via o Montjuïc envolto em fumaça até o topo, que em si mesmo parecia uma fantástica montanha voadora. Eu tinha que fazer uso de tudo o que aprendera em Bazoches para ver, intuir, o que estava acontecendo poucos metros adiante. Durante um dos bombardeios me aconteceu algo especialmente doloroso.

Eu estava no baluarte de Portal Nou, agachado. Era desesperador ver como as brechas aumentavam dia a dia, atingidas por mais tiros de canhão, e não podíamos fazer nada para fechá-las. Ao meu lado vi um soldado desconhecido da Coronela. Como eu, ele tentava se refugiar da artilharia, com uma das mãos empunhando o fuzil, a outra segurando o chapéu na cabeça. Nossos braços e pernas se fundiam num redemoinho mútuo. *Barruum, barruum!* Não era ninguém em especial. Um homem com roupa pobre e puída, coberto pela poeira da batalha. Em dado momento meteu a cabeça por um buraco do nosso muro despedaçado e, referindo-se à imensa, monumental Trincheira de Ataque, comentou:

— Mas quem pode ser tão filho da puta para inventar uma coisa tão tortuosa?

Talvez tenha sido isso que me levou às fronteiras do martírio. Sentindo-me instrumento do nosso fim, eu me expunha de maneiras insensatas. Um dia vi o sinal que esperava havia muito tempo: pela extremidade superior dos parapeitos, os bourbonistas tiravam com baldes a água que se filtrara na trincheira.

No projeto eu tinha inclinado a trincheira em direção ao mar para provocar sua inundação. Ao cavar, os sapadores de Jimmy deram com águas salinas. Quando vi os baldes explodi numa alegria doentia. Meu torso amanheceu em cima da muralha, gritando:

— Fodam-se, filhos da puta! Afoguem-se como ratos!

Ballester me obrigou a agachar-me puxando as abas da minha casaca.

— Tenente-coronel! — censurou-me quando caí sob a proteção dos muros.

Lembro-me desse momento como algo extraordinário. Por quê? Porque vi algo nos olhos de Ballester que me fez reconhecer-me neles.

Era assim que ele tinha me visto até então, como um homem cumpridor dos deveres mas tímido, assustadiço e excessivamente prudente. Nesse dia se deu uma transmutação insana entre ambos.

Ballester já era um oficial do governo, responsável, e o tenente-coronel Zuviría uma máquina obcecada com a tarefa assassina. Sim, foi um olhar mútuo e muito prolongado.

Mas, se os dias eram infernais, não há palavras para descrever as noites. A partir da terceira paralela, as investidas noturnas eram mais frequentes e mais violentas. Como me furtar de participar? Eu sabia de cor todos os cantos e curvas da minha trincheira. Minha presença era indispensável para guiar os assaltantes à direita ou à esquerda de uma valeta. Não há nada mais confuso que um combate nas trevas, no meio de granadas, facas e baionetas, e tudo num labirinto de fossos e milhares de ramais.

Sim, os combates noturnos eram de uma ferocidade desconhecida. Saíamos ao abrigo das primeiras sombras, ou logo antes de alvorecer, alternando o horário para surpreendê-los. A princípio achei que nesse tipo de luta Ballester se sentiria à vontade. Às cegas, durante a noite ele poderia praticar o instinto da chusma mais baixa, que consiste em matar e fugir. Mas aconteceu exatamente o contrário. Aquelas noites enobreceram Ballester na mesma medida em que me embruteceram.

Numa investida, o decisivo é a velocidade e a economia de tempo. A tropa de assalto só aspira a penetrar o mais fundo possível na obra expugnadora, entrincheirar-se e conter o inimigo enquanto a segunda leva devasta e destrói. Depois se retira com o mínimo de baixas possível.

Ao ver um sinal, avançamos correndo para a trincheira, inclinados e em silêncio, sem os apitos dos oficiais para não alertá-los nem dar tempo de atirar. A terceira paralela já estava tão perto que era relativamente fácil introduzir-se nela. Por mais atentos que os bourbonistas estivessem, caíamos em cima deles num abrir e fechar de olhos. Uma vez lá dentro, começava um combate estranhíssimo. Procedia-se ao degolamento da guarda avançada e depois à ocupação de um pedaço do terreno, nem que só fosse por alguns minutos. Devido ao negrume da noite, à profundidade em que nos movíamos e à estreiteza da vala, não se via quase ninguém. Mas se ouviam muitas vozes. Suplicando ou rugindo, todas uivantes. Assobios dos oficiais bourbonistas, cinco, dez idiomas no ar. O objetivo desses ata-

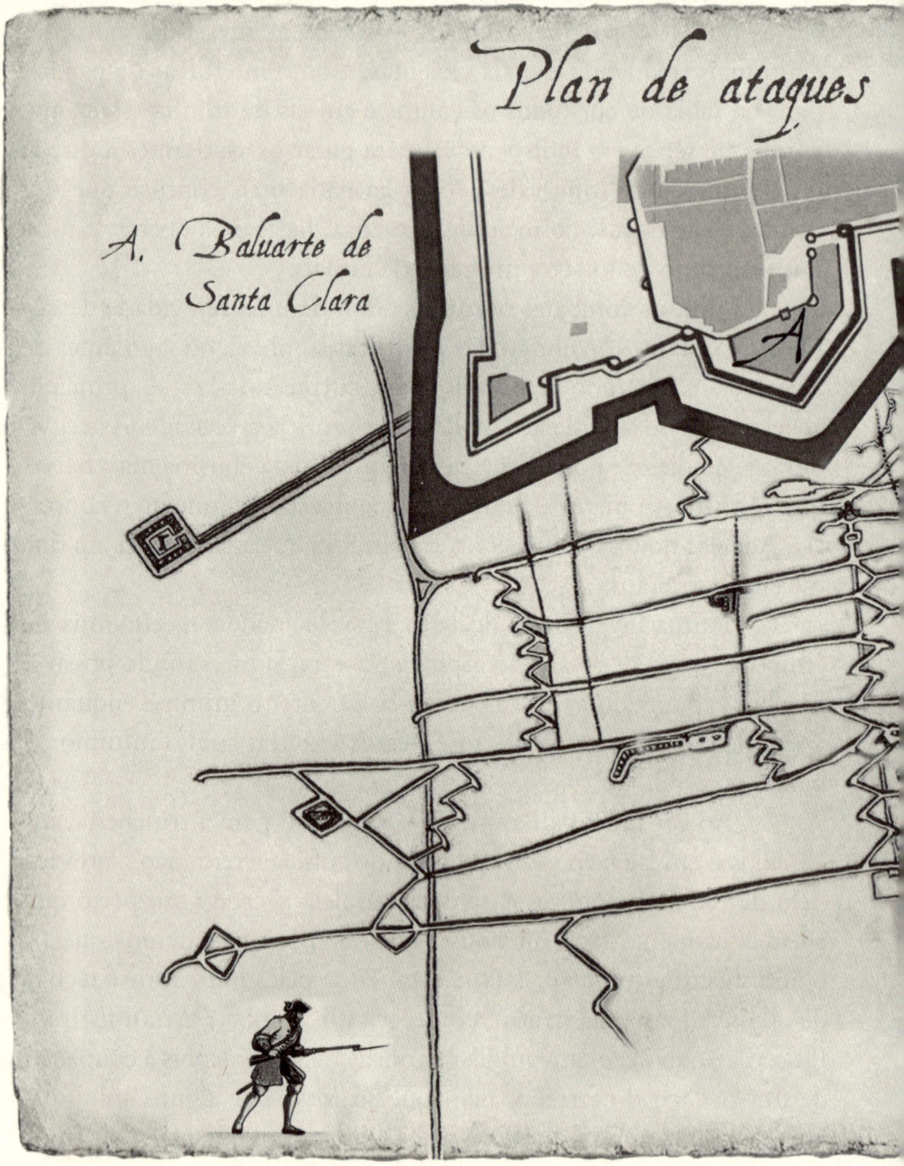
Plan de ataques
A. Baluarte de
Santa Clara
A

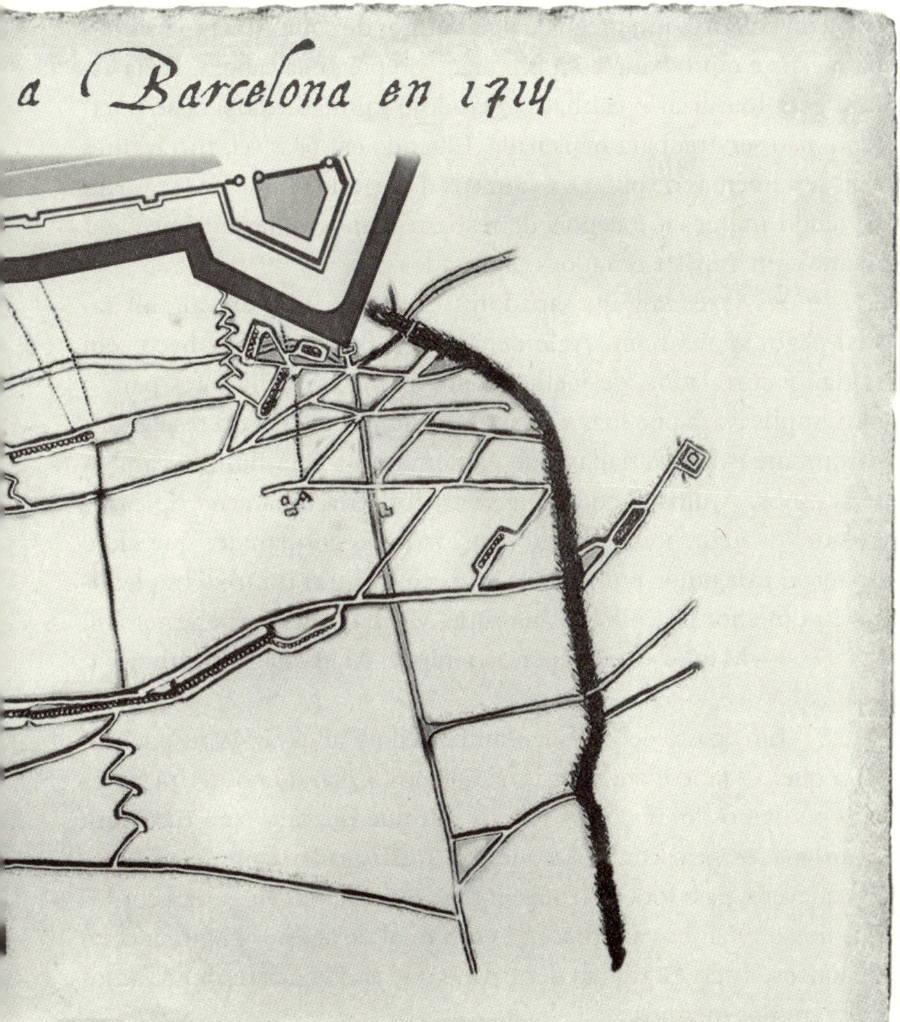
a Barcelona en 1714
50
100
200
300
400
500mts.

ques-relâmpago era destruir o equipamento de sapa, afundar o piso da trincheira, emperrar canhões. O bom do Zuvi dirigia as obras de ruína. Os canhões, acima de tudo.

Nossos homens se encarapitavam nas máquinas feito macacos. Um colocava um prego de dois palmos de comprimento na boca da mecha e outro batia com um maço do prego na cabeça. Isso bastava para inutilizar o canhão. Quando o inimigo recuperasse o terreno, não serviria para mais nada. Quando era possível, furtávamos suas ferramentas de obra. Os homens da segunda linha nos seguiam trazendo munição, e depois de reabastecer-nos voltavam imediatamente com as pás e enxadões capturados.

Às vezes, alguns sapadores, surpreendidos em algum ramal cego, se rendiam. Aglomerados no fundo de um beco sem saída, encurralados, de joelhos, com as mãos implorantes para o alto, suplicavam por suas vidas. Os fulgores dos tiros, o resplendor instantâneo das granadas que explodiam cá e lá iluminavam os seus olhos. A última coisa que viveriam seria uma cena típica de pesadelos: fugir noite adentro, encaixotado em paredes que saem da terra, cair numa emboscada. E às costas, um inimigo impiedoso. Era melhor não olhá-los na cara. Minha ordem a Ballester era:

— Mate-os, não perca tempo! Mate-os e continue o avanço!

Em agosto de 1714 nenhum dos dois lados fazia prisioneiros. Para quê? O rancor era mais forte que nós. Quando nos retirávamos não podíamos levar nossos feridos. Os que ficavam para trás eram apunhalados pelo contra-ataque. Na madrugada seguinte jogavam os cadáveres para fora da trincheira, e das muralhas víamos os corpos dos nossos vizinhos apodrecendo sob o sol de agosto. Era uma coisa de loucos. Tudo estava tão deturpado que já não nos reconhecíamos nem em nós mesmos.

Enfim, deixemos o negrume de lado por alguns instantes. Para que vocês vejam como nem nos seus teatros mais cruentos o Mystère esquece o humor, vou contar-lhes um episódio que vivi no dia 3 de agosto.

Eu acabava de entrar no gabinete de dom Antonio, o cabelo negro de Zuvi estava branco de cinzas e fragmentos de escombros.

Não tive tempo de fazer nenhum relatório porque fomos interrompidos por um batalhão de felpudos negros, ou seja, padres de alto nível. O motivo da visita era entregar a dom Antonio uma *Instrução Diretorial para temperar o rigor da justiça divina.*

Os felpudos negros sempre foram a parte mais maliciosa do gênero humano, pois só se podia entender aquilo como uma brincadeira de mau gosto. Leiam, leiam suas receitas para obter a intercessão divina e a libertação da cidade.

> — *Abolir para sempre os frontões de pelota e as comédias públicas.*
>
> — *Expulsar os ciganos da cidade.*
>
> — *Recolher os meninos e meninas abandonados que pululavam pelas ruas.*
>
> — *Corrigir as modas profanas e custosas dos barcelonenses.*
>
> — *Devolver aos templos a veneração e o respeito que deles parecem desterrados.*
>
> — *Rezar o Rosário nas praças públicas da cidade.*

Lembro-me dessa *Instrução Diretorial para temperar o rigor da justiça divina* como uma conjunção perfeita entre o hipócrita e o estrambótico. Os frontões estavam destruídos pelas bombas, ninguém tinha forças para ver ou representar comédias. Os pobres ciganos, sempre desprezados, tinham visto a nossa guerra como uma oportunidade para varrer o seu estigma e incorporar-se ao círculo catalão por méritos próprios; a maioria dos nossos tamborileiros tinha um rosto cor de chocolate. E se pululavam tantos meninos e meninas pelas ruas em ruínas, como o meu Anfán, era porque estavam procurando alguma coisa para levar à boca. Quanto às "modas profanas e custosas", em que mundo eles viviam? A nossa alegre e colorida cidade fazia tempo que era um vulto urbano disforme e cinzento. E depois, que estranha relação conseguiam estabelecer entre o assédio em andamento, o favor divino e as saias de seda?

Dom Antonio deu-lhes razão em absolutamente tudo. Imediatamente depois se despediu deles com uma linguagem floridíssima que os deixou muito contentes.

* * *

Jimmy era um coehoorniano de pura estirpe. Na verdade, eu não entendia por que estava demorando tanto a nos atacar. A trincheira não estava pronta, de fato, mas que importância tinha isso para um seguidor de Coehoorn? A Trincheira de Ataque, como vimos na minha estada em Mas Guinardó, não passava de mais um instrumento político em suas mãos. As muralhas estavam abertas, ele dispunha de um exército numeroso e disciplinado, desprezava os "sediciosos", patifes em sua imensa maioria que tinham pouquíssimas unidades regradas.

Por isso eu não conseguia entender por que adiava tanto o ataque. Boa parte das estratégias que apliquei na minha trincheira eram baseadas na tendência natural de Jimmy. Um assalto prematuro nos favoreceria. E eis que, para minha decepção, ele refreava o ataque. Estranho duelo, porque enquanto eu padecia os tiros de canhão de Jimmy e me arrastava atrás de ameias destruídas, o que mais pedia era: "Vamos, Jimmy, vamos! Ataque de uma vez."

Na noite de 11 de agosto, uma das mais quentes que já vivi, eu me encontrava atrás dos muros do Portal Nou. A maioria dos milicianos estavam nus da cintura para cima. Fui até a posição mais avançada de todas, os restos de um muro que pareciam um dente gigantesco e corroído. De lá observei os bourbonistas. Estava ao meu lado um homem de Coronela, que o comandante do baluarte enviara para me proteger.

— Silêncio! — pedi. — Não está ouvindo?

Eram milhares de maços e martelos. Os meus ouvidos adestrados em Bazoches me permitiram identificar o que era, mesmo com as cabeças das ferramentas cobertas com panos, para abafar o som.

Voltei para a retaguarda a toda pressa e não parei até encontrar dom Antonio. Estava ofegando por causa da corrida.

— O nervosismo que me domina, dom Antonio — me desculpei —, é mais do que justificado. Ouvimos carpintaria na primeira linha. Só podem ser os trabalhos para instalar os degraus de assalto na base da trincheira.

Ele não se alterou. Lembro que dom Antonio assentiu como se tivesse recebido notícias satisfatórias de um velho amigo. Olhou nos meus olhos, exigindo que confirmasse a notícia. Eu, ainda arfando, disse:

— Estão vindo. É o assalto geral.

11

Para que tenham uma ideia da batalha dos dias 12, 13 e 14 de agosto, vou inserir aqui um ramalhete de ilustrações.

O que acabam de ver é o baluarte de Santa Clara e a grande brecha aberta pelos canhões de Jimmy. O fosso, cheio de escombros produzidos pelos bombardeios, seria facilmente escalado. Os guardas avançados estavam bem em frente, nas fortificações.

A única coisa que pudemos fazer foi criar defesas no interior dos próprios baluartes. Proteger essa linha exposta seria um suicídio. Então, alguns metros atrás das brechas, fizemos as barricadas mais sólidas que pudemos. De pedra unida com argamassa, até a altura do peito.

Uma das poucas vantagens de Santa Clara era a torre de Sant Joan, uma construção alta e estreita que se erguia atrás e à direita do baluarte. Durante todo o assédio a torre havia hospedado em seu terraço dois canhõezinhos, leves mas muito precisos. Graças à altura, eles dispunham de um esplêndido ângulo de tiro. Portanto, Sant Joan mortificou sem cessar os bourbonistas em sua trincheira. Eles odiavam a torre com toda justiça, e a canhonearam até não poder mais.

Para que se entenda melhor a violência dos combates, vou inserir três lâminas da torre de Sant Joan. A primeira corresponde ao seu estado original; na segunda, se vê como estava na véspera de 12 de agosto. (De fato, os danos eram tão consideráveis que dias antes fôramos obrigados a retirar as duas peças, porque a torre ameaçava desmoronar.) A última ilustração, enfim, recria o que sobrou dela no final do assédio.

(O autor se permitiu muitas liberdades criativas. A torre, por exemplo, não era quadrada, mas redonda, e a essa altura do assédio as muralhas estavam muitíssimo mais danificadas. Mas o que falta às lâminas de veracidade elas têm de instrutivo.)

No amanhecer de 12 de agosto eu estava em Santa Clara. Não tinha pregado o olho, pois Jimmy podia atacar a qualquer momento. Os filhos da puta sabiam que estávamos de sobreaviso, e por isso passaram toda essa noite quente provocando falsos alarmes. Eu tinha ordens de avisar quando chegasse o ataque verdadeiro.

Bela missão! Dar o alarme geral era uma responsabilidade delicada. Nossos homens estavam, mais que esgotados, exaustos. Só faltava que um oficial descontrolado mobilizasse toda a guarnição de Barcelona e a fizesse ir para as muralhas sem motivo. Pensem que o

J. Rigaud inv.

The Attack of two Bastion

The Lodgement being secured on y^e. Covert way, y^e. Assailants make a Sap to gain y^e. Countersca
is y^e. Descent of y^e. Ditch, wch. if it be a wet one, they fill it up with Fascines loaded with Stones. As y^e. As
are several curious ways of covering y^e. Miner & fixing him to ye wall, while He makes y^e. Sap. The
they recover out of their confusion, & as they gain upon y^m., y^e. Engineers with all dispatch trace out Lodgemen
-dants not only counterwork y^e. Assailants Mine to render it ineffectual, but make Saps of their own to blow up

Parr Sculp.

Breaches being made by the Miner.

: inwards towards y^e Ditch, & here sometimes they make another Lodgement: their next attempt
Bastion is always made upon y^e ruins of a Breach, this is effected by ye springing of a Mine, & there
^e Mine is ye Signal for ye Assault, ye Troops immediately pass over ye rubbish & push ye besieged before
ers to secure themselves behind, taking care to keep a proper communication with their own works. The Defen-
Besiegers, when they have penetrated y^e works, one of wch is represented in y^e furthermust Bastion in this Print.

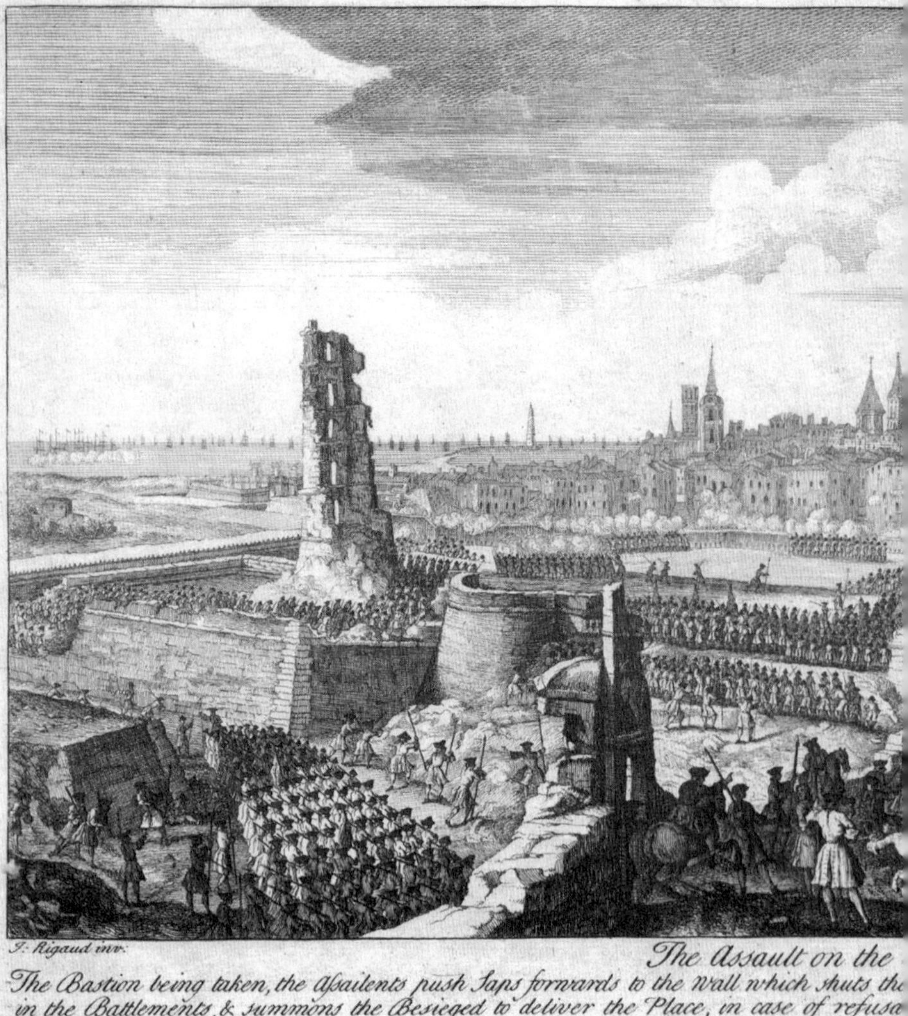

J: Rigaud inv.

The Assault on the

The Bastion being taken, the Assailents push Saps forwards to the Wall which shuts the
in the Battlements, & summons the Besieged to deliver the Place, in case of refusa
Assault. They spring their Mines, pass over the ruins of the Breaches, & push the
in several parts at once. As the Forces are cut off or advance forwards they are s
the Lodgment on the Covert Way: and when the Grand Retrenchment cant be for

5

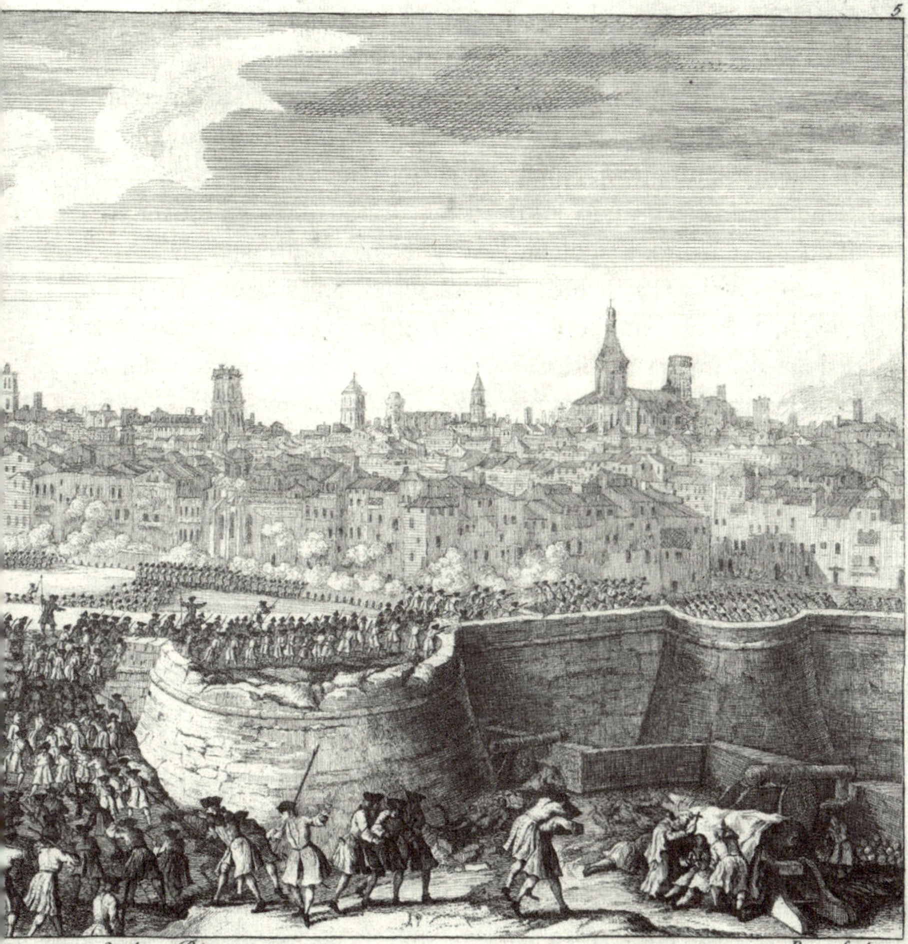

Parr Sculp.

body of the Place

f the Bastion, & charge their Mines in readiness: They make breaches with their Cannon
s not frequent after such Advances are made, the Besiegers prepare for a general
the Grand Retrenchment, which covers the inside of the place, which they Attack
with fresh ones, so that there are always Battallions which possess the Breaches, the Ditch,
odge themselves on the Rampart, or at least on the Breach

nosso exército não era uma força de soldados, mas de civis em armas. Os alarmes os tiravam das suas casas, dos seus quartos, dos braços de suas mulheres. Era exatamente isso que Jimmy pretendia: alterar os nervos da defesa. Como já disse, a noite foi uma sucessão de ameaças: de repente, no meio da escuridão soavam trombetas e tambores, e achávamos que um exército inteiro partia para cima de nós. Mas não acontecia nada. Nada. Minutos depois, disparavam uma inútil descarga de fuzilaria. Entretanto, ao contrário do esperado, não emergiam pelos flancos da trincheira batalhões de granadeiros ou a infantaria com baionetas, ninguém. Ninguém. Passei a noite inteira auscultando o menor ruído e pensando em Bazoches: "Enquanto você estiver vivo tem que ficar atento. E enquanto estiver atento continuará vivo."

Por volta das sete da manhã se fez um silêncio tamanho, uma calma tão absoluta, que a própria ausência de sons era suspeita. Corri até a primeira barricada e a deixei para trás. Com o maior sigilo, deitei-me no chão para meter a cabeça pela brecha. E o que vi, embora estivéssemos em meados de agosto, me deixou gelado.

Emergiram dos cavaleiros centenas de homens. Se os granadeiros franceses eram escolhidos por sua estatura, aqueles eram os mais altos dentre os granadeiros. E em vez de suas armas habituais, visão fantástica, estavam protegidos por um peitilho de metal e empunhavam lanças de quatro metros de comprimento. Logo atrás desse ouriço couraçado, granadeiros, centenas e centenas de granadeiros. Pelo menos dez companhias completas, dirigindo-se contra os baluartes de Santa Clara e Portal Nou.

O fosso se encheu com um formigamento de uniformes brancos subindo pelos pedregulhos em perfeita formação. Sendo a rampa tão pouco firme, a passagem dessa massa de homens fazia pensar num rebanho de elefantes desfilando sobre o cascalho.

"É o fim", pensei. A elite da elite do exército francês vinha contra nós, e para detê-los em Santa Clara só havia duas companhias da Coronela: os espadeiros e os algodoeiros. No total, menos de duzentos homens.

Comecei a correr por onde tinha chegado, pulei a barricada. Fui falar com o comandante do baluarte de Santa Clara, o tenente-coronel Jordi Bastida.

— É o ataque geral, Bastida! — gritei. — Estão chegando!

Nesse momento ouvimos uma explosão, à nossa esquerda. A terra tremeu sob os nossos pés. Uma coluna de fumaça em forma de cogumelo preto se erguia sobre o baluarte vizinho de Portal Nou. Os bourbonistas tinham explodido uma mina.

— Temos que avisar dom Antonio! — disse eu, transtornado.

Bastida pareceu se desinteressar da minha presença com um desdenhoso:

— Pois avise você!

Jordi Bastida era um dos nossos heróis. Em 1709 tinha repelido o assalto bourbonista a Benasque, um pequeno povoado dos Pireneus. Se ele estivesse no meu lugar, não duvidem, teria interpretado essa ordem de "Pois avise dom Antonio!", no sentido de mandar um mensageiro. Nem passaria pela cabeça de Bastida abandonar o seu posto de combate, muito menos quando a explosão da mina já tinha alarmado a cidade inteira. Eu não era Bastida, naturalmente, e o que fiz foi sair correndo assim que ouvi aquele "*avisi'l vostè!*". Enquanto eu me mandava não tinha a menor dúvida de que nunca mais o veria vivo.

Ao mesmo tempo que Santa Clara, os bourbonistas também atacavam Portal Nou, o baluarte vizinho. Este contava com uma guarnição tão limitada como a de Santa Clara: no seu caso, era defendido pela companhia de alfaiates e a de oleiros. Mas no conjunto Portal Nou havia sofrido menos estragos que Santa Clara. Podia defender-se com fogo de apoio lateral e suas brechas eram menores. Quanto à mina subterrânea, foi mal regulada. Pulverizou o morro do pentágono, de fato. Mas se o açougueiro de Amberes tivesse seguido os cálculos corretos, avançando-a uns dez metros, a fortificação inteira teria ido pelos ares. (Meu Deus, talvez alguém tenha sabotado os números e distâncias das suas tabelas.)

O comandante do baluarte de Portal Nou era o coronel Gregorio de Saavedra y Portugal (com esse sobrenome suponho que devia ser português, ou de origem portuguesa). Durante longos minutos seus alfaiates e oleiros ficaram cegos e aturdidos, imersos numa densa nuvem de fumaça negra. Torrões de terra e cascalho choviam em toda parte. Pensaram que era o fim do mundo. Mas o erro de cálculo ao detonar a mina tinha feito com que a imensa maioria deles ficasse ilesa. E Saavedra, que era um oficial veterano, mandou logo seus homens para o buraco aberto.

Não sei de que oficial bourbonista foi a ideia genial de armar aquela falange de homenzarrões como se tivéssemos voltado para a era dos piqueiros. (Anos depois Jimmy me garantiu que não foi dele, mas levando-se em conta o desastre que aconteceu, e sua inclinação mentirosa, seria lógico que quisesse fugir da responsabilidade.)

Os milicianos dos dois baluartes se agruparam nas brechas, disparando um frenesi de descargas. Estavam protegidos pelos restos da muralha e camuflados pela cortina de fumaça da mina explodida. E a massa de atacantes era tão espessa que bastava atirar na direção certa. Os primeiros a cair, como é lógico, foram os sujeitos de peitilho couraçado. Eram os mais robustos, a armadura pesava muito, e ao rolar ladeira abaixo arrastaram dezenas de bourbonistas.

No primeiro capítulo contei o horror que é sofrer um assalto de granadeiros. Não achei necessário explicar que não é preciso ser granadeiro para usar granadas, e que em Barcelona tínhamos milhares e milhares delas. Uma avalanche de bolas pretas caiu sobre os atacantes. Como estavam muito apertados, o efeito se multiplicava. Os defensores chegaram ao ponto de acender a mecha de uma só das granadas que havia num surrão e jogá-lo inteiro para baixo. Entretanto, os bourbonistas continuaram avançando apesar da carnificina.

Enquanto isso, o bom do Zuvi corria ao encontro de dom Antonio. Na verdade não precisei ir muito longe para achá-lo. Ele estava atrás da área de ataque, cercado por emissários e oficiais. Não pude lhe informar nada que já não soubesse, o que foi bastante humilhante.

Um dos oficiais que estavam em volta de dom Antonio à espera de suas ordens era Marià Bassons, catedrático de direito transformado em capitão da Coronela. Baixo, com uma cabeça bojuda e os olhos munidos de óculos mesmo ali, no mais cru de uma batalha, Bassons era desses homens que se defendem da velhice com fleuma, observando o mundo como se não participassem dele.

— Ah, tenente-coronel Zuviría — disse, quando me reconheceu através dos seus oculinhos. — Conte-me, há novidades nas suas tribulações com a lei? Já foi resolvida a sua ação contra aqueles italianos?

Eu estava sem fôlego por causa da corrida, voavam projéteis de todos os calibres por cima das nossas cabeças, e Bassons se interessava pela minha ação na justiça. Alguém precisava lhe dizer que a maioria dos tribunais estava em ruínas por causa do bombardeio. Nunca saberei se era um velho meio senil ou uma dessas criaturas estoicas que acham que a civilização se manterá em pé enquanto houver alguém que afirme que ela se mantém em pé.

Seus rapazes da companhia de estudantes de leis estavam esperando ordens, protegidos das balas perdidas. Um deles se aproximou de nós e, num tom ansioso e ao mesmo tempo respeitoso, perguntou a Bassons:

— Doutor, já atacamos?

Era muito fácil reconhecer os membros da companhia de estudantes. Como universitários, eram todos filhos de boa família. Ao se alistar tinham comprado não um, mas dois e até três daqueles uniformes de casaca azul. Enquanto sujavam o de serviço, seus criados limpavam os outros. Chegaram até a fazer um acordo para que os soldados da companhia de alfaiates remendassem os rasgões na roupa. Tenho que admitir que nunca confiei neles. Como unidade, só serviam para os desfiles, enfeitados com seus imaculados uniformes de manga larga e amarela. Vê-los dos balcões levantava o ânimo dos cidadãos, que tendem a confundir exércitos bonitos com aguerridos. Meus reparos se baseavam na ideia de que a guerra e as letras jamais casaram muito bem. "Esses aí vão debandar no primeiro tiro", era a minha opinião.

Bassons, sempre paternal com seus alunos, deu uns tapinhas no ombro do jovem soldado.

— *Aviat, fill meu, aviat* — disse, isto é: "Logo, meu filho, logo." — E lembrem-se: *Nihil metuere, nisi turpem famam.* Só temam a fama perversa!

O velho Bassons era um dos tantos barcelonenses que se alistaram com uma naturalidade inconsciente. Para ele, para muitos como ele, a guerra era mais um exercício do dever cívico, no meio do caminho entre pagar impostos e participar dos carnavais. Após ser proclamada a *Crida*, os estudantes advertiram ao governo que não serviriam sob outro oficial que não fosse o seu catedrático. Os felpudos vermelhos, sempre tão compreensivos com os da própria classe, deram a Bassons o posto de capitão (talvez com medo de que os estudantes lhes jogassem pedras em caso de negativa). Em contrapartida, Bassons se sentia orgulhosíssimo dos moleques que comandava. *Mon Dieu, quel bon esprit de corps!*

Quando o garoto se afastou, Bassons não pôde conter um suspiro de condescendência.

— Ah, a juventude, sempre tão impaciente! — E disse isso como se o meu posto me eximisse da minha idade.

Usar a palavra "tempestade" para falar de uma batalha é muito batido, eu sei, mas posso garantir que descreve muito bem a nossa situação. Os tiros de canhão que caíam nos baluartes provocavam nuvens de cinzas e pedra esmigalhada. Sobre nós, que estávamos logo atrás das muralhas e bem embaixo, choviam fragmentos pulverizados, como espuma do mar. Eu não queria nem imaginar o que estava acontecendo lá dentro do baluarte de Santa Clara. "Com um pouco de sorte — pensei —, eles se esquecem de mim." Rá! E rá outra vez! Um dos oficiais de Villarroel chegou com uma pressa desesperada, ordenando:

— Zuviría! Você estava em Santa Clara, não é? Guie o capitão Bassons até lá, para que os estudantes reforcem a posição de Bastida. Contenham o inimigo até chegarem os reforços!

Não tive tempo de improvisar uma desculpa, porque o homem gritou:

— Está claro? Contenham o inimigo! Contenham ou se acabou!

Eu queria replicar que não, que não podia mandar para Santa Clara uns pirralhos com bochechas cor de maçã, que os bourbonistas iriam esmagá-los no mesmo instante e sem qualquer utilidade prática para a defesa. Mas isso seria ofensivo para Bassons e sua centena de rapazinhos de casaca azul, que já iam trotando. E entusiasmados para se deixarem matar!

Levei-os para Santa Clara, que jeito. Cruzamos a ponte estreita da gola, subimos os malditos degraus a toda velocidade. E, meu Deus, que paisagem encontramos!

Comparado com o pátio de Santa Clara, até o Gólgota pareceria um jardim inglês. Todo o espaço, toda a superfície daquele pentágono irregular estava coberta de mortos e feridos. Muitos ainda se debatiam entre a vida e a morte, com forças apenas para levantar um braço e pedir socorro. Esse movimento de membros humanos me revirou o estômago. Os pescadores armazenam em seus baldes dezenas de minhocas, que ficam se contorcendo à espera de que as espetem no anzol. Era assim.

Na ponta externa do baluarte os bourbonistas tinham conseguido se apoderar da primeira barricada, a que tínhamos feito para cercar a brecha e fuzilar os intrusos assim que penetrassem. (Deem outra olhada na lâmina.) Ali instalados, atiravam contra a nossa segunda barricada, onde se postaram os poucos sobreviventes dos algodoeiros e espadeiros do tenente-coronel Bastida. Dos duzentos que deixei não restavam vivos mais que vinte ou trinta, atirando e recarregando as armas sem olhar para os caídos entre as duas barricadas. Tinham resistido aos assaltos bourbonistas, e até contra-atacado várias vezes para tentar recuperar a primeira barricada. Duzentos contra mil, talvez dois mil soldados bourbonistas bem-protegidos, amontoados nessa primeira barricada!

Enquanto os estudantes se espalhavam atrás da segunda barricada, vi o tenente-coronel Bastida deitado no chão, contra a parede. Seu ajudante estava chorando, não podia oferecer-lhe outro consolo além de limpar suas bochechas com uma esponja. Bastida olhava para as nuvens, meio ausente, de boca aberta. Eu me ajoelhei ao seu lado. Tinha seis buracos no corpo.

Posso ser um mesquinho, mas garanto a vocês que me senti mal por ter dado o fora pouco antes. Eu havia estado com Bastida nos trabalhos do baluarte, ele era um homem honesto e cumpridor dos seus deveres. E agora estava ali, estendido no chão, com seis esferas de chumbo dançando dentro da sua carne. Segurei suas mãos entre as minhas e murmurei:

— Jordi, Jordi, Jordi...

Ele quis me dizer alguma coisa, não sei o quê. Seus gorgolejos eram incompreensíveis e o estrondo da batalha nos obturava o ouvido. Era um milagre que ainda estivesse respirando. Sobrepondo-me ao fragor do tiroteio, gritei para o seu ajudante:

— Por que não o levaram para o hospital, por quê?

— Ele não deixou, senhor! — foi a resposta. — Deu uma ordem expressa! Sobramos tão poucos que precisamos de todas as mãos para empunhar fuzis, senão eles nos atropelam.

— Os estudantes já estão aqui — repliquei. — Agora, levem-no.

Bastida segurou o meu pulso esquerdo. Eu levarei até a morte a lembrança do seu olhar alucinado e ao mesmo tempo lúcido, dos seus olhos exorbitados. Cheguei um ouvido até os seus lábios. Se fosse me amaldiçoar, eu tinha merecido. Seu peito se contraiu e, em vez de palavras, expulsou pela boca uma catarata de borbotões vermelhos. Afastei-me quando senti que o sangue quente molhava a minha orelha. Seus homens o levaram. Morreu na madrugada seguinte, no hospital de Santa Creu, após uma longa e inútil agonia.

Os dois lados atiravam de uma barricada para a outra, separadas por uma massa gemebunda deitada no piso de pedra que se estendia entre os dois muros. Os bourbonistas juntavam cada vez mais homens na cabeça conquistada do baluarte. Quando fossem suficientes, investiriam contra os garotos da companhia de estudantes, o baluarte seria deles e, com isso, a cidade também.

Esta profecia não era tão óbvia para gente alheia à arte da engenharia. Os garotos da companhia de estudantes municiavam seus fuzis, agachados atrás do parapeito, levantavam-se para atirar mostrando o cano e voltavam a se ajoelhar, com a baqueta numa mão e o saquinho de pólvora na outra, para abastecer o fuzil. Pela sua lógica, se fossem diligentes não haveria qualquer dúvida em relação ao resultado da batalha. O bom Deus guiaria suas balas da mesma maneira que os seus estudos, e premiaria a perseverança, o esforço e a dedicação com um resultado merecidamente triunfal. Eles não podiam saber que, por trás daquela pequena barricada semicircular conquistada pelo inimigo, Jimmy estava bombeando um número crescente de reforços, batalhões inteiros que vinham pelos canais da trincheira. Uma energia acumulada e devastadora que, após uma ordem, esmagaria qualquer oposição.

Entenda-se que, por me achar no núcleo dos acontecimentos, eu não podia saber com muita segurança o que estava ocorrendo. Durante os dias seguintes consegui compor um quadro geral.

Jimmy havia atacado os baluartes de Portal Nou e Santa Clara ao mesmo tempo. Como eu já disse, seu plano era conquistá-los; depois disso a cidade pediria clemência ou seria passada na faca. Fim do assédio. Era esta a perspectiva otimista do plano. Ao ver que a resistência era mais dura que o previsto, Jimmy sentou-se em sua varanda de Mas Guinardó à espera de mensageiros que esclarecessem a situação.

Os primeiros relatórios do combate o deixaram transtornado. As notícias não eram ruins, eram péssimas: incrivelmente, o ataque a Portal Nou tinha sido repelido.

Eu disse que Jimmy ficou aflito e transtornado, não desanimado. Ele havia preparado cuidadosamente o ataque, já tinha um segundo plano e se dispôs a executá-lo.

Na verdade, Jimmy não necessitava de dois baluartes. Para conquistar a cidade, tal como mandavam *les règles*, bastava um e nada mais que um. Como em Portal Nou as coisas não correram bem, decidiu botar toda a lenha no fogo em Santa Clara. Ou seja, logo onde estava o bom do Zuvi, agachado atrás da segunda barricada e morrendo de medo.

Enquanto Jimmy mandava todos os batalhões de reserva rumo a Santa Clara, o doutor Bassons continuava percorrendo o parapeito de pedra arengando aos seus estudantes. Indiferente ao perigo, andando com as mãos nas costas, como se houvesse no ar grinaldas voando em vez de balas, e soltando latinórios. Dom Antonio tinha mandado conter os bourbonistas, e seus rapazes estavam cumprindo estupendamente a missão que receberam. Não via mais nada: o desastre que estava a ponto de cair nas nossas cabeças pela mão calculadamente assassina de Jimmy. Bassons se aproximou e, ao me ver de joelhos, bem abaixo da altura da barricada e com o corpo colado no muro, parou e, sem me julgar, sugeriu mais que recriminou:

— Tenente-coronel, um oficial deveria dar o exemplo.

— Doutor Bassons! — gritei. — Agache-se!

Os poucos rudimentos militares de Bassons lhe diziam que um oficial tem que permanecer em pé frente ao fogo inimigo. E na verdade não faltava coragem àquele imbecil. Mas os engenheiros desdenham a venerabilidade em favor da segurança. Nós construíamos fortalezas para proteger os corpos, não para expô-los, e nos combates murados, tão diferentes das batalhas campais, quem não se esconde não é mais valente, é mais bobo. (Eis um dos eternos motivos de desprezo mútuo entre engenheiros e militares.)

Zuvi tinha projetado e dirigido pessoalmente a construção das barricadas no pátio de Santa Clara. Altas o suficiente para proteger a tropa das balas inimigas, mas que ao mesmo tempo permitiram introduzir o fuzil entre as ameias, atirar e pular o muro em caso de contra-ataque. Não é que Bassons fosse muito alto, ao contrário, mas sua cabeça absurdamente coroada com uma peruca emergia pela borda. Aquela cabeçona redonda era o ideal de qualquer atirador, e estávamos no meio de um tiroteio tão caótico como constante.

— Por favor, doutor Bassons! — implorei de novo. — Proteja-se!

Errei, a minha advertência lhe deu coragem para distinguir-se ante os seus alunos. Não desprezemos o efeito cênico: um tenente-coronel ajoelhado, o capitão Bassons lecionando para os seus garotos, demonstrando a superioridade do intelecto e do espírito cívico. Declamou entre rajadas de balas:

— Os avós dos nossos avós, e antes deles os seus avós, e cinco gerações para trás, viviam nos picos dos Pireneus. E viviam como animais, agrupados em rebanhos humanos sem ordem nem sentido de Deus.

— Mas que porra está dizendo? — tentei interrompê-lo. — Pare de fazer sermão!

Não me deu atenção. Era um homem possuído pela cultura, como um apóstolo pelo Espírito Santo.

— Até que um dia — continuou, impertérrito apesar da chuva de tiros — viram sob os seus pés um país rico e próspero para quem soubesse trabalhar, vales e planícies úteis para a humana civilização. Nossos ancestrais expulsaram os mouros, uma gente fétida. Levou gerações até estabelecerem suas leis, sua religião, seus costumes em uma terra nova que chamaram de Catalunha.

Que besteiras estava falando? E ainda por cima os estudantes, encantados, atrasavam a cadência de tiro para ouvi-lo. Fiquei em pé e ordenei, bruscamente:

— Mantenham o fogo! Atirem, atirem!

Não me ouviam, minha autoridade não era nada em comparação com Marià Bassons, o seu bem-amado catedrático. O imbecil de Bassons, concentrado, continuava declamando:

— Criaram uma ordem nova. Primeiro se estabeleceram na Catalunha e depois libertaram Valência e Maiorca. Povoaram essas terras com o nosso povo. E não as sujeitaram na qualidade de simples domínios, como é a prática habitual de Castela. Pelo contrário, estabeleceram reinos irmãos e, como tais, nossos iguais e benquistos para sempre. A mesma religião, a mesma língua, a mesma lei comum, seus próprios parlamentos. E qual foi sua lei comum, suprema, libérrima e imperturbável? Servir ao rei que serve. — De repente se agitou, balançando um punho no ar. — E agora um pretendente francês ao trono espanhol quer destruir e suprimir mil anos de liberdade catalã com a desculpa de um testamento castelhano! Vamos permitir isso? *Oi que no, nois?* (Não é mesmo, rapazes?)

Lembro que gritei, sacudindo a mão como se estivesse batendo num tambor. Havia tanto barulho que precisei vociferar:

— Doutor Bassons, faça o favor de se agachar!

Não sei se o imbecil me ouviu. Estava tão perto que puxei as abas da sua casaca para obrigá-lo a progeter-se. Tarde demais. Nesse instante vi um sulco branco cruzando o céu, uma esteira de fumaça que parecia a cauda de um cometa. Uma prancha de metal côncava, do tamanho de uma bandeja, voou em nossa direção a uma velocidade espantosa e se incrustou na cabeça de Bassons, atravessando-a de lado a lado como se os ossos do crânio fossem de queijo.

De onde veio esse projétil? Nunca saberemos. O mais provável é que fossem restos de uma bala de canhão bourbonista que se desfizera em pedaços ao bater na torre de San Juan, atrás, à nossa direita. Os fragmentos tinham sido expelidos para todos os lados e o mais gordo foi se aninhar na cabeça de Bassons.

O homem caiu em cima de mim com o crânio triturado. Teve uns espasmos nervosos e imediatamente se aquietou, as mãos contraídas como garras. Minha cara estava tão salpicada de sangue que eu devia estar parecendo doente de sarampo. Tirei Bassons de cima de mim e antes que o corpo jazesse no chão já estava rodeado por seus estudantes:

— Doutor Bassons, doutor Bassons!

Ainda ofegando limpei o sangue, sob a impressão daquela morte súbita. Enquanto eu arquejava, eles se congregaram em torno do seu catedrático e da minha pessoa. Um soluço coletivo surgiu daquela centena de bocas.

— É a guerra — quis consolá-los. — Voltem para os seus postos.

Os estudantes amavam Bassons, e o amavam com aquele particular, fanático amor de aluno por seu mentor. Ofendidos, chegaram à beira de um motim.

— Voltem para as suas posições, cubram a extensão da barricada e atirem, maldição, atirem! — ordenei dando empurrões. — Se afrouxarem o tiro eles vão iniciar uma carga!

Sabem, nunca fui um glosador de proezas militares. Entre outras coisas porque vi poucas, muito poucas. A maioria das façanhas armadas não passa de esperneios de ratos encurralados. Na batalha, os homens matam para não morrer, simplesmente. Depois vem um poeta, um historiador, um historiador poético, e transforma facadas desesperadas em glória prenhe de altos valores. No entanto, o que ocorreu nesse dia contradizia toda a minha lógica.

Os estudantes reverteram sua dor em ódio. Não paravam de gritar "Filhos da puta, filhos da puta!". Para recarregar um fuzil se necessita sangue-frio, e o deles fervia. Um dos rapazes, o mais transtornado, perdeu a paciência. Suas mãos tremiam de ira, o jorrinho de pólvora caía de um lado e do outro do cano do fuzil. Soltou um grito estranho, feminino. De repente calou a baioneta e deu um pulo por cima do muro.

— Ei! — só tive tempo de gritar. — Aonde você vai? Volte aqui!

Ele não me ouviu. Louco de ódio, atacava a barricada em poder dos bourbonistas, de fuzil em riste e uivando como um maníaco.

— Sim, ao ataque! — gritou então algum idiota, animado pelo exemplo do louco. — Vamos vingar dom Marià Bassons!

E aquela centena de garotos subiu o muro atrás do companheiro!

Naturalmente, eu percorria a barricada tentando segurá-los.

— Alto, alto! Vão matar vocês, vão matar vocês todos!

Eu não era movido só pela compaixão. Teria que contar a dom Antonio, o nosso bom pastor de soldados, que as ovelhas a meu cargo tinham se desgarrado, perdido e se suicidado em massa. Xinguei-os, ameacei, tentei retê-los com quatro mãos. Tudo inútil. Até o último desses pirralhos foi com eles. Eu não, claro. Apoiei as costas no muro, com as mãos na cabeça durante uns instantes. Tinha ficado sozinho, o cadáver do imbecil de Bassons e eu. *Mon Dieu, quelle catastrophe!*

Virei-me para observar o massacre através de uma fresta da barricada. E até hoje em dia não posso acreditar no que vi.

Incitados por sua própria ira, os estudantes cruzaram como um sopro a distância que separava as duas barricadas. Os bourbonistas não tiveram tempo para atacá-los com uma descarga coordenada. Três ou quatro estudantes caíram, vítimas do tiroteio disperso. Quando estavam na metade do caminho, um deles gritou a velha palavra de ordem dos estudantes barcelonenses: "Pedrada, pedrada!" Então pararam por um instante, acenderam uma centena de granadas e jogaram no outro lado da barricada bourbonista. (Como veem, as tradições cívicas, quanto mais estúpidas são, mais uso patriótico têm.)

Atrás do muro emergiu um amontoado de corpos, sacudidos pelas explosões. Aquele louco que encabeçou o ataque não tinha parado nem para acender sua granada. Continuava correndo, rouco de tanto gritar e com a baioneta calada. Os outros o seguiram, chegaram até o muro da primeira barricada, subiram, e dali começaram a atirar e a enfiar a baioneta nos corpos mais embaixo.

Depois dessa primeira barricada havia centenas de bourbonistas esperando ordens para iniciar um assalto. O que menos podiam esperar era que uma tropinha na defensiva os atacasse. E estavam tão imprensados que a maioria não conseguia nem levantar os braços para atirar. Os estudantes ultrapassaram o muro com a baioneta apontada para a frente, enfiando-a em cabeças, peitos e costas. Estavam tão enlouquecidos, e os bourbonistas tão indefesos, que estes, apesar do seu número, foram tomados pelo pânico. Fugiram, jogaram-se no fosso em disparada, correndo para as suas linhas, perseguidos por uns garotos dementes que não paravam de soltar gritos guturais.

Quando essa vitória impossível se tornou uma realidade, fui atrás deles. Atravessei o terreno entre as barricadas com o lombo agachado, pisoteando mortos e feridos; havia tantos que isso era inevitável. É como eu digo: até hoje não consigo entender como um punhado de universitários pôs em fuga mais de um milhar de granadeiros franceses.

Graças aos céus, consegui evitar que continuassem, fosso abaixo, à conquista do acampamento bourbonista. Fui ajudado pelo esgotamento absoluto, a exaustão física e moral que se segue a uma carga de vida ou morte. Ao ouvir ordens, foi como se eles recuperassem um mínimo de sensatez. Haviam reconquistado a primeira barricada, agora o que tinham a fazer era guarnecê-la de novo, restabelecendo a situação anterior ao ataque. Obedeceram com uma submissão mansa e muda. Provavelmente, penso eu, porque aquele que volta da loucura é quem mais se surpreende com a aberração dos seus atos.

Até esse dia eu tinha vivido acontecimentos que contradiziam Bazoches. Mas a investida da companhia de estudantes foi muito além: negava todos os raciocínios. Vauban jamais toleraria um ataque como o da companhia de estudantes. Pelo sacrifício de vidas que implicava, e porque não havia qualquer possibilidade de culminar com êxito. Mesmo assim, embora parecesse incompreensível, lá estava eu, andando sobre um piso de granadeiros franceses mortos e dando ordens a uns pirralhos que os haviam derrotado.

Um dos sobreviventes era o garoto que iniciara a carga. Tinha uma expressão desligada. A parte da frente do seu uniforme estava manchada de sangue, de alto a baixo. Olhava para a baioneta, também tingida de vermelho, sem entender nada, como se tudo à sua volta fosse novo, alheio, produto de outros. Eu o sacudi pelos ombros e perguntei:

— *Noi, noi*, você está bem, tudo bem?

Ele me olhou sem me reconhecer. Abria e fechava a boca, os olhos em outro mundo, e durante o resto de jornada, desligado, ficou me tratando de “doutor Bassons”.

12

Jimmy, naturalmente, reduzia as tragédias humanas a números. E para os marechais um número, enquanto for aceitável, continuará sendo um número. Ele deduziu que podia tolerar as baixas do primeiro fracasso e na manhã seguinte voltou à carga. Mandou tudo o que tinha contra o maltratado baluarte de Santa Clara.

Para ele, instalado na sua *masía* do Guinardó, era muito fácil observar o desenvolvimento da batalha sentado na varanda. Para as pobres baratas dos dois lados que lutavam pelo controle de Santa Clara, foi como esses pesadelos que se repetem incessantemente: não tinham passado nem doze horas desde a carga dos estudantes e a situação voltava a ser exatamente a mesma, os bourbonistas protegidos atrás da primeira barricada, que haviam conquistado de novo, e nós na segunda.

O dia de 13 de agosto foi uma sucessão de ataques e contra-ataques no pátio do baluarte, de uma barricada a outra e vice-versa. Apoiados na segunda barricada, estávamos a um passo do abismo. Um passo atrás, só um, e Santa Clara seria de Jimmy. E com o baluarte em seu poder, a cidade inteira inevitavelmente cairia também. Como raposa esperta que era, Jimmy iniciou falsos ataques em outros pontos das muralhas. Era óbvio que não passavam de ameaças, mas mesmo assim dom Antonio era obrigado a dispersar suas poucas forças para não desguarnecer a linha. Era isso, naturalmente, que Jimmy esperava. Assim, as forças que protegiam o ponto-chave, Santa Clara, se viam reduzidas a uma fina cortina de homens. A cidade toda dependia de um punhado de combatentes exaustos e asfixiados pela fumaça dos disparos.

Bem no centro do baluarte havia uma casinha pequena, um depósito de munições que eu mesmo tinha mandado construir. Normalmente um bom baluarte tem depósitos subterrâneos onde se armazena e se resguarda a pólvora. Santa Clara era uma calamidade, irregular e precária, não tinha porão. Nas angústias do combate são derramadas quantidades prodigiosas de pólvora. Como é fácil entender, uma simples lasca de madeira queimando pode provocar a catástrofe. Se nem um soldado profissional é exato na operação de carregar armas, o que esperar de uma tropa de civis armados. Adverti-los dos perigos, insistir que fossem ponderados nas recargas, seria tão absurdo como pedir a uma criança que brinque com um vaso mas não o quebre. Por isso pensei que o melhor a fazer era construir esse depósito de munição, ao abrigo de faíscas e hecatombes. (Se vocês se derem ao trabalho de voltar para trás, verão a casinha no mapa da batalha.)

Bem, durante o dia todo, os dois lados disputaram a propriedade dessa casinha insignificante no meio do caminho entre as duas barricadas, uma ilhota no centro do pátio de pedra. Ora a Coronela tentava, ora os bourbonistas. Ao contrário de Jimmy, dom Antonio estava sempre na primeira linha, percorrendo os lugares mais ameaçados. Por onde passava, os ânimos se reavivavam. Lembro-me dele dando tapinhas nas costas, falando com os soldados mais como um pai que como um militar:

— Meus filhos, o último entre vocês vale por um general. Imaginem, então, que sorte a minha poder dirigi-los como comandante.

Houve um momento em que pensei "bem, já é suficiente". Era bom, muito bom, que dom Antonio desse um exemplo de arrojo e sacrifício como aqueles generais da Antiguidade (Casanova, naturalmente, não deu o ar da sua graça), mas tampouco era o caso de que nosso comandante em chefe acabasse como o professor Bassons.

O que eu não conseguia entender era a estratégia de dom Antonio. Jimmy estava com um pé dentro de Santa Clara, portanto a vantagem do sistema abaluartado já não pesava a nosso favor. As horas passavam, e vez por outra dom Antonio substituía os destacamentos da segunda barricada, consumidos, quase aniquilados, e nunca iniciava um contra-ataque. Era como aceitar uma briga de carneiros na qual sempre estaríamos em desvantagem. Jimmy podia injetar reforços e evacuar feridos pelo ramal que subia até Santa

Clara. Processo lento e penoso, de fato, e no qual perdia muitos homens. Mas, sendo nós tão aberrantemente inferiores em número, mais cedo ou mais tarde acabariam reunindo forças suficientes para nos atacar e superar.

Todos os oficiais sabiam que estávamos a um palmo do abismo e que o tempo corria contra nós. Se perdêssemos a segunda barricada, babau. A atitude desses oficiais diz tudo sobre o ambiente que se vivia na cidade: nem um único deles pediu a dom Antonio que negociasse a rendição. Muito pelo contrário! Um círculo de capitães e coronéis cercava e atormentava dom Antonio, pedindo permissão para atacar e desalojar os bourbonistas da primeira barricada. Você podia ouvir os "*si us plau, si us plau*" dos catalães, os "por favor, por favor" dos austracistas espanhóis emigrados, e mesmo alguns alemães por ali soltavam seus "*bitte, bitte, herr Ánton!*".

Ainda me vejo a poucos metros do pobre dom Antonio, recusando todas as propostas dos oficiais que o rondavam como besouros. Eles sabiam do desespero da nossa situação. Mesmo assim, o que pediam era autorização para atacar de frente uma posição defendida por vários batalhões inimigos. Dom Antonio precisou fazer uso de todas as suas energias para mantê-los na linha.

E assim chegamos à noite. Os combates não amainavam, nada disso. Os sinos de toda a cidade tinham passado o dia todo tocando alerta, e continuaram badalando mesmo depois do pôr do sol. A zona de ataque parecia uma grande luminária, com os foguetes luminosos que soltávamos para localizar os reforços inimigos que subiam pelo ramal e feri-los. Agora os lampejos das armas iluminavam a escuridão como milhares de vaga-lumes piscando. Por volta das quatro da manhã eu me afastei de Santa Clara para decidir com Costa que canhões levar para o baluarte, porque as troneiras já estavam prontas. Esse breve diálogo salvou minha vida.

Já mencionei a casinha no centro do baluarte em disputa, que eu mesmo mandara construir como depósito de munição e explosivos. No começo do assalto geral pedi a um velho sargento que a esvaziasse. Eu não tinha dúvida de que os bourbonistas iam fazer avanços, apesar dos nossos esforços, e era imperativo que não se apoderassem do conteúdo. O que não sabia era que, na confusão dos combates, o velho sargento havia sido um dos primeiros a cair. Ou seja, não teve tempo de reunir os ajudantes carregadores, abrir as duas portas com seus cadeados, separadas por uma valeta de água que servia de aceiro, e esvaziar o depósito.

Quando relembro, ainda fico assombrado de que a catástrofe tenha demorado tanto a ocorrer. Durante todo o dia os dois lados, desconhecendo o perigo, ficaram disputando aquela pequena construção repleta até o teto de barris de pólvora, granadas, balas de fuzil, tambores de metal e marmitas cheias de metralha. E não aconteceu nada. O Mystère deve ter se fartado de tanto rir.

Pelo relato de um sobrevivente eu fiquei sabendo que a essa hora, quatro da manhã, noite negra ainda, alguém gritou: "Vamos, por Santa Eulàlia, vamos!" Os barcelonenses tinham passado o dia inteiro resistindo sem desencadear um contra-ataque geral. Estavam tão frustrados que seguiram essa voz enlouquecida e anônima. Pela enésima vez chegaram à casinha, expulsaram os bourbonistas e pararam um pouco antes de seguir em direção à primeira barricada.

Atrás da primeira linha de assalto sempre passavam uns camaradas carregando seirões, umas cestas de esparto cilíndricas que serviam para levar munição, sobretudo granadas, e reabastecer a tropa. A essa hora, depois de um dia e meia noite de combates ininterruptos, o piso do baluarte estava coalhado de cadáveres e regueiras de pólvora. Havia cheiro de pólvora em toda parte.

Os carregadores dos seirões se refugiaram bem atrás da parede da casinha cheia de explosivos. Uma faísca casual fez a pólvora que estava no chão pegar fogo. A chama percorreu uma regueira até chegar a dois grandes seirões cheios de granadas, encostados na parede. E adivinhem o que aconteceu.

Acho que foi a segunda maior explosão que vi na vida. Costa e eu, num diálogo apressado bem longe de Santa Clara, fomos derrubados e arrastados pela onda expansiva. E olha que estávamos a mais de duzentos metros da entrada do baluarte. Foi uma erupção vermelha, aberta como uma flor. Seguida por um longo trovão, muito longo. Resíduos e chamas subiam cada vez mais alto, expulsos em direção ao céu, provocando uma chuva de pedregulhos que banhou meia cidade.

Fiquei de joelhos, atordoado. Olhei para Costa, o artilheiro. Suas palavras me chegavam como se minha cabeça estivesse debaixo d'água. Fiquei em pé e me dirigi para a gola de entrada do baluarte andando em forma de esse como um bêbado.

Digamos que o Mystère pode ser muito equânime em suas gargalhadas: os dois lados sofreram mais ou menos o mesmo número de baixas. Mais de setenta homens da Coronela voaram pelos ares com a casinha. Os bourbonistas tiveram menos mortos mas um prejuízo maior, porque correu o boato entre eles de que se tratava de uma mina preparada pelos rebeldes.

As minas causam um pavor incontrolável. A qualquer momento, sob os nossos pés, um assassino oculto pode detonar mil quilos de pólvora, dois mil, tudo o que a imaginação for capaz de aguentar. Já disse que foi um simples acidente dos tantos que acontecem na guerra, talvez exagerado em sua grandiosidade, mas os bourbonistas fugiram das suas posições em debandada. Que ironia: os dois lados haviam lutado selvagemente pelo pátio de Santa Clara, e agora abandonavam seus postos em uníssono, como se tivessem combinado.

A entrada dos baluartes, a gola, é bem estreita justamente para evitar fugas em massa. Ali se postou um capitão chamado Jaume Timor, impedindo com seu sabre a saída de qualquer pessoa capaz de empunhar um fuzil.

— Se abandonarem Santa Clara, a cidade cairá! — bramava.

Em Santa Clara combatiam famílias inteiras ombro a ombro. Sentença do grande Heródoto: "Na paz o filho enterra o pai; a guerra altera a ordem da natureza, e o pai enterra o filho." O que aconteceu em Barcelona superou a máxima de Heródoto: alguns pais enterraram os filhos e os netos. O meu vizinho, Dídac Pallarès, saiu pela gola. Timor permitiu que ele passasse por um motivo de força maior. Três motivos, para ser exato: Pallarés estava levando seus três filhos, os três muito queimados. A pele dos seus rostos caía em tiras vermelhas e escuras; lembro-me de um deles, a quem Peret sempre devia uns soldos. Era o mais atingido, as duas mandíbulas vazias de carne. Ainda choviam escombros mas dom Antonio já estava ali, consolando e animando os sobreviventes. Vários oficiais tentaram restabelecer um mínimo de ordem. Bem, dessa vez não conseguiram.

Meus sentidos continuavam alterados, a tal ponto que eu tinha a sensação de ouvir pelos olhos e ver com as orelhas. Havia pedaços de carne em toda parte, restos muito parecidos com os recortes sem forma que se costumam ver no chão dos matadouros. Levantei os olhos. Lá de cima do baluarte caíam homens da Coronela, uivando com o corpo em chamas, que pulavam no vazio como se estivessem na amurada de um navio incendiado. Quando vi tudo aquilo, pensei: "Senhoras e senhores, isto é mais do que o bom do Zuvi pode suportar. Que vão à merda a cidade, a pátria e as Constituições." Dei meia-volta e saí correndo feito um coelho.

"Nunca tolere que o medo pense por você" — ensinaram-me em Bazoches —, "pois nesse caso você deixará de pensar". Como lição funcionava muito bem. Mas, submetido a um poder capaz de fazer um baluarte cambalear como se fosse um navio de papel, nem Bazoches conseguiu reprimir esse instinto egoísta de viver que habita em todo indivíduo. E eu não era o único que corria. Dezenas de homens haviam chegado ao limite da sua resistência e fugiam em todas as direções. Passei pela cortadura, cheguei às primeiras ruas, e então uma presença multitudinária me freou em seco.

Mulheres, dezenas e dezenas delas. Erguiam as saias com as mãos acima dos tornozelos para correr mais depressa. Vinham no sentido contrário ao meu, em direção às muralhas. Entre elas vi Amelis. "O que está acontecendo, Martí, o que está acontecendo?", perguntou sem parar de correr. Tinham sido atraídas pelo estrondo daquela explosão monumental, e com o caos que imperava ninguém pôde evitar que chegassem até a linha de combate. Envergonhados, os homens que tinham sucumbido ao pânico vacilaram em sua debandada.

Acho que nessa noite, mais que pelo sabre de Timor, Barcelona se salvou graças às suas mulheres. Elas chamaram os que estavam fugindo de covardes, miseráveis e eunucos. Minha própria Amelis me parou.

— Vai deixá-los entrar?

Permitam-me, por um instante, substituir memória por reflexão. Que ideal motivou os barcelonenses durante um ano inteiro de assédio? Suas Liberdades e Constituições? Não, estou me referindo a esse grude, celestial ou demoníaco, tanto faz, que impede um homem de abandonar o seu posto de combate. Civis quase sem instrução, jovens de quatorze anos e velhos de sessenta se aferravam aos baluartes como mexilhões. E por quê? Permitam-me uma resposta: pela força esmagadora, implacável, do "o que vão dizer de mim".

Quando toda a cidade está me olhando, é preciso muita coragem para ser um covarde.

E, assim, até ratos assustadiços como Zuvi *Pernalonga* voltaram para os seus postos. Resistiram durante a noite toda a uma superioridade inimiga esmagadora, resistiram a manhã seguinte, e por volta de meio-dia o bom do Zuvi estava com os nervos tão à flor da pele como o último dos milicianos da Coronela.

O centro do baluarte de Santa Clara era uma cratera, um buraco solene abraçado pelo que restava de suas muralhas pentagonais. Numa loucura inominável, os dois lados continuavam lutando pela posse desse buraco. O fogo de fuzilaria continuava no ritmo de uma chuva de granizo grossa, interminável. E dom Antonio não fazia absolutamente nada, não desencadeava qualquer manobra ofensiva. Durante todo esse tempo, Jimmy, todo arrogante, foi acumulando mais e mais homens na primeira barricada. O tempo estava a seu favor. Pensou (como eu também) que dom Antonio havia perdido o juízo, ou mesmo a coragem, abrindo mão da defesa. Quando houvesse suficientes batalhões bourbonistas atrás da primeira barricada, o ataque seria insustentável. E nós sem fazer nada, além de resistir na segunda barricada e atirar do Portal Nou e das muralhas adjacentes. Esse tiroteio fazia muito barulho e pouco efeito, pois os bourbonistas se protegiam atrás da primeira barricada, no fundo de sua trincheira, ou circulavam pelo ramal que levava a Santa Clara, mais profundo e parapeitado a cada hora que passava.

Havia sido um sacrifício subir três canhões até o baluarte. E, em vez de atirar, os maiorquinos se recusavam até mesmo a mostrá-los pelas minhas troneiras. Eles, como sempre, pareciam estar travando uma batalha à parte. Tinham se sentado em volta das três peças, bebendo uma abominável aguardente das Baleares que não ofereciam a ninguém, alheios ao estrondo circundante.

— Pelo amor de Deus — intimei-os —, disparem os canhões e derrubem a barricada dos bourbonistas! O que estão esperando?

O chefe deles negou com a cabeça e, lacônico, resmungou algo com seu sotaque de ilhéu:

— *Ses ordres.* — As ordens.

Havia uma considerável distância entre a trincheira bourbonista e o nosso baluarte, já que o bom do Zuvi, modificando o plano de Verboom, fizera a terceira paralela ser cavada o mais distante possível das muralhas.

Depois entendi que dom Antonio nunca havia pensado em recuperar a primeira barricada. Jimmy era muito forte lá, o resultado seria uma carnificina, de maneira que se limitou a freá-lo. Esperou até o limite antes de lançar o seu contra-ataque, antecipando-se por um suspiro ao assalto definitivo do marechal. Então, e só então, deu uma ordem que apenas três oficiais conheciam, entre eles Costa.

Tirou a luneta do olho e gritou com seu vozeirão castelhano:

— Faça-se!

Um foguete de sinalização se elevou e explodiu lá em cima numa nuvenzinha vermelha. Quando viu aquilo, Costa abaixou um braço. Eu estava bastante longe, mas creio que me lembro da sua voz, e um instante depois todos os canhões e morteiros atiraram contra a trincheira, criando uma barreira de fogo.

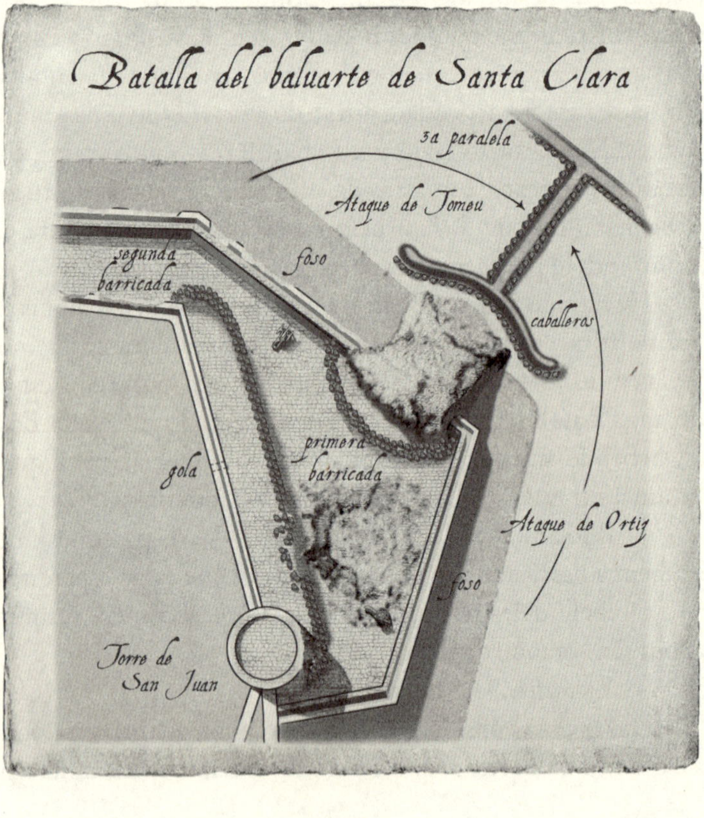

Vimos as explosões de artilharia na linha bourbonista, e depois duas tropas saindo da praça: pela nossa direita e pela nossa esquerda, e ao ataque. As setas na lâmina anterior indicam a direção que tomaram.

Avançaram por cada lado duzentos homens selecionados, sob as ordens do tenente-coronel Tomeu e do coronel Ortiz. E, meu Deus, que corrida louca a deles.

Atacaram em paralelo à terceira paralela, de modo que se expunham ao fogo dos bourbonistas da trincheira. Esses quatrocentos homens precisavam ser muito velozes, para aproveitar a barreira de artilharia de Costa. Convergiram em direção ao ramal, cada grupo por um lado. Pularam lá dentro e viraram as faxinas dos bourbonistas contra eles mesmos. Assim:

Ortiz se encarregou de bloquear o ramal na parte bourbonista com faxinas do inimigo. Tomeu fez o mesmo mas em direção

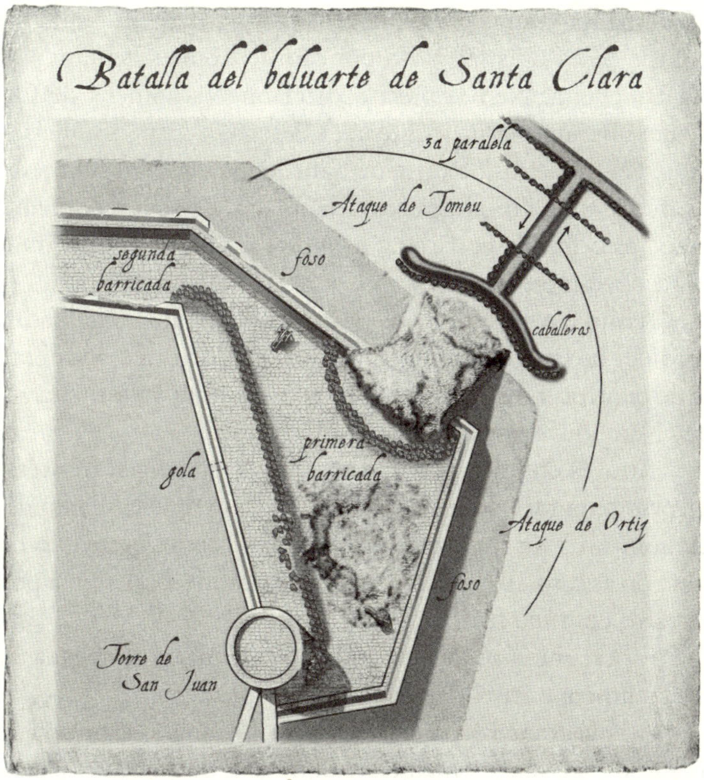

às muralhas, de modo que os bourbonistas aglomerados atrás da primeira barricada de Santa Clara ficaram imprensados entre Tomeu e nós, que estávamos na segunda barricada.

Acho que foi uma das manobras mais difíceis, exatas e precisas que já vi uma tropa de assalto assediada realizar. Se Costa não fosse um artilheiro superior, suas descargas teriam acabado com a vida desses quatrocentos homens. Pudemos ver como eles chegavam ao ramal, atiravam para dentro e matavam os bourbonistas surpresos. (Ainda tenho na memória esses gritos subterrâneos.)

Quando Jimmy entendeu o que estava acontecendo, já era tarde demais. Não podia mais mandar reforços pelo ramal porque lá estava Ortiz, bloqueando.

Os bourbonistas cercados em Santa Clara, com Tomeu pelas costas, entenderam que a sua situação era comprometida. Nesse momento os maiorquinos usaram seus três canhões. Boa parte da primeira barricada afundou, vomitando seus tijolos para dentro.

Canhoneados pela frente e crivados pelas costas, os bourbonistas de Santa Clara se espalharam fosso abaixo, fugindo a toda velocidade pelos dois lados da posição de Tomeu, tentando voltar para a trincheira. Nem é preciso dizer que os homens de Ortiz e Tomeu os alvejaram cruelmente em sua fuga, a curta distância e sem piedade. Os fuzileiros da torre de Sant Joan avivaram o tiro, excitados com a maré de inimigos em debandada. Após uma ordem, nós, postados na segunda barricada, avançamos contra a primeira e por fim a recuperamos, sem oposição.

Assim é a guerra. Num piscar de olhos uma batalha indecisa, perdida, de fato, se transforma numa caçada de coelhos brancos. Mais de quatrocentos franceses não conseguiram voltar para as suas linhas. Não houve prisioneiros.

Através da fumaça pude ver um valente oficial francês, com meio torso para fora do parapeito da terceira paralela, tentando discernir com uma luneta o que estava acontecendo, incrédulo com o fracasso do assalto. Ao meu lado estava o próprio Ballester, à procura de um alvo com seu fuzil.

— Dê-me isso! — Arranquei-lhe a arma, já carregada, apontei para a luneta e atirei naquela figura imprudente.

A bala transpassou seu pescoço. O sangue jorrou violentamente num esguicho vermelho. O homem levantou os braços como um pagão ante seu ídolo e mergulhou nas profundezas da trincheira. Lembro as cambalhotas que sua luneta deu no ar, liberta das mãos que a seguravam. Vocês hão de entender que era uma bala significativa: meu inimigo caído tinha sido Dupuy-Vauban.

Ainda estremeço ao pensar que em um longo ano de assédio fiz um único disparo: contra Vauban.

* * *

Ao ver o refluxo de suas tropas Jimmy ficou lívido e abaixou a cabeça, contendo a ira. Depois explodiu, recriminando a incompetência de todos os presentes.

Entrou no Mas Guinardó seguido por seu séquito de oficiais. Estava mais transtornado que nos momentos críticos de Almansa.

— Temos que recuperar o que perdemos, nem que seja à custa do exército! — uivou, os punhos para cima. — Ou querem que se diga na Europa que as armas da França cederam diante do furor de simples cidadãos?

Seus generais tentaram acalmá-lo, mas Jimmy continuou com as imprecações.

— Silêncio! Quero ouvir um relato desse desastre dos lábios dos próprios homens que o executaram. Que venham à minha presença os brigadeiros Sauveboeuf e Duverger! E o marquês de Polastron!

Disseram-lhe que seria impossível: Sauveboeuf e Duverger tinham morrido no assalto. Do marquês de Polastron não havia notícias. Bem, logo depois as receberam. Algum exaltado da Coronela havia decapitado o cadáver do pobre Polastron, enfiado sua cabeça num canhão de grosso calibre e com ela bombardeou a *masía* do Guinardó. Ao ouvir o barulho, todos os presentes se agacharam. Todos menos Jimmy, que saiu à varanda. Ali estava o crânio enegrecido e fumegante de Polastron, girando feito um pião.

Nesse momento apareceram alguns dos oficiais que Jimmy mais respeitava, incluído o tenente-coronel La Motte. Vinha mancando, ferido; a cabeça tisnada, o uniforme em farrapos.

— Excelência — argumentou —, voltar a pôr um pé em Santa Clara vai nos custar a perda das melhores tropas, uma quantidade enorme de baixas e sacrifícios. Sem reforços franceses será impossível avançar mais que alguns palmos, e a um custo terrível. Agora mesmo a *canaille* está reunida em suas muralhas, estimulada por seus generais e magistrados, zombando de nós com músicas e imprecações.

Era verdade. As posições recuperadas estavam cheias de homens, mulheres e até alguns músicos comemorando a vitória. Sem muito recato, para dizer a verdade. Vocês sabem, essas nádegas nuas e dirigidas para o inimigo que sempre aparecem nas muralhas que repeliram um assalto.

Mesmo assim, Jimmy só mudou de opinião quando recebeu um relatório de baixas. Os números esfriam as paixões mais ardorosas. Só no ataque a Santa Clara havia perdido mais de mil e quinhentos homens, chegando a uns cinco mil desde a abertura da trincheira. Esses números já não eram tão aceitáveis. O mais espantoso, porém, era a relação dos oficiais abatidos. Entre eles o próprio Dupuy-Vauban, que sobreviveu ao meu tiro no pescoço. Ainda havia outro ponto, que Jimmy soube entender muito bem.

Diferentemente das batalhas campais, na luta murada os homens combatem protegidos pelas pedras. Apesar dos milhares e milhares de disparos efetuados pelos fuzis, poucos deles atingiram corpos inimigos. A artilharia de ambos os lados, aliás, agiu com prudência para não ferir tropas amigas. Assim, a maioria dos caídos foi abatida a golpes de baioneta. Isso falava melhor da determinação dos "rebeldes" que qualquer discurso. Não havia por que supor que um novo ataque seria menos cruento, um holocausto que talvez chegasse aos mesmos resultados: brechas fechadas, aquela *canaille* suja nas muralhas, zombando dele.

Jimmy jamais perdoou dom Antonio pela humilhação de Santa Clara. E, já que não conseguira a vitória, foi procurar o culpado pela derrota. Chamou Verboom ao seu gabinete. O charcuteiro de Amberes sabia o motivo dessa convocação, de maneira que se defendeu antes de ser atacado.

— Eu lhe avisei que a trincheira não estava pronta — disse ele —, e portanto que o assalto era prematuro.

Mas se enganava ao julgar que Jimmy seria o seu acusador.

— Eis a desculpa que os maus engenheiros empregam quando fracassam.

Estas palavras vinham de Dupuy-Vauban, que tinha acabado de entrar na sala. Ainda fraco pela perda de sangue, com largas ataduras no pescoço. Era a sua décima quinta ferida de guerra. E, se minha bala tivesse entrado um centímetro mais à direita, última.

Vauban se sentou pesadamente, com um rolo na mão. Abriu-o e disse:

— Saiba que vou dedicar minha convalescença a examinar estes planos.

Que um engenheiro se aproprie dos planos de outro é uma infração que vai além da descortesia.

— Esses planos são da minha trincheira! — protestou Verboom.

— Sua? Tem certeza do que afirma? — disse Dupuy-Vauban. — Porque, se é assim, você deve assumir toda a responsabilidade pelo projeto. — Apesar da ferida no pescoço ele falava com a clareza exata e precisa de Bazoches. — Nas escavações, a trincheira encontrou água. Passávamos a metade do dia cavando e a outra metade extraindo as umidades que se infiltravam. A artilharia inimiga nos custa o insustentável número de vinte a trinta baixas por dia, todas correspondentes a sapadores de qualidade insubstituível. E por quê? Porque as paralelas são largas demais e pouco profundas, e com isso os projéteis que vêm da cidade explodem e se espalham sobre as nossas cabeças. A sangria é insuportável.

Verboom quis dizer alguma coisa. Dupuy-Vauban não deu ouvido aos seus protestos.

— Eu poderia continuar até o infinito a relação de subversões malignas que estes planos contêm — continuou. — E isso não é nada. Como cúmulo do despropósito, os ramais que levam da terceira paralela aos cavaleiros de Santa Clara, tão compridos, parecem desenhados *ex professo* para serem cortados numa investida pelos flancos. Você fez uma trincheira como se o bom Deus, ao criar o homem, o tivesse dotado de um pescoço de girafa, tão longo e magro que um leve corte bastaria para decapitá-lo. — Jogou os planos no chão. — Se você realmente é o autor da trincheira, só podemos supor duas hipóteses extremas. Uma: você é um negligente doidivanas que não merece o nome de engenheiro, alguém que por algum capricho pitoresco do destino exerce um cargo exorbitante para o seu talento. Outra, e ainda mais criminosa: se você é o autor destes planos, estamos diante de um inimigo secreto das Duas Coroas, a serviço do arquiduque. Escolha.

Verboom olhou para Jimmy, pedindo ajuda. Em casos assim Jimmy abria mais que nunca aqueles seus olhos desalmados, com o corpo imóvel e um sorrisinho funesto nos lábios. E posso dizer, por experiência, que aquele sorriso faria empalidecer o próprio Gêngis Khan. Em vez de falar, ele se calava, cedendo à vítima uma justificação impossível.

— Talvez... — gaguejou um lívido, encurralado Verboom —, talvez tenha havido no projeto obra e engano de algum impostor.

— Rá! — Jimmy aplaudiu. — É a última coisa que me faltava ouvir. O sequestrador sequestrado!

Quando era conveniente, Jimmy usava um tom terrível, suas palavras eram como pedaços de neve congelada.

— Saia da minha frente, seu lorpa.

Na privacidade Jimmy e Dupuy-Vauban não se importavam com hierarquias. Quando estavam a sós eles se tratavam com intimidade.

— Vai abrir um processo contra ele? — perguntou Dupuy.

— Não — respondeu Jimmy, observando pelo balcão os rescaldos da batalha. — Felipe já investiu vinte milhões neste assédio. Condenar seu engenheiro-chefe seria uma afronta cara demais. Mas dou a minha palavra de que esse homem jamais cruzará os Pireneus. Vai ter que se contentar servindo esse doido que puseram em Madri, que o mortificará.

Com essas palavras condenava Verboom pelo resto da vida, e nem o próprio Jimmy sabia que extremos de crueldade a sua sentença continha. Assim, o charcuteiro de Amberes, que sempre procurara ser querido pelos de cima e adorado pelos de baixo, passou o resto da vida no miserável exercício de suplicar o amparo de um rei louco frente à soldadesca, que se referia aos engenheiros como "pedreiros" e "mequetrefes". Foi esse o pagamento que recebeu. (Bem, e além do mais, depois fui lá e o matei. Já contei isso?)

Dupuy lia os planos de Verboom, na verdade meus, sem deixar de sorrir e balançar a cabeça.

— A que se deve esse sorrisinho? — questionou Jimmy. — Levamos uma surra e você parece menos aflito que satisfeito.

Sem tirar os olhos do papel, Dupuy-Vauban disse:

— Meu primo o educou. O que você esperava?

Jimmy se inflamou.

— O que eu esperava era que você modificasse todas as tramoias ocultas nessa trincheira!

— E eu faria isso — disse Dupuy-Vauban — se tivesse tempo. Neste ponto Verboom tinha razão: você não soube se conter. Martí sabia que ia ser assim, que você procuraria uma vitória rápida. Por isso que Vauban voltou a ganhar de Coehoorn. Agora só nos restam duas opções: ou abandonamos a trincheira, assumindo mais uma derrota, ou seguimos em frente corrigindo seus erros com sangue. — Jogou de novo os planos no chão. — Isto não é uma trincheira, é um labirinto.

— Não. É um nó — corrigiu Jimmy, pensando em voz alta.

13

E como nó górdio que era, Jimmy decidiu superá-lo a machadadas. Muito típico dele. Tinha se precipitado no ataque, movido por seu espírito coehoorniano e suas urgências políticas. Bem, estava disposto a retificar. Vauban? Coehoorn? Nem um, nem outro.

Mandou alinhar mais de uma centena de canhões para esmigalhar qualquer pedra que viesse pela frente. Seu plano, abolindo totalmente a arte de assédio, consistia em desintegrar o que restava das muralhas e dos baluartes para que o exército das Duas Coroas pudesse avançar em formação de batalha, como se estivesse em campo aberto. Ia demorar mais do que o previsto, mas ele não se importava. Agora já tinha todo o tempo do mundo. Depois de Santa Clara, Jimmy tinha desistido das suas ambições ao trono inglês. Seu lugar era Londres, lutando para ser rei, e no entanto lá estava ele, com o futuro destruído por culpa de uma cidade recalcitrante.

Frente a uma avalanche de artilharia como essa não havia nada a fazer, a engenharia simplesmente perdia o sentido. Foi a primeira vez que vi Costa, o nosso fleumático artilheiro roedor de salsinha, ficar desesperado. Quando nos víamos, agachados entre explosões destruidoras, ele me puxava pela manga e, implorando e recriminando, gritava em minha orelha:

— Eu prometi contê-los até que os canhões deles nos superassem na proporção de cinco a três. Agora, para cada um dos nossos eles têm nove! Pelo amor de Deus, o que mais quer de nós?

Eu saía sem responder. Os maiorquinos continuaram fazendo maravilhas até o final. Disparavam seus morteiros, depois os arrastavam mudando de posição antes que o inimigo os localizasse, e começavam de novo. Destruíam várias peças bourbonistas por dia.

As bombas explodiam bem aos pés dos artilheiros franceses ou espanhóis, despedaçando seus corpos e levantando o canhão a alturas babélicas.

Que grande, que majestosa beleza a imagem de um canhão pesado voando pelo ar! Vimos tubos de três metros de comprimento, de ferro ou de bronze, dando cambalhotas no ar junto com sua tripulação. Vimos armões cruzando os céus em parábolas mais bonitas que a roda de Jacob. Com sua luneta, no seu balcão, Jimmy gozava de emoções próprias de um esteta como ele, sem se importar se as peças voadoras tinham na culatra as faixas vermelhas ou o sol francês.

Contudo, tanta perícia não adiantava coisa nenhuma. Os bourbonistas tinham uma oficina de trocas inesgotável, tanto de máquinas como de homens. Em contraste, cada um dos nossos maiorquinos caídos significava uma perda insubstituível. Eles eram uma gente muito particular, nunca falavam dos seus mortos.

* * *

A decisão de Jimmy de recorrer a essa tempestade de fogo foi mais um passo rumo ao sem sentido. O assédio não era mais um duelo entre mentes inteligentes, e sim um contínuo de devastação. Dom Antonio me ordenou que saísse da primeira linha, e não lhe faltava razão: aquela nova estratégia do inimigo tornava inócuo qualquer procedimento técnico. Era como se tivéssemos ido além do civilizado e do racional. "Para se chegar à perfeição é preciso ir além da dimensão humana", dissera dom Antonio. E o proceder de Jimmy, onipotente e ao mesmo tempo atávico, demolidor e enlouquecido, certamente estava levando as coisas além de qualquer limite. E eis uma coisa digna de nota: no primeiro dia longe do perímetro atacado eu me senti doente, como se tivesse nostalgia da dor que me atormentava.

Assim, na impossibilidade de fazer algo em muralhas que estavam se desintegrando, eu me retirei para trabalhos internos. Fazia tempo que sabíamos dos esforços do inimigo para cavar uma mina sob os nossos pés.

Eu sempre odiei as minas. Vauban não gostava delas, e, querendo ou não, nós sempre herdamos as inclinações e fobias dos nossos professores. Para o marquês, as minas eram uma armadilha imprópria de cavalheiros. Pelos seus princípios, o adversário deve ser vencido cara a cara, e não com golpes baixos. E uma mente racionalista como a dele não podia confiar num *moyen si incertain*, segundo suas próprias palavras.

Os trabalhos de mina têm grandes entusiastas. Se o assediador consegue perfurar um túnel sob as muralhas e enchê-lo de explosivos, derrubará as defesas de surpresa e sem riscos. Todas as agruras de um assédio terminam num instante. E, ainda por cima, com uma vitória estrondosa, apocalíptica, inapelável. Conheci *maganones* cujo sonho era cavar um túnel que pudesse acumular vinte mil quilos de explosivos. (Isto demonstra que até a ciência mais sensata tem os seus exageros. Queriam explodir as muralhas ou a cidade inteira?)

É compreensível o ardor dos partidários das minas. A mina é empregada com a certeza de que poupa tempo e sangue. Na prática, segundo a minha experiência, nunca é assim. Perfurar um túnel subterrâneo exige grandes recursos, que infalivelmente são subtraídos da Trincheira de Ataque. Querendo ganhar tempo, acaba-se desperdiçando. Por outro lado, o assediado sempre há de tomar as suas medidas. Palavra de Vauban: não há atalhos para a glória.

Pois bem, havia também outro motivo para Zuvi *Pernalonga* odiar as minas. E esse motivo é que, de todas as formas de matar-se uns aos outros que os seres humanos inventaram, a mais sinistra e terrificante é a luta debaixo da terra.

Dava para reconhecer os nossos mineiros pelo cheiro. Eles passavam tanto tempo debaixo da terra que sua carne exalava um bafo quente. Não era preciso ter os sentidos desenvolvidos em Bazoches para detectá-los, o pessoal os chamava de *cucs*, minhocas. Como se chamava o seu chefe de brigadas? Meu Deus, não me lembro.

Os *cucs* não tiveram muito sucesso. Nós sabíamos que havia uma grande mina avançando, em algum ponto entre Portal Nou e Santa Clara. Conhecendo Jimmy, se eles conseguissem enchê-la a explosão noturna de 15 de agosto ia parecer uma faisquinha de pederneira. Pedi ao chefe dos *cucs* que me atualizasse. (Como se chamava ele? Curiosos lapsos tem a memória!) Os homens dele estavam arrebentados, um grupo de reforço seria de grande ajuda.

Para combater as minas, os assediados cavam os seus próprios túneis. O objetivo é localizar os do adversário, derrubá-lo e assim inutilizá-lo. Uma guerra de labirintos sob a terra, em que se queima, fumega e esfaqueia mais do que se dispara. O nosso chefe de *cucs* tinha iniciado vários túneis sem conseguir desembocar na galeria principal dos bourbonistas.

— Não se incomodem em cavar galerias — explicou —, basta auscultar as paredes. Se descobrirem alguma coisa, só precisam nos informar. Nós cuidamos do resto.

Sempre acatei mais os homens experientes que os estudiosos. Assenti e disse para Ballester e seus homens:

— Arrastem-se atrás de mim. Cada um de vocês leva uma granada, uma adaga e duas pistolas carregadas, mais nada.

O orifício de entrada na nossa mina ficava no interior de uma casa destruída, bem próxima das muralhas, para evitar os olhares dos espiões. O chefe dos *cucs* (por mais esforços que faça, não me lembro do nome) tinha preparado o nosso equipamento. Era um material muito valioso, devíamos cuidar bem dele. Ballester, leigo, começou a rir.

— Você vai descer armado com oito varas compridas e quatro pratos com um buraco no meio? — perguntou.

— Não são varas e pratos — expliquei sem olhá-lo —, são sondas e rolhas. E muito caras.

Nas passagens estreitas da mina o silêncio era vital. Antes de descer pela escada do poço, eu os reuni ao meu redor e tentei ensinar-lhes algumas palavras da linguagem manual de sinais.

Não consegui. O medo fazia meus dedos tremerem tanto que fui obrigado a desistir. Foi muito embaraçoso. Aquele círculo de homens me observava, esperando instruções de como voltar do inferno em que íamos mergulhar. Eu era sua autoridade mais direta, a cabeça que devia lhes mostrar o caminho de volta para a vida. Olhei aquele poço negro, que descia na vertical antes de correr em direção às linhas inimigas. Imaginei tudo o que nos esperava lá embaixo: outra trincheira, dessa vez labiríntica e subterrânea, com quinas a cada passo. Bourbonistas sem piedade, imensamente mais numerosos e experientes que nós na luta debaixo da terra. Talvez vinte mil quilos de pólvora, prontos para explodir quando chegássemos à câmara. Senti um calafrio insano.

* * *

Depois de Barcelona, nunca mais voltei a entrar numa mina ou contramina. Uma vez, naquela Barcelona de 1714, foi o suficiente. E nessa primeira vez, diante daqueles homenzarrões, chorei feito uma criança. Pois bem, sabem o que aconteceu?

O mundo jamais conheceu homens mais indulgentes e carinhosos que os miqueletes. Não apenas foram indulgentes com a minha desolação. Eles amavam mais a sinceridade que qualquer autoridade, e pelo meu medo julgaram que eu não confiava neles. Pareciam crianças arrependidas.

— Eu e o capitão Ballester vamos na frente — disse a eles, com um ânimo fingido. — Depois todos os outros. Entenderam?

Descemos. Uma escadinha com menos degraus do que deveria ter, para economizar madeira, nos levou à galeria.

Segundo os manuais, o túnel principal deve ser largo o suficiente para que se desloque por ele uma frente de dois mineiros. Um avança com o equipamento enquanto seu companheiro o ilumina e protege, com uma lanterna numa das mãos e uma pistola na outra. Rá! *J'emmerde les manuels!* O túnel era tão estreito que as paredes espremiam os nossos ombros. Ballester teve que vir atrás de mim, com a cabeça seguindo os meus pés, enquanto eu carregava todo o material e uma lanterna. Depois de me arrastar dez, vinte, trinta metros, parei. Senti um sufocamento pior que o da forca.

Estávamos poucos metros debaixo da terra, mas dela emanava um calor de forno. O duelo de artilharia nos chegava com uma reverberação surda e opaca. *Burrum, burrum, burrum*. Do teto, mal-escorado, caía uma chuvinha de terra. Pensei que ia desabar.

O bom do Zuvi não tinha nascido para minhoca. O sufocamento aumentou, senti na garganta a pressão de umas tenazes invisíveis. Debaixo da terra, os meus sentidos de Bazoches não valiam nada ou quase nada; a escuridão unifica todos os homens reduzindo-os à categoria de toupeiras. As tristes lanternas que levamos, mais que iluminar, nos faziam ver o negrume que nos cegava. E como os meus olhos, sempre atentos, valiam por oito, essa deficiência me invalidava ainda mais.

Mesmo assim, virei a cabeça: o doido do Ballester estava gargalhando em voz baixa. Com um dedo, apontou em volta: afinal tinha compreendido a minha insistência em expropiar os móveis das casas, desde o início do assédio. Todo aquele longo intestino era escorado com as vigas que tiramos das moradias abandonadas. As molduras de janelas eram perfeitas como suportes dos túneis, pressionando o teto e as laterais. Os pés de mesa reforçavam paredes.

Seguindo em frente, entramos num corredor que não acabava mais. Topamos com uma bifurcação. Escolhi o ramal da direita.

Parei num ponto qualquer da galeria e meti uma das rolhas na parede. Enquanto encostava a orelha na cerâmica do grande prato, com o corpo encolhido, fiz um gesto a Ballester pedindo silêncio. Seus homens se aglomeraram atrás dele, mais interessados que aguerridos.

É incrível quantos sons pode transmitir uma parede de terra. A cerâmica os ampliava como se fosse um microscópio de sonoridades. Enfiei a primeira vara no buraco que havia no centro do prato de cerâmica. A terra era mole e pude inseri-la facilmente, perfurando a parede mais e mais. Quando o tubo chegava ao fim, eu o unia ao seguinte mediante um sistema de roscas e continuava empurrando. Outra sonda e mais outra. Afinal, percebi com o ouvido e o tato que a nossa longa sonda desembocara num lugar sem a resistência da terra compacta. Então enfiei um arame fino pelo orifício do tubo. Assim, limpava de terra o interior da sonda. Quando acabei, retirei o longo arame, olhando pelo interior como se fosse um periscópio.

Meu olho só conseguia ver que a ponta da sonda havia desembocado numa galeria inimiga. Luzes faiscantes, movimentos, sombras. Mais que vê-los, eu os ouvia. Mas estavam lá.

Corpos escuros passavam diante da minha pequena lente. Eu podia ouvir as picaretas, o arrastar dos cestos cheios de terra. Sua presença me chegava nitidamente, em detalhes como os pigarros que se ouviam.

— Que merda é essa que você está fazendo? — sussurrou Ballester.

A razão da sua estranheza eram os meus estranhos movimentos. Eu colocava o olho na sonda por um instante mais breve que um suspiro, depois o retirava fazendo uns movimentos nervosos com a cabeça mais próprios de uma galinha, e repetia o gesto. Mandei-o calar a boca com um gesto abrupto.

Tarde demais. Talvez tenham ouvido Ballester, talvez tenham visto a ponta da sonda aparecendo na sua galeria, não sei.

Meu rosto e o de Ballester não estavam a mais de meio metro de distância. Entre os dois, pela parede, surgiu a ponta de uma sonda inimiga. Um verme tubular que entrava no nosso espaço, um círculo de metal com um diâmetro não maior que um dedo polegar e um indicador unidos. Contudo, que presença horrenda. Tínhamos sido descobertos.

Aquele tubinho de metal, aparentemente inofensivo, significava a morte. Atrás da sua ponta cilíndrica havia mentes assassinas rastreando a nossa presença. Sapadores franceses veteranos de mil batalhas, talvez adestrados pelo próprio Vauban. E, para dizer a verdade, que eficiência. Ao nos ouvir, ou só intuir, um deles havia inserido uma sonda em nossa busca. E nos encontrou na primeira tentativa. O horror paralisou todos os meus membros.

Ballester percebeu. E sua reação foi típica dele: encaixou o cano de uma pistola no tubo inimigo e apertou o gatilho. Ouvimos gritos. Com certeza a bala de Ballester tinha entrado no olho do observador. (Talvez agora se entendam melhor os meus movimentos galináceos com a cabeça.) Os companheiros do assassinado se alarmaram. Gritos. Injúrias. Eu deixei as sutilezas de lado.

— Para trás, para trás! — uivei. — Vamos embora antes que nos fumeguem!

O fato é que não ordenei essa fuga à toa. No caso, a minha habitual covardia se somava às lições de Bazoches.

Quando uma brigada de mineiros localiza a galeria do adversário, perfura um pequeno *trou*. Por ele se empurra uma bola compacta de folhas, do tamanho de uma bala de canhão, untada com breu e já em chamas. Pode parecer um ataque inócuo. Mas não é. Em corredores tão estreitos, a fumaça é uma arma mortal. Em meio minuto se evapora o ar respirável, os homens caem desmaiados e morrem de asfixia. E se a asfixia não os matar o inimigo o faz, invadindo a galeria depois que a fumaça se dissipou e liquidando a facadas os caídos.

Os mineiros franceses eram muitíssimo mais destros que os miqueletes. Portanto, perfurariam um buraco fumegante antes que nós. E o manual do bom do Zuvi diz que, quando você não pode ganhar uma corrida, corra na direção contrária. E depressa!

Nós nos arrastamos até a saída como uma centopeia e subimos a escadinha bem a tempo. Assim que saímos, o poço começou a vomitar fumaça negra como se fosse a boca de um gigante fumando.

Eu me limitei a perguntar a Ballester:

— Como você sabia que a regra para quem vê uma sonda é introduzir o cano da pistola e atirar?

— Não sabia.

Eu, desolado, fui me sentar num canto da casa sem teto, com uma mão em cada bochecha. Os miqueletes, que não entendiam o meu desânimo, tentaram me consolar. Eu ri com amargura.

— Vocês vão entender logo a minha falta de entusiasmo — disse.

O chefe dos *cucs* veio nos substituir e recebeu o equipamento pedindo notícias.

— Como? — indignou-se. — Deram a eles de presente a localização de uma das nossas galerias? E fumegaram vocês? — Levou as mãos à cabeça. — Sabem o que nos custou cavar esse túnel? E você o inutilizou em meia hora! Como vou levar meus homens por uma galeria que o inimigo já detectou? Vamos ter que murar e começar outra! Que bando de imbecis o governo nos mandou?

* * *

Os últimos dias na mina foram de um horror indescritível. O pior eram os olhares recriminatórios do chefe dos *cucs* (que diabo, continuo sem conseguir me lembrar do nome dele) quando entrávamos no poço.

Em cima, muralhas que podiam ser atacadas a qualquer instante; embaixo, um depósito escondido de toneladas de pólvora, talvez prontas para explodir um momento antes de encontrá-las. Um dia já íamos descer pela escadinha quando parei os homens de Ballester: do poço vinham vozes, distorcidas pelas profundezas, sim, mas que não identifiquei como dos *cucs*. Os miqueletes apontaram para baixo.

Auscultei as profundezas em silêncio. Era uma estranha mistura de sussurros em francês e catalão. Não faltavam *botifleros* a serviço dos bourbonistas, de modo que seria muito lógico que também os empregassem clandestinamente.

Todos os gatilhos estavam atentos, rodeando a boca do poço. Então, surgiu pela escada uma cabecinha loura e com tranças. Levantou os olhos e disse alegremente:

— Olá, chefe! O que faz por aqui?

Atrás de Anfán vinha Nan, e atrás deles alguns *cucs*. Eu estava sem palavras. O chefe do grupo explicou:

— Ah, bem, é que o garoto e o anão nos poupam muito trabalho. Sendo tão pequenos e ágeis, podemos enfiá-los em ramais bem estreitos, para auscultar. Você os conhece? Ei, por que está me olhando assim?

Isso foi o detonante da minha última briga com Amelis. Saí andando em direção à praia com as longas pernadas de Martí Zuviría. Encontrei-a na fila de uma marmita militar.

O único alimento gratuito que o governo fornecia era uma espécie de sopa de pobres feita com robalo. A fila era muito rigorosa. Para evitar tumultos, os felpudos vermelhos vigiavam com uma guarda armada. Serviam duas conchas de sopa em cada recipiente, nada mais. Amelis não quis nem me ouvir. Seus olhos tinham uns grandes círculos roxos provocados pelo esgotamento, e toda a sua atenção se dirigia para as costas que estavam à sua frente. Peguei-a pelo braço e a arrastei para fora da fila. Ela resistiu desesperadamente, gritando e se debatendo. Pesava menos que uma pena.

Uma vez fora da fila, a mulher que estava atrás de Amelis se encostou na da frente, sem misericórdia. Ao ver isso, as pernas de Amelis fraquejaram. Caiu de joelhos na areia, chorando, e ao fazê-lo suas saias se abriram como uma flor.

— Anfán! — gritei. — Por que não impediu que ele se alistasse?

— *Oh, Déu meu. Oh, Déu meu* — dizia ela entre soluços.

— Foi recrutado! — insisti. — Vão matá-lo debaixo da terra!

Levantou o rosto, banhado em lágrimas, e disse:

— Sabe desde quando estou na fila? Desde ontem ao meio-dia!

— Nós o tiramos da guerra, das trincheiras! — repliquei. — E agora vai morrer esmagado por uma avalanche explosiva ou de um tiro no olho. Para os sapadores franceses isso não é um jogo!

Atirou a caneca de ferro na minha cara.

— Eu passei a noite toda aqui, e o dia de hoje inteiro. E você me tira da fila! O que vamos comer? Diga-me.

Era inútil raciocinar, quem falava com sua boca não era ela e sim a fome. Não tinha forças nem para discutir. Baixou a cabeça como um bichinho agonizante.

A metade desse caldo se destinava aos feridos e doentes dos hospitais. O que sobrava era mais aguado a cada dia, e para fazê-lo usavam água doce do último canal que ainda chegava à cidade. Os bourbonistas tinham cortado todos menos esse, um curso deliberadamente infectado por cadáveres. Mas os barcelonenses mais pobres tomavam aquela sopa como se fosse um manjar, sobretudo quando comparada com o pão de casca de fava.

Enquanto discutíamos, as panelas se esvaziaram. A mulher que pegara o lugar de Amelis na fila foi a última a receber meia concha de sopa. Os que estavam atrás protestaram. Foi um tumulto insignificante; as pessoas estavam tão cansadas que bastaram umas coronhadas para dispersá-las. Os soluços de Amelis se transformaram numa torrente de lágrimas.

Não tive outro remédio senão me dirigir a Anfán. E aqui devo mencionar um aspecto que a minha negligência omitiu: a passagem do tempo. Conheci Nan e Anfán no assédio a Tortosa. Agora, aquele 1708 parecia evocar épocas remotas. Anfán tinha nascido mais ou menos junto com o século, portanto em 1708 devia ter uns oito anos, e nesse 1714, quatorze.

O fato é que não era mais uma criança. Depois que ele apareceu na boca da mina, pedi ao chefe dos *cucs* que o dispensasse. Não pude recriminar sua resposta. Ele me olhou, mais surpreso que contrariado, e disse:

— Estando tão carentes de tropa, por que eu deveria prescindir de gente em idade militar?

A idade limite em que um catalão devia empunhar armas para defender o seu país era de quatorze anos. E o fato é que, depois de tanto tempo vivendo conosco, rigorosamente bem-cuidado e educado, Anfán tinha todo o aspecto de um ótimo rapaz. Eu me culpo por não ter percebido antes. Se a gente olha fixamente a grama todos os dias, seu crescimento vai passar inadvertido. E, afinal de contas, os pais sempre hão de ver nos filhos a criança que foram um dia.

Como seria contraproducente atacá-lo frontalmente, abordei-o com comentários e carinhos. Durante um bom tempo falamos das operações nas minas. Anfán não teve problemas em contar-me os detalhes. Os *cucs* perfuravam túneis diminutos nas laterais da galeria principal. Assim poupavam tempo e trabalho, porque como eram muito estreitos um homem adulto não podia entrar neles, mas Nan e Anfán sim. Quando localizavam alguma galeria bourbonista, Nan e Anfán perfuravam as paredes numa diagonal descendente, fazendo uma cavidade estreita e comprida da largura de um punho. Por esses túneis soltavam duas ou três granadas com a mecha acesa e saíam engatinhando a toda pressa.

Eu sorria ao ouvir esse relato, mas por dentro ficava arrepiado. Na guerra de minas, os combatentes acabam conhecendo seus adversários sem rosto pelas práticas que adotam. Eu tinha certeza de que os bourbonistas já haviam prometido uma recompensa para quem matasse esses dois ratos.

— E você nem pensou em Nan? — perguntei com um sorriso frio. — Agora mesmo dezenas de sujeitos estão planejando como matar vocês.

Respondeu com as mãos na cintura, como que me desafiando:

— Dezenas? Pensei que eram milhares. — E continuou: — O filho de Casanova tem quatorze anos e foi recrutado como tamboril do seu regimento.

Não me contive.

— E Casanova em pessoa foi se despedir dele! — gritei. — Deu um jeito de que o mandassem para fora da cidade, está na guarnição de Cardona.

Era verdade. Os felpudos vermelhos adoravam exibir virtudes homéricas. Bombeando tropas para o exterior era como se dissessem a Jimmy que os barcelonenses tinham coragem, perseverança e firmeza para superar qualquer perseguição. (Deduzam vocês mesmos a opinião de dom Antonio sobre essa sangria de defensores executada pelos nossos próprios dirigentes.) O fato é que em Cardona, uma das poucas praças do interior ainda em poder da Generalitat, a frente estava tranquila. Os bourbonistas sabiam tão bem quanto nós que se conquistassem Barcelona o resto do país cairia, e por isso não davam muita atenção aos tumores da sua retaguarda.

Peguei-o pelos braços e disse:

— Eu sou o chefe? Diga! Sim ou não?

Meu Deus, como ele estava grande. Ficou muito sério e respondeu:

— Claro, chefe. É, sim. Certo, não vou voltar para a mina. — Beijou dois dedos em cruz. — Juro.

Falava com as pernas firmemente ancoradas no chão, olhando nos meus olhos. Não acreditei numa só palavra.

No dia seguinte uma tropinha de quatro *cucs* achou finalmente a grande mina bourbonista, a Mina Real, uma galeria onde já havia cem barris de pólvora cobertos com couros de boi molhados. Os *cucs* degolaram dois bourbonistas, roubaram os barris e antes de sair derrubaram o teto. Mina descoberta, mina destruída.

Foi a nossa última alegria. Os sinos de todas as igrejas repicaram e o governo pagou quinhentas missas pelo feito. Os heróis entre os *cucs* se chamavam Francisco Diago, um dos nossos aragoneses, Josep Mateu, barcelonês, e o terceiro, dirigindo-os, o chefe dos *cucs*... Como se chamava? Que pena eu não me lembrar do nome de tão excelso guerreiro! E com eles, Anfán, claro. Foi o primeiro a se introduzir por um buraco diminuto e encontrar a galeria explosiva. O que vocês teriam feito? Criticado ou aplaudido? Não fiz nem uma coisa nem a outra.

E pela milésima vez a minha querida e horrenda Waltraud me interrompe. Será que não pode me deixar sequer desfrutar de uma das nossas poucas vitórias?

O que está me dizendo? O que é muito estranho que eu me lembre do nome dos soldados que estavam com o chefe dos *cucs* e tenha esquecido o dele? Que é muito suspeito que a minha prodigiosa memória, cultivada em Bazoches, não tenha retido o nome do herói que salvou a cidade, adiando a hecatombe por alguns dias? Que talvez eu omita o seu nome porque há algo em sua identidade que me causa incômodo ou repulsão?

Está bem! Está bem.

Você tem razão. Eu disse que ia contar a verdade, toda a verdade, e vou contar. Sei o nome.

O grande herói dos *cucs* se chamava Francesc Molina e era filho de um casal estabelecido em Barcelona. Tinham emigrado de sua pátria natal mas se sentiam tão identificados com a cidade que seu filho, como tantos outros forasteiros ou filhos de forasteiros, lutou por ela até embaixo da terra, sangrando unhas e pulmões, dia após dia, noite após noite, até encontrar essa montanha de pólvora assassina.

Quer saber de onde os Molina tinham emigrado?

Estou vendo que você não vai me poupar nem a suprema humilhação.

Eu me resigno, digamos tudo.

Os Molina eram italianos.

De Nápoles.

14

Eu, Martí Zuviría, engenheiro (poupemos o palavrório dos títulos), afirmo o que se segue em capítulo único de rendição:

Que a origem das nações é coisa aleatória e não mantém qualquer vínculo com as inclinações de caráter dos seus naturais.

Que a infinita maioria de italianos que conheci é de benignas criaturas de Deus, probos, íntegros, cabais, e ninguém pode se dar o direito abominável de extrapolar defeitos ou afrontas individuais a inteiras comunidades humanas.

E, para que conste por escrito, me retrato de todas as afirmações insidiosas que este livro possa conter contra napolitanos, italianos e estrangeiros em geral, franceses, alemães, castelhanos, mouros, maoris, oglaga, holandeses, chineses ou persas. (Entenda-se que corrigir as páginas infectadas seria um custo de gráfica que minhas combalidas finanças não podem tolerar.)

Feliz? Satisfeita por impor sua vontade a esta desolada e agônica carne humana? Quem diria que nós íamos acabar assim; eu, o autor, pedindo perdão a quem redige o meu livro.

Certo, você tem razão; vamos em frente, terminemos. Vamos chorar a última lágrima.

* * *

No dia 3 de setembro de 1714 eclodiram todas as nossas contradições. E o que provocou isso não foi a fome canibal, nem uma vitória inimiga, nem o abandono da defesa por uma população exausta. A causa foi, paradoxalmente, um gesto magnânimo de Jimmy.

Nesse dia nos chegou um emissário do campo inimigo. Em sua mensagem Jimmy nos intimava a render-nos para evitar um assalto de consequências inimagináveis. Era um texto breve e ameaçador, sem brechas para a piedade. Ou nos rendíamos ou degolariam até os fetos. No entanto, preciso explicar aqui alguns matizes das regras de jogo de um assédio.

Em última instância, o objetivo de uma Trincheira de Ataque é obrigar o assediado a pedir uma interlocução. *Battre la chamade.* Diante dos fatos consumados, a trincheira coroando o fosso e as muralhas derrubadas, o assediado procura negociar capítulos de rendição na esperança de proteger bens mínimos. A vida, a honra. As propriedades, se possível. Caso contrário o assediador tem o direito legítimo de entrar, saquear, incendiar, matar e violar. A *chamade* impede este último extremo. Segundo as cortesias da guerra (que na minha época eram escrupulosamente respeitadas por todos, menos pelo animal do Pópuli e seus generais felipistas), um assediado que "bate a chamada" garante, no mínimo, a vida da população e a honra da guarnição.

O gesto de Jimmy era insólito, porque nunca era o assediador quem batia a chamada, mas o assediado. Jimmy se apoiava, obviamente, em nossa desesperadora situação militar. Mas ao ser ele quem enviava um emissário, e não o contrário, o que estava nos dizendo era que abria uma porta de negociação. E uma negociação, mais que digna, esperançosa. A coragem e a perseverança sempre dão frutos: depois da batalha de agosto, Jimmy temia que suas tropas fossem massacradas. A vitória poderia lhe custar meio exército, e o Monstro e Felipito não ficariam muito felizes em perder os seus oficiais mais destacados. E, depois, se isso viesse a acontecer, a tropa bourbonista, furiosa, ficaria incontrolável em seus desejos de vingança e saqueio. Iriam arrasar Barcelona. E Jimmy, mecenas, não desejava que os próprios filósofos que amamentava o acusassem de bárbaro.

Apesar da linguagem arrogante e ameaçadora do texto, dom Antonio entendeu seu significado. O inimigo negociaria capítulos! Felicíssimo, reuniu o alto-comando, a fim de encaminhar uma proposta unânime ao governo. Eu estava presente na qualidade de ajudante-geral.

Dom Antonio começou dizendo que era uma oportunidade única. Seria coisa de alucinados deixá-la passar. Podíamos salvar a cidade, os seus habitantes e até, quem sabe, algo mais. Negociar não era tarefa de militares, mas dos políticos. Nossa missão consistia em fazer o governo entender que não podia ignorar tamanha oportunidade, a última, de evitar uma catástrofe mais própria do Antigo Testamento que das guerras modernas.

Dessa vez vi dom Antonio sorrir. Todos os nossos sacrifícios haviam demonstrado ser úteis, todos os nossos combates tinham frutificado: o inimigo estava disposto a negociar. Se os diplomatas que enviássemos fossem hábeis em sua fidelidade, era possível que o núcleo das Constituições e Liberdades fosse respeitado.

Bom, o conselho não correu bem. Ainda me lembro daquela longa mesa retangular, cheia de oficiais sentados em volta. Com os uniformes limpos mas esfarrapados, os ventres para dentro. O fato é que ninguém acompanhou o comandante em chefe. Todos os olhos evitavam os de dom Antonio. Não o desacreditavam em sua autoridade, todos o veneravam. Mas simplesmente não concordavam com a rendição.

Não satisfeito com isso, Villarroel recorreu a Casanova para que solicitasse uma votação urgente no consistório. Casanova aceitou sem entusiasmo. Ele conhecia melhor que ninguém os matizes de um governo isocrático como o de Barcelona.

A votação foi uma espécie de avalanche ao contrário. De trinta representantes, só três apoiaram a posição negociadora de Casanova. No total, 26 votos contra 4. O fato de apenas três membros do conselho terem votado no mesmo sentido que o chefe do governo dizia tudo da sua solidão. Nessas circunstâncias, como impor uma política?

Era o mundo pelo avesso: os únicos indivíduos que estavam dispostos a acabar com a guerra eram os generais.

* * *

A notícia nos chegou no dia seguinte: dom Antonio ia deixar o comando. Diante da inevitabilidade do desastre, enviou uma nota ao governo declarando que sua honra o impedia de capitanear uma hecatombe. Portanto, esgotada toda e qualquer via militar razoável, ele pedia autorização para embarcar. Renunciava aos cargos, salários e prerrogativas.

Na minha opinião, isso foi uma espécie de última chantagem que dom Antonio fazia com o seu cargo: se não negociassem, ele se demitia. Infelizmente, as coisas já tinham ultrapassado os limites da loucura. O governo simplesmente lhe respondeu que muito bem, que se o seu desejo era esse lhe conseguiriam um par de galeotas rápidas para furar o bloqueio. Quando queríamos evacuar alguém importante usávamos essas embarcações, pequenas e ágeis. Os navios franceses eram de grande calado, nunca se aproximavam da costa. Amparadas pela escuridão, as galeotas acompanhavam o perfil costeiro durante uma noite inteira. De madrugada, já longe de Barcelona e da frota bloqueadora, seguiam rumo a Maiorca.

Essa notícia me deixou tão arrasado que a princípio não quis acreditar. Dom Antonio ia embora! Estupefato, nem perguntei o nome do substituto. Eu não conseguia imaginar ninguém e, de fato, ninguém foi nomeado. Ou melhor: como novo comandante em chefe, proclamaram a Virgem.

A Virgem! Só podia ser brincadeira. Mas não era, garanto a vocês que não era. Martí Zuviría, instruído em todos os matizes do compasso e do telescópio e da remoção exata de metros cúbicos de terra, agora sob as ordens da Virgem.

Na madrugada seguinte, quando ainda estava dormindo mal-agasalhado atrás de um muro, um emissário veio me acordar. Disse em meu ouvido:

— Dom Antonio vai embarcar e deseja vê-lo.

O pátio da residência dele estava cheio de arcas e baús, prontos para ser levados ao porto. No interior havia uma azáfama de oficiais entrando e saindo. Mesmo nesse momento dom Antonio continuava se informando da situação nas muralhas. Estranhei que estivesse usando as suas melhores galas de general, agora que não era mais. Eu acho, e esta será minha opinião para sempre, que até o último instante ele ficou esperando que o governo mudasse de ideia e o restituísse ao comando. Quando me viu, disse:

— Ainda não sabe? Então vou dizer: eu não estou mais no comando. Os oficiais terão que acatar as ordens que receberem de outro comandante.

— Que outro comandante? A Virgem?

Ele se emocionou. Pela primeira vez fez o esforço de pronunciar a palavra "filhinho" num catalão mais ou menos decente.

— Pode ficar alegre, *fillet*. Agora que sou um cidadão particular, já pode me chamar de dom Antonio, como gosta.

Obstinado, e mastigando ironia, respondi:

— Estou louco de alegria, general.

Ele ajustou a espada no cinto, como se me ignorasse.

— Será que não ouviu? Eu não exerço mais a função de comandante, para você sou dom Antonio. Depois de tantos anos dobrando a sua língua cada vez que usava esse impertinente "dom Antonio", agora já pode me chamar assim. A partir de agora eu sou, para você e para todos, um cidadão comum. Dom Antonio, por favor. Entendeu?

— Perfeitamente, general. — E acrescentei: — A partir de hoje devo tratá-lo como um simples concidadão, general.

No meio de uma piscada, muito breve, algo como uma emoção deteve os seus gestos. O retumbar da artilharia dava uma urgência melancólica às suas reflexões. Porque tinham falado pela minha boca todos os que o amavam. Enquanto comandou cidadãos em armas, estes o consideravam um dos seus, um barcelonês comum. E agora que ia embora, o mais díscolo desses barcelonenses reconhecia o seu posto justo, nem tanto militar mas moral.

Um homem como Villarroel não ia permitir que o sentimento o vencesse, claro. Começou a andar pelo aposento, para cima e para baixo. Suas próprias palavras o inflamavam cada vez mais.

— Eu argumentei e implorei até a exaustão, adverti o governo de todos os males que vêm aí! — exclamou. — Essa defesa já é uma loucura monstruosa. Se ficasse, seria para levar meus soldados ao patíbulo. Fugindo, eu os abandono. O que fiz para merecer esta ignomínia?

Tentei acalmá-lo. Então ele me contou o verdadeiro motivo pelo qual me chamara à sua residência:

— Já salvei você do cativeiro uma vez, em Illueca. Não vejo por que não posso repetir. Amanhã estaremos em Maiorca, depois, na Itália, e de lá para a corte. Em Viena você receberá todos os seus pagamentos atrasados; lembre que o inscrevi na folha real, não na municipal. Portanto, você não é um soldado sujeito ao consistório; embarcando, não desobedece nem deserta. E quando eu me incorporar ao exército imperial, quero um engenheiro no meu estado-maior.

Antes que eu pudesse dizer alguma coisa, acrescentou:

— Você tem, como eu, mulher e filhos. Ainda restam algumas vagas nas galeotas. Vá buscá-los imediatamente. — E sua mão me despediu com um gesto que exigia urgência.

Não me mexi. Ele percebeu. Exigiu uma explicação. Lembro-me da minha voz como se fosse de outra pessoa.

— Não posso, general — disse.

Ele me olhou de cima a baixo, e finalmente seus olhos pousaram nos meus.

— Não entendo. O seu caráter é o oposto de todos esses valentes que estão lá fora. Como aceita esse sacrifício inútil de uma cidade inteira? Responda!

Eu não sabia o que responder, e então me calei.

— Será que você passou tanta fome que comeu a língua? — insistiu aos gritos. — Por que defende uma matança que sempre desaprovou? Por quê? Você, que na Retirada eu sempre tinha que levar para o serviço aos empurrões. Por quê? Responda por quê!

Permaneci em silêncio, a contragosto, e Villarroel exigiu:

— Uma palavra! Diga pelo menos uma palavra, homem de Deus!

Uma palavra. Sete anos depois, Vauban voltava a me interrogar pela boca de Villarroel. Pisquei, engolindo saliva. Procurei no mais recôndito dos meus miolos. Nada.

Sem querer, eu havia causado mais dor a uma alma já aflita. Porque ele era um herói sem mácula que a honra obrigava a partir. E até o príncipe dos covardes, um tal de Martí Zuviría, optava por ficar. O contraste na certa o magoava.

Pus o tricórnio na cabeça e, perturbado, já ia sair sem esperar permissão. Ele me deteve:

— Espere. Você estava comigo na Retirada de Toledo, e em Brihuega. E em todo este assédio. É justo que compartilhe agora a minha penitência.

E sem dúvida era uma grande penitência: antes de partir ele queria se despedir das tropas postadas nas muralhas. Dom Antonio de Villarroel, o guerreiro sem mácula, teria que dizer aos seus homens que ia abandoná-los naquele inferno enquanto ele partia para um palácio. Contudo, nenhuma força do universo iria impedi-lo de se despedir dos seus soldados, mesmo que o ofendessem, condenassem e amaldiçoassem por abandoná-los na véspera do juízo final.

Saímos da casa, alguém me entregou umas rédeas. Montamos ao mesmo tempo e, enquanto se inclinava para trás em sua sela, dom Antonio disse:

— Vamos lá.

Nesse "vamos lá" captei uma vontade de martírio. Continuo achando que esse homem sempre buscou um final exorbitante, morrer numa carga heroica. Em vez disso, agora o destino lhe proporcionava uma miserável saída pela porta dos fundos. Meu cavalo marchava em paralelo ao dele. Quando já estávamos perto das muralhas, e contra todos os protocolos, peguei seu antebraço e disse:

— General, isto não é necessário.

Dom Antonio, ofendido, repeliu minha mão com um safanão.

— Afaste-se! Eu nunca fugi do inimigo. Vou fugir agora dos meus soldados?

Esporeou o cavalo, e eu fui atrás. Estava consumido pela angústia; não por mim, mas por dom Antonio. Poucos de nós sabíamos a correção dos seus motivos, que ele partia não por medo do que ia acontecer, mas exatamente por não poder evitar.

Chegamos ao pé das muralhas. Por milagre, a frente de ataque estava numa pausa. Assim que perceberam a presença de dom Antonio, os homens de Santa Clara, do baluarte de Portal Nou e da muralha intermediária viraram as cabeças para trás. Começaram a aglomerar-se lá em cima, na parte posterior do que restava das fortificações desmoronadas. Quando todos aqueles corpos estavam juntos e apinhados, dom Antonio quis falar-lhes. Não conseguiu. Alguma coisa se partiu dentro dele.

Seu cavalo empinou; teve muita dificuldade para acalmá-lo. Levou dois dedos à parte superior do nariz e apertou, como se assim pudesse obturar a emoção. Fez outra tentativa de discurso. Não foi capaz de pronunciar uma palavra.

Há momentos na vida, muito poucos, em que o tempo se petrifica. No alto dos bastiões e muralhas estavam aquelas centenas de homens esqueléticos, mais magros que seus fuzis. Pômulos chupados como embudos, tricórnios perfurados por balas e metralha. Uniformes desbotados, sepultados por fuligem e cinza, com as mangas tão descosturadas que só se mantinham no lugar por milagre. E o cheiro. Sim, aqueles homens cheiravam a carniça velha. Até o último tamborileiro sabia da notícia: seu comandante ia embora. O que ele teria a dizer antes de partir? Centenas de olhos estavam fixos em dom Antonio.

Depois de tantas semanas de sol inclemente, sem nuvens, começaram a cair umas gotas grossas, densas e espaçadas. Apesar da multidão, o silêncio era tanto que podíamos ouvir o impacto de cada gota. Nossas pedras, aquecidas por um ano de bombardeios, fumegavam debaixo da chuva. Ninguém piscava.

Pela terceira vez, dom Antonio tentou encontrar palavras. E por um instante pensei que a pele do seu rosto ia se rasgar. Mudo, tirou o chapéu e ergueu o tricórnio com a mão direita, saudando os homens aglomerados nas muralhas. Seu cavalo mexia as patas dianteiras nervosamente. Villarroel manteve o braço no alto, entre as gotas solitárias de chuva. Não disse nada, não houve mais nada. Dom Antonio não tinha outro remédio senão partir, e os homens da Coronela outra opção senão continuar lutando.

Dom Antonio esporeou seu cavalo e percorreu a parte interna das muralhas. Com a mão ainda no alto, segurando o tricórnio, despedindo-se dos cidadãos em armas que havia comandado durante tanto tempo. Decidi ficar ao seu lado. Cavalguei à sua direita, entre ele e as muralhas. Pensava, pobre de mim, que com um corpo interposto os mais transtornados se absteriam de atirar contra o general fugitivo. (Meu Deus, que diferença daquele longínquo 1710, na batalha de Brihuega, quando o rato do Zuvi queria cavalgar com o cavalo de dom Antonio entre seu corpo e as balas inimigas.)

Eu ainda não tinha chegado à altura dele para cobrir seu flanco direito quando um rugido me fez levantar a cabeça.

Os barcelonenses da Coronela, e os castelhanos, aragoneses, valencianos, alemães, todos agitavam seus fuzis sobre as cabeças. E não o amaldiçoavam. Aclamavam. Um clamor descontínuo, sem forma. Apenas repetiam o seu nome de batismo, "Dom Antonio, dom Antonio, dom Antonio!", e a gritaria crescia cada vez mais. A chuva aumentava, e com ela o clamor. Villarroel não aguentou, esporeou o cavalo para fugir da ovação. Fui para o seu lado e vi uma coisa que me deixou boquiaberto: estava chorando.

Dom Antonio chorando! Pensei que antes disso veria uma alcornoque dançar. Ele percebeu que eu tinha visto suas lágrimas e, para se justificar, disse:

— Meu único desejo é ficar com eles, mas a honra me impede. Não posso capitaneá-los como comandante quando esta defesa já é mais temeridade que coragem, nem posso assumir a mácula de bárbaro expondo tantas vidas inocentes.

Depois nos afastamos das muralhas; a chuva continuava. E enquanto acalmava seu cavalo com umas carícias tristes, dom Antonio sussurrou para si mesmo, alheio à minha presença:

— Seria bom que as galeotas não chegassem, assim eu poderia morrer junto com eles como um simples soldado.

* * *

Dom Antonio se despediu dos seus homens no dia 8, e até aquele triste 11 de setembro choveu sem pausa e sem cessar, dia e noite.

Meu Deus, que contraste depois do calor daquele mês de agosto infernal. A princípio a chuva era um descanso. Ela refrescava e aliviava, depois de passar tanto calor sentíamos que estávamos revivendo. Com a pólvora molhada, os bourbonistas tiveram que suspender temporariamente o bombardeio. A parte tétrica da coisa era que debaixo do aguaceiro o nosso entorno de muralhas desmoronadas se transformou numa paisagem de pedras úmidas, escuras, enlameadas. Pedra e madeira molhadas tendem ao inóspito.

As brechas eram majestosas. Havia cinco, a menor com quarenta metros de largura e a maior com sessenta. Somando todas, pelo seu interior podiam avançar até 687 homens de frente (não estranhem a exatidão deste "687", cálculo próprio de Bazoches), ou seja, mais ou menos dois regimentos em ordem de batalha.

Era impossível obturar as brechas. Lançamos centenas de tábuas retangulares ao pé dos buracos. Cada tábua estava ouriçada de pregos com um palmo de comprimento. Os nossos operários as jogavam o mais longe possível, caíssem onde caíssem, para não se expor à fuzilaria. Assim, forramos os buracos com espetos.

Encharcado, sob um teto de nuvens negras, continuei dirigindo o trabalho dos nossos mortos-vivos. Eles não tinham mais forças, e por isso foi muito penoso fustigá-los para que tentassem fechar os enormes buracos das nossas defesas. Atrás de cada brecha abrimos um fosso, defendido por um parapeito de faxinas, e atrás disso outro fosso e outro parapeito, e mais outro. Muitos parapeitos, mas todos igualmente frágeis. Em algumas posições escolhidas colocamos "órgãos". Era assim que chamávamos um invento de um Arquimedes local.

Basicamente, os órgãos eram plataformas de madeira em que se alinhavam dez ou quinze fuzis carregados. Uma corda fina unia os quinze gatilhos. Bastava um velhote como Peret puxar a corda para descarregar os quinze fuzis, a esmo, contra a zona de intrusão. Nunca seriam muito eficazes, mas nesses últimos dias nós tínhamos mais armas que soldados. Houve uma última proeza.

Com dom Antonio ausente, eu me sentia livre para lutar por conta própria. Havia aprendido que uma defesa desesperada usa pedra, carne e sangue. Por que não os elementos?

Levei comigo os operários que estavam em melhor forma. Com as últimas reservas de madeira fizemos um canal comprido, ensamblando recipientes em forma de telha. Graças à chuva, não precisávamos mais economizar a água dos depósitos municipais. Nosso aqueduto ia de um dos maiores desses depósitos até as muralhas. Certa noite, abrimos a comporta e uma torrente inundou as posições avançadas da trincheira. Milhares de litros de água caíram em cima dos cavaleiros, seguiram pelos ramais, arrastando gente, faxinas e estruturas. Uma inundação é mais pavorosa de noite. Os bourbonistas não entendiam o que estava acontecendo e, além do mais, de que adianta disparar com fuzis contra uma catarata?

A vanguarda da trincheira deles virou um esgoto. Em alguns trechos a água chegava até a cintura. Tiveram que passar todo o dia seguinte retirando aquelas águas pútridas. Um dia, mais um dia de vida. Uma vitória, ainda que breve, mas nós estávamos tão esgotados que não tivemos forças nem sequer para ficar contentes.

Enquanto os bourbonistas ainda estavam se contorcendo no lodo, fui falar com Costa. Nunca o tinha visto tão cabisbaixo. Ele, Francesc Costa, um indivíduo que só precisava do seu raminho de salsa para viver absorto.

— Vamos, Costa — tentei animá-lo, sem muita convicção. — Nós não chegamos tão longe para desistir agora. Prepare peças e munição.

Mas ele estava sentado na chuva, sem chapéu, encharcado e se abraçando como se estivesse com febre.

— Munição, munição, foi isso que você disse? — cuspiu com sarcasmo. — Não tenho nem salsinha para mastigar. Essa trincheira nos fodeu.

A referência à minha obra me fez sentir mal.

— Os canhões! — gritei de repente, e em tom profissional acrescentei: — Coloque-os atrás das brechas e esqueça o resto!

Em casos desesperados, os rumores suplantam as esperanças. Ilusões. Diziam que uma frota inglesa estava chegando e que o Karlangas já havia mandado uma legião germânica. Mentiras. Multidões desesperadas se aglomeravam na praça do Born, no centro da cidade, rezando pela salvação de Barcelona. Fatuidades. No fundo, nós que estávamos na brecha não acreditávamos em nada, apenas lutávamos.

E ainda bem que a chuva incessante apagava o vulcão artilheiro de Jimmy. Como eu já disse, com a pólvora úmida era impossível bombardear-nos. Não tendo projéteis, eles nos atacavam com deboches e ameaças. Suas posições coroavam o fosso, eu já podia ouvir os gritos. Não estavam a mais de trinta metros dos restos das muralhas.

Os mais atrevidos mostravam a cabeça por cima das fortificações, no ponto mais avançado da trincheira, e com um dedo faziam o gesto de cortar o pescoço, ou moviam os punhos para frente e para trás. E diziam no tom mais tétrico: "*Ça va être votre fête!*"

* * *

Na noite de 10 para 11 de setembro, eu não dormi. Não consegui. Não era preciso muita intuição para adivinhar que o assalto final iria ocorrer a qualquer momento. Sabendo disso, tínhamos recuado algumas das posições mais expostas. Seria suicídio acumular homens tão perto dos cavaleiros bourbonistas. Nas partes mais atingidas pelo fogo preferimos criar um espaço, para dar oportunidade de retirada aos que sofressem a primeira investida. Nessa noite, então, entre as nossas linhas e as de Jimmy havia um terreno morto.

Eu já vi muitas paisagens submetidas a bombardeio, e o que mais surpreendia naquela eram os perfis das ruínas. A artilharia, mesmo a mais pesada, se limita a furar tetos e quebrar paredes. Deixa uma silhueta com ângulos pontiagudos. Mas, com um bombardeio tão intenso e tão sustentado no tempo, as bordas das paredes acabam ficando onduladas e rombudas, como se tivessem sofrido mil anos de erosão. Uma garoa finíssima continuava caindo sobre um labirinto de ruínas e entulho. A noite era negra, a lua se escondia entre nuvens choronas. Meus pés escorregavam entre armões de artilharia destroçados, fuzis inutilizados, o vime de faxinas enterradas, cujas bocas cilíndricas emergiam sinistramente do chão, parecendo afogadas. E, em toda parte, milhares das nossas tábuas cheias de pregos. Aquele era um lugar tão silencioso, triste e espectral que até minha ciência se via despojada dos seus poderes.

E então, de repente e sem motivo, fui tomado por um desejo imperioso de voltar para a nossa barraca da praia.

Amelis estava dormindo nua. Acordei-a.

— Onde está Anfán?

Mais que dormir, a fome e o esgotamento a haviam mergulhado numa espécie de torpor. Abriu os olhos, aqueles seus enormes olhos negros. Lembro-me da escuridão da noite, nessa pobre barraca da praia. Ela deitada, nua, suada, eu de joelhos ao seu lado, abraçando-a com um anseio menos amoroso que protetor. Ela, em contrapartida, estava febril. Tinha acordado de algum pesadelo. Ao notar minha mão, o meu braço rodeando as suas costas, sorriu como num reencontro longamente esperado. Seus dedos tocaram o meu rosto.

— Martí — sussurrou —, você está aqui.

Era uma alegria apagada e doente.

— Pelo amor de Deus, Amelis! Onde está Anfán?

Se matassem Anfán, nada teria adiantado. Fazia sete anos que eles estavam na minha casa, sete. O que realmente me unia a eles não eram os atos sublimes, mas a acumulação de banalidades. Não existe nada mais significativo que a soma de um milhão de insignificâncias.

Fomos interrompidos por uma descarga de artilharia tão arrasadora que a barraca tremeu como se fosse sair voando. Só podia ser o anúncio do ataque geral. Pus meu tricórnio na cabeça e quis sair da barraca. Quando já estava na porta de lona ela me disse alguma coisa, não lembro exatamente o quê. Mencionou Beceite. Um Beceite muito longínquo, aquele povoadinho no limite de Aragón onde nos conhecemos, entre bourbonistas violadores e miqueletes assassinos. A fome a fazia delirar. Acariciou a própria bochecha e implorou, como que desligada:

— Martí, é só framboesa amassada. Não vá, por favor. É só framboesa.

Ela me estendeu os braços abertos. Meus deveres me impeliam a sair de lá. Mas aquela mulher, que jamais tinha me implorado favores, agora soltava uns *si us plau, si us plau* que mais pareciam miados de gatinho. Voltei.

Ela estava tão magra que o meu abraço tinha que ser bem fraco. Caso contrário, e não estou exagerando, quebraria suas costelas. O rosto estava molhado de suor. O que me deixava mais desconsolado era não poder fazer nada para amenizar sua dor. Pediu a caixa de música quebrada. Entreguei-a, e quando a abriu, naturalmente, não saiu nenhum som. Mas ela, sorrindo, disse:

— Está ouvindo? Meu pai inventou esta caixa, botou música dentro de uma caixa. E escolheu esta canção. Não é bonita?

Eu nunca gostei de mentir para os doentes, de modo que lhe disse:

— Vamos consertá-la, você vai ver.

— Martí! — ela se exaltava com a febre. — Diga o que você está ouvindo!

Não, eu não estava ouvindo nada. Era só uma caixa estragada, um resquício minúsculo entre milhões de outros objetos mais danificados pelo bombardeio inimigo. Em vez de responder, eu suspirei. Ela percebeu, a febre alta pode nos deixar muito lúcidos. Olhou-me com seus olhos abismais e disse:

— Quer saber de uma coisa, Martí? Você é você porque não ouve esta música. É uma virtude sua e ao mesmo tempo a sua limitação. Se quisesse ouvir a nossa música, você ouviria. Mas não consegue, não acredita nela. Nem tenta. — E continuou: — Você já ouviu essa música mil vezes. Por que não agora? A caixa é só uma caixa, algum dia tinha que quebrar.

Obriguei-a a olhar dentro dos meus olhos.

— Pelo amor de Deus, Amelis, não saia desta praia. Aconteça o que acontecer, não se afaste da praia! Se os seus pés pisarem em algo que não seja areia, volte para trás.

— Eu cuido dela, chefe.

Era Anfán, às minhas costas. Ele e Nan tinham acabado de entrar na barraca.

— Onde vocês estavam? — rugi.

Anfán suspirou, maroto e relutante ao mesmo tempo.

— Obedeça uma vez na vida! — gritei com ele. — Esta noite, e amanhã, ninguém pode sair desta praia. Nem você, nem Amelis, nem Nan. E você é o responsável! Está claro?

Gritar com Anfán era uma perda de tempo. Mudei de tática.

— Você conheceu a sua mãe? — perguntei.

— Já sabe que não.

Apontei para Amelis, dormindo, ou meio inconsciente, consumida e delirante.

— E se pudesse escolher entre todas as mães do mundo, você preferiria a outra?

Ele desceu o olhar na direção de Amelis. Nossa única luz era uma vela fatigada. Seu fulgor diminuto tremia. E, se me permitem, direi que a chama de uma triste, fraca vela, é capaz de sentir emoções.

Meu Deus, como pode ser bela a imagem do ser amado em sua fraqueza. Sem ela, nós quatro jamais teríamos permanecido juntos. Nossa vida teria sido outra, sem dúvida muito pior.

Anfán encheu os pulmões e, pela primeira vez, ouvi um homem falar, não um menino:

— Certo, chefe. Eu vou protegê-la. E, aconteça o que acontecer, ninguém sai desta praia. Dou minha palavra.

Martí Zuviría, sempre alegre e contente! Sempre? Não, nem sempre.

15

E assim, após mais de um ano de assédio, por fim chegamos a 11 de setembro de 1714. Tudo começou com uma terrificante descarga de artilharia às quatro e meia da manhã. A seguir uma primeira onda de dez mil homens investiu contra as brechas. Dezenas de estandartes, oficiais de sabre em riste, os sargentos levantando alabardas para guiar a tropa. Não creio que na primeira linha de defesa contra eles houvesse mais de quinhentos, no máximo seiscentos milicianos extenuados.

É impossível relatar aquele 11 de setembro de forma organizada. Nem eu mesmo o entendo direito: do dia mais longo de minha vida só me restam imagens fugazes, que desmembram o conjunto do acontecimento em partes isoladas. Saí da nossa barraca da praia, andei pelas ruas. Todos os sinos badalavam enlouquecidos. Era um caos. Como podia ser diferente, com a Virgem como comandante suprema? E, enquanto isso, os bourbonistas superavam aquelas muralhas que até uma criança poderia arredar com um pontapé. Com as primeiras luzes da manhã subi ao terraço da casa Montserrat, a mansão de um *botiflero* fugido, de cujas alturas se podia observar boa parte do perímetro atacado, do baluarte de Portal Nou até o de Santa Clara. E o que vi foi a imagem mais desesperadora que um engenheiro pode contemplar.

Toda aquela extensão que tão penosamente havíamos protegido durante treze, treze longos meses, vencida por uma horda de escravos idiotizados. Uma manta de uniformes brancos entrava pelas brechas, em formação de ataque, *en avant, en avant!* Eram tantos que podiam permitir-se ignorar os homens que ainda atiravam contra eles do alto das muralhas. Seria aquele o meu destino? Para isso haviam sido educados todos os meus sentidos? Para que um dia eu sofresse com mais intensidade a queda de Barcelona, a morte de um povo inteiro? Para que nesse último dia das nossas liberdades os meus ouvidos escutassem mais uivos, os meus olhos chorassem mais, as minhas mãos se agarrassem com mais desespero à proa que afundava?

Uma dessas imagens: restos das muralhas se elevam como torreões, separados uns dos outros por brechas gigantescas. Vejo com a luneta um pedaço estreitíssimo de muralha, flanqueado por buracos por onde se infiltram milhares de inimigos. Lá em cima só restam um velho e um garoto. O velho recarrega os fuzis, passa para o garoto e este atira para baixo, no tropel de uniformes brancos que inundam tudo. O velho é muito lento recarregando os fuzis. Impotente de raiva, o garoto acaba arremessando-os com a baioneta calada, como se fossem lanças. Outra imagem no círculo da minha luneta: a segunda leva bourbonista já tomou aquele pobre reduto, o velho e o garoto se renderam, gravemente feridos. Os soldados obrigam o jovem e o velho a se ajoelharem em frente ao abismo. Depois, a coronhadas, os jogam muralha abaixo.

Imagens, imagens em turbilhão. Órgãos mortíferos disparados à queima-roupa por meninos, ceifando filas inteiras de granadeiros. Soldados da Coronela lançando granadas até que o inimigo os supera; usam a última para se imolar.

Imagens, sim, mas acima de todas elas, impondo-se à própria tragédia, uma aparição que consagrava o homem na memória dos justos: dom Antonio de Villarroel Peláez. Dom Antonio! Mas o que ele ainda estava fazendo em Barcelona? Ele já deveria estar em mar aberto a essa altura, e de repente irrompia numa reunião de altos oficiais. Seu vozeirão.

Ele deveria ter ido para Viena, onde teria segurança, recolheria elogios e poderia construir um futuro na corte imperial do Karlangas. E lá estava ele. Os fatos ocorreram assim: ele ficou esperando até o último minuto que o governo recuperasse a sensatez, que alguém lhe restituísse o comando. Não aconteceu isso, e quando já estava se dirigindo para a praia salvadora, parou, deu meia-volta e simplesmente voltou para as muralhas. Estava se condenando para sempre em troca de nada, e sabia disso. “Quem dera eu pudesse morrer junto com eles, como um soldado qualquer!", tinham sido as suas últimas palavras. Por que existem homens assim? Não sei. Só sei que quando aparecem você não pode deixar de amá-los.

Durante alguns momentos, muito breves, ficamos a sós nesse gabinete. Eu não sabia o que dizer nem o que fazer. Ainda hoje me sinto mal por não ter encontrado palavras para dizer-lhe o que aquele gesto significava para mim. Acho que não importa. Durante toda a jornada dom Antonio não fez a menor referência ao seu sacrifício. Só nesse instante, quando ninguém nos via nem ouvia, olhou para o infinito, alisando a barriga da farda, e disse:

— À merda essas galeotas.

No 11 de setembro o nosso chefe de governo, Rafael Casanova, também desempenhou o seu papel, mas não chegou aos pés da grandeza de Villarroel. Se eu tivesse um caráter indulgente diria que Casanova foi um personagem mais trágico que deplorável, imprensado entre a sua razão, a razão de Estado e a vontade de luta do seu povo. Mas acontece que não sou um homem indulgente; se você quer que seu país o ame, tem que estar disposto a sacrificar-se por ele. Villarroel nem sequer era catalão, e no último minuto soube entender isso muito melhor que todos os Casanova do mundo.

Villarroel desencadeou dois ataques concêntricos. Ele mesmo comandaria um deles, e o outro Casanova, com a bandeira de Santa Eulàlia à frente. Segundo a tradição, a sagrada bandeira de Santa Eulàlia só devia ser exposta em caso de perigo extremo para a cidade. Podia-se imaginar perigo maior? Hasteando a bandeira de Santa Eulàlia, como dom Antonio sabia muito bem, o *élan* dos desalentados barcelonenses se elevaria um pouco.

O problema é que, segundo o protocolo, um ataque com a insígnia sagrada tinha que ser dirigido pelo máximo representante político da cidade. Ou seja, o vacilante Casanova. Eu não estava no consistório, claro, porém o mais provável é que algum energúmeno tenha encostado uma pistola na sua barriga para obrigá-lo a vestir o uniforme de coronel. Os militares não deveriam se dedicar à política, do mesmo modo que os políticos nunca deveriam exercer a função de militares. Mas, como Casanova era o dirigente nominal da Coronela, seu cargo o obrigava a vestir a casaca de galões dourados, subir num pangaré e encabeçar o ataque. Parecia um ator que as circunstâncias obrigam a interpretar um personagem que não lhe agrada. Resignado, e ao mesmo tempo imbuído do seu novo papel, ele sacudia a espada acima do tricórnio, simulando paixões que lhe eram totalmente alheias.

A comitiva saiu do Salão de Sant Jordi. Soubemos disso pelo bramido que se ergueu. Por onde ela passava se somavam pessoas imundas, desesperadas. Nas janelas e balcões surgiam torsos mandando beijos para a santa roxa. A mesma cor, aliás, das casacas do Sexto Batalhão, composto por alfaiates, taberneiros e caldeireiros, que ia na vanguarda da bandeira.

Também me lembro de um felpudo vermelho, ainda vestido de grená, ao lado do estandarte. Gritava para as mulheres dos balcões que rezassem menos e descessem para se incorporar ao sacrifício. Lembro que as mulheres estavam tão fracas que usavam as balaustradas como muleta e respondiam:

— *Doneu-nos pa i hi anirem!* — Dai-nos pão, e iremos.

Deviam ser umas sete da manhã quando os vi passando em direção à frente, metade exército, metade multidão armada. O estandarte de Santa Eulàlia voltara à origem de todas as bandeiras: o ponto sob o qual se congregam homens unidos por uma causa. Quando já havia uma bela multidão reunida, com uma falange de baionetas à frente, decidiram recuperar os baluartes perdidos.

Também vou dizer-lhes que há momentos em que até o coração mais granítico se derrete. O vento balançava o longo estandarte retangular acima da multidão, e era como se a figura de Santa Eulàlia ganhasse vida. Uma moça tão jovem, tão triste. A bandeira avançava para o martírio e, ondulando, dava a impressão de que os seus olhos olhavam para você e só para você.

Imagens, sim: lembro-me de Costa observando a longa coluna, em pé atrás de um canhão vazio, com os cotovelos apoiados na culatra e os olhos cheios de lágrimas.

— Pelo amor de Deus! — gritei. — Não chore e ajude-os com a sua pólvora!

Ele negou com a cabeça e, abrindo as palmas das mãos, disse:

— Já foi toda distribuída.

Então aquela variegada tropa de soldados disciplinados e civis furiosos atacou. Seu objetivo era limpar as muralhas de inimigos, do Portal Nou até Santa Clara. Seria mais simples ir a Gibraltar, arrancar o rochedo e voltar para exibi-la em Santa María del Mar.

Jimmy já tinha milhares de soldados e centenas de sapadores fortificando posições exatamente ali, para o caso de que algum louco resolvesse desafiar suas conquistas. A tragédia é que não se tratava de um louco, mas de centenas e centenas deles. Todos atrás da bandeira de Santa Eulàlia, espremidos como novilhos, mais preocupados em proteger o estandarte que em matar inimigos. Foi horrível. Eles eram fuzilados e metralhados por todos os lados. Avançando sob o fogo, caíam às dezenas e continuavam em frente.

Chegaram às muralhas, cujo passeio tinha poucos metros de largura. As duas vanguardas se chocaram como carneiros. Outra imagem desse dia: os uniformes roxos do nosso Sexto Batalhão misturando-se com os brancos do inimigo no combate a baioneta. Contrariando todas as expectativas, percorreram um longo trecho das muralhas tomadas pelos bourbonistas. A multidão em volta da moça roxa diminuía mas eles continuavam em frente, gritando maldições e empurrando inimigos muralha abaixo.

Então alguém me ordenou que fosse para o centro do assalto bourbonista. Graças a Deus, porque assim me pouparam de presenciar o final daquele suicídio coletivo. Pouco depois, enquanto a luta continuava, Casanova foi retirado de lá. O motivo era que o haviam ferido na perna. Vimos quando passou em direção ao hospital, numa cadeira de mãos. Bem, eu não sou cirurgião, mas me deu a impressão de que era uma feridinha bem leve. O homem estava mais abatido de ânimo que de saúde, sem dúvida, porque quando passou ao nosso lado e os presentes olharam, ele levantou a cabeça e disse:

— Vão, senhores, animar a nossa gente, porque são muitos os perigos. — E perdeu o interesse por nós.

O que não sabíamos é que, enquanto lhe faziam um torniquete, seu médico já estava redigindo um atestado de óbito para que pudesse fugir. Mas deixemos isso de lado.

Imagens, imagens aos borbotões. Barricadas em cada travessa que dava para as muralhas, impedindo o avanço bourbonista para o centro da cidade. Surpreso, Jimmy descobriu que, contrariando toda a lógica poliorcética, conquistar as muralhas não significava o fim do assalto, era apenas um prólogo. Em qualquer outro assédio, os que estavam lá dentro mandariam um emissário negociar com os assediadores. Em Barcelona o povo continuou combatendo nas ruas e pelas janelas, transformando cada prédio num baluarte. Ali voltei a exercer meu ofício de engenheiro. Sendo as ruas tão estreitas, podia-se improvisar rapidamente uma pequena barreira. Enquanto os civis faziam uns parapeitos, os soldados se postavam atrás deles, atirando contra as vanguardas bourbonistas.

Estive com Ballester atrás de uma dessas barricadas. Ele veio reforçar a que eu estava ajudando a montar. Ballester, sim: outra imagem desse 11 de setembro. Aquele dia ia ser o último da sua existência, ele tinha consciência disso e, sabem de uma coisa?, estava quase feliz, recarregando seu fuzil e disparando sem cessar. Demonstrava uma espécie de alegria festiva, como quem jura que não vai acabar a noite sóbrio.

Todas aquelas nuvenzinhas de pólvora dos disparos nos cegavam. Mas Ballester viu alguma coisa e largou a baqueta para me sacudir.

— O seu menino! E o anão! Estão entre as linhas! Olhe, olhe!

Levantei a cabeça e vi os dois monstrinhos correndo pelo espaço que havia entre as muralhas, em poder dos bourbonistas, e a entrada da rua. Milhares de tiros cruzavam o ar e dentro da minha cabeça uivei: "Mas o que estão fazendo por aqui?" Poucas horas antes Anfán me fizera um juramento sagrado, e já o tinha quebrado. Os dois corriam sem muita direção, algo impróprio deles. Normalmente se moviam como hienas, tão seguros do que buscavam que pareciam ter uma bússola no focinho. Então caíram. Eu os vi caindo entre as chamas e as nuvens de pólvora. Primeiro Nan. Anfán parou, fez menção de voltar para buscar o anão e também caiu soltando um gritinho, mais de surpresa que de dor. O fogo bourbonista era tão intenso, a tempestade de chumbo tamanha, que só pude erguer a cabeça um pouco acima da borda da barricada. Nan e Anfán tinham desaparecido. Puxei a manga de Ballester.

— Acertaram neles? — perguntei, já soluçando. — Você viu, tem certeza?

Ballester me olhou, e seu silêncio foi a resposta. Então ouvimos uns gemidos. Sobrepondo-se ao tiroteio, uns estertores que iam se apagando: "*Pare, pare, pare.*" Em sua agonia Anfán voltava a ser criança. Tinha caído numa sarjeta, fora do meu campo visual. As palavras de Ballester só conseguiram piorar a tortura, porque num tom fúnebre, recatado, disse:

— Está chamando você.

Aí tudo acabou. O fim do mundo era isso: quando seu filho o trata de "pai" pela primeira vez e essa vez é o instante em que morre. Então se afrouxou a tensão sem nome que nos mantém vivos. Durante um bom tempo eu habitei um corpo vazio. Não sei, na verdade, quanto tempo fiquei assim, ajoelhado e dolorido. A lembrança seguinte é o rosto de Ballester à minha frente.

— Você tem que vir comigo.

O estrondo da batalha continuava à nossa volta, mas a hecatombe me parecia um incômodo longínquo e sem significado. Fui dominado por uma incongruente e obscena despreocupação. Cheguei a rir às gargalhadas. Enquanto Ballester me arrastava, debochei dele, de tudo.

Íamos para a retaguarda. Vi Peret. Não quis ouvir o que seu semblante me dizia. Eu estava num estado muito parecido ao desses sonhos doentios em que se inverte a ordem do que vemos e do que sabemos. Disse, ou pensei, não posso mais saber: "Eu avisei a essa mulher que não saísse da praia." Peret e outros me disseram, como uma assembleia de espectros: "Nós estamos na praia, Martí." Desci os olhos até os meus pés, caí de joelhos e, de fato, estes afundaram numa areia suja. De repente, fui assaltado por uma pergunta que deveria ter feito muito antes.

O que Anfán quis me avisar? O que podia ser tão importante a ponto de fazê-lo vir me procurar apesar da minha enfática proibição? Estendido à minha frente, o corpo de Amelis.

— Foi uma bala perdida — disse uma voz velha, possivelmente de Peret.

Nem me incomodei em negar sua morte; tínhamos visto cadáveres demais. A cor verde debaixo das unhas dizia tudo. Ballester também abafava a voz com um punho. Nesse 11 de setembro de 1714, sofremos tanto que a dor tinha que fazer fila para entrar em nós.

Passei minha bochecha na dela. Já tinha começado a esfriar. Sim, a morte é um frio fora de lugar. Não, um cadáver frio não ressuscita. No entanto, ela fez isso. Seu torso se levantou de repente, como uma rabanada. Todos deram um passo para trás. Vi os olhos de Amelis, subitamente abertos, e neles cabia todo o nosso universo, tudo. Ela se agarrou em meu peito com a mão direita. Queria falar. Eu entendi que estava morta, que só voltava para me dizer alguma coisa antes de ir embora para sempre. E o fez; mesmo que por um instante, voltou.

Nas minhas lembranças, maltratadas, parece uma pausa na batalha. A suspensão de todos os sons, à espera do que Amelis tinha a me dizer. Não aconteceu assim, é claro. Pensei que já tínhamos vivido todas as crueldades. Ainda nos faltava uma: as quatro palavras mais terríveis que um pai pode ouvir:

— *Martí* — implorou —, *tingues cura d'Anfan.*

E se foi; um relaxamento mais da alma que dos músculos.

Como encarar o fato de que o seu pedido era impossível de cumprir, porque havia chegado tarde? De que seu desejo me acorrentava ao mundo com um sofrimento insuportável? Amelis não podia saber que Anfán estava morto, e que havia morrido justamente para tentar salvá-la, correndo até onde eu estava em busca de socorro. Até Ballester se comoveu. Suas bochechas se contraíram sob a barba, e chegou a virar a cabeça para não me olhar.

* * *

Imagens. Na imagem seguinte desse 11 de setembro, estou em Fossar de les Moreres, a grande fossa comum em que se enterravam os caídos pela cidade. Os combates continuam com a mesma violência, mas eu, alheio a tudo, transporto o corpo de Amelis coberto com uma manta. Ao meu lado, Ballester. Um dos coveiros fez a pergunta de praxe:

— É dos nossos?

O governo tinha dado instruções de não violar o solo sagrado com cadáveres bourbonistas. Nem me incomodei em responder. Ballester ergueu um punho, o que bastou para que o coveiro saísse correndo.

Desci na fossa. Era uma enorme cratera onde se deixavam os corpos. Os felpudos vermelhos, muito previdentes, haviam mandado cavar uma fossa de cinco andares. Mas a essa altura do assédio a cratera estava quase chegando ao nível do solo. Enterrei Amelis sob o trovejar dos canhões. Enquanto eu me ajoelhava para pousar seu corpo, tão delicadamente como me era possível, Ballester continuava atento aos sons da batalha.

Uma bala perdida. Depois de sobreviver a uma vida de perigos, violações e misérias, Amelis foi morta por uma coisa ridícula como uma bala perdida. Não pude evitar que me surgisse a ideia: eu era essa bala perdida.

Caí de joelhos, e com soluços descontrolados disse:

— Eu os matei. Amelis. Anfán. O anão. Todos eles.

Ballester entreabriu os olhos e perguntou:

— Pode-se saber o que está murmurando?

Falei gorgolejando, com o rosto banhado em lágrimas:

— Fui eu que projetei a trincheira bourbonista. Enquanto estava lá, do outro lado do cordão. Pensei que seria o menos pior para a cidade, mas me enganei.

Desejei, juro que é verdade, que ele puxasse a faca e cortasse o meu pescoço como já deveria ter feito em Beceite. Vi com uma clareza solar que os sete anos transcorridos haviam sido um sonho. Mas, em vez de me matar, ele reagiu com um ceticismo iracundo.

— Do que você está falando? — gritou. — Quem se importa com os seus malditos cálculos, tabelas e compassos? Tire a cabeça do tinteiro e lute!

— Eu dei o melhor de mim. E não foi pela cidade nem pelos meus, mas pela engenharia. Essa trincheira era o sonho de qualquer *maganón*. Do outro lado, uma cidade obstinada, e ao meu alcance todos os meios para criar a trincheira perfeita. Por mais tramoias que tenha feito, a única causa que me impulsionava era superar os meus professores, superar até o primo de Vauban. Caí na tentação. E depois me escondi de mim mesmo. Só havia um jeito de apagar essa mácula: voltar à praça condenada, para que a minha própria obra me imolasse.

Ele quis me arrastar para a frente, mas uma das minhas mãos o impediu.

— E sabe o pior? — Olhei nos olhos de Ballester buscando a minha sentença. Ou, ainda melhor, que a executasse. Por isso concluí: — Se eu tivesse amado a minha gente mais que a engenharia, se tivesse amado o amor mais que a vaidade, não teria projetado trincheira nenhuma, nem boa nem ruim. Quem é honesto não serve jamais ao demônio, nem bem nem mal.

— Mas você prejudicou o demônio — disse ele em minha defesa. — Pervertendo a trincheira, deu mais alguns dias de vida a esta cidade.

— E de que adiantaram? Olhe só em volta. Se eu sobreviver, sempre terei que carregar o peso de ter sido o autor da sua condenação.

Ballester negou com a cabeça, mas eu insisti:

— Onde está a verdade verdadeira? Nos nossos atos ou nos sentimentos que os guiam? E eu sei que não projetei essa trincheira por amor nem por patriotismo, mas por vaidade. E agora, a morte dos meus terá a minha assinatura para sempre.

Chorei tanto que pensei que meus olhos iam cair. Ballester colocou um joelho no chão e apertou minhas bochechas com as mãos, fixando seu horrível olhar no meu. O mundo estava afundando e Ballester, agora sei, tinha consciência de que eram as últimas palavras que trocávamos.

— Sabe qual é o seu problema? — disse. — Você só luta pelos vivos. Os franceses, espanhóis e felpudos vermelhos mataram o meu pai, mataram a minha mãe, os meus irmãos. Tenho tantos mortos que entendi que nunca poderei vingar todos eles. Não lute pelos vivos, não lute pelos mortos. Os que virão no futuro talvez amaldiçoem os nossos atos. Porque nós cometemos erros, ou porque fracassamos. Pois bem, que se envergonhem do que fizemos, nunca do que não fizemos.

Eu continuava choramingando, desesperado e de joelhos. Ele se levantou. Dessa altura, que na minha posição me fazia sentir como uma criança, acrescentou:

— Você acha mesmo que o mundo gira em volta da sua maldita trincheira? Pois sabe o que vou lhe dizer? Que espero que você tenha feito o melhor trabalho da sua vida. Porque senão, qual seria o mérito de ter enfrentado um bando de fantasmas vestidos de branco?

Ballester fez comigo o gesto mais amoroso entre dois homens: levantou-me.

— Vamos, vamos! — incitou. E voltamos para a batalha. Eu o segui, creio, porque nesse momento não tinha o menor desejo de sobreviver a Amelis e a Anfán. Nem à minha trincheira.

Em sua retirada, algumas unidades da Coronela haviam ocupado posições na absurda, inacabada cortadura, o fosso atrás das nossas muralhas com o qual pretendiam conter o assalto bourbonista. Dezenas de milicianos se protegiam dentro do fosso, cheio de lama devido às chuvas, atirando no nível do chão. A maré de bourbonistas vinha na direção deles, iam ficar presos sob a terra. Pulamos para o fosso da cortadura, de mais de um metro e meio de altura, e os impelimos a sair de lá.

— Fora daqui! Para trás, para trás! — Nós os empurrávamos correndo pelas sinuosidades do fosso. Ballester e seus homens os expulsaram de lá.

Eu gritava, apontando para a primeira linha de ruas que se estendia às nossas costas:

— Os prédios! Vamos ocupá-los para atirar das janelas!

Seguimos pelo fosso da cortadura tirando gente de lá. Quando vimos, os bourbonistas já estavam entrando. Dezenas, centenas de uniformes brancos pulavam para o corte com as baionetas caladas. Vinham das muralhas conquistadas, no mínimo era um regimento inteiro. Barcelonenses e franceses se esfaqueavam dentro e fora do fosso. Eu quis sair, mas quando estava me levantando às cotoveladas alguém me puxou pelo pescoço e caí no chão. Lembro de ter tido um pensamento fulminante, enquanto afundava na lama: "Por que não se limitaram a esfaquear-me pelas costas?" A resposta era que o autor do puxão tinha sido o meu bom amigo, o capitão Antoine Bardonenche.

Ele estava limpando o fosso com uma escolta de franceses de baioneta calada. O dia também era devastador para ele. Pela primeira vez o seu uniforme branquíssimo estava sujo, e seu rosto tisnado. Salpicos de sangue manchavam o seu peitilho. Apontou a espada para o meu nariz e disse:

— *Mon ami, mon ennemi. Rendez-vous.*

— *Ah, non!* — respondi com o tom ofendido de alguém que é cobrado por uma dívida que não é sua. — *Ça jamais!*

Isso mesmo, o rato do Zuvi *Pernalonga* negando-se a fazer aquilo que tinha invocado desde o início do assédio. Eu nem sequer estava com a espada de Peret, de forma que a minha nobilíssima artimanha consistiu em jogar um punhado de terra nos seus olhos para cegá-lo momentaneamente e sair correndo. Enquanto seus homens se atracavam a baionetadas com os de Ballester, Bardonenche limpou o rosto e correu atrás de mim. Eu tropecei numa fenda do fosso. Vi um soldado morto, peguei o seu fuzil e, ofegando, esgrimi a baioneta como uma lança. Bardonenche parou e suspirou.

— Não faça isso — disse ele.

Pobre Bardonenche, pobre de mim, pobres de todos nós. Sua expressão, mais que compungida, era a própria comiseração. Eu, naturalmente, me sentia como um rato encurralado por um tigre. Imaginem um zero do tamanho da Lua. Eram essas as minhas possibilidades de derrotar Antoine Bardonenche, o melhor espadachim da Europa.

Continuo achando que Martí Zuviría deveria ter morrido nesse 11 de setembro, numa cortadura enlameada. Mas nesse momento Ballester deu um salto de pantera da beira do fosso, caiu sobre Bardonenche e os dois rolaram pelo chão molhado. Eu não era bobo de desperdiçar tamanha oportunidade, de modo que flexionei minhas longas pernas e dando um pulo saí da cortadura.

Havia uniformes brancos em toda parte, a cortadura estava sendo tomada por centenas de franceses. A guarda de *corps* de Bardonenche tentava proteger o seu capitão e os miqueletes, o seu chefe. Os homens de Ballester atiravam e apunhalavam enlouquecidamente, mas a cascata de bourbonistas aumentava cada vez mais. O fragor da batalha era espantoso; a essa altura mais de quarenta mil fuzis trocavam disparos em todo o perímetro urbano, sem ordem, com uma cadência de rufo de tambor. Tínhamos que recuar o quanto antes.

Pela segunda vez desde que o conhecia, chamei Ballester pelo primeiro nome.

— Esteve! — uivei na beira da vala, de quatro. — Saia daí, pelo amor de Deus, saia daí debaixo! Você não conhece esse homem! *Surti!*

Ballester já tinha previsto que um capitão francês devia ser mais adestrado que ele nas artes marciais. Levando a luta corpo a corpo às estreitezas de um fosso, a vantagem de Bardonenche se reduzia. Como seus longos braços esbarravam nas paredes da trincheira, ele não podia empregar sua técnica. Os dois se batiam, mordiam e arranhavam como animais.

Contudo, nem mesmo Ballester podia resistir por muito tempo a um artista da espada como Bardonenche. Este conseguiu se afastar de Ballester, finalmente, e com uma estocada fulminante atravessou-lhe o fígado. O sabre entrou até o punho. Ballester, com meia espada aparecendo nas costas, girou a cabeça, olhou para cima, viu-me e disse algo que eu jamais pude esquecer:

— Vá embora! Você é mais importante que nós!

Foram as suas últimas palavras. O que se seguiu foi um alarido tão gutural que se sobrepôs à barafunda do combate. Seus dedos se crisparam como ganchos de ferro, e ele buscou os olhos de Bardonenche. Este jogou a cabeça para trás, só a cabeça, o que foi um erro. O mais razoável seria largar o sabre e empurrar o corpo de Ballester com um pontapé. Imagino que no mundo de Bardonenche não era bem-visto que um cavalheiro se desprendesse da sua arma. A honra o matou.

Bardonenche gritou, com o queixo para cima, quando Ballester mordeu seu pescoço com as forças que lhe restavam. Os dois caíram na terra molhada. Rolaram no chão, as mãos de Ballester encontraram algo no corpo de Bardonenche. Uma bolsinha de couro, cheia de balas usadas: a bolsa de Busquets, aquele velho miquelete de Mataró. Ballester enfiou-a na boca do inimigo, empurrando com dedos sanguinolentos. Bardonenche se debatia entre espasmos.

O resto de miqueletes já tinha caído, vários franceses auxiliavam seu capitão perfurando Ballester com as baionetas. Excitados, e com os dois corpos unidos pelo abraço, algumas dessas estocadas ajudaram a liquidar o próprio Bardonenche. Quando acabaram, os dois eram um mesmo vulto disforme, envoltos num casulo de lama espessa. Dois homens de trajetórias tão diferentes, tão perfeitamente distantes um do outro, e afinal unificados pela morte, como se o destino de ambos fosse acabar um nos braços do outro.

Dei meia-volta e corri como nunca tinha corrido. Corre, Zuvi, corre! Só parei quando fiquei sem fôlego. Caí numa esquina qualquer, sentindo falta de ar. Não podia aceitar que estivessem todos mortos. Amelis, Anfán, Nan. Ballester. E a batalha continuava. Ainda vi coisas. Valentes que pensei que nunca veria esmorecer fugiam para casa. Covardes que jamais tinham aparecido nas muralhas agora atacavam armados de machados. Seria preciso uma página inteira para reproduzir a lista de nobres que tinham votado contra a resistência em junho de 1713 e que naquele 11 de setembro de 1714 morreram defendendo a cidade.

Podemos fazer muitas perguntas, todas elas legítimas. Para que tanto sacrifício inútil? Será que valeu a pena encher o mundo de tragédias e feitos extraordinários, de destinos tão fulgurantes quanto meteóricos? Agora sabemos o que aconteceu depois. Grilhões para os oficiais, levados para Castela, com dom Antonio em primeiro lugar. A bandeira de Santa Eulàlia, capturada e transportada para o santuário madrilenho de Atocha. O país inteiro submetido a um regime de ocupação militar durante décadas. E Barcelona nas mãos desse assassino, o açougueiro de Amberes, Verboom.

Penso num dos nossos caudilhos de miqueletes, Josep Moragues. Primeiro o arrastaram por toda Barcelona. Depois o decapitaram e lhe arrancaram os braços e as pernas. Sua cabeça acabou numa gaiola. Os bourbonistas não tiveram o menor pudor em pendurá-la numa das portas de Barcelona. O crânio descarnado ficou ali, como escárnio e advertência aos rebeldes, durante doze longos anos, doze, apesar dos pedidos da viúva.

Pode existir uma ignomínia maior que a de Moragues? Sim, talvez a de Manuel Desvalls. E não porque tenha sofrido tortura no corpo, mas porque a tortura que sofreu não o levou à morte. Desvalls era um dos nossos comandantes no exterior da cidade. Quando se dirigiu para o exílio não podia saber que seria pelo resto da vida. O extraordinário do seu caso é que viveu até os cem anos. Vocês podem imaginar? Mais vida fora de casa que dentro, a volta ao lar negada até o fim dos tempos. Cem anos. Um século. Eu vou pelo mesmo caminho.

Ou deveria me referir às mulheres, as nossas mulheres, todas as mulheres que nos apoiavam e nos cuspiam porque as impedíamos de lutar nos baluartes? Ou talvez Castellví, Francesc de Castellví, o nosso iluso capitão da companhia de veludeiros? No exílio ele escolheu o caminho das letras, ou melhor, o beco sem saída das letras.

Decidiu dedicar sua vida a escrever a grande crônica da nossa guerra. Trocou correspondência durante décadas com participantes dos dois lados e de dezenas de nacionalidades. Escreveu um livro de cinco mil páginas, mais, muitas mais, testemunho imparcial de todas as proezas. E sabem o que aconteceu? Bem, ele morreu sem que ninguém tenha se dignado a publicar uma única linha.

Mas penso sobretudo em dom Antonio, dom Antonio de Villarroel Peláez, renunciando à glória e à honra, à família e à vida, tudo por uma fidelidade insensata a homens sem nome. Ele, um filho de Castela, com todas as coisas boas dessa terra áspera, sacrificando-se em defesa de Barcelona. E o que recebeu em troca? Uma dor infinita, o esquecimento eterno.

Em meu desvario pensei na minha tragédia suplementar: morto Anfán, ainda me restava outro filho, que eu jamais conheceria e que não iria saber que seu pai havia lutado e morrido em defesa da liberdade de pessoas das quais nunca saberia nada. Mas não é bem assim, pensei, minha dor não era uma dor particular: quando nos derrotassem, quando estivéssemos mortos, todos os nossos filhos seriam, de fato, educados pelos vencedores.

O mundo, essa pergunta sem resposta. E, habitando a sua diminuta circunferência, os tolos que a buscaram. Tudo à toa.

Entretanto, resta a dúvida. Porque todos aqueles homens e mulheres poderiam não ter subido nas muralhas. Poderiam ter ficado em casa, abrindo as portas para o tirano. Poderiam resignar-se, ajoelhar-se, implorar pelas suas vidas. Mas não fizeram nada disso. Lutaram. Mesmo sabendo das suas ínfimas possibilidades, resistiram a treze meses de horrores implacáveis. Morrer para legar uma palavra, morrer para que seus filhos pudessem dizer através dos tempos, ainda que em sussurros: "Meu pai defendeu nossos baluartes." Era assim que pensava Ballester, todos os Ballester.

Depois da morte de Ballester fiquei perambulando, nem vivo nem morto. Não sei por quanto tempo nem por que ruas. O tiroteio era um rumor inócuo, uma coisa que não merecia atenção. Alguém acenou para mim.

— Dom Antonio pede a presença de todos — disse. Imagens, buracos, lodos na memória. Mas as palavras "dom Antonio" ressuscitavam mortos.

De repente estou na praça do Born, no centro da cidade. Indiferente ao tiroteio, dom Antonio reúne uma tropa no pavimento de pedras. E que tropa. O que sobrou. Restos da Coronela, feridos tirados do hospital, garotos, algumas mulheres. Dois ou três padres.

Dom Antonio estava prestes a desencadear o segundo contra-ataque, que iria recuperar as muralhas. Era absurdo, porque os bourbonistas já tinham chegado ao outro extremo da praça do Born. Nesse lugar se congregavam milhares de uniformes brancos, a primeira fila ajoelhada. Por outro lado, além de dom Antonio não creio que houvesse mais de algumas dezenas de cavaleiros. O resto formava como tropa de infantaria, com dois oficiais tentando organizar as filas.

Dom Antonio, a cavalo e na primeira linha, fez um breve discurso. De qualquer maneira, o barulho era tanto que não ouvíamos nada. E, além do mais, pouco importava o que ele dissesse. Balas esporádicas roçavam em seu corpo, uma delas ricocheteou na lâmina do seu sabre. Entre os milhares e milhares de disparos desse dia 11 de setembro de 1714, eu me lembro perfeitamente do som dessa bala, metal contra metal. Em resposta, dom Antonio levantou ainda mais o sabre. Olhei para ele. E querem saber de uma coisa? Era um homem iluminado.

Não, a palavra "felicidade" não se ajustava ao seu caráter. Dom Antonio nunca foi feliz, do mesmo modo que é vedado às esponjas ver o sol até serem arrancadas das profundezas marinhas. Ele era diferente. Ia ultrapassar seu limite pessoal, e afinal tinha encontrado a ocasião de fazê-lo sem comprometer sua honra. Nesse dia, por fim, não seria ele quem iria exigir dos seus homens o impossível, mas o contrário. E, feliz, os capitaneou em sua cavalgada louca.

E a Palavra? É irônico, porque comecei este livro com o intuito de revelá-la mas, depois de tantas páginas, essa palavra, essa palavra única, não conta mais. Porque nessa última investida nós já estávamos além das palavras.

A Palavra era aquilo. Essas crianças, essas mulheres, esses homens de cem origens diferentes. Aglomerados atrás do cavalo de dom Antonio. Formando fileiras irregulares, dispostos a iniciar uma carga de cavalaria sem cavalos. Menos de mil contra cinquenta mil. No entanto, talvez exista algum reflexo da Palavra nos dicionários. Pálido, muito pálido, mas mesmo assim presente.

Atacamos aos berros, como selvagens contra Roma. Os bourbonistas estavam em formação perfeita no lado oposto da praça. Filas densas e profundas, milhares de fuzis apontando para os nossos olhos. E nos crivavam de balas. Uma descarga atrás da outra, e mais outra, perfeitamente coordenadas. Seus oficiais se esganiçavam. *Feu, feu, feu!* As pessoas caíam à minha esquerda, à minha direita. Choros, gemidos, arrependimentos. Dom Antonio ia na frente como os caudilhos da Antiguidade, que loucura, cavalgando de sabre em riste. Foi atingido, claro.

O cavalo desabou para o lado direito. Na queda, o enorme corpo do animal quase esmagou dom Antonio. Seu joelho ficou preso entre a sela e o pavimento da praça do Born, seus ossos rangeram como nozes quebrando.

O cavalo esperneava como se estivesse se debatendo numa fogueira. Virava o pescoço e cagava sem parar. Não sei por quê, mas esses relinchos e essas dejeções de merda se fixaram na minha memória. Fui o primeiro a me ajoelhar ao lado de dom Antonio. Agarrei-o pelas axilas e puxei, para libertá-lo do peso do pobre animal. A princípio não notei seu olhar.

Era como se Villarroel não estivesse interessado no próprio resgate. Ainda caído, com meio corpo imobilizado, pegou o peitilho da minha casaca com uma de suas manzorras. Puxou com violência, trazendo o meu rosto para perto do dele, e disse a coisa o mais próxima à Palavra que me seria dado ouvir. Quem a pronunciou não foi um imperador em sua hora mais augusta, mas um general caído e derrotado; não ouvi a Palavra da boca do meu capitão, mas de um homem que viera das latitudes inimigas, um homem que tinha deixado tudo para se unir às filas dos fracos e desamparados, dos poucos e malditos, e sacrificar a vida por eles.

Dom Antonio aproximou os lábios do meu ouvido e disse:

— Dê-se.

Minha cabeça estava tão vazia, meu corpo tão longe de mim mesmo que, para ser sincero, as recordações se confundem. Revi tantas vezes esse momento, todos cavalgando no pêndulo da morte, dom Antonio no pavimento de pedras do Born, seu cavalo cagando até depois de morto, milhares de balas zunindo em volta das nossas orelhas, que talvez, só talvez, minha memória tenha alterado o que saiu dos lábios de dom Antonio.

Porque às vezes, quando passeio em campos outonais, sou assaltado por uma explosão de lembranças dulcificadas. Então vejo a manzorra de Villarroel no meu peitilho e ele me diz, num tom incrivelmente amável: "Dê-se, *fillet*." Outras vezes, quando o xarope de *schnapps* me vence, leio nos lábios de um Villarroel mais marcial que nunca: "Dar-se, Zuviría; acima de tudo e sempre, dar-se." E outras vezes ainda, embrutecido por licores malcheirosos, desdenhando de todos os sêmens, a cara que vejo estendida no chão do Born não é mais a de Villarroel, e sim a de Vauban. É o marquês quem me agarra pelo peito e diz: "Aspirante, apto."

Sim, não tenho mais certeza de quem disse o que disse, nem de como o disse. Passaram décadas e mais décadas, demos tantas e tantas voltas em torno do Sol. Mas, no fundo, que importância tem isso? Vauban disse "saiba"; Villarroel disse "dê-se". E ali, naquela praça urbana repleta de escombros em toda parte, se esmiuçava a Palavra em seu paradoxo: "Você não vai saber até dar-se, não se dará até saber."

Alguns outros oficiais quiseram proteger o comandante ferido. Por fim Villarroel se levantou, com lascas de osso aparecendo pela perna da calça, e repeliu aos safanões todos os auxílios.

— Continue o ataque! Continue! — gritou com seu vozeirão castelhano. — Na minha frente ninguém se retira! Ninguém, filhos da puta!

Pobre dom Antonio. Como riu dele o destino. Nem sequer nesse 11 de setembro encontrou a morte gloriosa que desejava. Gravemente ferido e desmontado, seus assistentes o arrastaram para o hospital. Ainda o vejo debatendo-se contra os braços que o socorriam, como se fossem inimigos. Nós que permanecemos seguimos em frente.

É incrível como podem ser plácidos os nossos pensamentos no instante trágico. Talvez, justamente, porque quando você está no mais alto cume deixam de importar as ladeiras que não precisará mais descer. Enquanto atacava, só pensei: "Bem, pelo menos o meu Quinto Ponto já é meu."

Milhares de baratas brancas levantaram seus fuzis ao mesmo tempo, apontando para nós. Corríamos na direção deles, desembestados. Nós não passávamos de uns quinhentos sobreviventes, somando velhos, viúvas, cavaleiros sem cavalo, um ou outro cavalo sem cavaleiro, meus vizinhos com uniformes rasgados. Vi que os bourbonistas tinham trazido uma bateria de cinco peças de artilharia e a instalaram sobre uns montes de entulhos. Estando mais altas, poderiam dispará-las por cima das cabeças da sua tropa. "Os tubos estão cheios de potes de metralha", deduzi certeiramente, sem parar de correr. E também: "Os canhões vão disparar um segundo antes dos fuzis das baratas brancas." Vi uma dessas bocas de canhão bojudas olhar direto nos meus olhos. Vi um fulgor branco e amarelo.

Uma baforada me arrastou para trás uns dez, vinte metros. Senti que havia acontecido alguma coisa com o meu rosto. No primeiro momento, é curioso, relacionei a coisa mais com a nudez que com a morte. Eu já estava do outro lado. E descobri que Amelis tinha razão, ah, se tinha: quem quer ouvir uma música, ouve. Destroçado, já transformado num monstro, ouvi sua música por cima dos gemidos e das explosões. "Dê-se, Zuviría, dê-se."

Eu devia ter entendido muito antes, quando me penduraram na forca do cordão bourbonista, ou até mesmo no quarto onde Vauban agonizava. "Resuma: qual é a defesa ótima?" Era isso, só isso, isso aí. Somos folhagens que perduram. Estrelas que explodem, lendas dilapidadas. Verdades sem outra recompensa além da própria lucidez. Cheiro de merda quente percorrendo calções em formação. Lunetas cegas, periscópios inanes. Funis amorosos, o menino que ri na nossa proa, como os golfinhos. O outro lado do rio. Admitir que nossos olhos sempre verão a paisagem pela fechadura da masmorra, saber que as espigas caem sem queixar-se. Meus espíritos furados, meus cálculos partidos. Dar-se, Zuviría, dar-se.

E descobrir, no final do último extremo, para além de Eufrates e Rubicões, sem choros, oh, grandeza e consolo dos poucos e pobres, dos fracos e desventurados, que quanto mais sombrio é o nosso crepúsculo, mais ditoso será o amanhecer dos que estão por vir.

CRONOLOGIA DA GUERRA DE SUCESSÃO ESPANHOLA

ESPANHA	*EUROPA*
1700	
Morre Carlos II da Espanha, o Enfeitiçado.	
1701	
Felipe V se proclama rei da Espanha.	*Formação da GRANDE ALIANÇA entre Áustria, Inglaterra, Holanda e Dinamarca.*
1702	
	A GRANDE ALIANÇA declara guerra à Espanha e à França.
1703	
	Portugal e Saboia se unem à GRANDE ALIANÇA.
1704	
O pretendente austríaco à coroa espanhola, Carlos III, desembarca em Portugal. Campanha de Portugal. Um exército anglo-português ataca a Espanha a partir de Portugal, mas é repelido por um exército franco-espanhol sob as ordens do duque de Berwick. O almirante Rooke toma Gibraltar em nome de Carlos III da Áustria mas iça o pavilhão inglês.	*A França perde 40.000 homens na Batalha de Blenheim.*

1705 Pacto de Gênova, pelo qual um grupo de dirigentes catalães acorda com a Inglaterra a intervenção catalã na guerra a favor de Carlos III. Carlos III entra em Barcelona, cidade que estabelece como capital provisória do seu reino.	
1706 Felipe V assedia Barcelona, mas a chegada de uma esquadra anglo-holandesa o obriga a retirar-se. Os Aliados ocupam Madri, mas a impopularidade de Carlos III conclui com a evacuação da cidade.	*Derrota francesa de Ramillies.*
1707 O exército das Duas Coroas derrota os Aliados em Almansa. Os bourbonistas ocupam Lleida.	
1708 Os bourbonistas assediam e tomam Tortosa.	
1710 Batalhas de Almenar e Zaragoza. Os Aliados entram em Madri pela segunda vez, mas se veem forçados a retirar-se pela contraofensiva bourbonista. Batalhas de Brihuega e Villaviciosa. Girona é conquistada por um exército francês.	

1711

Morre o imperador José I da Áustria. Seu irmão Karl é eleito sucessor e parte de Barcelona para Viena.

1713

Assinatura do Tratado de Evacuação. Os exércitos Aliados se comprometem a retirar todas as suas tropas dos territórios peninsulares.

No mês de junho os braços do parlamento catalão proclamam a resistência armada.

Julho. Início do assédio de Barcelona.

Paz de Utrecht, pela qual as potências assinam a paz geral na Europa. Felipe V se compromete a renunciar aos seus direitos à coroa francesa e Carlos III à espanhola.

A Inglaterra ignora o Pacto de Gênova pelo qual se comprometia a garantir as Constituições catalãs em caso de derrota militar.

1714

11 de setembro. Assalto e queda de Barcelona.

Abolição das Constituições e Liberdades catalãs.

1719

Guerra entre França e Espanha. O exército francês do marechal Berwick, com 5.000 catalães incorporados às suas filas, ataca e toma diversas praças da Navarra espanhola.

As guerrilhas catalãs continuam a luta contra as forças bourbonistas.

1725

Tratado de paz entre o Império espanhol e a Áustria.

GUIA DE PERSONAGENS

Alemany, Francesc: Nobre catalão que em 1713 se opôs à defesa de Barcelona. No entanto, aceitou lutar, assumindo o resultado da votação. Morreu em combate.

Amelis: Personagem de ficção.

Anfán: Personagem de ficção.

Ballester, Esteve: Oficial de miqueletes. Segundo as crônicas, foi capturado pelos bourbonistas durante uma escaramuça, na localidade de Beceite, e posteriormente resgatado por seus homens num épico contra-ataque. Embora no contexto histórico Ballester seja um personagem muito secundário, em *Victus* Zuviría lhe dedica muitas páginas, talvez porque o considere uma representação da paisanada catalã em armas.

De Bardonenche, Antoine: Capitão francês, filho de família nobre. Participou do assédio de Barcelona pelo exército francês. Segundo as *Crônicas* de Castellví, protagonizou um frívolo e estranho episódio, que Zuviría não registra: durante a primeira fase do assédio entrou na cidade como "visitante", por iniciativa própria, atraído pelas belezas arquitetônicas da cidade. Apesar do estupor inicial, os assediados o receberam e o encarregado de levá-lo para conhecer a cidade foi o próprio Zuviría. Pouco depois foi devolvido são e salvo às linhas bourbonistas, onde o duque de Pópuli o censurou por sua extravagância, mas sem outras consequências. É muito provável que Waltraud Spöring tenha decidido suprimir essas páginas, como tantas outras, antes de mandar o livro para a gráfica.

Bassons, Marià: Catedrático de direito natural em Barcelona. Alistou-se na tropa da cidade e participou da defesa como capitão dos seus próprios estudantes. Morreu em combate durante a Batalha de Santa Clara, em agosto de 1714.

Bastida, Jordi: Militar catalão, defensor de Benasque em 1709. Estava em Barcelona durante o assédio e pereceu corajosamente na defesa do baluarte de Santa Clara, no mês de agosto.

Batlle, Baldiri: Nobre catalão. Votou contra a decisão de defender a cidade contra as tropas bourbonistas. Aceitou o resultado das votações, adverso à sua posição. Morreu na defesa da cidade.

Berenguer, Antoni: Deputado militar catalão. Encabeçou a desastrosa expedição que pretendia levantar o país para atacar o cordão bourbonista pelas costas. Sua incompetência o levou a ser preso e julgado no regresso, embora sem maiores consequências.

Berwick, James Fitz-James (Jimmy), duque de: Marechal da França, filho bastardo do rei James da Inglaterra. Foi educado na França, onde subiu na hierarquia social graças aos seus méritos e apesar da bastardia. Vencedor da Batalha de Almansa, tomou de assalto Barcelona em 1714 após substituir o duque de Pópuli. Vinte anos depois, em 1734, morre em circunstâncias estranhas durante o assédio de Philipsbourg, na Alemanha.

Busquets, Jaume: Caudilho de miqueletes. Os únicos dados históricos que se têm dele são provenientes de Castellví, segundo o qual tentou em vão tomar a localidade de Mataró, em poder dos bourbonistas.

Carlos III: Pretendente austríaco ao trono espanhol. Entre 1705 e 1709, enquanto lutava pela coroa espanhola, manteve sua corte em Barcelona. Em 1711, após a morte do irmão, dirigiu-se a Viena para ser coroado imperador do Sacro Império Romano-Germânico, abandonando a Catalunha à própria sorte.

Casanova, Rafael: Advogado catalão. Em 1713 assumiu o poder político na Barcelona sitiada. Foi ferido em 11 de setembro de 1714. No entanto, sobreviveu à repressão bourbonista e voltou ao exercício das leis.

De Castellví, Francesc: Catalão da pequena nobreza que lutou em Barcelona com o posto de capitão. Depois de 1714 teve que se exilar em Viena, aceitando a clemência do imperador Carlos. Levou uma existência precária, totalmente dedicada a escrever a grande crônica da Guerra de Sucessão e do assédio de Barcelona, as monumentais *Narrações históricas*. Morreu sem conseguir que fossem publicadas. O original só foi recuperado no século XIX.

Cigalet: Carrasco oficial da cidade de Barcelona. Durante o assédio foi surpreendido saqueando uma das casas bombardeadas e depois condenado à morte. Deu-se a circunstância de que a sentença foi executada por seu ajudante e futuro genro, que ocupava o seu cargo.

Van Coehoorn, Meno: Engenheiro militar holandês que desenvolveu teorias poliorcéticas totalmente opostas ao modelo vaubaniano. Coehoorn era contemporâneo de Vauban, e os dois chegaram a se enfrentar diretamente na tomada de Namur. Vauban assediou a cidade e recebeu a rendição das mãos do próprio Coehoorn.

Costa, Francesc: Oficial de artilharia catalão cuja competência na arma foi elogiada por seus próprios adversários. Costa tinha sob as suas ordens um numeroso grupo de maiorquinos, considerados como os melhores artilheiros da época. Depois da queda de Barcelona o marechal Berwick ofereceu a Costa que servisse no exército francês, com um estipêndio mais elevado. Costa fugiu.

Dalmau, Sebastià: Membro de uma rica família barcelonesa que decidiu servir à Generalitat quando os Aliados abandonaram a Península. A família Dalmau dilapidou sua fortuna na defesa da cidade, pagando do próprio bolso a manutenção de um regimento inteiro. Sebastià participou da defesa, sofreu a repressão e acabou seus dias na Áustria, servindo ao imperador Carlos com o posto de tenente-coronel.

Desvalls, Manuel: Governador de Cardona. Depois de 11 de setembro se exilou em Viena, como tantos outros austracistas destacados. Desvalls viveu até os cem anos de idade. Seu irmão Antoni comandou a luta no interior da Catalunha.

Diago, Francisco: Mineiro de origem aragonesa, integrava a brigada que conseguiu descobrir a principal mina bourbonista que se estendia sob as muralhas de Barcelona.

Ducroix, Armand: Personagem de ficção.

Ducroix, Zenon: Personagem de ficção.

Dupuy-Vauban: Primo de Sébastien Vauban que, como ele, se dedicou à engenharia militar. Dupuy participou dos momentos finais do assédio de Barcelona e foi gravemente ferido na batalha do baluarte de Santa Clara. Ao longo da sua carreira militar sofreu dezesseis feridas em combate.

Duverger: Alto oficial francês morto nos combates do cerco de Barcelona.

Esquecido, O: Embora Zuviría se refira ao Esquecido como "um primo do duque de Orleans", os historiadores não chegaram a uma conclusão sobre a figura histórica a que podia corresponder. Alguns estudiosos da obra zuviriana defendem a tese de que o Esquecido não existiu realmente, foi uma síntese de vários personagens. Desse modo Zuviría manifestava todo o desprezo que sentia pelos comandantes aristocratas que faziam a guerra sem conhecimentos técnicos e por puro proveito pessoal.

Esticão: Personagem de ficção.

Felipe V: Duque de Anjou, neto de Luís XIV da França e pretendente Bourbon ao trono espanhol após a morte de Carlos II. Depois da retirada das tropas aliadas, considerou a resistência catalã uma rebelião sediciosa e decidiu tratar os "rebeldes" com especial crueldade. Desde muito jovem se manifestaram em Felipe sintomas de um grave desequilíbrio mental. Na parte final da sua vida, os sintomas de demência se incrementaram, a ponto de ele deixar crescer as unhas mais de trinta centímetros, vestir-se de farrapos ou dormir em ataúdes abertos.

Ferrer, Emmanuel: Catalão da baixa nobreza que se distinguiu como edil na administração da cidade de Barcelona. Durante os debates de 1713 foi o porta-voz dos partidários da resistência contra as tropas bourbonistas.

Felipito: Ver Felipe V.

De Fivaller, Carles: Velho deputado que encarnava a tradição parlamentar da Catalunha. Durante os debates de 1713, e ao contrário de todas as previsões, manifestou-se como ardoroso partidário da defesa, influenciando boa parte dos votos.

Galway, Henry Massue de Ruvigny, conde de: Militar e nobre inglês de origem francesa que foi enviado a Portugal em 1704 como comandante dos exércitos Aliados. Em 1707 foi derrotado por Berwick na decisiva Batalha de Almansa.

José I: Imperador austríaco, irmão do pretendente Carlos III da Espanha. Com a sua morte, em 1711, Carlos abandonou a Espanha para proclamar-se novo imperador, o que provocou uma alteração nas alianças que levaria ao abandono da Catalunha por parte dos Aliados.

Karlangas: Ver Carlos III.

La Motte: Tenente-coronel francês ferido durante a Batalha de Santa Clara. La Motte foi o oficial que conseguiu convencer Berwick a suspender o ataque, embora isso representasse uma humilhação para o exército das Duas Coroas.

Luís XIV: Rei da França também chamado de Rei Sol. Como rei da França, deu início a uma política imperialista que levaria à Guerra de Sucessão espanhola. Apesar da construção de Versalhes e da magnificência da sua corte, no final do seu reinado o país estava mergulhado na ruína. Em 1714 a queda de Barcelona foi comemorada com um *te-deum* em Paris.

Marlborough: Militar e aristocrata inglês que durante a Guerra de Sucessão derrotou sucessivamente as tropas francesas em Blenheim, Schellenberg e Malplaquet. No entanto, foi acusado de malversar recursos públicos e prolongar desnecessariamente a guerra para seu proveito pessoal, e em 1711 foi demitido de seus cargos. Marlborough era parente de Berwick, com quem manteve uma correspondência privada apesar de lutarem em lados opostos durante todo o conflito.

Massue de Ruvigny, Henry: Ver Galway.

Mateu, Josep: Mineiro barcelonês integrante da brigada que conseguiu encontrar a mina bourbonista sob as muralhas de Barcelona quando estava praticamente pronta para explodir.

Mérdez: Oficial estrangeiro de nome desconhecido que participou com as tropas catalãs da funesta expedição do deputado militar. Castellví só relata que era um oficial repudiado pelos antigos superiores, e que na sua fuga o deputado deixou as tropas a seu cargo.

Das Minas: General português que dirigia as tropas do seu país que participaram da Batalha de Almansa. Das Minas era um comandante veterano, com mais de sessenta anos. Embora o papel dos batalhões portugueses em Almansa tenha sido muito criticado posteriormente por seus aliados ingleses, na verdade não existem provas que fundamentem tais acusações.

Molina, Francesc: Barcelonês de origem italiana que liderou as brigadas barcelonesas de mineiros. Durante o assédio dirigiu os trabalhos de contraminas, encontrou a principal mina bourbonista e destruiu-a bem antes que fosse ativada.

Monstro, O: Ver Luís XIV.

Moragues, Josep: Caudilho catalão que combateu os bourbonistas fora da Barcelona sitiada. No final da guerra foi capturado e executado. Seu crânio foi exibido durante mais de uma década num dos portais de entrada da cidade, como exemplo para futuras rebeliões. A figura de Moragues foi recuperada pelo movimento romântico do século XIX, que o transformou numa figura mítica das liberdades catalãs.

Nan: Personagem de ficção.

Orleans, duque de: Aristocrata e militar francês que participou de vários episódios da Guerra de Sucessão, tanto na Itália como na Espanha. Em 1708 dirigiu o cerco a Tortosa, localidade estratégica do sul da Catalunha. Sucedeu Luís XIV como regente após a morte deste e escandalizou a Europa com suas festas e orgias privadas.

Ortiz: Coronel austracista que teve um papel destacado na batalha de Santa Clara, onde suas tropas contribuíram para cercar a vanguarda da trincheira bourbonista.

Pallarès, Dídac: Cidadão barcelonês que fazia parte da Coronela ou milícia de Barcelona. Durante o assédio três dos seus filhos, que também combatiam nessa milícia, morreram ou foram gravemente feridos.

Peret: Personagem de ficção.

Polastron: Alto oficial francês morto em combate durante o assédio de Barcelona.

Pópuli, Restaino Cantelmo Stuart, duque de: Nobre italiano a serviço de Felipe V. Pópuli tinha uma antipatia pessoal pelos barcelonenses porque, segundo suas palavras, estes haviam maltratado sua mulher durante os distúrbios de 1705. Em 1713 Felipe V pôs sob o seu comando as tropas franco-espanholas que iriam iniciar a ocupação da Catalunha. Diante da inesperada resistência de Barcelona, Pópuli sitiou a cidade. Mas, em razão de sua incapacidade para tomá-la, foi substituído por Berwick nove meses depois.

Porquinho: Personagem de ficção.

Pou, Josep: Médico natural de Vic que ofereceu a rendição da cidade às tropas bourbonistas à revelia do governo catalão.

Roger, Lluís: Nobre catalão que se opôs com seu voto a que Barcelona se armasse contra Felipe V. Aceitou o resultado adverso da votação final, participando da defesa. Morreu em combate.

De Saavedra y Portugal, Gregorio: Militar austracista que nos combates do assédio aparece nos momentos mais críticos, como a Batalha de Santa Clara. Nos últimos dias do assédio Zuviría estava realizando tarefas de contraminas. Talvez por isso, não mencionou que Saavedra foi o encarregado de responder ao ultimato bourbonista de rendição. Quando o marquês de Tserclaes se aproximou das muralhas para saber a resposta da cidade, Saavedra lhe dirigiu estas palavras: "Os comuns, reunidos, decidiram o seguinte: não ouvir nenhuma proposta do inimigo. Tem sua excelência algo a dizer?" "Não." "Então retire-se, pois o fogo continuará."

Sala, Benet: Bispo de Barcelona que agiu nos bastidores para que a posição entreguista se impusesse nos debates de 1713, sem sucesso. Apesar dos seus esforços, depois da guerra foi retaliado pelo regime bourbonista.

De Sant Joan, Nicolau: Político catalão que nos debates de 1713 liderou o grupo partidário de submeter a cidade às forças bourbonistas.

Santa Cruz (Pai e filho): Militares que exerciam o comando do Corpo de Engenheiros da Barcelona assediada. Desertaram e ofereceram seus serviços aos chefes bourbonistas, mas estes não os aceitaram. Foram evacuados para Alicante, o que sugere que seus cargos eram meramente nominais.

Sauveboeuf: Militar francês morto em combate nos ataques a Barcelona.

Stanhope, James: Aristocrata e militar inglês que foi enviado à Espanha em 1710 como comandante da força expedicionária inglesa que deveria acabar com a guerra. Sua intervenção foi muito criticada, tanto no aspecto militar como no político, e em 1710 caiu prisioneiro junto com a maior parte de suas tropas. Mais tarde Stanhope se casou com a filha do governador de Madras e iniciou uma carreira política, com tanto azar que sua gestão como ministro das Finanças coincidiu com a crise que veio a ser chamada de "Bolha dos Mares do Sul", que arruinou a economia inglesa.

Von Starhemberg, Guido Rudiger: Militar austríaco enviado à Espanha pelo imperador com o objetivo de ajudar seu filho Karl, pretendente ao trono espanhol. Starhemberg era um militar muito competente que, ainda assim, não foi capaz de obter nenhuma vitória realmente decisiva para as armas austríacas. Em 1713 ele era o vice-rei de Carlos III na Catalunha. Depois do Tratado de Evacuação, que obrigava a retirar todas as tropas Aliadas ainda em solo espanhol, tentou entregar Barcelona às forças bourbonistas, mas frente à decidida oposição popular decidiu embarcar junto com suas tropas, abandonando os barcelonenses à própria sorte.

Timor, Jaume: Comandante catalão que teve uma intervenção destacada durante a Batalha de Santa Clara, em agosto de 1714, evitando que os defensores abandonassem o baluarte quando mais desesperada era a situação.

Tomeu: Coronel que, junto com o coronel Ortiz, comandou o cerco da cabeça da trincheira bourbonista, manobra que provocou a derrota franco-espanhola durante a Batalha de Santa Clara.

València, Antoni: Nobre barcelonês. Em 1713 votou contra fechar as portas de Barcelona e resistir ao ataque bourbonista. Morreu na defesa da cidade.

Vauban, Charlotte: Filha mais velha de Sébastien Vauban.

Vauban, Jeanne: Filha caçula de Sébastien Vauban. Casou-se com um membro da nobreza francesa que, pouco depois, enlouqueceu em sua busca da pedra filosofal, porém alguns anos mais tarde, surpreendentemente, recuperou a razão.

Vauban, Sébastien Le Preste: Engenheiro e marechal francês que inovou a arte das fortificações, especialmente a poliorcética, desenvolvendo novos métodos de assédio e ataque.

Vendôme: Marechal francês enviado por Luís XIV à Espanha para ajudar militarmente o seu neto Felipe. Em 1710 protagonizou as Batalhas de Brihuega e Villaviciosa, de resultado incerto. Faleceu em 1712, em Vinaroz, de uma indigestão de camarão.

Van Verboom, Joris Prosperus: Engenheiro militar de origem holandesa que serviu aos Bourbon espanhóis. Em 1710 é ferido em batalha e capturado pelas tropas austracistas. Permanece dois anos preso em Barcelona, cujas defesas estudou. Em 1714, de fato, seria encarregado de projetar a Trincheira de Ataque que tomou a cidade de assalto. Posteriormente foi o construtor da Cidadela, uma obra no interior da cidade com fins repressivos.

De Villarroel, Antonio: Militar espanhol que no começo da guerra servia no exército bourbonista. Em 1708 teve uma atuação destacada no assalto à estratégica cidade de Tortosa. Em 1710, porém, mudou de lado e se incorporou ao exército austracista com o posto de general. A cavalaria de Villarroel foi decisiva para evitar a derrota na Batalha de Villaviciosa. Em 1713 foi designado comandante de Barcelona pelo governo catalão. Poucos dias antes do ataque de 1714, renuncia ao cargo por considerar que a resistência até o fim significaria um massacre. Mesmo assim, em vez de embarcar de volta, no último minuto optou por permanecer na cidade. Durante os combates de 11 de setembro foi gravemente ferido e, pouco depois, contrariando as cláusulas de capitulação, detido e encarcerado. Sofreu uma prisão em condições atrozes e só foi libertado pouco antes do seu falecimento.

Waltraud: Personagem de ficção.

De Zúñiga, Diego: Personagem de ficção.

Zás-Trás: Ver Stanhope, James.

Zuviría, Martí: Ajudante-geral de Villarroel. Em suas *Narrações históricas,* Castellví o menciona exercendo cargos tão diversos como tradutor de francês e assistente do general Villarroel, ou em missões no exterior de Barcelona durante o sítio. Consta que conseguiu escapar para Viena, onde aparece na lista de austracistas expatriados.

Este livro foi impresso
pela Geográfica para a
Editora Objetiva em
abril de 2015.